DER TRISTAN-BETRUG

ROBERT LUDLUM

DER TRISTAN-BETRUG

Roman

Aus dem Amerikanischen
von Wulf Bergner

HEYNE

Die Originalausgabe erschien unter dem Titel
The Tristan Betrayal
bei St. Martin's Press

Gesetzt aus der 11,45/14,7 Punkt Stempel Garamond
Satz: Christine Roithner Verlagsservice, Breitenaich
Herstellung: Helga Schörnig
Druck und Bindung: GGP Media GmbH, Pößneck
Printed in Germany

ISBN 3-453-00099-4

www.heyne.de

MOSKAU, AUGUST 1991

Die lang gestreckte, schwarze Limousine mit schussfesten Scheiben mit Polykarbonateinlage, mit Reifen, die auch ohne Luftdruck rollten, und einer High-Tech-Panzerung aus Keramikmaterial und doppelt gehärteten Panzerplatten aus Flussstahl wirkte schockierend fehl am Platz, als sie in den Bittsewsky-Forst südwestlich der Großstadt rollte. Dies war ein urzeitliches Gebiet, noch heute Urwald, dicht mit Birken- und Espenbeständen bewachsen, die mit Tannen, Ulmen und Ahornen durchsetzt waren. Diese Wildnis kündete von umherstreifenden Jägern der Steinzeit, die dieses von Gletschern geformte Gebiet durchstreift hatten und inmitten einer von Zähnen und Krallen blutroten Natur mit handgeschnitzten Wurfspeeren auf Mammutjagd gegangen waren. Im Gegensatz dazu kündete der gepanzerte Lincoln Continental von einer ganz anders gearteten Zivilisation mit andersartiger Gewalt, von einer Ära der Heckenschützen und Terroristen, die mit Sturmgewehren und Splitterhandgranaten bewaffnet waren.

Moskau war eine belagerte Stadt. Es war die Hauptstadt einer Supermacht, deren Zusammenbruch unmittelbar bevorstand. Kommunistische Hardliner bildeten eine Verschwörung und schickten sich an, Russland den Reformkräften wieder zu entreißen. Zehntausende von Soldaten füllten die Stadt und waren bereit, auf die Einwohner Moskaus zu schießen. Kolonnen aus Panzern und gepanzerten Mannschaftstransportern rasselten den Kutusowsky-Prospekt und die Minskoje-Chaussee entlang. Panzer riegelten das Moskauer Rathaus, Fernsehsender, Zeitungsredaktionen und das Parlamentsgebäude ab. Der Rundfunk sendete nur noch die Dekrete der Verschwörer, die sich als Staatskomitee für den Notstand bezeichneten. Nach Jahren des Fortschritts in Richtung Demokratie war die Sowjetunion drauf und dran, wieder in die Fänge der dunklen Mächte des Totalitarismus zu geraten.

Hinten in der Limousine saß ein alter Mann, silberhaarig, mit gut geschnittenen, aristokratischen Gesichtszügen. Es war Botschafter Stephen Metcalfe, eine Ikone des amerikanischen Establishments, der Berater von fünf Präsidenten seit Franklin D. Roosevelt, ein märchenhaft reicher Mann, der sein Leben in den Dienst seines Landes gestellt hatte. Botschafter Metcalfe war freilich pensioniert und trug diesen Titel nur noch ehrenhalber, doch er war von einem alten Freund, der im engsten Führungskreis der Sowjetmacht eine hohe Position bekleidete, dringend nach Moskau gerufen worden. Sein Freund und er hatten sich seit Jahrzehnten nicht mehr persönlich getroffen; ihre Freundschaft war ein streng gehütetes Geheimnis, das niemand in Moskau oder Washington kannte. Dass sein russischer Freund mit dem Decknamen »Kurwenal« auf einem Treffen in dieser gottverlassenen Gegend bestanden hatte, war beunruhigend, aber dies waren beunruhigende Zeiten.

Der nachdenkliche und sichtlich nervöse Alte stieg erst aus seiner Limousine, als er die Gestalt seines Freundes, des Drei-Sterne-Generals, erkannte, der nun, von seiner

Beinprothese stark behindert, auf ihn zuhumpelte. Als der Amerikaner sich in Bewegung setzte, suchte er mit erfahrenem Blick den Wald ab, und dann hatte er das Gefühl, das Blut gefriere ihm in den Adern.

Er entdeckte einen Beobachter zwischen den Bäumen. Einen zweiten, einen dritten Mann! Überwachung. Der Russe mit dem Decknamen Kurwenal und er waren entdeckt worden!

Das konnte für sie beide eine Katastrophe bedeuten!

Metcalfe wollte seinem alten Freund etwas zurufen, wollte ihn warnen, aber dann sah er in der Spätnachmittagssonne den glitzernden Reflex auf dem Objektiv eines Zielfernrohrs. Scharfschützen! Ein Hinterhalt!

Der alte Botschafter warf sich in panischer Angst herum und trabte zu der gepanzerten Limousine zurück, so schnell es seine arthritischen Gelenke zuließen. Er war ohne Leibwächter gekommen; er verzichtete stets auf diese Begleiter. Er hatte nur seinen Fahrer, einen unbewaffneten Marineinfanteristen, den die Botschaft ihm gestellt hatte.

Plötzlich stürmten von allen Seiten Männer auf ihn zu. Schwarz uniformierte Gestalten mit schwarzen paramilitärischen Baretten und schussbereit gehaltenen Maschinenpistolen. Als sie ihn umzingelten, begann er sich zu wehren, aber er war kein junger Mann mehr, wie er sich auch heute wieder sagen musste. War dies eine Entführung? Wurde er als Geisel genommen? Er rief heiser nach seinem Fahrer.

Die Schwarzuniformierten führten Metcalfe zu einer weiteren gepanzerten Limousine, einem russischen SIL. Er stieg verängstigt in den Fond. Dort saß bereits der Drei-Sterne-General.

»Was zum Teufel soll das?«, krächzte Metcalfe, dessen Panik nun nachließ.

»Ich muss mich aufrichtig bei Ihnen entschuldigen«, antwortete der Russe. »Wir leben in gefährlichen und unruhigen Zeiten, und ich durfte nicht riskieren, dass Ihnen etwas zustößt – auch hier draußen in den Wäldern nicht. Dies sind meine Männer, allein mir unterstehend, für Terroristenabwehr ausgebildet. Sie sind viel zu wichtig, als dass Sie irgendwelchen Gefahren ausgesetzt werden dürften.«

Metcalfe schüttelte dem Russen die Hand. Der achtzigjährige General war weißhaarig, aber sein Profil war noch immer raubvogelhaft. Er nickte dem Fahrer zu, und der Wagen setzte sich in Bewegung.

»Ich danke Ihnen, dass Sie nach Moskau gekommen sind – auch wenn meine dringende Aufforderung Ihnen rätselhaft vorgekommen sein muss.«

»Ich konnte mir denken, dass sie mit dem Staatsstreich zusammenhängt«, sagte Metcalfe.

»Die Dinge entwickeln sich rascher als erwartet«, sagte der Russe halblaut. »Die Verschwörer haben sich die Zustimmung des Mannes gesichert, der als *dirischor* – Dirigent – bekannt ist. Vielleicht ist's schon zu spät, die Machtergreifung zu verhindern.«

»Meine Freunde im Weißen Haus beobachten die Ereignisse mit großer Sorge. Aber sie fühlen sich zur Untätigkeit verdammt – der National Security Council scheint sich darüber einig zu sein, dass eine Intervention einen Atomkrieg auslösen könnte.«

»Eine berechtigte Sorge. Diese Männer wollen die Regierung Gorbatschow unbedingt stürzen. Sie schrecken vor nichts zurück. Sie haben die Panzer in den Straßen

Moskaus gesehen – die Verschwörer brauchen jetzt nur noch den Befehl zum Losschlagen zu geben. Gegen die Zivilbevölkerung. Das gibt ein Blutbad. Tausende werden umkommen! Aber der Angriffsbefehl ergeht erst, wenn der *dirischor* zustimmt. Alles hängt von ihm ab – er ist der Dreh- und Angelpunkt.«

»Aber er gehört nicht zu den Verschwörern?«

»Nein. Wie Sie wissen, ist er der perfekte Insider: ein Mann, der die Schalthebel der Macht unter Geheimhaltung und im Verborgenen betätigt. Er gibt niemals eine Pressekonferenz; er bleibt stets im Dunkeln. Aber er sympathisiert mit den Verschwörern. Ohne seine Unterstützung muss ihr Staatsstreich fehlschlagen. Mit seiner Unterstützung ist ihnen der Erfolg sicher. Und dann wird Russland wieder eine stalinistische Diktatur – und die Welt steht neuerlich am Abgrund eines Atomkriegs.«

»Warum haben Sie mich hergerufen?«, fragte Metcalfe. »Und warum gerade mich?«

Als der General sich ihm zuwandte, glaubte Metcalfe, in seinem Blick Angst zu erkennen. »Weil Sie der Einzige sind, dem ich traue. Und weil Sie der Einzige sind, der eine Chance hat, ihn zu erreichen. Den *dirischor*.«

»Und weshalb sollte der *dirischor* auf mich hören?«

»Ich denke, das wissen Sie«, sagte der Russe gelassen. »Sie können den Lauf der Geschichte ändern, mein Freund. Schließlich wissen wir beide, dass Sie's schon einmal getan haben.«

Teil Eins

Kapitel Eins

PARIS, NOVEMBER 1940

Die Lichterstadt war in Dunkelheit versunken.

Seit die Deutschen vor einem halben Jahr in Frankreich eingefallen waren und Paris unter ihre Kontrolle gebracht hatten, wirkte die herrlichste Stadt der Welt einsam und verzweifelt.

Die Seinekais waren menschenleer. Der Triumphbogen, der Place de l'Étoile – diese berühmten leuchtenden Wahrzeichen, die einst den Nachthimmel erhellt hatten – waren jetzt finster. Über dem Eiffelturm, auf dem einst die französische Trikolore geflattert hatte, wehte jetzt eine Hakenkreuzfahne.

Paris war still geworden. Auf den Straßen waren kaum noch Privatautos oder Taxis unterwegs. In den meisten Grandhotels hatten sich die Deutschen einquartiert. Verschwunden waren der allabendliche Trubel, das Lachen von Nachschwärmern und Zechern. Verschwunden waren auch die Vögel – Opfer der großen Benzinbrände in den ersten Tagen der deutschen Besetzung.

Die meisten Pariser blieben nachts zu Hause: Die Besatzer, die Ausgangssperren, die ihnen auferlegten neuen Bestimmungen und die Wehrmachtssoldaten, die in ihren graugrünen Uniformen mit Bajonetten und Pistolen am Koppel auf den Straßen patrouillierten, hatten die Menschen eingeschüchtert. Eine ehemals stolze Stadt war in Hunger, Angst und Verzweiflung versunken.

Selbst die aristokratische Avenue Foch, die mit schönen weißen Steinfassaden gesäumte breiteste, prächtigste der Pariser Avenuen, wirkte windgepeitscht und öde.

Mit einer einzigen Ausnahme.

Ein *hôtel particulier,* eine Privatvilla, lag in hellstem Lichterglanz. Aus seinem Inneren drang leise Musik: ein Orchester, das Swing spielte. Das Klirren von Porzellan und Kristall, heitere Stimmen, sorgloses Lachen. Dies war eine Insel der glitzernden Privilegien, und sie wirkte vor dem düsteren Hintergrund umso strahlender.

Das Hôtel du Châtelet war das luxuriöse Domizil von Comte Maurice Léon Philippe du Châtelet und seiner Gattin, der legendären, umschwärmten Gastgeberin Marie-Hélène. Der Comte du Châtelet war nicht nur ein ungeheuer reicher Industrieller, sondern auch ein Minister der mit den Deutschen kollaborierenden Vichy-Regierung. Vor allem war er jedoch für seine Abendgesellschaften bekannt, die mit dazu beitrugen, *tout Paris* über die trüben Tage der Besatzungszeit hinwegzuhelfen.

Eine Einladung zu einer Gesellschaft im Hôtel du Châtelet war ein Objekt des sozialen Neides – wochenlang erstrebt, mit Spannung erwartet. Vor allem heutzutage war es wegen der Rationierungen und der Lebensmittelknappheit fast unmöglich, echten Kaffee oder Butter oder Käse zu bekommen, und nur Leute mit sehr guten Verbindungen Fleisch oder Frischgemüse kaufen konnten. Eine Einladung zum Cocktail bei den Châtelets bedeutete eine Gelegenheit, sich richtig satt zu essen. Hier in dieser Luxusvilla wies nichts darauf hin, dass man in einer Stadt lebte, die bittere Not litt.

Die Party war bereits in vollem Gange, als ein Diener einen weiteren, ungewöhnlich späten Gast eintreten ließ.

Der neue Gast war ein blendend aussehender junger Mann Ende zwanzig mit schwarzer Mähne, großen braunen Augen, die schalkhaft zu blitzen schienen, und einer Adlernase. Er war groß und breitschultrig, dabei aber sportlich schlank. Als er dem Butler seinen Mantel gab, nickte er lächelnd und sagte: *»Bonsoir, Patrick, merci beaucoup.«*

Er hieß Daniel Eigen, lebte seit etwa einem Jahr mehr oder weniger ständig in Paris und gehörte zu den Stammgästen von Partys in besten Kreisen, in denen er allgemein als reicher Argentinier und höchst begehrenswerter Junggeselle bekannt war.

»Ah, Daniel, *mon cheri«*, gurrte Marie-Hélène du Châtelet, die Gastgeberin, als Eigen den überfüllten Ballsaal betrat. Das Orchester spielte einen neuen Song, den er als »How High the Moon« erkannte. Die Comtesse du Châtelet hatte ihn quer durch den halben Saal entdeckt und begrüßte ihn jetzt mit dem Überschwang, den sie normalerweise für sehr reiche oder sehr mächtige Leute reservierte – beispielsweise fur den Herzog und die Herzogin von Windsor oder den deutschen Militärgouverneur von Paris. Die Gastgeberin, eine attraktive Frau Anfang fünfzig, deren tief dekolletiertes schwarzes Abendkleid von Balenciaga viel von ihrem üppigen Busen sehen ließ, war offensichtlich in ihren jungen Gast vernarrt.

Als Daniel Eigen sie auf beide Wangen küsste, zog sie ihn einen Augenblick an sich und sagte auf Französisch mit halblauter, selbstbewusster Stimme: »Ich bin *so froh,* dass Sie kommen konnten, mein Lieber. Ich hatte schon Angst, Sie würden nicht aufkreuzen.«

»Und eine Gesellschaft im Hôtel du Châtelet versäumen?«, fragte Eigen. »Halten Sie mich für übergeschnappt?« Er hielt eine in Goldpapier gewickelte kleine

Schachtel hoch, die er hinter seinem Rücken versteckt gehalten hatte. »Für Sie, Madame. Der letzte in ganz Frankreich erhältliche Flakon.«

Die Gastgeberin strahlte, als sie die Schachtel entgegennahm, hastig das Goldpapier abriss und einen quadratischen Kristallflakon mit einem Parfüm von Guerlain herauszog. Ihr stockte der Atem. »Aber … aber Vol de Nuit gibt es *nirgends* mehr zu kaufen!«

»Sie haben Recht«, sagte Eigen lächelnd. »Zu *kaufen* gibt's das nirgends.«

»Daniel! Sie sind zu liebswürdig, zu aufmerksam! Woher wussten Sie, dass das mein Lieblingsparfüm ist?«

Er zuckte bescheiden mit den Schultern. »Ich habe meinen eigenen Nachrichtendienst.«

Madame du Châtelet runzelte die Stirn, dann drohte sie ihm scherzhaft mit dem Finger. »Und das nach allem, was Sie getan haben, um uns den Dom Pérignon zu besorgen. Sie sind wirklich zu großzügig. Jedenfalls bin ich froh, dass Sie hier sind – blendend aussehende junge Männer wie Sie muss man heutzutage mit der Lupe suchen, *cheri*. Sie werden einigen meiner weiblichen Gäste verzeihen müssen, wenn sie unverzüglich in Ohnmacht fallen. Das sind dann die, die Sie noch nicht erobert haben.« Sie senkte erneut die Stimme. »Yvonne Printemps ist mit Pierre Freynay hier, aber anscheinend ist sie wieder mal auf dem Kriegspfad, also nehmen Sie sich in Acht.« Sie sprach von einem berühmten Musical-Star. »Und Coco Chanel ist mit ihrem neuen Liebhaber da, diesem Deutschen, mit dem sie im Ritz wohnt. Sie zieht wieder mal über die Juden her … das wird allmählich langweilig.«

Eigen nahm sich eine Champagnerflöte von dem Silbertablett, das ihm ein livrierter Diener anbot. Er sah sich in dem großen Ballsaal mit seinem alten Parkettboden, der aus einem großen *château* stammte, seinen weiß-golden getäfelten Wänden, an denen in regelmäßigen Abständen Gobelins hingen, und dem dramatischen Deckengemälde um, das von demselben Künstler stammte, der später die Decken von Versailles ausgemalt hatte.

Aber die Ausgestaltung des Saals interessierte ihn weniger als die Gäste. Als sein Blick über die Anwesenden hinwegglitt, erkannte er ziemlich viele Leute. Darunter die üblichen Berühmtheiten: die Sängerin Edith Piaf, die für jedes Konzert zwanzigtausend Franc bekam, Maurice Chevalier und alle möglichen Filmstars, die jetzt bei der von Goebbels geleiteten deutschen Filmgesellschaft Continental unter Vertrag standen und Filme drehten, die den Deutschen genehm waren. Die übliche Ansammlung von Schriftstellern, Malern und Musikern, die keine dieser seltenen Gelegenheiten ausließen, nach Herzenslust zu schlemmen und zu trinken. Und die üblichen französischen und deutschen Bankiers und Industriellen, die Geschäfte mit den Nazis und ihrem Marionettenregime in Vichy machten.

Zuletzt gab es die deutschen Offiziere, die heutzutage aus dem Leben der Pariser Gesellschaft nicht mehr wegzudenken waren. Alle waren im kleinen Gesellschaftsanzug erschienen; viele trugen ein Monokel und hatten schmale Schnurrbärte wie ihr Führer. General Otto von Stülpnagel, der deutsche Militärgouverneur. Otto Abetz, der deutsche Botschafter in Frankreich, mit seiner jungen französischen Gattin. Der ältliche General Ernst von Schaumburg, Kommandant von Groß-Paris, der wegen seines Bürstenhaarschnitts und seiner preußischen Manieren als *rocher de bronze* bekannt war.

Eigen kannte sie alle. Er traf sie regelmäßig in Salons wie diesem, aber noch wichtiger war, dass er den meisten von ihnen schon so manchen Dienst erwiesen hatte. Die deutschen Herrscher über Frankreich tolerierten den so genannten schwarzen Markt nicht nur – sie *brauchten* ihn wie alle anderen Menschen auch. Wie sollten sie sonst Cold Cream oder Gesichtspuder für ihre Frauen oder Geliebten bekommen? Wo sonst gab es eine Flasche anständigen Armagnacs? Selbst die neuen Herren Frankreichs litten unter kriegsbedingten Entbehrungen.

Deshalb war ein Schwarzmarkthändler wie Daniel Eigen immer gefragt.

Er spürte eine Hand auf seinem Arm und erkannte sofort die mit Diamanten besetzten Finger seiner ehemaligen Geliebten Agnès Vieillard. Obwohl ihn ein kalter Schauer durchlief, drehte er sich um und setzte ein strahlendes Lächeln auf. Sie hatten sich seit Monaten nicht mehr gesehen.

Agnès war eine zierliche, attraktive Frau mit leuchtend roter Mähne, deren Ehemann Didier ein erfolgreicher Unternehmer, Munitionsfabrikant und Rennstallbesitzer war. Kennen gelernt hatte Daniel die bildhübsche, aber ein bisschen nymphomanische Agnès auf dem Rennplatz Longchamp, wo sie eine eigene Loge hatte. Sie hatte sich dem gut aussehenden, reichen Argentinier als »Kriegerwitwe« vorgestellt. Ihr Mann war damals in Vichy, wo er die Marionettenregierung beriet. Ihre Affäre – leidenschaftlich, aber kurz – hatte bis zur Rückkehr ihres Mannes nach Paris angedauert.

»Agnès, *ma cherie!* Wo hast du gesteckt?«

»Wo *ich* gesteckt habe? Ich habe dich seit dem Abend im Maxim's nicht mehr gesehen.« Sie wiegte sich kaum merklich im Takt des Songs »Imagination«, den das Orchester leicht verjazzt spielte.

»Ah, das weiß ich noch gut«, sagte Daniel, der sich kaum daran erinnern konnte. »Ich hatte schrecklich viel zu tun … Entschuldigung.«

»Viel zu tun? Du hast doch gar keinen Job, Daniel«, sagte sie vorwurfsvoll.

»Nun, mein Vater wollte immer, dass ich mir eine nützliche Beschäftigung suche. Aber wie soll ich das machen in einem besetzten Land?«

Agnès machte kopfschüttelnd ein finsteres Gesicht und versuchte, ihr unwillkürliches Lächeln zu verbergen. Sie sprach ihm ins Ohr. »Didier ist wieder mal in Vichy. Und auf dieser Gesellschaft gibt's einfach zu viele *boches*. Warum flüchten wir uns nicht in den Jockey Club? Im Maxim's sind heutzutage auch zu viele *boches*.« Sie flüsterte, denn Plakate in der Metro drohten jedem, der die Deutschen *»boches«* nannte, strenge Strafen an. Die Deutschen reagierten außerordentlich empfindlich auf französischen Spott.

»Oh, ich habe nichts gegen die Deutschen«, sagte Daniel, weil er das Thema wechseln wollte. »Sie sind ausgezeichnete Kunden.«

»Die Soldaten … wie nennt man sie, die *haricots verts*? Sie sind solche Bestien! Mit so miserablen Manieren! Auf der Straße ist keine Frau davor sicher, von ihnen *begrapscht* zu werden.«

»Man muss ein bisschen Mitleid mit ihnen haben«, sagte Eigen. »Der arme deutsche Soldat fühlt sich als Welteroberer, aber keine Französin würdigt ihn auch nur eines Blicks. Das ist einfach unfair.«

»Aber wie soll man sie sich vom Leib halten?«

»Am besten erzählst du ihnen einfach, du seist Jüdin, *mon chou*. Das schreckt sie ab. Oder du starrst ihre großen Füße an – das macht sie immer verlegen.«

Abermals musste sie wider Willen lächeln. »Aber wie sie im Stechschritt die Champs-Élysées hinuntermarschieren!«

»Glaubst du, dass der Stechschritt einfach ist?«, fragte Daniel. »Versuch's mal selbst – dann landest du auf deinem hübschen Popo.« Er sah sich verstohlen um, suchte ein Mittel, Agnès zu entkommen.

»Stell dir vor, neulich habe ich Göring auf der Rue de la Paix aus seinem Wagen steigen gesehen. Er hat seinen albernen Marschallstab getragen – den nimmt er bestimmt mit ins Bett! Er ist in Cartier's verschwunden, und der Geschäftsführer hat mir später erzählt, dass er für seine Frau eine Halskette für acht Millionen Franc gekauft hat.« Sie tippte mit dem Zeigefinger an Daniels gestärkte weiße Hemdbrust. »Siehst du, er kauft seiner Frau französischen Schmuck, nicht deutschen. Die *boches* kritisieren ständig unsere Dekadenz, aber hier *bewundern* sie genau das.«

»Nun, für Herrn Meier ist das Beste gerade gut genug.«

»Meier? Wie meinst du das? Göring ist kein Jude.«

»Du weißt doch, dass er gesagt hat: ›Ich will Meier heißen, wenn auch nur ein feindliches Flugzeug über Deutschland erscheint.‹«

Agnès lachte. »Nicht so laut, Daniel«, flüsterte sie wie auf der Bühne.

Eigen legte ihr kurz einen Arm um die Taille. »Ich muss hier mit einem Gentleman sprechen, *doucette*. Wenn du mich also bitte entschuldigst …«

»Du meinst, dass dein Auge auf eine andere Schöne gefallen ist«, sagte Agnes vorwurfsvoll, während sie übertrieben schmollend lächelte.

»Nein, nein«, versicherte Eigen ihr lachend. »Hier geht's wirklich nur um Geschäfte.«

»Nun, Daniel, mein Schatz, du könntest mir wenigstens ein bißchen echten Kaffee besorgen. Ich kann diesen Muckefuck nicht mehr ertragen!« Sie verwendete das deutsche Wort. »Zichorie, geröstete Bucheckern! *Tust* du's, Schätzchen?«

»Selbstverständlich«, sagte er. »Sobald die nächste Lieferung eintrifft. Ich erwarte sie in ein paar Tagen.«

Aber als er sich von Agnès abwandte, rief ihn eine strenge Männerstimme an. »Herr Eigen!«

Dicht hinter ihm stand eine kleine Gruppe von deutschen Offizieren, aus deren Mitte ein hünenhafter SS-Standartenführer, was dem Rang eines Oberststs entsprach, mit glatt zurückgekämmtem Haar herausragte. Der Offizier trug eine Schildpattbrille und in sklavischer Imitation seines Führers einen schmalen Schnauzbart. Standartenführer Jürgen Wegmann hatte entscheidend dazu beigetragen, dass Eigen eine *Service-public*-Genehmigung erhielt, mit der er einen der wenigen gegenwärtig in Paris zugelassenen Privatwagen fahren durfte. Der städtische Verkehr warf riesige Probleme auf. Da nur Ärzte, Feuerwehrleute und aus unerfindlichen Gründen auch prominente Schauspieler und Schauspielerinnen eigene Wagen fahren durften, war die Metro – viele Stationen waren ohnehin geschlossen – auf geradezu groteske Weise überfüllt. Und da es kein Benzin gab, fuhren auch keine Taxis.

»Herr Eigen, diese Upmanns ... die waren strohtrocken.«

»Tut mir Leid, das hören zu müssen, Herr Standartenführer. Haben Sie sie in einem Humidor aufbewahrt, wie ich Ihnen geraten habe?«

»Ich habe keinen Humidor.«

»Dann muss ich Ihnen einen besorgen«, sagte Eigen.

Einer der Offiziere, ein wohlbeleibter SS-Gruppenführer mit rundem Gesicht, ein Generalmajor namens Johannes Koller, kicherte halblaut. Er hatte seinen Kameraden einen Packen sepiabrauner französischer Postkarten gezeigt. Jetzt steckte er sie rasch in die Brusttasche seiner Uniformjacke zurück, aber Eigen sah noch, womit er sein Publikum erfreut hatte: mit altmodischen Aktaufnahmen von statuenhaften Frauen, die, nur mit Strapsen und Seidenstrümpfen bekleidet, alle möglichen lasziven Posen einnahmen.

»Bitte. Sie waren trocken, als ich sie bekommen habe. Ich glaube nicht einmal, dass sie aus Kuba waren.«

»Sie waren aus Kuba, Herr Standartenführer. Auf den Oberschenkeln einer kubanischen Jungfrau gerollt. Hier, rauchen Sie zur Abwechslung eine von diesen.« Der junge Mann griff in sein Smokingjackett und zog ein Samtetui mit mehreren Zigarren in Zellophanhüllen heraus. »*Romeo y Julietas.* Angeblich Churchills Lieblingsmarke.« Er zwinkerte dem Deutschen zu, als dieser eine Zigarre aus dem Etui zog.

Ein Diener bot ihnen Kanapees auf einem Silbertablett an. »Gänseleberpastete, Messieurs?«

Koller griff rasch zu und schnappte sich gleich zwei. Daniel nahm eines.

»Danke, nicht für mich«, erklärte Wegmann dem Diener und den Umstehenden demonstrativ. »Ich esse kein Fleisch mehr.«

»Heutzutage nur schwer zu bekommen, nicht wahr?«, fragte Eigen.

»Darum geht's nicht«, stellte Wegmann fest. »Je älter ein Mann wird, desto konsequenter sollte er sich vegetarisch ernähren, wissen Sie.«

»Ja, Ihr Führer ist auch Vegetarier, nicht wahr?«, sagte Eigen.

»Ganz recht«, bestätigte Wegmann stolz.

»Obwohl er manchmal ganze Länder verschlingt«, fügte Eigen gelassen hinzu.

Der SS-Offizier funkelte ihn an. »Sie scheinen alles beschaffen zu können, Herr Eigen. Vielleicht könnten Sie etwas gegen die Papierknappheit in Paris unternehmen.«

»Ja, die muss euch Bürokraten zum Wahnsinn treiben. Was tun Schreibstubenhengste ohne Papier?«

»Heutzutage ist alles von minderer Qualität«, sagte Gruppenführer Koller. »Heute Nachmittag musste ich einen ganzen Bogen Briefmarken ausprobieren, um eine zu finden, die sich auf den Umschlag kleben ließ.«

»Gibt's bei euch immer noch Briefmarken mit Hitlers Kopf darauf?«

»Ja, natürlich«, sagte Koller unwirsch.

»Vielleicht leckt ihr die falsche Seite an?«, fragte Eigen augenzwinkernd.

Der SS-Gruppenführer lief vor Verlegenheit rot an und räusperte sich umständlich, aber bevor ihm eine Antwort einfiel, fuhr Eigen fort: »Sie haben natürlich völlig Recht. Die Franzosen können einfach keine deutsche Qualitätsarbeit liefern.«

»Das war wie ein echter Deutscher gesprochen«, sagte Wegmann anerkennend. »Auch wenn Ihre Mutter Spanierin war.«

»Daniel«, sagte eine tiefe Altstimme. Er drehte sich erleichtert um, weil sie ihm die Chance gab, von den deutschen Offizieren wegzukommen.

Angesprochen hatte ihn eine stattliche Mittfünfzigerin, die ein mit Volants besetztes weites Blumenkleid trug, in dem sie ein wenig wie ein tanzender Zirkuselefant aussah. Madame Fontenoy hatte ihr unnatürlich schwarzes Haar, in das ein weißer Streifen Hermelinfell eingeflochten war, hoch aufgesteckt. Dazu trug sie riesige goldene Ohrringe, die Daniel als Louisdore, alte 22-karätige Goldmünzen, erkannte. Die schweren Münzen zogen ihre Ohrläppchen herunter. Als Gattin eines Vichy-Diplomaten war sie selbst eine prominente Gastgeberin. »Pardon«, sagte sie zu den deutschen Offizieren, »aber ich muss Ihnen den jungen Daniel entführen.«

Madame Fontenoys Arm umfasste die Taille einer schlanken jungen Frau Anfang zwanzig in einem schulterfreien schwarzen Abendkleid: eine Schönheit mit jettschwarzem Haar und leuchtend graugrünen Augen.

»Daniel«, sagte Madame Fontenoy, »ich möchte Sie mit Geneviève du Châtelet, der reizenden Tochter unserer Gastgeber, bekannt machen. Zu meinem Erstaunen habe ich gehört, dass ihr euch nicht kennt – sie ist bestimmt die einzige unverheiratete Pariserin, die Sie noch nicht kennen. Geneviève, das hier ist Daniel Eigen.«

Als die junge Frau ihre schmale, langfingrige Hand ausstreckte, blitzte in ihren Augen eine Warnung auf. Sie war einzig und allein für Daniel bestimmt.

Daniel ergriff ihre Hand. »Ich freue mich, Ihre Bekanntschaft zu machen«, sagte er mit einer angedeuteten Verbeugung. Gleichzeitig tippte sein Mittelfinger sanft an die Handfläche der jungen Schönheit und bestätigte so ihr stummes Warnsignal.

»Monsieur Eigen kommt aus Buenos Aires«, erklärte die Matrone der jungen Frau, »aber er hat ein Apartment auf der Rive Gauche.«

»Oh, sind Sie schon lange in Paris?«, fragte Geneviève du Châtelet mit stetigem Blick, ohne sonderliches Interesse.

»Lange genug«, sagte Eigen.

»Lange genug, um sich auszukennen«, ergänzte Madame Fontenoy mit hochgezogenen Augenbrauen.

»Ich verstehe«, sagte Geneviève du Châtelet zweifelnd. Plötzlich schien sie quer durch den Saal jemanden zu erkennen. »Ah, da ist meine Großtante Benoîte. Entschuldigen Sie mich bitte, Madame Fontenoy.«

Als die junge Frau sich verabschiedete, ruhte ihr Blick auf ihm und glitt dann bedeutungsvoll in Richtung Korridor. Daniel verstand dieses Signal sofort und nickte kaum merklich.

Nach endlos langen zwei Minuten leeren Geplauders mit Madame Fontenoy entschuldigte auch Daniel sich. Zwei Minuten mussten reichen. Er bahnte sich seinen Weg durch die dicht gedrängte Menge, nickte allen, die seinen Namen riefen, lächelnd zu und bedeutete ihnen wortlos, er könne leider nicht stehen bleiben, weil er anderswo erwartet werde.

*

Ein kurzes Stück den prächtigen Flur entlang lag die ebenso prächtige Bibliothek. Die Wände und Bücherschränke bestanden aus roten chinesischen Lackarbeiten;

auf den Regalen standen lange Reihen ledergebundener Bände, die nie gelesen wurden. Der Raum war leer, die im Ballsaal herrschende Kakophonie war hier nur als leises, fernes Murmeln zu hören. Im rückwärtigen Teil der Bibliothek saß Geneviève, in Aubusson-Kissen zurückgelehnt, auf einem Diwan: hinreißend in ihrem schwarzen Abendkleid, über dem die Haut ihrer bloßen Schultern makellos leuchtete.

»Oh, Gott sei Dank!«, flüsterte sie drängend. Sie sprang auf, lief zu Daniel und schlang ihm die Arme um den Hals. Er küsste sie lange und leidenschaftlich. Nach einer Minute löste sie sich aus seiner Umarmung. »Ich war so froh, als du heute Abend gekommen bist. Ich hatte schreckliche Angst, du könntest etwas anderes vorhaben.«

»Wie kannst du so was sagen?«, protestierte Daniel. »Würde ich eine Gelegenheit verpassen, dich zu sehen? Du redest Unsinn.«

»Das liegt nur daran, dass du so … so diskret bist, so darauf achtest, dass meine Eltern nichts von uns erfahren. Jedenfalls bist du jetzt hier. Gott sei Dank! Diese Leute sind so langweilig. Ich dachte, ich müsste sterben. Alle reden nur von Essen, Essen, Essen.«

Eigen streichelte die cremeweißen Schultern seiner Geliebten, ließ die Fingerspitzen bis zur Wölbung ihrer Brüste hinabgleiten. Er roch den Duft des Parfüms Shalimar, das er ihr geschenkt hatte. »Gott, wie sehr du mir gefehlt hast«, murmelte er.

»Wir haben uns fast eine Woche lang nicht gesehen«, sagte Geneviève. »Warst du in dieser Zeit auch artig? Nein, warte … sag lieber nichts. Ich kenne dich, Daniel Eigen.«

»Du kannst immer durch mich hindurchsehen«, sagte Eigen leise.

»Ach, ich weiß nicht recht«, sagte Geneviève mit kokett geschürzten Lippen. »Du bist ein Mann mit vielen Schichten, glaube ich.«

»Vielleicht könntest du ein paar von mir abschälen«, sagte Daniel.

Geneviève machte ein schockiertes Gesicht, aber das war reine Koketterie, und sie beide wussten es. »Nicht hier, wo jeden Augenblick jemand reinkommen kann.«

»Nein, du hast Recht. Komm, wir gehen irgendwohin, wo uns keiner stört.»

»Ja, in den Salon im ersten Stock. Dorthin verirrt sich niemand.«

»Außer deiner Mutter«, sagte Daniel Eigen kopfschüttelnd. Ihm war eben etwas eingefallen. »Wir gehen ins Arbeitszimmer deines Vaters. Dort können wir hinter uns absperren.«

»Aber mein Vater bringt uns um, wenn er uns dort erwischt!«

Daniel nickte trübselig. »Ah, *ma cherie,* du hast sicher Recht. Ich fürchte, wir sollten wieder zu den anderen gehen ...«

Geneviève schüttelte erschrocken den Kopf. »Nein, nein, nein!«, sagte sie. »Ich ... ich weiß, wo er einen Nachschlüssel aufbewahrt. Komm, wir müssen uns beeilen!«

Er folgte ihr aus der Bibliothek, durch die Tür, hinter der eine schmale Dienstbotentreppe in den ersten Stock hinaufführte, dann einen langen, schwach beleuchteten Korridor entlang, bis sie vor einer kleinen Nische mit einer Marmorbüste von Marschall Petain Halt machte. Daniels Herz jagte. Er war im Begriff, etwas Gefährliches zu tun, und Gefahr empfand er immer als stimulierend. Er hatte Spaß daran, gefährlich zu leben.

Geneviève griff hinter die Büste, holte mit einer raschen Bewegung den Nachschlüssel hervor und sperrte damit die Doppeltür zum Arbeitszimmer ihres Vaters auf.

Die schöne junge Geneviève ahnte natürlich nicht, dass Daniel schon im Arbeitszimmer ihres Vaters gewesen war. Während ihrer geheimen Rendezvous hier im Hôtel du Châtelet sogar schon mehrmals – mitten in der Nacht, wenn sie schlief, ihre Eltern verreist waren und die Dienstboten Urlaub bis zum nächsten Morgen hatten.

Das private Arbeitszimmer von Comte Maurice Léon Philippe du Châtelet war ein sehr maskuliner Raum, in dem es nach Leder und Pfeifentabak roch. Hier gab es Vitrinen mit einer Sammlung alter Spazierstöcke, mehrere Louisquinze-Sessel in dunkelbraunem Leder und einen massiven, reich geschnitzten Schreibtisch mit wohlgeordneten Stapeln von Schriftstücken. Auf dem Kaminsims stand eine Bronzebüste, vermutlich ein berühmter Verwandter.

Während Geneviève die Doppeltür absperrte, umrundete Daniel den Schreibtisch, überflog die dort gestapelten Dokumente und suchte aus der persönlichen und dienstlichen Korrespondenz den wichtigsten Stapel heraus. Ein Blick genügte, um ihm zu zeigen, dass die Depeschen aus Vichy streng geheime militärische Fragen betrafen.

Aber bevor er mehr tun konnte, als die interessantesten Stapel zu identifizieren, war Geneviève mit dem Abschließen der Türen fertig und kam zu ihm gelaufen.

»Dort drüben!«, sagte sie atemlos. »Auf dem Ledersofa.«

Eigen wollte seinen Platz am Schreibtisch jedoch nicht verlassen. Er drängte sie sanft nach oben gegen die Schreibtischkante, während seine Hände über ihren Körper glitten, die schlanke Taille umschlossen und dann die kleinen, straffen Gesäßbacken umfassten, die sie sanft kneteten. Gleichzeitig küsste er ihren Hals, ihre Schultern, den Ansatz ihrer Brüste.

»Oh Gott«, keuchte sie. »Daniel …« Ihre Augen waren geschlossen.

Eigen ließ seine Fingerspitzen über den mit Seide bedeckten Spalt zwischen ihren Gesäßbacken gleiten und liebkoste Geneviève dann sanft zwischen den Beinen. Das lenkte sie so ab, dass sie nicht merkte, wie seine Rechte ihr Gesäß verließ, hinter ihrem Rücken nach einem bestimmten Papierstapel griff und geschickt die oberste Lage abhob.

Mit dieser Gelegenheit hatte er nicht gerechnet. Er würde improvisieren müssen.

Er schob die Dokumente lautlos in den Seitenschlitz seines Jacketts. Während sie im Seidenfutter des Smokings verschwanden, griff seine Linke nach Genevièves Rückenreißverschluss und öffnete ihn, bevor er mit beiden Händen das Oberteil ihres Abendkleids herabstreifte, um die dunkelbraunen Brustwarzen mit schmetterlingshaft leichten Zungenberührungen liebkosen zu können.

Das im Futter seines Smokings steckende steife Papier raschelte leicht, als er sich bewegte.

Plötzlich erstarrte er, hielt den Kopf schief.

»Was gibt's?«, flüsterte Geneviève mit weit aufgerissenen Augen.

»Hast du das gehört?«

»*Was?*«

»Schritte. Ganz *nahe.*« Daniel hörte außergewöhnlich gut, und da er sich in mehr als einer Beziehung in einer kompromittierenden Situation befand, war er umso wachsamer.

»Nein!« Sie wich zurück, fummelte am Oberteil des Abendkleids herum und zog es über ihren Busen hoch. »Bitte, Daniel, zieh mir den Reißverschluss zu! Wir müssen hier raus! Wenn uns jemand *hier drin* überrascht ...«

»*Pssst*«, sagte er. Draußen näherten sich zwei Personen, das erkannte er jetzt, nicht nur eine. Auf dem Marmorboden des Korridors hallende Schritte ließen auf zwei Männer schließen. Die Schritte echoten, wurden lauter, kamen näher.

Während Geneviève durch den Raum zu der abgesperrten Tür schlich, konnte Daniel jetzt ihre Stimmen hören. Die beiden Männer sprachen Französisch, aber einer hatte einen deutschen Akzent. Eine der Stimmen, die des Franzosen, war dröhnend tief; Daniel identifizierte sie eindeutig als die Stimme von Genevièves Vater. Aber die andere ... Gehörte sie General von Stülpnagel, dem deutschen Militärbefehlshaber von Frankreich? Er war sich seiner Sache nicht ganz sicher.

Geneviève griff wie betäubt nach dem Schlüssel – um was zu tun? Um in dem Augenblick aufzusperren, in dem ihr Vater Besuch mitbrachte? Daniel berührte ihre Hand, hielt sie davon ab, den Schlüssel umzudrehen. Stattdessen zog er ihn geräuschlos aus dem Schloss.

»Dorthin«, flüsterte er. Dabei zeigte er auf die Tür in der Rückwand des Arbeitszimmers. Als er diesen Raum das letzte Mal betreten hatte, war er durch diese Tür hereingekommen. Vielleicht glaubte Geneviève jetzt, er habe die Tür gerade erst entdeckt – obwohl sie in ihrer Panik vermutlich keinen klaren Gedanken fassen konnte.

Sie nickte und lief zur anderen Tür. Als sie dort angekommen war, knipste sie das Licht aus, sodass der Raum in tiefer Dunkelheit lag. Daniel bewegte sich trotzdem mühelos weiter; er hatte eine klare Vorstellung davon, wie das Arbeitszimmer eingerichtet war und wo Hindernisse standen.

Geneviève schnappte erschrocken nach Luft, als sie merkte, dass die andere Tür ebenfalls abgesperrt war. Aber Daniel hatte den Schlüssel mitgebracht. Hätte er das nicht getan, hätten diese wenigen vergeudeten Sekunden bedeutet, dass sie ertappt worden wären. Er sperrte rasch auf. Die Tür klemmte ein wenig, als er sie aufstieß; sie wurde nur selten benützt. Er schob Geneviève vor sich her auf einen schmalen, dunklen Flur hinaus, schloss die Tür hinter sich und verzichtete darauf, sie abzusperren. Da der Schlosszylinder leicht rostig war, bestand die Gefahr, dass die beiden Männer dieses Geräusch hören würden.

Er konnte hören, wie der Haupteingang des Arbeitszimmers aufgesperrt wurde und die beiden Männer, die weiter miteinander sprachen, eintraten.

Genevièves Hand umklammerte Daniels Arm. Spitze Fingernägel bohrten sich wie Krallen in den Seidenstoff seines Smokingärmels. Vielleicht hörte sie das Rascheln der steifen Papiere im Jackettfutter, doch sie schien es nicht zu beachten. »Was tun wir jetzt?«, flüsterte sie.

»Du gehst über die Personaltreppe in die Küche hinunter und mischst dich wieder unter die Gäste.«

»Aber die Dienstboten …«

»Die wissen nicht, woher du kommst und warum du die Personaltreppe benützt hast. Und außerdem sind sie diskret.«

»Aber wenn du mir wenige Minuten später folgst …!«

»Das darf ich natürlich nicht. Sie würden zwei und zwei zusammenzählen, und dann wärst du erledigt.«

»Aber wohin willst du?« Sie flüsterte etwas zu laut.

»Mach dir meinetwegen keine Sorgen«, sagte er. »Ich komme bald nach. Wenn deine Mutter dich fragt, wohin ich verschwunden bin, hast du natürlich keine Ahnung.« Weil Geneviève nicht die klügste Frau war, die Daniel je kennen gelernt hatte, hielt er's für nötig, ihr das alles zu erläutern.

»Aber wohin …?«, begann sie.

Er legte ihr einen Finger auf die Lippen. »Geh jetzt, *ma cherie.*«

Als Geneviève sich abwenden wollte, berührte er nochmals ihre Schulter. Sie drehte sich um, und er küsste sie rasch auf die Lippen. Dann zog er das Oberteil ihres Abendkleids zurecht, beobachtete, wie sie die Treppe hinunterging, und hastete anschließend selbst nach oben. Da seine Schuhe Gummisohlen hatten, die heutzutage fast schwerer zu bekommen waren als Ledersohlen, bewegte er sich fast lautlos.

Sein Verstand arbeitete auf Hochtouren, analysierte die bisherigen Ereignisse und versuchte, einen Fluchtplan auszuarbeiten. Er hatte gewusst, dass er Geneviève heute Abend begegnen würde, aber er hatte nicht mit einer Chance gerechnet, ins Arbeitszimmer ihres Vaters einzudringen – eine Chance, die er sich auf keinen Fall hatte entgehen lassen dürfen. Aber nachdem er nun einen dicken Stapel Papier in sein Jackett gestopft hatte, war es keine gute Idee, in einen übervollen Ballsaal zurückzukehren, in dem jemand mit ihm zusammenstoßen, das Rascheln hören und die entwendeten Dokumente bei ihm finden konnte.

Diese Gefahr ließ sich allerdings umgehen. Er konnte in der Garderobe seinen Mantel suchen, indem er vorgab, er habe darin sein Feuerzeug vergessen. Bei dieser Gelegenheit konnte er die Schriftstücke in die Innentasche seines Mantels stecken. Aber dabei riskierte er, gesehen zu werden, weil es vermutlich eine Garderobenfrau gab.

Belanglos war dieses Risiko jedoch im Vergleich zu der weit gefährlicheren Möglichkeit, dass durch seine Rückkehr in den Ballsaal entdeckt wurde, dass er mit Geneviève im Arbeitszimmer ihres Vaters gewesen war. Die Personaltreppe führte direkt in die Küche, die er vor den Augen der Dienstboten wenige Minuten nach Geneviève durchqueren würde. Zweifellos würden sie zwei und zwei zusammenzählen. Solche Leute waren keineswegs diskret, wie er Geneviève versichert hatte, und sie kannte die Wahrheit vermutlich ebenfalls: Dienstboten gierten nach Klatsch über solche Heimlichkeiten.

Eigen scherte sich nicht um Geflüster und Klatsch und Gerüchte. Was kümmerte es ihn, wenn Marie-Hélène du Châtelet erfuhr, dass er heimlich mit ihrer Tochter geknutscht hatte? Nein, es war die Kette von Enthüllungen, die ihm Sorgen machte, denn er konnte bis ganz an ihr Ende sehen. Irgendwann würde der *comte* merken, dass bestimmte, für die nationale Sicherheit überaus wichtige Papiere aus seinem Arbeitszimmer verschwunden waren, und er würde sofort seine Frau, seine Tochter und das Personal zur Rede stellen. Anschuldigungen würden hin und her fliegen. Vielleicht um die Ehre des Personals zu retten, würde eine der Köchinnen berichten, sie habe gesehen, wie der junge Herr direkt aus dem Arbeitszimmer die Treppe heruntergekommen sei.

Und dann wäre Eigen der Hauptverdächtige gewesen, selbst wenn der Hausherr sich nicht sicher sein konnte, dass Daniel die Papiere entwendet hatte. Und seine Tarnung – sein größtes Kapital – wäre dahin gewesen. Das durfte er unter keinen Umständen riskieren.

Natürlich gab es noch andere Wege, auf denen er das Haus verlassen konnte. Beispielsweise konnte er auf der Personaltreppe in den zweiten oder dritten Stock hinaufsteigen und über einen der zweifellos dunklen Flure zu einer der anderen Treppen gehen. Über diese konnte er auf den Hinterhof gelangen, der früher als Abstellplatz für Kutschen gedient hatte und jetzt in einen kleinen Park umgewandelt worden war. Diese Fläche auf der Rückseite des Hauses war von einem hohen Holzzaun mit verschlossenem Tor umgeben. Daniel konnte über den Zaun klettern, aber er war sich sicher, dass er von einem der auf den Park hinausführenden Fenster des Ballsaals aus gesehen werden würde. Ein Mann im Smoking, der durch den Park rennt und über den Zaun klettert … Nein, er würde todsicher entdeckt werden.

Es gab nur einen sicheren Weg, das Hôtel du Châtelet zu verlassen.

Eine Minute später hatte er das Dachgeschoss erreicht, in dem sich die Dienstbotenzimmer befanden. Hier waren die Decken niedrig und schräg, und der Fußboden bestand nicht mehr aus Marmor, sondern aus knarrenden alten Fichtenbrettern.

Um diese Zeit hatte er das Dachgeschoss für sich allein; das gesamte Personal war unten beschäftigt. Der junge Mann hatte die Gegebenheiten im Voraus erkundet – nicht etwa, weil er damit rechnete, irgendwann aus dem Haus flüchten zu müssen, durchaus nicht, sondern weil er sich *stets* einen Notausgang offen halten wollte. Das war seine bewährte Arbeitsweise, die ihm schon mehrmals das Leben gerettet hatte.

Er wusste, dass es hier eine Möglichkeit gab, aufs Dach hinauszuklettern, und da dieses kleine Palais mit anderen Stadthäusern eine lange Gebäudereihe bildete, musste es zahlreiche Fluchtwege geben.

Das Hôtel du Châtelet hatte ein Mansardendach mit Dachgauben, in die Sprossenfenster eingesetzt waren. Ein Blick genügte, um ihm zu zeigen, dass alle aufs Dach hinausführenden Fenster in den Personalzimmern auf der Vorderseite des Gebäudes lagen. Obwohl es unwahrscheinlich war, dass die Dienstboten ihre Zimmer abschließen würden, atmete er erleichtert auf, als sich gleich die erste Tür öffnen ließ.

Das Zimmer war winzig und mit Bett, Kommode und Kleiderschrank sehr spärlich möbliert. Erhellt wurde es von blassem Mondschein, der durch staubige Fensterscheiben hereinfiel.

Er lief ans Fenster, zog dabei den Kopf ein, um ihn sich nicht an der Dachschräge anzuschlagen, und packte den Fenstergriff. Diese Fenster wurden anscheinend nicht oft geöffnet. Unter Aufbietung seiner ganzen Kraft gelang es ihm jedoch, erst einen Flügel und dann den zweiten aufzureißen.

Während eiskalte Nachtluft hereinströmte, sah er hinaus und fand bestätigt, was er vor einigen Tagen festgestellt hatte, als er sich das Hôtel du Châtelet von außen angesehen hatte. Das Fenster führte direkt auf ein geteertes Steildach hinaus, das ungefähr drei Meter weit zu einer Dachbrüstung abfiel. Die Brüstung, ein hoher, reich verzierter Steinwall, würde ihn vor den Blicken etwaiger

Passanten schützen. Zumindest solange er sich auf dem Dach dieses Gebäudes bewegte.

Die benachbarten Gebäude, die in anderen Varianten des Empirestils erbaut waren, hatten keine Dachbrüstungen. Nun, er würde nehmen müssen, was er an Deckung finden konnte.

Der Teer auf dem Dach war im Lauf vieler Jahre in der Sommerhitze blasig und faltig geworden. Jetzt war er eisglatt und mit einer dünnen Schneeschicht bedeckt. Dieser Untergrund konnte tückisch sein.

Daniel würde mit den Füßen voraus hinausklettern müssen, was nicht leicht sein würde, weil die Abendkleidung seine Bewegungsfreiheit einschränkte. Und seine Schuhe mit Gummisohlen eigneten sich zwar gut dafür, durch Häuser zu schleichen, aber sie waren keine Kletterstiefel. Der Ausflug über die Dächer würde nicht leicht werden.

Er packte den Oberrand des Fensterrahmens, schwang die Beine hoch und machte gleichzeitig ein Hohlkreuz, damit sie über die Fensterbank ins Freie glitten. Seine Schuhabsätze rutschten ab, sobald sie das vereiste Teerdach berührten. Statt den Fensterrahmen loszulassen, umklammerte er ihn weiterhin und baumelte nun halb drinnen, halb draußen. Dabei scharrte er mit den Absätzen über den Teer, bis er so viel Eis weggekratzt hatte, dass eine raue Oberfläche frei wurde, die ihm etwas Halt bot.

Aber er konnte dem Steildach nicht genug trauen, um den Fensterrahmen loszulassen. Links von der Dachgaube ragte in ungefähr einem Meter Entfernung ein hoher gemauerter Schornstein auf. Daniel nahm die rechte Hand vom Fensterrahmen und drehte seinen Körper über den linken Fuß so auf den Bauch, dass er sich an dem Schornstein festhalten konnte, ohne das Fensterbrett schon loszulassen.

Das Mauerwerk unter seiner Hand fühlte sich kalt und rau an. Die Rauheit war jedoch gut. Der Mörtel zwischen den Ziegeln war alt und so bröselig, dass er seine Fingerspitzen in die Spalten schieben und sich am Schornstein festklammern konnte. Als er den Körper versteifte und ein labiles Gleichgewicht fand, konnte er auch die linke Hand vom Fensterbrett nehmen, rasch umgreifen und sich nun mit beiden Händen am Schornstein festhalten.

Daniel schob die Füße nacheinander über das vereiste Dach und scharrte mit den Schuhen, bis er wieder eine Fläche geschaffen hatte, auf der er sicheren Halt hatte. Dadurch kam er so nahe an den Schornstein heran, dass er ihn umarmen konnte wie ein Kletterer einen Felspfeiler. Obwohl er zum Glück durchtrainiert war, musste er alle Kraft aufwenden, um sich an dem Schornstein hochzuziehen, während er mit den Absätzen einen neuen Standplatz aus dem Eis scharrte.

Er wusste, dass Einbrecher im vorigen Jahrhundert oft auf diese Weise von einem Stadthaus zum anderen gelangt waren. Da er diese Methode schon mehrmals selbst angewandt hatte, wusste er, dass sie viel schwieriger war, als sie aussah. Und er bezweifelte, dass ein Einbrecher jemals so dämlich oder selbstmörderisch gewesen wäre, um auf diese Weise im Eis und Schnee eines Pariser Winters herumzuklettern.

Daniel kletterte ein Stück weit den Schornstein hinauf, bis er die niedrige Mauerbrüstung erreichte, die dieses Dach von dem des Nachbarhauses trennte. Er stellte erleichtert fest, dass das Dach vor ihm nicht geteert, sondern mit halbrunden Tonziegeln gedeckt war. Auch sie konnten eisglatt sein, aber ihre gewellte Oberfläche würde wenigstens gewissen Halt bieten. Wie sich dann zeigte, konnte er auf den Ziegeln verhältnismäßig leicht nach oben laufen. Der Dachfirst dieses Hauses lief nicht spitz zu, stellte er fest, sondern bildete einen gut einen halben Meter breiten Steg. Daniel erkletterte ihn, machte ein paar vorsichtige Schritte und merkte, dass der Steg gut begehbar war. Nun konnte er das Dach auf dem First überqueren, indem er über den Steg balancierte und dabei leicht schwankte, als sei er auf einem Hochseil unterwegs.

Tief unter ihm lag die Avenue Foch: dunkel und verlassen, die Straßenbeleuchtung war wegen der angeordneten Stromrationierung ausgeschaltet. Daniel war sich bewusst, dass jeder, der auf dem für ihn sichtbaren Straßenstück unterwegs war, auch ihn hätte sehen können, weil hier keine Dachbrüstung die Sicht versperrte.

Und es gab weitere Möglichkeiten, entdeckt zu werden. Jeder, der in einem der gegenüberliegenden Gebäude aus einem Fenster in einem der oberen Stockwerke sah, würde ihn sehen. Und die Leute waren heutzutage ungewöhnlich wachsam, weil sie überall Spione und Saboteure witterten. Niemand, der nachts einen Mann auf einem Dach herumklettern sah, würde zögern, *La Maison* – die *Préfecture de Police* – anzurufen. Dies war die Zeit der anonymen Denunziationen, in der Franzosen sich gegenseitig mit einer Anzeige bei der deutschen Kommandantur drohten. Deshalb war die Gefahr, dass Daniel entdeckt wurde, durchaus real.

Er bewegte sich so schnell, wie er gerade noch riskieren durfte, bis er die niedrige Brandmauer erreichte, die dieses Dach vom nächsten trennte. Wie das Hôtel du Châtelet hatte das Nachbarhaus ein Mansardendach, das jedoch in Schiefer gedeckt war. Auch sein First war als Steg – wohl für den Schornsteinfeger – ausgebildet, aber viel schmaler als der vorige, er maß höchstens dreißig Zentimeter.

Daniel balancierte über den First, indem er jeweils den linken Fuß vorschob und den rechten nachzog. Bei einem erneuten Blick auf die Avenue unter ihm überkam ihn Angst, aber dann konzentrierte er sich auf die Wichtigkeit seines Auftrags, und der kleine Anfall von Panik verflog.

Nach etwa einer halben Minute war die nächste Trennmauer erreicht. Sie war merklich dicker als die anderen, weil in ihr tönerne Entlüftungsrohre und Kaminzüge verliefen. Aus einigen Zügen quoll Rauch, der bewies, dass die Hausbewohner zu den Glücklichen gehörten, die es behaglich warm hatten, weil sie Kohle verbrennen konnten. Er griff nach einem Entlüftungsrohr, das sich kalt anfühlte, zog sich daran hoch und bemerkte dabei etwas Interessantes.

Auf der Rückseite des Stadthauses ragte die Brandmauer ein gutes Stück in den Hinterhof hinein. Ungefähr einen Meter von der Dachtraufe entfernt waren in die Mauer Eisensprossen eingelassen, die bis auf den dunklen Hof hinunterführten. Diese Sprossen benützte der Schornsteinfeger offenbar als Leiter, wenn die Kaminzüge gekehrt werden mussten.

Im ersten Augenblick war Daniel ratlos. Die Sprossen waren zu weit entfernt. Er konnte nicht, auf der Mauer stehend, versuchen, sich zwischen den Kaminzügen hindurchzuschlängeln, denn dafür war sie nicht breit genug. Also blieb ihm nichts anderes übrig, als zu den Tonröhren hinaufzugreifen und sich mit baumelnden Beinen wie ein Affe von einer zur anderen weiterzuhangeln. Die Röhren waren zum Glück stabil und von so geringem Durchmesser, dass er sich an jeder gut festhalten konnte.

So hangelte Daniel sich einige Minuten lang weiter, bis er die senkrecht in die Tiefe hinabführenden Eisensprossen erreicht hatte. Während er nach der obersten Sprosse griff, landeten seine Füße schon zwei Sprossen tiefer. Nun konnte er wie auf einer Leiter hinuntersteigen – anfangs langsam, dann immer schneller, je näher er dem Erdboden kam.

Unten blieb er einen Augenblick auf dem verlassenen Hinterhof stehen. Die Hoffenster des Stadthauses waren dunkel. Der Rauch aus den Kaminen zeigte, dass dieses Haus bewohnt war, aber seine Bewohner schliefen wohl schon. Daniel ging langsam, geräuschlos über den gepflasterten Hof. In den hohen Holzzaun war ein Tor eingelassen, das wie erwartet abgesperrt war. Im Vergleich zu seiner Dachartistik war dies ein harmloses Hindernis, kaum der Rede wert. Er erkletterte den Zaun, sprang drüben hinunter und fand sich auf einer Gasse wieder, die parallel zur Avenue Foch verlief.

In diesem Teil der Stadt kannte Daniel sich gut aus. Er unterdrückte den Drang, loszurennen, und schlenderte die Gasse entlang, bis er eine schmale Seitenstraße erreichte. Unterwegs überzeugte er sich davon, dass die Papiere noch im Futter seines Jacketts steckten.

Auch diese Straße war dunkel, unheimlich menschenleer.

Er kam an den unbeleuchteten Fenstern einer Buchhandlung vorbei, die einem Juden gehört hatte, bis die Deutschen den Besitzer enteignet hatten. Auf dem großen weißen Werbebanner über dem alten Firmenschild stand zwischen Hakenkreuzen in Frakturschrift das Wort

FRONTBUCHHANDLUNG. Früher war dies eine elegante Buchhandlung für fremdsprachige Literatur gewesen; jetzt war sie auf andere Weise fremdsprachig, weil sie ausschließlich deutsche Bücher verkaufte.

Spuren der deutschen Besatzer waren überall zu erkennen, aber seltsamerweise hatten sie keines der berühmten Wahrzeichen, keines der geliebten Bauwerke dem Erdboden gleichgemacht. Die Nazis hatten nicht versucht, das Paris, das jeder kannte, zu zerstören. Stattdessen wollten sie es einfach annektieren – und sich Europas Kronjuwel aneignen. Aber die Art und Weise, wie die Deutschen Paris ihren Stempel aufgedrückt hatten, wirkte seltsam schluderig und provisorisch. Wie das Werbebanner mit dem Wort FRONTBUCHHANDLUNG, das hastig über dem in Stein gehauenen Namen der Buchhandlung angebracht worden war. All der viele weiße Stoff ließ sich augenblicklich wieder entfernen. Als wollten sie vermeiden, dass ihr neues Juwel Kratzer bekam. Als sie erstmals versucht hatten, auf dem Eiffelturm die Hakenkreuzfahne zu hissen, hatte der Wind sie zerfetzt, sodass sie eine andere Fahne hatten herbeiholen müssen. Selbst Hitler hatte die Stadt wie ein verlegener Tourist nur für ein paar Stunden besucht. Er hatte nicht einmal dort übernachtet. Paris wollte sie nicht haben, das wussten sie sehr wohl.

Deshalb schlugen sie überall ihre Plakate an. Daniel sah sie an den Mauern der Gebäude, an denen er vorbeikam – alle so hoch angeklebt, dass man sie kaum lesen konnte, aber das hatte seinen Grund: Brachten die Deutschen sie niedriger an, wurden ihre dämlichen Plakate unweigerlich abgerissen oder beschmiert. Aufgebrachte Pariser bekritzelten sie mit Sprüchen wie »Tod den *boches*!« oder »Gott segne England!«

Er sah ein Plakat, auf dem ein beleibter Winston Churchill grinsend seine Zigarre rauchte, während neben ihm eine Mutter mit einem mageren, schreienden Säugling auf dem Arm stand. »Seht ihr, wie unsere Kinder unter der Blockade leiden?«, fragte die Inschrift. Damit war die britische Seeblockade gemeint, aber jeder wusste, dass das Unsinn war. Obwohl dieses Plakat so hoch hing, hatte jemand daraufgekritzelt: »Wo sind unsere Kartoffeln?« Alle waren zornig, denn fast die gesamte französische Kartoffelernte ging nach Deutschland; *das* war die Wahrheit.

Ein weiteres Plakat, diesmal nur mit Text: *Êtes-vous en règle?* Sind Ihre Papiere in Ordnung? Oder: Sind *Sie* in Ordnung? Für den Fall, dass man von französischen *gendarmes* oder irgendeinem *fonctionnaire* kontrolliert wurde – die waren schlimmer als die deutschen Soldaten –, musste man ständig seine Kennkarte, seine *carte d'identité,* mitführen.

Der junge Mann hatte stets seine Papiere bei sich. Sogar in mehrfacher Ausfertigung. Mit unterschiedlichen Namen, unterschiedlichen Nationalitäten. Sie ermöglichten ihm die raschen Wechsel, zu denen er oft gezwungen war.

Schließlich erreichte er sein Ziel, ein altes, fast baufälliges Klinkergebäude in einem Allerweltsviertel. An einer schmiedeeisernen Halterung baumelte ein verblasstes Holzschild: LE CAVEAU, der Keller. Das Schild bezeichnete eine Kellerbar, zu der einige abgetretene Ziegelstufen hinunterführten. Das Verdunklungsrouleau des einzigen kleinen Fensters war heruntergezogen, aber auf beiden Seiten leckte Licht heraus.

Daniel sah auf seine Armbanduhr. Es war nach Mitternacht, kurz nach Beginn der Ausgangssperre, die *ces messieurs* – die Deutschen – über Paris verhängt hatten.

Diese Bar hatte jedoch nicht geschlossen. Die *gendarmes* und die Deutschen sahen darüber hinweg, dass sie bis spätnachts geöffnet blieb. Schmiergelder waren gezahlt, die richtigen Leute waren geschmiert, kostenlose Drinks waren serviert worden.

Er stieg die wenigen Stufen hinunter und zog dreimal an einem altmodischen Klingelzug. Von drinnen war zu hören, wie das Klingelzeichen die Kakophonie aus Stimmen und lauter Jazzmusik übertönte.

Sekunden später erschien ein Lichtpunkt in dem Spion in der Mitte der massiven Holztür, deren Füllung schwarz abgesetzt war. Das Licht schien zu flackern, als jemand ihn in Augenschein nahm, dann ging die Tür nach innen auf, um ihn einzulassen.

Die Bar war tatsächlich ein *caveau* – unebener, von Rissen durchzogener Steinboden, klebrig von verschütteten Getränken; wasserfleckige, ungestrichene Ziegelwände; niedrige Decke. Die Luft war blau von Tabakqualm und stank nach Schweiß, abgestandenem Rauch – noch dazu von billigem Tabak – und schlechtem Fusel. Aus dem Radio kam blechern scheppernde Musik. An der verkratzten Theke saßen sechs oder sieben ungehobelt aussehende Arbeiter und eine Frau, vermutlich eine Prostituierte. Sie alle sahen ihm entgegen – vage neugierig und feindselig zugleich.

Der Barkeeper, der ihn eingelassen hatte, begrüßte ihn. »Lange nicht mehr gesehen, Daniel«, sagte Pasquale, ein hagerer, alter Mann, so verwittert wie seine Bar. »Aber ich freue mich immer, wenn du vorbeischaust.« Er grinste und ließ dabei ungleichmäßige, von Tabak verfärbte braune Zähne und zwei Goldzähne sehen. Dann brachte er sein Gesicht mit der lederartigen Haut dicht an Daniels heran. »Gibt's noch immer keine Gitanes?«

»Ich denke, dass ich morgen, spätestens übermorgen welche reinbekomme.«

»Wunderbar. Sie kosten immer noch unter hundert Franc, oder etwa nicht?«

»Über hundert.« Daniel senkte die Stimme. »Für andere. Für dich gibt's einen speziellen Barkeeper-Rabatt.«

Der Alte kniff misstrauisch die Augen zusammen. »Wie viel?«

»Für dich kostenlos.«

Pasquale lachte herzhaft, ein rasselndes Raucherlachen. Eigen konnte sich nicht vorstellen, was für *merde* der Barkeeper normalerweise rauchte. »Dein Preis ist in Ordnung«, sagte er und kehrte an seinen Platz hinter der Theke zurück. »Möchtest du einen Drink?«

Eigen schüttelte den Kopf.

»Schottischen Whisky? Einen Cognac? Musst du mal telefonieren?« Er deutete auf die Telefonzelle am Ende der Theke, deren Scheibe herausgebrochen war – von Pasquale als Warnung für seine Gäste, ihre Zunge zu hüten. Selbst hier, wo Fremde keinen Zutritt hatten, konnte man nicht wissen, ob man belauscht wurde.

»Nein, danke. Ich gehe nur mal aufs Klo.«

Pasquale zog eine Sekunde lang die Augenbrauen hoch; dann nickte er, weil er verstanden hatte. Er war ein raubeiniger, streitsüchtiger Kerl, aber zugleich vorbildlich diskret. Er wusste, wer in Wirklichkeit seine Miete zahlte, und er hasste die Deutschen ebenso wie alle anderen. Zwei seiner geliebten Neffen waren im Kampf gegen sie gefallen. Aber er sprach niemals über Politik. Er tat seine Arbeit, servierte seine Drinks, und damit hatte es sich.

Als Eigen die Theke entlangging, hörte er jemanden knurren: *»Espèce de sans-carte!«* Kartenloser Kerl – der übliche Schimpfname für Schwarzhändler. Der Mann hatte anscheinend mitbekommen, worüber Daniel und Pasquale gesprochen hatten. Nun, das ließ sich nicht ändern.

Am Ende des langen, schmalen Raums, wo Eigen im Halbdunkel kaum noch etwas erkennen konnte, führte eine Tür auf eine baufällige Holztreppe hinaus. Ihre Stufen ächzten und knarrten, als er die Treppe hinunterstieg. Der Fäkaliengestank war überwältigend, obwohl irgendein rücksichtsvoller Gast die Tür zum Klosett, auf dem es bestimmt noch schlimmer stank, geschlossen zurückgelassen hatte.

Statt jedoch auf die Toilette zu gehen, öffnete Eigen die Tür einer Besenkammer. Er trat ein, stieg über Eimer, Mopps und alle möglichen Gerätschaften hinweg. An der Rückwand hing ein Besen mit kurzem Stiel. Er packte den Stiel – der in Wirklichkeit fest an der Wand montiert war – und zog ihn in einem Linksbogen herab. Als er gleichzeitig gegen die Wand drückte, die sich in Angeln bewegen ließ, schwang sie wie eine Tür auf.

Nun betrat er einen weiteren dunklen Raum mit knapp zwei mal zwei Metern Fläche, in dem es nach Staub und Schimmel roch. Über sich konnte er Schritte hören, als einer der Gäste seinen Platz an der Theke wechselte. Direkt vor sich hatte er eine Stahltür, die erst vor kurzem schwarz gestrichen worden war.

Auch hier gab es eine Klingel, die allerdings weit neuzeitlicher als Pasquales Klingelzug war. Er drückte zweimal auf den Klingelknopf, machte eine kurze Pause und klingelte dann erneut.

Hinter der Tür erklang eine barsche Stimme. *»Oui?«*

»Ich bin's, Marcel«, sagte der als Daniel Eigen bekannte Mann.

Die Stimme fragte auf Französisch weiter: »Was wollen Sie?«

»Ich habe gute Ware, die Sie vielleicht interessieren wird.«

»Zum Beispiel?«

»Ich kann Ihnen Butter besorgen.«

»Woher?«

»Aus einem Lager an der Porte des Lilas.«

»Wie viel?«

»Zweiundfünfzig Franc das Kilo.«

»Das ist zwanzig Franc mehr als der amtliche Preis.«

»Ja, aber der Unterschied ist, dass ich sie Ihnen wirklich besorgen kann.«

»Ah, ich verstehe.«

Eine kurze Pause, dann öffnete die Stahltür sich erst mit einem mechanischen Klicken, dann mit dem Zischen von Druckluft.

Ein kleiner, gepflegter junger Mann mit rosigem Gesicht, schwarzer Cäsarenfrisur und Hornbrille empfing den Besucher mit einem schiefen Lächeln.

»Sieh da, sieh da, Stephen Metcalfe persönlich«, sagte er mit Yorkshire-Akzent. »Aufgedonnert wie zu einer Theaterpremiere. Was hast du für uns, Kumpel?«

Kapitel Zwei

Stephen Metcalfe – alias Daniel Eigen, alias Nicolas Mendoza, alias Eduardo Moretti, alias Robert Whelan – schloss die Tür hinter sich und überzeugte sich davon, dass sie ganz verriegelt war. Zur besseren Schalldämmung saß die Stahltür in einer dicken Gummidichtung.

Natürlich war der gesamte Raum, in dem er jetzt stand, mit modernsten technischen Mitteln schallgedämmt. Tatsächlich war es ein doppelwandiger Raum innerhalb eines Raums, der auf Stahlplatten und einer fünfzehn Zentimeter dicken Gummischicht ruhte und von ihnen umgeben war; selbst die Luftschächte waren mit Gummi und Glasfasermaterial isoliert. Der niedrige Raum war aus neuen Hohlblocksteinen gemauert, die im typischen Grau der U.S. Army gestrichen waren.

Von dem frischen grauen Anstrich war jedoch nicht viel zu sehen, weil alle Wände mit kompliziert aussehenden Konsolen zugestellt waren. Sogar Metcalfe kannte nicht einmal die Hälfte dieser Geräte, obwohl er mindestens einmal pro Woche vorbeikam. Aber er kannte die Kurzwellen-Funkgeräte Mark XV und Paraset, Fernschreiber, Telefone mit automatischer Verschlüsselung, die Chiffriermaschine M-209 und Drahtspeichergeräte.

Die Konsolen wurden von zwei jungen Männern bedient, die Kopfhörer trugen und sich Notizen auf Schreibblöcken machten, während ihre Gesichter im unheimlichen grünen Widerschein runder Kathodenstrahlröhren leuchteten. Sie trugen Baumwollhandschuhe, mit denen sie Einstellknöpfe drehten, um Frequenzen zu kalibrieren. Die von atmosphärischen Störungen überlagerten Morsezeichen des Funkverkehrs, den sie überwachten, wurden von Antennen empfangen, die das Gebäude – das einem französischen Sympathisanten gehörte – vom Keller bis zum Dach durchzogen.

Bei jedem Besuch in der »Höhle«, wie diese geheime Funkzentrale genannt wurde – niemand wusste, ob sie ihren Spitznamen der Bar Le Caveau über ihr oder der Tatsache verdankte, dass sie einer elektronischen Schatzhöhle glich –, war Metcalfe wieder von der Vielzahl der hier stehenden Geräte beeindruckt. Sie alle waren in Teilen über französische Häfen eingeschmuggelt oder mit Fallschirmen abgeworfen worden und standen selbstverständlich auf der Verbotsliste der deutschen Militärbehörden. Schon der Besitz eines einfachen Kurzwellenempfängers konnte einen vor ein Erschießungskommando bringen.

Stephen Metcalfe gehörte zu der Hand voll Agenten, die in Paris für ein angloamerikanisches Spionagenetzwerk arbeiteten, von dessen Existenz nur einige mächtige Männer in Washington und London wussten. Metcalfe kannte nur wenige der anderen Agenten. So funktionierte das Netzwerk: Jeder Teil war von den anderen abgeschottet; alles war in Zellen unterteilt. Keine Zelle wusste, was die übrigen Zellen zu irgendeinem Zeitpunkt taten. Sicherheitserwägungen diktierten dieses Verfahren.

Hier in der Höhle überwachten und betrieben drei junge Funker und Kryptografen geheime Funkverbindungen mit London, mit Washington und mit einem weit verzweigten Netz aus Geheimagenten in Paris und weiteren Großstädten im besetzten Frankreich und in ganz Europa. Die Männer – zwei Engländer und ein Amerikaner – gehörten zu den Besten; sie waren vom Royal Corps of Signals in Thames Park bei Oxford und danach in der Special Training School 52 ausgebildet worden. Qualifizierte Funker waren heutzutage Mangelware, und die Briten waren den Amerikanern auf dem Ausbildungssektor weit voraus.

Ein auf die BBC eingestelltes Radio lief leise: Auch der Rundfunk wurde aufmerksam überwacht, weil er vor den Abendnachrichten verschlüsselte Meldungen in Form eigenartiger »persönlicher Mitteilungen« brachte. Auf dem kleinen Klapptisch in der Mitte des Raums wartete eine nicht zu Ende gespielte Partie Schach. Abends herrschte immer Hochbetrieb, weil die Frequenzen dann am wenigsten überlastet waren, sodass Funksprüche am leich testen gesendet und empfangen werden konnten.

An den Wänden hingen Europakarten, genaue Frankreichkarten und ein großer Stadtplan von Paris mit allen Arrondissements. Dazu kamen Seekarten, topografische Karten, Tabellen der Schiffsbewegungen in Marseille und detaillierte Pläne von Marinestützpunkten. Trotzdem gab es selbst in diesem Raum eine persönliche Note: Zwischen den Karten und Plänen hing ein *Life*-Titelbild mit Rita Hayworth, und ein weiterer Ausschnitt aus einer Illustrierten zeigte Betty Grable im Badeanzug.

Derek Compton-Jones, der Mann mit dem rosigen Gesicht, der Metcalfe die Tür geöffnet hatte, ergriff seine Hand und schüttelte sie kräftig. »Freut mich, dass du heil und gesund zurückgekommen bist, Kumpel«, sagte er feierlich.

»Das sagst du jedes Mal«, erwiderte Metcalfe, um ihn aufzuziehen. »Als wärst du enttäuscht.«

»Verdammt noch mal!«, schnaubte Compton-Jones. Er wirkte verlegen und empört zugleich. »Hast du mitgekriegt, dass wir uns mitten im Krieg befinden?«

»Im Ernst?«, fragte Metcalfe. »Wenn ich's mir recht überlege, sind dort draußen wirklich auffällig viele Uniformen herumgelaufen.«

Einer der beiden Männer, die auf der anderen Seite des Raums mit Kopfhörern vor ihren Konsolen saßen, sah sich nach Compton-Jones um und bemerkte müde: »Wenn er seinen Willy in der Hose behielte, würde er vielleicht merken, was außerhalb der Schlafzimmer passiert, in denen er sich überwiegend herumtreibt.« Die näselnde Stimme und der britische Upper-Class-Akzent gehörten Cyril Langhorne, einem erstklassigen Kryptografen.

Sein Kollege Johnny Betts aus Pittsburg, ein ausgezeichneter Funker, schaltete sich ein und sagte knapp: ›Roger‹!«

»Ha«, sagte Langhorne. »Für Stephen hier ist alles ›Roger‹, was einen Rock anhat.«

Compton-Jones lachte errötend. Metcalfe lachte gutmütig mit, dann sagte er: »Ich denke, ihr Eierköpfe müsstet öfter aus eurem Loch heraus. Ich sollte euch mal ins Eins-Zwo-Zwo mitnehmen.« Alle wussten, dass er von dem berühmten Bordell mit der Adresse 122 Rue de Provence sprach.

»Auf diesem Gebiet bin ich versorgt«, prahlte Compton-Jones. »Ich hab jetzt eine feste Freundin.« Er zwinkert den anderen zu und ergänzte: »Ich treffe mich später mit ihr, wenn ich die neue Ladung Ersatzteile abgeholt habe.«

»Ist das deine Vorstellung von einer tiefen Penetration Frankreichs?«, fragte Langhorne.

Compton-Jones lief vor Verlegenheit dunkelrot an, während Metcalfe schallend lachte. Er mochte die Männer, die hier unten arbeiteten, vor allem Compton-Jones. Langhorne und Betts bezeichnete er oft als die Bobbsey-Zwillinge, obwohl sie sich nicht im Geringsten ähnlich sahen. Ihre Arbeit als Morsefunker und Kryptografen war für das Unternehmen von entscheidender Bedeutung. Sie war aufreibend und zermürbend, und Metcalfe wusste, dass diese Frotzelei zu den wenigen Möglichkeiten gehörte, ihre nervöse Anspannung abzubauen. Außerdem hielten diese drei Metcalfe für ihren persönlichen Errol Flynn und betrachteten ihn mit einer Mischung aus Neid und Ehrfurcht.

Jetzt horchte er mit schief gehaltenem Kopf auf die aus dem Radio kommende leise Musik. »›In the Mood‹«, sagte er. »Gute, alte amerikanische Musik – das ist Glen Miller, der aus dem Café Rouge in New York übertragen wird.«

»Nein, sorry«, widersprach Compton-Jones. »Das ist leider das Joe Loss Orchestra, Kumpel. Aus London. Mit seiner Erkennungsmelodie.«

»Na ja, freut mich jedenfalls, dass ihr Jungs sogar Zeit findet, Radio zu hören«, sagte Metcalfe. »Aber irgendwer muss wohl die Arbeit tun.«

Er griff in sein Smokingjackett, zog die etwas mitgenommen aussehenden Papiere aus dem Futter und hielt sie stolz lächelnd hoch. »Die kompletten Pläne des deutschen U-Boot-Stützpunkts in Saint-Nazaire – mit Angaben zu den Bunkern und dem Schleusensystem.«

»Gut gemacht!«, sagte Compton-Jones anerkennend.

Auch Langhorne wirkte sichtlich beeindruckt. »Hast du die von deiner Gestapo-Mieze?«

»Nein, aus dem Arbeitszimmer von Comte Maurice Léon Philippe du Châtelet.«

»Das Vichy-Arschloch?«, fragte Langhorne.

»Genau der.«

»Du willst mich wohl verarschen? Wie bist du in sein Arbeitszimmer gekommen?«

Metcalfe schüttelte den Kopf. »Ein Gentleman genießt und schweigt, Cyril«, sagte er gespielt vorwurfsvoll.

»Seine Frau? Großer Gott, Stephen, hast du denn gar keinen Stolz? Die *madame* ist eine alte Stute!«

»Und die *mademoiselle* ist ein munteres kleines Fohlen. Wir müssen diese Pläne von einem Kurier rausbringen und möglichst schnell zu Corky in New York fliegen lassen. Und ich möchte, dass ihr eine Zusammenfassung verschlüsselt und ihm vorab über Funk übermittelt.«

Er meinte natürlich Alfred »Corky« Corcoran. Seinen Boss. Den brillanten Chef des inoffiziellen Spionagerings, zu dessen Agenten auch Metcalfe gehörte.

»Inoffiziell« bedeutete, dass sie nur Corcoran und nicht irgendeiner Behörde oder irgendeinem Komitee unterstanden. Aber ihre Arbeit war nicht illegal, sie lief nicht an der Regierung vorbei. Denn sie basierte auf einer persönlichen Initiative von Präsident Franklin Delano Roosevelt.

Für Amerika war dies eine merkwürdige Zeit. Europa befand sich im Krieg, aber Amerika stand abseits. Amerika beobachtete, wartete. Die Stimmen des Isolationismus waren laut und stark. Ebenso wie die Stimmen derer, die leidenschaftlich forderten, die Vereinigten Staaten müssten sich einmischen, sie müssten Hitler angreifen und ihre europäischen Freunde verteidigen – sonst gerate ganz Europa unter die Herrschaft Hitler-Deutschlands, und dann sei alles verloren. Dann sei Hitler ein unüberwindlicher Gegner.

Aber in Amerika gab es keinen zentralisierten Nachrichtendienst. Roosevelt brauchte dringend verlässliche Informationen darüber, was die Nazis wirklich vorhatten und wie stark der Widerstand gegen Hitler war. Würde England den Krieg überleben? Roosevelt misstraute dem Militärischen Nachrichtendienst, der bestenfalls amateurhaft arbeitete, und verabscheute das Außenministerium, das nicht nur isolationistisch eingestellt war, sondern auch bei jeder Gelegenheit vertrauliche Mitteilungen an die Presse durchsickern ließ.

Deshalb wandte Roosevelt sich Ende 1939 an einen alten Freund und Kommilitonen aus Harvard. Alfred Corcoran hatte im Ersten Weltkrieg in der Generalstabsabteilung G-2 beim Militärischen Nachrichtendienst gedient und war in der Geheimdienstwelt von MI-8 sehr prominent geworden, nachdem die »Schwarze Kammer«, seine in New York stationierten Codeknacker, in den zwanziger Jahren den japanischen diplomatischen Code entschlüsselt hatte. Nachdem die Schwarze Kammer im Jahr 1929 ihre Arbeit eingestellt hatte, spielte Corcoran in den dreißiger Jahren hinter den Kulissen eine wichtige Rolle bei der Beilegung diplomatischer Krisen von der Mandschurei bis München.

FDR wusste, dass Corky der Beste war – und vor allem wusste FDR, dass er ihm vertrauen konnte.

Mit Geldern aus dem Haushalt des Weißen Hauses und der vollen Unterstützung des Präsidenten zog Corky seine Organisation bewusst weit außerhalb der klatschsüchtigen Flure Washingtons auf. Sein streng geheimer privater Nachrichtendienst, der dem Weißen Haus direkt unterstand, hatte seine Zentrale im Flatiron Building in New York und war als weltweit tätiges Handelsunternehmen getarnt.

Corcoran, der freie Hand hatte, die Besten und Intelligentesten anzuheuern, nahm vor allem junge Absolventen der Ivy League Colleges – junge Männer aus guten Familien, die sich in den exklusiven Kreisen der europäischen Oberschicht wohl fühlen würden. Tatsächlich standen so viele der von ihm Angeworbenen im Gesellschaftsregister, dass Witzbolde Corcorans Netzwerk als »Register« zu bezeichnen begannen, und dieser Name blieb ihm. Zu den Männern der ersten Stunde gehörte ein junger Yale-Absolvent namens Stephen Metcalfe.

Als Sohn eines millionenschweren Industriellen und seiner russischen Frau – Stephens Mutter stammte aus einer adeligen Familie, die Russland lange vor der Oktoberrevolution verlassen hatte –, war Stephen mit seinen Eltern viel gereist und hatte ein Schweizer Internat besucht. Er sprach Deutsch, Russisch, Französisch und Spanisch fließend und praktisch akzentfrei; die Metcalfes besaßen große Ländereien in Argentinien und verbrachten dort alljährlich einige Wintermonate. Und ihr Unternehmen unterhielt gute Geschäftsbeziehungen zu staatlichen sowjetischen Stellen.

Seit dem Tod ihres Vaters vor vier Jahren leitete Stephens Bruder Howard – der Verlässliche – das Firmenimperium der Familie. Stephen schloss sich Howard gelegentlich an, reiste mit ihm und unterstützte ihn auf jede nur mögliche Weise, aber er wollte sich nicht binden lassen, indem er die Mitverantwortung für die Führung eines Konzerns übernahm.

Außerdem war er mutig, aufsässig und exzessiv lebenslustig – ausnahmslos Eigenschaften, die er nach Corcorans Überzeugung für seine neue Rolle, die eines argentinischen Playboys in Paris, sehr gut würde brauchen können.

Derek Compton-Jones räusperte sich nervös. »Tatsächlich werden wir gar keinen Kurier brauchen«, sagte er.

Langhorne sah kurz auf, dann konzentrierte er sich sofort wieder auf seine Konsole.

»Ach, wirklich? Weißt du einen schnelleren Weg, dieses Zeug nach Manhattan zu bringen?«, fragte Metcalfe.

In diesem Augenblick öffnete sich die Tür in der Rückwand des Raums.

Metcalfe blickte in ein Gesicht, das er hier nicht zu sehen erwartet hätte: das ernste, abgespannte Gesicht Alfred Corcorans.

Kapitel Drei

Der Alte war wie immer untadelig gekleidet. Seine Krawatte war zu einem eleganten Windsorknoten gebunden. Der anthrazitgraue Anzug betonte seine hagere, zaundürre Gestalt. Er roch wie immer nach Pfefferminz – er war süchtig nach Pep-O-Mint Life Savers – und rauchte eine Zigarette. Er hustete trocken.

Compton-Jones setzte sich sofort an seinen Arbeitsplatz, und im Raum entstand lastendes Schweigen. Ihre gehobene Stimmung hatte sich augenblicklich verflüchtigt.

»Jesus, diese verdammten französischen Glimmstängel sind abscheulich! Die Chesterfields sind mir schon im Flugboot hierher ausgegangen – irgendwo über Neufundland. Stephen, wollen Sie sich nicht bei Ihrem Boss einschmeicheln, indem Sie mir ein paar amerikanische Zigaretten besorgen? Sie sind doch so ein verdammter Schwarzhändler, nicht wahr?«

Metcalfe stotterte unwillkürlich ein wenig, als er jetzt vortrat und Corky die Hand schüttelte. Mit der Linken hielt er weiter die gestohlenen Unterlagen umklammert. »Natürlich ... Corky ... Was tun Sie hier?« Corcoran war alles andere als ein Etappenhengst; er machte häufig Frontbesuche. Aber eine Reise ins belagerte Paris war schwierig, kompliziert und außerordentlich riskant. Er kam nicht oft nach Paris. Für seine Anwesenheit musste es einen guten Grund geben.

»Was *ich* hier tue?«, erwiderte Corcoran. »Die entscheidende Frage ist doch: Was tun *Sie* hier?« Er machte kehrt, ging in den Raum zurück, aus dem er gekommen war, und bedeutete Metcalfe, ihm zu folgen.

Metcalfe schloss die Tür hinter sich. Der Alte wollte ihn offenbar unter vier Augen sprechen. Aus Corkys Art sprach eine Dringlichkeit, die Metcalfe bei ihm nie zuvor erlebt hatte.

Im Nebenraum standen alle möglichen Büromaschinen, auch eine deutsche Schreibmaschine für Passierscheine und Kennkarten. Eine kleine Druckerpresse diente zur Herstellung von einfachen Fälschungen – schwieriger zu fälschende Dokumente kamen im Allgemeinen aus New York oder London – wie französische Reise- und Arbeitsgenehmigungen. Auf einem Tisch lagen alle möglichen Stempel, darunter eine gute Fälschung eines deutschen Zensurstempels. In einer Ecke des Raums, neben dem Garderobenständer mit Uniformen, stand ein Eichenschreibtisch, auf dem sich Papiere stapelte. Eine Leselampe mit grünem Schirm warf einen scharf begrenzten Kreis aus Licht.

Corcoran setzte sich hinter den Schreibtisch und forderte Metcalfe mit einer Handbewegung auf, Platz zu nehmen. Die einzige andere Sitzgelegenheit war ein an der Wand stehendes Feldbett. Metcalfe setzte sich unruhig, besorgt. Die gestohlenen Unterlagen legte er neben sich.

Der Alte musterte ihn zunächst schweigend. Seine Augen waren blass, hinter der fast farblosen Hornbrille wässrig grau.

»Ich bin bitter enttäuscht von Ihnen, Stephen«, sagte Corcoran leise. »Ich habe Unmengen von kostbaren

Ressourcen aufgewandt, um Sie hier zu etablieren, und was haben Sie dafür vorzuweisen?«

»Sir …«, begann Metcalfe.

Aber Corcoran ließ sich nicht beirren. »Die Zivilisation, wie wir sie kennen, wird von Hitlers gefräßigem Rachen verschlungen. Die Nazis haben Polen, Norwegen, Dänemark, Holland, Belgien, Luxemburg und nun Frankreich erobert. Sie haben die Briten gezwungen, aus Dünkirchen zu flüchten. Sie bomben London in Schutt und Asche. Der Kerl hat den ganzen Sandkasten für sich allein. Großer Gott, junger Mann, dies kann das Ende der freien Welt bedeuten. Und Sie … Sie schnüren *bustiers* auf, um Himmels willen!« Er zog eine Rolle Pep-O-Mint Life Savers heraus und steckte sich einen Drops in den Mund.

Metcalfe griff sich inzwischen die Papiere, die auf dem Feldbett neben ihm lagen, und schwenkte sie vor seinem Boss und Mentor. »Sir, mir sind gerade die streng geheimen Pläne für den großen deutschen U-Boot-Stützpunkt in Saint-Nazaire an der Atlantikküste in die Hände gefallen …«

»Ja, ja«, unterbrach Corcoran ihn ungeduldig, während er den Life Saver zerkaute. »Die deutschen Verbesserungen des Schleusensystems an der Einfahrt zu den U-Boot-Bunkern. Die habe ich schon gesehen.«

»Was?«

»Sie sind nicht mein einziger Agent, junger Mann.«

Metcalfe lief rot an, konnte die in ihm aufsteigende Empörung nicht unterdrücken. »Wer hat sie Ihnen beschafft? Das wüsste ich gern. Setzen Sie mehrere Agenten auf dasselbe Objekt an, besteht die Gefahr, dass wir einander in die Quere kommen, stolpern und die ganze Sache vermasseln.«

Corcoran schüttelte abwehrend den Kopf. »Sie wissen genau, dass Sie mich das nicht fragen dürfen, Stephen. Keiner meiner Agenten weiß jemals, was ein anderer Agent tut – das ist ein ehernes Gesetz.«

»Das ist auch verrückt ... Sir.«

»Verrückt? Nein, es ist vernünftig. Das allmächtige Prinzip der Untergliederung. Jeder von euch darf nur wissen, was er über seinen Auftrag, über seine Kollegen unbedingt wissen muss. Sonst fliegt das ganze Netzwerk auf, wenn auch nur einer von euch verhaftet und gefoltert wird.«

»Deswegen haben wir die Zyankalipillen bekommen«, wandte Metcalfe ein.

»Ja. Die aber nur hilfreich sind, wenn man eine gewisse Vorwarnzeit hat. Aber was ist, wenn Sie plötzlich geschnappt werden? Ich will Ihnen etwas erzählen: Einer meiner Agenten – dem ich einen wichtigen Posten bei der Companie Française des Petroles verschafft hatte – ist vor einer Woche von der Gestapo verhaftet worden. Seither habe ich nichts mehr von ihm gehört. Unglücklicherweise ist er jemand, der von der Existenz dieser Einrichtung hier weiß.« Corkys Handbewegung umfasste die gesamte Höhle. »Was ist, wenn er redet? Was ist, wenn er sich umdrehen lässt? Das sind die Fragen, die mir den Schlaf rauben.«

Danach herrschte einen Augenblick Schweigen. »Was führt Sie hierher, Sir?«

Corky schob die Unterlippe vor. »Ihr Deckname, Stephen. Er lautet Romeo, stimmt's?«

Metcalfe verdrehte die Augen, dann zuckte er verlegen mit den Schultern.

»Ihr Draufgängertum in Bezug auf das schöne Geschlecht bringt mich noch zur Verzweiflung.« Corky lachte trocken und steckte ein weiteres Pfefferminz in den Mund. »Aber gelegentlich ist die von Ihnen hinterlassene Spur aus gebrochenen Herzen unserer Sache sogar dienlich.«

»Wie das?«

»Ich spreche von einer Frau, mit der Sie vor einiger Zeit eine Affäre hatten.«

Metcalfe blinzelte. Das traf auf eine ganze Reihe von Frauen zu, und er hatte keine große Lust, sich auf ein Ratespiel einzulassen.

»Diese Frau – diese ehemalige Flamme von Ihnen – hat sich mit einem sehr wichtigen Nazi, einem hohen Beamten eingelassen.«

»Ich weiß nicht mal, von wem Sie reden.«

»Nein, natürlich nicht. Das war vor sechs Jahren. In Moskau.«

»Lana!«, flüsterte Metcalfe.

*

Er spürte den Schock wie einen Stromstoß. Nur ihren Namen zu hören – ein Name, den er nie wieder zu hören geglaubt hatte – ließ Lana vor seinem inneren Auge erscheinen, so deutlich war seine Erinnerung an sie.

Lana – Swetlana Baranowa – war eine außergewöhnliche Frau, unglaublich schön, faszinierend, leidenschaftlich. Sie war die erste große Liebe seines jungen Lebens gewesen.

Das Moskau des Jahres 1934 war eine düstere, verängstigte und mysteriöse Stadt, als Stephen Metcalfe, der eben sein Studium in Yale abgeschlossen hatte, die Metropole besuchte. Die Familie Metcalfe machte in einem gewissen

Umfang Geschäfte in Russland – in den zwanziger Jahren hatte Metcalfe senior mit staatlichen sowjetischen Stellen ein halbes Dutzend Gemeinschaftsunternehmen gegründet, die von einer Bleistiftfabrik in Nowgorod bis zur Ölexploration in Georgien reichten. Als es irgendwo gehakt hatte, was in der sowjetischen Bürokratie unvermeidbar war, hatte Metcalfe seine beiden Söhne hinübergeschickt, wo sie die Differenzen ausräumen sollten. Während sein Bruder Howard gleichmütig in endlosen, wenig fruchtbaren Besprechungen mit sowjetischen Funktionären saß, erkundete Stephen die Hauptstadt fasziniert staunend. Besonders hingezogen fühlte er sich zu dem großartigen Bolschoitheater, dessen imposanter Portikus von einem bronzenen Apoll auf seinem Streitwagen gekrönt wurde.

Dort, in dem riesigen Prachtbau aus dem 19. Jahrhundert, erlag er der Faszination einer schönen jungen Ballerina. Auf der Bühne schwebte, sprang und flog sie von einer ätherischen Aura umgeben, die durch ihren Porzellanteint, dunkle Augen und seidiges schwarzes Haar noch erhöht wurde. Abend für Abend bewunderte er ihre scheinbar mühelosen graziösen Bewegungen in *Roter Mohn* und *Schwanensee*. Aber sie war niemals eindrucksvoller als in der Hauptrolle von Igor Moisejews Version von *Tristan und Isolde.*

Nachdem Metcalfe es endlich geschafft hatte, eine Begegnung mit ihr zu arrangieren, wirkte die junge Russin von den Aufmerksamkeiten des reichen Amerikaners geradezu überwältigt. Aber sie hatte keine Ahnung, wie überwältigt der reiche Amerikaner von ihr war – auch wenn er als kultivierter Mann von Welt auftrat. Als die Verhandlungen im Auftrag des Vaters nach einigen Monaten beendet waren, reisten die Brüder Metcalfe wieder aus Moskau ab. Für Stephen war der Abschied von Swetlana Baranowa die schmerzlichste Trennung seines bisherigen Lebens. Im Nachtzug von Moskau nach Leningrad saß Stephen in einem Schlafwagenabteil die ganze Nacht mit versteinerter Miene wach. Howard dagegen schlief gut neben ihm, und als er eine Stunde vor der Ankunft in Leningrad von der mürrischen Alten geweckt wurde, die ihnen Tee servierte, scherzte er mit seinem jüngeren Bruder und machte sich über ihn lustig. Howard war so vernünftig und gefühllos, wie es nur ältere Brüder sein können. »Komm schon, vergiss sie«, forderte er Stephen auf. »Sie ist eine *Ballerina,* um Himmels willen. Die Welt ist voller schöner Frauen – das wirst du schon noch merken.«

Stephen starrte nur trübselig aus dem Abteilfenster, vor dem endlose Wälder vorbeizogen.

»Außerdem kannst du's mit ihr nicht ernst gemeint haben. Ich möchte nicht wissen, was Vater sagen würde, wenn er jemals herausbekäme, dass du dich mit einer Ballerina eingelassen hast. Das ist fast so schlimm wie eine *Schauspielerin*!«

Metcalfe ächzte, starrte weiter aus dem Fenster.

»Eines gebe ich allerdings zu«, sagte Howard. »Die Kleine war wirklich zum Anbeißen.«

*

»Swetlana Baranowa ist jetzt Primaballerina am Bolschoi«, sagte Alfred Corcoran. »Und seit einigen Monaten ist sie die Geliebte eines in Moskau stationierten hohen Beamten des deutschen Auswärtigen Amts.«

Metcalfe schüttelte den Kopf, als wolle er sein Gehirn von Spinnweben befreien. »Lana?«, wiederholte er. »Mit einem *Nazi*?«

»Offenbar«, sagte Corcoran.

»Und ... und woher wissen Sie, dass ich ... dass ich eine ... eine Affäre mit ihr gehabt habe?«

»Sie werden sich bestimmt erinnern, dass ich Sie bei der Einstellung einen langen, detaillierten Fragebogen habe ausfüllen lassen, über fünfzig Seiten. Darin sollten Sie sämtliche Auslandskontakte angeben – Freunde, Angehörige, Verwandte, jedermann. Sie haben Verwandte in Buenos Aires, Schulfreunde in Luzern, Freunde in London und Madrid angegeben. Aber niemanden in Moskau, obwohl Moskau auf der Liste Ihrer Reiseziele genannt war. In diesem Punkt habe ich nachgehakt – sollten Sie wirklich ein paar Monate in Moskau gelebt und *niemanden* kennen gelernt haben? Und Sie haben zugegeben, dass Sie dort diese ... nun, diese Affäre gehabt haben.«

»Das hatte ich vergessen.«

»Mein New Yorker Mitarbeiterstab ist ziemlich klein, wie Sie wissen, aber meine Leute sind findig. Sie verstehen sich darauf, Querverbindungen herzustellen. Als ein Bericht über einen gewissen Rudolf von Schüssler, Attaché der deutschen Botschaft in Moskau und angeblich kein überzeugter Nazi, auf dem Schreibtisch einer Rechercheurin gelandet ist, war sie clever genug, um eine Verbindung zwischen zwei Fakten herzustellen. In dem Überwachungsbericht wurde Schüssler mit einer Ballerina des Bolschoitheaters namens Swetlana Baranowa in Verbindung gebracht, und dieser Name ist meiner Mitarbeiterin bekannt vorgekommen.«

»Lana die Geliebte eines deutschen Diplomaten?«, sinnierte Metcalfe laut, allerdings mehr für sich selbst.

»Seit Hitler und Stalin letztes Jahr ihren Nichtangriffspakt geschlossen haben, dürfen die deutschen Diplomaten in Moskau gesellschaftlich relativ frei mit ausgewählten privilegierten Russen verkehren. Der deutsche auswärtige Dienst ist natürlich ein Hort reicher Aristokraten aus alten Familien – das Gesellschaftsregister ist nicht auf unser Land beschränkt, wie Sie wissen –, von denen einige ganz unverblümt durchblicken lassen, dass sie Hitler und seine Nazirabauken verabscheuen. Wir vermuten, dass Rudolf von Schüssler mit der geheimen Opposition gegen Hitler sympathisiert. Aber trifft das zu? Und wie stark sind seine Sympathien? So stark, dass er bereit wäre, an Hitlers Sturz mitzuarbeiten? Das müssen Sie für mich herausfinden.«

Während Metcalfe nickte, fühlte er seine Erregung wachsen. Wieder nach Moskau! Und ... zu Lana!

»Den Ablauf stelle ich mir folgendermaßen vor«, fuhr Corcoran fort. »Heutzutage ist's für Ausländer verdammt schwierig, in die Sowjetunion reinzukommen. Das war noch nie einfach, aber jetzt ist's schwieriger denn je. Vermutlich wäre es möglich, einen Agenten getarnt einzuschleusen, aber das wäre außerordentlich riskant. Und es ist in diesem Fall auch nicht nötig. Ich möchte, dass Sie ohne Tarnung hinreisen – einfach als Sie selbst. Sie werden einen völlig plausiblen Grund für eine Moskaureise haben: Ihre Familie muss abschließende Verhandlungen wegen einer Kapitalerhöhung bei einigen alten Gemeinschaftsunternehmen führen.«

»Davon weiß ich nichts.«

»Oh, Ihnen wird schon was einfallen. Die Einzelheiten besprechen Sie am besten mit Ihrem Bruder. Dazu verschaffen wir Ihnen bald Gelegenheit. Glauben Sie mir, sobald Aussicht besteht, dass Devisen ins Land kommen, sind die Sowjets nur allzu gern zu Gesprächen bereit. Auch wenn sie uns täglich in der *Prawda* anprangern.«

»Sie reden von Schmiergeldern.«

»Ich rede von allem, was nötig ist. Die Methode interessiert nicht. Wichtig ist nur, dass die Russen Ihnen ein Visum ausstellen, damit Sie sich legal in Moskau aufhalten können. Während Ihres Aufenthalts werden Sie auf einer Party in unserer Botschaft ›zufällig‹ Ihrer alten Flamme Swetlana wieder begegnen. Sie werden sich mit ihr verabreden, was ganz normal ist.«

»Und?«

»Die Details überlasse ich Ihnen. Vielleicht können Sie die alte Romanze wieder aufleben lassen.«

»Die ist passé, Corky. Wir haben uns getrennt.«

»In aller Freundschaft, wie ich Sie kenne. Ihre ehemaligen Geliebten scheinen sich alle mit wehmütiger Zuneigung an Sie zu erinnern. Wie Sie das schaffen, ist mir ein Rätsel.«

»Aber *wozu*?«

»Dies ist eine äußerst seltene Gelegenheit. Eine Chance für Sie, außerhalb offizieller Anlässe in informeller, privater Atmosphäre mit einem sehr wichtigen deutschen Diplomaten zu verkehren, der einen direkten Draht zu Außenminister von Ribbentrop und folglich auch zum Führer hat.«

»Um *was* zu tun?«

»Um ihn einzuschätzen. Finen Sie heraus, ob Sie die Berichte bestätigen können, die wir erhalten haben – dass dieser Mann insgeheim ein Regimegegner ist.«

»Wenn Sie bereits Berichte über ihn haben, können seine Antipathien kein großes Geheimnis sein.«

»Unsere Diplomaten verstehen sich darauf, Nuancen zu erfassen. Sie berichten über Feinheiten, scherzhafte Nebenbemerkungen, solche Dinge. Aber das ist nicht mit einer vollständigen, intensiven Beurteilung durch einen ausgebildeten Agenten zu vergleichen. Ist von Schüssler tatsächlich ein heimlicher Gegner von Adolf Hitlers Größenwahn, können wir ihn vielleicht als überaus wertvollen Informanten einsetzen.«

»Sie wollen, dass ich ihn umdrehe, stimmt's?«

»Gehen wir lieber Schritt für Schritt vor«, wehrte Corcoran ab. »Ich möchte, dass Sie morgen unter Ihrem richtigen Namen beim hiesigen sowjetischen Generalkonsulat am Boulevard Lannes ein Visum beantragen. Trotz des privilegierten Status, den Ihre Familie bei den Sowjets genießt, dauert die Bearbeitung bestimmt ein paar Tage, vielleicht sogar eine Woche. Bis dahin erledigen Sie, was Sie hier in Paris noch zu tun haben, verbrennen aber keine Schiffe hinter sich. Morgen mache ich Sie mit einem sehr cleveren Mitarbeiter von mir bekannt, der auf einige der Tricks spezialisiert ist, die Sie in Moskau brauchen werden.«

Metcalfe nickte. So aufregend die Idee war, nach Moskau zurückzukehren, war sie nichts im Vergleich zu dem Gedanken, Swetlana Baranowa wiederzusehen – und noch dazu aus einem so wichtigen Grund.

Corcoran stand auf. »Gehen Sie, Stephen. Wir dürfen keine Zeit verlieren. Mit jedem Tag, der vergeht, erringen die Nazis einen weiteren Sieg. Sie fallen in ein weiteres Land ein. Sie bombardieren eine weitere Stadt. Sie werden immer stärker und gieriger, während wir an der Seitenlinie sitzen und zuschauen. Wie Sie wissen, sind bei uns einige kriegswichtige Güter knapp – Zucker und Schuhe, Benzin und Gummi, Munition. Aber unser knappstes Gut ist Zeit.«

Kapitel Vier

Der Geiger spielte sein Lieblingsstück, Beethovens Kreutzer-Sonate, aber er hatte nicht die geringste Freude daran. Zum einen war die Pianistin miserabel. Sie war die unscheinbare, bestenfalls dürftig begabte Frau eines höheren SS-Führers, die wie eine Jugendliche bei einem Schulkonzert spielte. Sie war keine Musikerin. Sie hämmerte gefühllos auf den Tasten herum und vermasselte das Stück bei einigen drängenden, empfindsamen Passagen völlig. Und sie hatte die irritierende Angewohnheit, Akkorde zu deformieren, indem sie die Tasten mit der Linken einen Augenblick früher anschlug als mit der Rechten. Den ersten Satz, das stürmische Allegro, hatte sie halbwegs passabel gespielt. Aber die alte Hexe hatte kein Gefühl für die Subtilitäten des dritten Satzes, das *Andante cantabile* mit seinen virtuosen rhythmischen Ausschmückungen.

Zum anderen war die Sonate komplex, selbst für einen guten Musiker wie ihn war sie eine Herausforderung. Nachdem Beethoven die Partitur dem berühmten Pariser Geiger Rodolphe Kreutzer gewidmet und geschickt hatte, hatte Kreutzer sie als unspielbar bezeichnet und selbst niemals öffentlich gespielt.

Obendrein war die Akustik miserabel. Dies war das Heim des unmittelbaren Vorgesetzten des Geigers: Standartenführer H. J. Kieffer, Chef der Pariser Abteilung Spionageabwehr des SS-Sicherheitsdiensts. Der Raum war mit Teppichen ausgelegt, zu denen schwere Samtportieren und Wandteppiche kamen, die jeden Ton verschluckten. Der Konzertflügel war ein sehr guter, aber jämmerlich verstimmter Bechstein.

Kleist wusste wirklich nicht, weshalb er sich überhaupt bereit erklärt hatte, heute Abend zu spielen.

Schließlich gab es sehr viel zu tun, und sein Geigenspiel war nur eine Liebhaberei.

Plötzlich stieg ihm ein Duft in die Nase. Er erkannte das Aroma von Bergamotten, Orange und Rosmarin auf der Grundlage einer Mischung aus Neroliöl und Moschus und wusste sofort, was er roch: 4711, das Eau de Cologne des deutschen Parfümherstellers Muelhens.

Ohne auch nur aufzusehen, wusste Kleist, dass Müller den Raum betreten hatte. Müller, sein hiesiger Aufpasser im Sicherheitsdienst, gehörte zu den wenigen Männern im SD, die Rasierwasser benützten. Die meisten SD-Männer hielten solche Angewohnheiten für unmännlich und affektiert.

Da Müller weder am Abendessen noch an dem Hauskonzert teilgenommen hatte, musste er dienstlich Wichtigeres zu tun gehabt haben. Kleist beschloss, auf die Reprise zu verzichten und den vierten Satz in rascherem Tempo zu nehmen, um das Stück zu Ende zu bringen. Es gab zu tun.

Der Beifall war begeistert, herzlich und laut, wenn man berücksichtigte, dass nur etwa fünfundzwanzig Zuhörer anwesend waren, alles SD-Führer mit ihren Ehefrauen oder Freundinnen. Kleist nickte dankend und hastete zur linken Seite des Raums hinüber, wo Müller auf ihn wartete.

»Wir sind bei den Ermittlungen deutlich weitergekommen«, sagte Müller ruhig.

Kleist, der seine Violine in einer Hand und den Bogen in der anderen hielt, nickte. »Die Funkstation«, sagte er.

»Richtig. In der Touraine hat die RAF letzte Nacht Lastenfallschirme abgeworfen. Mehrere Behälter mit Funkgeräten und Ersatzteilen dafür. Unser Informant hat uns den Abwurf gemeldet.« Er fügte selbstgefällig hinzu: »Unser Informant hat sich noch nie getäuscht. Er ist überzeugt, dass dieser Abwurf uns zum *réseau* führen wird.« Das französische Wort für Netz war ihr Deckname für den Spionagering, gegen den sie ermittelten.

»Die Funkgeräte sind nach Paris gebracht worden?«, fragte Kleist. Jemand hielt sich in der Nähe auf und wollte ihm vermutlich zu seinem Spiel gratulieren. Kleist drehte sich um, erkannte die Frau nicht, nickte brüsk und wandte sich wieder Müller zu. Die Frau entfernte sich.

»In eine Wohnung in der Rue Mazagran unweit der Porte Saint-Denis.«

»Dort befindet sich die Funkstation? In der Rue Mazagran?«

Müller schüttelte den Kopf. »Die Wohnung dient nur als Zwischenlager. Sie gehört einer alten Nutte.«

»Sind die Geräte ausgeliefert worden?«

Müller lächelte und nickte langsam. »Tatsächlich sind sie abgeholt worden. Von einem Agenten, den wir für einen Engländer halten, der hier unter falschem Namen lebt.«

»Und?«, fragte Kleist ungeduldig.

»Er hat unsere Leute abgehängt.«

»Was?« Kleist seufzte angewidert. Die Unfähigkeit vieler SD-Ermittler war grenzenlos. »Sie wollen, dass ich mit dieser Nutte rede«, sagte er.

»Möglichst bald«, sagte Müller. »Sie haben übrigens recht gut gespielt. War das Bach?«

*

Die Nutte ging ihrem Gewerbe unter dem großen Triumphbogen nach, der im 17. Jahrhundert zur Feier der Siege Ludwigs XIV. in Flandern und im Rheinland errichtet worden war. Insgesamt standen dort sogar fünf Nutten. Sie schwatzten miteinander, während sie ihre Gesichter und Körper den Passanten zuwandten: abgehetzte Männer, die sich beeilten, um vor Beginn der Ausgangssperre zu Hause zu sein. Sie konnte jede dieser Frauen sein, begriff Kleist.

Als er in seiner frisch gebügelten grünen SD-Uniform an ihnen vorbeischlenderte, stellte er fest, dass drei von ihnen zu jung waren, um die von Müller beschriebene »alte Nutte« zu sein, deren Wohnung als Zwischenlager für die von der Royal Air Force abgeworfenen Funkgeräte gedient hatte. Nach Müllers Auskunft war die Nutte Anfang vierzig und hatte einen 24-jährigen unehelichen Sohn, der in der Résistance aktiv war. Sie ließ ihren Sohn ihre Wohnung oft als Zwischenlager benützen. Nur zwei der Prostituierten sahen alt genug aus, um einen 24-jährigen Sohn zu haben.

Kleists Nasenlöcher weiteten sich. Sie fingen die unverkennbare Geruchsmischung auf, die er mit französischen Prostituierten in Verbindung brachte: der Gestank nach billigen Zigaretten und nach den billigen Parfüms, die sie notorisch benützten, um mangelhafte Hygiene zu verbergen. In ihre starken weiblichen Körpergerüche mischte sich der Geruch von nicht ganz abgewaschenem Sperma. Eine ziemlich abstoßende Mischung.

Sie alle bemerkten seine Uniform, die er absichtlich anbehalten hatte. Einige von ihnen hatten sich ihm zugewandt, lasziv gelächelt und ihm in schlechtem Deutsch einen guten Abend gewünscht. Die beiden, die sich diese Mühe sparten, waren die älteren Nutten, was ihn nicht überraschte. Wahrscheinlich verabscheuten die älteren Frauen die deutschen Besatzer mehr als die jüngeren. Er blieb stehen, lächelte die Nutten an und wandte sich ihnen wieder zu. Diesmal ging er dichter an ihnen vorbei.

Als er nahe genug heran war, konnte er Angst riechen. Wie Kleist aus Erfahrung wusste, traf es nicht zu, dass nur Hunde Angst bei Menschen wittern konnten. Er war ein Amateurbiologe. Turbulente Emotionen, vor allem panische Angst, stimulierten die Schweißdrüsen unter den Achseln und in der Leistengegend. Ihre Absonderungen traten durch die Haarbälge aus. Der Geruch war stark, nach Moschus riechend und sauer, er war wirklich unverkennbar.

Er konnte ihre Angst riechen.

Die Prostituierte verabscheute Deutsche nicht nur, sie hatte auch noch Angst vor ihnen. Sie sah seine Uniform, erkannte ihn als SD-Angehörigen und hatte schreckliche Angst, ihre Rolle in der Widerstandsbewegung könnte entdeckt worden sein.

»Du«, sagte Kleist und deutete auf sie.

Sie wich seinem Blick aus, wandte sich ab. Das war eine zusätzliche Bestätigung, obwohl er gewiss keine brauchte.

»Der deutsche Monsieur will aber dich, Jacqueline«, sagte eine ihrer jüngeren Kolleginnen neckend.

Sie drehte sich widerstrebend um und hielt seinem Blick stand. Ihr Haar war mit Wasserstoffperoxyd blondiert – aber schlecht und vor längerer Zeit. »Oh, ein schneidiger Soldat wie du kann was Besseres finden als mich«, sagte sie in bemüht frivolem Tonfall. Ihre Stimme war rau von Zigarettenrauch. Er glaubte, das Herzjagen im Zittern ihrer Stimme hören zu können.

»Mir ist eine reife Frau lieber«, sagte Kleist. »Eine mit Erfahrung. Die eine Menge weiß.«

Die anderen Nutten gackerten und kicherten.

Die Blondine trat sehr widerstrebend auf ihn zu. »Wohin gehen wir?«, fragte sie.

»Ich habe keine Unterkunft«, sagte Kleist. »Ich bin nicht in Paris stationiert.«

Die Nutte zuckte mit den Schultern, während sie nebeneinander weitergingen. »Ganz in der Nähe kenne ich eine stille Gasse.«

»Nein. Die genügt nicht für das, woran ich denke.«

»Aber wenn du kein Quartier hast …«

»Wir brauchen ein Bett, ein Zimmer, in dem wir ungestört sind.« Ihr Widerstreben, ihn in ihre Wohnung mitzunehmen, grenzte ans Komische. Er genoss es, mit ihr Katz und Maus zu spielen. »Du wohnst doch bestimmt irgendwo in der Nähe. Ich gebe dir auch gern etwas extra.«

Das Haus, in dem sie in der Rue Mazagran wohnte, war heruntergekommen, fast baufällig. Die vier Treppen zu ihrer Wohnung stiegen sie schweigend hinauf. Sie brauchte lange, um in ihrer Handtasche die Wohnungsschlüssel zu finden, und sie war sichtlich nervös. Dann ließ sie ihn endlich ein. Die Wohnung war überraschend groß, spärlich möbliert. Die Blondine führte ihn in ihr Schlafzimmer und deutete auf die Tür zum Bad. »Falls du auf die Toilette musst«, sagte sie.

Das Bett war groß, die Matratze durchgelegen. Sie war mit einem abgenutzten scharlachroten Laken bespannt. Er setzte sich auf die Bettkante, und sie nahm neben ihm Platz. Sie fing sofort an, seine Uniformjacke aufzuknöpfen.

»Nein«, sagte er. »Zieh dich zuerst aus.«

Sie stand auf, ging ins Bad und schloss die Tür hinter sich. Er horchte sorgfältig aufs Scharren einer Schublade, auf das Geräusch einer aus ihrem Versteck geholten Waffe. Aber er hörte nur Wasser aus einem Hahn plätschern. Einige Minuten später kam sie in einem türkisgrünen Morgenrock zurück, den sie kurz öffnete, um ihn ihren nackten Leib sehen zu lassen. Für eine Frau ihres Alters hatte sie überraschend feste Brüste.

»Bitte ohne Morgenrock«, sagte Kleist.

Sie zögerte nur wenige Sekunden, bevor sie den Morgenrock zu Boden gleiten ließ und ihren Körper mit hochmütigem Stolz präsentierte. Dann trat sie nackt auf ihn zu, blieb neben ihm stehen und machte sich wieder daran, seine Uniformjacke aufzuknöpfen.

»Leg dich bitte aufs Bett«, sagte Kleist.

Sie gehorchte bereitwillig und bewegte sich einstudiert graziös. Posierend streckte sie sich auf dem Bett aus. »Du bist ein sittsamer Mann«, sagte sie. »Du bleibst lieber angezogen.«

»Ja«, bestätigte Kleist schüchtern. »Und können wir erst ein bisschen miteinander reden, hmmm?«

Sie zog die Augenbrauen hoch. »Ich soll unanständig mit dir reden, meinst du das?«

»Du bist eine Frau, die mir eine Menge beibringen könnte, darauf würde ich wetten.« Er roch die feuchte Sackleinwand, noch bevor er einen Zipfel des Rupfensacks unter ihrem Bett sah. Der Sack musste zum Transport der Geräte gedient haben, sagte Kleist sich. Deshalb war er noch feucht. Vielleicht regnete es auf dem Land. »Ah, der Duft eurer herrlichen Landschaften.«

»Wie bitte?«

Er griff nach unten, bekam den Sackzipfel zu fassen und zog den sorgfältig zusammengelegten Rupfensack ganz heraus. »Ja, ich rieche den fruchtbaren Boden des Loiretals. Den feuersteinhaltigen Ton, den Lehmboden. Die Touraine, ja?«

Sie wirkte sofort ängstlich, tarnte ihre Besorgnis aber mit einem Schulterzucken. Dann streckte sie eine erfahrene Hand aus und griff ihm zwischen die Beine. »Ihr deutschen Soldaten habt so große Pakete«, murmelte sie. »Für mich ist das immer sehr erregend.«

Kleists Glied reagierte nicht. Er legte eine Hand auf ihre zupackende, knetende Kralle und schob sie weg. »Weil wir gerade von Paketen sprechen«, sagte er. »Die Felder der Touraine eignen sich gut für den Abwurf von Paketen, stimmt's?«

»Ich weiß nicht, wovon du redest. Ich war noch nie in der Touraine und ...«

»Du vielleicht nicht, aber dein Sohn René war schon mehrmals dort, stimmt's?«

Die Nutte starrte ihn an, als habe er sie ins Gesicht geschlagen. Sie wurde bleich. »Wovon redest du überhaupt?«, fragte sie. »Was willst du von mir?«

»Nur ein paar Informationen. Wie ich schon gesagt habe, bist du eine Frau, die eine Menge weiß. Ich will nur einen Namen hören.«

Sie setzte sich auf und verschränkte die Arme vor ihrer nackten Brust. »Bitte geh jetzt«, sagte sie. »Du irrst dich.

Ich verdiene mir meinen Lebensunterhalt durch ehrliche Arbeit, und mehr weiß ich nicht.«

»Ich glaube, du willst nur deinen einzigen Sohn schützen«, sagte Kleist ruhig. »Aber in Wirklichkeit schadest du ihm. Ihm und seiner Frau und seinem zweijährigen Sohn – deinem Enkel. Wenn du mir nicht erzählst, was ich wissen muss, werden alle drei vor Sonnenaufgang erschossen. Dafür kann ich garantieren.«

»Was *willst* du?«, rief die Nutte aus. »Diese Leute benützen immer nur meine Wohnung.«

»Nur einen Namen«, sagte er. »Den Namen des Engländers, der die Geräte abgeholt hat. Und wie man mit ihm Verbindung aufnehmen kann.«

»Ich weiß *nichts*!«, behauptete sie.

Kleist lächelte. Sie war sehr rasch eingeknickt. »Du hast eine sehr einfache Wahl. Die Sache mit deinem Sohn interessiert mich nicht. Mich interessiert nur dieser Engländer. Du sagst mir seinen Namen und wie er zu erreichen ist und rettest dadurch Sohn und Enkel. Sonst sind sie in einer Stunde tot. Du hast die Wahl.«

Sie erzählte ihm alles, was er wissen wollte. Die Informationen sprudelten als ängstlicher Sturzbach aus ihr heraus.

»Danke«, sagte Kleist.

»Verschwinde jetzt, *boche*!«, fauchte sie ihn an. »Raus aus meiner Wohnung, du dreckiger Nazi!«

Kleist ließ sich durch die traurigen Bemühungen der Prostituierten, sich einen Rest von Würde zu bewahren, nicht aus der Ruhe bringen. Schließlich hatte sie ihm alles erzählt. Das war's nicht, was ihm Sorgen machte. Nein, es war die Gewissheit, dass sie ihrem Sohn von diesem Besuch eines SD-Führers erzählen würde. Davon konnte der Engländer erfahren, bevor sie ihn ausheben konnten, und das durfte auf keinen Fall passieren.

Er beugte sich zu ihr hinüber, streichelte ihre Brüste, ihre Schultern. »So darfst du nicht reden«, sagte er halblaut. »So schlimm sind wir wirklich nicht.«

Ihr Körper versteifte sich unter seiner Berührung, und sie drehte den Kopf weg. So sah sie die E-Saite aus Katgut nicht aufblitzen, als Kleist sie aus der Tasche zog und sie mit beiden Händen wie eine Garotte packte. Als sie spürte, wie die Darmsaite sich in ihren Hals einschnitt, versuchte sie noch zu schreien, brachte aber keinen Ton heraus. Wenige Sekunden später roch er Ausscheidungen, und der Gestank vermischte sich mit dem Kolofoniumduft der Violinsaite. Manchmal war sein außergewöhnlich guter Geruchssinn eine Last. Als sie tot war, zog er die Saite von ihrem Hals und steckte sie zusammengerollt wieder ein.

Nachdem er sich sorgfältig die Hände gewaschen hatte, um den Gestank abzuspülen, verließ er die Wohnung der Nutte.

Kapitel Fünf

Die Zeit drängte, wie Corcoran so nachdrücklich betont hatte. Als Erstes musste er ein sowjetisches Visum beantragen. Das konnte er in Paris tun, im sowjetischen Generalkonsulat am Boulevard Lannes. Die deutschen Besetzer von Paris waren jetzt Partner der Russen; Moskau würde also kooperativ sein. Noch wichtiger war, dass die Familie Metcalfe weiterhin Geschäftsbeziehungen zu staatlichen russischen Stellen unterhielt. Deshalb konnten die Metcalfes von Moskau eine Vorzugsbehandlung erwarten. Er würde problemlos ein Visum bekommen, davon war er überzeugt.

Aber zuvor würde er sich mit seinem Bruder Howard in New York in Verbindung setzen müssen. Da Howard das Familienunternehmen leitete, würde er den Sowjets den Moskaubesuch seines Bruders ankündigen müssen. Diese Bitte seines jüngeren Bruders würde Howard bestimmt verblüffen. Er wusste, dass Stephen als eine Art Geheimagent für Washington arbeitete, hatte aber aus Sicherheitsgründen nie mehr darüber erfahren.

Als Metcalfe die Höhle verließ, war der Betrieb oben in der Bar ruhiger geworden. Zwei der drei Gäste waren noch da, aber sie gehörten zu den friedlichen Trinkern, die allein dasaßen und sich in dumpfes, stilles Vergessen tranken. Nur Pasquale, der Barkeeper, sah ihn die Treppe vom Abort heraufkommen.

Pasquale saß mit einem Stapel Bons über einen Abakus gebeugt und rechnete die Abendeinnahmen zusammen. Er sah auf, als er Metcalfes Schritte hörte, und zwinkerte ihm zu. Dabei machte er eine rasche Handbewegung – Daumen und Zeigefinger an die Lippen geführt, als hielten sie einen Glimmstängel –, und Metcalfe nickte. Der Barkeeper hatte ihn an die Zigaretten erinnert, nach denen er so gierte, und Stephen hatte bestätigt, dass er an ihn denken würde. Metcalfe klopfte Pasquale wortlos auf die Schulter, bevor er die Bar durchquerte und zur Straße hinaufstieg.

Er sah auf seine Armbanduhr: kurz nach ein Uhr morgens.

Um diese Nachtzeit waren die Straßen von Paris menschenleer. Metcalfe war müde und hätte ein paar Stunden Schlaf brauchen können, aber gleichzeitig hatte der Treff mit Corky ihn revitalisiert, ihn voller Adrenalin gepumpt. Obwohl er dringend Schlaf brauchte, hätte er jetzt kein Auge zumachen können.

Es war spät, gewiss, aber auch zu spät? Er kannte eine Frau, die zugleich eine seiner wichtigsten Quellen war. Sie war eine Kryptografin ... eine Nachteule, die nie früh ins Bett ging, obwohl sie um neun Uhr morgens wieder an ihrem Schreibtisch sitzen musste.

Er sei ihr zu jeder Tages- und Nachtzeit willkommen – hatte sie das nicht schon oft gesagt? Nun, mit einem Besuch um diese Zeit könnte er diese Bemerkung auf ihren Wahrheitsgehalt überprüfen.

Flora Spinasse war eine eher unscheinbare Frau, aber eine liebe Freundin: anfangs etwas scheu und zurückhaltend, jedoch verspielt und dann leidenschaftlich, sobald sie einmal in Fahrt war. Bis zum deutschen Einmarsch vor fünf Monaten war sie Kryptografin in der *Direction Générale de la Sûreté Nationale,* dem französischen Inlandsgeheimdienst, gewesen. Nach dem Einmarsch der Deutschen hatte die Gestapo die *Sûreté* übernommen, und ihre Zentrale im Gebäude 11 Rue des Saussaies war das Gestapohauptquartier geworden.

Nach einer Säuberung des Apparats von unerwünschten Personen hatte die Gestapo möglichst viele französische Angestellten behalten, weil ihr Leute fehlten, die perfekt Französisch sprachen. Die meisten Sekretärinnen und Sachbearbeiterinnen blieben. Die Französinnen mochten ihre neuen Chefs nicht, aber wer blieb, war klug genug, den Mund zu halten, um seinen Arbeitsplatz nicht zu verlieren.

Alle hatten jedoch ein Privatleben, einen familiären Hintergrund, und Flora Spinasse hatte ihre eigene kleine Tragödie erlebt. Ihre geliebte Großmutter hatte beim Einmarsch der Deutschen den Tod gefunden. Das Pflegepersonal des Pariser Krankenhauses, in dem ihre Großmutter damals gelegen hatte, hatte die Stadt eilig verlassen wollen, und einige Patienten waren für einen Abtransport zu krank gewesen. Diese Patienten, unter ihnen Floras verehrte *grandmère,* hatten eine tödliche Spritze bekommen. Flora hatte stumm getrauert, aber ihr Zorn darüber, was die Nazis Paris – und letztlich auch ihrer Großmutter – angetan hatten, schwelte in ihrem Herzen weiter.

Das alles hatte Stephen gewusst – Corkys Netzwerk hatte die Vorarbeit geleistet, indem es Patientenlisten von Krankenhäusern mit den Personallisten wichtiger Dienststellen im besetzten Paris abgeglichen hatte –, bevor er Flora »zufällig« im Parc Monceau kennen gelernt hatte. Dass dieser gut aussehende, reiche Argentinier sich um sie bemühte, hatte ihr geschmeichelt und sie verlegen gemacht, und sie hatten sich gemeinsam über die dummen, frisch gemalten deutschen Schilder amüsiert, die plötzlich überall auf dem Rasen standen: RASEN NICHT BETRETEN! Vor dem Einmarsch der Deutschen hatte man im Parc Monceau überall picknicken dürfen. Aber jetzt? Das war so … so typisch *deutsch!*

Die von den Deutschen verhängte Ausgangssperre galt ab Mitternacht, sodass jeder, der auch nur einen Funken Verstand hatte, zu Hause oder bei Freunden war, statt auf der Straße herumzulaufen. Ein Verstoß gegen die Ausgangssperre konnte eine Nacht hinter Gittern bedeuten. Leute, die auf der Straße aufgegriffen wurden, mussten manchmal die ganze Nacht deutsche Soldatenstiefel putzen oder in Militärküchen Kartoffeln schälen.

Es war ein langer Fußmarsch bis zu Floras Wohnung in der Rue de le Boétie. Stephen hatte seinen starken Hispano-Suiza in der Nähe seiner eigenen Wohnung in der Rue de Rivoli geparkt. Das war nur vernünftig, denn wäre er mit dem Wagen zu der Abendgesellschaft gefahren, hätte er ihn ohnehin in der Nähe der Avenue Foch zurücklassen müssen. Hinter sich hörte er das Grollen eines Automotors. Ein schwarzer Citroën – bestimmt ein Dienstwagen der Gestapo – röhrte vorbei. Seine Insassen hatten es zu eilig, um anzuhalten und einen einzelnen Fußgänger zu kontrollieren, der um diese Zeit längst hätte zu Hause sein müssen.

Die Nacht war kälter geworden, der Wind böig. Metcalfe spürte, wie seine Ohren, seine Fingerspitzen vor Kälte taub wurden. Er wünschte sich, er hätte sich seinen Mantel geholt, bevor er die Abendgesellschaft verlassen hatte, aber das war natürlich nicht möglich gewesen.

Keine Minute später fuhr eine grüne Minna – ein *panier à salade,* wie die Franzosen sagten, ein Salatkorb – mit Festgenommenen an ihm vorbei. Metcalfe spürte einen Anfall von Paranoia, bis ihm einfiel, dass die meisten Fahrzeuge, die spätnachts unterwegs waren, im Dienst der Besatzungsmacht standen. Dann sah er eine Telefonzelle und überquerte die Straße. Als er sich ihr näherte, sah er das Schild, zweckmäßigerweise mit französischem Text, das die Deutschen ans Glas geklebt hatten: ACCÈS INTERDIT AUX JUIFS, Zutritt für Juden verboten. Im nächsten Augenblick hörte er eine laute Stimme, dazu Schritte, die in seine Richtung kamen.

»He! Sie! Halt, stehen bleiben!«

Metcalfe hob gleichmütig den Kopf und sah einen *flic,* einen französischen Polizeibeamten, der auf ihn zugerannt kam. Trotzdem ging er zur Telefonzelle weiter.

»He! *Sie!* Ihre Kennkarte!« Der Polizeibeamte war Anfang zwanzig und sah nicht so aus, als müsse er sich schon rasieren.

Metcalfe zuckte mit den Schultern, lächelte freundlich und gab ihm seine von der *Préfecture de Police* auf den Namen Daniel Eigen ausgestellte *carte d'identité.* Der Franzose begutachtete sie misstrauisch. Als er merkte, dass er einen Ausländer angehalten hatte, richtete er sich etwas auf und nahm die Schultern zurück.

»Die Ausgangssperre beginnt um Mitternacht«, sagte der junge Beamte tadelnd. »Danach dürfen Sie nicht mehr auf die Straße; das wissen Sie genau.«

Metcalfe wies mit dem Handrücken auf sein Smokingjackett und lächelte dabei schief. *Ich bin ein erbärmlicher Trinker, ein verkommenes Subjekt,* besagten seine Haltung, sein reumütiges Grinsen. Zum Glück hatte er keine

Gelegenheit gehabt, wieder Straßenkleidung anzuziehen. Sein Smoking war ein gutes Alibi, eine Art Beweis dafür, dass er aus einem verhältnismäßig harmlosen Grund gegen die Ausgangssperre verstieß.

»Keine Ausreden«, knurrte der *flic*, der sich jetzt erst recht als Tugendbold aufspielte. »Ab wann Ausgangssperre herrscht, ist überall angeschlagen. Sie haben dagegen verstoßen. Ihren Ausweis behalte ich ein, und Sie müssen zur Vernehmung aufs Revier mitkommen.«

Wunderbar, ächzte Metcalfe innerlich. *Das muss wieder mir passieren …* Seit Verhängung der Ausgangssperre war er schon unzählige Male kontrolliert, aber noch nie aufs Revier mitgenommen worden. Jetzt drohte Gefahr. Er war sich ziemlich sicher, dass sein gefälschter Ausweis auch einer genaueren Untersuchung standhalten würde, und er kannte natürlich viele wichtige Leute, die sich für ihn verbürgen würden. Teufel, er konnte in Paris jede Menge einflussreiche Freunde anrufen, die sofort seine Freilassung erwirken würden. Aber dazu musste er erst einmal Gelegenheit bekommen. Befasste dieser Kerl sich allzu gründlich mit den über seine Person vorhandenen Unterlagen … Metcalfe war sich nicht sicher, wie gründlich seine Legende aufgebaut worden war, wie viele Schichten von gültigen Unterlagen als Identitätsnachweis für Daniel Eigen existierten. Vielleicht würde er einem scharfen Verhör nicht standhalten …

Die beste Waffe gegen eine Autoritätsfigur war Autorität, das wusste Metcalfe. *Das ist die oberste Regel,* hatte Corky ihm oft eingeschärft. *Tritt Ihnen eine Autorität entgegen, dann müssen Sie immer behaupten, mit noch größerer Autorität zu sprechen. Merken Sie sich das, selbst wenn Sie sonst nichts von mir annehmen.*

Er trat mit finsterer Miene einen halben Schritt näher an den *flic* heran. »Wie lautet Ihre Dienstnummer?«, fragte er den Polizeibeamten. »Los, los, raus damit! Wenn Didier das erfährt, trifft ihn der Schlag!«

»Didier?«, wiederholte der junge Beamte mit zweifelnd gerunzelter Stirn.

»Sie kennen anscheinend nicht mal den Namen Ihres Chefs: Didier Brassin, Polizeipräfekt von Paris«, sagte Metcalfe und schüttelte ungläubig den Kopf, während er das Samtetui mit Zigarren aus der Innentasche seines Jacketts zog. »Und wenn Didier hört, dass einer seiner eigenen Leute – ein kleiner *Streifenpolizist* – mich daran zu hindern versucht hat, diese *Romeo y Julietas* in seinem Haus am Quai des Orfèvres abzuliefern, wo sie dringend für eine nächtliche Besprechung gebraucht werden, sind Sie Ihren Posten los. Aber nur, wenn Didier guter Laune ist. Jetzt Ihre Dienstnummer, wenn ich bitten darf.«

Der *flic* wich vor ihm zurück. Sein Gesichtsausdruck hatte sich schlagartig verändert; jetzt lächelte er, war die personifizierte Freundlichkeit. »Bitte, Monsieur, nehmen Sie's mir nicht übel. Gehen Sie ruhig weiter. Entschuldigen Sie, dass ich Sie angehalten habe.«

Metcalfe setzte sich kopfschüttelnd in Bewegung. »Dass mir das nicht wieder vorkommt!«, fügte er mit ärgerlicher Miene hinzu.

»Natürlich nicht, Monsieur. Das war ein bedauerlicher Irrtum!«

Metcalfe entschied sich dagegen, zu telefonieren, und ging an der Telefonzelle vorbei. Er wollte einfach unangemeldet bei Flora Spinasse aufkreuzen.

Ihr Apartmenthaus in der Rue de la Boétie war schäbig und in schlechtem baulichem Zustand. Die kleine Eingangshalle war wie alle Flure des Gebäudes in einem scheußlichen Senfgelb gestrichen, das an vielen Stellen abblätterte. Er sperrte die Haustür auf – sie hatte ihm einen Schlüssel dafür gegeben – und fuhr mit dem ratternden Lift in den vierten Stock hinauf. Oben klopfte er an ihre Tür, wobei er ihren Geheimcode benützte: dreimal anklopfen, Pause, zweimal anklopfen. Irgendwo drinnen kläffte ein kleiner Köter. Es dauerte lange, bis die Wohnungstür geöffnet wurde. Als Flora ihn sah, holte sie erschrocken tief Luft.

»Daniel!«, sagte sie. »Was tust du hier? Wie spät ist's überhaupt?« Sie trug ein langes baumwollenes Nachthemd und hatte Lockenwickler im Haar. Ihr Pudel Fifi rannte knurrend und kläffend im Kreis um ihre Füße.

»Darf ich reinkommen, meine teure Flora?«

»Was *tust* du hier? Ja, ja, komm rein – um Himmels willen! Platz, Fifi, *still* jetzt, *mon toutou*!«

Flora sah nicht gerade blendend aus, aber wer tat das schon um diese Zeit am Morgen? Sie war verlegen; ihre Hände griffen erst nach den Lockenwicklern, dann strichen sie über das Nachthemd, als wisse sie nicht, was sie zuerst verstecken sollte. Sie machte rasch die Tür hinter ihm zu. »Daniel!«, wiederholte sie, aber er küsste sie sofort, und sie erwiderte seinen Kuss immer drängender.

»Alles in Ordnung bei dir?«, fragte sie, als er sie endlich aus seiner Umarmung entließ.

»Ich musste dich sehen«, sagte Metcalfe.

»Aber … aber, Daniel, du hättest mich vorher anrufen sollen! Das weißt du doch! Du kannst nicht einfach unangemeldet in der Wohnung einer Frau aufkreuzen, die nicht auf Besuch vorbereitet ist!«

»Flora, du brauchst keine Vorbereitung. Du hast's nicht nötig, dich zu schminken. Ich finde dich Natur pur am hübschesten, das habe ich dir schon gesagt.«

Sie errötete. »Du steckst vermutlich in Schwierigkeiten, deshalb bist du hier.«

Er sah sich in ihrer erbärmlichen kleinen Wohnung um. Wegen der für Paris angeordneten Verdunklung verschwanden die Fenster hinter mit Reißzwecken befestigtem schwarzem Papier. Selbst die Stehlampe in einer Wohnzimmerecke war mit einem blauen Tuch abgedunkelt. Flora war eine gesetzestreue junge Frau, die sich an alle Vorschriften hielt. Ihr schwerster Gesetzesverstoß war ihre Affäre mit einem Ausländer – und die Informationen, die sie ihm beschaffte. Das war der einzige Fehltritt in einem von Ordnung und Ehrbarkeit geprägten Leben. Und es war kein kleiner Fehltritt.

Andererseits waren die unscheinbaren Frauen, das wusste Metcalfe aus Erfahrung, immer die besten Agentinnen. Sie wurden weniger beachtet und galten automatisch als fleißig und pflichtbewusst, obwohl tief in ihrem Herzen die Flamme des Aufruhrs loderte. Aus ähnlichen Gründen waren die unscheinbaren Frauen stets die feurigsten, unermüdlichsten Liebhaberinnen. Schöne Mädchen wie Geneviève, eitel und in sich selbst verliebt, waren im Bett viel eher nervös und egoistisch. Im Gegensatz dazu war Flora, die keine Schönheitskönigin war, sexuell unersättlich. Vor ihren Ansprüchen hatte Metcalfe schon einige Male fast kapitulieren müssen.

Nein, Flora freute sich immer, wenn er sie besuchte. Dessen war er sich sicher.

»Bei dir ist's eiskalt, Liebste«, sagte er. »Wie kannst du da schlafen?«

»Ich habe nur genug Kohle, um das Wohnzimmer jeden Tag für ein paar Minuten zu heizen. Die hebe ich mir für morgens auf. Ich bin's gewöhnt, im Kalten zu schlafen.«

»Ich glaube, du brauchst im Bett einen warmen Körper neben deinem.«

»Daniel!«, sagte sie scheinbar schockiert, in Wirklichkeit erfreut.

Er küsste sie nochmals, diesmal flüchtiger, eher freundschaftlich. Der Pudel Fifi saß auf dem abgetretenen Teppich und beobachtete die beiden interessiert.

»Ich finde, du solltest mir etwas Kohle besorgen«, sagte Flora. »Das kannst du, ich weiß, dass du's kannst. Sieh dir an, womit ich heizen muss.« Sie zeigte auf den Korb neben ihrem Ofen, in dem Kugeln aus Papiermaché lagen, das aus Zeitungen, Kartons und sogar Büchern bestand, die in Wasser eingeweicht und dann zu diesen Kugeln gepresst wurden. Weil niemand mehr genug Kohle hatte, wurden in ganz Paris solche Ersatzbriketts verheizt, und viele Leute hatten schon angefangen, ihre Möbel zu verbrennen. »Meine Freundin Marie hat Glück – in ihrem Haus ist ein Gestapomann eingezogen. Jetzt bekommt das ganze Haus so viel Kohle, dass alle es warm haben.«

»Du sollst deine Kohle bekommen, mein Schatz.«

»Wie spät ist's eigentlich? Bestimmt schon zwei Uhr morgens. Und ich muss morgen arbeiten … nein, *heute* Morgen!«

»Entschuldige die Störung, Flora, aber ich bin wegen einer wichtigen Sache hier. Wenn ich lieber gehen soll …«

»Nein, nein«, sagte sie hastig. »Dann bin ich eben morgen ein Wrack, und die grauen Mäuse werden sich über mich lustig machen.« So nannte jedermann die deutschen Gestapo-Helferinnen, die *Blitzmädchen,* die graue Uniformen trugen und allgegenwärtig zu sein schienen. »Ich wollte, ich könnte dir echten Tee anbieten. Möchtest du eine Tasse Viandox?« Metcalfe hatte dieses Viandox, eine in ganz Paris erhältliche Bouillon aus irgendwelchen geheimnisvollen Brühwürfeln, herzlich satt. Für manche Leute war das heutzutage eine ganze Mahlzeit: eine Tasse Viandox und ein paar Biskuits.

»Nein, danke, ich möchte nichts.«

»Ich weiß, dass du mir richtigen Tee besorgen könntest – du musst mir gleich welchen besorgen.«

»Ich tue mein Bestes.« Flora hörte nie auf, ihren argentinischen Geliebten um Schwarzmarktwaren anzugehen. Sie bettelte so hartnäckig, sie forderte so erbarmungslos Dinge von ihm, dass er längst nicht mehr das Gefühl hatte, sie auszunützen, wenn sie ihm Informationen beschaffte. Viel eher nützte sie *ihn* aus.

»Wirklich, Daniel«, sagte sie vorwurfsvoll. »Wie kannst du einfach unangemeldet bei mir reinplatzen? Und das mitten in der Nacht? Ich weiß gar nicht, was ich dazu sagen soll.« Sie verschwand im Bad und schloss die Tür hinter sich. Zehn Minuten später kam sie, ohne Lockenwickler, frisch frisiert und in einen attraktiven Seidenkimono gehüllt, wieder heraus. Sie trug Lippenstift und hatte dick Make-up aufgelegt. Auch wenn sie keine Schönheit war, wirkte sie so beinahe hübsch.

»Sieh mal einer an!«, rief Metcalfe aus.

»Oh, bitte«, sagte Flora mit einer wegwerfenden Handbewegung. Aber sie errötete, und Metcalfe wusste, dass sie seine Komplimente genoss. Sie bekam nicht viele Komplimente, deshalb erwärmte sie sich an seinen ganz besonders. »Morgen lasse ich mir eine Dauerwelle machen.«

»Du brauchst keine, Flora.«

»Männer! Was wisst ihr schon? Manche Frauen lassen sich jede Woche eine Dauerwelle machen. Tut mir Leid, ich kann dir wirklich kaum etwas anbieten. Nach einem Rezept, das eine Nachbarin mir gegeben hat, habe ich einen Schokoladekuchen gebacken – er besteht aus pürierten Nudeln mit etwas Kakaopulver und schmeckt *scheußlich.* Möchtest du ein Stück haben?«

»Danke, ich möchte nichts.«

»Wenn ich nur ein bisschen Schokolade hätte ...«

»Ja, meine Liebe, ich besorge dir auch Schokolade.«

»Das kannst du? Oh, das wäre herrlich! Gestern nach der Arbeit habe ich bei dem Krämer Paquet nur ein Stück Kernseife und ein Pfund Nudeln ergattert. Also gibt's keine Butter zum Frühstück.«

»Butter kann ich dir auch besorgen, wenn du möchtest.«

»Butter! Wirklich? Das wäre wunderbar! Oh, Daniel, du ahnst gar nicht, wie schlimm alles geworden ist. Ich habe nicht mal mehr Futter für meine Fifi. Es gibt kein Geflügel, kein Wild mehr.« Ihre Stimme sank zu einem Flüstern herab. »Stell dir vor, ich habe sogar von Leuten gehört, die ihre eigenen Hunde *aufessen*!«

Fifi sah auf und knurrte.

»Leute verarbeiten *Katzen* zu Eintopf, Daniel! Und vor einigen Tagen habe ich im Park eine vornehme ältere Dame gesehen, die eine Taube angelockt und ihr den Hals umgedreht hat. Sie hat sie mitgenommen, um sie zu Hause zu braten.«

Metcalfe fiel plötzlich ein, dass er noch einen kleinen Flakon von Guerlains Vol de Nuit in der Tasche hatte –

aus derselben Quelle, von der er Madame du Châtelets Flakon bezogen hatte. Er hatte ihn Geneviève schenken wollen, es dann aber ganz vergessen. Jetzt holte er den Flakon heraus und drückte ihn Flora in die Hände. »Hier, eine kleine Anzahlung auf spätere Lieferungen.«

Flora bekam große Augen und stieß einen kleinen Quietscher aus. Sie schlang Metcalfe ihre Arme um den Hals. »Du bist ein Wundermann!«

»Pass auf, Flora. Ich habe einen Freund, der diese Woche nach Moskau reist – das hat er mir eben erzählt. Er möchte dort ein paar Geschäfte machen.«

»Geschäfte? In Moskau?«

»Die dortigen Deutschen sind ebenso gierig wie die hiesigen Deutschen, weißt du.«

»Oh, die Deutschen ... *ils nous prennent tout!* Sie klauen uns alles. Heute Abend hat mir in der Metro ein deutscher Soldat seinen Platz angeboten, aber ich habe ihn nicht genommen.«

»Flora, du musst mir wieder etwas aus deiner Dienststelle besorgen.«

Sie kniff die Augen zusammen. »Die grauen Mäuse beobachten mich ständig. Das ist gefährlich. Ich muss sehr vorsichtig sein.«

»Natürlich. Du bist immer vorsichtig. Hör mir zu, mein Schatz. Ich brauche eine vollständige Liste aller Angehörigen der deutschen Botschaft in Moskau. Kannst du mir die besorgen?«

»Nun ... ich kann's versuchen, denke ich ...«

»Ausgezeichnet, mein Schatz. Damit tust du mir einen großen Gefallen.«

»Aber dann musst du zwei Dinge für mich tun.«

»Natürlich.«

»Kannst du mir eine Genehmigung für eine Reise in die unbesetzte Zone besorgen? Ich möchte meine Mutter besuchen.«

Metcalfe nickte. »Ich kenne jemanden in der *Préfecture*.«

»Wundervoll. Und noch etwas.«

»Gewiss. Was denn?«

»Zieh mich aus, Daniel. Sofort, auf der Stelle.«

Kapitel Sechs

Es war sehr früh am Morgen, als Metcalfe endlich in seine Wohnung im vierten Stock eines Belle-Époque-Gebäudes in der Rue de Rivoli zurückkehrte. Diese großzügige, teuer eingerichtete Luxuswohnung gehörte zu den Privilegien, die seine Tarnung als reicher Ausländer und Playboy mit sich brachte. Mehrere seiner Nachbarn waren Nazibonzen, die von Pariser Juden beschlagnahmte Wohnungen bezogen hatten. Sie fanden es ungemein praktisch, diesen reichen jungen Argentinier, der ihnen kaum zu beschaffende Luxuswaren besorgen konnte, im Haus zu haben, sodass »Daniel Eigen« nie belästigt wurde.

Metcalfe steckte den Schlüssel in die Wohnungstür, dann erstarrte er. Er spürte ein Kribbeln, eine Art Vorahnung. Ein unbestimmtes Gefühl sagte ihm, dass hier etwas überhaupt nicht in Ordnung war.

Er zog den Schlüssel lautlos wieder heraus, hob die Hand und tastete den einige Millimeter aus dem Rahmen herausragenden oberen Türrand ab. Die Stecknadel, die er dort immer zurückließ, wenn er aus dem Haus ging, war nicht mehr da.

Jemand ist in meiner Wohnung gewesen.

Außer ihm hatte niemand einen Schlüssel.

Obwohl er erschöpft war, weil er die ganze Nacht auf den Beinen gewesen war, fühlte er sich schlagartig hellwach. Er trat einen Schritt von der Tür zurück, sah sich auf dem düsteren, verlassenen Korridor um und legte dann ein Ohr an die Tür, um mehrere Sekunden lang zu horchen.

Er vernahm kein Geräusch, aber das bewies keineswegs, dass niemand in seiner Wohnung war.

In seiner ganzen Pariser Zeit war so etwas noch nie passiert. Er hatte seine Rolle gespielt, war zu Abendgesellschaften und Dinnerpartys gegangen, hatte im Chez Carrère in der Rue Pierre Charron zu Mittag gegessen, war als Schwarzhändler erfolgreich gewesen und hatte die ganze Zeit wertvolle Informationen über die Nazis gesammelt. Niemals hatte er auch nur das geringste Anzeichen dafür entdeckt, er könnte verdächtigt werden. Seine Wohnung war nie durchsucht worden; er war nie zum Verhör mitgenommen worden.

Aber etwas hatte sich verändert. Der Hinweis darauf war winzig wie das Verschwinden einer Stecknadel vom Oberrand seiner Wohnungstür. Das bedeutete etwas. Davon war Metcalfe überzeugt.

Er berührte das Beinholster unter dem linken Hosenbein und überzeugte sich davon, dass die kompakte Colt-Pistole Kaliber .32 nur darauf wartete, im Notfall herausgerissen zu werden.

Es gab nur einen Zugang zu seiner Wohnung, überlegte Metcalfe sich. Nein, das stimmte nicht ganz. Es gab nur eine *Tür* zu seiner Wohnung.

Er rannte lautlos ans Ende des Korridors. Die hohen Fenster dort wurden außer an brütend heißen Sommertagen nie aufgemacht, aber er hatte sie ausprobiert und wusste, dass sie sich öffnen ließen. *Immer alle Fluchtwege kennen,* hatte Corky ihm schon am ersten Ausbildungstag auf der Farm in Virginia eingebläut.

Die Fensterläden aus Holz waren immer offen, damit mehr Licht hereinkam. Metcalfe sah hinaus und stellte fest, dass seine Erinnerung zutraf: Entlang dieser Gebäudeseite verlief eine galerieartige Feuertreppe, auf die man durchs Korridorfenster gelangen konnte. Unten in der Gasse hinter dem Haus war niemand zu sehen, aber er würde trotzdem flink sein müssen. Die Sonne war jetzt aufgegangen, und der Morgen war hell und klar, sodass er riskierte, entdeckt zu werden.

Metcalfe streckte vorsichtig eine Hand aus und drehte den zentralen Fenstergriff nach links. Der Zahnstangenantrieb bewegte sich leise knarrend. Er zog die Flügel nach innen auf, stieg aufs Fensterbrett und kletterte auf die Feuertreppe hinaus.

Er bewegte sich vorsichtig über die vereisten, rutschigen Gitterroste, bis er das Fenster erreichte, von dem er wusste, dass es in sein Schlafzimmer führte. Es war natürlich geschlossen, aber er hatte stets sein bewährtes Taschenmesser der Marke Opinel bei sich. Nachdem er sich vergewissert hatte, dass niemand im Schlafzimmer war, schob er die Klinge in den Mittelspalt und schaffte es, die Verriegelung zu lösen. *Leise,* ermahnte er sich. Aber obwohl er die Angeln erst vor kurzem geölt hatte, ließ das Fenster sich nicht geräuschlos öffnen. Vielleicht war das leise Knarren des Fensterflügels von den Geräuschen übertönt worden, die von der Straße heraufdrangen. Er kletterte übers Fensterbrett in sein Schlafzimmer und landete auf beiden Füßen und in leicht geduckter Haltung, um das Aufprallgeräusch zu minimieren. Nun war er drinnen. Er stand einen Augenblick horchend still. Aber er hörte nichts.

Dann fiel ihm etwas auf: etwas Subtiles, das sonst keinem aufgefallen wäre. Ein Widerschein auf seiner Mahagonikommode, deren polierte Oberfläche das Sonnenlicht zurückwarf.

Heute Morgen hatte eine dünne Staubschicht diese Fläche bedeckt … nein, das war schon gestern Morgen gewesen. Die Provenzalin, die zweimal in der Woche bei ihm putzte, würde erst morgen kommen, und in diesem Altbau gab es immer viel Staub. Metcalfe hatte natürlich nicht auf der Kommode Staub gewischt. Jemand hatte die polierte Oberfläche abgewischt, um alle Spuren eines Besuches und einer Durchsuchung zu tilgen, das stand fest. Also war jemand hier drinnen gewesen.

Aber *weshalb?* Normalerweise brachen die Deutschen nicht in Pariser Wohnungen ein. Heimliches Eindringen war nicht ihr Modus operandi. Ihre Razzien nach Verbrechern, nach versteckten britischen Soldaten führten sie fast immer nachts durch, ja, aber immer öffentlich. Und immer mit einem Anschein von Legalität. Schriftstücke wurden geschwenkt, Stempel und Unterschriften vorgewiesen.

Wer war also hier gewesen?

Und: War der Eindringling vielleicht noch hier?

Metcalfe hatte noch nie jemanden umgebracht. Er konnte mit Schusswaffen umgehen, war seit frühester Jugend auf der argentinischen *estancia* mit Waffen vertraut. Auf der Farm in Virginia war er in allen Tötungstechniken ausgebildet worden. Aber er war noch nie in der Verlegenheit gewesen, einen Menschen erschießen zu müssen, und er war keineswegs begierig darauf, in diese Situation zu kommen.

Trotzdem würde er's tun, wenn er musste.

Aber er würde besonders vorsichtig sein müssen. Auch wenn er in seiner Wohnung auf einen Eindringling stieß, durfte er nur schießen, wenn er selbst in Lebensgefahr war. Das würde viel zu viele Fragen aufwerfen. Erschoss er einen Deutschen, würden die Fragen nicht mehr aufhören. Dann würde er garantiert enttarnt werden.

Seine Schlafzimmertür war geschlossen, was ein weiterer Hinweis war. Er ließ sie immer offen. Er wohnte hier allein, und wenn er nicht zu Hause war, gab es keinen Grund, seine Schlafzimmertür zu schließen. Die kleinen Dinge, die winzigen, unauffälligen Gewohnheiten. Sie bildeten das Grundmuster der Normalität, das Mosaik des Alltagslebens. Und hier war dieses Mosaik beschädigt.

Metcalfe trat an die Schlafzimmertür, blieb wieder stehen und horchte eine Minute lang. Horchte auf Schrittgeräusche, auf die Bewegungen eines Fremden, der nicht wusste, welche Bodenbretter knarrten. Aber von nebenan war nichts zu hören.

Er blieb wie ein Soldat einer Spezialeinheit neben der Tür an die Wand gepresst stehen, drückte die Klinke herab, zog langsam die Tür auf, ließ sie nach innen schwingen. Sein Herz hämmerte, während er ins Wohnzimmer starrte, auf eine winzige Veränderung des Lichts, eine Bewegung im Schatten, auf *es* wartete.

Dann änderte er seine Blickrichtung, suchte den Raum ab, machte bei möglichen Verstecken Halt, überzeugte sich davon, dass dort niemand war. Er griff nach seiner Pistole, zog sie aus dem Beinholster.

Dann trat er plötzlich mit schussbereiter Waffe ins Wohnzimmer und sagte laut: »Halt, keine Bewegung!«

Während er den Körper von einer Seite zur anderen drehte, zog er den Schlitten zurück, lud durch und entsicherte die Pistole. Er war schussbereit.

Der Raum war leer.

Hier war niemand. Das wusste er ziemlich sicher. Er spürte keine Gegenwart eines Eindringlings. Trotzdem hielt er die Pistole noch immer schussbereit, als er die Wand entlang weiterging, bis er die Tür der kleinen Bibliothek erreichte.

Diese Tür war offen, wie er sie zurückgelassen hatte. Die Bibliothek – eigentlich ein kleineres zweites Wohnzimmer, jedoch mit einem Schreibtisch und wandhohen Bücherregalen – war leer. Er konnte jeden Quadratzentimeter des Raums überblicken; hier gab es keine verborgenen Winkel.

Aber er wollte nichts riskieren. Er lief zur Küche, stieß die zweiflüglige Tür auf und trat mit schussbereiter Pistole ein. Auch die Küche war leer.

Er durchsuchte die restlichen möglichen Verstecke – das Esszimmer, die Speisekammer, den großen Einbaukleiderschrank, eine Besenkammer – und überzeugte sich davon, dass sie ebenfalls leer waren.

Jetzt konnte er in seiner Wachsamkeit ein wenig nachlassen. Hier war niemand. Er kam sich nachträglich ein bisschen lächerlich vor, aber andererseits wusste er, dass er nichts riskieren durfte.

Als er ins Wohnzimmer zurückkehrte, fiel ihm eine weitere kleine Veränderung auf, die eine auf der Bar stehende Flasche Cognac Grande Champagne, Réserve de Famille, von Delamain betraf. Ihr Etikett zeigte normalerweise nach außen; jetzt war es zur Seite gedreht. Also hatte jemand die Flasche verrückt.

Metcalfe klappte seinen Zigarettenkasten aus Ebenholz auf und sah, dass jemand sich auch an der Doppellage Zigaretten zu schaffen gemacht hatte. In der oberen Lage hatte es nach der dritten Zigarette eine Lücke gegeben;

jetzt befand sich die Lücke nach der fünften Zigarette. Jemand hatte die Zigaretten herausgenommen, um darunter … was zu suchen? Dokumente? Schlüssel? Dort war nichts versteckt, aber das hatte der Eindringling nicht wissen können.

Weitere Hinweise. Der Schalter am Fuß der alten Messinglampe befand sich nicht mehr links, sondern rechts, was darauf hinwies, dass jemand sie hochgehoben hatte, um den Fuß zu untersuchen. Ein gutes Versteck, aber keines, das er benützte. Der Telefonhörer war so aufgelegt worden, dass die Zuleitung eine verschlungene Acht bildete, während er immer darauf achtete, dass sie glatt blieb. Jemand hatte also den Hörer abgenommen: Um zu telefonieren? Oder nur, um die Unterseite zu begutachten? Auch die schwere marmorne Uhr auf dem Kaminsims war bewegt worden – das zeigten die Spuren im Staub. Die Durchsuchung war bemerkenswert gründlich gewesen: Sogar die Asche im Kamin war zur Seite weggekehrt und anschließend wieder verteilt worden; jemand hatte auch in der Aschenschublade unter dem Kamin nachgesehen – ein weiteres cleveres Versteck, das er aber nicht benützte.

Als Nächstes hastete Metcalfe zu dem Einbaukleiderschrank in der Nische vor dem Schlafzimmer. Seine Hemden und Anzüge hingen in der gewohnten Reihenfolge, aber die Abstände zwischen den Kleiderbügeln waren nicht exakt gleich. Offenbar hatte jemand seine Sachen herausgenommen, um alle Taschen zu filzen.

Der oder die Täter hatten jedoch den Safe, den einer von Corkys Handwerkern raffiniert eingebaut hatte, nicht entdeckt. Metcalfe schob einen Abschnitt der Wandtäfelung beiseite, sodass die schwere Stahltür sichtbar wurde.

Der Drehknopf des Zahlenschlosses stand weiter auf der Zahl sieben, und die hauchdünne Staubschicht war unberührt. Der Safe, in dem Bargeld, verschlüsselte Telefonnummern und alle möglichen gefälschten Ausweise lagen, war nicht geöffnet worden. Metcalfe spürte große Erleichterung.

Wer seine Wohnung so gründlich – und so *rücksichtsvoll* – durchsucht hatte, hatte seinen Safe, den einzigen Beweis für die Tatsache, dass Daniel Eigen in Wirklichkeit ein amerikanischer Spion war, nicht entdeckt. Und kannte folglich seine wahre Identität nicht.

Sie hatten nicht gefunden, wonach sie suchten.

Aber … aber *was* hatten sie eigentlich genau gesucht?

*

Bevor er seine Wohnung wieder verließ, führte er ein Überseegespräch mit Howard in New York.

Sein Bruder war überrascht, aber erfreut, von ihm zu hören.

Noch überraschter war er über Stephens plötzliches Interesse am Manganabbau in der Georgischen S.S.R., den die Metcalfes weiter gemeinsam mit dem sowjetischen Handelsministerium betrieben. Wegen der wuchernden sowjetischen Bürokratie und den unvermeidlichen Schmiergeldern warf dieser dümpelnde Geschäftszweig kaum Gewinne ab. Die Russen hatten schon lange den Wunsch geäußert, den Metcalfes ihren Anteil abzukaufen. Stephen sprach davon, dass das unter Umständen keine schlechte Idee sei. Vielleicht könnte er nach Moskau reisen, sich mit ein paar Leuten treffen und den Verkauf auf den Weg bringen …

Nach längerer Pause, in der nur das laute Rauschen des Transatlantikkabels zu hören war, begriff Howard endlich, was sein Bruder von ihm wollte. Er erklärte sich prompt bereit, die entsprechenden Termine in Moskau zu vereinbaren. »Ich vermag kaum auszudrücken, wie begeistert ich darüber bin«, meinte Howard trocken, »dass mein kleiner Bruder sich jetzt aktiver fürs Familienunternehmen einsetzen will.«

»Du sollst die ganze Last nicht alleine tragen müssen.«

»Dein wieder erwachtes Interesse für geschäftliche Dinge hat garantiert nichts mit einer gewissen Ballerina zu tun, oder etwa doch?«

»Du solltest dich schämen, an der Lauterkeit meiner Motive zu zweifeln!«, sagte Stephen mit einem Lächeln in der Stimme.

Er vertauschte den Smoking rasch mit einem weniger förmlichen Anzug mit Krawatte und verwandelte sich in den argentinischen Geschäftsmann, der er zu sein behauptete. Zum Glück waren seit einigen Jahren ziemlich weite, fast sackartige Hosen in Mode: Sie tarnten seine Pistole im Beinhoster.

Als er das Haus verließ und in den klaren, kalten Morgen hinaustrat, konnte er eine düstere Vorahnung nicht ganz unterdrücken.

Ungefähr eine Stunde später saß er im dunklen Schiff einer ein wenig baufälligen Kirche unweit der Place Pigalle. Durch die schmutzigen farbigen Glasfenster der Altarnische fiel kaum Licht ins Kircheninnere. Nur ein paar alte Frauen waren noch in der Kirche, sie knieten nieder, beteten kurz und zündeten Kerzen an. Im Kirchenraum roch es vertraut nach Weihrauch, Schwefelhölzern und Bienenwachskerzen.

Diese kleine Kirche war seit Jahren vernachlässigt worden, aber sie hatte immerhin den Einmarsch der Nazis überlebt. Allerdings hatten die Besatzer in Paris keine Gebäude zerstört, keine Kirchen demoliert oder auch nur geschlossen. Weit davon entfernt. In der Hoffnung, ihre Rechte wahren zu können, hatte die katholische Kirche eine eigene Übereinkunft mit den Besatzern geschlossen und die neuen Herren akzeptiert.

Er tastete abermals nach seiner Waffe.

Kurze Zeit später fiel ihm ein hagerer, zaundürrer Geistlicher in schwarzer Soutane auf, der von der Straße hereinkam und vor einer Heiligenstatue niederkniete. Er zündete eine Kerze an und stand auf. Metcalfe folgte ihm zu der alten Tür, die in die Krypta hinunterführte.

Der kleine, feuchte Raum wurde von einer Hängelampe kaum erhellt. Corcoran schüttelte Metcalfe die Hand und setzte sich neben einem Unbekannten an einen kleinen runden Tisch. Der dritte Mann war das genaue Gegenstück zu Corky: klein, rotgesichtig, verknittert. Sein Hemdkragen war zu eng, seine Krawatte zu kurz, sein Jackett billig und schlecht sitzend. Neben dem eleganten, hageren Corky wirkte er völlig deplatziert.

»James«, sagte Corky demonstrativ zu Metcalfe. »Ich möchte Sie mit Chip Nolan bekannt machen.«

Interessant: Corcoran hatte ihn mit einem falschen Namen angesprochen. Andererseits war Corky für seinen Verfolgungswahn berüchtigt und sorgte stets dafür, dass die eine Hand nicht wusste, was die andere tat. Metcalfe fragte sich, ob »Chip Nolan« der richtige Name des anderen war.

Metcalfe schüttelte dem kleinen Mann die Hand. »Freut mich, Sie kennen zu lernen«, sagte er.

Nolans Händedruck war kräftig; seine klaren Augen musterten ihn mit festem Blick. »Gleichfalls. Sie arbeiten im Ausland für Corky, mehr weiß ich nicht. Aber es genügt, um mich ziemlich zu beeindrucken.«

»Das FBI hat uns Chip für unseren Technischen Dienst ausgeliehen. Er ist Spezialist fürs Öffnen und Verschließen von Briefsendungen – und für technische Ausrüstung.«

»Sie sind nach Moskau unterwegs, stimmt's?«, fragte Nolan, hob einen großen, schweren Lederkoffer vom Boden auf und legte ihn auf den Tisch. »Ich weiß nicht das Geringste über Ihren Auftrag, und dabei wollen wir's auch belassen. Ich bin hier, um Sie auszustatten, Ihnen alles Spielzeug mitzugeben, das Sie vielleicht brauchen werden. Unsere Trickkiste, wie wir gern sagen.« Er fuhr mit einer Hand über den abgewetzten Deckel des Koffers. »Der gehört übrigens Ihnen. Ein echter Russenkoffer, made in Krasnogorsk.«

Er klappte den Deckel hoch, sodass sorgfältig in Seidenpapier verpackte Kleidungsstücke, darunter auch ein Anzug, zum Vorschein kamen.

»Original russische Kleidung«, fuhr Nolan fort. »In der Textilfabrik Oktoberrevolution hergestellt und im GUM, dem sowjetischen Kaufhaus am Roten Platz, gekauft. Jedoch künstlich beansprucht und gealtert. Die Russkies können sich nicht oft neue Klamotten leisten, deshalb tragen sie ihre Sachen viel länger als wir Amerikaner. Alles ist genau auf Ihre Größe abgeändert worden.« Er wickelte ein Paar billig aussehende braune Schuhe aus. »Auch die hier sind Originalprodukte. Glauben Sie mir, so miserable Schuhe gibt's nirgends im Westen zu kaufen. Und Sie werden sehen, dass die Russen als Erstes einen Blick auf Ihre Schuhe werfen. Daran erkennen sie jeden Ausländer sofort.«

Metcalfe sah zu Corky hinüber, dessen Miene so geistesabwesend wirkte, als sei er in Gedanken ganz woanders. »Tatsächlich soll ich aber nicht als Einheimischer nach Russland eingeschleust werden«, sagte er. »Ich reise ganz legal mit einem Visum ein – als ich selbst.«

Corcoran räusperte sich. »Sie reisen unter Ihrem eigenen Namen ein, James, das stimmt. Aber man weiß nie, was alles passieren kann. Man sollte immer alle Fluchtwege kennen. Vielleicht müssen Sie doch mal in eine andere Rolle schlüpfen.«

Metcalfe nickte. Der Alte hatte natürlich Recht.

Als Nächstes legte Nolan eine Minikamera auf den Tisch, die Metcalfe als eine in Riga hergestellte Minox erkannte. Er nickte wortlos, um anzudeuten, dass er sich damit auskannte. Dann zog der FBI-Mann ein Kartenspiel aus der Tasche und fächerte die Spielkarten auf. »Hier, sehen Sie sich die mal an.«

»Was haben Sie da?«, fragte Metcalfe.

»Eine detaillierte Karte von Moskau und Umgebung. Dort dürfen Sie sich nicht mit einer Landkarte erwischen lassen, sonst lochen die Russen Sie in der Lubjanka ein und werfen den Schlüssel weg. Zwischen Ober- und Unterseite jeder Spielkarte ist ein nummerierter Kartenabschnitt eingearbeitet. Sie brauchen nur die Oberseite abzuziehen. Überschüssigen Kleber können Sie mit dem Daumen abrubbeln.«

»Clever«, sagte Metcalfe.

Dann legte der FBI-Mann ihm zwei verdeckte Waffen vor, die Metcalfe aus der Ausbildung kannte: eine in einem Unterarmholster zu tragende Pistole und einen

Stoffgürtel, dessen Schließe eine modifizierte Webley-Pistole Kaliber .25 enthielt, die sich durch einen Kabelzug abfeuern ließ.

Als Nächstes stellte er einen Toilettenbeutel aus Leinen auf den Tisch und nahm Rasierapparat und Rasierpinsel heraus. Den Rasierpinsel mit Elfenbeingriff ließ er zu Metcalfe hinüberrollen, der ihn in die Hand nahm, um ihn näher zu untersuchen. Er bemühte sich, den Griff abzuziehen, der jedoch fest zu sitzen schien.

»Den können Sie unbesorgt im Hotelzimmer stehen lassen«, sagte Nolan. Er nahm den Rasierpinsel zur Hand, drehte den Griff im Uhrzeigersinn und zeigte Metcalfe, dass er innen hohl war. Aus dieser Höhlung zog er ein zusammengerolltes Blatt mit einem Schlüsselwort, einem Klartext und einem Geheimtext nach dem Einmal-Block-Verfahren. Diese Verschlüsselung – das war mathematisch bewiesen – konnte niemand knacken, wenn der Schlüssel nur einmal verwendet wurde. Metcalfe nickte; er war in der Anwendung des Einmal-Block-Verfahrens ausgebildet. »Auf Zellulosenitrat gedruckt, damit das Blatt leicht entflammbar ist – für den Fall, dass Sie mal schnell verduften müssen.«

Nolan holte eine Tube Ipana-Zahncreme aus dem Toilettenbeutel und quetschte eine weiße Raupe heraus. »Die Iwans werden nicht vermuten, dass sie größtenteils hohl ist.«

Er öffnete das zusammengequetschte Ende der Tube und zog eine Gummihülle heraus, die ein zusammengerolltes Seidentuch enthielt. Die Seide war eng mit einem Zahlenquadrat bedruckt, das Metcalfe als Liste von Schlüsseln erkannte, die sich in dieser Form leicht verstecken ließ. Er nickte.

»Diese Liste hier enthält weitere Einmalblöcke.« Der FBI-Mann legte ein Päckchen Lucky Strikes vor ihn hin. »Rauchen Sie?«

»Nicht viel.«

»In Zukunft schon. Viel öfter. Weitere Schlüssel sind hier drin.« Nolan hielt einen Füller hoch. Dann legte er einen weiteren Koffer auf den Tisch – diesmal einen teuren Lederkoffer von Hermès. »Der ist für Sie, wenn Sie als Amerikaner reisen.«

»Ich habe einen Koffer, danke.«

»In den Messingschließen *dieses* Koffers sind die wichtigsten Teile eines Funkgeräts versteckt, Kumpel. Ohne die funktioniert das Gerät nicht.«

»Welches Funkgerät?«

»Das hier.« Der FBI-Mann hievte einen dritten Lederkoffer auf den Tisch. Offensichtlich war er ziemlich schwer. Nolan ließ die Schlösser aufschnappen und klappte den Deckel auf. Der Koffer enthielt einen Stahlkasten mit schwarzer Hammerschlaglackierung. »Das BP-3«, verkündete er stolz. »Das leistungsfähigste tragbare Funkgerät der Welt.«

»Dies ist einer der ersten Prototypen«, sagte Corky. »Von einer Gruppe genialer Exilpolen für den MI-6 gebaut, aber ich habe mir die ersten Exemplare gesichert. Fragen Sie nicht, wie. Dieses sensationelle Gerät macht alle bisherigen Funkgeräte zu Museumsstücken. Aber ich bitte mir aus, dass Sie es mit Ihrem Leben schützen. *Sie* sind ersetzbar, dieses Gerät ist das vorerst leider nicht.«

»Genau«, sagte Chip Nolan. »Das ist ein verdammt feines Spielzeug. Und in Moskau werden Sie's brauchen. Meines Wissens ist die einzige weitere Möglichkeit, Verbindung mit der Zentrale aufzunehmen, der schwarze Kanal, stimmt's?«

Nolan sah zu Corky hinüber, der lediglich nickte.

»Aber der darf nur im Notfall benützt werden. Ansonsten gibt's nur dieses Gerät hier oder verschlüsselte Nachrichten, deren Beförderung zuverlässige Mittelsmänner übernehmen.«

»Gibt's die überhaupt?«, fragte Metcalfe. »Mittelsmänner, denen ich trauen kann, meine ich.«

»Zumindest einen«, sagte Corcoran schließlich. »Einen Attaché unserer Botschaft, dessen Namen Sie mit weiteren Kontaktinformationen von mir bekommen. Aber ich muss Sie warnen, James. In Moskau sind Sie allein. Dort steht niemand bereit, um Ihnen im Notfall aus der Patsche zu helfen.«

»Und was ist, wenn etwas schief geht?«, fragte Metcalfe. »Sie sagen immer, man müsse alle Fluchtwege kennen.«

»Geht irgendwas schief«, sagte Corcoran, und richtete sich in seiner Soutane auf, »leugnen wir, Sie überhaupt zu kennen. Sie müssen allein zurechtkommen.«

*

Einige Minuten später ging der FBI-Mann. Corcoran holte mit finsterer Miene ein Päckchen Gauloises und eine Schachtel Zündhölzer aus der Tasche. Metcalfe erinnerte sich an Corkys Auftrag, zog ein Päckchen Luckys heraus und legte es seinem Mentor hin.

»Chesterfields gibt's im Augenblick keine«, sagte Metcalfe, »aber ich dachte, Luckys sind besser als gar nichts.«

Corky riss das Päckchen wortlos auf, aber sein schwaches Lächeln zeigte, dass er sich darüber freute.

Metcalfe berichtete ihm von der Durchsuchung seiner Wohnung.

Nach langem Schweigen sagte Corcoran. »Das ist beunruhigend.«

»Allerdings!«

»Vielleicht steckt dahinter nicht mehr als ein übereifriger Gestapomann. Schließlich sind Sie ein viel gereister Ausländer und somit automatisch verdächtig. Trotzdem könnte es auch auf etwas anderes hinweisen.«

»Auf eine undichte Stelle.«

Corcoran nickte knapp. »Oder auf einen eingeschleusten Agenten. Obwohl ich immer auf strikter Untergliederung bestehe. Ich bezweifle nicht im Geringsten, dass Grenzen überschritten, vertrauliche Dinge erzählt und Sicherheitsvorschriften missachtet werden. Im Augenblick können wir nur noch mehr Wachsamkeit fordern. Ich glaube, dass der Einsatz in Moskau kein Spaziergang für Sie wird.«

»Wie kommen Sie darauf?«

Corcoran schnippte eine Zigarette aus dem Päckchen, riss ein Streichholz an und zündete sie sich in aller Ruhe an. »Diese Frau – diese Ballerina –, die war mal sehr wichtig für Sie, stimmt's?«

»Ja, früher mal. Jetzt nicht mehr.«

»Ah, ich verstehe«, sagte Corcoran rätselhaft lächelnd, während er eine Lunge voll Rauch inhalierte. »Jetzt hat sie nur einen Ehrenplatz auf Ihrer langen Liste romantischer Affären, stimmt's?«

»So ähnlich.«

»Sie wiederzusehen – in den Armen eines anderen Mannes –, wird also nicht zum Problem für Sie werden?« Er behielt den Zigarettenrauch weiter in der Lunge.

»Sie haben mir schon schwierigere Aufträge erteilt.«

»Aber niemals einen wichtigeren.« Corky atmete endlich wieder aus. »Stephen, ist Ihnen eigentlich klar, wie wichtig dieser Auftrag ist?«

»Wenn Sie's so ausdrücken«, sagte Metcalfe, »nein, wahrscheinlich nicht. Selbst wenn Rudolf von Schüssler sich als entschlossener Hitler-Gegner erweist *und* bereit ist, sein eigenes Land zu verraten – was eine kühne Hoffnung ist –, ist er auch nur eine weitere Quelle. Wir haben bestimmt noch andere.«

Corcoran schüttelte langsam den Kopf. Seit ihrer letzten Besprechung in New York schien der Alte noch hagerer geworden zu sein. »Wenn wir das große Los ziehen, weil Sie ihn umdrehen können, Stephen, dann wäre er einer unserer wichtigsten Informanten aus der deutschen Führungsspitze. Er arbeitet eng mit Friedrich Werner Graf von der Schulenburg, dem deutschen Botschafter in Moskau, zusammen. Seine Familie gehört zur besten Gesellschaft, hat unglaublich gute Beziehungen – Sie wissen ja, wie das ist.« Er lachte trocken in sich hinein. »Sie alle sehen auf den rabiaten Wiener Emporkömmling Adolf Hitler hinab. Sie alle verachten den Führer. Aber sie sind trotzdem deutsche Patrioten. Ziemlich kompliziert.«

»Ist von Schüssler tatsächlich ein deutscher Patriot, wird er das eigene Land nicht mitten im Krieg verraten, selbst wenn er dadurch den Führer stürzen könnte.«

»Seine Loyalität kann sich als komplexer erweisen, als es jetzt den Anschein hat. Aber das wissen wir erst, wenn wir's versuchen. Und falls es uns – *Ihnen* – gelingt, ihn anzuwerben, könnte er wirklich erstaunliche Informationen liefern.«

»Worüber genau? Selbst ein hoher Beamter des Auswärtigen Amts dürfte nicht in die Militärstrategie von Hitlers innerem Führungszirkel eingeweiht sein«, widersprach Metcalfe. »Er wird keine Einzelheiten der deutschen Pläne für eine Invasion in England kennen.«

»Richtig. Aber er müsste den Stand der Beziehungen zwischen Deutschland und der Sowjetunion bestens kennen. Und darin liegt unsere einzige Hoffnung.«

Metcalfe zuckte verständnislos mit den Schultern. »Die beiden Staaten sind Verbündete. Seit vergangenem Jahr sind Hitler und Stalin in diesem verdammten Krieg Partner. Was gibt's darüber noch zu erfahren?«

Corcoran schüttelte traurig den Kopf, als sei er von Metcalfe enttäuscht. »Ihre Abgesandten haben ein Stück Papier unterschrieben. Einen Vertrag. Aber ein Vertrag gleicht einem Spiegel, Stephen. Man sieht darin, was man sehen will.«

»Das ist mir gerade zu hoch, Corky.«

»Hitler bietet Stalin ein Stück Papier zur Unterschrift an, auf dem steht: Wir sind Freunde, wir haben gleiche Interessen, wir sind Partner. Aber Stalin sieht in diesem Vertrag, was er gern sehen möchte: eine Reflexion seines Ehrgeizes, seiner Hoffnungen, seines Strebens. Und was Stalin in dem Vertrag sieht, entspricht nicht unbedingt Hitlers Sicht der Dinge. Hitler sieht vielleicht etwas ganz anderes. Und wir, die Außenstehenden, der Rest der Welt, ziehen es vielleicht vor, in diesem Spiegel einen Pakt zwischen zwei Schurken zu sehen, die sich wirklich zu weiteren Verbrechen zusammentun oder ein falsches Spiel spielen, bei dem einer den anderen reinzulegen versucht. Wieso vertauscht ein Spiegel rechts und links, aber nicht oben und unten?«

»Sie wissen doch, dass ich Ihre Rätsel meist nicht lösen kann, Corky.«

Corcoran seufzte unmutig. »Er tut's nicht, Stephen. Ein Spiegel vertauscht *nicht* rechts und links. Er zeigt nur, was er sieht. Er reflektiert, was sich vor ihm befindet.«

Metcalfe nickte verständnisvoll. »Sie wollen wissen, was die Russen über die Deutschen denken, und was die Deutschen von den Russen halten. *Das* ist die Wahrheit, die Sie erfahren wollen, stimmt's?«

Corcoran lächelte. »›Die Wahrheit ist ein zersplitterter Spiegel. Unzählige Splitter liegen herum. Jeder glaubt, sein Teilchen sei die gesamte Wahrheit.‹ Wenn Sie mir gestatten, Sir Richard Francis Burtons Version der Verse aus der *Kasida* von Hadschi Abdu zu zitieren.«

»Ich gestatte es«, sagte Metcalfe. Corky zitierte oft ein paar Zeilen dieses persischen Panegyrikers.

»Das Bündnis zwischen den beiden Diktatoren«, fuhr Corky fort, »ist das große Geheimnis dieses Krieges. Es ist ungeheuer wichtig. Erinnern Sie sich an den Peloponnesischen Krieg, Stephen?«

»Ich fürchte, der war vor meiner Zeit, alter Junge. Sie selbst müssen damals noch kurze Hosen getragen haben.«

Corcoran bedachte ihn mit einem schwachen Lächeln. »Athen hat damals nur überlebt, weil seine beiden Hauptfeinde sich zerstritten haben.«

»Soll das heißen, dass es zwischen Deutschland und Russland Unstimmigkeiten gibt?«

»Das soll heißen, dass ich davon erfahren möchte, falls es welche gibt. Das wären sehr wertvolle Informationen. Und eigentlich unsere einzige Hoffnung.«

Metcalfes gerunzelte Stirn zeigte seinem Mentor, dass er nicht ganz folgen konnte. Corcoran fuhr fort: »Während Hitler gegen England und Frankreich gekämpft hat, haben die Russen ihm Eisen und Gummi, Getreide und Fleisch geliefert. Die Russen haben Hitlers Soldaten ernährt und seine Wehrmacht versorgt. Wohlgemerkt, Stalins *eigene* Leute sind verhungert, während er Hitler Tausende von Tonnen Getreide verkauft hat! Diese beiden Tyrannen haben Europa untereinander aufgeteilt; jetzt wollen sie sich das Britische Weltreich teilen, um eines Tages die ganze Welt zu beherrschen.«

»Unsinn, Corky. Das Britische Weltreich wird nicht aufgeteilt. Churchill ist anscheinend fest entschlossen, das zu verhindern.«

»Churchill ist so entschlossen, wie man's als Regierungschef nur sein kann. Aber angesichts eines weit überlegenen Feindes, wie es die Deutschen sind, sind seine Möglichkeiten beschränkt. Sagt er, dass er nur ›Blut, Schweiß und Tränen‹ zu bieten hat ... nun, dann sollten Sie ihn beim Wort nehmen. Viel mehr kann England nicht aufbieten. An der Überlebensfähigkeit des Landes bestehen ernste Zweifel.«

»Aber glauben Sie, dass Stalin Hitler wirklich *traut?*«, wandte Metcalfe ein. »Diese beiden Verrückten gleichen zwei in einer Flasche eingesperrten Skorpionen!«

»Gewiss, aber sie brauchen einander«, sagte Corcoran und stieß einen Strom Zigarettenrauch durch die Nase aus. »Sie haben vieles gemeinsam. Sie sind beide Diktatoren. Beide kennen keine Rücksicht auf individuelle Freiheiten. Das Bündnis zwischen den beiden war ein Geniestreich. Und dies ist nicht das erste Mal. Sehen Sie sich an, was im letzten Krieg passiert ist, Stephen. Als

Russland merkte, dass es gegen Deutschland verlieren würde, hat es in Brest-Litowsk einen Separatfrieden mit den Deutschen geschlossen. Und dann hat es das folgende Jahrzehnt damit verbracht, Deutschland heimlich wieder aufzurüsten, was ein eklatanter Verstoß gegen den Versailler Vertrag war. Dass wir heute einem so mächtigen Feind gegenüberstehen, verdanken wir Russland.«

»Glauben Sie nicht, dass Hitler nur auf den richtigen Augenblick wartet, um über Russland herzufallen? Ich dachte, er hätte für Slawen, noch dazu für Kommunisten, nur Verachtung übrig. Ich meine, sehen Sie sich doch an, was er in *Mein Kampf* geschrieben hat ...«

»Wir wissen, dass er keinen Angriff plant. Wir besitzen Erkenntnisse – sporadisch, aber zuverlässig – aus Hitlers engstem Führungskreis, die das besagen. Er ist schließlich kein Idiot. Finge er durch einen Angriff auf Russland einen Zweifrontenkrieg an ... Nun das wäre blanker Wahnsinn, der Todesstoß für die Sache der Nazis. Für uns wäre das zu schön, um wahr zu sein. Und ich will Ihnen noch etwas erzählen, das mich im Augenblick wirklich sehr beschäftigt. Zu Hause stehe ich unter dem Druck vieler Leute aus Militär- und Geheimdienstkreisen, die alle glauben, Hitler sei eigentlich gar nicht mehr der Hauptfeind.«

»Was soll das heißen?«

»Sie halten die Bolschewiken für die wahre Gefahr und betrachten Adolf Hitler als wichtiges Bollwerk gegen sie.«

»Aber wie ... wie kann jemand Hitler für etwas anderes als für einen blutrünstigen Tyrannen halten?«, fragte Metcalfe.

»Viele Leute ziehen tröstliche Lügen vor«, sagte Corcoran. Ein spöttisches Lächeln umspielte seine Lippen.

»Diese Lektion habe ich ziemlich früh gelernt – schon als kleiner Junge beim Tod meiner Tante. Mir hat man erzählt, sie lebe ›an einem besseren Ort‹ weiter.«

»Woher wissen Sie, dass das gelogen war?«, fragte Metcalfe weiter, um den alten Spionagechef ein wenig zu reizen.

»Sie haben meine Tante nicht gekannt«, antwortete Corcoran.

Metcalfe wusste den beißenden Humor des Alten zu schätzen – erst recht in dieser Zeit nervöser Anspannung. »Also gut«, sagte er. »Wie geht's mit mir weiter?«

»Ich möchte, dass Sie Paris morgen verlassen«, sagte Corcoran knapp. »Tun Sie uns einen Gefallen und verzichten Sie darauf, sich von Ihren vielen Freundinnen zu verabschieden. Niemand darf erfahren, wohin Sie reisen. Schreiben Sie meinetwegen ein paar Postkarten, die wir auf Ibiza oder den Kanarischen Inseln aufgeben. Jeder soll denken, der kosmopolitische, schillernde Monsieur Eigen habe dringend geschäftlich verreisen müssen. Das akzeptiert jeder.«

Metcalfe nickte. Corcoran hatte natürlich Recht. Auf Erklärungen verzichtete er lieber. Morgen! Das bedeutete, dass er Flora Spinasse nicht wieder aufsuchen und sich die Personalliste der deutschen Botschaft in Moskau holen konnte – ein Verlust, aber er war zu verschmerzen.

»Sie fahren vom Gare du Nord nach Berlin und von dort aus nach Warschau weiter. Ein Schlafwagenabteil erster Klasse ist für Sie auf den Namen Nicolas Mendoza reserviert. Auf dem Bahnhof Warszawa Centralna steigen Sie aus, kommen zweieinviertel Stunden später zurück und besteigen als Stephen Metcalfe den Zug nach Moskau. Dort ist für Sie ein Zimmer im Hotel Metropol reserviert.«

Metcalfe nickte. »Papiere?«

»Die müssen Sie sich hier beschaffen. Die Zeit reicht nicht aus, um sie von meinen Leuten herstellen und über den Großen Teich bringen zu lassen.«

»Kein Problem.«

»Vor Ihnen liegt eine Herkulesarbeit. Der Einsatz ist unglaublich hoch, deshalb will ich absolut nichts von Ihren geliebten Husarenstückchen hören. Bei diesem Unternehmen kann eine Menge schief gehen.«

»Ich frage Sie noch mal: Was tue ich, falls etwas schief geht?«

Corcoran zuckte unter seiner Soutane mit den Schultern. »Sollte etwas schief gehen, Stephen, dann schlage ich vor, dass Sie beten.«

Kapitel Sieben

Der Geiger wartete in der Wohnung des Mannes.

Seine Anschrift hatte der Sicherheitsdienst aus der von der Nutte angegebenen Telefonnummer ermittelt. Wo die Funkstation stand, wusste Kleist noch immer nicht – die Nutte hatte natürlich keine Ahnung gehabt. Und ihr Informant, der sie überhaupt erst auf den Fallschirmabwurf aufmerksam gemacht hatte, wusste erst recht nichts, weil jeder nur das erfahren durfte, was er unbedingt wissen musste.

In den Stunden, in denen er auf die Rückkehr des englischen Agenten gewartet hatte, konnte Kleist die Wohnung des Mannes in aller Ruhe und gründlich durchsuchen. Er kannte jetzt seine wahre Identität, was ein Anfang war. Er wusste, dass der Brite nachts arbeitete und tagsüber schlief.

Kleist musste nur abwarten.

Kurz nach sieben Uhr morgens hörte er, wie die Wohnungstür aufgesperrt wurde. Der Brite summte vor sich hin, während er geschäftig herumpusselte, Teewasser aufsetzte und ins Schlafzimmer ging, um seinen Pyjama anzuziehen. Als er die Tür des Kleiderschranks öffnete, um Bügel für seine Sachen herauszunehmen, entfuhr ihm ein kurzer Aufschrei. Kleist sprang mit einem Satz aus dem Schrank, packte ihn mit beiden Händen am Hals und warf ihn zu Boden.

Der Brite gurgelte mit dunkelrotem Gesicht. »Was zum …!« Aber Kleist rammte ihm ein Knie so kräftig zwischen die Beine, dass er dessen Steißbein brechen hörte.

Nun jammerte der Brite. Seine Tränen flossen in Strömen. Er weinte wie ein kleines Mädchen.

»Ich will nur wissen, wo Ihre Funkstation steht«, sagte Kleist. Sein Englisch, das er zu spät im Leben gelernt hatte, war stark akzentgefärbt. Jetzt nahm er eine Hand von der Kehle des Liegenden.

»Leck mich am Arsch!«, sagte der Engländer mit hoher, gurgelnder Stimme.

Er glaubte wohl, Kleist habe die Hand von seiner Kehle genommen, damit er sprechen konnte, aber in Wirklichkeit hatte er das nur getan, um die aufgerollte Violinsaite aus der Tasche zu ziehen. Kleist entrollte die Saite und legte sie sekundenschnell um den Hals des Mannes: über dem stark ausgebildeten Adamsapfel und unter dem beweglichen Zungenbein. Das war die empfindlichste Stelle. Als er jetzt Luftröhre *und* Halsschlagader zusammendrückte, konnte er sehen, wie die Augen des Briten hervorquollen.

Der junge Mann achtete anscheinend nicht sehr auf persönliche Hygiene, stellte Kleist fest. Er hatte vermutlich seit mehreren Tagen nicht mehr gebadet. Gewiss, heißes Wasser war Mangelware, aber das war keine Entschuldigung.

»Ich frage Sie noch mal«, sagte Kleist langsam und deutlich. »Ich möchte wissen, wo die Funkstation steht, in der Sie arbeiten; das ist alles. Beantworten Sie meine Frage, ist meine Arbeit getan, und ich gehe sofort wieder. Ich lasse Sie leben. Tapferkeit ist fehl am Platz.«

Der Brite versuchte etwas zu sagen. Kleist ließ die Saite gerade so locker, dass der Mann sprechen konnte.

»Also gut!«, keuchte der Engländer. »Also gut! Ich sag's Ihnen!«

»Lügen bringen nicht nur Ihnen den Tod, sondern auch allen, mit denen Sie zusammenarbeiten.« Aus langjähriger Erfahrung als Verhörspezialist und Folterer wusste Kleist, dass Todesdrohungen meist wirkungslos waren. Was jedoch funktionierte, waren Schuldgefühle – der Instinkt, seine Freunde und Kollegen zu beschützen. Und Schmerzen: Schmerzen brachten selbst Verstockte rasch zum Reden. Deshalb hatte er dem Engländer die Violinsaite dort um den Hals gelegt, wo sie am schmerzhaftesten einschnitt.

»Ich sag's Ihnen!«, schrie der Brite gellend.

Und er tat es.

Als er fertig war, als er alles erzählt hatte, was Kleist wissen musste, zog Kleist die Violinsaite abrupt straff und schnürte so dem Briten den Hals ab. Aus dem Blick des jungen Mannes sprach verwirrte Entrüstung, bevor ihm die Augen aus den Höhlen quollen. *Ich habe meinen Vertrag erfüllt,* schien sein Blick zu sagen. *Warum erfüllst du deinen nicht?*

Kleist war es ein Rätsel, warum seine Opfer immer glaubten, sie könnten einen Handel mit ihm abschließen. Wozu brauchte es einen Handel, wenn eine Seite alle Macht hatte?

Als der Mann tot war, stand Kleist auf und wusch sich mit angewidertem Schaudern den fauligen Geruch von den Händen.

Kapitel Acht

In Paris gab es einen Fälscher, den Metcalfe seit mehreren Jahren kannte und zu dem er Vertrauen hatte, so weit er in seinem Agentenleben überhaupt wagte, jemandem zu vertrauen.

Alain Ducroix war natürlich viel mehr als ein Fälscher, aber die deutsche Besetzung hatte ihn verwandelt, wie sie so viele andere verwandelt hatte. Ducroix war im Ersten Weltkrieg an der Somme schwer verwundet worden. Er war ein vielseitig begabter Mann: Dichter, Inhaber einer sehr angesehenen Buchhandlung und Verleger. Éditions Ducroix hieß sein Kleinverlag, der auf luxuriöse Liebhaberausgaben berühmter und unbekannter Dichter spezialisiert war. Und auf den Druckerpressen im Atelier hinter seiner Buchhandlung stellte Alain Ducroix in akribischer Arbeit auch ganz andere Druckerzeugnisse her: *cartes d'identité*, Führerscheine, SD-Dienstausweise, deutsche Kennkarten, was immer das kleine Heer tapferer Widerstandskämpfer brauchte. Er war ein guter Mann, der wertvolle Arbeit tat.

Als Daniel Eigen hatte Metcalfe bei Ducroix schon mehrmals Ausweise für sich und seine Freunde bestellt. Metcalfe hatte darauf geachtet, niemals seine wahre Identität preiszugeben – und das nicht nur zum Schutz der eigenen Legende. Metcalfe wollte Ducroix schützen. Der alte Fälscher kannte Eigen nur als Schwarzhändler, der ihm und seinen Kameraden in der Résistance schon manchen Gefallen getan hatte. Eigen war ein unpolitischer Mensch, zu diesem Schluss war Ducroix längst gelangt, aber er war sympathisch und wirkte zumindest vertrauenswürdig.

Und Metcalfe brauchte jetzt Ducroix' Hilfe. Da er Frankreich als Nicolas Mendoza mit dem Zug nach Berlin verlassen würde, brauchte er eine von der Vichy-Regierung ausgestellte Reisegenehmigung. Ducroix war in ganz Paris der einzige Ausweisfälscher, der das nach Gewicht und Tönung genau richtige Papier hatte und auch die Typografie mitsamt den nötigen Stempeln exakt abbilden konnte.

Die Librairie Ducroix lag in der Avenue de L'Opéra. Dank der atemberaubend schönen Bücher, die Alain Ducroix auf seiner Handpresse druckte und dann selbst band, glichen ihre Schaufenster eleganten Bühnenbildern. Oft blieben Passanten stehen und bewunderten die Bände in rotem Saffianleder und mit Titeln in echtem Blattgold, das von Hand aufgetragen wurde. Andere waren in Kalbsleder oder Pergament gebunden – mit marmorierten Vorsatzpapieren, Fadenheftung, rot-goldenen Prägeornamenten auf dem Einband und Goldschnitt.

Das einzige unästhetische Objekt in den beiden Schaufenstern war ein kleines gerahmtes Porträt Marschall Pétains, unter dem ein Schild verkündete: VENDU – ausverkauft. Das war ein Wortspiel, ein bitterer Scherz: Pétain hatte ganz Frankreich verkauft. Metcalfe hielt es für unklug, so etwas ins Schaufenster zu stellen. Er würde Ducroix deswegen ausschimpfen müssen. Wegen seiner wichtigen geheimen Arbeit kam es umso mehr darauf an, dass er seine politischen Ansichten tarnte.

Metcalfe stieß die Ladentür auf. An der Tür angebrachte Glöckchen bimmelten aufmunternd. Die Buchhandlung, in der auf Tischen und in Wandregalen Gedichtbände und Romane in teils von Ducroix verlegten Liebhaberausgaben angeboten wurden, war leer.

Natürlich nicht wirklich leer. »Ah, Daniel!«, rief ein volltönender Bariton aus dem Hintergrund der Buchhandlung. »Wo hast du die ganze Zeit gesteckt?«

Ducroix, ein gut aussehender, stämmiger Mann Anfang sechzig mit weißer Mähne, bewegte seinen Rollstuhl in raschem Tempo den schmalen Mittelgang entlang. Obwohl er seit der Schlacht an der Somme querschnittsgelähmt war, sah er kräftig, sogar athletisch aus. Seine großen Hände waren schwielig, seine Unterarme muskulös.

Jetzt machte er Halt und schüttelte Metcalfe kräftig die Hand. »Du bist gekommen, um meine neue Ausgabe von *Die Blumen des Bösen* zu kaufen, stimmt's? Eine gute Wahl! Der Einband besteht aus rot doubliertem schwarzem Saffianleder, die Vorsätze sind aus handmarmoriertem Papier. Eine prachtvolle Ausgabe, auch wenn ich das selbst sage. Von der Typografie ganz zu schweigen …«

»Das Pétain-Porträt im deinem Schaufenster«, unterbrach Metcalfe ihn.

»Ja.« Ducroix lachte glucksend. »Der Sieger von Verdun, aber ich spucke auf ihn.«

»Hör zu, das solltest du lieber heimlich tun. An deiner Stelle würde ich diesen kleinen Scherz unverzüglich aus dem Schaufenster nehmen.«

Ducroix zuckte mit den Schultern. *»D'accord«*, stimmte er zu. Er senkte die Stimme. »Komm, wir gehen nach hinten, dort können wir ungestört reden.«

Metcalfe folgte ihm durch den Laden und durch eine zweiflüglige Tür in einen saalgroßen Raum mit der Handpresse, der Linotype-Setzmaschine und den Arbeitstischen, an denen Ducroix seine Bücher band.

Während Metcalfe ihm erklärte, was er brauchte, nickte Ducroix. Er hielt die Augen geschlossen, um sich besser konzentrieren zu können. »Ja, ja«, sagte er zuletzt. »Ja, das lässt sich machen. Ich habe wahrscheinlich noch ein paar Blankovordrucke. Die sind verdammt schwer zu bekommen. Ich musste zum Geschäftsführer einer großen Pariser Druckerei gehen, einem alten Freund von mir. Er bekommt Aufträge von staatlichen Stellen, deshalb hatte er einen Vorrat an Blankoformularen. Das Amtssiegel des Außenministeriums habe ich mir selbst aus Blei gegossen. Aber den Text muss ich auf der Linotype gießen, und das erfordert gewissenhafte Arbeit, damit die Fälschung nicht entdeckt wird. Die Beamten, die an der Grenze kontrollieren, sind nicht gerade die Hellsten, weißt du, aber manchmal stößt man auf einen Schlaukopf, der genau hinsieht, und wir wollen keine Katastrophe.«

»Nein, das wollen wir nicht«, bestätigte Metcalfe.

»Vielleicht habe ich in letzter Zeit zu viel Baudelaire gelesen, aber mir fällt immer wieder ein, was er sagt: *›Il n'y a pas de hasard dans l'art, pas plus q'en mécanique.‹* Die beste Kunst erfordert viel Arbeit, ja? Ich bin kein großer Künstler, natürlich nicht, aber wer diese Arbeit richtig tun will, braucht ein bisschen künstlerisches Talent und viel Konzentration. *Alors*!« Er wendete mit dem Rollstuhl, griff über den Tisch hinter sich und nahm einen schmalen Band von einem Bücherstapel. Das Buch gab er Metcalfe.

»Dies, *mon cher*, ist ein Geschenk für dich. Racines *Phädra*. Vielleicht schaust du mal hinein, während du wartest – setz dich in den bequemen Sessel im Laden. Der Einband ist noch nicht ganz trocken, geh also vorsichtig damit um. Ein schöner Band, nicht wahr? Kalbsleder ist heutzutage verdammt schwer zu bekommen – die Deutschen transportieren unser ganzes Vieh ab.«

»Ein wundervolles Buch«, sagte Metcalfe. »Ich werd's mit Vergnügen lesen.«

»Setz dich also ein paar Minuten hin, während ich zusehe, was sich machen lässt. Ich sage dir dann, ob ich für dieses Dokument eine oder zwölf Stunden brauchen werde. Du brauchst es wohl schon bald?«

»Möglichst bald, mein lieber Alain.«

»Gut, ich tue mein Bestes. Du gehst nach vorn und passt auf den Laden auf, während ich hier suche. Und wenn der Racine dir nicht gefällt, kannst du ein bisschen in den Regalen schmökern. Bestimmt findest du dort ein paar Kleinode. Wie sagte Lamartine doch? ›*Même dans le rebut on trouve des joyaux.*‹ Sogar im Abfall finden sich Juwelen.«

Metcalfe ging nach vorn in den Laden zurück und sah sich ohne sonderliches Interesse in den Bücherregalen um. Er ging nicht oft in Buchhandlungen und hatte vor allem jetzt nicht die Geduld, in Büchern zu schmökern. Er war nervös und hatte ein schlechtes Gewissen, weil er seinen Freund in diese Sache hineinzog.

Papiere mit einem Ausreisevisum zu fälschen war etwas völlig anderes, als beispielsweise falsche Lebensmittelkarten zu drucken. Wurde Metcalfe geschnappt, konnte er auch Ducroix ins Verderben reißen. Das war ein erschreckender Gedanke. Schließlich hatte nur Metcalfe sich freiwillig zu gefährlicher Geheimdienstarbeit verpflichtet. Ducroix war ein Intellektueller, ein Buchhändler, ein Mann des Worts. Kein Spion. Er war ein tapferer Mann, der seinen Teil tat, um der Résistance zu helfen; es war wichtig, ihn nicht in Gefahr zu bringen.

Einige Minuten später schreckte ihn das Bimmeln der Türglöckchen aus seinen Gedanken auf. Ein Kunde war eingetreten: ein Mann von etwa vierzig Jahren. Metcalfe empfand spinnenfingriges Unbehagen, einen prickelnden Verdacht, mit diesem Mann sei irgendwas nicht in Ordnung. Er sah in dieser Zeit der Entbehrungen allzu wohlgenährt aus. Dieser Gentleman in seinem teuren Maßanzug hatte etwas Geschmeidiges, etwas Privilegiertes an sich. Sein Haar war fast militärisch kurz geschnitten, und er trug eine randlose Brille. War er ein Deutscher? Auch seine Schuhe sahen teuer aus: auf Hochglanz poliertes Oberleder, Ledersohlen. So gut waren Franzosen im Allgemeinen nicht mehr gekleidet.

Während Metcalfe vorgab, sich für eine in Augenhöhe stehende Corneille-Ausgabe zu interessieren, begutachtete er heimlich den anderen Mann. Der Holzfußboden knarrte, als der vermeintliche Kunde sich im Laden umsah. Er schien etwas – oder jemanden – zu suchen.

Metcalfe beobachtete ihn schweigend. Erst als der Mann sich leicht zur Seite drehte, fiel Metcalfe die kleine Ausbuchtung unter seinem Jackett auf: ein Schulterhalfter mit einer Pistole.

Großer Gott, dachte Metcalfe. *Ich habe sie hergelockt.*

Eine Minute später hörte er einen Wagen vor der Buchhandlung vorfahren. Das Geräusch des starken Motors verriet, um welches Modell es sich handelte, noch bevor er den schwarzen Citroën *Traction Avant* sah. Ein Dienstwagen der Gestapo. Der Fahrer trug Uniform. Hinten stieg ein weiterer Gestapomann aus, der ebenfalls einen guten Anzug trug.

Metcalfe spürte einen Adrenalinschub, als auch der zweite Gestapomann die Buchhandlung betrat. *Sie müssen mich beschattet haben,* sagte er sich erschrocken.

Er überlegte rasch. Er hatte eine Pistole, die in ihrem Beinholster steckte. Theoretisch war er unterlegen, aber hier ging es noch nicht darum, seine Waffe zu ziehen und um sich zu schießen. Das wäre das letzte verzweifelte Mittel gewesen: Er durfte nicht riskieren, einen Gestapomann zu erschießen, vor allem nicht am Vorabend seiner Abreise aus Paris. Das hätte den ganzen Plan gefährdet.

Natürlich immer unter der Voraussetzung, dass ihm tatsächlich die Flucht gelang. Die Beamten waren zu zweit und hatten bestimmt den Auftrag, jemanden zu verhaften, statt ihn zu erschießen.

Aber wen wollten sie hier verhaften?

Ducroix war in höchster Gefahr. Metcalfe tat schließlich nicht mehr, als in einer Buchhandlung zu schmökern. Die Gestapomänner sollten ihn ruhig zum Verhör mitnehmen; es würde zu nichts führen. Aber wenn sie die Werkstatt hinter dem Laden stürmten, während Ducroix seine illegale Arbeit tat, würde der Franzose verhaftet, vor Gericht gestellt und zum Tode verurteilt werden.

Er musste Ducroix schützen. Er musste ihn warnen; das war der erste Schritt.

Metcalfe wandte sich unauffällig ab, ließ einen Zeigefinger über Buchrücken gleiten, als suche er einen bestimmten Titel, und trat dann in die nächste Regalreihe. Er bewegte sich langsam, bedächtig, mit der Geduld eines Bibliophilen, der seiner Lieblingsbeschäftigung nachgeht.

Der erste Gestapomann sah auf und verfolgte Metcalfes Bewegungen wachsam. Statt sich rascher zu bewegen, wurde Metcalfe bewusst noch langsamer, um das Misstrauen des Deutschen zu zerstreuen. Er blieb stehen, zog ein Buch aus dem Regal, schlug es auf und blätterte darin. Dann schüttelte er leicht den Kopf, stellte es ins Regal zurück und ging in den hinteren Teil des Ladens weiter. Als er hinter einem langen, hohen Bücherregal außer Sichtweite der beiden Deutschen war, beschleunigte er seinen Schritt, trat möglichst leicht auf und bewegte sich fast geräuschlos.

Schließlich erreichte er die in die Werkstatt führende zweiflüglige Tür.

Er drückte sie vorsichtig auf und wünschte sich, die Türangeln würden nicht quietschen. Sie taten es nicht.

Ducroix, dessen Rollstuhl an einem Arbeitstisch stand, telefonierte gerade. Metcalfe stellte erleichtert fest, dass vor ihm nichts ausgebreitet lag, das ihn hätte belasten können: keine Wehrmachts-Stempel, keine Blankovordrucke, nichts dergleichen.

Ducroix drehte sich um, lächelte Metcalfe zu. »Ich werde vorn gebraucht, ja? Wir haben zahlende Kunden?«

»Gestapo«, flüsterte Metcalfe warnend. »Zwei Kerle. Hast du noch irgendwas herumliegen, musst du's verschwinden lassen. *Sofort!*«

Ducroix betrachtete ihn mit leicht verwirrtem Gesichtsausdruck.

Metcalfe sprach hastig weiter: »Gibt's hier einen Hinterausgang?« *Man muss immer alle Fluchtwege kennen*: Corkys erstes Gebot. Trotzdem war Metcalfe nachlässig gewesen. Auf diesen Fall war er nicht vorbereitet.

»Aber ich habe vergessen, dir den Schuber zu geben!«, protestierte Ducroix. »Für den Racine!« Er nahm einen mit Leinen bezogenen Schuber vom Arbeitstisch und drehte sich damit zu Metcalfe um.

»Zum Teufel damit!«, knurrte Metcalfe, während er die Werkstatt nach einem weiteren Ausgang absuchte. »Hast du nicht verstanden? Die Gestapo ist da! Ich muss schleunigst verschwinden, und du, du musst …«

»Ich muss meine Pflicht tun«, unterbrach Ducroix ihn mit seltsam ausdrucksloser Stimme. Der Schuber fiel zu Boden, und eine riesige Luger kam zum Vorschein, die auf Metcalfes Brustmitte zielte.

Ducroix hielt die großkalibrige Pistole in beiden Händen und stabilisierte sie, indem er seine Ellbogen auf die Armlehnen des Rollstuhls stützte. Metcalfe starrte in die dunkle Mündung der Waffe, dann bückte er sich, um seine Pistole zu ziehen. »Keine Bewegung!«, blaffte Ducroix ihn an. »Halt, oder ich schieße!«

Irgendwo hinter Metcalfe waren Schritte zu hören. Als er sich umdrehte, sah er die beiden Gestapomänner mit schussbereit gehaltenen Waffen hereinkommen.

»Alain!«, stieß Metcalfe hervor. »Was zum Teufel machst du?«

»Ich rate dir, keine plötzlichen Bewegungen zu machen«, sagte Ducroix. »Sonst erschießen wir dich, ohne zu zögern. Diese Messieurs wollen nur mit dir reden, und ich rate dir, dich entgegenkommend zu zeigen. Diese Pistole zielt genau auf deinen siebten Halswirbel. Eine falsche Bewegung, ich drücke ab und … *voilà!* Ein Leben im Rollstuhl, genau wie ich. Falls du überlebst, versteht sich. Unterhalb der Taille ist alles gefühllos, *mon frère*. Das fördert die Konzentration aufs Geistige ungemein. Keine

Jagd auf Frauen mehr. Und die Schwielen, die du an den Händen bekommst … Aber keine Sorge, denn wie sagt der englische Dichter so richtig? ›Denn jedermann wird immer freundlich sein …‹ Glaub mir, du wirst darum *beten,* sterben zu dürfen.«

»Gut gemacht!«, sagte eine Stimme hinter Metcalfe.

»Ich tue mein Bestes«, erwiderte Ducroix schulterzuckend, hielt dabei aber die Pistole mit festem Griff unbeirrbar auf Metcalfe gerichtet, als liege seine Militärzeit nicht schon viele Jahre zurück.

Metcalfe schwirrte der Kopf, während sein Adrenalinspiegel steil anstieg. Er war in eine Falle geraten.

Ohne seine Haltung wesentlich zu verändern, sah er sich langsam um. Die beiden Gestapomänner hatten ihre Pistolen auf ihn gerichtet. Sie waren keine drei Meter von ihm entfernt und näherten sich vorsichtig. Drei Waffen bedrohten ihn. Er war hoffnungslos unterlegen. Bei der ersten falschen Bewegung war er binnen Sekunden tot. Daran bestand kein Zweifel.

Wie und *warum* dies hier passiert war, begriff er noch immer nicht ganz. Er war fassungslos: Ducroix hatte ihn verraten! Ducroix, der behauptete, die Deutschen mit allen Fasern seines Herzens zu hassen, hatte aus unerfindlichen Gründen mit der Gestapo kollaboriert und ihn verraten. Das war nicht nur verwirrend, sondern geradezu unvorstellbar. Wie sehr mussten sie Ducroix unter Druck gesetzt haben? Mit welchen Drohungen hatten sie ihn erpresst? Welche Belohnung konnten sie ihm geboten haben?

Oder war es denkbar, dass Ducroix von Anfang an mit den Nazis unter einer Decke gesteckt hatte?

Während Metcalfe versuchte, das alles zu begreifen, berechnete ein anderer Teil seines Verstands hektisch seine Chancen, wenn er sich auf Ducroix stürzte ... Aber das wäre sinnlos gewesen. Sie hatten ihn geschnappt.

Aber *wozu*? Was wussten sie über ihn? War er durch einen dummen Zufall enttarnt worden? Oder hatte Ducroix ihn nur als jemanden angezeigt, der versuchte, sich gefälschte Papiere zu verschaffen – und hätte Ducroix sich in diesem Fall nicht selbst belastet?

»Meine Herren«, sagte Metcalfe in scheinbar ironisch amüsiertem Tonfall, »finden Sie nicht, dass Sie ein wenig übertreiben?«

»Hände hoch!«, befahl ihm der zweite Gestapomann.

Metcalfe hob langsam die Hände bis in Schulterhöhe. Dabei schüttelte er mit sorgenvoller, verständnisloser Miene den Kopf. »Darf ich Sie wenigstens fragen, meine Herren, was das alles soll?«

»Darüber reden wir später, Herr Eigen. Für diesen Zweck haben wir unseren Vernehmungsraum. Sie kommen jetzt mit und machen keine plötzlichen Bewegungen, denn wir haben Schießbefehl.«

Befehl: Diese Männer handelten auf Befehl von oben, auf Anweisung eines Vorgesetzten. Sie waren Drohnen, gewöhnliche kleine Handlanger, und das war gut, fand Metcalfe. Sie waren nicht aus eigener Initiative tätig geworden, sondern nur als Befehlsempfänger.

Metcalfe lächelte, sah zu Ducroix hinüber. Aber der Blick des Franzosen war stählern, undurchsichtig, seine Arme blieben in Schussposition, die Luger hatte sich keinen Millimeter bewegt.

Er ließ kein Mitgefühl, keinerlei Erinnerung an ihre einstige freundschaftliche Beziehung erkennen. Er schien ein völlig anderer Mensch geworden zu sein – skrupellos, ohne Erbarmen.

»Meine Herren«, sagte Metcalfe, »sind Sie nicht verpflichtet, mir wenigstens mitzuteilen, weshalb Sie mich festnehmen?«

Er hörte die Glöckchen bimmeln, als die Eingangstür der Buchhandlung geöffnet wurde.

»Drehen Sie sich bitte um«, wies der erste Deutsche ihn an. »Gehen Sie zum Ausgang. Die Hände können Sie runternehmen.«

»Nein, bitte durch den Hinterausgang!«, warf Ducroix ein. »Niemand darf ihn aus meinem Laden kommen sehen!« Er zeigte mit der Pistole auf die Rückwand der Werkstatt, in der Metcalfe jetzt eine Tür entdeckte. Sie führte vermutlich auf eine Gasse hinter dem Gebäude hinaus.

»Geht's denn um Ausweise?«, fragte Metcalfe unbeirrt weiter. *»Papiere?«* Seine Stimme wurde lauter. »Um die Ausweise, die ich benütze, um Gerhard Mauntner seinen Cognac, seine Zigaretten, seinen Kaviar zu besorgen? Um Frau Mauntner ihre Seidenstrümpfe, ihr *Parfüm* zu besorgen? Wirklich, meine Herren ... das kann nicht Ihr Ernst sein.« Indem Metcalfe sich auf den zweiten Mann in der Pariser Gestapozentrale berief, der gelegentlich sein Kunde war, setzte er seine schwersten Geschütze ein. Diese Handlanger mit ihrem Kadavergehorsam würden nichts tun, was die Wünsche eines so hoch gestellten Mannes wie Mauntner durchkreuzen konnte.

»Oh, das ist durchaus unser Ernst«, antwortete der zweite Deutsche gelassen. Aus seinem Tonfall sprach ominöses Vergnügen. »Schließlich trägt der Haftbefehl Gerhard Mauntners Unterschrift. Wir sind auf Gruppenführer Mauntners ausdrücklichen Befehl hier. Bitte gehen Sie jetzt.«

Sie hatten seinen Bluff erkannt! Seine List war als Lüge enttarnt worden. Nun blieb ihm nichts anderes übrig, als mitzugehen. Er sah nochmals zu Ducroix hinüber, der seine Schusshaltung nicht im Geringsten verändert hatte, doch auf seiner Stirn standen jetzt Schweißperlen. Um die Lippen des Fälschers spielte ein kleines Lächeln. Der Freund der Poesie wusste diese Ironie des Schicksals zu schätzen: das köstliche Spektakel eines Fabulierers, der sich im Netz seiner eigenen Erfindungen gefangen hatte.

»Nun«, sagte Metcalfe, »hier liegt offenbar ein bedauerlicher Irrtum vor, aber den können wir in der Rue des Saussaies klären.«

Er begann an der großen stählernen Linotype-Setzmaschine vorbei zum Hinterausgang zu gehen. Einer der Männer begleitete Metcalfe, indem er ihn am Ellbogen gepackt hielt. Die Walther-Pistole in seiner anderen Hand blieb auf den Festgenommenen gerichtet. Der zweite Mann folgte dicht hinter ihnen.

Ducroix, das sah Metcalfe am Rand seines Blickfelds, hatte endlich die Pistole weggesteckt und lenkte seinen Rollstuhl in Richtung Laden, zweifellos um den hereingekommenen Kunden zu bedienen, nachdem die Krise nun überstanden war. Metcalfe war jetzt mit den beiden Gestapomännern allein – aber weiter in der Unterzahl und schlechter bewaffnet.

Als er weiterging, ließ er beschämt den Kopf hängen und begann, vor Angst sichtbar zitternd, die Schultern hochzuziehen. »Oh Gott«, murmelte er, »wie schrecklich! Davor habe ich mich so lange gefürchtet …«

Metcalfes Knie gaben nach, und er sackte mit einem jämmerlichen Klagelaut zu Boden. Er war ein zitterndes Wrack, von Angst überwältigt. Der Gestapomann neben ihm lockerte seinen Griff unwillkürlich etwas, als er vom Gewicht des Zusammensackenden mit nach unten gezogen wurde.

Metcalfe brach zusammen und zog den Deutschen mit sich zu Boden; dann warf er sich blitzschnell herum und knallte den Kopf des Mannes auf den Steinboden. Dabei war ein deutliches Knacken zu hören, als der Gestapomann einen Schädelbruch erlitt. Er verdrehte die Augen so weit nach oben, dass nur noch das Weiße sichtbar war.

Im nächsten Augenblick sprang Metcalfe mit der Walther des Bewusstlosen in der Hand wieder auf. Während er nach rechts – hinter der stählernen Maschine – verschwand, gab er einen Schuss auf den anderen Deutschen ab.

»Weg mit der Waffe, sonst sind Sie *tot*!«, brüllte der Gestapomann. Aus seiner bisher so phlegmatischen Miene sprach jetzt nackte Angst. Er schoss auf Metcalfe, aber das Geschoss traf nur die Linotype-Setzmaschine und surrte als Querschläger durch den Raum. Metcalfe, der in guter Deckung stand, steckte die erbeutete Pistole durch eine Lücke zwischen Maschinenteilen und zielte sorgfältig, während weitere Schüsse wieder nur Stahl trafen. Der Gestapomann stürmte auf Metcalfe zu, ohne sich um die Querschläger zu kümmern.

Plötzlich spürte Metcalfe einen brennenden Schmerz im rechten Oberschenkel. Ein Streifschuss hatte ihm das Hosenbein aufgerissen. Er biss die Zähne zusammen, drückte erneut ab und traf den Deutschen diesmal am Hals. Der Gestapomann brach mit einem lauten Schmerzensschrei zusammen. Mit der Linken drückte er auf die Wunde, aus der hellrotes arterielles Blut spritzte. Die

Rechte betätigte den Abzug seiner Pistole und jagte einen ungezielten letzten Schuss in die hohe Stahlbetondecke der Werkstatt. Als Metcalfe hinter der Linotype hervorspähte, erkannte er mit einem Blick, dass sein Schuss tödlich gewesen war. Der Mann lebte noch, aber er war kampfunfähig und verlor rasch das Bewusstsein. Sein lautes Kreischen wurde zu einem Winseln, feucht und blubbernd.

Metcalfe warf sich herum und rannte zum Hinterausgang. Krampfartige Schmerzen durchzuckten sein rechtes Bein. Er hörte ein scharrendes Geräusch und sah sich danach um. Das war der erste Gestapomann, den er bewusstlos zurückgelassen hatte: Er tastete auf der Seite liegend den Steinboden um sich herum ab, als suche er seine Walther. Offenbar ahnte er nicht, dass Metcalfe sie in der Hand hielt.

Metcalfe drückte ab und traf den Mann in den Bauch. Der Deutsche klappte wieder auf dem Fußboden zusammen. War er diesmal nicht tot, war er zumindest schwer verwundet und dauerhaft außer Gefecht gesetzt.

Jetzt habe ich also endlich einen Menschen erschossen, dachte er grimmig, aber auch mit einem Seufzer der Erleichterung. Plötzlich fiel hinter ihm ein weiterer Schuss. Er drückte sich neben einem langen hölzernen Setzkasten, der weit genug vorragte, um ihm Deckung zu gewähren, flach an die Wand.

Vor dem aus dem Laden einfallenden helleren Licht hob Ducroix sich in seinem Rollstuhl als Silhouette ab. Der Franzose schoss gleichmäßig und mit tödlicher Treffsicherheit auf Metcalfe. Eine Kugel nach der anderen ließ das Holz des Setzkastens nur eine Handbreit von Metcalfes Kopf entfernt zersplittern. Ein Fach mit Bleilettern wurde aufgerissen, und sein Inhalt ergoss sich klappernd auf den Fußboden.

Metcalfe zielte kurz und drückte ab. Ein Schuss traf das Metallgestell des Rollstuhls, ein weiterer ließ eine der hölzernen Armlehnen zersplittern, und der dritte Schuss traf Ducroix mitten in der Stirn.

Der Anblick war grausig. Ein Stück von Ducroix' Schädeldecke flog in einer grässlichen Blutfontäne davon, und der Fälscher sackte in seinem Rollstuhl zusammen.

Metcalfe stand noch einen Augenblick wie gelähmt da, dann zwang er sich dazu, sich zu bewegen. Er stürzte zu den Leichen der Gestapomänner, durchsuchte ihre Taschen und nahm mit, was er an Papieren, Dienstplaketten und Ausweisen finden konnte. Alles konnte irgendwie nützlich sein.

Dann rannte er zum Hinterausgang. Er drückte die Klinke herab, zog die schwere Eisentür auf und war mit einem Sprung auf einer mit Abfällen übersäten Gasse.

Kapitel Neun

Es gab nur einen Zufluchtsort.

Das sichere Haus. Die Höhle. Er musste sich mit Corky in Verbindung setzen, ihn warnen und darüber informieren, was soeben passiert war: über Ducroix' Verrat, über die Katastrophe. Corcoran würde wütend darüber sein, dass Metcalfe enttarnt worden war, das stand außer Zweifel, aber er musste über den Vertrauensbruch informiert werden. Vielleicht hatte er eine Erklärung dafür, dass der Fälscher so unerwartet die Seiten gewechselt hatte – oder auf welche Weise er umgedreht worden war.

Metcalfe musste Corky sofort erreichen, und das war nur auf dem Dienstweg, durch seine Kontaktpersonen in der Höhle, möglich; dieses System hatte Corcoran selbst entwickelt, um größtmögliche Sicherheit zu gewährleisten.

Er begann zu rennen, aber als das Pochen in seiner Oberschenkelwunde stärker wurde, begnügte er sich damit, ein flottes Tempo anzuschlagen. Dabei ging es nicht nur um die Wunde, die unbedeutend war; Derek Compton-Jones, der Kryptograf in der Höhle, war in erster Hilfe ausgebildet und würde ihn richtig verbinden. Nein, es war wichtig, nicht in Eile, sondern wie ein harmloser, geschäftiger Mann zu erscheinen, der in einer wichtigen Sache unterwegs war. Wurde er aus irgendeinem Grund angehalten, konnte er sich mit den Papieren eines erschossenen Gestapomannes ausweisen. Natürlich sahen die Passfotos auf den Dienstausweisen ihm überhaupt nicht ähnlich, aber damit würde er sich befassen, wenn und falls es sein musste.

Es war bereits Spätnachmittag, und die Straßen wimmelten vor Menschen. Nach der geglückten Flucht und dem Blutbad stand Metcalfe unter leichtem Schock. Er hatte noch nie einen Menschen umgebracht, und jetzt hatte er gleich drei Männer erschossen. Er fühlte sich wie betäubt, war über das Blutvergießen entsetzt, obwohl er sich darüber im Klaren war, dass er selbst tot daliegen würde, wenn er diese Männer nicht erschossen hätte.

Bis er das baufällige Klinkergebäude erreichte, in dem Le Caveau im Tiefparterre und die Basisstation im eigentlichen Kellergeschoss lag, waren die Wundschmerzen ziemlich abgeklungen, sodass er weniger auffällig hinkte. Er stieg die wenigen Stufen zur Eingangstür hinunter, zog dreimal an der altmodischen Klingel und wartete darauf, dass der Spion sich verdunkelte, während der Barkeeper Pasquale seine Identität überprüfte.

Er wartete eine ganze Minute lang, dann wiederholte er das dreimalige Klingeln. Pasquale, der Leute sonst prompt einließ, musste beschäftigt sein, überlegte er sich. Immerhin war es noch Nachmittag, und um diese Zeit mussten die einzigen Gäste die Gewohnheitstrinker, die wirklich dem Alkohol Verfallenen, sein.

Eine weitere Minute verstrich, ohne dass Pasquale an die Tür kam.

Metcalfe versuchte es abermals. Seltsam, dachte er. War es möglich, dass die Bar geschlossen hatte? Es gab eine weitere, kompliziertere Möglichkeit, die Basisstation zu erreichen, das wusste er. Dazu musste man das Apartmenthaus nebenan betreten, mit dem Aufzug in den Keller fahren und die Schrauben einer verschlossenen Brandschutztür lösen, hinter der ein Gang in dieses Gebäude hinüberführte. Aber dieser Zugang sollte nur in Notfällen benützt werden, weil er weniger sicher war: Bewohner des Nachbarhauses konnten einen sehen, wenn man ihr Gebäude betrat, und vielleicht misstrauisch werden.

Er legte eine Hand auf die Klinke, drückte sie herab und fuhr leicht zusammen, als die Tür zur Bar sich öffnen ließ. Sie hätte abgesperrt sein sollen.

Drinnen brannte kein Licht, was überraschend war. Offenbar war niemand da. Und trotzdem war die Tür unversperrt – das passte nicht zusammen! Sobald seine Augen sich an die Dunkelheit gewöhnten und die Schatten und schemenhaften Umrisse als Barhocker und die lange Holztheke erkennbar wurden, entdeckte Metcalfe etwas, das ihn erstarren ließ.

Mehrere Hocker waren umgeworfen worden. Die Theke war mit zerbrochenem Glas bedeckt – von zersplitterten Weingläsern, von zerschlagenen Bier- und Schnapsgläsern. Hier hatte sich irgendwas abgespielt, irgendwas Gewalttätiges.

Metcalfe trat ins ungewisse Dunkel hinter der Theke und sah nun, dass die Schublade von Pasquales altmodischer Registrierkasse offen stand. Sie war leer.

Ein Einbruch?

Sogar im Polizeistaat der Deutschen gab es in Paris noch immer Diebstähle, Einbrüche. Aber dieses Chaos ließ auf mehr als nur einen simplen Einbruch schließen. Es bewies, dass hier ein Kampf stattgefunden hatte.

Und niemand war hier! Pasquale, seine Gäste – alle fort.

Die Basisstation!

Metcalfe rannte durch die Bar, wich umgekippten Hockern und zerbrochenen Gläsern aus. Er war mit wenigen Sprüngen im Kellergeschoss, tastete sich zu der Besenkammer vor und zog die Tür auf.

Er packte den Besenstiel, drehte ihn entgegen dem Uhrzeigersinn. Nun ließ die getarnte Eingangstür der Station sich öffnen, sodass er die schwarz gestrichene Stahltür vor sich hatte. Sein Herz jagte, als er den Klingelknopf erst zweimal und dann noch einmal drückte.

Bitte, lieber Gott, dachte er. *Lass sie da sein!*

Er wartete in angsterfüllter Stille. Er wusste, was passiert war. Irgendwie hatten die Deutschen – die Gestapo oder der Sicherheitsdienst – von der streng geheimen Station erfahren. Aber wer hatte sie verraten? Etwa der Barkeeper Pasquale? War das möglich?

Oder hatte einer von Corkys Agenten ausgepackt – vielleicht der Mann, den die Gestapo geschnappt hatte? Aber wie war *dieser* Agent überhaupt enttarnt worden? Irgendwo in der Organisation musste es eine undichte Stelle geben!

Oh Gott, nein! Was sollte er jetzt tun? Was war, wenn im schlimmsten Fall das gesamte Personal der Funkstation auf einen Schlag verhaftet worden war? Dann wäre Metcalfe allein an der Front zurückgeblieben, ohne eine Möglichkeit zu haben, Corky zu erreichen.

Nein, es musste eine Möglichkeit geben! Für Notfälle hatte er Anweisungen erhalten, die verschlüsselt und verkleinert auf die Rückseite von Etiketten in seinen Kleidungsstücken gedruckt waren. Es gab immer Vorkehrungen für Notfälle; dafür hatte Corky gesorgt.

Er klingelte erneut, wiederholte das Signal aus zwei kurzen und einem langen Klingelzeichen. Wieder keine Antwort.

Auch diese drei waren fort, davon war er jetzt überzeugt. Sie waren verhaftet worden. Ihr Spionagering war aufgeflogen.

Aber wenn sie verhaftet worden waren … hätten die Deutschen dann nicht versprengten Agenten, die versuchten, mit der Basisstation Verbindung aufzunehmen, eine Falle gestellt? Bisher hatte er nichts entdeckt, was auf eine Falle dieser Art hinwies, aber er würde sich in Acht nehmen müssen.

Metcalfe zog seinen Schlüsselring aus der Tasche. Der Anhänger war eine dicke Lederscheibe. Als er die Ränder zwischen zwei Fingern zusammendrückte, öffnete sie sich; sie enthielt einen kleinen, flachen Schlüssel, mit dem sich diese Tür öffnen ließ.

Der Schlüssel passte in die drei Schlösser, mit denen die Stahltür oben, unten und in der Mitte gesichert war. Als er das dritte Schloss aufsperrte, sprang die Tür mit einem Klicken und dem leisen Zischen der Gummidichtung auf.

Er zögerte, bevor er halblaut seinen Namen rief, weil er nicht wusste, ob dort drinnen jemand auf der Lauer lag.

Als Erstes sah er das grünliche Leuchten der eingeschalteten Funkgeräte. Dass die Geräte noch da waren, war ein gutes Zeichen: Hätten die Deutschen die Lage der Höhle entdeckt und das Personal auf einen Schlag verhaftet, hätten sie bei dieser Gelegenheit bestimmt die wertvolle Ausrüstung abtransportiert.

Aber wo *war* das Personal? Weshalb waren die Geräte unbeaufsichtigt?

Metcalfe sah eine Gestalt vor einer der Konsolen sitzen. Selbst von hinten erkannte er Johnny Betts, den amerikanischen Funker. Er rief ihn an: »Johnny! Hast du nicht gehört, dass ich …?«

Dann sah er, dass Johnny seinen Kopfhörer aufgesetzt hatte, was eine Erklärung dafür war, dass er die Klingel nicht gehört hatte. Metcalfe trat hinter ihn, tippte ihm auf die Schulter.

Johnny sackte plötzlich zur Seite. Seine Augen quollen fast aus den Höhlen. Sein Gesicht war dunkelrot, die Zunge hing ihm grotesk aus dem Mund.

Metcalfe wurde schwindlig. Er stieß einen entsetzten Schrei aus und hatte Mühe, sich auf den Beinen zu halten. »Mein Gott, nein!« Auf den ersten Blick sah es so aus, als habe jemand Johnny Betts die Kehle durchgeschnitten, aber dann erkannte Metcalfe, dass die vermeintliche tiefe Schnittwunde in Wirklichkeit ein blutunterlaufenes Würgemal war.

Betts war erdrosselt worden, garrottiert mit einer dünnen Schnur oder einem Draht.

Johnny Betts war ermordet worden!

Metcalfe warf sich herum und suchte die anderen – Cyril Langhorne, Derek Compton-Jones. Aber hier war sonst niemand. Er lief zur Tür des Nebenraums, riss sie auf, sah hinein und stellte fest, dass er leer war. *Wo sind die anderen?*

Er hastete durch den Vorraum, der zum Notausgang im Nachbargebäude führte, und entdeckte dort neben der einen Spalt weit geöffneten Stahltür die zusammengesackte Leiche Cyril Langhornes. Der Tote hatte einen einzigen Einschuss mitten in der Stirn.

Die Station war durch den Notausgang betreten worden, das wusste Metcalfe jetzt. Langhorne war zur Stahltür gegangen und sofort erschossen worden, vermutlich mit einer Pistole mit Schalldämpfer. Betts wickelte seinen Funkverkehr mit aufgesetztem Kopfhörer ab und hatte davon nichts mitbekommen. Warum war der Amerikaner nicht erschossen, sondern garrottiert worden? Um Lärm zu vermeiden? Jemand hatte sich von hinten an ihn angeschlichen – bestimmt waren es mehrere Eindringlinge gewesen –, ihm eine Schnur oder einen Draht um den Hals gelegt und ihn erdrosselt.

Großer Gott, wie hatte das passieren können?

Und wo war Derek? Vom Stammpersonal fehlte er als Einziger. Hatte er dienstfrei gehabt, zu Hause geschlafen? Vielleicht – bitte, lieber Gott – vielleicht hatte der Dienstplan Derek das Leben gerettet.

Ein Geräusch. Lautes Reifenquietschen, das von draußen hereindrang. Von der Straße. Gewöhnlicher Verkehrslärm wäre in dieser schalldichten Kammer nicht zu hören gewesen. Aber die Stahltür zum Nachbarhaus stand offen und ließ Geräusche von der Straße ein.

Leute, die so geräuschvoll vorfuhren, konnten nur die Deutschen sein. Die zweite Einsatzgruppe? Weitere Ermittler?

Sie kamen, um ihn zu holen.

Metcalfe sprang über den toten Langhorne hinweg, schlüpfte durch die offene Feuerschutztür und lief die Kellertreppe des Nachbarhauses hinauf. Unterwegs entdeckte er mit einem Blick aus einem Kellerfenster drei schwarze Citroëns, die auf der Straße herangerast kamen. Die Gestapo, ganz ohne Zweifel.

Diesmal kannte er den Fluchtweg.

*

Metcalfe entkam übers Dach des Gebäudes, kletterte ein kurzes Stück weit über benachbarte Dächer und stieg dann in die schmale Gasse hinter der Häuserzeile ab.

Er war außer Atem, aber in seinem Blut kursierte so viel Adrenalin, dass er sich kaum die Zeit zum Nachdenken nahm. Er hastete einfach weiter. Er musste zu Derek Compton-Jones' Apartment, um ihn davor zu warnen, zum Dienst in die Basisstation zu gehen – aber auch, um herauszufinden, was passiert sein konnte, falls Derek den Schimmer einer Ahnung hatte.

Immer unter der Voraussetzung, *dass* Derek mit dem Leben davongekommen war.

In der Station war er nicht gewesen; zumindest hatte seine Leiche nirgends gelegen. Compton-Jones hatte nachts gearbeitet und tagsüber geschlafen; die anderen hatten das Pech gehabt, für eine frühere Schicht eingeteilt gewesen zu sein. Vielleicht lebte Derek also doch noch.

Und wusste Corky schon von dieser Katastrophe?

Er ging erst langsamer, als er sich dem Haus näherte, in dem Derek wohnte. Obwohl Corky strikt darauf bestand, dass niemand mehr erfahren durfte, als er wissen musste, wusste Metcalfe, wo Derek wohnte; die Station Paris hatte nur wenig Personal, und schließlich waren sie Freunde. Jetzt stand er auf der anderen Straßenseite vor einem Schreibwarengeschäft und tat so, als interessiere er sich für die Auslage, während er in Wirklichkeit den Kopf schief hielt, um das Haus gegenüber in der Schaufensterscheibe zu beobachten. Nach einigen Minuten hatte er sich davon überzeugt, dass es vor dem Gebäude keine verdächtigen Aktivitäten gab: keine Autos, deren Motoren im Leerlauf liefen, keine herumlungernden Passanten. Er überquerte rasch die Straße, betrat das Haus und stieg die Treppe zu Dereks Wohnung hinauf.

Nachdem er einen Augenblick an der Wohnungstür gehorcht hatte, klopfte er an.

Keine Antwort.

Er klopfte nochmals und sagte: »Derek?« Falls Derek drinnen war und nicht zu öffnen wagte, würde er vielleicht Metcalfes Stimme erkennen. Aber einige Minuten verstrichen, ohne dass etwas geschah.

Metcalfe sah nach beiden Seiten und überzeugte sich davon, dass er allein war. Aus seiner Geldbörse zog er eine lange, dünne Stahlahle, die am vorderen Ende gekröpft war. Sie war ein rudimentärer Dietrich, in dessen Gebrauch er ausgebildet war. Er steckte ihn ins Schloss und bewegte ihn auf und ab, während er ihn nach rechts zu drehen versuchte. Es dauerte nicht lange, bis das Schloss nachgab. Diese alten französischen Schlösser waren nicht besonders kompliziert, stellte er aufatmend fest. Die Wohnungstür ließ sich öffnen, und Metcalfe trat ein.

Er hatte Compton-Jones ein paarmal besucht, mit ihm eine Flasche Whiskey geleert, während Derek entzückt und fasziniert zugehört hatte, wie Metcalfe abenteuerliche Geschichten aus seinem Agentenleben erzählte ... und sogar, diskret, ein paar Schlafzimmergeschichten. Für den jungen englischen Kryptografen hatte Metcalfe alles verkörpert, was an diesem Untergrundkrieg aufregend war; durch ihn hatte Derek stellvertretend an ihm teilnehmen können.

Metcalfe sah sich rasch um und rief für den Fall, dass Derek zu Hause war und nur schlief, nochmals seinen Namen. Dann klopfte er an die geschlossene Schlafzimmertür. Als keine Antwort kam, öffnete er die Tür.

Was ihn als Erstes überfiel, war der scharfe, metallische Geruch von Blut, der an den Geschmack einer Kupfermünze auf der Zunge erinnerte. Sein Herz begann zu jagen, als er den Raum betrat. Wenige Sekunden später sah er Compton-Jones' Leiche und konnte ein Stöhnen nicht unterdrücken.

Derek lag auf dem Fußboden vor dem Kleiderschrank auf dem Rücken. Die Farbe seines purpurrot angelaufenen Gesichts erinnerte an einen alten Bluterguss, und seine starren, erloschenen Augen drohten genau wie Johnny Betts' Augen aus den Höhlen zu quellen. Sein Mund stand leicht offen. Sein Hals wurde durch eine dünne dunkelrote Linie – ein Band aus blutunterlaufenem Gewebe – zweigeteilt.

Auch er war garrottiert worden.

Metcalfe erschauderte. Tränen traten in seine Augen. Er sank auf die Knie, um an Dereks Hals nach dem Puls zu fühlen, aber er wusste, dass er keinen entdecken würde. Derek war ermordet worden.

»Wer war das?«, fragte Metcalfe mit leiser, wehklagender, aufgebrachter Stimme. »Wer zum Teufel hat dir das angetan? Gottverdammt noch mal, wer hat das alles getan?«

Vielleicht war der Gedanke töricht, manche Morde seien gewalttätiger als andere – Mord war schließlich Mord –, aber Metcalfe erschien dieses Garrottieren als unnötig brutale persönliche Note des Killers. Allerdings hatte das Garrottieren bestimmte taktische Vorteile – auch das erkannte er. Es war eine heimliche Tötungsart, zweifellos die heimlichste, wenn man sich dazu überwinden konnte. Wenn man das Opfer daran hinderte, Geräusche von sich zu geben, und die Blutzufuhr zum Gehirn unterbrach, stellte man sicher, dass es keinen lauten Schrei gab. Trotzdem hätten die meisten Männer wohl eher auf andere Weise getötet. Dieser Killer war nicht nur geschickt; er war auch geistesgestört.

Und die Garrotte war allem Anschein nach sein Markenzeichen.

Metcalfe gelang es irgendwie, sich aufzurappeln. Er fühlte sich schwindlig und war kurz davor, ohnmächtig zu werden, als er die Wohnungstür in dem Augenblick erreichte, in dem sie aufgestoßen wurde.

Ein Deutscher kam mit großen Schritten herein. Ein Mann mittleren Alters in einer Gestapouniform mit den Rangabzeichen eines Sturmbannführers. Der Deutsche hielt seine Walther schussbereit in der Hand. »Halt! Keine Bewegung!«, blaffte er und zielte mit der Pistole auf Metcalfes Brust.

Metcalfe wollte nach seiner Colt-Pistole im Beinholster greifen.

»Bitte ziehen Sie Ihre Waffe nicht«, sagte der Deutsche. »Ich müsste sonst sofort schießen.«

Metcalfe überlegte, ob er seine Pistole trotzdem ziehen sollte, aber der Sturmbannführer hatte mehrere Sekunden Vorsprung. Dieser Versuch wäre Selbstmord gewesen; der Gestapomann wirkte durchaus entschlossen, seine Drohung wahr zu machen. Metcalfe konnte nur bluffen.

Er starrte den Deutschen gebieterisch an und verschränkte langsam die Arme.

»Hände runter«, sagte der Deutsche.

Metcalfe gehorchte schweigend. Er starrte den Mann weiter herrisch an.

Endlich sprach er – in tadellosem Deutsch. »Sind Sie fertig, Herr Sturmbannführer? Haben Sie genug?« Sein Blick war eisig, aber sein Gesichtsausdruck blieb phlegmatisch, überlegen. Metcalfe hatte als Kind Deutsch gelernt und sprach perfektes Hochdeutsch, das er im Schweizer Internat von einem adeligen Deutschlehrer gelernt hatte. Nach Metcalfes Erfahrung waren Deutsche so klassenbewusst, dass der Gestapomann gar nicht anders konnte, als sich auf subtile, unausgesprochene Weise eingeschüchtert zu fühlen.

»Verzeihung, was haben Sie gesagt?«, fragte der Deutsche in abrupt verändertem Tonfall. Sein arroganter Befehlston hatte sich verflüchtigt; seine Stimme klang nur noch besorgt.

»Dummkopf!«, knurrte Metcalfe. »Wer zum Teufel hat befohlen, den Briten zu erledigen? Etwa *Sie*?«

»Herr ...«

»Das ist absolut inakzeptabel! Ich habe ausdrücklich befohlen, dass der Brite lebend gefangen genommen und verhört werden soll. Sie unfähiger Trottel! Zeigen Sie mir Ihren Dienstausweis, Sie Idiot! Ich werde eine strenge Untersuchung veranlassen. Diese ganze Sache ist vermurkst worden!«

Auf dem Gesicht des Gestapomannes spiegelten sich wechselnde Empfindungen von Verwirrung über Besorgnis bis zu kaum verhohlener Angst. Er griff hastig in die Brusttasche seiner Uniformjacke und zog seinen Dienstausweis heraus.

»Zimmermann«, las Metcalfe von der Ausweiskarte vor, als merke er sich den Namen. »Sie, Herr Sturmbannführer Zimmermann, sind also für diesen Pfusch verantwortlich! Haben Sie befohlen, den britischen Agenten zu erledigen?«

»Nein, das habe ich nicht«, antwortete der Mann hörbar geknickt, weil Metcalfe ihn so scharf angefahren hatte. »Mir ist nur gemeldet worden, der Amerikaner sei hier aufgetaucht, und ich habe Sie mit ihm verwechselt. Das war ein bedauerlicher Irrtum.«

»Erbärmlich! Und wieso hat es so lange gedauert, bis Sie hier aufgekreuzt sind? Ich warte schon über eine Viertelstunde. Diese Schlamperei ist unerhört!«

Metcalfe griff in eine Jackentasche und zog das Päckchen Zigaretten heraus, das er einem der toten Gestapomänner in Ducroix' Werkstatt abgenommen hatte. Zigaretten der Marke Astra, die in Deutschland viel geraucht wurde. Er schüttelte eine Zigarette heraus, bot dem Deutschen absichtlich keine an und entzündete ein Sturmstreichholz. Die Signale waren subtil, ohne weitere Erklärung verständlich: Auch Metcalfe war ein deutscher Offizier.

Während Metcalfe beißenden Rauch durch die Nase ausstieß, befahl er: »Sorgen Sie dafür, dass diese Leiche schnellstens abtransportiert wird.« Er bückte sich rasch, um sich zu vergewissern, dass die Pistole sicher in ihrem Halfter steckte. Dann machte er sich mit stumm missbilligendem Kopfschütteln auf den Weg zur Tür.

»Entschuldigung«, sagte der Deutsche plötzlich. Sein Tonfall hatte sich erneut verändert – diesmal ins Bedrohliche, fand Metcalfe.

Metcalfe drehte sich widerstrebend um und sah einen verwirrten Ausdruck auf Zimmermanns Gesicht. Der Gestapomann deutete auf Metcalfes rechtes Bein.

Als Metcalfe an sich herabblickte, merkte er, worauf der Deutsche zeigte. Das Hosenbein war mit Blut getränkt. Der Streifschuss! Obwohl die Wunde nicht tief war, hatte sie stark geblutet.

Metcalfes vorübergehende Verwirrung bestätigte den Verdacht des Deutschen. *Hier stimmt etwas nicht,* schien der Gestapomann zu denken, während sein Gesichtsausdruck ins Wachsame wechselte.

»Ich möchte Sie bitten, mir jetzt *Ihren* Ausweis zu zeigen«, sagte der Deutsche. »Ich muss mich davon überzeugen, dass Sie tatsächlich …«

Metcalfe ließ ihn nicht ausreden. Er zog seine Pistole und drückte ab. Der Schuss traf den Deutschen in der Brust und ließ ihn zusammenbrechen. Metcalfe drückte nochmals ab, zielte dabei auf dieselbe Stelle und wusste nun bestimmt, dass der Mann tot war.

Ja, der Mann war tot, aber jetzt hatte sich alles verändert. Die Gestapo fahndete nach ihm, auch wenn sie seinen richtigen Namen vermutlich nicht kannte. Das bedeutete, dass er sich auf dem Bahnhof nicht blicken lassen durfte. Er konnte Paris nicht wie geplant mit dem Zug verlassen, konnte sich nicht an die von Corky ausgearbeitete Route halten, die jetzt viel zu gefährlich gewesen wäre. Der Plan musste geändert werden, und vor allem würde er Corky benachrichtigen müssen.

Metcalfe wusste, dass er jetzt ein Gezeichneter war. Er konnte sich nicht mehr frei auf den Straßen bewegen.

Er trat langsam an den zusammengebrochenen Deutschen heran und fühlte am Hals nach seinem Puls. Das Herz hatte aufgehört zu schlagen. Er begutachtete die beiden kleinkalibrigen Einschusslöcher in der Brust des Mannes. Obwohl die Geschosse die Uniformjacke durchschlagen hatten, waren die Löcher klein und leicht zu verdecken.

Er machte sich rasch daran, dem Deutschen die Uniform auszuziehen. Dann streifte er seine Kleidung ab und verstaute Geldbörse, Ausweise, Schlüssel und Reisepass in den Uniformtaschen. Die eigenen Sachen stopfte er zusammengeknüllt in den hintersten Winkel des Kleiderschranks, dann zog er die Gestapo-Uniform an. Sie passte nicht einmal schlecht, fühlte sich aber höchst ungewohnt an: gestärkt, steif, kratzig. Er rückte die schwarze Krawatte so zurecht, dass sie die Einschusslöcher verdeckte, und fixierte sie dort mit dem NS-Parteiabzeichen, das der Gestapomann als Krawattennadel getragen hatte.

Den Dienstausweis und die Pistole, die nützlich sein konnten, nahm Metcalfe ebenfalls mit. In Dereks Hausapotheke fand er Verbandmull, Pflaster und ein Antiseptikum. Nachdem er die Wunde an seinem rechten Oberschenkel verbunden hatte, verließ er die Wohnung hastig auf der Suche nach dem einzigen Mann, der ihn möglichst bald aus Paris herausbringen sollte.

*

»Gott steh mir bei!«, rief Chip Nolan aus. »Sie sind alle tot?«

»Alle bis auf … auf den Mann, den Sie als James kennen«, antwortete Corky sichtlich betroffen. Er hatte soeben die bescheidene Wohnung im 8. Arrondissement betreten, die der Geheimdienst in Paris als eine von mehreren sicheren Wohnungen unterhielt.

»Mein *Gott*!«, rief Nolan mit brüchiger Stimme, »wer war das? Welche Schweine waren das?«

Corcoran trat ans Fenster, starrte besorgt auf die Straße hinunter. »Um das herauszubekommen, brauche ich Ihre Hilfe. Einer wurde erschossen, aber zwei wurden garrottiert.«

»Garrottiert?«

»Genau wie vergangene Woche eine Bibliothekarin in Brügge, ebenfalls ein Mitglied meiner Organisation. Ich vermute, dass der Sicherheitsdienst dahinter steckt, genau genommen einer seiner Killer. Aber ich brauche eine Bestätigung dafür – durch eine vollständige forensische Untersuchung, auf die das FBI sich so gut versteht.«

Nolan nickte. »Das ist riskant, aber ich erledige das für Sie. Diese *Schweine*!«

Corcoran wandte sich vom Fenster ab und schüttelte dabei langsam den Kopf. »Das ist ein schlimmer Rückschlag für unsere Sache.«

»Rückschlag? Mein Gott, Corky, ich weiß nicht, wie Sie das fertig bringen. Sie betrachten die Welt anscheinend als ein einziges großes Brettspiel. Wir reden hier von *Menschen*, verdammt noch mal! Sie hatten Mütter und Väter, vielleicht Brüder und Schwestern. Sie hatten *Namen*. Bedeutet der Verlust von *Menschenleben* Ihnen denn gar nichts?«

»Absolut nichts«, knurrte Corcoran. »Überall in Europa und den USA gibt's Verluste. Ich habe keine Zeit, wegen des Schicksals einer Hand voll anonymer Männer, denen die Risiken völlig klar waren, als sie bei uns angeheuert haben, sentimental zu werden. Meine Sorge gilt dem Überleben der Freiheit auf diesem Planeten. Das Wohl des Einzelnen muss immer hinter dem der Gesamtheit zurückstehen.«

»Diese Worte hätten Sie glatt von Joe Stalin übernehmen können«, sagte Nolan. »So reden Diktatoren. Mann, Sie pissen wirklich Eiswasser, stimmt's? Sie sind manchmal wirklich ein herzloser Hundesohn.«

»Nur wenn mein Auftrag es erfordert.«

»Und wann ist das?«

»Ständig, guter Mann. Ständig.«

Kapitel Zehn

Der spanische Minister war wütend.

José Felix Antonio María di Ligori y Ortiz, der Außenminister der Militärjunta des spanischen Generalissimus Francisco Franco, war zu Geheimbesprechungen mit Admiral Jean-François Darlan, dem Oberbefehlshaber der Streitkräfte Vichy-Frankreichs, nach Paris gekommen. Sein Privatflugzeug sollte in einer Viertelstunde vom Flughafen Paris-Orly starten, aber seine Limousine stand noch immer mit einer Panne auf der Autoroute du Sud – auf halbem Weg zwischen der Porte d'Orléans und dem Aéroport d'Orly.

Und nicht nur am Rand der Schnellstraße, sondern mitten in einem Tunnel! Der glänzend schwarze Citroën Traction Avant 11 N stand mit leise knackendem Motorblock einfach da, während der Fahrer unter der geöffneten Haube versuchte, den Motor wieder zum Leben zu erwecken.

Der Minister sah auf die Uhr und zwirbelte nervös seinen extravagant geschwungenen, mit Bartwichse in Form gehaltenen Schnurrbart. *»Madre de Dios!«*, rief er aus. »*Caray!* Was zum Teufel ist hier los?«

»Bitte um Entschuldigung, Euer Exzellenz!«, antwortete der Fahrer laut. »Es scheint an der Zündung zu liegen. Ich tue mein Bestes!«

»Mein Flugzeug soll in einer Viertelstunde starten«, sagte der Spanier aufgebracht. »Beeilen Sie sich gefälligst!«

»Ja, Euer Exzellenz, selbstverständlich«, sagte der Fahrer beschwichtigend. Leise murmelte er vor sich hin: »Das gottverdammte Flugzeug startet schon nicht ohne dich, Blödmann.« Zur spanischen Delegation gehörten drei weitere Diplomaten, deren Wagen dicht hinter seinem standen. Also würden sie alle zu spät kommen. Na und?

Henri Corbier hieß der Fahrer, und er verwünschte den herrischen spanischen Faschisten mit dem lächerlichen Schnurrbart. Seit er vor zwei Tagen in Paris eingetroffen war, hatte er alle herumkommandiert. Dieser Kerl war wirklich ein Kotzbrocken.

Heute hatte der Fahrer vier Stunden lang in der Kälte vor so einem verdammten Regierungsgebäude warten müssen, während Ortiz mit ein paar Arschlöchern aus der Vichy-Regierung und einer Gruppe Nazi-Generale konferierte. Der Spanier hatte ihm nicht mal erlaubt, in ein Café zu gehen. Nein, er hatte in der Kälte sitzen und auf ihn warten müssen. Und weil Benzin so knapp war, hatte er nicht mal den Motor laufen lassen dürfen!

Als ein Freund, der seine Verachtung für die *boches* und die Art und Weise teilte, wie sie in Paris eingefallen waren, Henri gebeten hatte, ihm einen kleinen Gefallen zu tun, hatte er nicht nur bereitwillig, sondern geradezu enthusiastisch zugestimmt. »Nichts Illegales«, hatte er Henri versichert. »Du sorgst nur dafür, dass dein Wagen auf der Fahrt zum Flughafen stehen bleibt. Damit der gottverdammte spanische Faschist viel später als zur geplanten Abflugzeit ankommt. In der Zeit können unsere Freunde in Orly die Junkers Ju-52 des Faschisten präparieren – was dich nichts angeht. Unwissenheit ist dein bester Schutz. Kein Mensch kann dir nachweisen, dass dein Motor nicht ausgesetzt hat.«

Henri hätte seinen Part umsonst übernommen, aber als ihm ein schöner fetter Weihnachtsschinken für die Erfüllung seiner patriotischen Pflicht versprochen wurde, war er restlos begeistert. Was konnte es Angenehmeres geben, als mit Naturalien – guter Schinken war eine *Rarität* – für etwas bezahlt zu werden, das man ohnehin liebend gern getan hätte?

»Wofür brauchen Sie so lange?«, rief der Minister.

Henri blieb in den Motorraum gebeugt, fummelte weiter an der Zündspule herum. »Gleich!«, antwortete er laut. »Ich hab's jetzt, glaube ich.« Halblaut fügte er hinzu: »*Putain de merde!*«

*

Der alte Renault Juvaquatre brauste auf den Kontrollpunkt an der Zufahrt zum Flughafen Orly zu. Der dort postierte deutsche Feldjäger nahm Haltung an.

Metcalfe trug immer noch die Uniform des Gestapomannes. Er kurbelte das Fenster herunter. »Heil Hitler!«, rief er hinaus. Aus seiner Miene sprach kühle Autorität, als er flüchtig seinen Gestapo-Dienstausweis vorzeigte.

Der Feldjäger grüßte, antwortete mit »Heil Hitler!« und winkte den Wagen durch.

Alles verlief so, wie Metcalfe es erwartet hatte. Sein Dienstausweis wurde nicht kontrolliert, der Posten stellte keine Fragen. Kein Feldjäger wollte einen Anschiss dafür riskieren, dass er einen hohen Gestapo-Offizier behelligte, der hier offenbar dienstlich zu tun hatte.

»Gut gemacht«, sagte der Mann auf dem Beifahrersitz, dem der Renault gehörte. Roger »Scoop« Martin war ein großer, knochiger Mann mit rotem Lockenhaar, das vor der Zeit schütter wurde – mit achtundzwanzig war er kaum älter als Metcalfe. Er hatte einen blassen Teint und Aknenarben im Gesicht. Martin war ein erstklassiger Pilot der Royal Air Force, der vor kurzem zur Special Operations Executive (SOE), der von Winston Churchill erst vor wenigen Monaten ins Leben gerufenen Sondereinheit für Sabotage und Subversion, versetzt worden war. Martin lebte in Paris; zur Tarnung arbeitete er bei der Organisation Le Foyer du Soldat, half bei der Betreuung von Kriegsgefangenen und besuchte Verwundete, die im Lazarett lagen. In dieser Eigenschaft gehörte er zu den wenigen Parisern, die einen Privatwagen fahren durften.

»Das war der leichte Teil«, sagte Metcalfe. Sein Blick glitt über den asphaltierten Parkplatz. Seit der Besetzung Frankreichs hatten die Deutschen den Aéroport d'Orly in einen Militärflugplatz verwandelt, auf dem nur noch Militärmaschinen und gelegentlich Flugzeuge mit hohen Regierungsvertretern starteten und landeten. Auf dem Gelände patrouillierten Streifen, die mit leichten Maschinengewehren MG-34, 9-mm-Schmeisser-Pistolen und Maschinenpistolen MP-38 bewaffnet waren; die Abstellflächen waren mit Mannschaftsfahrzeugen zugeparkt: Lastwagen von Skoda und Steyr, dazu die allgegenwärtigen Dreitonner Opel Blitz.

»Dort durch«, sagte Roger und zeigte auf ein Tor in dem Maschendrahtzaun, der das Rollfeld und die Flugzeughangars umgab.

Metcalfe nickte, während er darauf zuhielt. »Schrecklich nett von dir, dass du das für mich tust, Scoop.«

»Als ob ich die Wahl gehabt hätte«, knurrte Martin. »Corcoran hängt sich ans Telefon und spricht mit Sir

Frank, und schon erfahre ich, dass ich mit dir ins gottverdammte *Schlesien* fliegen soll.«

»Oh, für mich hättest du's ohnehin getan«, sagte Metcalfe listig lächelnd. Roger hatte seine SOE-Verbindungen genutzt, um Metcalfes Meldung über das Massaker an den Männern der Pariser Station und seinen abgeänderten Plan an Alfred Corcoran weiterzuleiten. Jetzt würde Corky dafür sorgen müssen, dass Moskau einen weiteren Besucher willkommen hieß.

»Hmpfff. Auch Freundschaft hat ihre Grenzen«, antwortete der Pilot mürrisch.

Metcalfe kannte den knochentrockenen Humor seines Freundes gut. Roger Martin spielte oft den Märtyrer, klagte über sein schweres Los, aber das war alles nur Schabernack. In Wirklichkeit war Roger der loyalste Freund, den man finden konnte, und er liebte seine Arbeit. Sogar Poker spielte er auf diese Weise: Er jammerte über schlechte Karten, und warf dann einen Royal Flush auf den Tisch.

Geboren und aufgewachsen war Roger als Sohn einer französischen Mutter und eines irischen Vaters in Cognac, wo seine Vorfahren seit dem 18. Jahrhundert Cognacbrenner waren. Er besaß beide Staatsbürgerschaften, sprach Französisch wie ein Einheimischer, fühlte sich aber als Engländer. Er hatte vom Fliegen geträumt, seit er im Departement Nord-Pas-de-Calais erstmals einen Doppeldecker in der Luft gesehen hatte. Da ihn die Cognacbrennerei kaum interessierte, war er Verkehrsflieger bei der Air France geworden, hatte dann bei der französischen Luftwaffe in Syrien gedient, war dort nach dem Einmarsch der Deutschen in Frankreich zur Freiwilligenreserve der Royal Air Force gegangen und hatte nach einer Zusatzausbildung angefangen, Sondereinsätze in einer der »Mondscheinstaffeln« der RAF zu fliegen. Vom Flugplatz Tangmere an der englischen Südküste aus flog er mit einer »Lizzie«, einer winzigen einmotorigen Westland Lysander, Einsätze während der Räumung Dünkirchens und zur Versorgung der Truppen, die das umkämpfte Calais verteidigten.

Lysander gingen massenhaft verloren, nicht jedoch Scoops Maschine. Er sammelte Tausende von Flugstunden und setzte bei gefährlichen Nachteinsätzen in Europa britische Agenten ab oder holte sie heraus. Niemand verstand es besser als Roger Martin, vor der Nase des Feindes auf holperigen, schlammigen französischen Feldern mit einer Taschenlampe als einziger Beleuchtung zu landen oder zu starten.

Trotzdem blieb Scoop charakteristisch bescheiden, wenn die Rede auf seine berühmten Fähigkeiten kam. »Jeder Volltrottel kann Joes über Frankreich absetzen«, hatte er Metcalfe einmal anvertraut. «Aber sie dort rauszuholen, das ist mitunter ein bisschen haarig.« Roger wurde dafür bekannt, dass er das Unmögliche schaffte, indem er von schwierigstem Gelände startete. Sein Geschwaderkommodore hatte ihm den Spitznamen »Scoop« gegeben, der ihm dann blieb.

»Ich weiß nicht, wie zum Teufel du das schaffen willst«, ächzte Roger, als sie aus dem Renault stiegen. Die Türen trugen das Rote Kreuz und das Wappen der Hilfsorganisation Le Foyer du Soldat.

»Du brauchst bloß die Klappe zu halten«, sagte Metcalfe. »Das kannst du, *mon vieux*.«

Scoop grunzte.

»Du bist mein Pilot. Den Rest übernehme ich.«

Sie näherten sich dem nächsten Kontrollpunkt, einem in strammer Haltung am Tor stehenden Feldjäger. Er grüßte, als er Metcalfe sah, nickte, als Metcalfe kurz den Dienstausweis vorzeigte, und öffnete ihnen das Tor.

»Zu welchem Hangar wollen wir überhaupt?«, fragte Metcalfe halblaut.

»Weiß der Teufel«, antwortete Scoop. »Wir haben das Kennzeichen der spanischen Maschine und die planmäßige Abflugzeit, aber das ist schon alles.« Er verstummte, als sie sich einem weiteren Kontrollpunkt näherten. Diesmal grüßte Metcalfe nur zackig, und der Posten erwiderte seinen Gruß.

Nachdem sie den Kontrollpunkt passiert hatten und im Gras neben einem betonierten Rollweg weitergingen, fuhr Scoop fort: »Ich schlage vor, dass wir im ersten Hangar fragen. Dann bin ich in Gottes Namen eben ein Pilot, der schlecht informiert zum Dienst kommt.«

Er verstummte wieder, als sie an einer Gruppe deutscher Offiziere vorbeikamen, die rauchten und unbekümmert lachten. Sie bewunderten gewagte französische Aktpostkarten, die ein rundgesichtiger SS-Offizier in seinen pummeligen Händen auffächerte. Metcalfe erstarrte, als er in dem Offizier einen seiner vielen deutschen Schwarzmarktkunden erkannte: den dicklichen SS-Gruppenführer Johannes Koller.

Metcalfe drehte rasch das Gesicht zur Seite und tat so, als wäre er in ein halblautes Gespräch mit Scoop vertieft. Er war sich darüber im Klaren, dass es nur eine Frage der Zeit war, bis er jemandem begegnete, der ihn kannte – aber nicht jetzt, nicht *hier!*

Scoop fiel Metcalfes sorgenvolle Miene auf. Er zog die Augenbrauen hoch, aber er blieb stumm.

Vermutlich hatte der Gruppenführer, der damit beschäftigt war, seine Aktpostkarten vorzuzeigen, Metcalfe gar nicht bemerkt. Selbst wenn er sein Gesicht gesehen hatte, würde die Gestapo-Uniform ihn so verwirren, dass er aus Unsicherheit den Mund halten würde.

Schließlich erreichten sie den letzten Kontrollpunkt, der aus einem mit zwei Feldjägern bemannten Posten am Rand des Rollfelds bestand. Hatten Metcalfe und Scoop ihn erst einmal passiert, brauchten sie nur noch den richtigen Hangar zu finden. Metcalfe hielt unwillkürlich den Atem an. Kamen die Feldjäger auf die Idee, seinen erbeuteten Dienstausweis wirklich zu kontrollieren, war alles aus. Das Foto des Gestapomannes zeigte keinerlei Ähnlichkeit mit seinem Gesicht.

Aber der Feldwebel, der hier offenbar das Kommando führte, grüßte lediglich und winkte die beiden durch. Metcalfe atmete geräuschvoll aus, aber dann nahm er aus dem Augenwinkel heraus eine Bewegung wahr. Das war Koller, der mit den anderen Offizieren im Schlepptau rasch auf ihn zukam.

Metcalfe ging ebenfalls schneller. »Los!«, flüsterte er Scoop zu.

»Was?«

»Lauf voraus! Du bist ein Pilot, der sich verspätet hat. Ich kann nicht rennen – das würde verdächtig aussehen.«

»Du spinnst!«

»Nein, lauf schon. Ich komme nach.«

Scoop zuckte mit den Schultern, schüttelte verständnislos den Kopf und verfiel in den leichten Tab eines Mannes, der sich verspätet hat. Metcalfe dagegen behielt sein gleichmäßiges, zielstrebiges Tempo bei.

»Hallo! Hallo!«

Metcalfe drehte sich um, sah den Feldwebel, der ihn eben durchgewinkt hatte. Neben ihm stand Koller und deutete auf Metcalfe.

Metcalfe zuckte perplex mit den Schultern und blieb, wo er war. Er hielt den Kopf gesenkt, während er etwas aus einer Tasche zu angeln vorgab. *Muss mein Gesicht möglichst verbergen!* Metcalfe warf einen Blick über die Schulter, sah Scoop in einem Hangar verschwinden und überlegte, ob er ebenfalls losrennen sollte. Aber das wäre zwecklos gewesen; Scoop und er wären trotzdem geschnappt worden. Außerdem war es dazu zu spät: Koller und der Feldwebel kamen auf ihn zu. »Ich kenne diesen Mann!«, rief der Gruppenführer. »Er ist ein Betrüger!«

»Augenblick bitte, Herr Sturmbannführer«, sagte der Feldwebel. »Darf ich Ihren Ausweis sehen?«

»Soll das ein Witz sein?«, fragte Metcalfe in lautem Befehlston. »Machen Sie keinen Unsinn! Ich habe Wichtigeres zu tun.«

Die beiden Männer erreichten ihn. »Ja, das ist Eigen! Daniel Eigen! Ich hab' ihn sofort erkannt.«

»Ihren *Ausweis*, Herr Sturmbannführer«, wiederholte der Feldwebel.

»Was zum Teufel erlauben Sie sich, Eigen?«, fragte Koller und starrte ihn aufgebracht an. »Ihr kriminelles Verhalten wird Sie ...«

»Maul halten, Idiot!«, brüllte Metcalfe. Er stürzte sich auf Koller, griff in die linke Brusttasche des Gruppenführers, zog die Aktpostkarten heraus und warf sie hoch in die Luft. Dann brachte er sein Gesicht dicht an das des Deutschen heran und schnüffelte laut. »Sehen Sie sich an, womit dieser degenerierte Kerl sich die Zeit vertreibt!«, forderte er den Feldwebel auf. »Und riechen Sie seine Fahne – er ist betrunken!«

Koller lief dunkelrot an. »Wie können Sie es *wagen* …«

»Ich weiß nicht, ob das ein Jux sein soll oder ob es einfach nur Sabotage ist, aber sehen Sie sich diesen Mann an! Ein degenerierter Trunkenbold, der meine fürs Reich wichtige Arbeit behindern will.« Er zeigte anklagend auf Koller. »Sie, wer immer Sie sein mögen und welche degenerierten Absichten Sie verfolgen, haben kein Recht, Sicherheitsangelegenheiten von höchster Dringlichkeit zu behindern! Wie der Führer sagt, gehört die Zukunft den Wachsamen.« Er schüttelte angewidert den Kopf. »Gott im Himmel! Sie blamieren uns alle.«

Mit diesen Worten machte Metcalfe auf dem Absatz kehrt und marschierte davon – auf die Flugzeughalle zu, in der Scoop gerade verschwunden war. Aber er horchte weiter scharf auf rufende Stimmen, rennende Schritte oder andere Anzeichen dafür, dass seine List fehlgeschlagen war. Er konnte hören, wie Johannes Koller sich weiter mit dem Posten stritt, bis seine Stimme vor Zorn überzuschnappen drohte. Metcalfes Gegenangriff hatte gewirkt, aber damit hatte er vermutlich nur ein bis zwei Minuten Zeit gewonnen.

Das war besser als nichts. Ein paar Sekunden konnten den Unterschied zwischen Erfolg und Misserfolg bedeuten.

Metcalfe rannte weiter, so schnell er konnte. Der große Hangar vor ihm bestand aus gewaltigen halbrunden Stahlbetonbogen und hatte früher Luftschiffe beherbergt. Jetzt stand darin nur die Junkers Ju-52/3m, die in diesem Augenblick mit dem spanischen Außenminister an Bord hätte starten sollen.

Aber *el ministro* war bedauerlicherweise aufgehalten worden, und seinen Piloten – ein schwarzhaariger Mann mit Lederjacke – sah Metcalfe an der Seitenwand der Halle auf dem Betonboden liegen. Wie hatte Scoop den Mann außer Gefecht gesetzt? Hatte er ihn umgebracht? Scoop war ein Pilot, kein ausgebildeter Agent, aber wenn er töten musste, würde er's tun.

Als Metcalfe herankam, hörte er, wie die drei starken Motoren der Ju-52 nacheinander ansprangen und röhrend warm liefen. Das hässliche Wellblechflugzeug setzte sich ruckartig in Bewegung, wurde rasch schneller. Scoop, der hinter den Plexiglasscheiben der Führerkabine sichtbar war, bedeutete ihm wild gestikulierend, er solle einsteigen. Er brüllte auch irgendwas, aber der Motorenlärm übertönte seine Stimme.

Das Flugzeug war ungefähr zwanzig Meter lang und fast sieben Meter hoch. Seine Beplankung aus Leichtmetall-Wellblech war mit den Worten IBERIA – LINEAS AEREAS ESPAÑOLAS beschriftet. Vermutlich war diese deutsche Maschine im Dienst der staatlichen spanischen Fluggesellschaft ein Überbleibsel aus dem spanischen Bürgerkrieg.

Wahnsinn! Scoop erwartete von ihm, dass er in ein rollendes Flugzeug kletterte. Aber Metcalfe blieb keine andere Wahl, denn er sah bereits mehrere Männer der Wachmannschaft mit schussbereit gehaltenen Waffen auf sich zurennen. Er wich den riesigen Schraubenblättern aus, ließ die breite freitragende Tragfläche über sich hinweggehen und bekam den Rand der von Scoop offen gelassenen Kabinentür zu fassen. Die Fluggasttreppe war nicht eingehängt, aber Metcalfe brauchte sie auch nicht. Er zog sich hoch, kletterte in die Kabine, während die Ju-52 auf dem Rollfeld beschleunigte, dann schloss er die Kabinentür und verriegelte sie.

Er hörte Schüsse und die Einschläge von Geschossen in der Duralumin-Beplankung der Maschine. Das Flugzeug war leicht gepanzert; es konnte Beschuss mit Handfeuerwaffen widerstehen. Die Motoren heulten auf, röhrten noch lauter. Durch ein kleines Plexiglasfenster konnte er die Startbahn vorbeiflitzen sehen. Die Kabine hatte ungefähr ein Dutzend Sitze und war für eine Tante Ju geradezu luxuriös ausgestattet. Metcalfe rannte nach vorn, aber ein plötzlicher Ruck warf ihn auf den Kabinenboden. Er kroch auf allen vieren weiter und erreichte endlich das Cockpit.

»Anschnallen!«, rief Scoop, als Metcalfe mit einem Sprung auf dem rechten Sitz landete. Ein weiterer Feuerstoß traf den Bug des Flugzeugs. Zum Glück ragte die Führerkabine so hoch und schräg in die Luft, dass sie sich außerhalb der Schusslinie befanden. Durchs Plexiglas konnte Metcalfe sehen, von wem sie beschossen wurden: Vier Soldaten der Wachmannschaft hatten zwei leichte MGs in Stellung gebracht und bestrichen die Ju-52 aus kaum fünfzig Metern Entfernung.

Plötzlich erkannte Metcalfe, dass sie direkt auf die MG-Schützen zuhielten. Scoop hatte es offenbar auf sie abgesehen! Als das Flugzeug heranraste, spritzten die Männer auseinander und warfen sich zu Boden, statt bei dem törichten Versuch, ein fast sieben Tonnen schweres Flugzeug aufzuhalten, ihr Leben zu riskieren.

Während Metcalfe sich anschnallte, konnte er Scoop über Funk reden hören, aber er verstand nicht, was er sagte. Der Motorenlärm war ohrenbetäubend laut, als das Flugzeug mit bis zum Anschlag nach vorn geschobenen

Leistungshebeln beschleunigte. Scoop zog den Steuerknüppel probeweise zurück. Ein weiterer Feuerstoß traf den Flugzeugrumpf irgendwo hinter ihnen, dann hob die Maschine ab.

Der Motorenlärm ließ etwas nach. »Heiliger Strohsack, Metcalfe«, sagte Scoop. »In was, *zum Teufel*, hast du mich da reingeritten?«

»Du hast's geschafft, Scoop!«

»Mit knapper Not.«

»Aber du hast's geschafft. Haben wir übrigens eine Startfreigabe?«

Scoop zuckte mit den Schultern. »Unsere Route ist genehmigt, aber ich musste leider vorzeitig starten. Vorläufig dürfte uns nichts passieren, denke ich.«

»*Vorläufig?*«

»Ich glaube nicht, dass die Flugkontrolle der Luftwaffe uns abschießen lässt. Zu viel Unsicherheit. Ein spanisches Flugzeug, das Starterlaubnis hatte, die Meldungen werden sich widersprechen …«

»Das *glaubst* du nicht?«

»Ob's dir gefällt oder nicht, Metcalfe, wir befinden uns mitten im Krieg. Zum Glück trägt die Maschine zivile Kennzeichen, also schießen meine Kameraden von der RAF uns auch nicht ab. Aber die verdammten Nazis machen mir Sorgen. Wir fliegen mit einem gottverdammten geklauten Flugzeug durch den von Deutschen kontrollierten Luftraum. Du weißt, was das bedeuten könnte.«

Metcalfe entschied sich dafür, diese Warnung zu ignorieren – was hätte er schließlich zu diesem Zeitpunkt dagegen unternehmen können? Sie konnten nur das Beste hoffen und auf Scoops außergewöhnliche fliegerische

Fähigkeiten vertrauen. »Hast du schon mal eine Ju-52 geflogen?«

»Klar doch. Die alte ›Tante Ju‹. Der Wellblechsarg. Nein, bisher nicht, aber ganz ähnliche Maschinen.«

»Jesus!«, ächzte Metcalfe. »Wie weit kommen wir mit diesem Ding?«

Scoop rechnete kurz. Sie stiegen weiterhin. »Mit Zusatztanks ungefähr zwölfhundert Kilometer.«

»Also können wir's gerade bis nach Schlesien schaffen.«

»Knapp.«

»Selbst wenn wir annehmen, dass wir sicher hinkommen und dort tanken können, bleibt die Sache riskant.«

»Wovon redest du überhaupt?«

»Die nächste Etappe ist wieder zwölf- bis vierzehnhundert Kilometer lang. Das wird noch knapper.«

»Vierzehnhundert Kilometer wohin? Ich dachte, Schlesien sei unser endgültiges Ziel.«

»Nein«, sagte Metcalfe. »Ich habe eine Verabredung. Mit einer alten Freundin.«

»Bist du jetzt übergeschnappt, Metcalfe?«

»Nein. Du bringst uns nach Moskau.«

Teil Zwei

MOSKAU, AUGUST 1991

Botschafter Stephen Metcalfe legte betroffen den Telefonhörer auf.

Hier in Moskau war es nach Mitternacht. Er saß im Spaso House, der reich verzierten blassgelben Villa eineinhalb Kilometer westlich des Kremls, die dem US-Botschafter als Residenz diente, in einem abhörsicheren Raum im ersten Stock. In den sechziger Jahren war Metcalfe hier vier Jahre lang der Hausherr gewesen; er kannte das Gebäude gut. Dem jetzigen Botschafter, einem Freund Metcalfes, war es ein Vergnügen gewesen, dem berühmten Stephen Metcalfe die Benützung des abhörsicheren Telefons zu gestatten.

Der nationale Sicherheitsberater des Präsidenten hatte ihm soeben die neuesten Geheimdienstmeldungen über die sich zuspitzende Krise in Moskau vorgelesen, und diese Meldungen klangen bedrohlich.

Der sowjetische Staatspräsident Michail Gorbatschow, der mit seiner Familie auf der Krim in der Strandvilla des Präsidenten Urlaub gemacht hatte, wurde als Geisel festgehalten. Die Verschwörer – darunter der KGB-Vorsitzende, der Verteidigungsminister, der Generalsekretär des Politbüros, der Ministerpräsident und sogar Gorbatschows eigener Stabschef – hatten den Notstand ausgerufen. Sie verbreiteten die Falschmeldung, Gorbatschow sei schwer erkrankt und nicht fähig, seine Amtsgeschäfte zu führen. Sie hatten bei einer Fabrik in Psow 250 000 Handschellen bestellt und 300 000 Haftbefehle drucken lassen. Sie hatten zwei ganze Stockwerke des Moskauer Lefortowo-Gefängnisses räumen lassen, um ihre Gegner dort inhaftieren zu können.

Die SIL-Limousine wartete vor dem Spaso House auf ihn. Metcalfe setzte sich zu seinem alten Freund, dem Drei-Sterne-General, in den Fond. Der Russe, der den Decknamen »Kurwenal« benützt hatte, trug heute Zivil. Er nickte seinem Fahrer zu, der sofort Gas gab und in schneller Fahrt über Straßen rollte, auf denen überall Panzer aufgefahren waren.

Der General sprach ohne lange Vorrede, und die Anspannung in seiner Stimme war nicht zu überhören. »Gorbatschow hat keine Möglichkeit, mit der Außenwelt in Verbindung zu treten. Seine Telefonleitungen sind alle unterbrochen, sogar die Spezialleitung des Oberbefehlshabers.«

»Es kommt noch schlimmer«, sagte Metcalfe. »Ich habe gerade erfahren, dass die Verschwörer sich des nuklearen Fußballs bemächtigt haben.«

Der General schloss kurz die Augen. Mit diesem Aktenkoffer, der einen Sender und die streng geheimen Codes für die sowjetischen Atomwaffen enthielt, konnte die Junta jederzeit das gesamte nukleare Arsenal der Sowjetunion einsetzen. Die Vorstellung, solche Macht sei in die Hände von Wahnsinnigen gelangt, erregte Entsetzen.

»Lebt Gorbatschow noch?«

»Offenbar«, antwortete Metcalfe.

»Die Umstürzler wollen Veränderungen«, sagte der General. »Nun, sie werden welche bekommen. Nur nicht die Veränderungen, die sie sich wünschen, wenn ...«

Metcalfe wartete. Dann fragte er: »Wenn was?«

»Wenn der *dirischor* interveniert. Nur er kann diesem Irrsinn ein Ende machen.«

»Sie würden auf ihn hören?«

»Mehr als nur das. Als Chef des gesamten militärisch-industriellen Komplexes meines Landes besitzt der *Dirischor*, wie er genannt wird, gewaltige Macht.«

Metcalfe lehnte sich in die Polster zurück. »Eigentlich merkwürdig, finden Sie nicht auch?«, sagte er. »Sie und ich, wir reden anscheinend nur in Zeiten schwerster Krisen miteinander. Wenn die Welt am Abgrund eines Atomkriegs steht. Während der Krise wegen der Berliner Mauer, der kubanischen Raketenkrise …«

»Habe ich mit der Einschätzung, Chruschtschow würde seine Raketen niemals einsetzen, nicht Recht behalten?«

»Trotzdem haben Sie den Interessen Russlands niemals geschadet – und ich nicht denen Amerikas. Ich glaube, wir haben als … als …«

»Wir haben als Notschalter fungiert, denke ich. Wir waren da, um zu verhindern, dass das ganze Haus abbrennt.«

»Aber jetzt sind wir beide alt. Wir genießen Respekt wegen unseres Rufs, unseres Alters, unserer angeblichen ›Weisheit‹ – obwohl ich immer sage, dass man zu dieser Weisheit nur gelangt, indem man Unmengen von Fehlern macht.«

»Und aus ihnen lernt«, fügte der General hinzu.

»Vielleicht. Trotzdem bin ich inzwischen zu alt. In Washington gelte ich praktisch als bedeutungslos. Wäre ich nicht so reich, würde ich vermutlich nicht mehr ins Weiße Haus eingeladen.«

»Der Dirischor wird Sie nicht als bedeutungslos oder zu alt betrachten.«

»Ich gehöre zur Vergangenheit. Ich bin Geschichte.«

»In Russland bleibt die Vergangenheit nie Vergangenheit, und Geschichte ist niemals nur Geschichte.«

Bevor Metcalfe antworten konnte, kam die Limousine mit quietschenden Reifen zum Stehen. Vor ihnen lag eine Straßensperre: Markierungskegel, Blinkleuchten, eine Kette von Uniformierten.

»Gruppe Alpha«, sagte der General.

»Befehlen Sie ihnen, uns durchzulassen«, sagte Metcalfe. »Sie sind ihr Vorgesetzter.«

»Das sind keine Soldaten. Sie gehören zum KGB. Eine Elitetruppe, die in Afghanistan und in Litauen eingesetzt war.« Er fügte bedauernd hinzu: »Und jetzt hier in Moskau.«

Männer mit schussbereiten Maschinenpistolen umringten die Limousine. »Aussteigen!«, befahl der Truppführer. »Sie ... der Fahrer. Und ihr beiden Alten auf dem Rücksitz. Los, los, Beeilung!«

»Großer Gott«, flüsterte der General. »Das sind Männer, die Schießbefehl haben.«

Kapitel Elf

MOSKAU, NOVEMBER 1940

Moskau hatte sich dramatisch verändert, seit Metcalfe es zuletzt gesehen hatte – und war doch in vielem unverändert. Die Ausstrahlung der Stadt war eine Mischung aus Schäbigkeit und Grandeur, Verzweiflung und Stolz. Wohin er auch ging, vom Hotel Metropol bis zur Kusnetsky Most, stank es überall nach *machorka,* dem billigen russischen Tabak, dessen Geruch er stets mit Russland in Verbindung gebracht hatte. Und dazu kam der faulige Mief nasser Lammfelljacken und Pelzmäntel, den er ebenfalls als für Moskau typisch wiedererkannte.

So war vieles gleich, und trotzdem hatte sich sehr viel verändert. Die alten ein- und zweigeschossigen Häuser waren abgerissen und durch grandiose Wolkenkratzer nach Stalins persönlichem Geschmack in dem Zuckerbäckerstil ersetzt worden, der als stalinistische Gotik bezeichnet wurde. Überall wurde hektisch gebuddelt und gebaut. Moskau verwandelte sich in die Hauptstadt eines totalitären Imperiums.

Es gab keine Pferdedroschken mehr. Die gepflasterten Straßen waren verbreitert, planiert und asphaltiert worden, als Moskau fürs Automobilzeitalter umgestaltet worden war. Vorerst gab es jedoch nicht allzu viele Autos auf den Straßen – außer ein paar alten Renaults, hauptsächlich Emkas, wie der russische Spitzname für den GAS M-1, ihre Kopie des 1933er-Fords, lautete. Die mattbraunen Straßenbahnen fuhren weiter laut kreischend durch enge Kurven, und die Moskauer fuhren weiter, aus ihren offenen Türen hängend, mit, aber die Straßenbahnen waren nicht mehr so überfüllt, wie Metcalfe sie bei seinem ersten Besuch erlebt hatte. In Moskau gab es jetzt zusätzliche neue Verkehrsmittel, zum Beispiel die in den letzten Jahren erbaute Metro.

Die Stadtluft war rußiger als je zuvor: Fabriken, Züge und Autos wetteiferten darum, wer den meisten Qualm ausstieß. Die alte, steile Twerskajastraße, eine Hauptdurchgangsstraße, war zu Ehren des Dichters Maxim Gorki, der ein Wegbereiter der Oktoberrevolution gewesen war, in Gorkistraße umbenannt worden. Die meisten kleinen Läden waren durch riesige staatliche Geschäfte ersetzt – Geschäfte, deren Regale trotz aufwändig dekorierter Schaufenster leer waren. Lebensmittel waren knapp, Propaganda gab es überreichlich. Wohin Metcalfe auch ging, überall sah er gigantische Porträts, auf denen Stalin und Lenin zusammen abgebildet waren. Gebäude waren mit riesigen Spruchbändern geschmückt, die verkündeten: »Wir werden das Soll des Fünfjahresplans übererfüllen!« und »Kommunismus = Sowjetmacht + Elektrifizierung des ganzen Landes!«

Trotzdem blieb unter den fremdartigen äußeren Zeichen des Kommunismus das ewige alte Moskau erhalten – die in der Sonne glitzernden goldenen Zwiebelkuppeln der russisch-orthodoxen Kirchen, die leuchtenden Farben der Basiliuskathedrale auf dem Roten Platz, die Arbeiter in ihren zerschlissenen wattierten Baumwolljacken und die Bauern in unförmigen Mänteln und mit Pelzmützen, die *awoskas,* Einkaufsnetze, trugen oder selbst gebaute Holzkoffer schleppten.

Auf ihren Gesichtern stand jedoch ein neuer Ausdruck, eine quälende Angst, die noch stärker, noch tiefer zu sein schien, als Metcalfe sie vor sechs Jahren erlebt hatte: eine Paranoia, ein düsterer, alles einhüllender Schrecken, der wie eine Nebeldecke auf die Bevölkerung herabgesunken zu sein schien.

Das war die schlimmste Verwandlung von allen. Der große Terror – die Säuberungen der dreißiger Jahre – hatte erst nach Metcalfes Abreise aus Moskau begonnen, aber die Spuren der Schreckensherrschaft waren auf allen Gesichtern vom ärmsten Bauern bis zum höchsten Kommissar eingegraben.

Das hatte Metcalfe bei der heutigen Besprechung im Volkskommissariat für Außenhandel gesehen – eine scheinbar endlose Besprechung, die aber nötig war, weil sie eine Begründung für seinen Moskauaufenthalt lieferte. Einige Mitglieder der Verhandlungsdelegation hätten ihm aus alten Zeiten vertraut sein müssen, aber sie hatten sich fast bis zur Unkenntlichkeit verändert. Aus dem fröhlichen, humorvollen Litwikow war ein sorgenvoller, gehetzter Mann geworden. Seine Mitarbeiter, die früher in Gegenwart eines großen amerikanischen Kapitalisten umgänglich und aufgeschlossen gewesen wären, blieben jetzt distanziert und unnahbar. Metcalfe hatte das Gefühl, sie betrachteten ihn neidisch und ängstlich zugleich. Er war ein Fürst, gewiss, aber er war auch ansteckend krank: Kamen sie ihm zu nahe, konnten sie sich in den Augen ihrer Vorgesetzten beflecken. Sie konnten jederzeit als Spione, wegen Kollaboration mit einem kapitalistischen Agenten angeklagt werden; sie konnten verhaftet und hingerichtet werden. Manche Leute wurden wegen geringerer Vergehen erschossen.

Metcalfe schüttelte den Kopf, als er jetzt an die Besprechung zurückdachte. In dem überheizten Konferenzraum an einem mit grünem Filz bezogenen Tisch sitzend, hatte er das Gefühl gehabt, einen Eiertanz aus Andeutungen und Versprechungen aufführen zu müssen, ohne sich wirklich zu etwas zu verpflichten. Er hatte Andeutungen über die politischen Verbindungen seiner Familie gemacht und die Namen Franklin D. Roosevelts sowie seiner engsten Mitarbeiter und einflussreicher Senatoren erwähnt. Er hatte vertraulich mitgeteilt, trotz seiner öffentlichen Kritik an Russland wolle der US-Präsident den Handel mit der Sowjetunion sogar noch ausweiten, und gesehen, wie sie die Ohren spitzten. Das Ganze war ein einziges großes Täuschungsmanöver gewesen, aber anscheinend hatte es gewirkt.

Als er jetzt über den Teatralnaja-Platz ging, konnte er die leuchtende klassizistische Fassade des Bolschoitheaters mit ihrer von acht Säulen getragenen Vorhalle und den vier Bronzepferden von Apollos Sonnenwagen sehen. Metcalfe spürte, wie sein Puls sich beschleunigte.

Er ging an einem Milizionär, einem Streifenpolizisten, vorbei, der ihn wachsam beobachtete und zugleich Metcalfes Kleidung anstarrte: den schweren schwarzen Kaschmirmantel, die fein genähten Lederhandschuhe. Schließlich war das die Garderobe eines Miteigentümers von Metcalfe Industries.

Verstecken Sie sich offen sichtbar, hatte Corky ihn oft ermahnt. *Nackt ist die beste Tarnung.*

Was sein alter Freund Derek Compton-Jones, der das einmal mitbekommen hatte, folgendermaßen kommentiert hatte: »Das mit der Nacktheit beherrscht Stephen längst. Er hält einen ›Einmalblock‹ für einen Wohnblock, in den man zu einem Abenteuer für eine Nacht geht.«

Bei der Erinnerung daran fühlte Metcalfe einen Stich ins Herz. Seine Freunde von der Pariser Station waren jetzt alle tot. Gute, tapfere Männer, in Ausübung ihrer Dienstpflicht ermordet, aber von wem? Und weshalb?

Dann fiel ihm ein russisches Sprichwort ein – es gab Dutzende, Hunderte von ihnen, die er während seines Aufenthalts in Moskau gehört hatte –, das mahnte: »Verweile in der Vergangenheit, dann büßt du ein Auge ein; vergiss die Vergangenheit, dann büßt du beide Augen ein.«

Metcalfe würde die Vergangenheit nicht vergessen. Nein, er konnte sie gar nicht vergessen. Hier in Moskau war er überall von ihr umgeben, er kehrte zu ihr zurück, und die Vergangenheit, zu der er zurückkehrte, war eine Tänzerin namens Swetlana.

Vor dem Theater war eine Menschenmenge versammelt, die darauf wartete, dass die Eingangstüren geöffnet wurden. Metcalfe hatte keine Karte für die ausverkaufte Abendvorstellung von *Roter Mohn,* aber er würde bestimmt eine bekommen. Mit harter Währung – amerikanische Dollar, britische Pfund, französische Franc – konnte man in Moskau praktisch alles kaufen. Es gab immer Moskauer, die verzweifelt auf der Suche nach *valuta* waren, wie sie Hartwährungen nannten, um damit in speziellen Läden, die eigentlich für Ausländer reserviert waren, Lebensmittel kaufen zu können. Waren sie verzweifelt genug, verhökerten sie sogar ihre begehrten Eintrittskarten fürs Bolschoitheater. Auf Verzweiflung konnte man hier in Moskau immer zählen.

Das Publikum war im Allgemeinen besser gekleidet als die Menschen, denen er auf der Straße begegnet war, und das war keine Überraschung. Karten fürs Bolschoitheater bekam man nur durch *blat*, das neurussische Wort für Einfluss und Beziehungen. Man musste jemanden kennen, selbst wichtig sein, ein Parteiamt bekleiden … oder Ausländer sein. In der Menge waren ziemlich viele Uniformen zu sehen – überall leuchteten die roten Epauletten auf den Schultern der Offiziere. Diese Schulterstücke waren neu, das wusste Metcalfe. Stalin hatte sie erst vor kurzem eingeführt, um die Moral der Roten Armee wieder zu heben. Sie hatte schwer unter dem Trauma der Säuberungen des Jahres 1938 gelitten, bei denen so viele hohe Offiziere wegen angeblicher Zusammenarbeit mit Hitler-Deutschland angeklagt und erschossen worden waren.

Aber was Metcalfe an den Offizieren der Roten Armee auffiel, waren nicht nur ihre Ausgehuniformen, die gestickten Sterne auf den roten Schulterstücken, sondern dass sie ihr Haar jetzt nach preußischer Art kurz trugen. Sie sahen ihren Nazi-Pendants jetzt sogar *ähnlich.* An ihrer Brust klimperten bronzene und goldene Orden; sie trugen Pistolen in auf Hochglanz polierten Ledertaschen an Koppeln mit Schulterriemen.

Eigenartig, überlegte er sich: Moskau war jetzt mit den Nazis verbündet. Russland hatte einen Nichtangriffspakt mit seinem Erzfeind Deutschland unterzeichnet. Die beiden großen Militärmächte Europas waren jetzt Partner. Der faschistische Staat hatte sich mit dem kommunistischen Staat zusammengetan. Die Russen lieferten den Deutschen sogar kriegswichtige Rohstoffe. Gab es für die Verteidiger der Freiheit überhaupt eine Hoffnung, es mit Hitler-Deutschland *und* der Sowjetunion aufnehmen zu können? Eine verrückte Idee!

*

Metcalfe fiel ein vertrauter Duft auf, der in der Abendluft hing. Er wehte von einigen russischen Damen herüber, die unter ihren Mänteln tief dekolletierte Abendkleider trugen: das scheußliche sowjetische Parfüm *Roter Mohn* – wie passend zur heutigen Vorstellung! –, das so gräulich war, dass Ausländer es »Stalins Mundgeruch« nannten.

Ein alter Mann lenkte seinen Blick auf sich, trat näher und flüsterte: *»Biljeti? Wy chotitje biljeti?«* Wünschen Sie Eintrittskarten?

Die Kleidung des Alten war abgetragen, aber sie war einmal sehr elegant gewesen. An seinen Handschuhen fehlten mehrere Fingerspitzen, die mit dünnem Bindfaden geflickt waren. Dies war ein ehemals wohlhabender Mann, der aber jetzt zur Unterwürfigkeit verdammt war. Auch seine Aussprache verriet einen kultivierten Menschen. Herzzerreißend!

Metcalfe nickte. »Bitte nur eine«, sagte er.

»Ich habe zwei«, sagte der Alte. »Für Sie und Ihre Frau, *gospodin?«*

Metcalfe schüttelte den Kopf. »Nur eine. Aber ich bezahle für zwei.« Er zog einen kleinen Packen Dollarscheine heraus, weit mehr als den Preis für zwei Karten, und der Alte machte große Augen, während er ihm die Eintrittskarte gab.

»*Danke, gospodin*! Vielen Dank!«

Als der alte Russe lächelte, konnte Metcalfe flüchtig die vielen Goldkronen in seinem Mund sehen. Dies war ein Mann, der sich früher einmal einen solchen Luxus hatte leisten können.

So vieles war in Russland heutzutage Mangelware, überlegte Metcalfe sich. Lebensmittel, Heizmaterial, Kleidung … aber der größte Mangel herrschte an *Würde*.

Er gab seinen Mantel an der *garderob* ab, wie es alle Zuschauer tun mussten. Die weißhaarige, runzlige Alte, die ihm den Mantel abnahm, fuhr bewundernd mit der Hand über den Stoff, bevor sie ihn zwischen schäbige, abgetragene Mäntel hängte.

Das erste Klingeln ertönte, und Metcalfe schloss sich dem Strom von Menschen an, die in den Zuschauerraum drängten, um ihre Plätze einzunehmen. Beim Eintreten war er wieder von der Pracht dieses Theaters beeindruckt. Er hatte vergessen, wie opulent es war, was für eine Insel zaristischer Extravaganz inmitten der grauen Trostlosigkeit Moskaus. Von der mit guten klassischen Gemälden geschmückten Kuppel, die sich hoch über dem Saal wölbte, hing ein riesiger Kronleuchter herab. Sechs Reihen privater Logen rahmten die Zarenloge ein, die unter Hammer und Sichel in Gold mit roten Vorhängen und vergoldeten Sesseln ausgestattet war. Der Bühnenvorhang bestand aus Goldstoff, in den die Buchstaben CCCP – kyrillisch für UdSSR – und alle möglichen Jahreszahlen eingewebt waren, die wichtige historische Ereignisse aus der kommunistischen Vergangenheit der Sowjetunion bezeichneten.

Sein Platz war ausgezeichnet. Als er sich im Theater umsah, fiel sein Blick auf den jungen russischen Offizier, der genau hinter ihm saß. Der Russe lächelte Metcalfe an.

»Ein schönes Theater, nicht wahr?«, fragte der Russe.

Metcalfe erwiderte sein Lächeln. »Prachtvoll.« Er spürte einen Stich. Der Mann hatte ihn auf Englisch, nicht auf Russisch angesprochen.

Wieso? Woher hatte er gewusst, dass …?

Die Kleidung, daran musste es liegen. Mehr steckte nicht dahinter. Dem scharfen Blick eines Russen entging so leicht kein Ausländer.

Aber woher hatte er gewusst, dass er ihn auf Englisch ansprechen musste?

»Die heutige Vorstellung ist etwas ganz Besonderes«, sagte der Offizier. Er hatte feuerrotes Haar, das er ziemlich kurz trug, eine kräftige Nase und einen ausdrucksvollen Mund mit einem grausamen Zug um die Lippen. »Gliers *Roter Mohn* – Sie kennen die Handlung, ja? Darin geht's um eine Tänzerin, die von einem lasterhaften, schurkischen Kapitalisten ausgebeutet wird.« Auf seinem Gesicht erschien die Andeutung eines spöttischen Lächelns.

Metcalfe nickte, lächelte höflich. Plötzlich fiel ihm etwas an dem rothaarigen jungen Mann auf: Er war kein gewöhnlicher Offizier der Roten Armee. Er erkannte die grüne Uniform und die goldenen Schulterstücke – der Russe war Major der *Glawnoje Raswediwatelnoje Uprawlenije* (GRU), der Nachrichtendienstlichen Hauptverwaltung des sowjetischen Generalstabs. Des militärischen Geheimdiensts. Also ein Spion.

»Ja, ich kenne die Handlung«, sagte Metcalfe. »Wir Kapitalisten geben prima Schurken für Ihre russischen Propagandisten ab.«

Der GRU-Offizier nickte wortlos zustimmend. »Die Hauptrolle, die Rolle der Toa-Hoa, wird von der Primaballerina des Bolschoitheaters getanzt. Sie heißt Swetlana Baranowa.« Seine Augenbrauen gingen leicht nach oben, aber sein Gesicht blieb ausdruckslos. »Sie ist wirklich außergewöhnlich.«

»Tatsächlich?«, antwortete Metcalfe. »Gut, ich werde auf sie achten.«

»Ja«, sagte der Russe. »Das tue ich ständig. Ich versäume keinen ihrer Auftritte.«

Metcalfe lächelte erneut, dann wandte er sich ab. Innerlich war er höchst besorgt. Der GRU-Offizier *wusste* wer er war. Todsicher. Sein Gesichtsausdruck hatte es verraten; er hatte es verraten *sollen*. Das stand außer Zweifel.

Was darauf schließen ließ, dass der GRU-Agent absichtlich direkt hinter ihm platziert worden war. Metcalfe fühlte sich leicht schwindlig, seine Gedanken wirbelten durcheinander. Wie konnte das arrangiert worden sein? Denn es musste arrangiert worden sein; an diesem »Zufall« war nichts zufällig.

Aber wie? Metcalfe ging in Gedanken die letzten Minuten durch. Er erinnerte sich daran, wie er seinen Platz eingenommen hatte: einen leeren Sitz, der rechts und links, vorn *und* hinten bereits von Zuschauern eingerahmt gewesen war. Der uniformierte GRU-Agent hatte schon dagesessen, das wurde Metcalfe jetzt klar. Er erinnerte sich daran, rotes Haar und ein arrogantes, grausames Gesicht gesehen zu haben; beides hatte sich seinem Unterbewusstsein eingeprägt. Also war der GRU-Offizier *nicht* erst gekommen, als Metcalfe seinen Platz eingenommen hatte!

Wie war diese Sache also arrangiert worden? Ein leichter Anfall von Verfolgungswahn ließ seinen Nacken kribbeln. Wie hoch war die Wahrscheinlichkeit, dass eine in letzter Minute von einem Schwarzhändler vor dem Bolschoitheater gekaufte Karte *zufällig* für den Platz unmittelbar vor einem GRU-Agenten galt, der von seiner Verbindung zu Lana Baranowa wusste?

Metcalfe durchlief ein Schauder, als er die Wahrheit erkannte. Der Alte, der ihm die Karte verkauft hatte: ein verzweifelt wirkender, ehemals eleganter Mann. Verzweifelt genug, um zu tun, was ihm befohlen wurde.

Ein abgekartetes Spiel, nicht wahr?

Sie hatten gewusst, dass er ins Bolschoitheater wollte – wobei *sie* die Aufpasser, die sowjetischen Behörden, in diesem Fall die elitäre GRU waren –, und sie hatten ihm die *Tatsache* mitteilen wollen, dass sie das wussten, dass er keine Bewegung ohne ihr Wissen machen konnte. Oder litt er unter Verfolgungswahn?

Nein. Das war kein Zufall gewesen. Vermutlich war er auf dem Weg zum Bolschoitheater beschattet worden, aber falls das stimmte, waren die Überwacher Experten gewesen; er hatte nichts Verdächtiges bemerkt, hatte keine Verfolger entdeckt, und das war das Beunruhigende daran. Normalerweise verstand er sich ziemlich gut darauf, festzustellen, ob er überwacht wurde. Schließlich war das etwas, wofür er ausgebildet war. Und eine Beschattung durch sowjetische Sicherheitskräfte war im Allgemeinen eher unbeholfen und auffällig, weil Raffinesse zugunsten einer deutlichen Warnung geopfert wurde.

Aber wie hatte sich das alles in letzter Minute arrangieren lassen? Er hatte absichtlich nicht versucht, sich eine Eintrittskarte übers Intourist-Büro zu besorgen, wie es Ausländer üblicherweise taten. Er hatte bewusst bis zum letzten Augenblick gewartet, weil er die Gewissheit hatte, eine Karte bei einem Schwarzhändler kaufen zu können.

Erst als er den Teatralnaja-Platz betreten hatte, konnten seine Verfolger gefolgert haben, dass er ins Bolschoitheater wollte. Anschließend hatten sie nur wenige Minuten Zeit gehabt, die kaum ausgereicht haben konnten, um einen Agenten in Position zu bringen.

Und dann wurde ihm klar, wie alles gelaufen war: Er war unter seinem richtigen Namen in Moskau angekommen, war vorher angemeldet gewesen und hatte die nötigen Genehmigungen der zuständigen Stellen gehabt. Die sowjetischen Behörden hatten ein Dossier über ihn; das stand außer Zweifel. Vermutlich wussten sie nicht recht, was ihn hergeführt hatte. Aber sie wussten zweifellos von seiner früheren Verbindung zu Lana. So war es nur logisch, dass er ins Bolschoitheater gehen würde, um seine alte Flamme öffentlich auftreten zu sehen. Ja, sie hatten diesen Schritt vorhergesehen und einen Aufpasser für den Fall hingeschickt, dass er tat, was sie von ihm erwarteten.

Er wurde von Leuten, die wussten, wer er war, genau beobachtet. Das war die Nachricht, die sie ihm übermittelten.

Aber weshalb von der GRU? Wieso von einem Agenten des *militärischen* Geheimdiensts? Eigentlich hätte der NKWD – das *Narodny Kommissariat Wnutrennich Del*, das berüchtigte Volkskommissariat des Inneren – das größte Interesse daran haben müssen, ihn genau zu überwachen.

Draußen im Foyer ertönte das letzte Klingeln, das Licht erlosch langsam, und das aufgeregte Stimmengewirr wich gespanntem Schweigen. Das Orchester setzte ein, und der Bühnenvorhang hob sich.

Und dann, nach mehreren Minuten, hatte Toa-Hoa den ersten Auftritt, und Metcalfe sah sie.

Erstmals seit sechs Jahren sah Metcalfe seine Lana wieder und war wie gelähmt, in ihrer Schönheit, ihrer Geschmeidigkeit verloren. Ihr Gesicht schien nur reinstes Entzücken, Transparenz und Freude auszustrahlen: Sie war mit der Musik eins. In diesem Gesicht lag der Himmel. Ihr Publikum hätte Lichtjahre weit entfernt sein können; sie war ätherisch, ein überirdisches Wesen.

Im Vergleich zu ihr wirkten die anderen Tänzer und Tänzerinnen wie Marionetten. Ihre Bühnenpräsenz war elektrifizierend, ihre Bewegungen waren flüssig und kraftvoll zugleich. Sie sprang wie den Fesseln der Schwerkraft entronnen, sie flog wie von Zauberhänden gehoben. Sie schwebte wie personifizierte Musik.

Und für einen Augenblick gestattete Metcalfe seinem Herzen, sie auf ihren Höhenflügen zu begleiten. Erinnerungen an das erste Mal, als er sie tanzen gesehen hatte – in *Tristan und Isolde* –, stürmten auf ihn ein. Das war die erste und letzte Aufführung dieses Balletts gewesen. Igor Moisejews Versuch, ein Ballett zu deutscher Musik auf die Bühne zu bringen, war töricht gewesen, und das Volkskommissariat für Kultur hatte ihn bald eines Besseren belehrt. Metcalfes Zeit mit Lana war ähnlich abrupt beendet worden. Die Erinnerung an ihre kurze, aber leidenschaftliche Affäre verfolgte ihn noch immer. Wie hatte er sich jemals von ihr trennen können? Aber wie hätte er hier bleiben können? Sie hatten nur eine flüchtige Affäre gehabt; er hätte niemals in Moskau bleiben können, sie hätte es niemals verlassen wollen.

Und wie war es ihr wohl ergangen, fragte er sich jetzt sorgenvoll. Welche Veränderungen waren in den letzten sechs Jahren in ihr vorgegangen? *Was* war sie geworden? War sie noch immer dieselbe zerbrechliche, impulsive Künstlerin?

Das Publikum begann plötzlich laut zu klatschen, der Vorhang fiel, und der Applaus riss Metcalfe aus seiner

Träumerei. Die Pause hatte begonnen. Er war die ganze Zeit wie betäubt gewesen, in Gedanken, in Erinnerungen an Lana verloren. Jetzt merkte er, dass seine Augen tränennass waren.

Dann hörte er dicht hinter sich eine Stimme, die ihm fast ins Ohr sprach. »Es fällt schwer, den Blick von ihr zu wenden, stimmt's? Ich bin völlig gebannt von ihr.«

Metcalfe drehte sich langsam um und sah, wie der GRU-Offizier sich nachdrücklich applaudierend zurücklehnte. Durch die Bewegung seiner Hände und Arme verschob die Uniformjacke sich gerade so weit, dass Metall in der Pistolentasche aufblitzte.

Eine glänzend vernickelte 7,62-mm-Tokarev.

Ich bin völlig gebannt von ihr.

Was wollte er damit andeuten?

»Sie ist wirklich sehenswert«, bestätigte Metcalfe.

»Ich versäume wie gesagt keine ihrer Vorstellungen«, fuhr der GRU-Offizier fort. »Schon seit Jahren nicht mehr.« Sein Tonfall war vertraulich, einschmeichelnd, drohend: die Stimme abgründiger Bosheit.

Das Licht ging an, und die Zuschauer erhoben sich von ihren Plätzen. Wie in den meisten russischen Theatern stand im Bolschoitheater in der Pause ein reichhaltiges kaltes Büfett bereit. Dort würde es Wodka, Champagner, Rot- und Weißwein geben; dazu Räucherlachs und Stör, Schinken, Salami und kaltes Huhn. Da die meisten Moskauer heutzutage mehr schlecht als recht von rationierten Lebensmitteln lebten, war es kein Wunder, dass das Publikum aus dem Saal drängte, um ans Büfett zu kommen.

Der GRU-Offizier stand ebenfalls auf, als Metcalfe sich erhob, und schien ihm auf den Fersen bleiben zu wollen. Aber das Publikum drängelte ungestüm, und während es sich in Wellen zum Ausgang schob, gelang es Metcalfe, ihn ein ziemliches Stück abzuhängen. Was hat der Russe vor, fragte Metcalfe sich. Seine Botschaft, dass Metcalfe scharf beobachtet wurde, hatte er bereits zur Genüge übermittelt. Und er legte offenbar keinen Wert darauf, subtil vorzugehen. Er versuchte nicht, mit dem Hintergrund zu verschmelzen.

Der GRU-Agent konnte beobachten, wie Metcalfe sich durch die Menge drängte, ohne auf die Proteste der Angerempelten zu achten. *»Maladoj tschelowjek! Nje nado ljcst bes otscheredi!«*, fauchte ihn eine steif gekleidete ältere Dame an. »Junger Mann! Man darf sich nicht vordrängeln!« Eine klassische Reaktion: Russen, vor allem ältere Frauen, wiesen Ausländer ständig zurecht, erteilten ihnen Benimm-Lektionen. Beispielsweise schimpften sie einen aus, wenn man bei kaltem Wetter keine Kopfbedeckung trug. Sie fühlten sich befugt, einem jederzeit und überall dreinzureden.

»Prastitje«, murmelte Metcalfe höflich. »Verzeihen Sie.«

Im Foyer schlängelte er sich durch noch dichteres Gedränge und hatte nun einen so großen Vorsprung vor dem GRU-Offizier, dass er seinen Beschatter anscheinend vorläufig abgehängt hatte.

Metcalfe wusste, wohin er wollte. Er war schon unzählige Male im Bolschoitheater gewesen, hatte Lana in ihrer Garderobe besucht. Er kannte sich in diesem Haus besser aus als die meisten regelmäßigen Besucher.

Da er einen Smoking trug und zielstrebig wirkte, gelangte er ungehindert zu der beige gestrichenen Tür, an der in kyrillischer Schrift KEIN ZUTRITT FÜR UNBEFUGTE stand. Genau wie früher war sie nicht abgesperrt.

Unmittelbar dahinter saß jedoch der *deschurny,* der Wachhabende an einem Tisch – ein schwarzhaariger, pockennarbiger Mann in blauer Uniform. Ein typischer kleiner sowjetischer Funktionär, der sich durch nichts von einem kleinen zaristischen Funktionär unterschied: ohne Interesse an seinem Dienst, aber zugleich grimmig feindselig gegenüber jedem, der seine Autorität anzuzweifeln wagte.

»Ein Geschenk für die Primaballerina Miss Baranowa«, sagte Metcalfe auf Russisch mit englischem Akzent. »Ich habe den Auftrag, es ihr vom britischen Botschafter zu überbringen, guter Mann.«

Der Mann sah misstrauisch auf, dann streckte er eine Hand aus. »Sie dürfen dort nicht rein. Geben Sie's mir; ich sorge dafür, dass sie's bekommt.«

Metcalfe lachte. »Oh, ich fürchte, das wäre Sir Stanford Cripps nicht recht, mein Freund. Sein Geschenk ist viel zu wertvoll, und wenn es irgendwie verschwände ... Nun, ich mag mir gar nicht vorstellen, was das für Folgen hätte, welche Ermittlungen es geben würde ...« Er machte eine Pause, zog einige Rubelscheine aus der Tasche und drückte sie dem Wachmann in die Hand. Der Uniformierte machte große Augen, denn das war vermutlich mehr, als er im Monat verdiente.

»Tut mir *sehr* Leid, Sie belästigen zu müssen«, fuhr Metcalfe fort, »aber ich muss das Geschenk wirklich Miss Baranowa persönlich übergeben.«

Der Wachmann sah nach beiden Seiten, während er rasch das Bestechungsgeld einsteckte. »Also, worauf warten Sie noch?«, fragte er mit amtlichem Stirnrunzeln. Er forderte Metcalfe mit einer Handbewegung zum Weitergehen auf. »Los, los, gehen Sie schon!«

Hinter der Bühne herrschte reger Betrieb, weil Bühnenarbeiter große Kulissen verschoben, darunter eine riesige gemalte chinesische Hafenstadt mit dem gewaltigen Bug eines sowjetischen Schiffs vor orangerotem Himmel. Eine kleine Gruppe von Tänzern, die teils russische Matrosen, teils chinesische Kulis darstellten, stand rauchend zusammen. Mehrere stark geschminkte Tänzerinnen huschten als Chinesinnen in Satin-Tutus und Ballettschuhen vorbei. Metcalfe konnte ihre parfümierte Theaterschminke riechen.

Eine Tänzerin, die er fragte, wies ihm den Weg zu einer mit einem rot-goldenen Stern gekennzeichneten Tür. Sein Herz schlug rascher, als er anklopfte.

»*Da?*«, fragte eine gedämpfte Frauenstimme.

»Lana«, sagte er.

Die Tür wurde aufgerissen, und *sie* erschien vor ihm. Das seidige schwarze Haar zu einem straffen Nackenknoten zusammengefasst, die großen, klaren braunen Augen unter der chinesischen Maske blitzend, die fein modellierte Nase, die hohen Wangenknochen, der rot gemalte Schmollmund. Die atemberaubende Schönheit. Sie war umwerfend, in Person noch viel schöner als auf der sorgfältig ausgeleuchteten Bühne.

»*Schto wy chatitje?*«, fragte die grazile Tänzerin brüsk, ohne zu dem Besucher aufzusehen. »Was wollen Sie?«

»Lana«, wiederholte Metcalfe leise.

Sie starrte ihn an, dann zeigte ihr Blick, dass sie ihn wiedererkannte. Ihr Gesichtsausdruck wurde für Bruchteile einer Sekunde weich, dann verhärtete er sich zu hochmütiger Arroganz. Der flüchtige Augenblick, in dem sie weich und verwundbar gewirkt hatte, war vorbei; Lana machte jetzt einen amüsiert selbstbewussten Eindruck.

»Sieh mal an!«, sagte sie mit samtener Stimme. »Ist das wirklich mein guter alter Freund Stiwa?«

Stiwa – das war ihr Kosename für ihn gewesen. Vor sechs Jahren hatte sie ihn mit weicher, seidiger, fast schnurrender Stimme so genannt, aber jetzt trällerte sie diesen Namen so, dass er fast – konnte das sein? – *verächtlich* klang. Dabei lächelte sie herablassend: eine Primaballerina, die geruhte, einen ihrer vielen Verehrer zu empfangen. »Was für eine nette Überraschung.«

Metcalfe konnte nicht anders, als nach Lana zu greifen, sie in die Arme zu schließen, aber als er sie auf den Mund küssen wollte, drehte sie rasch das Gesicht zur Seite und bot ihm stattdessen ihre weiß gepuderte Wange dar. Die Kraft ihrer schlanken Arme überraschte ihn, als sie etwas zurückwich, wie um diesen lieben alten Freund besser betrachten zu können. In Wirklichkeit schien ihre Bewegung jedoch darauf berechnet zu sein, sich aus seiner Umarmung zu lösen.

»Lana«, sagte Metcalfe. »Entschuldige, dass ich dich so überfalle, *duschka.*« *Duschka,* Liebling: einer seiner früheren Kosenamen für sie. »Ich bin geschäftlich in Moskau, und als ich gehört habe, dass du heute Abend hier in der Hauptrolle auftrittst ...«

»Wie schön, dich zu sehen. Wie aufmerksam von dir, dass du vorbeigekommen bist.« In ihrem Tonfall lag etwas beinahe Spöttisches, etwas übertrieben Förmliches.

Metcalfe zog ein schwarzes Etui aus der Innentasche seines Smokingjacketts und hielt es ihr hin.

Sie griff nicht danach. »Für mich? Wie liebenswürdig. Aber ich muss jetzt leider weitermachen und mein Make-up auflegen. Wirklich eine Schande, wie knapp an Personal das Bolschoi heutzutage ist.« Ihre Handbewegung umfasste die winzige Künstlergarderobe mit einem dreiteiligen Spiegel über dem kleinen Schminktisch, auf dem Haarbürsten und Schminktiegel, Fettcreme zum Abschminken und zerschlissene weiße Frotteehandtücher mit den groß eingewebten gelben Buchstaben *B* und *K* für »Bolschoikünstler« durcheinander lagen. In seinem Zustand gesteigerter Empfindlichkeit nahm Metcalfe selbst diese unwichtigen Details wahr. »Heute Abend ist niemand da, um mir beim Schminken zu helfen. Schrecklich!«

Metcalfe klappte das Etui auf, damit das auf schwarzem Samt glitzernde Brillantkollier sichtbar wurde. Wie die meisten Frauen liebte Lana Schmuck – aber mit ungewöhnlicher Vorliebe für geschmackvolle, künstlerisch gestaltete Stücke, die sie dem protzigen Glanz kostbarerer Steine vorzog. Er überreichte ihr das Etui; sie betrachtete das Kollier flüchtig, ohne großes Interesse.

Plötzlich lachte sie: hoch und musikalisch. »Genau, was ich brauche«, sagte sie. »Eine weitere Kette um den Hals.«

Sie warf ihm das zugeklappte Etui wieder zu; er fing es, über ihre Reaktion verblüfft, auf. »Lana ...«, begann er.

»Ah, Stiwa, Stiwa. Noch immer der typische ausländische Kapitalist, was? Du änderst dich nie, stimmt's? Du möchtest uns Ketten und Handschellen anlegen, und nur weil sie aus Gold und Brillanten sind, bildest du dir ein, wir würden sie nicht als das erkennen, was sie in Wirklichkeit sind.«

»Lana«, protestierte Metcalfe, »dies ist nur ein kleines Geschenk.«

»Ein Geschenk?«,wiederholte sie spöttisch lächelnd. »Ich brauche keine weiteren *Geschenke* von dir. Du hast mir schon etwas geschenkt, mein lieber Stiwa. Es gibt Geschenke, die schrumpfen und einengen und versklaven, und es gibt Geschenke, die wachsen.«

»Wachsen?«, fragte Metcalfe verwirrt.

»Ja, mein Stiwa, *wachsen*. Wie die stolzen Halme auf den Weizenfeldern einer Kolchose. Wie unsere große sowjetische Volkswirtschaft.«

Metcalfe starrte sie an. In ihrer Stimme lag nicht die geringste Ironie. Dieses ganze Gerede von Kolchosen und kapitalistischer Versklavung passte nicht zu der respektlosen Swetlana Baranowa, die damals vor sechs Jahren über stalinistische Parolen gespottet und kommunistischen Kitsch – den sie mit dem unübersetzbaren Wort *poschlost* bezeichnete, das »schlechter Geschmack« bedeutete – verabscheut hatte. Was war seither mit ihr passiert? War sie zu einer Kreatur des Systems geworden? Wie konnte sie solchen Unsinn reden? Oder glaubte sie etwa wirklich, was sie sagte?

»Und euer großer Führer Stalin entspricht vermutlich deiner Vorstellung von einem idealen Mann?«, murmelte Metcalfe.

Auf ihrem Gesicht zeichnete sich vorübergehend panische Angst ab, die sofort wieder verschwand. Ihm wurde bewusst, wie dumm seine Bemerkung gewesen war, in welche Gefahr er Lana damit gebracht hatte. Während er auf der Schwelle ihrer Garderobe stand, gingen hinter ihm Leute vorbei; ein einziger aufgeschnappter subversiver Halbsatz, selbst wenn er aus dem Mund eines Ausländers kam, hätte sie automatisch in Gefahr gebracht.

»Ja«, antwortete sie, wie aus der Pistole geschossen. »Unser Stalin versteht die Bedürfnisse des russischen Volkes. Er liebt das russische Volk, und das russische Volk liebt ihn. Ihr Amerikaner bildet euch ein, mit eurem schmutzigen Geld alles kaufen zu können, aber unsere sowjetische Seele könnt ihr nicht kaufen!«

Er trat in die Garderobe, sprach nur halblaut. »*Duschka*, ich weiß, dass ich mit gewissen anderen Männern in deinem Leben nicht konkurrieren kann. Zum Beispiel nicht mit deinem Nazifreund, Herrn von …«

»Ich weiß überhaupt nicht, von wem du redest!«, fauchte sie.

»Gerüchte machen schnell die Runde, Lana. Sogar in den ausländischen Botschaften. Ich weiß mehr als genug über …«

»Nein!«, sagte sie. Ihre Stimme bebte, und diesmal sprach aus ihr etwas, das noch stärker als Angst war: die Wahrheit. »Du weißt *nichts!* Und jetzt verschwinde gefälligst!«

Kapitel Zwölf

»Wie wundervoll du heute Abend warst«, murmelte Rudolf von Schüssler, während er Swetlana Baranowas Haar streichelte. »Mein Roter Mohn, der mir ganz allein gehört.«

Sie fuhr leicht zusammen, als er die Porzellanhaut ihres Nackens berührte, und er fragte sich den winzigsten Augenblick lang, ob dies ein Schauder des Entzückens oder des Widerwillens gewesen war – konnte das sein? Aber dann sah er, wie ihre Lippen das süßeste Lächeln formten, und war gleich wieder beruhigt.

Sie trug das Negligee, das er ihr aus München mitgebracht hatte, und wie der hauchdünne Morgenmantel aus fast durchsichtiger rosa Seide die Wölbung ihrer Brüste, ihre schmale Taille, das üppige Fleisch ihrer schlanken, aber trotzdem muskulösen Schenkel verhüllte und zugleich zur Schau stellte, war für ihn höchst erregend. Sie war der appetitlichste Leckerbissen, den er zu seinem Glück je hatte kosten dürfen, und von Schüssler war ein kultivierter Mann, der immer exzellent gespeist hatte. Manche Leute hätten ihn vielleicht korpulent genannt, aber er selbst sah sich als wohlgenährt, ein Gourmet, ein Mann, der gern gut lebte.

In Moskau gut zu leben war jedoch nahezu unmöglich. Die Lebensmittel, die man hier – selbst über die deutsche Botschaft – bekommen konnte, waren einfach von mäßiger Qualität. Die ihm zugewiesene Wohnung jedoch, früher die Dienstwohnung eines hohen Offiziers der Roten Armee, der bei den Säuberungen hingerichtet worden war, war ziemlich geräumig. Und die Datscha draußen in Kunzewo, die ihm als Wochenendhaus diente, reichte ebenfalls aus. Er hatte den Russen einiges an Schmiergeldern zahlen müssen, um einen Mietvertrag zu bekommen, und er musste in der Botschaft die stumme Verachtung einiger weniger betuchter Kollegen ertragen, die kein ererbtes Vermögen besaßen, das ihnen spezielle Vereinbarungen mit den sowjetischen Behörden gestattete. Trotzdem hatte sich der ganze Aufwand gelohnt.

Er hatte seine besten Möbel nach Moskau schaffen lassen, es gab hier kein brauchbares Personal, das er für seine Abendeinladungen engagieren konnte, und er hatte das Diplomatenleben in dieser trübseligen Stadt schon seit langem satt. Überall wurde ständig nur vom Krieg geredet. Und seit die Russen jetzt einen Nichtangriffspakt mit Berlin geschlossen hatten, wurde nur noch *darüber* gesprochen. Hätte er nicht seinen Roten Mohn gefunden, hätte die gähnende Langeweile ihn um den Verstand gebracht.

Wie glücklich sich alles für ihn entwickelt hatte! Nein, das hatte nichts mit Glück zu tun, sondern bewies nur, was sein Vater stets gepredigt hatte: Abstammung war alles. Gute Erbanlagen – nichts war wertvoller. Er blickte mit berechtigtem Stolz auf die eigene Abstammung zurück – auf den großen Landsitz außerhalb von Berlin, seit zwei Jahrhunderten in der Familie, auf die treuen Dienste, die seine vielen illustren Vorfahren preußischen Königen und deutschen Kaisern geleistet hatten. Den Ehrenplatz nahm selbstverständlich der große preußische General Ludwig von Schüssler ein, der Held von 1848, der an der Spitze seiner Truppen die Märzrevolution niedergeschlagen hatte, während der Preußenkönig Friedrich Wilhelm IV. gezögert und kapituliert hatte. Von Schüssler war sehr klar bewusst, welchem ruhmvollen Namen er Ehre machen musste.

Bedauerlicherweise gab es immer wieder Neider, die vermuteten, er verdanke seine jetzige Stellung allein dem Namen, den er trug. Tatsächlich hatte die Art und Weise, wie seine Talente unbeachtet blieben, Rudolf von Schüssler schon oft veranlasst, mit den Zähnen zu knirschen. Er verfasste brillante und wundervoll komponierte Denkschriften, die mit Goethe-Zitaten gespickt waren, aber alle schienen unbeachtet zu verschimmeln.

Trotzdem wurde man ohne Intelligenz, Können und Talent nicht Zweiter Sekretär der deutschen Botschaft in einer so wichtigen Hauptstadt wie Moskau. Gewiss, er verdankte seinen Posten einem alten Freund der Familie: Friedrich Werner Graf von der Schulenburg, deutscher Botschafter in Moskau und Doyen des hiesigen diplomatischen Korps. Aber um Himmels willen, das gesamte Auswärtige Amt war *voller* Aristokraten – man brauchte sich nur den Minister Joachim von Ribbentrop anzusehen, seinen Stellvertreter Ernst von Weizsäcker, Hans-Bernd von Haeften oder Freiherr Konstantin von Neurath, Ribbentrops Vorgänger als Außenminister … und diese Liste ließ sich fortsetzen. Wer sonst besaß so tiefes Verständnis für die Größe, die dem deutschen Volk angeboren war – die Zivilisation, die der Welt Beethoven und Wagner, Schiller und Goethe geschenkt hatte? Die Zivilisation, die der Welt überhaupt erst Kultur gebracht hatte?

Adolf Hitler hatte nicht das Glück, aus einer so guten Familie zu stammen, aber er hatte wenigstens eine Vision.

Die Zuführung frischen Bluts konnte vorteilhaft sein. Auch wenn der Führer ermüdend und großsprecherisch sein konnte, wusste er zumindest die Größe des deutschen Volkes zu würdigen. Und auch wenn im Dritten Reich ständig von Volk und Volksgemeinschaft die Rede war, strebte es insgeheim nach der Legitimität, die ihm nur Aristokraten wie die Familie von Schüssler verleihen konnten.

Aus diesem Grund verbrachte Schüssler jedes Wochenende in Kunzewo damit, seine Erinnerungen zu schreiben. Sein berühmter Ahne Ludwig von Schüssler hatte sich die Mühe gemacht, seine Memoiren zu schreiben, und sich so einen Platz in der Geschichte gesichert. Rudolf, der sie fünf- oder sechsmal gelesen hatte, war der Überzeugung, *seine* Erinnerungen würden weit bedeutender als die seines Vorfahren sein. Schließlich war die Zeit, in der er lebte, weit bedeutender, weit interessanter.

Nun, Moskau war ehrlich gesagt ziemlich öde, aber schon seine Versetzung nach Moskau war ruhmreich, daran musste er sich einfach immer wieder erinnern. Deutschland würde diesen Krieg bald gewinnen – das war unvermeidlich, denn das einzige Land, das vielleicht eine Chance gehabt hätte, Deutschland zu besiegen, war Russland, und Stalin verhielt sich demütig, fast unterwürfig. Nach dem Sieg wollte von Schüssler sich im stolzen Bewusstsein, dem Vaterland treu gedient zu haben, auf sein Schloss zurückziehen und mit seinen geliebten Trakehnern ins schöne deutsche Land ausfahren … Er würde seine Erinnerungen abschließen, stilistisch polieren und unter allgemeinem Beifall veröffentlichen.

Und er würde sein Juwel, seinen Roten Mohn, das einzige Wesen, das ihm das trübselige Moskau erträglich machte, in die Heimat mitnehmen. Dafür würde er Dr. Hermann Behrends, einem weiteren alten Freund, ewig dankbar sein. Behrends – der sich jetzt mit dem Titel *SS-Untersturmführer der Reserve (Waffen-SS)* schmücken durfte – und er kannten sich aus ihrer gemeinsamen Studienzeit an der Universität Marburg. Beide hatten dort als Juristen promoviert; beide waren Mitglied einer schlagenden Verbindung gewesen. Behrends, der draufgängerischer veranlagt war als von Schüssler, trug seit damals stolz seine Schmisse zur Schau. Nach dem Studium hatten ihre Wege sich getrennt: Während von Schüssler in den diplomatischen Dienst gegangen war, war Behrends in Himmlers SS eingetreten. Aber sie waren in Verbindung geblieben, und Behrends hatte ihn ins Vertrauen gezogen, kurz bevor von Schüssler Berlin verlassen hatte. Er hatte ihm unter Freunden ein Geheimnis anvertraut, auf das er vor kurzem gestoßen war. Ein Geheimnis, von dem er annahm, sein alter Studienfreund werde es zu seinem Vorteil nutzen können.

Behrends hatte ihm das Geheimnis erzählt, das Michail Baranow, den Helden der Oktoberrevolution, umgab.

Und als von Schüssler bald nach seiner Ankunft in Moskau auf einer Abendgesellschaft in der deutschen Botschaft die Tochter des Alten kennen gelernt hatte ... Nun, wie das alte deutsche Sprichwort lautete: ›Den Gerechten hilft Gott.‹ Gute Dinge passierten guten Leuten. Abstammung hatte sich wieder einmal als entscheidend erwiesen, und diesmal war es nicht nur auf von Schüsslers Vorfahren, sondern auch auf die Abstammung der bildschönen Ballerina angekommen. Auf das Geheimnis ihres Vaters. »Die Väter haben saure Trauben gegessen, und die Zähne der Kinder sind empfindlich.« Wie wahr, wie wahr.

Er hatte sie nicht *erpresst* ... Nein, nein, so durfte man die Sache nicht sehen. Das war nur ein Mittel gewesen, mit ihr ins Gespräch zu kommen, sich ihre Aufmerksamkeit zu sichern. Er wusste noch gut, wie sie blass geworden war, als er ihr in einem stillen Winkel des Ballsaals erzählt hatte, was er über ihren Vater wusste ... Aber das lag alles schon weit zurück. Was *sein* Vater ihm erzählt hatte, war richtig eingetroffen: »Mars öffnet der Venus das Tor. Der erste Kuss kommt mit Gewalt. Der zweite mit Leidenschaft.«

»Du bist heute Abend so schweigsam, mein Liebling«, sagte er.

»Ich bin nur etwas müde«, antwortete die schöne Tänzerin. »Jeder Auftritt strengt an; das weißt du, Rudi.«

»Aber das sieht dir gar nicht ähnlich«, stellte er fest. Er umfasste ihre Brüste, kniff sie leicht in die Brustwarzen. Sie verzog das Gesicht zu etwas, das anfangs wie ein schmerzliches Zusammenzucken aussah, bis von Schüssler es als wollüstige Regung erkannte. Er ließ seine andere Hand tiefer gleiten und begann sie zu streicheln. Sie schien dort unten nicht zu reagieren, aber das war normal: Dies war eine Frau, um die man sich bemühen musste, eine Festung, die gestürmt werden wollte. Sie war ganz sicher nicht die sexuell aktivste Frau, die er je gekannt hatte, aber jede Frau war anders. Sie brauchte nur etwas länger, um warm zu werden.

Sie bedachte ihn mit einem glühenden Blick, aus dem Leidenschaft sprach, wie er wusste, obwohl man ihn aus einem bestimmten Blickwinkel fast für ... unterdrückten Zorn hätte halten können. Aber nein, es war Leidenschaft. Sie war ein feuriges kleines Fohlen.

Er griff in die Schachtel mit deutschen Pralinen – russisches Konfekt war wirklich unsäglich – und drückte eine Praline an ihre Lippen. Sie schüttelte den Kopf. Er zuckte mit den Schultern, stopfte sie sich selbst in den Mund. »Ohne dich würde ich durchdrehen, glaube ich«, sagte er. »Vor *Langeweile* durchdrehen. Es gibt nichts Schlimmeres als Langeweile, findest du nicht auch?«

Aber Lana erwiderte seinen Blick nicht. Sie wirkte noch immer geistesabwesend. Um ihre Lippen spielte ein seltsames Lächeln. Er wusste nie, was sie dachte, aber das war in Ordnung. Er mochte Frauen mit geistiger Tiefe.

Sie würde ein ausgezeichnetes Beutestück abgeben, das er nach Berlin mitnehmen wollte, sobald diese ganzen Unannehmlichkeiten überstanden waren.

WASHINGTON

Der Präsident bestand immer darauf, die Drinks für sich und seine Besucher selbst zu mixen. An diesem Abend war es ein abscheuliches Gemisch aus Grapefruitsaft, Gin und Rum, aber Alfred Corcoran tat so, als schmecke es ihm.

Sie saßen in dem Raum, der dem Präsidenten im ganzen Weißen Haus am liebsten war: im Arbeitszimmer im ersten Stock, einem behaglichen, gemütlichen Raum mit hohen Bücherschränken aus Mahagoni, Ledersofas, Schiffsmodellen und Marinestichen. Hier las er, ordnete seine Briefmarkensammlung, spielte Poker und empfing seine wichtigsten Besucher. Roosevelt saß in seinem hochlehnigen roten Ledersessel. Wie bei jeder Begegnung mit seinem alten Freund staunte Corcoran darüber, wie athletisch Franklin gebaut war. Er hatte die Schultern und Arme eines Ringers, und wenn man seine von Kinderlähmung verkrüppelten Beine nicht sah, hätte man glauben können, der Präsident sei viel größer, als er tatsächlich war.

Roosevelt nahm einen Schluck von seinem Drink und verzog das Gesicht. »Warum zum Teufel haben Sie mir nicht gesagt, wie scheußlich das schmeckt?«

»Ich bin wirklich kein großer Rumtrinker«, sagte Corcoran höflich.

»Sie lassen sich nicht gern in die Karten sehen, Corky, alter Junge. Also, was ist in Paris passiert?«

»Ein paar sehr gute Agenten sind verbrannt.«

»Sie sind umgekommen, meinen Sie. Gestapo?«

»Wir tippen auf den SS-Sicherheitsdienst. Offenbar hat's irgendwo eine undichte Stelle gegeben.«

»Der eine Mann, der entkommen ist – weiß er, weshalb Sie ihn nach Moskau geschickt haben?«

»Natürlich nicht. Die Wahrheit muss in abgemessenen Mengen dekantiert werden. Und wie ein guter Bordeaux darf sie niemals vorzeitig serviert werden.«

»Sie glauben, dass er nicht hingeflogen wäre, wenn er's gewusst hätte?«

»Das stimmt nicht ganz. Ich glaube, er würde nicht tun, was getan werden muss – jedenfalls weniger effektiv.«

»Aber sind Sie sich sicher, dass er's schaffen kann?«

Corcoran zögerte. »Ob ich mir sicher bin? Nein, Mr President, ich bin mir nicht sicher.«

Roosevelt musterte ihn prüfend. Seine Augen waren durchdringend blau. »Soll das heißen, dass er nicht der beste Mann für diesen Job ist?«

»Er ist der *einzige* Mann für diesen Job.«

»Von diesem einen Agenten hängt sehr viel ab. Bei weitem *zu viel*, würde ich sagen.« Der Präsident nahm seine Zigarettenspitze aus Perlmutt zwischen die Zähne und riss ein Streichholz an. »Großbritannien befindet sich in kritischer Lage. Ich weiß nicht, wie lange es den Luftangriffen der Nazis noch standhalten kann. Das Parlamentsgebäude ist praktisch zerstört; Coventry und Birmingham sind dem Erdboden gleichgemacht. Bisher haben die Engländer die Luftwaffe zurückschlagen können, aber wer weiß, wie lange sie das noch schaffen. Und sie stehen kurz vor dem Bankrott – sie können das viele bei uns bestellte Kriegsmaterial, das sie dringend brauchen, um die Nazis abzuwehren, nicht bezahlen. Der Kongress würde einer Lieferung auf Kredit nie zustimmen. Und dazu kommen all die Eiferer mit der Parole ›America first!‹, die mir vorwerfen, unser Land in den Krieg führen zu wollen.« Er zog an der Zigarettenspitze; das Ende seiner Zigarette leuchtete wie eine untergehende Sonne auf.

»Wir sind nicht in der Verfassung, um diesen zu Krieg führen«, warf Corcoran ein.

Roosevelt nickte ernst. »Das ist weiß Gott wahr. Wir haben noch nicht mit der Aufrüstung angefangen. Tatsache ist jedoch, dass Großbritannien ohne unsere Hilfe binnen weniger Monate erledigt ist. Und wenn Hitler England besiegt, sind wir alle gefährdet. Und es gibt noch etwas anderes.« Der Präsident nahm einen dünnen Ordner vom Beistelltisch neben sich und hielt ihn Corcoran hin.

Corcoran stand auf, nahm den Ordner entgegen und schlug ihn auf, während er in seinen Sessel zurücksank. Er nickte, als er den Text überflog.

»Weisung Nummer sechzehn«, sagte der Präsident. »Von Hitler selbst unterzeichnet. Die Deutschen haben dem Unternehmen den Decknamen ›Seelöwe‹ gegeben – dies ist ihr streng geheimer Plan für eine Landungsoperation gegen England, bei der eine Viertelmillion Mann eingesetzt werden soll. Erst Luftlandeunternehmen, dann Amphibienlandungen, Infanterie- und Panzerverbände ... Ich glaube nicht, dass Großbritannien die Invasion zurückschlagen kann. Siegen die Deutschen auch dort, verleibt das Dritte Reich sich ganz Europa ein. Das *dürfen* wir nicht zulassen. Ist Ihnen klar, Corky, dass wir alle erledigt sind, wenn Ihr junger Agent es nicht schafft, seinen Auftrag auszuführen? Ich frage Sie noch einmal: Hat Ihr Mann die Fähigkeiten, die er dazu braucht?«

Corcoran kniff die Augen zusammen, während er den Rauch seiner Chesterfield inhalierte. »Das Risiko ist hoch, das gebe ich zu«, sagte er mit undeutlicher Stimme, »aber Untätigkeit wäre noch riskanter. Wann immer Sterbliche sich anmaßen, den Lauf der Geschichte zu beeinflussen, kann alles schrecklich danebengehen.«

»Corky … wenn auch nur ein *einziges* Wort dieses Plans an die Öffentlichkeit dringt, könnte er so katastrophal fehlschlagen, dass die Folgen schlimmer wären, als wenn wir nie etwas unternommen hätten.«

Corcoran drückte seine Zigarette aus und hustete bellend. »Dieser Zeitpunkt dürfte kommen, wenn der junge Mann seine Aufgabe erfüllt hat. Beginnt das eigene Schiff, leckzuschlagen, muss man manchmal Ballast über Bord werfen.«

»Sie waren schon immer ein herzloser Kerl.«

»Ich nehme an, dass Sie das im besten Sinn meinen.«

Der Präsident bedachte ihn mit einem eisigen Lächeln.

Corcoran zuckte mit den Schultern. »Tatsächlich nehme ich an, dass er diese Expedition nicht überleben wird. Tut er's jedoch und muss geopfert werden, dann sei's drum.«

»Jesus, Corky, haben Sie eigentlich Blut oder Eiswasser in den Adern?«

»Wer könnte in meinem Alter den Unterschied erkennen, Mr President?«

Kapitel Dreizehn

Metcalfe schlief schlecht, wälzte sich die ganze Nacht unruhig im Bett. Das lag nicht nur daran, dass das Bett unbequem, die Bettwäsche steif und kratzig oder das Hotelzimmer ungewohnt waren, obwohl alle diese Faktoren dazu beitrugen. Es lag an der Unruhe, die seinen Körper durchflutete, seine Gedanken antrieb, sein Herz jagen ließ. Unruhe, die das Wiedersehen mit Lana ausgelöst hatte – und seine Erkenntnis, wie sehr er diese Frau geliebt hatte, auch wenn er sich seit Jahren eingeredet hatte, sie habe ihm nicht mehr bedeutet als irgendeine von den vielen anderen Frauen, die er seither besessen hatte. Unruhe, die ihre Reaktion von gestern Abend ausgelöst hatte – eine gewisse Koketterie, Sprödigkeit, Spott und Verachtung. Hasste sie ihn jetzt? So schien es zu sein, aber sie schien sich auch noch zu ihm hingezogen zu fühlen wie er zu ihr. Wie viel davon erfand er, bildete er sich nur ein? Metcalfe war stolz darauf, alles nüchtern zu sehen, sich nie Illusionen zu machen, aber wenn es um Swetlana Michailowna Baranowa ging, ließ ihn seine Objektivität im Stich. Er sah sie wie in einem Zerrspiegel.

Sicher war er sich jedoch, dass sie sich auf eine Weise verändert hatte, die ihn erregte und zugleich alarmierte. Sie war kein verletzliches, flatterhaftes junges Mädchen mehr; sie hatte sich zu einer emanzipierten und selbstbewussten Frau entwickelt, zu einer Diva, die ihre Wirkung auf andere sehr wohl kannte, die sich der Macht ihrer Schönheit und Berühmtheit durchaus bewusst war. Sie war schöner als je zuvor, aber in mancher Beziehung härter. Die Weichheit, die Verletzlichkeit – er dachte an das Grübchen in ihrem Nacken, an die weiche Porzellanhaut, die er so gern geküsst hatte – war verschwunden. Sie hatte sich eine abweisende Art, eine harte Schale zugelegt. Die schützte sie zweifellos, aber sie rückte Lana auch in weitere Ferne, machte sie unerreichbar. Woher kam diese Härte? Von dem Albtraum, in Stalins Russland zu leben? Einfach vom Erwachsenwerden?

Und er fragte sich: Wie viel von dieser scheinbaren Härte war Schauspielerei? Denn Swetlana war nicht nur eine wundervolle Tänzerin, sondern auch eine begabte Schauspielerin. War diese harte Schale eine Art Maske, die sie nach Belieben an- und ablegte?

Und dann stellte sich die Frage nach ihrem deutschen Geliebten, diesem Rudolf von Schüssler. Er war ein Nazi, ein hoher Beamter im deutschen Außenministerium. Wie konnte sie sich in so einen Kerl verlieben? Metcalfe und sie hatten nie über Politik gesprochen, und als sie sich zuletzt gesehen hatten, waren die Nationalsozialisten in Deutschland erst vor kurzem an die Macht gekommen. Deshalb wusste er nicht, wie sie zu den Nazis stand, aber ihr Vater war ein Held der Oktoberrevolution, und die Nazis waren geschworene Feinde der Kommunisten. Wusste ihr Vater, dieser große russische Patriot, von ihrer seltsamen Liebesaffäre?

Der Auftrag, mit dem Corky ihn losgeschickt hatte – sich durch Lana an von Schüssler heranzumachen, seine Haltung gegenüber Hitler zu erkunden und zu versuchen, ihn umzudrehen –, erschien ihm jetzt undurchführbar. Sie würde niemals mit ihm zusammenarbeiten, vor allem nicht, wenn ihr klar wurde, was er zu tun versuchte. Sie würde sich nicht von ihm benützen lassen.

Trotzdem durfte er nicht einfach aufgeben. Hier stand zu viel auf dem Spiel.

Ein lautes Klopfen an seiner Tür ließ ihn aufschrecken. *»Da?«*, rief er. Das Klopfen wurde wiederholt – zweimal, zweimal, einmal –, und er erkannte das mit Roger Martin vereinbarte Erkennungszeichen.

»Dobroje utro«, sagte eine raue Stimme in schauderhaftem Russisch: »Guten Morgen.« Das war wirklich Roger.

Sobald Metcalfe ihm aufmachte, drängte Roger ins Zimmer. Seine Aufmachung war eigenartig: Er trug eine zerschlissene marineblaue *tjelogrejka*, dazu eine wattierte Bauernjacke, Filzstiefel und eine Pelzmütze. Hätte Metcalfe ihn nicht als Roger Martin gekannt, hätte er ihn leicht für einen russischen Bauern oder Taglöhner halten können.

»Jesus, Scoop, du stinkst erbärmlich«, sagte Metcalfe.

»Weißt du überhaupt, wie schwierig es ist, hier neue Klamotten zu kaufen? Ich hab sie einem Kerl auf der Straße abgekauft, der bereitwillig mit mir getauscht hat.«

»Nun, du siehst echt aus. Das muss man dir lassen. Geradewegs aus der Kolchose.« Metcalfe lachte.

Roger deutete auf seine Filzstiefel. »Diese *walenki* sind verdammt warm. Kein Wunder, dass die russische Armee Napoleon geschlagen hat. So was hatten die Franzmänner nicht. Aber warum zum Teufel hast du mir nicht geraten, Klopapier mitzubringen?« Er trug einen kleinen, schweren Lederkoffer, den er jetzt absetzte. Der Koffer enthielt das Funkgerät, das wusste Metcalfe; Roger schleppte es mit sich herum, seit sie im Metropol abgestiegen waren. Es durfte natürlich nicht im Hotelzimmer bleiben, und Metcalfe konnte es weder zu seinen Besprechungen im Handelsministerium noch ins Bolschoitheater mitnehmen.

»Solange du dich wie ein Moskauer kleidest, solltest du's wie die Einheimischen machen«, sagte Metcalfe. »Nimm Blätter der *Prawda* oder *Iswestija.*«

Roger verzog das Gesicht. »Jetzt verstehe ich, warum die Russen so niedergeschlagen wirken. Außerdem hat mein Rasierwasser zehn Minuten gebraucht, um abzulaufen – hast du das Waschbecken schon ausprobiert? Total verstopft.«

»He, schon ein Zimmer mit Bad ist hier ein seltenes Privileg, Scoop!«

»Schönes Privileg. Wie war's gestern Abend?«

Metcalfe warf Roger einen warnenden Blick zu und wies mit dem Daumen zur Zimmerdecke, um anzudeuten, hier seien vermutlich Abhörmikrofone versteckt. Roger verdrehte die Augen, trat an eine Tischlampe und begann hineinzusprechen. »Die Kapitalisten haben eine wirklich *tolle* Erfindung gemacht, die sie Toilettenpapier nennen, und ich hoffe sehr, dass die Russen sie uns nicht *klauen.*«

Was Roger tat, war Metcalfe nur allzu klar: Seine Neckerei, seine Scherze dienten als großsprecherische Tarnung für unterschwellige Angst. Der Engländer war einer der tapfersten Männer, die Metcalfe kannte, und ein erfahrener Agent, aber hier in Moskau war alles anders. Ausländer waren selten und wurden so sorgfältig überwacht, dass es viel schwieriger war, in der Bevölkerung unterzutauchen als in Frankreich. Dort konnte Roger dank seiner Abstammung leicht als Franzose durchgehen; hier fiel er unweigerlich auf. War eine Agententätigkeit in

Frankreich gefährlich, war sie in Russland geradezu selbstmörderisch.

Metcalfe zog sich rasch an, und die beiden gingen in die Hotelhalle hinunter, um miteinander zu reden. So früh am Morgen war die Halle noch leer bis auf ein paar bullige Russen, die in schlecht sitzenden dunkelblauen Anzügen auf Sofas und in Sesseln saßen und so taten, als läsen sie Zeitungen. Metcalfe und Roger setzten sich im rückwärtigen Teil der Hotelhalle nebeneinander – weit genug von den NKWD-Agenten entfernt, um nicht belauscht werden zu können.

Roger sprach leise und schnell. »In geschlossenen Räumen funktioniert dein Sender nicht, also brauchen wir einen möglichst einsamen Ort im Freien. Und er sollte gute Deckung bieten. Erzähl mir, wie dein heutiger Terminplan aussieht, dann lasse ich mir was einfallen.«

»In der Datscha der amerikanischen Botschaft in den Wäldern südwestlich von hier findet eine Party statt«, sagte Metcalfe. »Corky hat mir davon erzählt – sein Mann in Moskau lädt mich dazu ein.«

»Ausgezeichnet! Das kommt wie gerufen. Aber wie soll ich mich in dieser verdammten Stadt ohne Auto bewegen? Es gibt keine Taxis, und ich spreche nicht gut genug Russisch, um mit der Straßenbahn fahren zu können. Ich meine, ich soll dein Fahrer sein, verdammt noch mal, und dann bekomme ich nicht mal einen Wagen!«

»Wir bekommen einen Wagen«, versicherte Metcalfe ihm.

»Klar, einen mit Fahrer, der dann Begleiter und Aufpasser und Gefängniswärter in einem ist.«

»Hast du's schon in der englischen Botschaft versucht?«

Roger nickte. »Nichts zu machen. Die Jungs haben selbst nicht genug Fahrzeuge.«

»Dann versuche ich's in der amerikanischen Botschaft.«

»Lass deine Beziehungen spielen. Fürs Erste ist's mir gelungen, eine uralte Harley-Davidson zu kaufen. Mein Russisch ist miserabel, aber es ist erstaunlich, wie weit man hier mit englischen Pfunden kommt. Außerdem habe ich Schneeschuhe und einen Kompass. Jetzt muss ich zusehen, wie ich an Flugbenzin rankomme. Wegen der strengen Rationierung ist das heutzutage nicht so einfach.«

»Mit einer strategischen Bestechung müsste sich das regeln lassen.«

»Aber erst, wenn man weiß, wer geschmiert werden muss«, sagte Roger. »Das erfordert eine Fahrt zum Flughafen. Dazu brauche ich deinen Stadtplan von Moskau – ich werde schwer zu tun haben. Und du? Hast du gestern Abend mit ihr Verbindung aufgenommen?«

»Oh, das habe ich«, bestätigte Metcalfe fast wehmütig. Dann fügte er leise hinzu: »Aber auch ich werde schwer zu tun haben.«

*

Sobald Roger sich verabschiedet hatte, ging Metcalfe zum Frühstück ins Hotelrestaurant, wo er einen Platz an einem kleinen Tisch zugewiesen bekam, an dem bereits ein rundlicher Mann mit Stirnglatze und gerötetem Trinkergesicht saß. Der Mann, der einen scheußlichen karierten Tweedanzug trug, schüttelte Metcalfe die Hand. »Ted Bishop«, sagte er auf Englisch, weil er ihn offenbar sofort als westlichen Ausländer erkannte. »Moskaukorrespondent des *Manchester Guardian.*« Bishop sprach mit Cockney-Akzent.

Metcalfe stellte sich mit seinem richtigen Namen vor. Er sah, dass in dem spärlich beleuchteten Restaurant viele Tische frei waren, aber dieses System war in allen sowjetischen Hotels eingeführt. Ausländische Gäste, vor allem solche mit gleicher Sprache, wurden grundsätzlich zusammengesetzt. Vermutlich waren sie zusammengepfercht leichter zu überwachen.

»Sind Sie auch Journalist?«, fragte Bishop.

Metcalfe schüttelte den Kopf. »Ich bin geschäftlich in Moskau.«

Bishop nickte, während er einen Klumpen Zucker in seinem Glas mit heißem Tee verrührte. Sein Gesichtausdruck veränderte sich, als ihm etwas einfiel. »Metcalfe Industries«, sagte er. »Irgendeine Beziehung?«

Metcalfe war beeindruckt. Dieser Name war nicht jedem geläufig. »Ich bin einer der Inhaber.«

Bishop zog die Augenbrauen hoch.

»Aber tun Sie mir einen Gefallen, ja?«, sagte Metcalfe. »Ich möchte nicht, dass mein Moskaubesuch bekannt wird, deshalb wäre ich Ihnen dankbar, wenn Sie meinen Namen aus Ihren Berichten raushalten würden …«

»Natürlich.« Bishops Augen glänzten vor Vergnügen darüber, dass er ein Geheimnis zu bewahren hatte. Auch wenn Metcalfe im Umgang mit einem Journalisten vorsichtig sein musste, war Bishop ein Mann, den er sich warmhalten musste, denn er musste hier nützliche Kontakte haben.

»Ich will nur hoffen, dass Sie nicht zu hungrig sind«, sagte Bishop.

»Zu hungrig? Warum?«

»Wie Sie sehen, will der Zucker sich nicht im Tee auflösen. Ich warte hier schon so lange, dass mein Tee kalt geworden ist. So ist's jeden Morgen. Der Service ist so langsam, dass man glaubt, die Eier müssten erst gelegt werden. Kommt das Frühstück endlich, besteht es aus ein paar Scheiben Schwarzbrot, einem Stück Butter und einem kümmerlichen Ei. Und versuchen Sie nicht, es so zu bestellen, wie Sie es mögen. Sie bekommen Ihr Ei so, wie *sie* es mögen – und das hängt davon ab, wie Olga draußen in der Küche an diesem Tag gerade aufgelegt ist.«

»Im Augenblick wäre ich mit Sägemehl zufrieden.«

»Und das bekommen Sie auch«, sagte Bishop glucksend lachend. Sein ganzer Bauch bebte, und sein Doppelkinn schwabbelte. »Lassen Sie sich warnen: Essen Sie nichts Püriertes. Das strecken sie gern mit Sägemehl. Ich sage Ihnen, was die Russkis mit Würstchen und Kartoffelbrei anstellen ... das würde man keinen verhungernden Termiten vorsetzen wollen.« Er senkte die Stimme. »Und weil wir gerade bei Insekten sind: Mit Wanzen müssen Sie buchstäblich überall rechnen. Sie haben klitzekleine Mikrofone, die sie an allen möglichen und unmöglichen Orten verstecken. Ich möchte wetten, dass unser Empfangschef hier im Hotel eines im Hintern stecken hat. Nur so lässt sich sein Gesichtsausdruck erklären.«

Metcalfe lachte verständnisvoll.

»Russisches Essen ist garantiert die beste Schlankheitsdiät der Welt«, fuhr Bishop fort. »Seit ich hier bin, muss ich schon hundert Pfund abgenommen haben.«

»Wie lange sind Sie schon hier?«

»Vier Jahre, sieben Monate und dreizehn Tage.« Er sah auf seine Armbanduhr. »Oh, und sechzehn Stunden. Aber wer zählt schon mit?«

»Sie müssen Moskau inzwischen ziemlich gut kennen.«

Er musterte Metcalfe prüfend. »Besser, als mir lieb ist, fürchte ich. Was möchten Sie denn wissen?«

»Oh, nichts«, sagte Metcalfe leichthin. »Nichts Bestimmtes.« Fragen konnte er vielleicht später stellen, aber nicht gleich jetzt. Lass es mit diesem Kerl langsam angehen, dachte er. Schließlich ist er als Journalist dafür ausgebildet, die wahre Story zu erkennen, nachzufassen, die Lügen anderer zu enttarnen. Trotzdem empfand er aufrichtige Sympathie für den fleißigen englischen Journalisten. Er kannte diesen Typ: das Salz der Erde, durch nichts aus der Ruhe zu bringen, außer Langeweile nichts auf der Welt fürchtend. Bishop kannte sich hier bestimmt aus.

»Sie wissen, wo man am besten Geld wechselt? Tun Sie's in Ihrer Botschaft – dort bekommen Sie einen weit besseren Kurs als hier im Hotel.«

Metcalfe nickte; er hatte bereits Geld am Hotelempfang getauscht.

»Wenn Sie auf der Suche nach empfehlenswerten Restaurants sind, kann ich Ihnen weiterhelfen, aber die Liste ist kurz und traurig. Appetit auf richtigen Apfelkuchen nach amerikanischer Art? Dann ist das Café National Ihre einzige Hoffnung. Im Argawi in der Gorkistraße gegenüber dem Telegrafenamt gibt's anständiges Schaschlik. Auch guten georgischen Cognac. Das Praga am Arbat-Platz ... nun, das Essen ist miserabel, aber dort spielt eine Zigeunerkapelle, die man gehört haben sollte. Und getanzt wird auch. Früher hat dort eine gute tschechische Jazzband gespielt, aber die ist 1937 wegen angeblicher Spionage ausgewiesen worden. Der wahre Grund war vermutlich, dass die russischen Jazzer im Vergleich mit ihr schlecht ausgesehen haben. Weil wir gerade von Spionen reden, Metcalfe: Ich weiß nicht, ob Sie schon mal hier waren, aber Sie sollten sich in Acht nehmen.«

»Warum?«, fragte Metcalfe ausdruckslos, ohne sich seine aufsteigende Nervosität anmerken zu lassen.

»Na ja, Sie brauchen sich nur umzusehen. Die CVJM-Jungs sind Ihnen aufgefallen, stimmt's?« Bishops Doppelkinn deutete in Richtung Hotelhalle.

»CVJM?«

»So nennen wir die NKWD-Leute. Schlägertypen. Zweitklassige Chargen. Sie interessieren sich sehr für Sie, wohin Sie auch gehen – seien Sie also vorsichtig bei Treffs mit Russen, denn diese Jungs beobachten Sie.«

»Dann werden sie sich verdammt langweilen. Ich habe vor allem Termine im Handelsministerium. Bei denen dürften sie bald einschlafen.«

»Oh, ich bezweifle nicht, dass mit Ihnen alles in Ordnung ist, aber das genügt heutzutage nicht mehr. Laufen Verhandlungen nicht nach Wunsch, legen es die Roten oft darauf an, euch Kapitalisten etwas anzuhängen. Schon mal vom Fall des englischen Maschinenbauers Metro-Vickers gehört?«

Das hatte Metcalfe. Die Firma Metropolitan-Vickers Electrical Company Ltd. hatte der Sowjetunion Kraftwerksausrüstungen geliefert. Ein Jahr vor seinem ersten Moskaubesuch war es in den britisch-sowjetischen Beziehungen zu einer Krise gekommen, weil zwei Mitarbeiter der Firma wegen Sabotage verhaftet worden waren. »Damals sind zwei Ingenieure von einem Moskauer Gericht zu zwei Jahren Haft verurteilt worden«, erinnerte Metcalfe sich, »weil von ihnen eingebaute Turbinen angeblich defekt waren. Aber sind sie nicht freigekommen, als ihr Fall einen Mordswirbel ausgelöst hat?«

»Ganz recht«, sagte Bishop. »Aber die Bolschies haben sich überhaupt nur getraut, sie zu verhaften, weil die beiden Kerle so wenig Kontakt mit der britischen Botschaft hatten, dass der Kreml sie für ungefährliche Ziele gehalten hat – weil die englische Regierung sich von ihnen distanzieren würde. Haben Sie enge Kontakte zu *Ihrer* Botschaft?«

»Nicht besonders enge«, antwortete Metcalfe. Er hatte dort nur einen einzigen Kontaktmann, einen Attaché namens Hilliard, der sich auf Corkys Veranlassung hin mit ihm in Verbindung setzen sollte. Aber der Attaché würde bei seinen Kontakten zu Metcalfe sehr überlegt und umsichtig vorgehen. Hatte Metcalfe Pech und wurde von den Sowjets unter kompromittierenden Umständen geschnappt, dann würde die Botschaft jegliche Verbindung zu ihm schlicht leugnen. Davor hatte Corky ihn ausdrücklich gewarnt.

»Nun, dann sollten Sie umgehend versuchen, dort Freunde zu gewinnen«, riet der Engländer ihm. »Sehen Sie, wie miserabel der Service hier ist?« Er trank einen großen Schluck Tee. »Vielleicht brauchen Sie mal einen Verbündeten. In Moskau sollte man immer einen Verbündeten haben.«

»Sonst?«

»Sonst spüren sie Schwäche, und sobald das geschieht, schlagen sie zu. Hat man irgendeine größere Institution hinter sich, die eine Zeitung oder eine Regierung sein kann, genießt man wenigstens einen gewissen Schutz. Andernfalls ist man immer verwundbar. Halten sie einen für gefährlich, zögern sie keine Sekunde, einen zu verhaften. Betrachten Sie das als Warnung von einem, der sich auskennt, Metcalfe.«

An diesem Tag war es bitterkalt, so kalt, dass Metcalfes Gesicht brannte. Wie er aus Bemerkungen einiger Moskauer erfuhr, war dies der kälteste Winter seit langem. In der Gorkistraße betrat er einen Torgsin-Laden, in dem es für Russen unerschwingliche Waren gegen *valuta*, harte Devisen, gab. Dort kaufte er sich eine *schapka*, eine russische Pelzmütze – nicht zur Tarnung, sondern als Schutz gegen die Kälte. Die Russen trugen diese Mützen mit Ohrenklappen aus guten Gründen: Nichts hielt den Kopf besser warm und schützte die Ohren besser vor der grimmigen Kälte des russischen Winters. Metcalfe erinnerte sich daran, wie bitterkalt es in Moskau werden konnte – so kalt, dass einem die Tinte im Tintenfass einfror, wenn man nachts das Fenster einen kleinen Spalt weit offen ließ. Bei seinem letzten Besuch hatte es selbst für privilegierte ausländische Gäste keinen Kühlschrank gegeben, sodass sein Bruder und er gezwungen gewesen waren, verderbliche Lebensmittel in Einkaufsnetzen vors Sprossenfenster zu hängen; Milch und Eier waren dort unweigerlich steinhart gefroren.

Er wurde beschattet, das merkte er sofort. Mindestens zwei der stämmigen NKWD-Agenten, die in der Hotelhalle herumgesessen hatten, folgten ihm mit einer Grobschlächtigkeit, einem Mangel an Finesse, der auf schlechte Ausbildung oder die Absicht schließen ließ, Metcalfe merken zu lassen, dass er beschattet wurde. Er tippte auf Letzteres. Dies war eine Warnung. Wäre er mit den Methoden der sowjetischen Geheimpolizei nicht so vertraut gewesen, hätte er sich vielleicht Sorgen gemacht und sich gefragt, ob sie ihn etwa verdächtigte, nicht nur geschäftlich in Moskau zu sein. Aber Metcalfe wusste, wie die hiesige Geheimpolizei arbeitete – oder er redete sich das zumindest ein. Sie überwachte *alle* Ausländer intensiv. Ihre Leute glichen Wachhunden, die potenzielle Eindringlinge anknurrten, sie davor warnten, Sperrzonen zu nahe zu kommen. Teams aus solchen Schlägern – denn sie waren reine Schlägertypen, Rowdys – beschatteten alle Ausländer, schüchterten sie ein und sorgten dafür, dass jeder ausländische Moskaubesucher den heißen Atem des sowjetischen Polizeistaats im Nacken spürte.

Trotzdem fand Metcalfe die Anwesenheit dieser NKWD-Bullen auf verrückte Weise beruhigend. Seltsamerweise bewies sie, dass der NKWD ihn nicht übermäßig verdächtigte. Sie bedeutete, dass die Geheimpolizei ihn nur für einen ganz gewöhnlichen Ausländer hielt. Hätte der NKWD ihn verdächtigt, etwas anderes zu sein – hätte er den *wahren* Grund seines Aufenthalts gekannt –, hätten die Führungsoffiziere kein Team aus mittelmäßigen Leuten auf ihn angesetzt. Dann wäre Metcalfe von weit geschickteren Agenten beschattet worden. Nein, diese Kerle waren gewöhnliche russische Wachhunde, die dafür sorgen sollten, dass er auf dem Pfad der Tugend blieb. Er fand sie beruhigend.

Gleichzeitig stellte ihre Anwesenheit Metcalfe jedoch vor ein Problem. Es gab Zeiten, in denen eine Beschattung keineswegs störend, sondern geradezu willkommen war – beispielsweise bei seinen Besuchen im Handelsministerium. Er *wollte,* dass der NKWD ihn bei seinen zur Tarnung geführten Verhandlungen beobachtete. Aber heute Morgen musste er diese Leute abschütteln, ohne den Eindruck zu erwecken, es absichtlich zu tun. Hängte er die Beschatter allzu geschickt ab, würden in der Lubjanka, der gefürchteten NKWD-Zentrale, alle möglichen Alarmglocken schrillen. Dort würden sie wissen, dass er sich nicht nur verdächtig benahm, sondern offenbar mehr als ein gewöhnlicher amerikanischer Geschäftsmann war. Sie würden erkennen, dass er ein Geheimdienstagent war.

Heute Vormittag würde er ein Tourist sein, nicht mehr als das. Ein Tourist, der die Sehenswürdigkeiten der sowjetischen Hauptstadt besichtigen wollte. Entsprechend musste er sich verhalten, was verschiedene Verhaltensmuster erforderte: keine jähen Ausweichmanöver, keine plötzlichen Bewegungen, trotzdem keine allzu exakt koordinierten Handlungsabläufe. Er durfte nicht allzu zielstrebig wirken, als sei er zu einem bestimmten Ort, zu einem Treff mit jemandem unterwegs. Nein, er würde sich mit einer plausiblen Willkürlichkeit bewegen und wie ein richtiger Tourist überall dort stehen bleiben müssen, wo ihm etwas ins Auge fiel.

Und trotzdem würde er seine Beschatter unterwegs irgendwie abhängen müssen.

An einem Stand auf dem Gehsteig verkaufte eine alte Frau irgendein rätselhaftes Erfrischungsgetränk. Ein Schild identifizierte es als *limonad,* was die russische Bezeichnung für jedes kohlensäurehaltige Getränk war. Russen, alle mit Pelzmützen, deren Ohrenklappen wie Eselsohren herabhingen, warteten in langer Schlange schafsgeduldig darauf, für ein paar Kopeken ihre Mischung aus Sodawasser und rotem Sirup aus dem gemeinsamen Glas trinken zu dürfen. Metcalfe blieb stehen, als sei er neugierig. Während er die in der Schlange Wartenden betrachtete, kontrollierte er die Position seiner Beschatter. Der eine war achtzig bis hundert Meter hinter ihm und kam mit schwerem Schritt näher; der andere tat so, als stehe er auf der Straßenseite gegenüber vor einer Telefonzelle an. Beide waren in Position.

Sie beobachteten ihn, achteten auf Abstand und ließen ihn so wissen, *dass* er überwacht wurde. Näher heranzukommen, wäre verdächtig gewesen; weiter wegzubleiben, wäre unpraktisch gewesen.

Metcalfe schlenderte im gemächlichen Tempo eines Touristen, der die Sehenswürdigkeiten einer fremden Großstadt bestaunt, weiter den breiten Boulevard entlang. Der Wind wehte stoßweise, heulte manchmal, brachte einzelne Schneeflocken und Eiskristalle mit sich. Metcalfes Stiefel – keine *walenki* aus Filz, sondern die polierten Lederstiefel eines reichen Amerikaners – knirschten auf dem Flugschnee. Kurze Zeit später sprach ihn ein einarmiger Zeitungsverkäufer an, ein alter Mann, der die Zeitungen *Trud, Iswestija* und *Prawda* verkaufte. In seiner einen Hand hielt er mehrere Exemplare eines kleinen roten Buchs, die er vor Metcalfe schwenkte. »Einen halben Rubel für dieses Liederbuch«, rief der zahnlose Alte fast verzweifelt. »Alle unsere größten sowjetischen Lieder!« Mit hoher, brüchiger Stimme sang er: »›Stalin, unser großer Vater, unsre Sonne, unser Sowjettraktor …‹

Metcalfe lächelte ihn freundlich an, schüttelte erst den Kopf und blieb dann stehen, weil er eine Idee hatte. Er sah eine Straßenbahn kommen: einen Zug der auch als *Balschaja-Krugoswetka* bekannten *Bukaschka*-Linie, die auf dem Gartenring verkehrte. Sie rollte langsam in den äußersten Bereich von Metcalfes Blickfeld. Einer der Beschatter gab vor, sich auf der Straßenseite gegenüber für die Auslage eines Schuhgeschäfts zu interessieren; tatsächlich beobachtete er jedoch Metcalfe in der spiegelnden Scheibe. Der zweite Mann befand sich auf Metcalfes Straßenseite und achtete darauf, reichlich Abstand zu halten. Im nächsten Augenblick würde er den Stand der alten

Limonadenverkäuferin erreichen, und wenn Metcalfe den richtigen Moment abpasste, würde der Beschatter ihn für kurze Zeit nicht sehen können. Er zog seine Geldbörse, während er auf den zahnlosen alten Zeitungsverkäufer zutrat. Der Beschatter hinter ihm würde sehen, dass Metcalfe stehen blieb, um ein Liederbuch zu kaufen, was mindestens eine halbe Minute dauern würde, weil der Alte natürlich versuchen würde, ihm auch eine Zeitung aufzuschwatzen. So konnte der NKWD-Mann sich einreden, er verpasse nichts, selbst wenn er den Amerikaner sekundenlang aus den Augen verlor.

Metcalfe drückte dem Alten einen Rubel in die Hand.

»Ah, wot, spassibo, baryn«, sagte der Zeitungsverkäufer in dem fast unterwürfig höflichen Tonfall, in dem einfache Leute früher mit hohen Herrschaften gesprochen hatten. Der Russe legte die Liederbücher auf seinen Verkaufsstand, um herausgeben zu können, aber Metcalfe wartete weder auf das Liederbuch noch auf sein Wechselgeld. Stattdessen war er mit einem Satz an dem Mann vorbei, erreichte den Randstein und sprang auf die vorbeifahrende Straßenbahn auf. Sein rechter Fuß landete auf dem Trittbrett des ersten der drei Wagen, und seine rechte Hand bekam einen Haltegriff zu fassen, an dem er sich hochzog. Zum Glück fuhr die Straßenbahn gerade nicht sehr schnell, sonst hätte Metcalfe sich beim Aufspringen verletzen können. Aus dem mittleren Wagenteil keifte eine Frauenstimme: vermutlich eine der *strelotschnitzy,* eine der älteren Frauen, die an den Rädern drehten, die mithalfen, die Straßenbahn in engen Kurven im Gleis zu halten.

Er warf den Kopf herum und überzeugte sich davon, dass seine Beschatter nicht mitbekommen hatte, dass er auf die Straßenbahn aufgesprungen war. Während der Zug die Straße entlangrumpelte, stellte Metcalfe fest, dass der Aufpasser vor dem Schaufenster des Schuhgeschäfts sich nicht von der Stelle gerührt hatte. Er hatte nichts bemerkt. Der zweite Mann kam eben um die Schlange vor dem Limonadenstand herum; auch sein ausdrucksloses Gesicht verriet, dass er nicht ahnte, was passiert war. Nach Überzeugung dieses NKWD-Agenten feilschte der Amerikaner noch immer mit dem einarmigen Zeitungsverkäufer. Nur der Alte hatte gesehen, dass er auf die Straßenbahn aufgesprungen war, aber bis einer der Beschatter ihn fragte, wo der Ausländer geblieben sei, war Metcalfe weit fort.

Metcalfe drängte sich durch den überfüllten Wagen nach vorn bis zum Fahrer und warf ein paar Kopeken in den Münzbehälter. Die Holzsitze waren alle besetzt – die meisten von Männern, wie ihm auffiel, während Frauen jeglichen Alters standen.

Er hatte es geschafft – natürlich nur vorläufig, aber er hatte die Bewacher abgehängt. Allein dadurch hatte er jedoch die Spielregeln verändert. Sobald sie merkten, dass er sie absichtlich versetzt hatte, würden sie ihn misstrauischer beobachten als zuvor. Sie würden ihre Überwachung verstärken, ihn als feindlich einstufen. So leicht würde er ihnen nie wieder entwischen.

*

Auf der Petrowkastraße, einer der großen Straßen im Stadtzentrum, stieg Metcalfe aus. Sie war von Villen gesäumt, in denen einst die reichsten Handelsherren Russlands gewohnt hatten, von Palästen, die jetzt Hotels waren, von Botschaften, Apartmenthäusern und Geschäften. Das dreistöckige Gebäude aus Kalkstein mit klassizistischer Fassade erkannte er sofort wieder. Dort wohnte Lana mit ihrem alten Vater Michail Iwanowitsch Baranow, einem jetzt beim Volkskommissariat für Verteidigung beschäftigten pensionierten General. Während seines Moskauaufenthalts vor sechs Jahren hatte er Lana mehrmals zu Hause besucht; er fand ihre Wohnung, ohne nach dem Weg fragen zu müssen.

Aber er blieb nicht vor dem Haus stehen. Stattdessen ging er daran vorbei, als sei er zum Hotel Aurora an der übernächsten Straßenecke unterwegs. Dabei kam er an mehreren Läden vorbei: einer Bäckerei und einer Fleischerei, in denen es wahrscheinlich nicht viel zu kaufen gab, und einem Geschäft für Damenmoden, in dessen Schaufenstern er die Passanten hinter sich beobachten konnte. Mit ihm waren einige Leute aus der Straßenbahn ausgestiegen – einige Frauen mittleren Alters, eine junge Mutter mit zwei Kleinkindern, ein alter Mann –, aber keiner von ihnen schlug Alarm. Als Metcalfe sich sicher war, dass er nicht beschattet wurde, machte er abrupt kehrt, hastete über die Straße und tat so, als studiere er ein Reiseplakat, das für Sotschi warb. Wegen dieses jähen Richtungswechsels hätte ein Beschatter seine Position verändern müssen. Aber davon war nichts zu sehen. Nun wusste er bestimmt, dass er keinen NKWD-Agenten zu Lanas Apartmentgebäude mitgebracht hatte. Metcalfe ging zur nächsten Kreuzung weiter, überquerte wieder die Straße und machte einen Rundgang um das Haus, in dem sie wohnte.

Im Bolschoitheater stand Lana wie alle Tänzerinnen, und natürlich vor allem die Primaballerina, unter Bewachung. Hier würde es jedoch viel leichter sein, zu ihr vorzudringen; zumindest war das Metcalfes Plan. Er sah zu den Fenstern im dritten Stock auf, von denen er wusste, dass sie zur Wohnung von Swetlanas Vater gehörten, und beobachtete einen Schatten.

Hinter hauchdünnen Stores zeichnete sich eine Silhouette ab, die er sofort erkannte, und ihm stockte der Atem.

Oben am Fenster stand eine schlanke junge Frau: eine Hand in die Hüfte gestemmt, mit der anderen in Richtung eines unsichtbaren Gesprächspartners gestikulierend.

Kein Zweifel – das war Lana.

Sogar als Silhouette war sie außergewöhnlich, atemberaubend schön. Er konnte es plötzlich nicht mehr ertragen, sich auf frostigen, windigen Moskauer Gehsteigen herumzutreiben, wenn Lana kaum fünfzig Meter von ihm entfernt war. Gestern Abend hatte sie ihn kalt lächelnd fortgeschickt, ihn mit einer Kombination aus Verachtung und – dessen war er sich sicher – Angst hinausgeworfen. Auch jetzt würde sie kaum weniger ängstlich davor zurückschrecken, ihn zu empfangen.

Aber woher kam ihre Angst? War sie nur eine Folge der in Russland weit verbreiteten Xenophobie, des hierzulande häufigen Wunsches, nicht in Gesellschaft kapitalistischer Besucher gesehen zu werden? Oder hing ihre Angst irgendwie mit ihrer neuesten Affäre mit Rudolf von Schüssler zusammen? War sie vor ihm gewarnt worden? Unabhängig davon, was Lana Angst machte, musste Metcalfe darauf eingehen, er musste mit ihr reden und sie wissen lassen, dass er ihr Motiv verstand. Er musste ihre Ängste zerstreuen, indem er ohne Scheu über sie sprach.

Mit der *Iswestija,* die er im Kiosk an der Ecke gekauft hatte, blieb er im übernächsten Hauseingang stehen und gab vor, die Zeitung zu überfliegen. So stand er einige Minuten da, während er insgeheim seine Umgebung beobachtete. Erst als der Gehsteig menschenleer war, ging er zu Lanas Haustür weiter. Im Gebäude – weil hier keine wichtigen Funktionäre wohnten, war der Eingang unbewacht – lief er die Treppe zum dritten Stock hinauf.

Wie alle Wohnungstüren in diesem und ähnlichen Apartmentgebäuden in Moskau war ihre Tür gepolstert und mit Leder bezogen. Die Polsterung hielt nicht nur Kälte ab, das wusste Metcalfe; sie verhinderte auch, dass an den Türen gehorcht wurde. Jedermann lebte in ständiger Angst davor, belauscht zu werden.

Er drückte auf den Klingelknopf und wartete. Sein Puls beschleunigte sich in einer merkwürdigen Kombination aus Besorgnis und Vorfreude. Nach ungefähr einer Minute hörte er hinter der Tür schwere Schritte näher kommen. Bestimmt nicht Lanas Schritte; vielleicht die ihres Vaters?

Die Tür wurde langsam geöffnet, und ein Gesicht erschien: das faltige, verwitterte Gesicht einer alten Frau, die aus winzig kleinen, wässrigen Augen, die fast ganz zwischen Runzeln verschwanden, misstrauisch zu ihm aufsah. Zu einem langen Rock trug sie einen groben Wollpullover mit feinem Spitzenkragen und darüber eine schwere Leinenschürze.

»Da? Schto wy chatitje?«, fragte die Alte: »Ja? Sie wünschen?«

Obwohl Metcalfe sie noch nie gesehen hatte, wusste er sofort, was sie war. Die Alte gehörte zum archaischen Typus der russischen *babuschka* – ein Wort, das »Großmutter« bedeutete, tatsächlich jedoch auf jede ältere Frau anwendbar war und unzählige Bedeutungen besaß. Die *babuschka* war der Mittelpunkt der russischen Großfamilie, die strenge, aber liebevolle, unermüdlich fleißige Matriarchin in einer Gesellschaft, deren Männer als Soldaten oder Trinker so häufig früh aus dem Leben schieden. Sie war Mutter und Großmutter, Köchin und Haushälterin und Drache in einem.

Aber dies war nicht *Lanas* Großmutter. Sie arbeitete hier vermutlich als Köchin und besorgte den Haushalt: ein seltenes Privileg, das bestimmte Mitglieder der sowjetischen Elite genossen.

»Guten Morgen, *babuschka«*, sagte Metcalfe freundlich auf Russisch. »Ich möchte zu Swetlana Michailowna.«

»Und Sie sind …?«, fragte die Alte mit finsterem Blick.

»Bitte sagen Sie ihr, dass … Stiwa da ist.«

Der permanent abweisende Gesichtsausdruck der *babuschka* verfinsterte sich noch mehr, als sie ihn mit zusammengekniffenen Augen betrachtete, die nun noch mehr in ihren Runzeln verschwanden. Sie schlug ihm abrupt die Tür vor der Nase zu. Metcalfe hörte, wie die schweren Schritte der Alten sich ins Innere der Wohnung entfernten, während ihre hohe, gedämpft klingende Stimme leiser wurde. Früher hatten Lana und ihr Vater keine Haushälterin gehabt, überlegte Metcalfe. Eine Köchin oder Haushälterin beschäftigen zu dürfen, war ein heutzutage seltenes Privileg, das wusste er. War es Lana gewährt worden, seit sie zur Primaballerina des Bolschoitheaters aufgestiegen war?

Eine Minute später ging die Wohnungstür wieder auf. »Sie ist nicht da«, sagte die Alte, deren Stimme jetzt schroff und verdrießlich klang.

»Ich *weiß*, dass sie da ist«, widersprach Metcalfe.

»Sie ist *nicht* da«, fauchte die *babuschka*.

»Gut, wann kommt sie wieder?«, fragte Metcalfe, weil er es für ratsam hielt, mitzuspielen.

»Sie kommt *nie* wieder. Nicht für Sie. Niemals! Lassen Sie sich *nie* wieder hier blicken!«

Und sie knallte die Tür zu.

Lana hatte nicht nur Angst; sie hatte schreckliche Angst. Sie hatte ihn nochmals abgewiesen, genau wie sie's gestern Abend getan hatte – aber *weshalb?* Dies war nicht die impulsive Reaktion einer verlassenen Geliebten, die sich zurückgewiesen, verschmäht fühlte. Nein, dahinter steckten komplexere Motive. Ihre Reaktion hing nicht nur mit der weit verbreiteten Angst vor Kontakten mit Ausländern zusammen. Damit ließ sich die Tatsache, dass sie ihn *jetzt* weggeschickt hatte, obwohl ihre Haushälterin gemeldet haben musste, dass er allein war, nicht erklären. Einfache Neugier hätte Lana dazu veranlassen müssen, ihn zu empfangen, um ihn zu fragen, was er wolle, weshalb er in Moskau sei, warum er darauf bestehe, sie zu sprechen. Er *kannte* Lana. Sie war schon immer unersättlich neugierig gewesen und hatte ihn endlos nach Einzelheiten des Lebens in Amerika und seiner Reisen in aller Welt ausgefragt. In dieser Beziehung war sie fast wie ein Kind, das unendlich viele Fragen hat. Nein, unter gewöhnlichen Umständen hätte sie nicht auf die Chance verzichtet, von ihm zu erfahren, weshalb er hier war und sie unbedingt sprechen wollte. Und er wusste auch, dass sie alles andere als nachtragend war; Zorn war bei ihr stets nur eine vorübergehende Gemütsbewegung, die rasch aufwallte und ebenso rasch wieder abklang. Dass sie ihn weiterhin nicht empfangen wollte, ließ sich nicht vernünftig begründen, und er fragte sich, was dahinter stecken mochte.

Metcalfe musste wieder an das finstere, runzlige Gesicht der Haushälterin denken. Wieso *gab* es jetzt eine Haushälterin, wenn Lana und ihr Vater früher keine gebraucht hatten? Sie lebten in einem Zweipersonenhaushalt, und Lana hatte immer für ihren verwitweten Vater gekocht.

War die *babuschka* tatsächlich eine Haushälterin? Oder war sie in Wirklichkeit eine Art *Wärterin,* eine Aufpasserin, eine Lana zugewiesene Bewacherin? War die Alte in Lanas Haushalt postiert worden, um sie zu überwachen und gefangen zu halten?

Aber das klang wenig wahrscheinlich, denn dazu war Lana einfach nicht wichtig genug. Sie war eine Tänzerin, sonst nichts. Für die Anwesenheit dieser Haushälterin musste es eine normale, plausible, rationale Erklärung geben: Die *babuschka* war lediglich eine Sondervergünstigung, die einer so prominenten Künstlerin von nationalem Rang zugestanden wurde. Das musste die Erklärung sein. Und was Lanas Weigerung anging, ihn zu empfangen? Neunzehnhundertvierzig war eine völlig andere Zeit als die frühen dreißiger Jahre. Die sowjetische Gesellschaft hatte die Periode der großen Säuberungen eben erst hinter sich; Angst und Verfolgungswahn waren weit verbreitet. Drängte sich da nicht die Vermutung auf, der NKWD wisse von Lanas damaliger Affäre mit Metcalfe und habe sie davor gewarnt, erneut Kontakt mit ihm aufzunehmen? Vielleicht steckte dahinter wirklich nicht mehr.

Er *hoffte,* dahinter stecke wirklich nicht mehr. Unterdessen begann sich nämlich eine andere Erklärung aufzudrängen, eine beunruhigende Theorie, an die Metcalfe lieber nicht denken wollte. War es vorstellbar, dass die sowjetischen Behörden *wussten,* weshalb er hier war – dass sie von seinem Geheimauftrag wussten? In diesem Fall war es nur logisch, dass Lana davor gewarnt worden war, mit ihm zu sprechen. Und wenn das der Fall war …

Darüber wollte er lieber nicht nachdenken. Wäre das der Fall gewesen, wäre er sofort nach seiner Ankunft in Moskau verhaftet worden. Nein, das konnte nicht sein.

Auf dem Weg die Treppe hinunter warf er einen Blick aus einem der schmalen Fenster und sah etwas, das ihn erstarren ließ. Auf dem Innenhof vor Lanas Haustür stand ein Mann, der eine Zigarette rauchte. Aus irgendeinem Grund kam er Metcalfe bekannt vor. Er hatte ein typisch russisches Gesicht: hohe Wangenknochen, scharf geschnittene Züge, sibirischer Augenschnitt; aber es war ein hartes, erbarmungsloses Gesicht. Sein Haar war eine dicke blonde Matte, die Augen waren blassgrau.

Wo hatte er diesen Mann schon einmal gesehen?

Dann fiel es ihm plötzlich ein: Metcalfe erinnerte sich, dass er diesen Mann vor dem Hotel Metropol gesehen hatte, wo er mit einem weiteren Mann gesprochen hatte – beide anscheinend so in ihre Unterhaltung vertieft, dass Metcalfe kaum auf sie geachtet hatte. Trotzdem hatte er sich ihre Gesichter rasch angesehen und gemerkt, wie er's oft tat. Keiner der beiden Männer hatte auf Metcalfe geachtet, deshalb hatte er nicht weiter über sie nachgedacht.

Aber dies *war derselbe Mann;* das wusste er bestimmt.

Wie war das möglich? Metcalfe war sich sicher, dass ihm niemand hierher gefolgt war. Die NKWD-Schläger aus der Hotelhalle hatte er abgehängt, auch das stand fest. Sofort nach dem Aussteigen aus der Straßenbahn hatte er sich die Leute angesehen, die mit ihm ausgestiegen waren, und beobachtet, wie alle ihrer Wege gingen. In der näheren Umgebung hatte niemand herumgelungert – das hätte er beschwören können!

Trotzdem war er sich ebenso sicher, dass der Blonde mit dem erbarmungslosen Gesicht mit dem Mann identisch war, den er, vor dem Metropol stehend, flüchtig wahrgenommen hatte.

Was bedeutete, dass der Unbekannte ihm *nicht* hierher gefolgt war. Und das war in der Tat beunruhigend. Metcalfe erinnerte sich an eine alte Weisheit, die Corky immer wieder predigte: *Schlimmer, als verfolgt zu werden, ist nur, nicht verfolgt zu werden – weil die andere Seite bereits weiß, wohin man unterwegs ist.*

Der Blonde war vom Metropol aus selbstständig hergekommen, als habe er *gewusst*, dass Metcalfe hier aufkreuzen würde. Woher? Metcalfe hatte Roger nicht erzählt, wohin er wollte, folglich konnte er in der Hotelhalle nicht belauscht worden sein.

Offenbar wusste der Blonde – oder sein Führungsoffizier – von Metcalfes Beziehung zu Lana. Im Gegensatz zu den untergeordneten Chargen aus der Hotelhalle musste dieser Agent seine Anweisungen von einem gut informierten Vorgesetzten erhalten, der Zugang zu Metcalfes Dossier hatte. Allein dadurch unterschied dieser Mann sich von gewöhnlichen NKWD-Leuten; er gehörte zu einer anderen Kategorie, zu einer *gefährlicheren* Kategorie.

Metcalfe stand im Treppenhaus und beobachtete den Blonden. Er stellte sich seitlich neben das Fenster, damit er nicht entdeckt werden konnte. Seine Gedanken wirbelten durcheinander. Der Agent hatte nicht gesehen, wie er das Haus betreten hatte, dessen war Metcalfe sich sicher. Stattdessen war er hier als Beobachter stationiert:

jemand, der wusste, wie die Zielperson aussah, wie sie gekleidet war. Deshalb hatte der Mann vor dem Hotel herumgelungert: Damit er heimlich einen Blick auf Metcalfe werfen und ihn später jederzeit wieder identifizieren konnte.

Er hat mich nicht hineingehen gesehen, erkannte Metcalfe. *Er weiß nicht, dass ich Lana besuchen wollte.*

Und er sollte es *nicht* erfahren, schwor Metcalfe sich. Er war entschlossen, Lana nach besten Kräften zu schützen.

Statt im Erdgeschoss in Richtung Haustür zu gehen, stieg er weiter die Treppe hinunter, um in den Keller zu gelangen. Dabei wurde der Rauchgeruch stärker: Wie die meisten Moskauer Gebäude wurde auch dieses Haus heutzutage nicht mit Kohle, sondern mit Holz beheizt, weil Kohle knapp war, während es Holz im Überfluss gab. Eine zerschrammte schwere Holztür führte in den düsteren Keller mit einem Boden aus festgestampfter Erde. Metcalfe blieb kurz stehen, bis seine Augen sich an die Dunkelheit gewöhnt hatten; dann schlängelte er sich zwischen aufgestapelten Holzscheiten und dem primitiven Heizkessel hindurch weiter.

An einer Stelle war der Kellerboden feucht und glitschig, und Metcalfe erkannte, dass hier für die Hausbewohner eine illegale Dusche eingerichtet worden war. Heiße Wannenbäder waren heutzutage gesetzlich verboten, zumindest für den weitaus größten Teil der Moskauer Einwohnerschaft; vielerorts kam kein heißes Wasser mehr aus der Leitung, sodass man nur baden konnte, wenn man Wasser auf dem Ofen erwärmte. Als Folge war in den Kellern vieler größerer Wohngebäude ein illegaler Dienstleistungssektor entstanden, und Moskauer zahlten exorbitante Summen, um sich dort unter einem dünnen Strahl heißen Wassers im Kreis drehen zu dürfen.

Das Brennholz musste irgendwie in den Keller hinuntergebracht werden, das war klar. Dafür musste es einen *sluschebny wchod,* einen Lieferanteneingang, geben. Als er sich umsah, entdeckte er schließlich etwas, das wie eine rudimentäre Kohlenrutsche aussah: eine kleine Betontreppe, die zu einer zweiflügligen Eisentür hinaufführte. Diese Tür war natürlich von innen verriegelt. Metcalfe schob den Riegel lautlos zurück, stemmte den rechten Türflügel hoch und stellte fest, dass die Tür auf die Gasse hinter dem Haus hinausführte. Ein rascher Blick in die Runde zeigte ihm, dass niemand in Sicht war. Der blonde Mann war bestimmt noch auf seinem Beobachtungsposten und wartete darauf, dass der Ausländer das Gebäude betrat oder verließ. Er würde seinen Posten auf keinen Fall verlassen, weil er damit riskiert hätte, die Zielperson zu verpassen.

Metcalfe kletterte aus der Luke, schloss lautlos den eisernen Türflügel und hastete die gepflasterte Gasse entlang davon. Wie er rasch erkannte, war dies jedoch mehr als eine Gasse; dies war ein *pereulok,* eine vor allem dem Lieferverkehr dienende Verbindung zwischen zwei großen Straßen. Alle Geschäfte, an denen er auf der Petrowkastraße vorbeigegangen war, hatten hier Lieferanteneingänge. Da solche Eingänge jedoch im Allgemeinen abgesperrt waren, versuchte er gar nicht erst, in einen der Läden zu gelangen. Er lief an den Hintereingängen der Bäckerei, der Fleischerei und des Geschäfts für Damenmoden vorbei, bis er die Rückseite des Hotels Aurora erreichte. Dort ging er langsamer, schlenderte scheinbar gemächlich weiter.

Er sah sich rasch um, stellte fest, dass ihm niemand gefolgt war, stieg zwischen Mülltonnen eine kleine Holztreppe zu einer Stahltür hinauf und schlug mit der Faust dagegen. Keine Reaktion. Er hämmerte erneut an die Tür, drückte dann die Klinke herab und merkte zu seiner Verblüffung, dass die Stahltür sich öffnen ließ.

Drinnen führte ein schwach beleuchteter Flur, auf dem es nach Zigarettenrauch stank, auf einen breiteren Korridor. Hinter einer zweiflügligen Schwingtür lag die riesige Hotelküche. Eine stämmige Frau mit karottenrotem Haar rührte etwas in einem großen Gusseisenkessel um; ein Mann mittleren Alters, der eine blaue Uniform trug, briet eine Art Schnitzel auf einem Grill. Beide starrten Metcalfe neugierig an, versuchten offenbar zu enträtseln, was ein gut gekleideter Ausländer hier zu suchen hatte, und wussten nicht recht, wie sie reagieren sollten.

»Oh, Entschuldigung«, sagte Metcalfe auf Englisch. »Ich muss mich verlaufen haben.«

»Nje panimaju«, sagte die Rothaarige mit einem Schulterzucken: Ich verstehe Sie nicht. Metcalfe lächelte höflich, aber verständnislos, zuckte ebenfalls mit den Schultern, durchquerte die Küche und betrat das menschenleere Hotelrestaurant. Von dort aus gelangte er in die schäbige Hotelhalle mit hoher Kassettendecke, abblätternder Wandfarbe und abgetretenen Orientteppichen auf dem Boden. Von den Wänden glotzten ausgestopfte Rentierköpfe, die auf Holztafeln montiert waren.

Hinter der Empfangstheke standen zwei diensteifrig aussehende Jünglinge. Beide nickten ihm zu, als er vorbeiging. Sie kannten ihn nicht, aber sie trauten sich nicht, etwas zu sagen: Er war ein gut gekleideter Ausländer, der aus dem Inneren des Hotels kam. Offenbar gehörte er hierher. Metcalfe nickte seinerseits knapp, aber höflich, als er zur Drehtür weiterging. Hier konnte er einfach im Fußgängerstrom untertauchen, während der blonde Aufpasser weiter vergebens vor Lanas Haus wartete.

Am Wartehäuschen der Straßenbahnhaltestelle vor dem Hotel lehnte eine vertraute Gestalt.

Der blonde Mann mit den blassgrauen Augen. Er rauchte mit zusammengekniffenen Augen, aber in entspannter Haltung, als warte er hier auf jemanden.

Metcalfe drehte den Kopf weg und gab vor, in eine andere Richtung zu sehen. *Mein Gott,* dachte er, *der Kerl ist gut.* Wer er auch sein mochte, woher er auch kommen mochte – er war ein ganz anderes Kaliber als die gewöhnlichen NKWD-Männer. Er war ein erstklassiger Agent.

Weshalb?

Was hatte es zu bedeuten, dass ein so guter Mann auf ihn angesetzt worden war? Es konnte bedeuten, dass ... Es konnte alles Mögliche bedeuten. Eine Tatsache schälte sich jedoch immer deutlicher heraus: Aus unerfindlichen Gründen hielten die sowjetischen Sicherheitsbehörden Metcalfe für jemanden, der besonders genau überwacht werden musste. Einen so erstklassigen Agenten hätten sie niemals auf jemanden angesetzt, den sie nur für einen gewöhnlichen ausländischen Geschäftsmann hielten.

Metcalfe spürte, dass sich trotz der Kälte auf seiner Stirn Schweißperlen bildeten, während sein Körper Adrenalin ausschüttete. *Bin ich enttarnt?*, fragte er sich.

Wissen sie, mit welchem Auftrag ich hier bin?

Die einzig mögliche Lösung war, den Agenten zu »verbrennen«, ihn wertlos zu machen. Der Mann war viel zu gut, gefährlich gut. Aber sowie ein Agent von der Zielperson identifiziert worden war, konnte er nicht mehr zu ihrer Überwachung eingesetzt werden; er musste aus dem Außendienst abgezogen werden.

Metcalfe setzte ein freundliches, jedoch unbedarftes Gesicht auf, als er zu dem hölzernen Wartehäuschen hinüberschlenderte und sich unterwegs zurechtlegte, was er plappern würde: *Entschuldigung, aber könnten Sie mir vielleicht weiterhelfen? Ich habe mich wohl verlaufen …*

Als er um das Holzhäuschen bog, blieb er verblüfft stehen und fühlte sein Herz jagen. Jesus, dieser Kerl war gut!

Er war verschwunden.

Kapitel Vierzehn

Die amerikanische Botschaft in Moskau lag in der Mochowajastraße neben dem Hotel National, gegenüber dem Manegeplatz und dem Kreml. Die Büros waren kahl und heruntergekommen, aber die Kontrollen waren scharf. Eine Ironie des Schicksals, dachte Metcalfe grimmig lächelnd, als er seinen Reisepass vorwies, um eingelassen zu werden: Russen und Amerikaner waren gleichermaßen daran beteiligt, die amerikanische Botschaft zu bewachen und zu schützen. Vor dem Botschaftsgebäude waren U.S. Marines und NKWD-Agenten aufgezogen. Die Marineinfanteristen waren da, um die Russen fern zu halten; die NKWD-Leute waren ebenfalls da, um sie fern zu halten – sie sollten dafür sorgen, dass keine Russen versuchten, mit Gewalt in die Botschaft einzudringen, um überzulaufen.

Amos Hilliard, der Mann, den er hier sprechen wollte, arbeitete in einem winzigen, karg möblierten Büro ohne die geringste persönliche Note. Er war Dritter Sekretär der Botschaft und Konsul: ein kleiner bebrillter Mann mit beginnender Glatze, blassem Teint und so weichen Händen, dass man den Eindruck hatte, der Mann könnte verbluten, wenn er sich an einer scharfen Papierkante schnitt.

Das weiche Fleisch dieses Mannes tarnte jedoch einen inneren Kern aus Stahl. Hilliard sprach so offen, dass es geradezu ätzend freimütig war. Metcalfe verstand rasch, weshalb Corcoran, der so wenigen Menschen traute, Vertrauen zu Hilliard hatte – diesem unverblümt offenen Bauernjungen aus Iowa, der sein gesamtes Berufsleben im diplomatischen Dienst verbracht hatte. Amos Hilliard war ein Russlandexperte, nach dessen Überzeugung es keinen Russlandexperten gab. »Wissen Sie, was ein Russlandexperte ist?«, fragte Hilliard Metcalfe verächtlich schnaubend nach einigen Minuten. »Jemand, der zwanzig Jahre lang in Russland gelebt hat – oder zwei Wochen. Und ich passe in keine dieser Kategorien. Teufel, hierzulande gibt's keine *Experten*. Nur unterschiedliche Grade von Unwissenheit.«

Hilliard war mehr als nur einer der wenigen Beamten des Außenministeriums, zu dem Corky Vertrauen hatte: Er war insgeheim auch einer von Corcorans Agenten. Dass Corky zuließ, dass zwei seiner Agenten sich trafen, war höchst ungewöhnlich, denn es verstieß gegen sein geheiligtes Prinzip der strikten Abschottung. »In diesem Fall bleibt mir keine andere Wahl«, hatte Corky in Paris zu Metcalfe gesagt. »Ich habe ernste Zweifel an der Vertrauenswürdigkeit des restlichen Botschaftspersonals in Moskau. Hilliard gehört zu den sehr wenigen Leuten, denen Sie trauen können. Falls«, hatte er eisig hinzugefügt, »man überhaupt jemandem trauen kann, was eine sehr zweifelhafte Hypothese ist.«

»Nicht einmal Ihnen?«, hatte Metcalfe schalkhaft grinsend gefragt.

Corcoran hatte Metcalfes leicht dahingesagte Bemerkung jedoch nicht als Scherz aufgefasst: »Ist das nicht unweigerlich der Punkt, an dem wir erstmals irregehen – weil wir zu großes Vertrauen zu uns selbst haben?« Im

Blick des Alten lag ein Tadel, ein wiederholter Vorwurf, der nicht ausgesprochen zu werden brauchte: *Hüten Sie sich vor Selbstüberschätzung, Stephen – vielleicht sind Sie doch nicht so gut, wie Sie meinen.*

»Willkommen im Tal der Seligen«, sagte Hilliard, während er sich eine Camel anzündete. »Unser ... gemeinsamer Freund muss eine hohe Meinung von Ihnen haben.«

Metcalfe zuckte mit den Schultern.

»Offenbar traut er Ihnen vorbehaltlos.«

»Und Ihnen. Jedenfalls kommt's selten vor, dass die Bahnen zweier seiner Trabanten sich kreuzen dürfen.«

Hilliard schüttelte den Kopf, als wolle er ihn freibekommen, dann lächelte er. »Fragt man unseren *Freund*, wie das Wetter ist, lässt er sich mit der Antwort Zeit, weil er erst überlegt, ob Sie das wissen müssen.«

»Moskau ist offenbar ein Sonderfall.«

»Richtig. Allein dadurch, dass Sie dieses Gebäude betreten haben, ist Ihr Name etwa einem Dutzend meiner Kollegen bekannt geworden. Natürlich sind Sie ein amerikanischer Geschäftsmann auf Moskaubesuch, sonst nichts, aber Sie besuchen mich, was einige Leute mit hochgezogenen Augenbrauen quittieren dürften.«

»Warum das?«

»Nicht so, wie Sie vielleicht denken. Ich bin nur ein Diplomat, der seine Arbeit tut, sich unauffällig verhält, aber ich gehöre keiner der verschiedenen Fraktionen an, die alle ihre eigenen Ziele verfolgen, und bin deshalb automatisch suspekt. Ich muss Sie davor warnen – obwohl ich sicher weiß, dass diese Warnung in Ihrem Fall unnötig ist, aber sehen Sie mir das nach –, mit sonst jemandem in diesem Gebäude zu reden. Niemand ist vertrauenswürdig. Dies ist das reinste Rattennest.«

»Duale Loyalitäten?«

»Dual?«, fragte Hilliard spöttisch. »Wie in *zwei*? Da müssen Sie schon weiter zählen, mein Freund. Die hiesige Botschaft erinnert mich an Ankara oder Istanbul in den dreißiger Jahren, so wimmelt's hier von Agenten mit unterschiedlichen Zielsetzungen und Loyalitäten. Sie hat Ähnlichkeit mit dem, was man sieht, wenn man einen verrottenden Baumstamm hochhebt – Dutzende und Aberdutzende unbekannter seltsamer Wesen, die nun hektisch durcheinander rennen. Wofür ich unsere eigene Regierung verantwortlich mache: Roosevelts Weißes Haus, das seinerseits von Verwerfungen durchzogen ist. Der Präsident und seine Berater ändern ständig ihre Haltung zu Russland, sie können sich nicht auf eine einheitliche Linie festlegen und haben deshalb uns, die wir an der Front stehen, völlig widersprüchliche Signale gegeben.«

»Sie gehören doch nicht etwa zu denen, die Mr Roosevelt für eine Art Roten halten?«, fragte Metcalfe zweifelnd.

»Jetzt nicht mehr. Aber er hat Moskau seit seinem Amtsantritt jahrelang durch eine rosarote Brille gesehen – das steht außer Frage. Eine seiner ersten Amtshandlungen sollte etwas sein, das noch kein US-Präsident getan hatte, seit die Bolschies den Zaren gestürzt haben: die sowjetische Regierung formell anerkennen. Was er umgehend getan hat. Und sein wichtigster Berater, sein treuer Ratgeber Harry Hopkins … der macht uns so genannte ›Russlandexperten‹ im diplomatischen Dienst immer schlecht, weil wir den guten alten Onkel Joe Stalin zu kritisch beurteilen. ›Warum seht ihr Leute nicht auch die *guten* Seiten dieser Kerle?‹, fragt er immer. Ich meine, um Himmels willen, sehen Sie sich doch den letzten Botschafter an, den Roosevelt hier rübergeschickt hat!«

Metcalfe nickte. Dieser Botschafter war dafür berüchtigt gewesen, dass er vor Stalin gekatzbuckelt und seine blutigen Säuberungen verteidigt hatte. »Was wollen Sie damit sagen? Dass manche Ihrer Kollegen den Russen gegenüber zu nachsichtig und selbst ein bisschen rot angehaucht sind? Oder dass es dem Kreml gelungen ist, hier richtige Spione einzuschleusen?«

Hilliards Miene zeigte, dass ihm unbehaglich zumute war. Er fuhr sich mit einer molligen Hand nervös über den Haarflaum auf seiner beginnenden Glatze. »Es gibt einen Unterschied zwischen einem Spion und einem Agenten, der verdeckt Einfluss ausüben will. Ich spreche hier von Männern, die doppelte Buchführung praktizieren. Die glauben, während sie offiziell für uns arbeiten, könnten sie ihren Freunden am Roten Platz weiterhin Gefälligkeiten erweisen – ihnen Tipps geben, mit ihnen telefonieren und sogar versuchen, die amerikanische Außenpolitik von innen zu beeinflussen, um sie, sagen wir mal, Moskau gegenüber aufgeschlossener zu machen.«

»Sie können sie nennen, wie Sie wollen«, sagte Metcalfe, »aber *ich* nenne sie Verräter.«

Hilliard zuckte müde mit den Schultern. »Ich wollte, die Sache wäre so einfach. Männer dieser Art neigen dazu, sich vom Verhalten der Führungsspitze beeinflussen zu lassen. Und wenn Harry Hopkins und FDR sich bemühen, die amerikanisch-sowjetischen Beziehungen als Bollwerk gegen die Nazis auszubauen – was sie *getan* haben, bis Stalin sich vor zwei Monaten mit Hitler zusammengetan hat –, dann ist es für sie auf abstruse Weise vernünftig, ihren Freunden beim NKWD oder im Kreml Informationen zukommen zu lassen, stimmt's? Schließlich nützen sie nur der gemeinsamen Sache. Auf freiberuflicher Basis. Die gefährlichsten Verräter sind die, die aus Liebe handeln – sie halten sich immer für die *wahren* Patrioten.« Hilliard warf ihm einen durchdringenden Blick zu.

Was zum Teufel will er damit sagen?, fragte Metcalfe sich. »Sie schildern eine Botschaft der Vereinigten Staaten, in der Sie nicht einmal den *eigenen Kollegen* trauen können? In der Sie nicht wissen, wer vielleicht für Stalin arbeitet?«

»Wie ich schon gesagt habe, ist das nur eine der hiesigen Fraktionen. Nur eines der Elemente. Es ist noch nicht lange her, dass Roosevelt allmählich eingestanden hat, dass Onkel Joe Stalin vielleicht doch kein netter Kerl sein könnte. Er fängt an, nüchterne Tatsachen über die Bolschies zu akzeptieren.« Hilliard senkte die Stimme. »Sehen Sie sich den neuesten Schwachkopf an, den er als Botschafter hergeschickt hat. Ein großer Wahlkampfspender, ein flotter New Yorker Anwalt, der keine Ahnung von Russland hat und Moskau noch mehr hasst als wir anderen. Verabscheut die Sowjets, ohne wirklich etwas über sie zu wissen. Nichts ist schlimmer als Fanatismus, der allein auf Unwissenheit basiert. Und er hat seine Claque: die hiesigen Russlandhasser, lauter Kerle, die solche Heidenangst vor dem Virus des Bolschewismus haben, dass sie tun, was sie nur können, um unsere Beziehungen zum Kreml zu sabotieren. Sie sind gern bereit, Berlin auf jede nur mögliche Weise zu unterstützen. Sie sehen im Nationalsozialismus die einzige Hoffnung, die Ausbreitung des Kommunismus über die ganze Welt aufzuhalten.«

»Sie sprechen ernsthaft von Leuten, die für *Hitler* arbeiten?«

»Indem sie doppelte Buchführung praktizieren, ja. Oder Schlimmeres. Das Problem ist nur, dass man's einfach nicht *weiß!* Dies ist die reinste Schlangengrube.«

»Ja, ich verstehe.«

»Aber das ist nicht der Grund für Ihren Besuch. Lese ich meine verschlüsselten Mitteilungen richtig, dann erwarten Sie konkrete Informationen von mir. Sie wollen erfahren, was wir über die deutsch-sowjetische Allianz wissen – ob sie *real* ist. Oder ob dahinter auf einer Seite vielleicht nur taktische Erwägungen stehen.«

»Das ist der Teil, der mich am meisten interessiert.«

»Und genau darauf kann Ihnen niemand eine Antwort geben. Das ist das Rätsel der Sphinx. Das wüssten wir alle nur zu gern. Aber warum *Sie* das wissen wollen, macht mich neugierig.«

»Und dabei müssen wir's bewenden lassen.«

»Abschottung«, sagte Hilliard mit einem Nicken. »Segmentierung. Nun, ich will Ihnen etwas erzählen. Über eineinhalb Jahre lang habe ich Washington in Depeschen davor gewarnt, dass Stalin und Hitler einen Nichtangriffspakt schließen werden, und wissen Sie, welche Reaktion das ausgelöst hat? Völligen und entschiedenen Unglauben. Leugnen. ›Nö, dazu kommt's nie‹, haben diese Idioten immer wieder geantwortet. Eine marxistische Regierung würde niemals ein Abkommen mit ihrem ideologischen Todfeind schließen. Washington war anscheinend nicht imstande, die einfache Tatsache zu begreifen, dass es Stalin nur um den Erhalt des sowjetischen Systems geht. Mit Ideologie hat das nichts zu tun. Hier geht's um Selbsterhaltung.«

»Sie haben *gewusst,* dass sie ein Abkommen schließen würden?«

»Ich hatte Quellen.«

»Im Kreml?«

Hilliard schüttelte den Kopf und lächelte geheimnisvoll. »Dass Berlin und Moskau im Gespräch waren, war allgemein bekannt, aber nicht einmal die *Sowjets* wussten, dass es tatsächlich zu einer Einigung kommen würde. Woher *wir* das wissen? Ich will Ihnen eine Geschichte erzählen. Als der deutsche Außenminister Joachim von Ribbentrop nach Moskau kam, um den Nichtangriffspakt im Beisein Stalins zu unterzeichnen, hatten die Russen nicht einmal Hakenkreuzflaggen, die zum Empfang der deutschen Delegation auf dem Flughafen wehen sollten. Sie haben überall gesucht, konnten aber keine finden. Kein Wunder, nachdem sie die vergangenen sechs Jahre damit verbracht hatten, die Nazis zu verunglimpfen. Schließlich haben sie in einem Moskauer Filmatelier ein paar Fahnen aufgetrieben, die dort für einen nazifeindlichen Propagandafilm gebraucht wurden – der dann natürlich im Archiv verschwand.«

»Aber Sie haben's gewusst«, fasste Metcalfe nach. »Sie haben gewusst, dass der Pakt vorbereitet wurde.« *Das bedeutet, dass Amos Hilliard einen Informanten in der deutschen Botschaft haben muss,* sagte er sich.

»Das Geheimnis des beschränkten Erfolgs, den ich hier in Moskau gehabt habe«, sagte der Diplomat, »liegt darin, dass ich imstande bin, wie Stalin zu denken. Keine angenehme Beschäftigung, das gebe ich zu. Aber er ist ein überragend pragmatischer Mann. Ich bin ihm persönlich begegnet; ich habe Gelegenheit gehabt, den Mann einzuschätzen. Er ist skrupellos, aber ein skrupelloser

Pragmatiker. Ich weiß, wie er denkt. Er sieht, dass Frankreich besiegt ist, dass die Engländer den Kontinent fluchtartig geräumt haben. Er sieht, dass London in Europa keinen Verbündeten hat – keinen einzigen! Und Stalin weiß, dass er keine andere Karte mehr ausspielen kann. Er weiß, dass man sich immer mit dem starken Mann arrangiert, nicht mit dem Schwächling. Er tut alles, was nötig ist, um die deutschen Panzer von den Grenzen der Sowjetunion fern zu halten.«

»Umso besser, wenn der Führer halb Polen, das Baltikum und Bessarabien dreingibt.«

»Genau. Und Hitler vermeidet dadurch einen Zweifrontenkrieg, der sein Ende bedeuten würde. Für ihn wäre es reiner Wahnsinn, Russland anzugreifen, bevor England besiegt ist. Das würde seine Streitkräfte, seine Ressourcen so überfordern, dass er garantiert unterliegen würde. Und was man Hitler auch nachsagen kann, dumm ist er jedenfalls nicht. Womit wir wieder beim Rätsel der Sphinx, dem großen Unabwägbaren sind. Ist dieses Bündnis zwischen Hitler und Stalin real? Nun, das will ich Ihnen sagen. Ja, es ist verdammt real. Es ist real wie Kriegsführung. Es ist real wie Eigennutz.«

Metcalfe nickte leicht verwirrt. Ihm war gerade eine Idee gekommen; er hatte etwas im Hinterkopf, das noch nicht ganz durchdacht war … »Aber wenn dieses Bündnis real ist, sind wir alle erledigt«, sagte er. »Eine Waffenbrüderschaft zwischen den beiden großen Mächten auf dem europäischen Kontinent, die über gewaltige Armeen und Millionen von Soldaten verfügen? Hitler und Stalin könnten sich einfach die Kriegsbeute teilen, Europa untereinander aufteilen und die politische Landkarte neu zeichnen, ohne dass wir sie daran hindern könnten!«

»Jetzt verstehe ich, weshalb unser gemeinsamer Freund Ihnen vertraut. Sie sind ein strategischer Denker.«

»Stalin hat die Verhandlungen mit Ribbentrop persönlich geführt, stimmt's?«

Hilliard nickte.

»Das hätte er nicht getan, wenn er nicht wirklich an einem funktionierenden Abkommen interessiert gewesen wäre.«

»Und nach der Vertragsunterzeichnung hat Onkel Joe einen Trinkspruch auf Hitler ausgebracht. Hat ihn einen *maladjetz* genannt.«

»Einen Prachtkerl.«

»Sie sprechen Russisch.«

»Nur ein bisschen«, log Metcalfe. »Eben genug, um durchzukommen.«

»Und jetzt kaufen die Sowjets für Millionen von Mark Turbinen, Maschinen zum Bau von Geschützen, Drehbänke und Flak-Geschütze von den Deutschen. Das ist allgemein bekannt. Glauben Sie, dass Deutschland den Russen dieses Material verkaufen würde, wenn es sie nicht als Bündnispartner betrachten würde? Ich glaub's nicht. Wir sitzen in der Klemme, Metcalfe. Glauben Sie, dass Roosevelt es gleichzeitig mit der Sowjetunion *und* Hitler-Deutschland aufnehmen will?«

»Wir können nur hoffen, dass es zu einem Streit zwischen Dieben kommt.«

»Sie pfeifen im Dunkeln, Metcalfe. Sie träumen! Die beiden Diktatoren wissen genau, wie viel mächtiger sie als Verbündete sind – dass sie gemeinsam die Welt unter sich aufteilen können. Und von meinen hiesigen englischen Freunden höre ich, dass es im Kabinett Churchill prominente Minister gibt – allerdings nicht Churchill selbst –, die für einen auf die Sowjetunion zielenden Separatfrieden mit Deutschland plädieren.«

Metcalfe biss sich auf die Unterlippe und dachte einen Augenblick nach. »Wie gut kennen Sie das Personal der hiesigen deutschen Botschaft?«

Hilliard wirkte plötzlich zurückhaltend. »Ziemlich gut. Was möchten Sie denn wissen?«

»In der deutschen Botschaft gibt's einen Zweiten Sekretär, einen gewissen Rudolf von Schüssler.«

Der Diplomat nickte. »Bestenfalls Mittelmaß. Aristokrat, stammt aus einer alten Familie von Staatsdienern und verdankt allein dieser Tatsache seinen Job im Auswärtigen Amt. Eine Null. Was wollen Sie über ihn wissen?«

»Können Sie beurteilen, wo er politisch wirklich steht?«

»Ah«, sagte Hilliard verständnisvoll nickend. »In der hiesigen deutschen Botschaft gibt's tatsächlich Leute, die – sagen wir mal – nichts von den Nazis halten. Loyale deutsche Patrioten, die Deutschland lieben, aber die Nazis hassen, und tun, was sie können, um Hitler zu schaden. Angehörige einer im Untergrund operierenden Widerstandsbewegung gegen die Nazis. Aber Rudolf von Schüssler? Eher nicht. Er weiß, wo sein Vorteil liegt. Ich glaube nicht, dass der Mann eine Ideologie *besitzt*. Er tut, was von oben angeordnet wird. Meines Wissens – und ich bin ihm schon oft begegnet; in dieser Beziehung ist Moskau eine Kleinstadt – sieht er sich in einer traurigen, von Selbsttäuschung geprägten Illusion als Erbe des großen preußischen Adels. Er sehnt sich nach Ruhm, ganz ohne Zweifel. Aber er ist nicht tapfer. Er ist ein schwacher, eitler Mann. Von Schüssler tut, was ihm befohlen wird. Er will sich nur mit seinen Orden auf seinen Landsitz zurückziehen. Und seine Memoiren schreiben, wie ich höre. Jesus!«

»Ja, ich verstehe«, sagte Metcalfe. Er vertraute auf Hilliards Urteil. *Ein schwacher, eitler Mann.* Kein Held, nicht jemand, der etwas Tapferes tun oder im Untergrund den Widerstand gegen die Nazis unterstützen würde. Anscheinend nicht jemand, den man umdrehen konnte. Natürlich war dies nur die Einschätzung eines einzigen Mannes, aber wenn Hilliard Recht hatte, war Rudolf von Schüssler kein aussichtsreicher Kandidat für das, was Corky wollte. *Er ist nicht tapfer.* Das war kein Porträt eines möglichen Doppelagenten. Trotzdem hatte Corcoran ihn hergeschickt, damit er den Deutschen als potenziellen Agenten unter die Lupe nahm. Wie hatte Corky sich so irren können? Er hatte in Moskau einen erstklassigen Informanten – Amos Hilliard –, der ihm hätte sagen können, diese Mühe könne er sich sparen. Das verstand Metcalfe nicht.

»Hören Sie, ich weiß nicht, was Sie vorhaben, aber falls Sie den Mann persönlich kennen lernen wollen ... Wie ich höre, werden er und seine russische Ballerina-Freundin heute Abend draußen in der Datscha sein.«

Seine russische Ballerina-Freundin, dachte Metcalfe. *Lana!*

»Die Datscha ist das Zentrum des gesellschaftlichen Lebens in der diplomatischen Enklave. Ja, hier im Tal der Seligen besteht unser Leben aus einer einzigen gottverdammten Abfolge von Vergnügungen.«

»Also gut, ich komme«, sagte Metcalfe und stand ebenfalls auf, als Hilliard sich erhob. Der Diplomat kam hinter seinem Schreibtisch hervor. Metcalfe streckte ihm die

Hand hin und war überrascht, als der kleine Mann ihn stattdessen umarmte. Den Grund dafür verstand er jedoch sofort, als Amos Hilliard ihm ins Ohr flüsterte: »Nehmen Sie sich in Acht, verstanden? Tun Sie sich – und mir – einen Gefallen, Metcalfe. Kommen Sie nie wieder hierher.«

Kapitel Fünfzehn

Den Schlüssel zu seinem Hotelzimmer holte Metcalfe sich bei der *deschurnaja,* der älteren Frau, die auf seiner Etage an einem Schreibtisch saß und alles Kommen und Gehen überwachte. Wie in jedem sowjetischen Hotel bekam man im Metropol seinen Schlüssel bei der Deschurnaja – meist eine alte Frau wie diese, die den ganzen Tag an ihrem Platz saß – und gab ihn dort auch wieder ab. Nachts döste sie nur, wobei ihr Kopf auf einem Kissen auf dem Schreibtisch ruhte. Dieses archaische System bezweckte angeblich, dass die Hotelgäste sich sicher fühlen sollten, weil Zimmerschlüssel nur an befugte Personen ausgegeben wurden, aber in Wirklichkeit sollten die Gäste natürlich aus Sicherheitsgründen scharf überwacht werden. In Moskau drehte sich alles um Sicherheit – um die Sicherheit des Sowjetstaats.

Als er die Tür aufschloss, war sein erster Gedanke, das Zimmermädchen sei noch nicht da gewesen, um sein Zimmer zu putzen und aufzuräumen. Was am späten Nachmittag merkwürdig war.

Sobald seine Augen sich ans Halbdunkel gewöhnt hatten, war sein zweiter Gedanke – und das war eine Erkenntnis, die ihn wie ein Schlag in den Magen traf –, dass sein Zimmer durchsucht worden war. Theoretisch hätte das keine Überraschung sein sollen; schließlich wusste er, dass die Russen die Zimmer ausländischer Gäste gewohnheitsmäßig durchsuchten. Aber es war offensichtlich *demonstrativ* durchwühlt worden. Die Spuren der Durchsuchung sollten deutlich zu sehen sein.

Das Zimmer war völlig auf den Kopf gestellt worden. Sein Koffer, den er morgens beim Weggehen abgesperrt hatte, stand offen, die Schlösser waren aufgebrochen, der in Paris hastig gepackte Inhalt war über Bett und Fußboden verstreut. Völliges Chaos, *Wahnsinn!*

Seine Anzüge, die er sorgfältig in den Kleiderschrank gehängt hatte, waren nicht nur auf den Fußboden geworfen worden; sie waren auch aufgeschlitzt, als habe jemand nach Geheimtaschen gesucht. Alle Ledergürtel waren ebenso aufgetrennt wie die Sohlen seiner Schuhe. Selbst das Innenfutter seines Koffers war aufgeschlitzt worden. Man hatte sich keine Mühe gegeben, sein Zimmer unauffällig zu durchsuchen, sondern es mit einer Aggressivität durchwühlt, die ihn schockierte.

Er hastete durchs Zimmer, hob den anderen Hermès-Koffer hoch und inspizierte die Messingbeschläge. Darin versteckt waren wichtige Teile des miniaturisierten Funkgeräts, das bei Bedarf zusammengesetzt werden konnte. Soviel er sehen konnte, schienen die Teile noch vorhanden zu sein – vor allem der wichtige Kristall, ohne den das Gerät nicht funktioniert hätte. Zum Glück waren diese Teile nicht entdeckt worden; sie waren zu gut versteckt gewesen. Natürlich waren dies nur die kleinsten Bauteile; das Funkgerät, zu dem sie gehörten, hatte Roger Martin irgendwo in der Umgebung der Datscha der amerikanischen Botschaft in den Tannenwäldern außerhalb Moskaus versteckt.

Dann erinnerte er sich an die kompakte, leicht zu verbergende Webley-Pistole in der Gürtelschließe, die er sorgfältig zwischen den Sprungfedern des Bettgestells aufgehängt hatte. Er ließ sich auf die Knie nieder, sah unters Bett und stellte fest, dass die Kreuzgurte, deren Nägel er herausgezogen hatte, um die Pistole verstecken zu können, und danach wieder eingeschlagen hatte, zerschnitten herabhingen.

Auch die Pistole war weg.

Er ließ sich in den Sessel fallen, spürte sein Herz jagen. Weshalb hatten sie sein Zimmer durchsucht, es so offensichtlich, so *gewalttätig* durchwühlt? Was hatte das zu *bedeuten*? Sie – die sowjetischen Sicherheitsdienste, vermutete er, obwohl er nicht wusste, welcher – schienen ihn zu warnen, ihm in ihrer unmissverständlichen Art mitzuteilen, dass sie ihn verdächtigten. Sie zogen einen Strich im Sand, forderten ihn auf, diese Linie nicht zu überschreiten, sich in Acht zu nehmen, sich ständig bewusst zu sein, dass sie ihn im Visier hatten.

Aber eine Warnung dieser Art erforderte eine Genehmigung, die innerhalb der Sicherheitsdienste von ganz oben oder ziemlich weit oben kommen musste. Das entnervte ihn am meisten. Aus irgendeinem Grund war er in eine spezielle Kategorie eingeordnet worden. Bestimmte Führungskreise hatten zumindest den sehr starken Verdacht, dass er nicht nur als Geschäftsmann hergekommen war. Ließ das auf eine *undichte Stelle* schließen?

Er musste Verbindung mit Corky aufnehmen, musste ihm das melden. Normalerweise hätte er sich erst mit ihm in Verbindung gesetzt, wenn eine Entscheidung notwendig wurde, die auf Corkys Ebene getroffen werden musste – aus Sicherheitsgründen mussten Agenten so lange wie irgend möglich von der Befehlszentrale isoliert bleiben. Aber die Art dieses Überfalls – das war der richtige Ausdruck dafür – deutete auf eine mögliche Sicherheitslücke hin, und davon musste Corky sofort erfahren. Heute Abend würde Metcalfe zu der amerikanischen Datscha außerhalb von Moskau fahren. Sobald er sich unbeobachtet entfernen konnte, würde er in den Wald hinausschlendern und den von Roger für ihn hinterlassenen Markierungen folgen. Er würde das Funkgerät finden, den Kristall und die übrigen Teile einbauen und versuchen, Verbindung mit Corky aufzunehmen.

Aber dazu musste er die Datscha erreichen, ohne beschattet zu werden. Das war eine Herausforderung. Die gewöhnlichen NKWD-Agenten aus der Hotelhalle würden ihm folgen, was ihm keine großen Sorgen machte. Folgen würde ihm jedoch auch der Blonde mit den blassgrauen Augen, wer immer er war. Außer Amos Hilliard wusste niemand, dass er zur heutigen Party kommen wollte, und Hilliard würde höchstens den Botschafter darüber informieren. Wusste der NKWD andererseits, dass Lana dort hinfahren wollte – und sicher war bekannt, dass er mit Lana in ihrer Garderobe im Bolschoitheater zusammengetroffen war –, konnten die Beschatter sich ausrechnen, dass er bestimmt versuchen würde, eine Einladung zu bekommen. Trotzdem musste er Vorsichtsmaßnahmen treffen und zumindest falsche Spuren legen, um die Zahl der auf ihn angesetzten Beschatter zu verringern.

Er begann einen Plan auszuarbeiten, während er Katzenwäsche machte und sich rasierte. Dann wurde angeklopft. Metcalfe trocknete sich das Gesicht mit dem rauen Hotelhandtuch ab, ging zur Tür und öffnete sie.

Auf dem Korridor stand Ted Bishop, der britische Journalist, der noch schäbiger aussah als sonst. Seine Krawatte hing schief, das Hemd war ihm aus der Hose gerutscht, sein Gesicht war stark gerötet. Mit einer Hand umklammerte er eine Flasche Scotch.

»Die verdammte *deschurnaja* wollte mir Ihre beschissene Zimmernummer nicht sagen, bis ich behauptet habe, Ihr Bruder zu sein! Stellen Sie sich das mal vor! Ein großer, gut aussehender Amerikaner wie Sie und ein rundlicher englischer Troll wie ich sollen Brüder sein!« Er sprach leicht undeutlich, hatte offenbar einen Schwips. »Sie muss uns für Adoptivbrüder halten, die ... *verdammt*!«

Bishop starrte das Chaos in Metcalfes Zimmer an. »Heutzutage kriegt man einfach kein anständiges Personal mehr, was? Ich meine, ich weiß, dass die Zimmermädchen im Metropol unter dem Durchschnitt sind, aber du lieber Gott!«

Metcalfe zog ihn herein, schloss die Tür wieder. »Werden heutzutage alle Zimmer von Ausländern durchsucht?«, fragte er. »Sogar von Geschäftsleuten, die zu Vertragsverhandlungen hier sind? Kein Wunder, dass der russisch-amerikanische Handel praktisch zum Erliegen gekommen ist.«

»*Sie* waren das?«, rief Bishop aus. Er schlingerte durchs Zimmer und ließ sich in den einzigen Sessel fallen. »Gottverdammt! Eine schöne Scheiße! Haben sie Ihren Pass mitgenommen?«

»Nein«, sagte Metcalfe. »Den haben sie am Empfang einbehalten.«

»Vermutlich, damit sie in Ruhe studieren können, wie er sich fälschen lässt – allzu viele amerikanische Pässe bekommen sie heutzutage nicht mehr zu sehen. Was haben Sie gemacht – ein paar Kakerlaken abgeschüttelt, die Ihnen gefolgt sind?«

Metcalfe nickte.

»Das mögen sie nicht. Das macht sie fuchsteufelswild. Sie wollen immer gern wissen, wo ihre ausländischen Gäste sich aufhalten. Haben Sie ein Glas hier, ein Wasserglas oder zwei?« Er schwenkte die Flasche Scotch, die er am Hals gepackt hielt.

»Klar«, sagte Metcalfe. Er nahm das staubige Glas von der Kommode und gab es dem Journalisten.

»Haben Sie noch eines?«

»Tut mir Leid, mehr haben sie mir nicht gegeben.«

Bishop ließ mehrere Fingerbreit Scotch aus der Flasche gluckern. »Dann haben Sie Glück.« Er setzte das Glas an und nahm einen großen Schluck. »Das hier ist nicht mal echter Scotch, sondern gottverdammter Wodka. Sie kippen irgendeinen beschissenen Karamellfarbstoff rein und kassieren dafür schöne harte Devisen von uns. Füllen das Gesöff in alte Johnnie-Walker-Flaschen ab. Kein Wunder, dass die Verschlussbanderole fehlt.«

»Danke, ich möchte nichts«, sagte Metcalfe überflüssigerweise, denn Bishop machte nicht wirklich Anstalten, ihm einen Schluck anzubieten.

»Gottverdammter brauner Wodka«, sagte Bishop. »Den sie einfach Scotch nennen. Muss einem so was nicht das Herz brechen? Das ist eine Metapher für das ganze beschissene Regime, würde ich sagen, wenn ich auf schwule Sachen wie Metaphern stünde. Gehen Sie heute Abend irgendwohin aus? Haben Sie schon was vor?«

»Ich treffe mich mit Freunden.«

»*Aha!*« Bishop musterte ihn über den Rand des Glases hinweg. »Mit Geschäftsfreunden, möchte ich wetten.«

»So was in der Art.«

»Verkaufen Sie ihnen den Strick?«

»Entschuldigung?«

»Den Strick. Ob Sie den Russen den Strick verkaufen. Haben Sie das noch nie gehört?«

»Leider nein.«

Bishop fixierte ihn mit glänzenden, blutunterlaufenen Augen. »Das hat Lenin selbst gesagt. ›Die Kapitalisten werden uns den Strick verkaufen, an dem wir sie aufhängen werden.‹«

Vorsicht, dachte Metcalfe plötzlich. Der englische Journalist war ein Trinker, aber unter dem alkoholisierten Dunst lauerte tiefer und nachhaltiger Hass auf das sowjetische Regime. Er erinnerte sich an Hilliards Worte: *... die hiesigen Russlandhasser ... gern bereit, Berlin auf jede nur mögliche Weise zu unterstützen ... Sie sehen im Nationalsozialismus die einzige Hoffnung, die Ausbreitung des Kommunismus über die ganze Welt aufzuhalten ...* Gehörte auch Ted Bishop zu diesen »Russlandhassern«? Der Journalist war seit Jahren in Moskau etabliert, was bedeutete, dass er über gute Quellen verfügte – aber war das vielleicht ein Geschäft auf Gegenseitigkeit? *Lieferte* er den besten Quellen seinerseits Informationen? Quellen, die nicht unbedingt sowjetischen Regierungskreisen angehören mussten, sondern unter hier stationierten Diplomaten zu finden sein konnten?

In Moskau schien jedermann eigene verdeckte Absichten zu verfolgen. Ein undurchschaubares Labyrinth. Was hatte der britische Premierminister letztes Jahr gesagt? »Was Russland tun wird, kann ich Ihnen nicht vorhersagen. Das ist ein Rätsel, das innerhalb eines Enigmas in ein Mysterium gewickelt ist.« Noch verwirrender, noch geheimnisvoller war, was Hilliard das »Rattennest« der hiesigen Russlandbeobachter genannt hatte. *Nehmen Sie sich in Acht,* hatte Hilliard ihn gewarnt.

Bishop verfiel wild gestikulierend in einen Redeschwall. »Sie und Ihre Kollegen aus der Geschäftswelt behaupten immer, sie wollten nur ein paar Dollar verdienen, aber Sie tragen in Wirklichkeit doch dazu bei, die sowjetische Kriegsmaschinerie aufzurüsten! Scheiße, die amerikanische Firma Douglas Aircraft baut Flugzeuge für die Russkis, und wenn euch nicht klar ist, dass diese Vögel eines Tages London bombardieren werden, bin ich der Erzbischof von Canterbury. Die amerikanische Firma United Engineering and Foundry errichtet außerhalb von Moskau das Aluminiumwerk Stupino – das weltweit modernste Werk dieser Art, moderner als alles, was ihr in Amerika habt –, damit diese Bomber gebaut werden können. Ihr lasst zu, dass General Electric den Commies Turbinen und schlüsselfertige Kraftwerke liefert; ihr stellt ihnen Stahlwerke und Hochöfen und gottverdammte Walzwerke hin, die größer sind als alles, was ihr Yankees in Gary, Indiana, habt; ihr lasst ... ah, ich weiß nicht mal, wovon ich rede, Metcalfe. Hören Sie sich das bloß an!«

Während Bishop wirres Zeug redete, ging Metcalfe durchs Zimmer, hob seine Kleidungsstücke auf und legte die beiseite, die nicht aufgeschlitzt waren. Wollte er heute Abend zu der Party in der Datscha der amerikanischen Botschaft, würde er sich beeilen müssen. Zuvor musste er jedoch den beschwipsten Engländer loswerden.

Bishop trank einen weiteren großen Schluck von dem »braunen Wodka«. Er senkte die Stimme, flüsterte aber laut wie auf der Bühne. »Das dürfte ich Ihnen eigentlich gar nicht erzählen, Metcalfe, aber ich hab's aus *erstklassiger* Quelle, von der Sekretärin eines Kerls, der in der ›Clearingstelle‹ arbeitet ...«

»Der was?« Metcalfe war plötzlich hellwach.

»So nenne ich sie immer – die ›Clearingstelle‹ …«, fuhr Bishop fort. »Jedenfalls weiß ich von ihr, dass Stalins Außenminister Molotow morgen nach Berlin fährt. Er reist morgen früh mit einer Riesendelegation vom weißrussischen Bahnhof ab.«

»Tatsächlich«, sagte Metcalfe ausdruckslos. Stimmte diese Mitteilung, war das eine wichtige Nachricht. Entsandte Stalin seinen Außenminister nach Berlin, bedeutete das, dass er seine Beziehungen zu den Nazis festigen wollte …

»Die Briten haben die Sowjets die ganze Zeit heimlich umworben«, fuhr Bishop fort, während er sich nachschenkte, »und wenn sie das erfahren, werden sie *stinksauer* sein. London hat bisher behauptet, die Russen hätten vielleicht einen Fetzen *Papier* mit den Krauts unterschrieben, aber insgeheim hassen sie die Kerle, stimmt's? Scheiße! Klingt das etwa neutral, Met …«

»Ist das aus zuverlässiger Quelle?«

Bishop hob unsicher einen Finger und stieß damit in die Luft, als wolle er Metcalfe antippen. »Kommt aus erstklassiger Quelle.« Er ließ plötzlich den Finger sinken, sackte zusammen und sah sorgenvoll zu Metcalfe auf. »Verderben Sie mir bloß meinen Exklusivbericht nicht!«

»Keine Sorge, Ted.«

»Sorgen und ich sind als Zwillinge geboren, wie irgendwer mal gesagt hat«, trompetete Bishop unbekümmert. Leiser fügte er hinzu: »Sie sind kein Spion, nicht wahr? Sich als *Geschäftsmann* auszugeben, ist die klassische Tarnung, wissen Sie.«

Metcalfe erstarrte. Er setzte ein Lächeln auf und überlegte, wie dieser Verdacht sich scherzhaft leugnen ließ, als der Engländer laut wiehernd zu lachen begann. Im nächsten Augenblick wurde daraus ein Keuchen und Würgen, und Bishop sprang auf, verschwand im Bad und knallte die Tür hinter sich zu. Metcalfe konnte hören, wie er sich übergab und zwischendurch laut stöhnte.

»Alles in Ordnung dort drinnen?«, rief Metcalfe, aber Bishops einzige Antwort bestand aus einem Ächzen, dem weitere Würgelaute folgten. Metcalfe schüttelte den Kopf und zog sich rasch um. Unabhängig von Ted Bishops ungeklärten Loyalitäten war der Brite jetzt schlicht und einfach betrunken, was ihn weniger gefährlich als lästig machte. Einige Minuten später wurde die WC-Spülung betätigt, dann lief lange Wasser, und schließlich tauchte Bishop verlegen grinsend aus dem Bad auf.

»Äh, Metcalfe«, sagte er, »würden Sie mir wohl Ihre Zahncreme und Rasierseife vermachen, wenn Sie aus Moskau abreisen? Toilettenartikel sind hier verdammt schwer zu kriegen, wissen Sie.«

*

Roger Martin war noch immer nicht ins Metropol zurückgekommen. Metcalfe stand vor der Aufgabe, die Datscha der amerikanischen Botschaft unbeobachtet zu erreichen, doch er konnte sich nicht dazu durchringen, einfach einen Wagen mit Fahrer bei Intourist zu bestellen, und noch viel weniger dazu, ein Taxi zu nehmen, selbst wenn eines aufzutreiben gewesen wäre. Einer der beiden Hotelangestellten am Empfang, der freundlicher wirkende der beiden jungen Männer, lächelte Metcalfe zu, als er an die Rezeption trat.

»Ich brauche eine Fahrgelegenheit«, sagte Metcalfe. Er sprach Russisch, aber stockend und absichtlich mit schaurigem Akzent. Sprach man die Landessprache fließend, war man verdächtig, das wusste er. Deshalb spielte er lieber den unbedarften Touristen.

»Eine ... Fahrgelegenheit?«

»Ein Auto.«

»Ich kann bei Intourist anrufen«, sagte der junge Mann und wollte nach dem Telefonhörer greifen.

»Nein«, wehrte Metcalfe grinsend ab. »Nichts Offizielles. Ich ... nun, das bleibt unter uns, ja? Diese Sache ist *privat*, verstehen Sie?«

Der Angestellte hob langsam den Kopf, kniff die Augen zusammen und setzte ein wissendes Lächeln auf. «Privat«, wiederholte er.

Metcalfe sprach noch leiser. »Es geht um eine Frau, verstehen Sie? Ein schönes Mädchen. *Otschi tschornije«*, fügte er hinzu. *Schwarze Augen*: das alte russische Volkslied. »Sie ist Fremdenführerin bei Intourist, und ich weiß, dass sie befürchtet, ihr Chef könnte davon erfahren ... verstehen Sie?«

Der Russe verstand. »Sie möchten auf die Dienste von Intourist verzichten«, sagte er nickend. »Aber das ist äußerst schwierig, Sir. Intourist ist unsere staatliche Organisation für alle ausländischen Touristen.« Er zuckte hilflos mit den Schultern. »Moskau ist nicht wie London oder New York, Sir. Für Ausländer ist Intourist das einzige amtliche Transportunternehmen.«

»Ja, ich weiß«, sagte Metcalfe. Er schob unauffällig einen dicken Packen Rubelscheine, der unter einem Bogen Hotelbriefpapier ungenügend versteckt war, über die Theke. »Eine schwierige Situation, das ist mir klar. Aber wenn Ihnen etwas einfiele – eine *inoffizielle* Fahrgelegenheit zu meiner schönen Freundin –, würde ich mich gern ... äh ... großzügig erkenntlich zeigen.«

»Ah, ja, Sir«, sagte der Angestellte mit plötzlicher Begeisterung. »Die Liebe findet immer einen Weg.« Er verschwand im rückwärtigen Büro, aus dem er nach einigen Minuten wieder auftauchte. Er sprach leise und mit gesenktem Kopf, damit sein Kollege, der am anderen Ende der Theke mit einer bulgarischen Reisegruppe beschäftigt war, nichts mitbekam. »Sicheres lässt sich schwer sagen, Sir, aber es gibt vielleicht eine Möglichkeit.« Er schob die Unterlippe vor. »Die würde mir allerdings einige Umstände machen.«

Metcalfe nickte. Er schüttelte dem jungen Mann die Hand, wobei er ihm einen weiteren, noch dickeren Packen Geldscheine zusteckte. »Ich bin Ihnen für alles dankbar, was Sie für mich tun können.«

»Ah, ja, Sir. Vielleicht kann ich Ihnen behilflich sein. Wenn Sie bitte mitkommen wollen ...?«

Der junge Russe kam hinter dem Empfang hervor, durchquerte, von Metcalfe begleitet, rasch die Hotelhalle und trat auf die Straße hinaus. Wenige Minuten später hielt er armschwenkend einen riesigen, verbeulten Kastenwagen an, dessen Flanken mit dem Wort MOLOKO – Milch – beschriftet waren. Der Hotelangestellte lief um die Motorhaube herum und sprach hastig mit dem Fahrer. Dann kam er zu Metcalfe zurück. »Dieser Gentleman sagt mir, dass Benzin Mangelware ist, wissen Sie, und sehr teuer.«

Metcalfe nickte nur und steckte ihm einen weiteren Packen Rubel zu. Der Russe hastete wieder zu dem Fahrer, übergab ihm das Geld und kam dann zurück. »Wenn Sie bitte mitkommen wollen, Sir«, sagte er, führte Metcalfe nach hinten und öffnete mit einiger Mühe die Hecktür des Kastenwagens. Metcalfe kletterte hinein. Bis auf einige Holzträger mit Milchflaschen, zwischen denen eigenartigerweise eine Kiste stinkender Zwiebeln stand, war die Ladefläche des Kastenwagens leer. Sobald die Hecktür geschlossen war, wonach im Wageninneren fast völlige Dunkelheit herrschte, hörte er eine barsche Stimme, die aus der schmalen Öffnung zwischen Fahrerhaus und Kastenaufbau drang. »Wohin willst du?«, erkundigte der Fahrer sich.

Metcalfe gab ihm rasch Anweisungen. Er sprach absichtlich nicht von der Datscha der amerikanischen Botschaft, sondern beschrieb stattdessen ihre Lage. Ein Blick durch den schmalen Schlitz zeigte ihm die zerschlissene wattierte Jacke des Fahrers, der eine Pelzmütze trug. »Lass bloß die Finger von meinen Zwiebeln«, sagte der Fahrer, als er den ersten Gang einlegte. Der Lastwagen fuhr ruckend an. »Zehn Rubel das Kilo, und ich hab noch Glück gehabt, dass ich sie gekriegt habe. Meine Frau wird sich freuen, das kannst du mir glauben.« Während der Fahrer in ermüdendem Singsang weiterschwatzte, gewöhnten Metcalfes Augen sich an die Dunkelheit, und er bemerkte in der linken Hälfte der Hecktür ein kleines schmutziges Fenster, durch das er beobachten konnte, ob der Lastwagen etwa verfolgt wurde.

Sie wurden nicht beschattet. Der Fahrer folgte der weit ausholenden Route, die Metcalfe ihm beschrieben hatte, und schwatzte dabei unaufhörlich weiter. Metcalfe ließ von Zeit zu Zeit ein Grunzen hören, um zu zeigen, dass er noch zuhörte. Als der Kastenwagen endlich Nemtschinowka erreichte und von der Moschaisk-Chaussee auf die schmale Waldstraße abbog, die zur Botschaftsdatscha führte, war Metcalfe sich sicher, dass ihnen niemand gefolgt war. Er hatte es geschafft, unentdeckt herzukommen. Endlich ein Sieg, auch wenn es nur ein kleiner war. Er gestattete sich einen Augenblick flüchtigen Stolzes, der Befriedigung über seine Leistung, über die Tatsche, dass er die Situation unter Kontrolle hatte.

»Halt, du kannst mich hier absetzen!«, rief Metcalfe nach vorn. Der Fahrer schaltete krachend herunter, und der Lastwagen wurde langsamer und kam ruckelnd zum Stehen. Metcalfe stieß die Hecktür auf und sprang von der Ladefläche. Draußen war es finster; um diese Jahreszeit wurde es in Moskau früh dunkel. Der einzige Lichtschein kam aus der ungefähr hundert Meter entfernten Datscha. Metcalfe konnte leise Grammofonklänge, Lachen, lebhafte Unterhaltung hören. Er fragte sich, ob Lana und ihr deutscher Geliebter schon da waren.

Metcalfe zog einen weiteren Packen Geldscheine aus der Tasche und schlenderte nach vorn, um ihn dem Fahrer hinaufzureichen. Plötzlich fuhr der Lastwagen mit laut aufheulendem Motor in einer Wolke aus Eis und Schnee an. Warum hatte der Fahrer es so eilig, von hier zu verschwinden, dass er nicht einmal auf den Rest der vereinbarten Entlohnung warten wollte? Metcalfe starrte verblüfft nach vorn. In letzter Sekunde, bevor der Kastenwagen auf der unbefestigten Straße davonraste, erhaschte er im Außenspiegel einen kurzen Blick – seinen ersten überhaupt – auf den Fahrer. Mit hämmerndem Puls blickte er in das Gesicht des Mannes, der bisher mit Pelzmütze und wattierter Jacke getarnt gewesen war. Dieses Mannes, der ihn vom Hotel Metropol bis vor die Botschaftsdatscha gefahren hatte.

Er war der Mann, dem Metcalfe unbedingt aus dem Weg hatte gehen wollen. Der Blonde mit den blassgrauen Augen.

Kapitel Sechzehn

Der Schaden war angerichtet: Sein Versuch, heimlich hierher zu gelangen, musste noch belastender wirken, als es jede offene Ankunft gewesen wäre. Niemand hätte etwas dabei gefunden, wenn der Mitinhaber von Metcalfe Industries, der zufällig in Moskau war, zu einer Party der Botschaft seines Landes kam. Das war im Gegenteil zu erwarten gewesen. Aber seine Ausweichmanöver mussten den Eindruck erwecken, er habe etwas zu verbergen. Das war nicht gut. Das würde zweifellos Folgen haben, die weit über die Beschädigung seines Eigentums im Hotelzimmer hinausgingen. Folgen, die er später würde tragen müssen.

Die von der amerikanischen Botschaft gemietete Datscha war ein bescheidenes einstöckiges, aus Holz erbautes Landhaus, das auf einem Hügel mit Blick über ein bewaldetes Tal südwestlich von Moskau stand. Hier lag das Zentrum des gesellschaftlichen Lebens der Moskauer Diplomatenkolonie; hier trafen sich Botschafter, Botschaftsräte, Attachés und ihre Mitarbeiter, um Klatsch auszutauschen, sich gegenseitig zu informieren, und stets waren sie erpicht darauf, einander unauffällig auszuhorchen. Hier kamen die wichtigsten Vertreter Amerikas, Englands, Italiens, Griechenlands, der Türkei und Serbiens das ganze Jahr über in zwanglosem Rahmen zusammen. Unter Diplomaten wurde hier mehr besprochen als auf sämtlichen offiziellen Empfängen, das wusste Metcalfe; die Intimität und Zwanglosigkeit der Datscha förderten müßiges Gerede, das letztlich so vertrauensbildend war, dass handfeste Informationen ausgetauscht werden konnten. Hier ritten die Amerikaner oft mit den Deutschen aus – auf Pferden, die den Amerikanern und Engländern gemeinsam gehörten. Manchmal machten die Diplomaten lange Spaziergänge in den Wäldern. Diesen gesellschaftlichen Anlässen mit Drinks auf der Veranda oder beim Dinner, den Tennispartien hinter dem Haus oder dem Eislauf, wenn die Plätze in den langen Wintermonaten unter Wasser gesetzt waren, haftete etwas reizvoll Illegales an. Aber hinter der Fassade aus Gesellschaftsklatsch ging es hier in Wirklichkeit um Politik. Das war die wahre *valuta*, die in der amerikanischen Datscha getauscht wurde. Hier drehte sich alles nur um Politik.

Metcalfe betrat den Hauptraum im Erdgeschoss, in dem eine buntscheckige Kollektion von Gästen vor dem lodernden Kaminfeuer versammelt war. Einige davon erkannte er auf den ersten Blick: den englischen Botschafter Sir Stafford Cripps; den griechischen Botschafter, der nach links tendierte, aber clever war; Graf von der Schulenburg, ein hoch gewachsener, grauhaariger, distinguiert wirkender Aristokrat, der wegen seiner langen Dienstzeit in Moskau der Doyen des hiesigen diplomatischen Corps war. Andere kamen ihm lediglich bekannt vor. Er sah Amos Hilliard, der seinen Blick kurz erwiderte und als Zeichen des Wiedererkennens kaum merklich die Augen aufriss, bevor er sich abwandte. Das Grammofon in einer Ecke des Raums, ein altes Victrola mit Aufziehkurbel und dekorativem Schalltrichter, spielte »How High the Moon«.

Er stellte sich einer in der Nähe des Eingangs stehenden Dame vor – der Gattin des amerikanischen Botschafters, wie sich herausstellte.

»Ungeladener Gast?«, wiederholte sie. *»Sie?* Unsinn, Sie sind Charlie Metcalfes Junge, nicht wahr? Wissen Sie, Ihr Vater und ich …« Und sie begann über eine schon Jahrzehnte zurückliegende Romanze im New Yorker Union League Club zu plappern. Das erlebte Metcalfe oft, wenn er mit älteren Leuten der gehobenen Gesellschaft zusammentraf. Der Name Metcalfe war nicht nur sehr bekannt, sondern hatte selbst in ersten Kreisen einen besonderen Klang, denn Metcalfes Vater war nicht nur reich, sondern auf eine Art, die seine Söhne nie interessiert hatte, auch ein Salonlöwe gewesen. Stephen hatte sich schon oft gefragt, ob er den Beruf eines Spions für sein Land – eine Tätigkeit, die Verstellung und Schauspielerei und die Annahme einer falschen Identität erforderte – als Reaktion auf den Talmiglanz des gesellschaftlichen Lebens seines Vaters gewählt hatte.

Nachdem Madam Ambassador ihm den Mantel abgenommen und das aufgeschlitzte Futter – eine Folge der Durchsuchung seines Hotelzimmers durch NKWD-Leute – neugierig betrachtet hatte, hielt sie jetzt seine Hände umklammert und begann, die Partygäste – in leisem, vertraulichem Tonfall plappernd – zu identifizieren: »Dieser kleine Mann dort drüben ist der italienische Botschafter Augusto Rosso mit seiner amerikanischen Gattin Frances. Eigentlich dürfen wir ihn *nicht* mögen, aber wir tun's, wir tun's *wirklich,* er ist ein richtig netter Kerl, er fährt uns mit seinem offenen Wagen in Moskau spazieren, er *liebt* es, nächtelang Poker zu spielen, und er hat den *niedlichsten* Spaniel, den man sich vorstellen kann, Pumpkin heißt er.

Ah, und dort haben wir ein Trio, das sich besonders gut versteht: die Gesandten der Türkei, Griechenlands und Serbiens; sie treffen sich jeden Morgen zum Kaffee in Stafford Cripps' Salon; sie veranstalten dort einen regelrechten Kaffeeklatsch. Und der rumänische Typ dort drüben ... Das dürfte ich Ihnen eigentlich gar nicht erzählen, aber er ist wegen eines Trippers in Behandlung, und ich kann Ihnen sagen, dass Moskau *nicht* der richtige Ort für die Behandlung von Geschlechtskrankheiten ist; er muss alle vierzehn Tage nach Stockholm fliegen. Nun, Stephen, hoffentlich sind Sie darauf vorbereitet, über Politik zu reden, denn das ist hier das *einzige* Gesprächsthema, schrecklich *langweilig*, hoffentlich können Sie's ertragen ...«

Metcalfe ließ sich einen Drink – einen echten Scotch – von ihr geben und entschuldigte sich dann mit der Bemerkung, er könne sie unmöglich noch länger in Beschlag nehmen. Die Nachricht von seinem Eintreffen hatte rasch die Runde gemacht. Selbst unter den hier versammelten wichtigen und prominenten Leuten war Metcalfe eine Berühmtheit, wenn auch minderen Grades: Er war zumindest eine Kuriosität, ein Geschäftsmann, der in irgendwelchen Familienangelegenheiten in Moskau war, ein vorzeigbarer junger Mann aus einer prominenten Familie. Er stellte frisches Blut oder vielleicht auch Frischfleisch dar, das in ein Gehege mit heißhungrigen Löwen geworfen wurde; jeder wollte mit ihm reden, sich den neuesten Klatsch aus den Vereinigten Staaten erzählen lassen und ihn seinen Töchtern oder Schwestern vorstellen.

Der Alkohol floss in Strömen, auch zu essen gab es reichlich: Kaviar, Schwarzbrot und Butter, geräucherten Stör. Die Gästeschar vibrierte in einer Art nervösem

Glanz, in hohlem Luxus. Inmitten der in ganz Russland herrschenden Not genossen die Eingeladenen von allem das Beste. Metcalfe war hier fremd, aber er wusste, wie er seine Rolle zu spielen hatte. Spätestens als junger Erwachsener war er auf genügend Partys dieser Art gewesen, um ein Meister der geistreichen Erwiderung, der hochgezogenen Augenbrauen, der indirekten Anspielungen auf Groton und Exeter, Princeton und Yale, auf Partys in Grosse Point, Watch Hill und Bar Harbor zu sein.

Genau wie die Gattin des Botschafters ihn gewarnt hatte, wurde um ihn herum nur von Politik geredet. Alles drehte sich um den Krieg und ob die Vereinigten Staaten in ihn eintreten würden. Im Mittelpunkt der meisten Gespräche schien Deutschland zu stehen. Über die Neuigkeit, die Ted Bishop ihm anvertraut hatte – dass der sowjetische Außenminister Molotow nach Berlin reisen würde –, wurde auf der Party am eifrigsten spekuliert. Was bedeutet das, fragten die Diplomaten sich. Steht Russland davor, an der Seite der Deutschen in den Krieg gegen England einzutreten? Das wäre ein Albtraum gewesen.

Metcalfe bekam einzelne Gesprächsfetzen mit.

»Aber von Ribbentrop hat einen Nichtangriffspakt über zehn Jahre unterzeichnet!«, sagte ein amerikanischer Attaché zu einem Engländer.

»Glauben Sie wirklich, dass die Deutschen vorhaben, sich daran zu halten? Das kann doch nicht Ihr Ernst sein.«

»Sie *müssen* sich daran halten. Die Deutschen können keinen Zweifrontenkrieg führen!«

»Jeder Vertrag, den Hitler unterschreibt, ist nicht mehr als ein Fetzen Papier, das dürfen Sie nie vergessen. Außerdem ist der Mann ein Kommunistenhasser!«

»Hitler ist kein Idiot. Er würde Russland nie angreifen. Das wäre Wahnsinn – damit wäre sein Ende besiegelt. Seine Leute müssen wissen, wie stark Russland ist. Die Rote Armee hat ...«

»Die Rote Armee? Aber das ist der springende Punkt! Stalin hat in den letzten Jahren neunzig Prozent seines Generalstabes erschießen lassen, und das *weiß* Hitler natürlich!«

Metcalfe plauderte kurz mit dem amerikanischen Botschafter, der ihm eine Anekdote erzählte, die – offenbar durch häufige Wiederholung – ziemlich eingeübt klang. Sie handelte davon, dass eine Toilette im Spaso House, seiner Residenz, defekt geworden war und sie niemanden bekommen konnten, der sie reparierte. Schließlich hatte der Botschafter seine Sekretärin bei Andreij Wischinski, dem stellvertretenden Volkskommissar für Auswärtiges, anrufen und ihm ausrichten lassen, wenn die Toilette nicht innerhalb einer Stunde repariert werde, komme der Botschafter ins Kommissariat hinüber, um Wischinskis Toilette zu benützen.

Der Botschafter machte Metcalfe mit Amos Hilliard bekannt. »Sie sollten mal zum Lunch in die Botschaft kommen«, sagte der Botschafter.

»Yeah«, grummelte Hilliard, als der Botschafter weitergegangen war. »Mit Kondensmilch verfeinerte Tomatensuppe aus der Dose, als Nachtisch Büchsenananas. So viele Konserven, wie Sie aushalten können.« Er senkte die Stimme. »Hmmm, mal sehen, das deutsche Kontingent ist fast vollzählig da. Die Deutschen versäumen keine Party in der Datscha. Das dort drüben sind General Köstring, ihr Militärattaché, und Hans-Heinrich Herwath von Bittenfeld, den alle Johnny nennen – ein sehr nützlicher Informant und kein Anhänger der Nazis, aber das muss *entre nous* bleiben. Und daneben …«

Aber Metcalfe hörte längst nicht mehr zu. Auf der anderen Seite des Raums hatte er Lana entdeckt, die sich bei einem großen, dicklichen Mann mit Doppelkinn untergehakt hatte.

Sie trug ein weißes Cocktailkleid mit goldenen Applikationen, und zwischen ihrer Erscheinung und der einer Durchschnittsrussin lagen Welten. Sie lächelte über etwas, das ihr Geliebter sagte, aber ihr Lächeln wirkte traurig und zögerlich. Sie hielt ein Champagnerglas in der Hand, schien aber nicht daraus zu trinken. Sie war von uniformierten deutschen Offizieren und weiteren Männern in Zivil umgeben, die alle irgendwie teutonisch wirkten – die randlosen Brillen, die Hitlerbärtchen, die bullige, wohlgenährte Arroganz. Sie war der Mittelpunkt eines Pulks von Verehrern, schien sich aber tödlich zu langweilen.

»… wenn Sie so freimütig sein wollen«, sagte Hilliard gerade. »Ich sehe keinen Grund, Sie nicht mit ihm zusammenzubringen – schließlich sind Sie ein amerikanischer Geschäftsmann, der überall und immer auf der Suche nach dem schnellen Dollar ist; Ihnen ist's egal, von *wem* Sie ihn bekommen. Habe ich Recht?«

»Entschuldigung«, murmelte Metcalfe, ließ ihn stehen und bewegte sich auf Lana zu wie ein Nachtfalter, der von einer gleißend hellen Lichtquelle angezogen wird. Als er sich durch die Menge schlängelte, drehte Lana sich plötzlich um und begegnete seinem Blick. Ihm stockte der Atem. Er glaubte, in ihrem Blick Funken sprühen zu sehen, eine schwelende Wut, obwohl man sie aus einem bestimmten Blickwinkel für Interesse hätte halten können – sogar für Leidenschaft, die Art Blick, mit dem sie ihn vor sechs Jahren so oft bedacht hatte. Aber er wusste es besser, auch wenn er sich lieber etwas anderes eingebildet hätte. Sie war wütend auf ihn, ihr Zorn war unvermindert.

Während er sich durch die Menge schlängelte – *Wie viele verdammte Cocktailpartys muss ich noch erdulden?*, fragte er sich –, überlegte er, mit welcher geistreichen Bemerkung er das Gespräch eröffnen könnte. Würde Lana glauben, er verfolge sie? Aber das brauchte ihm nicht zu schaden, denn die meisten Frauen genossen solche Aufmerksamkeit. Trotzdem konnte sie sich nicht sicher sein, weil dies genau die Art Party war, auf der jemand wie er logischerweise aufkreuzen würde. Lana würde sich fragen, ob diese Begegnung vielleicht doch bloßer Zufall war.

»Stephen!« Das war nochmals die Gattin des Botschafters, die ihn abfing, indem sie eine Hand flach auf seine Brust legte. »Ich sehe Sie gar nicht mit unseren unverheirateten jungen Damen plaudern, und das ist eine schreckliche Verschwendung, finde ich. Die Armen dürsten nach männlicher Gesellschaft, müssen Sie wissen. Sie sollten wirklich Ihre patriotische Pflicht tun.«

»Schön, ich versuch's mal wieder mit der alten Collegemasche«, antwortete Metcalfe. Er schob sich weiter auf Lana zu, bis er fast an ihrer Seite war.

»Oh, *so weit* brauchen Sie nicht zu gehen«, kicherte die Gattin des Botschafters. »Ich weiß, wie Sie's in Yale getrieben haben, mein Lieber. Man hört sehr *beunruhigende* Geschichten über Sie.«

»Mein Gewissen ist rein«, antwortete Metcalfe gelassen. Er war Lana jetzt so nahe, dass er ihr zartes Parfüm riechen, die von ihren bloßen Armen abgestrahlte Wärme spüren konnte. Sein Herz schlug so stark, dass er sich fragte, ob es zu hören war.

Lana drehte sich plötzlich um und erwiderte seinen Blick. »Ein gutes Gewissen«, sagte sie ruhig, »beweist im Allgemeinen ein schlechtes Gedächtnis.«

Er grinste verlegen und erwiderte auf Russisch: »Wie ich sehe, musst du heute Abend nicht auftreten.«

Sie lächelte ebenfalls. Nur wer sie sehr gut kannte, hätte merken können, dass ihr Lächeln nicht echt war. »Das Bolschoi scheint recht gut ohne mich auszukommen.«

»Das bezweifle ich sehr. Willst du mich nicht deinem ... Freund vorstellen?« Auf Metcalfes Gesicht stand ein gelassen unschuldiger Ausdruck, aber sie ließ sich nicht täuschen.

In ihren Augen blitzte Verärgerung auf, aber Lana überspielte sie mit einem höflichen Nicken. »Natürlich. Rudi, das hier ist Stephen Metcalfe, ein alter Bekannter ... Rudolf von Schüssler.«

Rudolf von Schüssler betrachtete Metcalfe ohne sonderliches Interesse. Er streckte ihm eine feuchte Hand mit Wurstfingern hin und schüttelte ihm kraftlos die Hand. Er war ein großer, dicklicher Mann mit nervösen Knopfaugen und einem Spitzbart, der sein Doppelkinn nur ungenügend tarnte.

»Es ist mir ein Vergnügen, Ihre Bekanntschaft zu machen«, sagte Metcalfe auf Englisch. »Ich halte es für eine besondere Ehre, einen Mann kennen zu lernen, der so erlesenen Geschmack in Bezug auf Frauen beweist.«

Swetlana errötete jäh. Von Schüssler wirkte leicht verwirrt, als wisse er nicht, was er antworten sollte.

»Wie ich erfahren habe, gehören Sie der nach allgemeiner Ansicht besten diplomatischen Vertretung in Moskau an«, fuhr Metcalfe fort.

»Und Sie sind hier, weil ...?«, erkundigte von Schüssler sich. Seine Stimme war sanft und hoch, fast weiblich.

Meinte er Moskau oder die Party? Metcalfe entschied sich für Moskau. »Als Geschäftsmann muss ich ziemlich viel reisen.« Er drehte sich ein Stück zur Seite, zwang von Schüssler damit, seinem Beispiel zu folgen, und trennte ihn so von der Gruppe aus Deutschen, mit der er sich unterhalten hatte. Die anderen sprachen untereinander weiter, sodass Metcalfe, Lana und von Schüssler sich zu dritt privat unterhalten konnten.

»In welcher Branche?«

»Ich bin Mitinhaber der Firma Metcalfe Industries. Vielleicht haben Sie den Namen schon mal gehört.«

»Mit amerikanischen Unternehmen kenne ich mich nicht so gut aus.«

»Tatsächlich? Aber Sie wissen doch bestimmt, dass einige unserer größten amerikanischen Konzerne beim Aufbau des nationalsozialistischen Deutschlands mitgeholfen haben? Zum Beispiel hat die Ford Motor Company Mannschaftstransportwagen für die Wehrmacht gebaut. Die Lastwagen, auf denen Ihre Soldaten durch Polen und Frankreich gerollt sind, hat General Motors hergestellt – Lastwagen, die das Rückgrat des Transportsystems des deutschen Heeres sind.« Er machte eine Pause, um von Schüsslers Reaktion zu beobachten. Aber der Deutsche wirkte nur gelangweilt. »Und Ihr Führer hat Henry Ford zum fünfundsiebzigsten Geburttag mit dem höchsten deutschen Orden ausgezeichnet – dem Großkreuz des deutschen Adlerordens –, wie Sie sich vielleicht erinnern werden.« Er zuckte mit den Schultern. »Wie man hört, hat Hitler in seinem Arbeitszimmer ein Foto von Mr Ford hängen.«

»Nun, ich glaube, dass es ein amerikanischer Präsident war, der gesagt hat: ›Das Geschäft Amerikas sind Geschäfte‹, ja?«, sagte von Schüssler und nahm sich ein mit Sewruga bestrichenes Appetithäppchen. Metcalfe glaubte eine Sekunde lang, der Deutsche blinzle ihm zu, aber dann merkte er, dass das nur ein Tic war.

»Manche von uns amerikanischen Geschäftsleuten«, sagte Metcalfe vorsichtig, »sehen den internationalen Handel als Wegbereiter der Politik. Es ist immer angenehm, Geld zu verdienen, während man mithilft ... die historischen Kräfte zu stärken, die man nicht *offen* unterstützen kann, wenn Sie wissen, was ich meine.«

Metcalfe hatte seinen Köder ausgeworfen, aber würde der Deutsche anbeißen? Von Schüssler musste begreifen, was Metcalfe unüberhörbar deutlich suggerierte – dass hier ein weiterer amerikanischer Industrieller stand, der heimlich die Nazis unterstützte. Biss er an, würde er dadurch seine innere Einstellung zumindest teilweise offenbaren. War er jedoch ein heimlicher Nazigegner, würde es in seinem Verhalten, seinem Gesichtsausdruck subtile Anzeichen geben, auf die Metcalfe achten musste.

»Ich bin sicher, dass Geld – wie die Liebe – immer einen Weg findet«, sagte von Schüssler ausdruckslos.

»Leider denken nicht alle meine Kollegen wie ich«, sagte Metcalfe bedauernd. »Es gibt Geschäftsleute, die den Nazis nicht wohl wollen. Die sie für Barbaren halten.«

Rudolf von Schüssler reagierte ungehalten. »Sie sollten Ihren Unternehmerkollegen sagen, dass nicht *wir* die Barbaren sind. Das deutsche Volk, das *wahre* deutsche Volk, hat schon immer Kraft und Schönheit geliebt, beides. Wir sind nur an der Wiederherstellung von Zivilisation und

Ordnung interessiert. Ein unter dem Führer vereinigtes Europa wird ein Ort des Friedens sein, an dem Recht und Ordnung herrschen. Und Ordnung ist gut fürs Geschäft, nicht wahr?«

Metcalfe begutachtete seinen Gesichtsausdruck genau. Gab es ein Aufflackern von Skepsis, einen Moment des Zweifels, eine Spur von Ironie – irgendeine Distanz zwischen diesen Worten und dem Mann, der sie gesprochen hatte?

Es gab keine. Von Schüssler wirkte träge, leidenschaftslos; die Empfindungen, von denen er sprach, waren für ihn nur Gemeinplätze. Er hätte ein Lehrer sein können, der einem besonders begriffsstutzigen Schüler den Unterschied zwischen Säugetieren und Reptilien erklärt. Im nächsten Augenblick zog ein kleiner Mann mit schütterem braunem Haar und dicker Hornbrille von Schüssler beiseite und begann in rasend schnellem Deutsch auf ihn einzureden.

Als Metcalfe und Lana endlich allein waren, fauchte sie ihn an: »Besuch mich *nie* wieder zu Hause, verstanden? *Niemals!*«

»Mein Gott, Lana, das tut mir Leid«, sagte Metcalfe betroffen. »Ich konnte nicht ahnen, dass …«

»Nein, das konntest du nicht ahnen.« Sie schien leicht nachzugeben, als klinge ihr Zornausbruch ab. »Es gibt sehr viele Dinge, die du nicht weißt.«

»Das beginne ich zu erkennen.« *Sehr viele Dinge,* dachte er. Zum Beispiel war ihm nicht klar gewesen, wie sehr er sie noch immer liebte. »Du und ich, wir haben noch Unerledigtes aufzuarbeiten.«

»Geschäftliches, meinst du?«, fragte sie mit traurigem Kopfschütteln. »Für dich ist alles immer nur Geschäft.

Ich höre, wie du mit Rudi sprichst, welche Vereinbarungen du mit *diesen Leuten* schließen willst. Alles für den allmächtigen Dollar.«

»Vielleicht gibt es ein paar Dinge, von denen *du* nichts weißt«, wandte er halblaut ein.

»Du bist Geschäftsmann ... ein Mann des Geschäfts. Schon möglich, dass du versuchst, dich dagegen aufzulehnen, was du mitbekommen, was du geerbt hast, aber das ist zwecklos. Den Makel wirst du nicht los.«

»Welchen Makel?«

»Den des Kapitalismus. Dass du aus dem Blut der Werktätigen Gewinn ziehst.«

»Ah, ich verstehe«, sagte Metcalfe. Dies war nicht mehr die unbeschwerte, unpolitische Lana von früher; stattdessen redete sie jetzt wie eine Komsomol-Ausbilderin, als habe sie all die Propaganda der Kommunisten, über die sie früher gespottet hatte, jetzt verinnerlicht. »Ist freies Unternehmertum ein Makel, dann hat Russland sich in den vergangenen Jahren davon ... *gesäubert* ... es total ausgerottet.«

»Es ist so, wie unser großer Führer sagt«, intonierte sie feierlich. »Man kann keine Omelette machen, ohne die Hühnerfarm niederzubrennen. Wie's in der Parole heißt, ist Kommunismus gleich Sowjetmacht plus elektrische Stühle fürs ganze Land.«

Was versuchte sie zu sagen? Waren das absichtliche Versprecher? Ihre Miene wirkte dabei nicht im Geringsten ironisch.

»Ich glaube nicht, dass Stalin das ganz so ausgedrückt hat. Meines Wissens hat er zur Rechtfertigung seiner blutigen Säuberungen gesagt, man könne keine Omelette zubereiten, ohne ein paar Eier zu zerschlagen.«

Sie errötete. »Stalin hat lange vor dem russischen Volk erkannt, dass es stets Feinde dessen geben würde, was wir zu erschaffen versuchen.«

»Oh? Und was ›versucht ihr zu erschaffen‹?«

»Wir bauen einen neuen sozialistischen Staat auf, Stephen. Alles wird kollektiviert. Und nicht nur die Landwirtschaft. *Alles*! Fabriken werden kollektiviert. Familien werden kollektiviert. Bald wird auch die Dichtkunst kollektiviert! Kannst du dir eine Gesellschaft vorstellen, die *das* geschafft hat?«

Sie redete blanken Unsinn, plapperte leere Parolen nach. Aber das war viel zu dick aufgetragen, zu lächerlich, fast schon als mache sie sich über die allgegenwärtige Propaganda lustig. Konnte das möglich sein? Aber wenn sie wirklich über die unheimliche Sprache der kommunistischen Propaganda spottete, tat sie es so unterkühlt und mit so trockenem Witz, dass er ihn – oder sie – kaum verstand. Was war nur aus der lieben, schlichten Lana, der Tänzerin mit kaum einem ernsthaften Gedanken im Kopf geworden?

»Lana«, sagte er ruhig, »wir müssen miteinander reden.«

»Das tun wir gerade, Stiwa.«

»Allein.«

Sie machte eine kurze Pause, als erwäge sie in Gedanken etwas. »Hast du den Park des Landhauses schon mal gesehen? Er ist wirklich besonders schön angelegt. Wollen wir vielleicht einen kleinen Spaziergang machen?« Das schlug sie in spielerisch lässigem Tonfall vor, aber ihm war sehr genau bewusst, was sie damit tat: Sie willigte erstmals ein, erklärte sich damit *einverstanden*, mit ihm zu reden.

»Das wäre wunderbar«, sagte er.

Draußen war es bitterkalt, kaum der richtige Abend für einen Spaziergang über die sanft gewellten Rasenflächen hinter der Datscha. Lana trug einen langen Nerzmantel mit dazu passendem Hut – ein luxuriöses Ensemble, das im heutigen Moskau praktisch nicht mehr erhältlich war, wie Metcalfe wusste. Er fragte sich, ob es ein Geschenk von ihrem deutschen Liebhaber war. *Diese Leute* – so hatte sie die Nazis verächtlich genannt. Was meinte sie damit? Hasste sie von Schüssler und alles, was er verkörperte? Wieso war sie dann mit ihm zusammen? Die Lana, die Metcalfe kannte, war keine seichte Materialistin; sie hätte sich niemals nur wegen der Dinge, die er ihr kaufen konnte, mit einem Mann eingelassen.

Aber sie war ihm völlig rätselhaft geworden. Welche Einstellung hatte sie heutzutage? Weshalb *war* sie mit dem Deutschen zusammen? Was dachte sie *wirklich* über das stalinistische System? Wer *war* sie überhaupt?

»Bist du wirklich geschäftlich hier, Stephen?«, fragte Lana, während sie mit im Schnee knirschenden Stiefeln ziellos über den Rasen schlenderten. Er stellte fest, dass sie auf gewissen höflichen Abstand zu ihm achtete, als wolle sie ihm – und jedem, der sie vielleicht beobachtete – signalisieren, sie seien lediglich Freunde oder *Bekannte,* wie sie von Schüssler ausdrücklich erklärt hatte. In einiger Entfernung konnte Metcalfe ein Außengebäude sehen, das vermutlich ein Stall war.

»Natürlich. Das ist mein Beruf. Das weißt du.«

»Ich weiß nicht, *was* du tust, Stephen. Wie lange bist du in Moskau?«

»Nur ein paar Tage. Lana …«

»Bist du auf diese Party gekommen, weil du wusstest, dass ich hier sein würde?«

»Ja«, gab er zu.

»Was vergangen ist, ist vergangen, Stephen. Wir sind beide erwachsen geworden, haben uns weiterentwickelt. Wir hatten vor Jahren eine flüchtige Liebesaffäre, aber damit ist längst Schluss.«

»Liebst du diesen Deutschen?«

»Er amüsiert mich. Er ist – wie sagt man? – *charmant*.« Sie versuchte, leichthin zu sprechen, aber das gelang ihr nicht recht.

»*Charmant* ist nicht das erste Wort, das einem einfällt, wenn man an Schüssler denkt. Eher *kummervoll*.«

»Stephen«, sagte sie warnend. »Dir steht's nicht zu, die Geheimnisse des Herzens ergründen zu wollen.«

»Nein. Falls wir wirklich vom Herzen reden. Und nicht von etwas anderem.«

»Was soll das wieder heißen?«, fauchte sie.

»Na ja, Nerzmäntel dürften in Moskau nicht leicht zu beschaffen sein.«

»Ich verdiene jetzt sehr gut. Sechstausend Rubel im Monat.«

»Der gesamte Staatsschatz reicht nicht aus, um dir etwas zu kaufen, das sich nicht kaufen lässt.«

Sie verzog eine Seite ihres Mundes zu einem listigen Lächeln. »Er war ein Geschenk. Allerdings nichts im Vergleich zu dem Geschenk, das du mir gemacht hast.«

»Davon hast du schon mal gesprochen – von einem Geschenk, das ich dir gemacht haben soll. Welches *Geschenk*, Lana?«

»Rudi ist gut zu mir«, sagte sie, ohne seine Frage zu beantworten. »Er ist ein großzügiger Mann. Klar, er macht mir Geschenke … Na, wenn schon?«

»Das sieht dir nicht ähnlich.«

»Was sieht mir nicht ähnlich?«

»Dich mit einem Mann einzulassen, weil er dir Nerzmäntel und Schmuck kaufen kann.«

Aber sie ließ sich nicht provozieren. »So drückt er seine Liebe aus.«

»Liebe?«

»Gut, seine Verliebtheit.«

»Ja, aber irgendwie kann ich nicht glauben, dass du ... in ihn *verliebt* bist, oder?«

»Stephen«, sagte sie ärgerlich. »Du hast keinen Anspruch mehr auf mich.«

»Das weiß ich. Das verstehe ich. Aber wir müssen zusammenkommen; wir müssen ungestört miteinander reden. Das ist sehr wichtig.«

»Reden?«, wiederholte sie spöttisch. »Ich weiß, wie du *redest.*«

»Ich brauche deine Hilfe. Wir müssen uns irgendwo treffen. Vielleicht morgen Nachmittag – bist du dann wieder in Moskau?«

»Ich bin wieder in der Stadt«, sagte sie, »aber ich sehe keinen Grund, mich mit dir zu treffen.«

»Im Sokolniki-Park. An der gewohnten Stelle, wo wir ...«

»Stiwa«, unterbrach sie ihn. »Schweig!« Sie nickte zu einem Mann hinüber, der nicht allzu weit entfernt auf der Veranda hinter dem Haus aufgetaucht war. Als er jetzt zu ihnen hinübersah, erkannte Metcalfe das Gesicht des GRU-Offiziers wieder, der im Bolschoitheater hinter ihm gegessen und ein Gespräch mit ihm angefangen hatte.

»Ich habe ihn schon mal gesehen«, erklärte Metcalfe ihr halblaut.

»Leutnant Kundrow von der GRU«, sagte sie fast flüsternd leise. »Er ist mein Aufpasser.«

»Dein … *Aufpasser*?«

»Ich gelte offenbar als ziemlich wichtig – sein Dienstgrad ist für diese Tätigkeit ungewöhnlich hoch. In den vergangenen eineinhalb Jahren ist er mein Schatten geworden. Anfangs war das geradezu lächerlich. Er ist mir überallhin gefolgt. Ich habe mich mit Freunden in einem Restaurant getroffen – er hat am Nebentisch gesessen. Ich war einkaufen, und er hat hinter mir angestanden. Er war zu jeder Vorstellung im Bolschoi, immer auf demselben Platz. Schließlich habe ich ihn zum Tee eingeladen. Das habe ich vor prominenten Gästen einer Künstlerparty im Theater gemacht, damit er nicht Nein sagen konnte.«

»Weshalb?«

»Ich dachte, es sei besser, meinen Aufpasser persönlich zu kennen. Vielleicht erhält er eines Tages den Befehl, mich zur Hinrichtung abzuholen. Vielleicht wird er eines Tages als mein Scharfrichter eingeteilt. Ich wollte den Mann kennen lernen, der mein Schicksal als persönlichen Auftrag akzeptiert hat.«

»Aber *weshalb?* Warum hast du einen Aufpasser zugewiesen bekommen?«

Lana zuckte mit den Schultern. »Ich vermute, dass das zu meiner Stellung als Primaballerina gehört.« In amüsiertem Tonfall fügte sie hinzu: »Ich bin eine wichtige Persönlichkeit geworden, deshalb muss ich streng überwacht werden. Eine unserer Tänzerinnen, die sich mit einem Ausländer eingelassen hat – einem am Bühneneingang auf sie wartenden kapitalistischen Verehrer –, ist nach Sibirien deportiert worden. Wir sind eingesperrte Vögel.«

»Du hast also eine Akkomodation erreicht«, sagte Metcalfe auf Englisch.

»›Akkomodation‹«, wiederholte sie. »Das Wort gefällt mir. Wie wird es buchstabiert?«

Eine Akkomodation an seinen Aufpasser erreichen, dachte Metcalfe: Das scheint eine russische Spezialität zu sein. Als er das Wort zu buchstabieren begann, sah er GRU-Leutnant Kundrow über den schneebedeckten Rasen auf sie zukommen.

»Swetlana Michailowna«, sagte der Russe mit kräftigem, volltönendem Bariton. »Guten Abend. Hier draußen ist's sehr kalt. Sie werden sich erkälten.«

»Guten Abend, Iwan Sergejewitsch«, sagte sie mit umständlicher Höflichkeit. »Gestatten Sie mir, Sie mit einem amerikanischen Geschäftsmann bekannt zu machen, der …«

»Stephen Metcalfe«, sagte Kundrow. »Ja, wir kennen uns aus dem Bolschoi, denke ich.«

Sie schüttelten sich die Hand. »Sie lieben also das Ballett?«, fragte Metcalfe.

»Ich bin ein Verehrer von Swetlana Michailowna.«

»Genau wie ich, aber ich fürchte, dass wir nur zwei von vielen sind.«

»Nur allzu wahr«, erwiderte der Russe. »Swetlana Michailowna, Sie verbringen den Abend hier, ja? Als Gast des Botschafters?«

Sah er für einen Augenblick Verärgerung über ihr Gesicht ziehen? »Sie wissen alles über mich«, sagte Lana mit fröhlich klingender Stimme. »Ja, wir wollen morgen ein bisschen ausreiten. Und sie?«

»Nein, ich bin nicht eingeladen worden, hier zu übernachten, fürchte ich.«

»So ein Pech«, sagte Lana.

Kundrow wandte sich an Metcalfe. »Sie haben es ohne größere Schwierigkeiten geschafft, hierher zu kommen? Taxis sind heutzutage unmöglich zu bekommen. Ich nehme an, dass Intourist Ihnen einen Wagen mit Fahrer gestellt hat.«

Er wusste offenbar von seinem Versuch, sich einer Überwachung zu entziehen. Metcalfe beschloss, die Gelegenheit zur Schadensbegrenzung zu nutzen. »Tatsächlich wollte ich nicht, dass jemand erfuhr, wohin ich unterwegs war. Sie können sich nicht vorstellen, welche Sicherheitsvorkehrungen ich getroffen habe.«

»Aber weshalb? Sie sind hier im Sowjetparadies«, sagte der GRU-Offizier aalglatt. »Hierzulande gibt's keine Geheimnisse. Nicht vor uns.«

Metcalfe spielte den Verlegenen. »Genau das ist das Problem.«

»Das verstehe ich nicht ganz.«

»Ihr Jungs – GRU, NKWD, oder wer auch immer – schwatzt doch alle. Überall wird getratscht. Letztlich erfährt der falsche Mann davon, und dann bin ich erledigt.«

»Welcher falsche Mann?«

Metcalfe verdrehte die Augen. »Natürlich mein Bruder, wer sonst? Ich habe tausend Eide geschworen, dass ich mich hier ganz aufs Geschäft konzentrieren werde. Keine Partys, habe ich ihm versprochen. Voriges Jahr hat's genügend Schwierigkeiten gegeben, als ich … Mein Bruder ist der Ernsthaftere von uns beiden, wissen Sie, und er glaubt, dass ich mich gebessert habe. Er glaubt, ich hätte das Trinken aufgegeben – dem Alkohol abgeschworen. Das soll er ruhig denken. Er würde mich aus dem Familienunternehmen rausschmeißen, wenn er erführe, dass ich rückfällig geworden bin.«

»Absolut faszinierend«, antwortete Kundrow. Sein mechanisches Lächeln zeigte, dass er Metcalfe kein Wort glaubte. Seine Handbewegung umfasste die Datscha, als spreche er von sämtlichen Gästen. »Und diese Leute, von denen würde keiner Ihren … *Rückfall* beachten? Von denen würde *keiner* etwas erzählen?«

»Die machen mir keine Sorgen. Mein verdammter Chauffeur dagegen schon. Dieser englische Kerl, den mein Bruder mir zugewiesen hat – angeblich nur, damit er mich zu Besprechungen fährt und als mein Assistent fungiert. Aber in Wirklichkeit passt er scharf auf mich auf. *Er* ist der Kerl, den ich abhängen musste.«

»Ah. Nun, auf meine Diskretion können Sie zählen«, sagte Kundrow.

»Das freut mich«, antwortete Metcalfe. »Ich wusste, dass ich das kann.«

Lana räusperte sich. »Entschuldigt bitte, aber ich muss wieder zu Rudi hinein. Sonst denkt er, dass ich ihn verlassen habe.«

*

Eine Stunde später kletterte Metcalfe in einen Bentley, der von einem Zweiten Sekretär der britischen Botschaft gefahren wurde und voller Gäste war, die ebenfalls nach Moskau zurückwollten. Die Stimmung war ausgelassen, das spöttische Geplänkel laut und durch Alkohol beflügelt, das Lachen ansteckend. Als die Limousine das Ende der langen, unbeleuchteten Zufahrt erreichte und eben auf die asphaltierte Überlandstraße abbiegen wollte, meldete Metcalfe sich plötzlich zu Wort.

»*Verdammt*, ich hab meine Aktentasche im Haus liegen gelassen!«

Einige Mitfahrer ächzten laut. Jemand behauptete lachend: »Zurückfahren ist sinnlos – Sie können sicher sein, dass die NKWD-Jungs längst die Schlösser geknackt und den Inhalt geklaut haben.«

»Bitte halten Sie einfach hier«, verlangte Metcalfe.

»Sie wollen doch nicht etwa *zurückgehen*?«, rief eine Frau aus.

»Etwas frische Luft tut mir bestimmt gut«, sagte Metcalfe. »Ich fahre einfach mit dem nächsten Wagen.«

Er stieg aus und setzte sich langsam in Richtung Datscha in Bewegung, bis der Bentley davongebraust war. Dann blieb er stehen und überzeugte sich durch einen Blick in die Runde, dass er nicht beobachtet wurde.

Metcalfe verließ abrupt die unbefestigte Straße und war mit einem Sprung im dichten Wald. Er wusste bestimmt, dass er nicht gesehen worden war. Weder der grauäugige Beobachter noch Lanas Aufpasser Kundrow hatten ihn gesehen.

Falls er sich getäuscht hatte – falls er doch beschattet wurde –, waren unermessliche Konsequenzen zu befürchten.

Er konnte nicht vorsichtig genug sein.

Kapitel Siebzehn

Zweige und Tannennadeln knackten unter seinen Stiefeln. Sobald er tief genug im Wald war, um von der Zufahrt zur Datscha aus nicht mehr gesehen oder von den Scheinwerfern eines zurückfahrenden Autos erfasst werden zu können, zog er eine kleine Stablampe und einen Marschkompass aus der Tasche. Er hielt die Stablampe in einer Hand und beleuchtete damit die Kompassanzeige, während er sich so drehte, dass die Magnetnadel genau auf N zeigte.

Natürlich war keine Karte dieses Gebiets erhältlich, deshalb hatte Roger stattdessen ein Gitternetz auf der Grundlage von Marschzahlen entworfen. Metcalfe wusste, dass er das Funkgerät hier im Wald versteckt und den Weg zum Versteck mit Hilfe eines einfachen Markierungssystems gekennzeichnet hatte. Er ließ den dünnen Lichtstrahl der Stablampe einen Bogen beschreiben, während er Ausschau nach einem roten Farbklecks an einem Baumstamm hielt. Der dichte Wald bestand hier aus alten Birken mit abblätternder Rinde und hohen, schlanken Tannen. Außerhalb des schmalen Lichtstrahls war alles dunkel, fast undurchsichtig. Der Nachthimmel war bewölkt, der Mond von der geschlossenen Wolkendecke verdeckt. Metcalfe sah auf seine Armbanduhr mit Leuchtziffern. Fast zwei Uhr morgens. Der Wald war nicht völlig still; das waren Wälder nie. Ab und zu ließ ein Windstoß die Birkenzweige rascheln und Äste knarren; hier und dort huschten kleine Tiere umher. Metcalfe ging langsam und trat möglichst leicht auf, aber seine Schritte waren trotzdem zu hören. Gleichzeitig achtete er auf alle Geräusche, die aus dem Rahmen gewöhnlicher Hintergrundgeräusche herausfielen. Da er sich in der Umgebung der Datscha der amerikanischen Botschaft bewegte, musste er annehmen, dass in diesem Gebiet einigermaßen regelmäßig Fußstreifen der NKWD-Hauptverwaltung Grenztruppen unterwegs waren. Vielleicht nicht mitten in der Nacht, aber dafür konnte niemand garantieren.

Wo war der markierte Baum? Natürlich konnte Roger es nicht geschafft haben, die Markierungen anzubringen; er konnte dabei gestört worden sein. Eine wahrscheinlichere Erklärung lag in der Ungenauigkeit ihrer beiden Kompasse. Waren die Geräte nicht sorgfältig abgeglichen, konnte das Gitternetz um einige Dutzend Meter verschoben sein. Auf kurze Entfernungen war ein Kompass einfach nicht so präzise wie auf längere Distanzen.

Endlich kam er zu einer Birke mit einem frischen, noch klebrigen roten Farbklecks am Stamm. Dies war die äußerste Grenzmarkierung, die Roger angebracht hatte: der erste von drei auf diese Weise markierten Bäumen, die zu der Stelle führten, an der das sperrige Funkgerät versteckt war. Metcalfe kontrollierte die Kompassanzeige, orientierte sich erneut nach Norden und ging dann in Richtung sechzig Grad bis zur nächsten roten Markierung weiter.

In einiger Entfernung, ungefähr hundert Meter rechts hinter ihm, ertönte ein lautes Knacken. Metcalfe erstarrte, knipste die Stablampe aus und horchte angestrengt. Nach einer Minute war er davon überzeugt, das sei kein Mensch, sondern irgendein Tier gewesen. Er schaltete die

Stablampe wieder ein und bewegte sie langsam von links nach rechts, bis der Lichtstrahl ungefähr zehn Meter nordöstlich vor ihm einen weiteren roten Farbklecks erfasste.

Das war sie: die zweite Markierung.

Metcalfe und Roger hatten im Voraus vereinbart, wie das Funkgerät versteckt werden sollte. Das Problem war, dass Roger erst draußen im Wald wissen würde, wie sich das machen ließ. Das wusste man immer erst an Ort und Stelle; Improvisation war stets erforderlich. Würde man einen großen hohlen Baumstamm finden? Oder eine Erdhöhle, vielleicht sogar einen Schuppen, eine Waldarbeiterhütte?

Die Antwort gab ein Buchstaben- und Zahlencode, den Roger mit seinem Taschenmesser in die Rinde des dritten markierten Baums eingeritzt hatte. Dort las Metcalfe in kleinen, groben Druckbuchstaben: C/8/N. Jetzt wusste er, dass das Funkgerät genau acht Meter nördlich dieses Baums zu finden war. Der Buchstabe C bezeichnete die dritte von sechs Möglichkeiten: Das Gerät war vergraben und mit Material vom Waldboden getarnt. Metcalfe schritt die acht Meter ab und wurde sofort auf einen großen, flachen Stein aufmerksam, der halb von Unterholz verdeckt war. Einem zufällig Vorbeikommenden wäre er vermutlich nicht aufgefallen.

Metcalfe kniete sich hin und scharrte Tannennadeln, Zweige und verrottendes Laub weg; dann wuchtete er den flachen Stein hoch. Darunter kam grünes Segeltuch zum Vorschein: die Plane, in die Roger den kleinen Lederkoffer gewickelt hatte, bevor er ihn in die offenbar schon tagsüber ausgehobene Grube versenkt hatte. Metcalfe zog den fest verkeilten Koffer mit einiger Anstrengung heraus und klappte den Deckel auf, nachdem er Laub, Nadeln und Erdreich abgewischt hatte. Das Funkgerät konnte er auch im Dunkeln bedienen; er hatte lange genug daran geübt, um alle Funktionen auswendig zu kennen.

Der knapp fünfzehn Kilo schwere Koffer enthielt eine 12-Volt-Autobatterie als Stromversorgung, Kopfhörer und Antenne und das eigentliche Sende- und Empfangsgerät, das aus einem dreißig auf dreißig Zentimeter großen und halb so dicken Stahlkasten mit schwarzer Hammerschlaglackierung bestand. Dies war ein BP-3, das modernste Agentenfunkgerät der Welt. Es war von einer Gruppe polnischer Flüchtlinge entwickelt worden, die unter strengster Geheimhaltung in Letchworth, dreißig Meilen nördlich von London, gearbeitet hatten. Diese Polen, die eine deutsche Ausbildung als Fernmeldetechniker hatten und unmittelbar vor dem deutschen Überfall auf Polen nach England geflüchtet waren, arbeiteten als Zivilisten für den britischen Geheimdienst. Als sie den Auftrag erhielten, das sperrige Funkgerät Mark XV, das in zwei Koffern verpackt werden musste, zu verbessern, konstruierten sie aus miniaturisierten Bauteilen ein kompaktes, aber trotzdem sehr leistungsfähiges Funkgerät. Der Empfänger war hoch empfindlich; der Sender leistete dreißig Watt, die für interkontinentale Verbindungen ausreichten; die Qualität des Geräts war unübertroffen.

Als Corcoran diesen Koffer in der Kirche an der Place Pigalle Metcalfe übergeben hatte, war er stolz darauf gewesen, dass es ihm gelungen war, mehrere der ersten Prototypen zu ergattern, noch bevor der britische MI-6 sie in die Hände bekommen hatte. *Dieses sensationelle Gerät macht alle sonstigen Funkgeräte zu Museumsstücken*, hatte Corky stolz verkündet. *Aber ich bitte mir aus, dass Sie es mit Ihrem Leben schützen.* Sie *sind ersetzbar, dieses Gerät vorerst leider nicht.*

Die Gebrauchsanweisung für das BP-3 klebte im Deckel des schwarzen Stahlkastens, aber Metcalfe kannte das Verfahren auswendig. Er machte eine kurze Pause, um auf die Geräusche des Waldes zu horchen. Er hörte das leise Rauschen der Tannen, den fernen Ruf eines Nachtvogels. Sonst nichts. Die Knie seiner Hose waren jetzt vom Schnee durchnässt, seine Beine inzwischen fast gefühllos. So arbeiten zu müssen, war unbequem – unter Dach arbeiten zu können, wäre leichter gewesen, aber das ließ sich nicht einrichten. Doch es gab keinen Grund, sich die Arbeit unbequemer als nötig zu machen. Metcalfe breitete die grüne Plane, in die der Koffer gewickelt gewesen war, auf dem Waldboden aus und konnte nun wenigstens trocken sitzen.

Allerdings war er für diesen nächtlichen Einsatz im Wald kaum richtig angezogen: Über seinem Smoking trug er einen schwarzen Kaschmirmantel. Seine Kleidung war nicht nur bereits vom Herumstreifen im Wald ramponiert, sondern hätte auch seine Fluchtmöglichkeiten eingeschränkt, falls er fliehen musste. Er war offensichtlich ein gut gekleideter Ausländer, der sich in den Wäldern außerhalb Moskaus herumtrieb, was ihn sofort verdächtig machen würde; er würde sich nicht als Einheimischer, als Jäger oder Angler ausgeben können. Gewiss, er sprach Russisch mit einem Akzent, aber das taten auch viele Sowjetbürger, die weit von Moskau entfernt lebten, sodass ein Akzent nicht gleich Misstrauen wecken würde. Aber seine Kleidung würde ihn verraten.

Metcalfe begann, sich im Hinterkopf eine Geschichte zurechtzulegen, die er notfalls erzählen konnte. Er sah wie ein Amerikaner auf Besuch aus, also würde er einer *sein.* Er war ein Wochenendgast in der Botschaftsdatscha – Lana hatte erzählt, von Schüssler und sie würden dort übernachten, also war das plausibel – und hatte sich einfach bei einem nächtlichen Spaziergang verlaufen. Oder vielleicht würde er behaupten, er komme von einem Rendezvous im Wald. Es gab eine Frau – eine verheiratete Frau – die Frau eines Botschaftsattachés. Sie hatten sich heimlich im Wald getroffen, und die Frau war schon in die Datscha zurückgekehrt ... Fieberhaft arbeitete er eine Version nach der anderen aus und klopfte jede auf Logik und Glaubwürdigkeit ab.

Und zugleich erledigte er die Arbeiten, die dringend getan werden mussten. Aus einer Hosentasche holte er ein kleines, rechteckiges Metallkästchen mit zwei Steckkontakten: den Kristall, der in dem anderen Koffer, der in seinem Hotelzimmer stand, so raffiniert eingebaut gewesen war, dass er wie ein Teil des Schlosses ausgesehen hatte. Der Kristall enthielt verschlüsselt die Frequenzen, auf denen er senden und empfangen konnte. Es wäre gefährlich gewesen, ihn im Funkgerät zu lassen. Wurde der Koffer gefunden, wäre die operative Sicherheit gefährdet gewesen. Man bewahrte Schlüssel und Schloss nicht am selben Ort auf. Er steckte den Kristall in den Stecksockel im unteren Teil des Geräts, stöpselte den Kopfhörer ein und setzte ihn auf.

Dann knipste er die Stablampe an und stellte sie so auf, dass sie ihm als Arbeitslampe dienen konnte. Er würde rasch arbeiten müssen, denn er saß mitten im Wald auf einer Insel aus Licht und musste aus mehreren hundert

Metern Entfernung zu sehen sein. Und falls er hier überrascht wurde, hätten die Umstände nicht belastender sein können. Er musste damit rechnen, sofort verhaftet und in den Kellern der Lubjanka hingerichtet zu werden.

Aus der Innentasche seiner Jacke holte er ein Päckchen Lucky Strikes und einen Füllfederhalter. In der Zigarettenpackung waren mehrere kleine Blätter Papier versteckt, von denen er eines herauszog. Die Blätter gehörten zu einem Einmalblock, der auf nitriertes Reispapier gedruckt war, das leicht entflammbar war; es ließ sich auch in heißem Wasser auflösen oder notfalls verschlucken. Dann schraubte er den hinteren Teil des Füllers ab, in dem eng zusammengefaltet ein fünfzehn mal fünfzehn Zentimeter großes Seidentuch steckte. Metcalfe schüttelte es aus und strich es auf der Unterlegplane glatt. Das gesamte Seidenquadrat war mit gitterförmig angeordneten Buchstaben in Fünfergruppen bedeckt.

Diese beiden Dinge – der Einmalblock aus Reispapier und der auf Seide gedruckte Schlüsselcode – ergaben gemeinsam das sicherste Verschlüsselungssystem. Die so genannten Vigenère-Tafeln waren vor kurzem in London von Churchills Special Operations Executive zum Gebrauch für Agenten im Einsatz entwickelt worden. In Bezug auf Codes und Verschlüsselungsverfahren seien die Briten den Amerikanern weit voraus, hatte Corky oft geklagt, weil sie die Notwendigkeit von Spionage viel ernster nahmen. Das Geniale an diesem System war nicht nur, dass es narrensicher und ziemlich leicht erlernbar war, sondern auch, dass es sich nicht knacken ließ. Jeder Buchstabe des Alphabets wurde durch einen völlig zufällig ausgewählten anderen Buchstaben ersetzt; dabei ließ sich kein Schema entdecken, sodass selbst abgefangene

Funksprüche für den Feind wertlos waren. Jeder Schlüssel wurde nur einmal benützt und dann vernichtet; das einzige Duplikat war in der Gegenstelle vorhanden, und kein Code glich dem anderen. Offiziell hieß dieser polyalphabetische Ersatzcode »infiniter inkohärenter Schlüssel«. Corky bezeichnete ihn oft als die perfekte Waffe.

Metcalfe schaltete das Funkgerät ein, dann stellte er einen Kippschalter auf *Abstimmen*. Er hielt eine Taste gedrückt und drehte den mit einem Pfeil markierten Knopf, bis ein Signallämpchen aufleuchtete. Dann legte er den Schalter auf *Senden* um und drehte den Abstimmknopf in die Position, in der das Lämpchen am hellsten leuchtete und so die Frequenz mit dem stärksten Signal anzeigte. Damit war das Gerät sendebereit.

Seine Nachricht hatte er natürlich schon zuvor niedergeschrieben und verschlüsselt. Es war eine dringende Mitteilung an Corky, die ihn über die Ereignisse in Moskau informierte, die Existenz eines GRU-Aufpassers für Swetlana meldete und nähere Auskünfte über Kundrow anforderte. Metcalfe schilderte Corky auch die ungewöhnlich starke Überwachung, unter der er hier stand – vor allem durch den blonden Mann. Er sprach die Frage an, ob er enttarnt worden sein könnte. Und er übermittelte Corky eine erste Einschätzung von Rudolf von Schüssler, die sich weitgehend mit Amos Hilliards Auffassung deckte: Der Deutsche war kein Kandidat für einen Anwerbungsversuch.

Alles musste jedoch abgekürzt und durch Verwendung üblicher oder eigens vereinbarter Abkürzungen möglichst komprimiert werden. Auf dem Seidentuch mit dem Generalschlüssel waren außer dem alphanumerischen Gitter auch eine Serie von Codegruppen aufgedruckt, die häufig verwendete Ausdrücke abkürzten, die Agenten im Einsatz verwendeten: »Bin heil angekommen« oder »Habe das sichere Haus gefunden«. Darüber hinaus hatte Corcoran einen weiteren Satz extremer Abkürzungen verteilt, die jeweils komplexe Gedankengänge ausdrückten und lange Erklärungen überflüssig machten.

Außerdem konnte Metcalfe seine Nachricht nicht sprechen, sondern musste sie mit Morsezeichen senden. Das ließ sich nicht umgehen. Der Hauptgrund war nicht, dass der Funkverkehr dadurch sicherer wurde, obwohl auch dieser Aspekt eine Rolle spielte. Entscheidend war, dass Sprechfunk nur einige hundert Meilen weit reichte; das war der Stand der Technik. Signale auf unmodulierten Trägerwellen – Morsezeichen – hatten eine fünfmal größere Reichweite.

Mit der Stablampe in einer Hand überflog er die Fünfergruppen auf dem Zettel, den er aus dem halb leeren Päckchen Lucky Strikes gezogen hatte. Jedem gewöhnlichen Leser wären die vielen Buchstabengruppen als unverständliches Kauderwelsch erschienen, aber Metcalfes Sorge galt nicht gewöhnlichen Lesern. Ausgebildete Agenten wie Lanas Aufpasser oder der blonde NKWD-Mann würden sofort wissen, dass dies ein Code war, auch wenn sie ihn nicht entschlüsseln konnten. Wie der Einmalblock und die Schlüsselgruppen auf dem Seidentuch wäre dieser Zettel außerordentlich belastend, wenn er damit geschnappt werden sollte.

Beeilung!, ermahnte er sich. *Du sitzt hier im Wald außerhalb von Moskau in einem gottverdammten Lichtkreis. Du kannst jeden Augenblick entdeckt werden.*

Er begann die Morsetaste zu betätigen, die in die untere rechte Ecke der Frontplatte des Funkgeräts integriert war. Diese Arbeit ging langsam voran: Metcalfe war außer Übung, weil er in Paris nicht selbst hatte funken müssen, und das schlechte Licht machte die Sache nicht einfacher. Trotzdem schaffte er's, seine Nachricht in etwas über drei Minuten zu senden. Sie war an »Zentrale C-23« adressiert, was automatisch Corcoran bedeutete. Die entschlüsselte Nachricht würde ihm sofort auf sicherem Weg übermittelt werden. Sowie Metcalfe die verschlüsselte Empfangsbestätigung der Gegenstelle erhalten hatte, nahm er den Kopfhörer ab und schaltete das Funkgerät aus.

Er bewegte sich jetzt rasch, knipste die Stablampe aus, zog den Kristall aus dem Gerät und klappte den Deckel zu, um den schwarzen Stahlkasten wieder in die Plane zu verpacken. Er legte das Paket in die Grube zurück, bedeckte es mit dem flachen Stein und scharrte dann das verrottende pflanzliche Material auf dem Waldboden so zurecht, dass es möglichst natürlich aussah.

Er hörte einen Zweig knacken.

Er erstarrte, horchte angestrengt. Obwohl er nicht glaubte, dass das mehr als ein Eichhörnchen gewesen war, konnte man nie vorsichtig genug sein.

Wieder ein Knacken, dann war aus dem Unterholz ein leises Knirschen zu hören. Und dieses Geräusch wiederholte sich.

Das war kein Tier. Das war ein Mann, der im dichten Wald nur unter Schwierigkeiten vorankam. Die mühsamen Schritte schienen näher zu kommen.

Jetzt war er sich seiner Sache sicher. Es gab keinen Zweifel mehr.

Jemand näherte sich!

Metcalfe bewegte sich so leise wie möglich einige Schritte nach links, bis er größtenteils hinter einer Tanne verschwunden war. Sein Herz jagte. Er stand nur wenige Meter von dem soeben wieder versteckten Funkgerät entfernt. Aber er konnte nicht beschwören, dass er beim Vergraben des Geräts nicht beobachtet worden war. Er versuchte zu überlegen, wie lange seine Stablampe eingeschaltet gewesen war. Hatte sie den sich nähernden Unbekannten angelockt?

Klar wurde ihm auch, dass das Funkgerät vermutlich bald entdeckt werden würde, wenn er hier gefasst wurde; die NKWD-Leute würden sich fragen, was er an dieser Stelle gemacht hatte, und die Umgebung gründlich absuchen.

Er musste flüchten; er durfte *nicht* riskieren, hier ertappt zu werden. Er stand nicht nur ganz in der Nähe eines hochmodernen Funkgeräts, dessen noch warme Röhren verraten würden, dass es vor kurzem benützt worden war, sondern hatte auch belastendes Material in den Taschen. Außer dem Seidentuch mit dem kryptografischen Schlüssel, das er zusammengeknüllt in eine Jackentasche gesteckt hatte, vor allem das Päckchen Zigaretten mit den Blättern des Einmalblocks aus Reispapier und den Kristall des Funkgeräts. Lauter eindeutige Beweise dafür, dass er ein Spion war. *Wenn sie mich damit schnappen, bin ich erledigt, das steht fest.*

Sollte er das belastende Zeug wegwerfen, einfach ins Unterholz werfen, um es los zu sein? Und was dann? Sobald er flüchtete, würde er verfolgt werden, und was er weggeworfen hatte, würde vermutlich gefunden werden. Und warf er auf der Flucht etwas weg, machte er die Verfolger erst recht auf diese Gegenstände aufmerksam. Tatsache war außerdem, dass er seine lebenswichtige Ausrüstung nicht preisgeben wollte. Der Kristall war unersetzlich. Ohne ihn konnte er niemals wieder Funkverbindung mit der Zentrale aufnehmen; ohne das bedruckte Seidentuch und die Blätter des Einmalbocks konnte er seine Nachrichten nicht mehr verschlüsseln. Er wäre in Moskau isoliert ohne die Möglichkeit, sich mit Corcoran in Verbindung zu setzen.

Somit stand fest, dass Metcalfe keine andere Wahl blieb: Er *musste* flüchten – aber sowie er losrannte, würde die Verfolgung beginnen. Einen Augenblick lang war er vor Unschlüssigkeit wie erstarrt, erwog Alternativen und überlegte, was am vernünftigsten war. Er starrte ins nachtschwarze Dunkel und versuchte zu erkennen, wer dort kam. Dieser verdammte NKWD-Agent, der Blonde mit den blassgrauen Augen, der anscheinend imstande war, ihn *überall* aufzuspüren? Oder der GRU-Leutnant Kundrow, Lanas Aufpasser?

Nein. Es war keiner dieser beiden Männer. Trotz der Dunkelheit war der Näherkommende schemenhaft zu erkennen. Auf den ersten Blick wirkte er wie ein Soldat mit Militärmantel und Pelzmütze. Dann erkannte Metcalfe, dass dort ein NKWD-Mann kam. Er konnte die Schulterstücke und das Mützenabzeichen sehen. Eindeutig vom sowjetischen Sicherheitsdienst, vermutlich von der NKWD-Hauptverwaltung Grenztruppen, einer selbstständigen Organisation mit dem Auftrag, Sperrgebiete zu bewachen und die Grenzen der Sowjetunion zu schützen.

Logischerweise würden in der Umgebung der amerikanischen Botschaftsdatscha NKWD-Fußstreifen patrouillieren. Der NKWD hielt alle Ausländer, vor allem Amerikaner, unter strenger Überwachung, und ein Landhaus musste besonders gut überwacht werden. Nach Ansicht der Sicherheitsorgane waren alle Diplomaten heimliche Spione – schließlich waren die meisten sowjetischen Diplomaten im Ausland Spione, und warum sollten andere Staaten es nicht genauso halten? Deshalb erforderte es die nationale Sicherheit, die Umgebung der Datscha mit Fußstreifen zu kontrollieren. Außerdem konnte dieses Gebiet an irgendeine geheime Einrichtung angrenzen: Die Wälder um Moskau waren mit Stützpunkten und Forschungseinrichtungen von Roter Armee, GRU und NKWD gespickt.

Aber Metcalfe hatte nicht damit gerechnet, dass nachts um diese Zeit eine Streife unterwegs sein würde. Und konnte das tatsächlich ein einzelner Soldat sein? Nein, das war wenig wahrscheinlich. Sie gingen ihre Runden mindestens in Doppel- oder Dreierstreifen. Nachts würden die Intervalle länger sein, was eine mögliche Erklärung dafür war, dass Metcalfe bisher nichts gehört und gesehen hatte.

Und wo ein NKWD-Mann patrouillierte, mussten weitere Soldaten in der Nähe sein.

Der Uniformierte kam näher. Er wirkte sehr jung, vielleicht zwanzig, aber das brauchte nicht zu bedeuten, dass er unerfahren war. Dass er ohne Taschenlampe durch den Wald marschierte, deutete darauf hin, dass er dafür ausgebildet war, hier nachts zu patrouillieren, und die Wege, die Lichtungen kannte. Darin war der Russe Metcalfe, der nicht ortskundig war, mit Sicherheit überlegen. Sekunden verrannen; Metcalfe durfte sich nicht länger hinter einem Baumstamm verstecken. Kam der Soldat noch näher, würde er den Eindringling entdecken.

Plötzlich wurde ein Streichholz angerissen! Dann wurde es ebenso schnell wieder ausgeblasen.

Der NKWD-Mann hatte es angezündet, aber nicht um Licht zu machen oder Feuer für eine Zigarette zu haben. Dies war ein *Signal* – ein Signal für *andere*! Aus ziemlicher Entfernung kam das Geräusch von Stiefelgetrampel auf dem hart gefrorenen Waldboden. Nun hörte Metcalfe auch russische Stimmen, die sich schnell und hörbar aufgeregt etwas zuriefen. Die übrigen Männer der durch das Streichholz alarmierten Patrouille kamen herbeigerannt, sie brachen lautstark durch den Wald. Sie kamen von allen Seiten auf ihn zu!

Metcalfe warf sich herum, sprang mit einem Satz durch eine schmale Lücke zwischen zwei Bäumen und streifte ihre herabhängenden Zweige dabei mit einem Geräusch, das laut, aber unvermeidbar war. Er spurtete los und rannte, so schnell er konnte. Während er im Zickzack von einer kleinen Lichtung zur anderen rannte, versuchte er, irgendwo vor sich einen Weg zu erkennen, aber die Nacht war zu dunkel. Er konnte höchstens zwölf bis fünfzehn Meter weit sehen.

Hinter ihm erklangen laute Rufe, vermutlich Befehle eines Vorgesetzten an Untergebene. Obwohl Metcalfe sich nicht umzusehen wagte, nahm er eine Veränderung der Geräuschverteilung wahr, die ihm bewies, dass die Männer sich aufgeteilt hatten und in verschiedene Richtungen weiterrannten, um dem Verdächtigen möglichst alle Fluchtwege abzuschneiden.

Allerdings sah er keine Taschenlampen. Vielleicht brauchten die Männer kein Licht, weil sie sich hier im Wald auskannten. Oder vielleicht wollten sie nur keine Zeit damit verlieren, ihre Taschenlampen herauszunesteln. Jedenfalls war das gut für Metcalfe, denn die Dunkelheit war sein bester Schutz.

Er hatte die Topografie der Umgebung ungefähr im Kopf – allerdings nur von dem kurzen Spaziergang, den er mit Lana hinter der Datscha gemacht hatte, und seiner abgebrochenen Rückfahrt nach Moskau, bei der er mitten im Wald ausgestiegen war. Er wusste, dass der Wald hügeliges Gelände bedeckte, und dass es hier ein bewaldetes Tal gab, das er vom Rasen hinter der Datscha aus gesehen hatte. Sein Orientierungssinn sagte ihm, dass er grob in Richtung Tal lief, was dadurch bestätigt wurde, dass das Gelände allmählich abfiel.

Aber wie sollte er einem Team aus erfahrenen Bewachern entkommen?

Vielleicht konnte er das nicht. Aber er würde es versuchen. Die Alternative war erschreckend. Wenn sie ihn festnahmen und ins Lubjanka-Gefängnis brachten, würde er inhaftiert bleiben, ohne dass Corky oder sonst jemand in der US-Regierung das Geringste für ihn tun konnte. Ein amerikanischer Spion in Sowjetrussland würde zu einer Haftstrafe verurteilt, vielleicht in ein Arbeitslager in Sibirien gesteckt – wo die gefürchtete Lagerverwaltung GULAG herrschte, von der er gehört hatte. Wahrscheinlicher war jedoch, dass er erschossen wurde.

Von Todesangst getrieben, rannte er schneller als je zuvor in seinem Leben, schlängelte sich zwischen Bäumen hindurch, gelangte auf eine Lichtung, schlug mehrmals Haken und bewegte sich auf einer unregelmäßigen Zickzacklinie weiter, die seine Verfolger hoffentlich verwirren würde.

Plötzlich fiel ein Schuss!

Ein lauter Knall. Die Kugel schlug zischend einen Meter von Metcalfe entfernt in einen Baumstamm. Und dann – noch einer! Dieses Geschoss streifte kaum dreißig

Zentimeter von seinem Kopf entfernt einen Birkenstamm. Der Wald hallte jetzt von lautem Gewehrfeuer wider, Kugeln zischten an ihm vorbei, eine ging so dicht über seinen Kopf hinweg, dass er den Luftzug im Haar zu spüren glaubte. Um seine Verfolger zu verwirren, warf er sich plötzlich zu Boden, kroch auf allen vieren schräg weiter, kam dann wieder auf die Beine, hetzte mit hochgezogenen Schultern weiter und schlug wieder Haken. *Ein ängstlicher Mann verfällt immer aufs Vorhersehbare,* sagte Corky oft. *Auf den leichtesten Weg, auf die kürzeste Verbindung zwischen zwei Punkten.* Also würde er gegen diese natürliche, vorhersehbare Verhaltensweise verstoßen müssen.

Wieder eine Salve, von der zwei Schüsse weit danebengingen, während ein Geschoss beängstigend nahe einschlug. Sie schienen von drei verschiedenen Punkten zu kommen; die Männer hatten sich wohl verteilt, weil sie hofften, ihn ins Kreuzfeuer nehmen zu können. Mindestens einer der NKWD-Leute besaß die seltene Fähigkeit, sogar im Laufen sehr zielsicher zu schießen. Nicht weit vor sich erkannte Metcalfe einen felsigen kleinen Hügel. Er hielt darauf zu, weil er hoffte, im Buschwerk zwischen den Felsbrocken zumindest zeitweilig vor den Geschossen Deckung zu finden. Nach kurzem Zwischenspurt verschwand er mit einem Satz zwischen den Felsen, rutschte aber aus und landete unsanft auf dem steinigen Boden. Als er leise stöhnend den Kopf hob, sah er im schwachen Mondschein Eis glitzern. Er befand sich am Rand eines tiefen Einschnitts, durch den ein breiter, zugefrorener Bach lief. Die Ufer verschwanden unter Eis und Schnee.

Der Einschnitt war fünf bis sechs Meter tief. Ein Sprung aus dieser Höhe war gefährlich. Aber noch gefährlicher wäre es, hier umzukehren. Eine weitere Salve traf die Felsbrocken hinter ihm, Querschläger surrten wie Hornissen über ihn hinweg; die Ungenauigkeit des Feuers verriet allerdings, dass es ihm gelungen war, seinen Vorsprung zu vergrößern. Seine Verfolger waren jetzt so weit hinter ihm, dass sie selbst aus ihren unterschiedlichen Positionen nicht mehr genau zielen konnten. Vielleicht konnten sie ihn nicht einmal mehr sehen; auch das war denkbar. Metcalfe griff nach einem größeren Felsbrocken und warf ihn so weit wie möglich rechts hinter sich, wo er mit dumpfem Aufprall einschlug.

Sofort krachte wieder eine Salve, und die Geschosse zischten nahe der Stelle, wo der Felsbrocken aufgeschlagen war, in die Bäume und ins Unterholz. Das bewies ihm, dass sein taktisches Ablenkungsmanöver wirkungsvoll gewesen war.

Ohne lange nachzudenken – allein aus Überlebenstrieb handelnd –, sprang er in die Tiefe, zog dabei die Beine an, um den Aufprall abzufedern, und landete mit lautem Krachen auf dem vereisten Bachufer. Schmerzen durchzuckten seinen Körper, als er das Gleichgewicht verlor und die Uferböschung hinunterschlitterte. Er rappelte sich unsicher auf, blieb an dem zugefrorenen Bach stehen und prüfte das Eis mit einem ausgestreckten Fuß. War es tragfähig, konnte er den Bach hier überqueren? Metcalfe trat vorsichtig aufs Eis, riskierte einen weiteren Schritt ... Er brach in einer Luftblase unter dem Eis ein und stand bis zu den Knien in Eiswasser. Er schnappte nach Luft. Das Wasser war so eiskalt, dass seine Füße rasch gefühllos wurden, während er sich, durchs Bachbett watend, bemühte, wieder auf tragfähiges Eis zu kommen.

Weit hinter ihm fielen nochmals Schüsse, die zu beweisen schienen, dass seine Verfolger sich hatten täuschen lassen, dass sie in die falsche Richtung gingen. Allerdings brauchte nur einer von ihnen das Hochufer des Bachs zu erklettern, um Metcalfe hier unten zu entdecken.

Das Eis war dünn; es zerbrach, während er durchs kalte Wasser dem anderen Ufer zustrebte. Als er es schon fast erreicht hatte, blieb er mit dem rechten Fuß, der jetzt völlig gefühllos war, an irgendetwas hängen, sodass er nach vorn fiel und mit der Brust vor dem vereisten Bachufer landete. Nun war seine Kleidung ganz mit Eiswasser getränkt; er zitterte vor Kälte, als er sich aufzurappeln versuchte. Seine Füße, die er längst nicht mehr spürte, wollten nicht mitmachen. Sie stellten nur totes Gewicht dar, das sich nicht willkürlich bewegen ließ. Metcalfe hob den Kopf und sah sieben bis acht Meter vor sich am Fuß des jenseitigen Steilhangs einen mit einer dünnen Eisschicht bedeckten Haufen aus Laub und toten Zweigen, den ein Sturm dort angeweht haben musste. Er kroch auf allen vieren weiter, bis er den Haufen erreichte, und stürzte sich dann mit letzter Kraft hinein. Die brüchigen Zweige gaben unter seinem Gewicht nach, sodass er tief im Laub versank. Seine kraftlos zitternden Beine trugen ihn nicht mehr. Er war völlig erschöpft und musste sich ausruhen. Hätte er weiterzurennen versucht, wäre er rasch eingeholt worden. Er war ausgepumpt; seine Reaktionsfähigkeit war vorerst dahin. Deshalb häufte er mit beiden Händen welkes Laub und Zweige und mit Schnee vermischtes Erdreich über sich, bis er ganz in dem Laubhaufen eingegraben war.

Eine, höchstens zwei Minuten später hörte Metcalfe trampelnde Schritte und laute Stimmen, die sich rasch näherten. Woher sie genau kamen, konnte er nicht beurteilen: Die NKWD-Männer konnten auf dem Hochufer über ihm sein oder ins Bachbett hinabgeklettert sein, wo sie das zersplitterte Eis auf dem sonst überall zugefrorenen Bach sehen mussten. Die Spur würde auf den Laubhaufen zuführen, in dem er versteckt lag. In dem er, am ganzen Leib vor Kälte zitternd, lag.

Dann ertönte ein Schrei. Aus welcher Entfernung er kam, konnte Metcalfe nicht beurteilen. »Dort drüben ist er – ich *sehe* ihn!« Das schien der jüngste Mann der Streife zu sein, der, der ihn im Wald entdeckt hatte. Sein Dialekt verriet, dass er ein Bauernjunge war.

»Wo?«

»Dort! Wasja, du Dummkopf, dort *drüben*!«

»Mit dem Gewehr, Schwachkopf! Nicht mit der Pistole!«

Hatten sie ihn entdeckt, weil ein Stück von seinem Mantel unter dem Laub sichtbar war? Er krümmte sich zusammen und versuchte, sich noch kleiner zu machen. Was hätte er sonst tun sollen? Wenn sie sich geirrt hatten und in eine andere Richtung zielten, dann hätte er keinen größeren Fehler machen können, als aus seinem Versteck aufzuspringen. Hatten sie sich jedoch nicht getäuscht und einer von ihnen legte jetzt an, um mit seinem Gewehr auf ihn zu schießen, dann war er so gut wie tot. Ein gut gezielter Kopfschuss würde ihn erledigen.

»Na gut«, sagte die junge Stimme.

Metcalfe war kein gläubiger Christ, aber jetzt schickte er ein Stoßgebet gen Himmel, dass sie zu weit entfernt waren, um genau zielen zu können. Er kniff die Augen fest zusammen und bemühte sich, an überhaupt nichts zu denken. Sein Herz raste.

Und dann hallte ein Schuss durch den Wald.

Nichts traf Metcalfe oder schlug auch nur in seiner Nähe ein. Wohin der Schuss gegangen war, blieb ungewiss, denn er hörte keinen Einschlag. Jedenfalls hatte dieser Schuss nicht ihm gegolten.

»Daneben!« Eine ältere Stimme.

»Ich hab ihn gesehen!« Das war der Junge. »Ich hab seine Gestalt, seine Silhouette gesehen. Ganz deutlich!«

»Idiot!«, brüllte einer der beiden älteren Männer. »Das war ein Reh!«

»Das war kein Reh!«

Eine weitere Stimme, der dritte Mann der Streife: »Artjom hat Recht. Das war ein Reh. Ich glaube sogar, dass es ein Hirsch war. Aber du hast vorbeigeschossen.«

»Ich weiß, wie ein Hirsch aussieht!«, protestierte der Jüngste. »Als Junge bin ich oft mit meinem Vater auf die Jagd gegangen.«

»Du bist noch immer ein Junge, und du hast gerade auf einen Hirsch geschossen und ihn nicht getroffen«, sagte einer der Älteren.

»Also gut, meinetwegen war's ein Reh«, gab der Junge zu, »aber ich weiß bestimmt, dass ich vorhin einen Mann gesehen habe. Ich kenne den Unterschied zwischen einem Mann und einem Reh.« Aber sein Protest ging im höhnischen Gejohle der anderen unter.

Die unsichere, trotzige Stimme des jungen Soldaten und die spöttischen Bemerkungen der anderen bewiesen, dass die Männer nicht länger überzeugt waren, einen durch den Wald flüchtenden Mann verfolgt zu haben.

»Na, hat dir der kleine Jagdausflug Spaß gemacht, Sascha? Nachdem du uns zwanzig Kilometer durch diesen gottverdammten Wald gehetzt hast? Ich denke, das war genügend Sport für eine Nacht. Es ist kalt, und unsere Wache ist bald zu Ende.«

»Scheißkalt«, bestätigte einer der anderen Männer. »Der junge Genosse Schubenzow wird für seine tapferen Bemühungen, den konterrevolutionären Hirsch trotz des Widerstands seiner Helfer aus Kulakenkreisen aufzuspüren und zu liquidieren, mit dem Stalinorden ausgezeichnet. Los jetzt, wir hauen ab!«

*

Metcalfe blieb noch lange – mindestens eine halbe Stunde, obwohl er die Zeit nicht mehr gut abschätzen konnte – unter Laub, Zweigen und Schnee begraben, bevor er sein Versteck zu verlassen wagte. Er hörte, wie die NKWD-Männer sich laut lachend und johlend entfernten. Sie hörten nicht auf, ihren jungen Kameraden, der ihn zuerst entdeckt hatte, erbarmungslos zu verspotten. Vermutlich hatte der Junge tatsächlich einen Hirsch gesehen, auf ihn geschossen und Metcalfe so das Leben gerettet. Vor ihnen war kein Mann, sondern ein Hirsch durch den Wald gebrochen, dachten die anderen jetzt. Dem jüngsten Mann der Streife, der ihn mit scharfen Augen wirklich gesehen hatte – jedoch nur als Silhouette und aus großer Entfernung –, glaubte niemand mehr. Trotzdem wartete Metcalfe, bis er überzeugt war, dass kein Soldat der Patrouille zurückgeblieben war. Falls eine andere Streife sie abgelöst hatte, war nichts von ihr zu hören.

Obwohl sein schmerzender Körper in dieser unbequemen Lage steif geworden war, waren seine Füße nicht mehr ganz gefühllos. Die kurze Verschnaufpause hatte ihm gut getan. Er rappelte sich mühsam auf und schüttelte Eis, Schnee und Laub von sich ab. Obwohl er unterkühlt und erschöpft war, musste er schleunigst von hier verschwinden. Zu seinem Glück war der Nachthimmel nicht mehr so stark bewölkt. Der Mond schien immer wieder durch Wolkenlöcher, sodass Metcalfe sich orientieren konnte. Mit Kompass und Stablampe marschierte er in Richtung Datscha durch den Wald und horchte dabei ständig auf Geräusche, die ihn vor einer weiteren Patrouille warnen konnten.

Er würde irgendwie nach Moskau zurückkehren müssen, und das war von der Datscha aus bestimmt am ehesten möglich. Dort würde es Autos geben, von denen er notfalls eines stehlen konnte; dort würde es Gäste geben, die er bitten konnte, ihn in die Stadt mitzunehmen. Sein Ruf als trinkfreudiger Partygänger würde ihm zustatten kommen, wenn er sein erbärmliches Aussehen erklären musste: Er sei draußen mit einem Mädchen verabredet gewesen, konnte er verlegen behaupten; er sei betrunken gewesen, hingeknallt und bewusstlos geworden ... Irgendeine Geschichte dieser Art ließ sich erfinden und würde vermutlich sogar geglaubt werden. War die Gattin des Botschafters noch dort, was anzunehmen war, weil sie Wochenendgäste hatte, dann würde sie nur zu gerne die tollsten Geschichten über ihn glauben. Gewiss, sie hatte ihn wegfahren gesehen, aber sie würde nicht im Geringsten überrascht sein, wenn sie hörte, dass er mit einer Frau verabredet gewesen war ...

Als er sich der Datscha näherte, stieß er als Erstes auf den Stall, den er von der Veranda aus gesehen hatte. Hier waren die Pferde von Botschaftsangehörigen eingestellt. Und hier würde er für den Rest der Nacht schlafen können, ohne irgendwelche Fragen beantworten zu müssen.

Er bemühte sich, den Stall möglichst lautlos zu betreten, um die Tiere nicht zu wecken.

Aber er hörte die Pferde schnauben und prusten, als er hereinkam. Von der Stalldecke hing eine Petroleumlampe herab, die vermutlich wegen der Pferde auch nachts brannte. Sie strahlte flackerndes gelbliches Licht ab. In den insgesamt zehn Boxen standen nur drei Pferde: prachtvolle Araber, zwei Schwarze und ein Brauner. Ein Pferd wieherte leise. Diese Tiere waren schön, aber ziemlich nervös, und wenn er's nicht schaffte, sie zu beruhigen, würden sie vielleicht so viel Lärm machen, dass jemand vom Personal oder die in der Datscha schlafenden Gäste aufwachten.

Ein Pferd nach dem anderen begann den Kopf zu heben, einen langen Hals zu machen und durch die Nüstern zu schnauben. Ihre Ohren waren jetzt aufgestellt, wurden nach hinten gedreht, sie horchten aufmerksam. Metcalfe näherte sich dem ersten Tier nicht genau von hinten, was es nervös gemacht hätte, sondern von der Seite. Dabei sprach er halblaut und beruhigend auf das Pferd ein. Das Tier prustete leise, als er begann, erst Hals und Widerrist und danach seine schlanken Flanken zu tätscheln. Binnen weniger Minuten legte sich die Nervosität des Pferdes; seine gespitzten Ohren sanken nach vorn, und es bleckte nicht mehr die Zähne. Auch die anderen Tiere wurden ruhiger. Ihr Atem wurde regelmäßig, fast unhörbar.

Metcalfe streckte sich auf einigen Strohballen in der Nähe der etwas Wärme spendenden Petroleumlampe aus. Der dringend benötigte Schlaf kam rasch, aber ihn quälten seltsame, wirre Träume.

Ein Strahl hellen Sonnenlichts weckte Metcalfe. Es war früher Morgen, und obwohl er noch stundenlang hätte weiterschlafen können, wusste er, dass er schleunigst aufbrechen musste. Er fühlte sich wie zerschlagen, denn das unbequeme Nachtlager im Stroh hatte die Prellungen und Zerrungen, die er auf der Flucht durch den Wald erlitten hatte, noch verschlimmert. Und er war über und über mit staubigem Stroh bedeckt. Er setzte sich auf, wischte sich Stroh aus dem Gesicht und rieb sich dann die müden Augen.

Plötzlich knarrten rostige Türangeln, und der Stall wurde von Sonnenlicht durchflutet. Die Tür öffnete sich. Metcalfe sprang auf, war mit einem Satz in einer leeren Pferdebox und drückte sich an die Seitenwand. Die Pferde wieherten leise – nicht ängstlich, sondern zur Begrüßung. Sie schienen die Gestalt zu kennen, die jetzt hereinkam.

Das tat auch Metcalfe.

Eine schlanke Gestalt in Reitkleidung mit einer Strickmütze mit Ohrenklappen: Lana.

Kapitel Achtzehn

»Lana«, sagte er halblaut.

Sie blinzelte, als sei sie überrascht, ihn zu sehen, und wirkte trotzdem nicht völlig überrascht. Bevor sie ihrem Gesicht einen missbilligenden Ausdruck geben konnte, erhaschte Metcalfe einen flüchtigen Blick auf etwas, das Freude täuschend ähnlich sah.

»Stiwa?« Sie schien zu versuchen, einen kühlen, ermahnenden Ton in ihre Stimme zu legen. »Aber ... wir waren uns doch einig, heute bei Einbruch der Dunkelheit im Sokolniki-Park.«

»Ich konnte es wohl nicht erwarten.«

Sie schüttelte den Kopf und musste unwillkürlich kichern. »Sieh dich bloß an! Was ist aus dem bestgekleideten Mann in ganz Moskau geworden?«

Er sah schlimm aus, das wusste er: Er hatte Stroh im Haar und an allen seinen Sachen, und er roch nach Pferd. »Siehst du, wozu du mich getrieben hast, *duschka*?«

»Ich gehe reiten. Das ist heutzutage eine meiner wenigen Vergnügungen.«

»Und dein deutscher Freund?«

Sie verzog das Gesicht. »Der steht selten vor Mittag auf. Er merkt nicht mal, dass ich fort bin. Drüben im Haus schlafen noch alle.«

»Dann stört's dich also nicht, wenn ich mitkomme?«

Sie nickte knapp. »Es stört mich nicht.«

Lana sattelte ihr Pferd rasch, aber Metcalfe war ebenso schnell. Als passionierte Reiterin hatte seine Mutter dafür gesorgt, dass er schon als kleiner Junge reiten gelernt hatte. Aber er staunte darüber, dass Lana so gut mit Pferden umgehen konnte; das hatte sie wohl in den letzten Jahren dazugelernt. *Wie so vieles, das sich an ihr verändert hat,* dachte er.

Durch den Wald führte ein Reitweg, der ihm bisher nicht aufgefallen war. Die Bäume entlang des Weges waren seit längerer Zeit nicht mehr ausgelichtet worden, sodass sie beim Reiten von kleinen Zweigen gepeitscht wurden. Metcalfe überließ die Wahl des Tempos ganz Lana. Sobald der Reitweg etwas breiter wurde, beugte sie sich nach vorn, schnalzte mit der Zunge und presste die Beine zusammen. Ihr Pferd, der kastanienbraune Araber, verfiel in einen kurzen Galopp. Sie ritt, als sei sie im Sattel geboren.

Dann wurde der Weg so breit, dass sie nebeneinander reiten konnten, aber als er sich wieder verengte, übernahm Lana erneut die Führung. Metcalfe wandte sein Gesicht der milden Morgensonne zu. Sie wärmte ihn, beruhigte ihn. Während sie schweigend weiterritten, ließ er sich für einige Augenblick vom gleichmäßigen Rhythmus des Pferdetrabs einlullen und hatte das Gefühl, alles sei wieder so wie früher. Die Angst, der Terror, die Verdächtigungen – alles war vergessen. Er beobachtete Lanas schlanke Gestalt, die mit dem Pferd verwachsen zu sein schien. Ihre vollkommen ebenmäßigen Züge, die von der fröhlich bunten Strickmütze umrahmt waren, wirkten entspannt noch schöner. Die Traurigkeit, die sie anscheinend befallen hatte, war verschwunden. Gott, wie sehr er sie liebte!

Nach einiger Zeit begann Metcalfe das Gelände vor ihnen bekannt vorzukommen. Er rief Lana an, machte sie auf sich aufmerksam, riss sie aus ihren Tagträumen. Dann zeigte er in den dichteren Teil des Waldes, durch den er nachts geflüchtet war. Erst vor vier oder fünf Stunden, auch wenn seither ein ganzer Tag vergangen zu sein schien. Lana wirkte leicht verwirrt, folgte ihm jedoch vom Reitweg in den Wald hinein. Sie ließen die Pferde im Schritt gehen, während sie sich einen Weg zwischen den Bäumen hindurch suchten.

Nach einigen Minuten rief Lana: »Hier ist kein Weg!«

»Ja, ich weiß.«

»Das Gelände wird immer schwieriger. Wir nwje zum Weg zurückreiten.«

»Ich muss etwas finden. Das dauert nicht lange.«

Wenig später stießen sie auf einen Baum, dessen Stamm mit einem roten Farbklecks markiert war. Jetzt wusste Metcalfe wieder, wo er war. »Wartest du bitte einen Augenblick hier?« Er stieg ab und sah sich nach der Stelle um, an der er Laub, Moos und Tannennadeln über dem Funkgerät zusammengescharrt hatte. Sein Blick fiel sofort auf etwas Unerwartetes, das er hier noch nie gesehen hatte.

Die lockere Schicht aus Laub, Moos und Tannennadeln, die sonst überall den Waldboden bedeckte, war weggescharrt worden. Der große flache Stein lag nicht mehr an seinem Platz, sodass die von Roger ausgehobene Grube sichtbar war. Aber das Loch war leer. *Das Funkgerät war weg.*

Metcalfe wusste sofort, was passiert war, und er hatte das Gefühl, eine eisige Hand greife nach seinem Herzen. Der jüngste Mann der Streife war zurückgegangen, war der eigenen Spur gefolgt. So musste es gewesen sein. Vermutlich hatte er sich über den erbarmungslosen Spott seiner Kameraden so geärgert, dass er den Wald abgesucht hatte, um einen Beweis dafür zu finden, dass er nicht nur einen Hirsch gesehen hatte. Das Funkgerät war gut versteckt gewesen, aber er hatte sich auf das Gebiet konzentriert, in dem er den Unbekannten zuerst gesehen hatte, und war irgendwie auf das Versteck gestoßen. Damit war seine Ehre gerettet, und er hatte das Gerät im Triumph zu seinen Kameraden geschleppt und ihnen damit bewiesen, dass er von Anfang an Recht gehabt hatte.

Und nun – falls alles wirklich so abgelaufen war – wusste die NKWD-Patrouille, dass sie hier draußen im Wald keinen Hirsch und keinen zufälligen Eindringling, sondern einen ... Spion verfolgt hatte. Einen echten Spion – eine Entdeckung, die ihnen eine Beförderung sichern und in der NKWD-Zentrale wie eine Bombe einschlagen würde. Ein hochmodernes Funkgerät aus britischer Fertigung! Ein klarer Beweis dafür, dass in Moskau Spione am Werk waren! In der Lubjanka würde die ganze Nacht über Licht brennen; dringende Sitzungen würden einander jagen, hektische Telefongespräche würden geführt werden, die Verantwortlichen würden sich rechtfertigen müssen.

Plötzlich hatte sich alles verändert. Der NKWD würde mit Hochdruck nach einem Spion fahnden – oder nach einem Spionagering, denn hier galt dieselbe Vermutung wie bei Kakerlaken: Wo eine war, gab es zweifellos mehrere.

Es war gefährlich, hier zu sein, an dieser Stelle, wo das Funkgerät entdeckt worden war. NKWD-Trupps würden eingeteilt werden, sich in der näheren Umgebung versteckt zu halten und dem Spion aufzulauern, der zweifellos hierher zurückkehren würde, genau wie es Verbrecher angeblich immer wieder an den Tatort zurückzog.

Er musste sofort von hier verschwinden!

Metcalfe hastete zu der Stelle zurück, wo Lana mit den Pferden auf ihn wartete. Als er sich in den Sattel schwang, war ihm offenbar anzusehen, dass er unter Schock stand.

»Darling, was ist passiert? Ist irgendwas nicht in Ordnung?«

»Nichts«, sagte er mit gepresster Stimme. Er ruckte am Zügel, damit sein Pferd sich in Bewegung setzte und durch den Wald zum Reitweg zurückkehrte. Einige Sekunden später verbesserte er sich: »Alles.«

Lana starrte ihn an, dann nickte sie, als verstehe sie, was er meinte. »Willkommen in der Sowjetunion«, sagte sie mit grimmigem, wissendem Lächeln.

Sobald sie den Weg erreichten, ritten sie zur Datscha zurück, wobei Metcalfe diesmal die Führung übernahm. Vor dem Stall stiegen sie ab und führten die Pferde hinein. Lana pumpte einen Wassereimer voll; ihr Pferd trank gierig daraus. Sie füllte noch einen Eimer und stellte ihn Metcalfes Pferd hin, das ebenfalls trank. Die Tiere kannten sie und vertrauten ihr. Als Nächstes nahm sie ihrem Pferd den Sattel und das Zaumzeug ab, schüttelte die Satteldecke aus, bevor sie sie aufhängte, spülte die Gebissstange unter der Pumpe ab und hängte das Zaumzeug ebenfalls auf. Das alles tat sie rasch und gewandt, während sie leise mit ihrem Pferd redete und es immer wieder streichelte. Sie nahm ein Handtuch vom Haken, rieb damit den Pferderücken ab, um die Durchblutung wieder in Gang zu bringen, und fing dann an, ihr Pferd mit einer weichen Drahtbürste zu striegeln. Metcalfe tat das Gleiche. Sie arbeiteten schweigend, aber dieses Schweigen war nicht unbehaglich. Es fühlte sich gesellig an, als seien sie alte Freunde, die nicht viel Worte zu machen brauchten. Nachdem Lana noch die Hufe ihres Pferdes nach eingetretenen Steinen abgesucht hatte, führte sie es in seine Box zurück.

Als Metcalfe das Boxengatter hinter seinem Pferd schloss, sah er, dass sie zu ihm herübergekommen war, als wollte sie etwas sagen.

»Lana«, begann er, aber sie legte ihm eine Hand auf den Mund: eine rasche Berührung, ein Zeichen, dass er schweigen solle. Ihr Gesicht war zu ihm emporgehoben; ihre Augen waren voll Tränen. Dann hob sie beide Hände, um sein Gesicht zu umfassen. Er umschlang sie mit den Armen, drückte sie an sich. Ihre Lippen öffneten sich, als sie seine berührten. Er konnte die heiße Nässe ihrer Tränen auf seinem Gesicht fühlen. Sie zitterte am ganzen Leib. Er ließ seine Hände über ihren Rücken gleiten, streichelte sie, liebkoste sie, während sie sich mit einer Leidenschaft küssten, die ihn überraschte. Er zog sie noch enger an sich. Seine Hände kneteten ihre Rückenmuskeln, ihr Gesäß, dann ließ er eine Hand nach oben zu ihrer Brust gleiten. Lana löste abrupt ihre Lippen von seinen. »Oh Gott, Stiwa«, flüsterte sie verzagt. »Liebe mich. Bitte. *Liebe* mich!«

*

Ihr Bett war eine hastig über ein paar Heuballen geworfene Pferdedecke. Sie war rau und nicht besonders weich, aber im Feuer ihrer Leidenschaft merkten sie das beide nicht. Sie liebten sich rasch und wortlos, entkleideten sich dabei nur teilweise. Und ebenso schnell zogen sie sich wieder an, denn ohne das ausdrücklich sagen zu müssen, fürchteten beide, sie könnten hier entdeckt werden. Während Lana sich anzog, begann sie eine Melodie zu summen.

»Was ist das?«, fragte Metcalfe.

»Was ist *was*?«

»Dieses Lied. Er kommt mir bekannt vor.«

Sie lachte. »›*Comme ils etaient forts tes bras qui m'embrassaient.*‹ Wie stark deine Arme waren, die mich umfingen. Aus irgendeinem Grund ist mir dieses Lied in den Sinn gekommen.«

»Es klingt hübsch. Treffen wir uns also heute Abend?«

»Ja, natürlich. Warum nicht?«

»Rudolf ... Wird er nicht misstrauisch werden?«

»Bitte«, sagte sie irritiert. »Ich war erstmals seit langer, langer Zeit wieder glücklich. Warum musstest du seinen Namen erwähnen?«

»Wieso gibst du dich überhaupt mit ihm ab? Ich weiß, dass du ihn nicht liebst. Das verstehe ich nicht.«

»Es gibt vieles, was du nicht verstehst, Stiwa.«

»Erklär's mir.« Er legte seine Hand auf ihre.

Sie biss sich auf die Unterlippe. »Ich hatte keine andere Wahl.«

»Keine Wahl? Man hat immer eine Wahl, *milenki*.«

Lana schüttelte langsam und traurig den Kopf, hatte wieder Tränen in den Augen. »Nicht als Gefangene, *dorogoi moi*. Nicht als Geisel.«

»Was soll das heißen? Wie kann dieser ...«

»Es geht um meinen Vater. Er weiß, dass ich meinen Vater liebe, dass ich *alles* tun würde, um ihn zu beschützen.«

»Rudolf von Schüssler bedroht deinen Vater?«

»Nein, nicht so direkt. Er ... er hat ein Schriftstück. Ein Stück Papier, das meinem Vater den Tod bringen würde. Das bewirken würde, dass mein Vater hingerichtet wird und ich verhaftet werde.«

»Lana, was zum *Teufel* ...«

»Hör mir zu. Hör mir *bitte* nur zu!« Sie nahm seine Hand in ihre und hielt sie fest umklammert. »Du hast bestimmt schon von Marschall Michail Nikolajewitsch Tuchatschewski, dem großen Helden der Oktoberrevolution, gehört.«

»Ich kenne den Namen, ja.«

»Er hat im Jahr 1918 Moskau verteidigt und 1920 Sibirien erobert. Ein großer, loyaler Militärführer. Der Chef des Generalstabs der Roten Armee. Und ein alter Freund meines Vaters. Wir waren oft bei seiner Familie zum Essen eingeladen. Mein Vater hat ihn angebetet. Er hatte ein gerahmtes Foto von Tuchatschewski und ihm selbst bei uns zu Hause auf dem Flügel stehen.« Sie holte tief Luft, als nehme sie ihren ganzen Mut zusammen. »In einer Mainacht – das war vor drei Jahren, im Jahr 1937 – wurde an unserer Tür geklingelt, als ich schon im Bett war. Ich dachte, das sei irgendein Witzbold, irgendein Rowdy oder Betrunkener, also habe ich mich nur umgedreht und mir das Kissen über den Kopf gezogen. Aber das Klingeln hörte nicht auf. Ich sah auf die Uhr. Es war schon nach Mitternacht. Endlich ließ der Störenfried ab, und ich konnte wieder einschlafen. Ich brauchte meinen Schlaf, denn ich hatte am nächsten Abend einen großen Auftritt in *Dornröschen*.

Wenig später wachte ich erneut auf – diesmal von lauten Stimmen. Eine davon gehörte meinem Vater. Ich stand auf und horchte. Die Stimmen kamen aus Vaters Arbeitszimmer. Er schien sich mit jemandem zu streiten. Ich lief hin, blieb aber vor der nicht ganz geschlossenen Tür stehen. Durch den Türspalt konnte ich verfolgen, wie mein Vater, der seinen Schlafrock trug, erregt mit Tuchatschewski diskutierte. Da ich anfangs glaubte, der Marschall habe meinen Vater aus irgendeinem Grund angebrüllt, wurde ich ziemlich ärgerlich. Ich stand da und horchte. Dabei wurde mir bald klar, dass Vater keineswegs Tuchatschewski anbrüllte – er war wütend, zorniger, als ich ihn je erlebt hatte, aber nicht auf seinen Freund Michail Nikolajewitsch. Er war auf Stalin wütend. Aber Tuchatschewski wirkte nicht aufgebracht. Seine Stimme klang betrübt, resigniert, fast kummervoll.

Ich trat einen kleinen Schritt weiter vor, um beide Männer sehen zu können, und sah zu meinem Entsetzen, dass Tuchatschewski ergraut war. Als ich ihn zwei Wochen zuvor gesehen hatte, war sein Haar noch schwarz gewesen. Offenbar war ihm etwas Schreckliches zugestoßen. Ich zog mich lautlos zurück. Hätten die beiden mich gesehen und gewusst, dass ich sie belauschte, dann hätten sie sofort geschwiegen. Und ich hatte das Gefühl, das Thema ihrer Diskussion sei so ernst, so gefährlich, dass mein Vater mir nie davon erzählen würde. Er will mich ständig beschützen, weißt du.«

»Aber nicht, weil er dich bevormunden will, *duschka*. Sondern weil er dich liebt.«

»Ja. Das weiß ich jetzt, aber ich habe mich viele Jahre lang darüber geärgert, dass er mich hartnäckig wie ein kleines Kind behandelte. Ich horchte also weiter und bekam mit, wie Tuchatschewski erzählte, Stalin und sein NKWD behaupteten, sie hätten innerhalb der Streitkräfte eine riesige Verschwörung aufgedeckt. Er berichtete, der NKWD folge ihm auf Stalins ausdrücklichen Befehl auf Schritt und Tritt. Gerüchteweise hieß es, Stalin besitze handfeste Beweise dafür, dass einige seiner höchsten Offiziere mit Unterstützung des deutschen Oberkommandos planten, ihn durch einen Staatsstreich zu stürzen. Und einer dieser Verschwörer sollte ... Tuchatschewski sein!«

»Das ist doch völlig verrückt.«

»Meinst du? Ich weiß nicht mehr, was wahr ist. Ich weiß nur, dass mein Vater und er sich in privaten Gesprächen immer darüber einig waren, Stalin sei ein gefährlicher Mann.« Sie senkte die Stimme zu einem Flüstern. »Mein Vater verabscheut Stalin. Das weiß ich bestimmt. Er lässt nicht zu, dass der Name Stalin bei uns erwähnt wird. Oh, in der Öffentlichkeit erhebt er überall sein Glas aufs Wohl des Generalsekretärs. Wo andere zuhören, lobt er Stalin in höchsten Tönen. Er ist schließlich nicht dumm. Aber er *hasst* diesen Mann. Und Tuchatschewski hat ihn ebenfalls gehasst.«

»Was waren das für ›handfeste Beweise‹, die Stalin hatte? Sind sie jemals bekannt geworden?«

»Sie wurden nie veröffentlicht, nein. Aber es hat Gerüchte gegeben. Angeblich war dem NKWD aus Prag ein Dossier des tschechischen Geheimdiensts zugespielt worden. Es enthielt Schreiben sowjetischer Generale an ihre Kollegen im deutschen Oberkommando mit der Bitte um Unterstützung eines geplanten Staatsstreichs zum Sturz Stalins. Die Unterschriften, die Stempel, alles wurde genau geprüft und für echt befunden. Einer dieser Briefe trug die Unterschrift Marschall Tuchatschewskis.«

»Er hat einen solchen Brief geschrieben?«

»Diesen Vorwurf hat er natürlich bestritten. Aber seiner Auffassung nach war alles Leugnen zwecklos. Tuchatschewski war davon überzeugt, er und andere würden demnächst verhaftet werden.«

»Er ist also gekommen, um deinen Vater zu warnen?«

»Das muss mit ein Grund seines Besuchs gewesen sein. Vater hat ihm geraten, an Stalin persönlich zu schreiben, um dieses Missverständnis aufzuklären. Tuchatschewski hat erwidert, das habe er bereits getan, aber keine Antwort erhalten. Er hat gesagt, seine Tage seien gezählt, und er fürchte nicht nur um sein Leben, sondern auch um das seiner Angehörigen. Er war völlig verzweifelt.

Am nächsten Morgen fragte ich Vater, wer der nächtliche Besucher gewesen sei. Er hat's mir natürlich nicht gesagt. Er hat behauptet, das gehe mich nichts an. Aber mir ist aufgefallen, dass das gerahmte Foto, das ihn mit Tuchatschewski zeigte, nicht mehr auf dem Flügel stand. Später habe ich es, in Zeitungspapier verpackt, in einer Schublade gefunden. Und wenige Tage später wurden Tuchatschewski und sieben weitere Generale verhaftet. Sie wurden in einem Geheimprozess – das Verfahren dauerte kaum drei Stunden! – wegen Hochverrats und Spionage schuldig gesprochen.«

Ihre Hände umklammerten seine Hand schmerzhaft fest. Aber Metcalfe nickte nur und hörte weiter zu.

»Alle acht haben gestanden«, sagte sie. »Aber diese Geständnisse waren erpresst. Wie wir später erfuhren, waren sie gefoltert worden, und man hatte ihnen erklärt, sie könnten ihr Leben – und vor allem das ihrer Angehörigen – nur retten, indem sie gestanden, mit den Deutschen konspiriert zu haben. Sie wurden in der Lubjanka hingerichtet. Übrigens nicht im Keller, sondern tagsüber auf dem Hof. Während der Hinrichtung ließen NKWD-Männer die Motoren von Lastwagen aufheulen, um die

Schüsse zu übertönen.« Sie machte eine lange Pause, und Metcalfe schwieg ebenfalls. Das einzige Geräusch war das gelegentliche Schnauben der Pferde. »Vor dem Erschießungskommando«, fuhr sie endlich mit brechender Stimme fort, »haben sie ›Lang lebe Stalin!‹ gerufen.«

Metcalfe schüttelte den Kopf. Er legte ihr den freien Arm um die Schultern und drückte sie eng an sich.

»Und natürlich«, sagte Lana, »war dies nicht das Ende, sondern der Anfang einer wahren Blutorgie. Stalins großer Säuberung fielen über dreißigtausend Offiziere zum Opfer. Marschälle, Generale, Hunderte von Divisionskommandeuren, sämtliche Admirale der Kriegsmarine.«

»Lana, was hat diese schreckliche Geschichte mit dir zu tun?«

»Mein Vater«, flüsterte sie, »war einer der wenigen Generale, die nicht verhaftet wurden.«

»Weil er nichts damit zu tun hatte.«

Sie schloss die Augen. Ihr Gesicht war wie von Schmerzen verzerrt. »Weil man ihm nichts nachweisen konnte. Oder durch einen glücklichen Zufall. Auch so was passiert manchmal.«

»›Nichts nachweisen‹? Soll das heißen, dass dein Vater … ein Verschwörer gegen Stalin war?«

»Kaum zu glauben, nicht wahr? Und trotzdem hat er mir oft genug flüsternd erklärt, wie sehr er Stalin hasst. Also muss ich's glauben.«

»Aber er hat dir nie erzählt, er sei an irgendeiner Verschwörung beteiligt gewesen, stimmt's?«

»Das täte er nie! Du weißt, dass mein Vater alle täte, um mich zu beschützen. Ein einziges Wort über seine Schuld, und er würde kurzerhand an die Wand gestellt. Bei Stalin gibt's kein ›im Zweifel für den Angeklagten‹.«

»Wie kannst du dir deiner Sache dann so sicher sein?«

Sie löste sich abrupt aus seiner Umarmung, stand auf, ging zu dem Braunen hinüber und tätschelte geistesabwesend seine Flanke. Sie schreckte offenbar vor etwas zurück, das für sie sehr schmerzlich war. Ohne Metcalfe anzusehen, begann sie nach einigen Minuten wieder zu sprechen.

»Vor einigen Monaten war ich zu einer Abendgesellschaft in der deutschen Botschaft eingeladen. Zu diesen festlichen Veranstaltungen, wie sie die Deutschen lieben, laden sie immer die *Crème de la Crème* der Moskauer Gesellschaft ein – auch berühmte Schauspieler und Sänger und Tänzer. Offen gesagt gehe ich auf solche Feste, um mich mal wieder satt zu essen. Ehrlich! Ich schäme mich, das zu gestehen, aber es ist wahr.

An jenem Abend hat ein deutscher Diplomat das Gespräch mit mir gesucht und mich gefragt, ob ich die Tochter des berühmten Generals Michail Baranow sei.«

»Rudolf von Schüssler.«

Lana nickte. »Wieso interessierte ihn das, habe ich mich gefragt. Mein Vater arbeitet jetzt im Verteidigungskommissariat, und obwohl er nur einen langweiligen kleinen Schreibtischposten hat, muss ich in der Wahl meiner Gesprächspartner immer vorsichtig sein. Spione gibt's überall, wir werden ständig gewarnt. Er schien alles über Vaters militärische Laufbahn zu wissen – weit mehr, als ich selbst wusste. Und er sagte, er würde mich gern unter vier Augen sprechen, weil er mir etwas mitzuteilen habe, das mich sehr interessieren würde. Damit hat er es geschafft, mich neugierig zu machen. Also nahmen wir unsere Cocktails in eine Ecke des Raums mit, wo wir uns ungestört unterhalten konnten.

Von Schüssler war offensichtlich ein kultivierter Mann, ganz anders als viele der ungehobelten Nazis, die ich schon kannte. Trotzdem machte er keinen sonderlichen Eindruck auf mich – er wirkte arrogant und egozentrisch, und sein Charme wirkte gekünstelt. Aber er sprach sehr lässig und beiläufig, und ich hörte aufmerksam zu. Er erzählte mir, ein alter Freund, der zur SS gegangen sei, habe ihm ein höchst interessantes, streng geheimes Dossier über bestimmte hohe sowjetische Offiziere gezeigt. Einige dieser Dokumente besitze Stalin schon, andere seien ihm noch unbekannt.«

»Jesus, Lana, *dorogaya*. Welche Angst du ausgestanden haben musst!«

»Er muss die Angst auf meinem Gesicht gesehen haben. Ich konnte nichts dagegen tun – ich erröte leicht; ich kann meine Gefühle nicht gut verbergen. Ich habe nichts gesagt und so getan, als wüsste ich gar nicht, was er meinte, aber er konnte mein Entsetzen spüren. *Boshe moi*, Stiwa! Er hat gesagt, das Dossier enthalte weitere Briefe mit Namen, von denen Stalin bisher nichts wisse. Die SS sammle emsig Belastungsmaterial, um es bei Bedarf als Trumpfkarte einsetzen zu können.«

»Das Schwein hat dir gedroht!«

»Aber nicht so *vulgär*, Stiwa. Nicht so offenkundig. Alles sehr subtil und mit Unterstatement. Von Schüssler hat mir versichert, er sehe keinen Grund, weshalb der NKWD dieses Belastungsmaterial erhalten solle. Was vergangen sei, sei vergangen, hat er hinzugefügt. Aber ob ich das nicht höchst *interessant* fände, bemerkte er ganz beiläufig.«

»Auch wenn das sehr subtil ausgedrückt war, hat er dich eindeutig erpresst.«

»Ah, aber er wollte nur mit mir zum Abendessen ausgehen, weißt du. Er hat gesagt, er fände mich sehr interessant und würde mich gern besser kennen lernen.«

»Dieser *Schweinehund.*« Natürlich! Damit war plötzlich alles glasklar. Metcalfe verstand, was passiert war, und fühlte sich angeekelt.

»Selbstverständlich bin ich mit ihm zum Abendessen ausgegangen. Und am nächsten Abend gleich wieder.«

»Du hattest keine andere Wahl«, sagte Metcalfe leise. »Du konntest ihn nicht abweisen.«

Sie zuckte mit den Schultern. »Ich würde alles tun, um meinen Vater zu schützen. Genau wie mein Vater alles täte, um mich zu schützen. Und wenn ich dazu die Nächte mit einem Mann verbringen muss, den ich langweilig und widerwärtig finde ... Nun, in Russland müssen Menschen oft viel Schlimmeres tun, um ihre Lieben zu retten. Menschen lügen und verleumden und verraten ihre besten Freunde an den NKWD. Menschen enden in Straflagern; andere werden durch Genickschuss hingerichtet. Letztlich bedeutet es mir nicht viel, mit Rudolf von Schüssler zu schlafen. Um meinen Vater zu retten, würde ich notfalls weit mehr, weit Schlimmeres tun.«

»Als ich dich im Bolschoi in der Garderobe besucht habe, da hattest du schreckliche Angst, nicht wahr?«

Lana erwiderte seinen Blick, und Metcalfe sah, dass ihr Tränen über die Wangen liefen. »Überall gibt's Spitzel und Zuträger. Hätte er irgendwie erfahren, dass mein amerikanischer Geliebter wieder in Moskau ist ... Ich hatte Angst, dass seine Eifersucht in Wut umschlagen könnte. Und dass er seine Drohung wahr machen würde. Er könnte meinen Vater den NKWD-Wölfen zum Fraß vorwerfen. Oh, Stiwa, ich liebe dich wie mein Leben. Ich habe dich immer geliebt; das weißt du. Aber es kann nicht sein. *Wir* können kein Paar sein.«

Metcalfe hörte kaum, was sie sagte. Sein Verstand wirbelte, drehte sich wie ein Kaleidoskop, das farbige Glassplitter zu immer wieder neuen Mustern anordnet. Lanas Vater, ein prominenter General der Roten Armee, jetzt pensioniert, aber noch im Verteidigungskommissariat beschäftigt. Ihr deutscher Liebhaber, ein Mann, der das Ohr des Botschafters Graf von der Schulenburg hatte. Eine außergewöhnliche Kette von Verbindungen, deren Glieder aus Ehrgeiz, Macht und Zwang geschmiedet waren. Eine Kette, die seine liebste Lana fesselte – aber vielleicht auch eine, die sich *benützen* ließ?

War das von Anfang an Corkys Plan gewesen?

Metcalfe fühlte seinen Puls hämmern. Er stand auf, ging zu Lana hinüber, umarmte sie und tröstete sie. Sie wurde in seinen Armen schlaff, schien mit ihm zu verschmelzen, wurde von tiefen Schluchzern geschüttelt. Minuten verstrichen. Er hielt sie umarmt; sie weinte. Es gab nichts, was er lieber getan hätte, als seine Lana in den Armen zu halten, und tatsächlich war das im Augenblick alles, was er für sie tun konnte; es war auch alles, was sie wollte. Dann brach sie ihr Schweigen, ohne sich von ihm zu lösen. »Weißt du, ich bin wie das russische Volk selbst, *moi lyubimi*. Mir kann niemand mehr helfen.«

»Vielleicht doch«, sagte Metcalfe, dessen Verstand weiter auf Hochtouren arbeitete. »Vielleicht doch.«

*

Die Geruchssymphonie überwältigte den Geiger fast, wie es in geschlossenen Räumen, vor allem in ungewohnter

Umgebung, so häufig der Fall war. Er konnte die Niveacreme riechen, die der kleine Bürokrat offenbar statt Rasierwasser verwendete, den Pfeifentabak Marke Obel und das Rosmarinhaarwasser, das er bei dem traurigen und vergeblichen Versuch benützte, seine beginnende Glatze zu bekämpfen, obwohl es dafür bereits zu spät war. Er konnte die Schuhcreme des Botschaftsangestellten riechen und erkannte die Marke Erdal; sie erinnerte ihn an seine Kindheit und seinen Vater, einen strengen, pedantischen Mann, dessen Stiefel stets glänzend geputzt waren. Sein Vater kaufte große Dosen Erdal, zu denen es Sammelbilder gab, auf denen Zeppeline oder Segelflugzeuge oder – seine Lieblinge – urzeitliche Tiere dargestellt waren. Er erinnerte sich mit Vergnügen an die schönen Farbbilder, auf denen der Diplodocus und der Archaeopteryx und der Plesiosaurus in und über urweltlichen Sümpfen dargestellt waren. Das gehörte zu den wenigen glücklichen Erinnerungen aus seiner Kindheit.

Weniger angenehm war – die meisten Düfte, die ihm in seine empfindliche Nase stiegen, waren leider keineswegs angenehm –, dass er das Mittagsmahl des kleinen Bürokraten riechen konnte, dessen Verdauung wohl nicht gut funktionierte. Der Mann hatte Bockwurst mit Sauerkraut gegessen und offenbar kurz vor dem Eintreffen des Geigers in seinem Büro ausgiebig gefurzt. Der Gestank hatte sich zwar weitgehend, aber eben doch nicht ganz verflüchtigt.

»Wie lang wird diese Liste werden?«, fragte Kleist. »Ich brauche nur eine Aufstellung aller Engländer und Amerikaner, die seit voriger Woche in Moskau eingetroffen sind. Wie viele könnten das sein?« Den Geiger interessierte lediglich, ob ein gewisser Daniel Eigen in den letzten Tagen in Moskau angekommen war.

Natürlich war es denkbar – oder sogar wahrscheinlich –, dass Eigen unter falschem Namen eingereist war. Unabhängig davon, wie der Spion sich jetzt nannte, war eine Liste ein guter Ausgangspunkt. Sie würde Kleist viel Zeit sparen, wenn er von Hotel zu Hotel zog, um die verdächtigen Neuankömmlinge persönlich zu begutachten.

Beim Gespräch mit diesem Mann vergeudete er nur kostbare Zeit. Aber General Ernst Köstring, der Militärattaché, den er eigentlich hätte aufsuchen sollen, war heute auf Dienstreise und hatte ihn gebeten, sein Anliegen diesem Untergebenen vorzutragen.

Der Bürokrat servierte ihm eine Ausrede nach der anderen. Der Mann war ein Meister des im deutschen Auswärtigen Dienst vorherrschenden Talents: Dinge durch Zaudern zu verschleppen. In den vergangenen zehn Minuten hatte er eine wahre Flut von Ausreden dafür improvisiert, dass er nichts tun konnte. Dieser Einstellung begegnete Kleist im Auswärtigen Amt oft – vor allem im Umgang mit dem Sicherheitsdienst, den die dortigen Beamten hassten und fürchteten.

Dass sie den SD hassten, war Kleist ziemlich egal; dass sie ihn jedoch *fürchteten,* war zweifellos nützlich. Auch bei diesem kleinen Bürokraten, der sich, nach Rosmarinhaarwasser und Blähungen riechend, hinter seinem kleinen Schreibtisch aufspielte: *Er mag mich nicht, aber er fürchtet mich*. Diese Bürohengste mit ihren schlaffen Ärschen, ihren schlaffen Seelen widerten ihn an. Sie waren ängstliche, missgünstige Krämerseelen, die sich Männern wie dem Geiger überlegen fühlten, obwohl sie in Wirklichkeit nur Spatzen waren, die sich im Luftstrom hinter einem Adler treiben ließen, oder Mäuse, die in der Nähe eines Löwen Schutz suchten. Diese Virtuosen der Büroklammer und des Heftgeräts – wie banal war ihre Existenz, wie eintönig ihr Leben! Sie ahnten nichts, würden nie etwas von der Transzendenz wissen, die Kleist und sein Mentor Reinhard Tristan Eugen Heydrich kannten: den Freudentaumel, gute Musik zu spielen, die Zuhörer zu Tränen rühren konnte. Oder den ähnlichen Taumel, wenn man jemandem das Leben nahm, was eine andere Art von Musik war: gemessen, rhythmisch, kontrolliert, nicht nur Geschick, sondern Instinkt erfordernd – eine *Kunst.*

Kleist starrte unwillkürlich auf den Hals des Beamten, als der kleine Mann ihm nervös schluckend erklärte, weshalb das *unmöglich* sei, warum sie den NKWD nicht um eine derartige Aufstellung bitten konnten, warum sie nicht mit der sowjetischen Geheimpolizei zusammenarbeiteten, nicht mit ihr zusammenarbeiten *konnten,* weil diese schließlich gegen sie arbeitete, sie misstrauisch überwachte, auch wenn die *offizielle* Politik anders lautete … Der Geiger beobachtete den hüpfenden Adamsapfel des Mannes, den Schildknorpel seines Kehlkopfs, die Bänder und Sehnen und die weiche Muskelhaut. Er war so nackt, so verwundbar. Kleist stellte sich kurz vor, wie es wäre, eine kalte, hochfeste E-Saite um diesen fetten Hals zu legen, sie ruckartig anzuziehen und so diesen Strom hervorquellender Scheiße zu stoppen! Er sah den spitzen Brieföffner auf dem Schreibtisch des Bürokraten und fragte sich, wie es sein müsste, ihn durch einen Augapfel dieses Schwätzers in die weiche Gehirnmasse zu treiben.

Etwas in der Miene des Geigers, ein unmerkliches Aufblitzen seines bösartigen kleinen Wachtraums musste plötzlich bei dem Mann angekommen sein, denn Kleist sah, wie seine Pupillen sich reflexartig verkleinerten, während er heftig zu blinzeln begann, um dann plötzlich einzulenken.

»... was natürlich nicht heißt, dass wir hier in Moskau keine Kontakte hätten«, fuhr er hastig fort. »Wir müssen nur unsere Kollegen in der entsprechenden Abteilung des Außenministeriums ein bisschen schmieren. Sie führen Listen aller ins Land einreisenden Ausländer.«

»Ausgezeichnet«, sagte Kleist. »Wann kann ich die Liste haben?«

Der Bürokrat schluckte, versuchte aber, seine Ängstlichkeit durch ölige Verbindlichkeit zu überspielen. »Ich denke, wir müssten bis Ende der Woche ...«

»Heute. Ich brauche die Liste *heute.«*

Der Mann wurde blass. »Wie Sie wünschen, Herr Hauptsturmführer. Ich versichere Ihnen, ich tue mein Bestes.«

»Und wenn's nicht zu viel verlangt ist – haben Sie vielleicht ein Zimmer für mich, in dem ich Geige üben kann, während ich auf die Liste warte.«

»Gewiss, Herr Hauptstürmführer. Darf ich Ihnen mein Büro zur Verfügung stellen?«

Kapitel Neunzehn

»Heiliger Strohsack, was haben Sie denn angestellt?«, rief Ted Bishop laut, als Metcalfe die Halle des Hotels Metropol betrat. »Sie sehen so schlimm aus, wie ich mich *fühle*. Sogar noch schlimmer als Ihr Zimmer, nachdem die CVJM-Jungs damit fertig waren.«

Metcalfe blinzelte ihm zu, ging aber zum Aufzug weiter. »Sie hatten Recht – die russischen Mädels können ganz schön wild sein.«

»Ich glaube nicht, dass ich das irgendwann gesagt habe.« Bishop wirkte verwirrt. »War bisher eigentlich nicht meine Erfahrung.« Er kam näher, schützte seine blutunterlaufenen Augen mit einer Hand vor grellem Licht, und fügte vertraulich hinzu: »Sie scheinen eine internationale Anhängerschaft zu haben.«

»Wie das?«

»Nicht nur Tschekisten von GRU oder NKWD. Damit muss man hierzulande rechnen. Aber jetzt schnüffeln auch die Krauts hinter Ihnen her.«

»Deutsche?«

»Heute Morgen war ein Kraut-Gentleman hier und hat sich am Empfang nach den Namen kürzlich eingetroffener Gäste erkundigt. Genauer gesagt nach Ausländern, die seit letzter Woche hier abgestiegen sind.«

Metcalfe blieb abrupt stehen, drehte sich um und bemühte sich, den Nonchalanten zu spielen. »Mann, die

Nazis richten sich in Moskau schon mal häuslich ein, was?«, versuchte er zu scherzen. »Fast zu bequem, finden Sie nicht auch?«

Bishop zuckte mit den Schultern. »Dem Typ nach vom SD – vom Sicherheitsdienst, der SS-Geheimpolizei. Aber hier am Empfang ist er nicht recht weitergekommen. Verständigungsschwierigkeiten, wissen Sie. Außerdem mögen die Russkis keine Fragen außer solchen, die sie selbst stellen.«

»Hat er die gewünschten Namen bekommen?« Kürzlich eingetroffene Gäste? Ausländer? Das konnte Zufall sein, aber Metcalfe glaubte nicht recht daran. Wieso ein *Deutscher*?, fragte er sich.

»Ich habe den Kerl zu einem freundlichen kleinen Schwatz beiseite genommen. Sie wissen ja, wie wir nach Neuigkeiten gieren – ich dachte, er wüsste vielleicht etwas über die Zukunftspläne der Krauts; Tratsch, Gerüchte, irgendetwas, das sich ausschlachten ließ. Vielleicht würde er wenigstens ein paar Zeilen in meinem nächsten Korrespondentenbericht wert sein. Sie wissen schon: ›Wie wir von einem deutschen Moskaubesucher erfahren …‹ Zeitungsleser lieben solchen Quatsch. Ich habe alle meine Fähigkeiten als Interviewer eingesetzt. Wir haben uns lange und gut unterhalten.«

»Worüber?«

»Der Kerl ist wirklich ein verdammt guter Musikkenner. Kennt Walter Gieseking persönlich. Und Elisabeth Schwarzkopf auch.«

»Hat er nach den Namen von Gästen gefragt?«

»Ja. Darauf ist er immer wieder zurückgekommen.«

»Und haben Sie ihm weiterhelfen können?« Metcalfe bemühte sich um einen lockeren Tonfall.

»Er hat gesagt, ein alter Freund habe ihn gebeten, jemanden aufzusuchen. Hat gesagt, er könne sich nicht an den genauen Namen erinnern. Einfach jemand, der vor kurzem aus Paris angekommen ist.«

»Nun, dann komme ich nicht in Frage.«

»Mag schon sein. Jedenfalls bin ich besser darin, Informationen zu *bekommen*, als selbst welche zu geben. Eine Berufskrankheit. Irgendwas an seiner Story hat leicht faul gerochen, muss ich sagen. Er konnte sich nicht an den *genauen* Namen erinnern? Bitte! Lass dir was anderes einfallen; dieser Trick ist uralt!«

*

Roger Martin schlief noch, als Metcalfe an seine Zimmertür klopfte. »Hast du Lust auf einen Spaziergang?«, fragte Metcalfe.

»Nicht besonders«, ächzte Roger verschlafen.

»Dann eben ohne Lust. Los, gehen wir!«

Als die beiden das Metropol verließen, folgten ihnen zwei neue NKWD-Agenten, die sofort Beschatterpositionen einnahmen, die Metcalfe als Teil ihrer Standardtechnik bei Überwachungen erkannte. Einer folgte ihnen mit gewissem Abstand; der andere überquerte die Straße und ging parallel zu ihnen weiter. Sie waren keine Amateure, aber sie waren auch nicht besonders gut. Trieb sich irgendwo in der Nähe auch ein bisher unentdeckter Dritter herum – der blonde Agent, der im Vergleich zu diesen beiden mittelmäßigen Typen der reinste Houdini war? Das war natürlich denkbar. Aber Metcalfe war entschlossen, keinem ihrer Beschatter einen Grund für Besorgnis oder Misstrauen zu liefern. Roger und er mussten nur miteinander reden – hier im Freien, außerhalb der Reichweite der im Hotel installierten Mikrofone. Ihre Bewegungen würden regelmäßig und stets berechenbar bleiben.

Seine Beobachter mussten den Eindruck haben, Metcalfe mache einen flotten Morgenspaziergang entlang der verkehrsreichen Avenue: ein Geschäftsmann, der sich einen Vormittag für Besichtigungen freinahm. Aber sein Tonfall war alles andere als gemächlich. Er schilderte Roger hastig, was alles passiert war – von der aggressiven Durchsuchung seines Hotelzimmers über den meisterhaft agierenden Überwacher, der ihm zugewiesen worden war, bis hin zum alarmierenden Verschwinden des Funkgeräts.

Rogers Gesichtsausdruck wurde stetig ernster; als er von dem verschwundenen Funkgerät hörte, fuhr er sichtbar zusammen. »Nach all der Mühe, die es gekostet hat, das verdammte Ding zu vergraben«, sagte er. »Und noch dazu unbeobachtet.«

»Siehst du eine Möglichkeit, ein ähnliches Gerät zu bauen? Den Kristall habe ich noch; eine Morsetaste lässt sich sicher beschaffen, und andere Teile könnten wir aus Kurzwellenempfängern ausbauen …«

»Findest du, dass das praktikabel klingt?«, unterbrach Roger ihn.

»Wahrscheinlich nicht«, gab Metcalfe zu.

»Das kann man vernünftigerweise kaum von jemandem erwarten, stimmt's?«

»Stimmt.«

»Genau. Ich möchte nur, dass wir uns darüber im Klaren sind.«

»Glasklar. Absurd von mir, dass ich das vorgeschlagen habe. Auf keinen Fall zu machen. Aber es muss …«

»Dann mache ich's.«

Metcalfe grinste. »Ich wusste, dass du's machen würdest, Scoop.«

»Das dauert mindestens einen Tag, vielleicht auch zwei.«

»Natürlich. Aber ich muss Corky schon vorher erreichen.« Corcoran musste von dem verschwundenen Funkgerät erfahren; sonst würde er aus dem Ausfall der Funkverbindung schließen, Metcalfe sei geschnappt worden.

»Aber wie? Wir sind abgeschnitten, bis es mir gelingt, ein Funkgerät zu improvisieren. *Wenn* es mir gelingt, wollte ich sagen.«

Metcalfe schwieg lange nachdenklich. »Es gibt eine Möglichkeit, von der Corky mir erzählt hat«, sagte er dann. »Aber ich soll sie nur im äußersten Notfall benützen.«

»Ich nehme an, du meinst nicht eine Nachricht per Kurier. Das dauert endlos lange – mindestens ein paar Tage. Der einzig sichere Übermittlungsweg für diplomatische Nachrichten ist der Telegraf. Telegramme nutzen kommerzielle Kabel, aber sie sind verschlüsselt.«

»Und sie sind nicht sicher.«

»Nicht *sicher*? Das ist die sicherste Übermittlungsmethode, die's gibt! Euer Botschafter benützt sie, um Verbindung mit dem Präsidenten zu halten, verdammt noch mal!«

»Sie *ist* sicher – vor den Russen. Aber nicht vor unseren eigenen Leuten. Die Feinde im Inneren sind ebenso gefährlich wie die äußeren.«

»Jesus«, sagte Roger. »Was empfiehlt Corky also?«

»In unserer Botschaft gibt's offenbar eine abhörsichere Telefonverbindung, deren Existenz sogar vor den meisten Mitarbeitern geheim gehalten wird. Die gesprochene Nachricht geht verschlüsselt und verzerrt über Funk nach Estland, wird dort verstärkt und in ein Überseekabel eingespeist.«

»Der schwarze Kanal«, flüsterte Roger ehrfürchtig. »Jesus, davon habe ich immer mal wieder gerüchteweise gehört, aber ich war überzeugt, das sei alles nur bloßes Geschwätz.«

»Offenbar wird die Verbindung selten genutzt. Weil häufige Benützung die sowjetischen Abhörspezialisten alarmieren würde, bleibt der Gebrauch auf Notfälle beschränkt.«

»Und Corkys Mann in der Botschaft hat Zugang dazu?«

Metcalfe nickte.

»Wieso hast du's so eilig?«

»Irgendwas ist hier nicht in Ordnung. An dem Auftrag, mit dem Corky mich hergeschickt hat, ist etwas *faul.* Rudolf von Schüssler ist überhaupt nicht der Typ eines Doppelagenten, aber das *muss* Corky gewusst haben! Corky weiß viel mehr als ich.«

Roger wirkte nachdenklich. »Du glaubst, dass hier noch etwas anderes vorgeht?«

»Todsicher! Sonst hätte Corky mich völlig umsonst losgeschickt – und das ist überhaupt nicht seine Art. Er hat immer alles perfekt vorbereitet, dann erst schickt er seine Männer in feindliches Gebiet. Für ein derart spekulatives Unternehmen hätte er mich nie Hals über Kopf aus Paris abgezogen. Das ist nicht logisch! Das passt einfach nicht zusammen.«

»Nein«, sagte Roger. »Du hast Recht, glaube ich. Das ergibt keinen Sinn.«

Metcalfe trennte sich von Roger und erreichte auf Umwegen die amerikanische Botschaft. Unterwegs kam er an einem klassizistischen Gebäude vorbei, das durch eine Messingtafel als deutsche Botschaft ausgewiesen wurde. Er sah zu der imposanten Fassade auf und dachte an Rudolf von Schüssler. Alle Informationen, die er über den Diplomaten gesammelt hatte – auch ihr kurzes Gespräch in der amerikanischen Botschaftsdatscha –, ergaben das ziemlich präzise Porträt eines Karrieristen. Weder mutig noch clever, weder ein eifriger Nazi noch ein glühender Nazigegner.

Was hatte Corky also im Sinn? Warum zum Teufel hatte Corky ihn hierher geschickt?

Aus einem offen Fenster in der Seitenfront der deutschen Botschaft drang Musik. Wer bei dieser Kälte das Fenster aufreißt, muss ein Frischluftfanatiker sein, dachte Metcalfe beiläufig. Die Musik war sehr hörenswert: Dort drinnen spielte jemand erstaunlich gut Violine. Aber welches Stück, fragte er sich. Dann kam ihm von irgendwoher der Titel in den Sinn: »Der Totentanz.« Wie deutsch das war, diese eigentümliche und finstere Mischung aus Kultur und Tod.

Kurz bevor er die amerikanische Botschaft erreichte, nahm er am äußersten Rand seines Blickfelds eine rasche Bewegung wahr. Er sah sich um und erkannte unter einer Pelzmütze die hohen sibirischen Wangenknochen des Blonden. Das war der NKWD-Mann, der vor Lanas Wohnung auf ihn gewartet und ihn zur Party in der Datscha gefahren hatte. Jetzt war er wie aus dem Nichts vor der Botschaft aufgetaucht, als habe er Metcalfe dort erwartet. Als überlasse er die simple Aufgabe, Metcalfe vom Hotel aus zu verfolgen, seinen weniger begabten Kollegen. Darüber war dieser Beschatter längst hinaus, mit solchen Lappalien gab er sich nicht mehr ab. Er schien zu *wissen,* wohin die Zielperson unterwegs war.

Metcalfe machte kehrt, wollte den NKWD-Agenten stellen, aber der Mann war wie vom Erdboden verschluckt. *Auch gut,* sagte er sich. Der Beschatter mochte die übernatürliche Fähigkeit besitzen, Metcalfes Bewegungen vorauszuahnen, aber was hatte er dabei schließlich erfahren? Dass ein amerikanischer Geschäftsmann die Botschaft seines eigenen Landes aufsuchte, war keineswegs ungewöhnlich. Falls dies nichts als psychologische Einschüchterung war, sollten die Kerle sich nur nach Kräften anstrengen. Das würde bei ihm nicht wirken.

*

Amos Hilliard kam mit missmutiger Miene in den kleinen Empfangsbereich der Konsularabteilung. Er war von diesem Wiedersehen mit Metcalfe offenbar nicht sehr begeistert.

Metcalfe setzte ihm die Gründe für seinen Besuch auseinander. Hilliard stimmte widerstrebend zu. »Sie wollen ins ›Verlies‹«, sagte er. »Wie ein Burgverlies. Es wird eifersüchtig behütet, streng bewacht. Ich benütze es selbst nur gelegentlich. Jetzt muss ich mir irgendeinen Vorwand für meine Kollegen einfallen lassen.«

»Ich bin Ihnen sehr dankbar«, sagte Metcalfe.

»Richten Sie Corky aus, dass ich eine Gehaltserhöhung will«, antwortete der Diplomat.

Eine Viertelstunde später führte Hilliard ihn durch ein Labyrinth aus abgesperrten Korridoren, bis sie vor einer Stahltür standen. Wie Metcalfe unterwegs hörte, war dies der sicherste Bereich des Botschaftsgebäudes. Der Diplomat machte sich methodisch daran, auf einem großen schwarzen Zahlenschloss die heute gültige Kombination einzustellen. Hilliard brauchte mehrere Minuten, um die Tür zu öffnen; offenbar kam er nur selten hierher.

Auf dem gesicherten Korridor hinter der Stahltür deutete Hilliard auf eine als SCHALTRAUM gekennzeichnete Tür, hinter der nicht nur die Verteilerkästen für den schwarzen Kanal standen, sondern auch die ankommenden Fernschreib- und Fernsprechkabel endeten. Dann blieb er vor einer unbeschrifteten Tür stehen, die zusätzlich mit drei sehr kompliziert aussehenden Schlössern gesichert war. Dahinter lag ein winziger Raum, der auf den ersten Blick an eine Telefonzelle erinnerte: ein schmaler, nicht sehr tiefer Raum mit Stahlwänden. Tatsächlich war er nicht viel größer als ein Sarg. Der einzige Einrichtungsgegenstand war ein Metallstuhl. Auf einer kleinen stählernen Ablage stand ein Telefon mit ungewöhnlich großem Gehäuse aus schwarzem Bakelit.

Dies war das abhörsichere Kommunikationsmodul, das Hilliard gemeint hatte, als er von dem Verlies gesprochen hatte. Es war kaum mehr als eine Stahlbox, die mit modernster Technik schalldicht gemacht worden war. Aus ihr konnte kein Laut nach außen dringen. Sobald Metcalfe Platz genommen hatte, schloss Hilliard die schwere Tür hinter ihm und sperrte sie ab.

Metcalfe hatte Mühe, eine leichte Panik und aufkommende Platzangst zu unterdrücken. In die Tür war ein kleines Bullauge eingelassen, durch das er beobachten konnte, wie Hilliard den Raum genau gegenüber betrat, um von dort aus den Verbindungsaufbau zu überwachen und sicherzustellen, dass nichts schief ging.

Im Verlies war die Luft abgestanden und still. Hier gab es keine Lüftung – anscheinend eine weitere Schallschutzmaßnahme –, und in der kleinen Box wurde es rasch heiß, während Metcalfe wartete. Hilliard hatte die Verbindung über den schwarzen Kanal durch ein verschlüsseltes Telegramm mit höchster Vorrangstufe aktiviert. Sobald die nötigen Verbindungen hergestellt waren, was mehrere Minuten dauerte, würde ein ankommendes Gespräch durchgestellt werden.

Metcalfe lief der Schweiß übers Gesicht. Plötzlich erschreckte ihn ein lautes, schrilles Läuten, das keine Ähnlichkeit mit irgendeinem Telefonklingeln hatte, das er je zuvor gehört hatte. Metcalfe riss den Hörer von der Gabel.

»Stephen, mein Junge«, krächzte Corkys unverkennbare Stimme. Obwohl die Verbindung abhörsicher war, achtete Corcoran darauf, Metcalfes Nachnamen nicht zu benützen. Irgendwie war es zutiefst beruhigend, nach einer scheinbaren Ewigkeit wieder Corkys Stimme zu hören, auch wenn seit ihrem letzten Gespräch in Wirklichkeit nur einige Tage vergangen waren. »Ich nehme an, dass es sich um etwas Dringendes handelt. Ich war eben dabei, ein spätes Dinner zu genießen.« Seine Stimme klang eigenartig hohl, aber auch wieder metallisch hallend.

»Entschuldigung«, sagte Metcalfe steif.

»Hat Ihnen das Ballett Spaß gemacht?«

»Haben Sie die Mitteilung bekommen, dass der Kontakt hergestellt ist?«

»Gewiss. Aber was ist mit dem Deutschen?«

»Ich habe ihn nur flüchtig gesprochen.«

»Lange genug, um ihn einschätzen zu können?«

»Ich denke schon.«

»Würden Sie sagen, dass er jemand ist, der sich umdrehen lässt? Ein potenzieller Doppelagent?«

»Das würde ich keinesfalls sagen. Und ich möchte hinzufügen, dass Sie das längst wissen.«

Corky schwieg mehrere Sekunden lang. Das einzige Geräusch im Telefonhörer war ein schwaches Hintergrundrauschen, ein gedämpftes Zischen. »Die kürzeste Verbindung zwischen zwei Punkten ist nicht immer eine Gerade«, erwiderte der Alte schließlich.

»Wozu bin ich hier?«, fragte Metcalfe mit irritiert lauter Stimme. »Verdammt noch mal, Corky, ich kann nicht glauben, dass Sie mich trotz aller damit verbundenen Risiken für nichts und wieder nichts hier hergeschickt haben. Also gut, eine alte Freundin von mir hat zufällig mit einer völligen Null von einem deutschen Diplomaten angebandelt – na und? Erzählen Sie mir bloß nicht, dass Sie nicht hundert bessere Kandidaten für eine mögliche Anwerbung haben als Schüssler! Was *zum Teufel* geht hier vor, Corky?«

»Immer mit der Ruhe, Stephen«, wehrte Corky eisig ab. »Ich wollte, dass Sie Verbindung mit Ihrer ›alten Freundin‹ aufnehmen, wie Sie sie nennen, und das haben Sie getan. Damit ist die Phase eins abgeschlossen.«

»Die Phase eins *wovon?* Ich bin keine Marionette, Corky. Sie können nicht erwarten, dass ich tanze, wenn Sie an den Schnüren ziehen. *Was zum Teufel soll ich hier?*« Er fuhr sich mit seinem Taschentuch über Stirn und Nacken.

»Stephen, Sie erfahren, was Sie wissen müssen, wenn Sie's erfahren müssen.«

»Das genügt nicht, Corky. Ich bin hier im Einsatz, riskiere hier meinen Hals …«

»Sie sind ein Freiwilliger, Stephen. Kein Dienst- oder Wehrpflichtiger. Wollen Sie aussteigen, organisiere ich jederzeit gerne Ihre Heimreise. Aber solange Sie in meinen Diensten stehen, geht operative Sicherheit grundsätzlich vor. Wir spielen alle ein gefährliches Spiel. Seit den albtraumhaften Ereignissen in der Station Paris sollte Ihnen klar sein, was …«

»Woraus besteht die nächste ›Phase‹, wie Sie's nennen?«, unterbrach Metcalfe ihn.

Ein langes metallisches Zischen. Die Sekunden verstrichen. Metcalfe fragte sich schon, ob die Verbindung unterbrochen sei, als Corcoran endlich antwortete. »Rudolf von Schüssler ist wie alle seine Kollegen von der deutschen Botschaft in Moskau, um die Russen auszuforschen. Damit die Sowjets nicht misstrauisch werden, hat Hitler seinen Leuten richtiggehende Spionage untersagt. Das macht ihre Aufgabe praktisch unlösbar. Die Nazis sind verzweifelt hinter zuverlässigen Informationen über die Sowjets her, können sie aber nicht bekommen. Ich schlage vor, sie ihnen zu liefern.«

»Wie soll das funktionieren?«

»Sie erhalten demnächst eine Sendung Dokumente. Sie müssen Swetlana dazu überreden, sie an ihren deutschen Liebhaber weiterzugeben.«

Metcalfe fiel beinahe der Hörer aus der Hand.

»Weitergeben?«, rief er aus.

»Wir haben es hier mit einem Zusammenspiel mehrerer Faktoren zu tun«, sagte Corky. »Swetlanas Vater ist ein prominenter ehemaliger General der Roten Armee, ein Held der Oktoberrevolution, der jetzt im Volkskommissariat für Verteidigung arbeitet.«

»Sein Job ist unbedeutend«, wandte Metcalfe ein. »Eine Sinekure für einen verdienten Soldaten. Rein bürokratisch, hat Lana mir erzählt …«

»Sie müssen improvisieren, mein Junge. Lassen Sie sich etwas einfallen. Erfinden Sie eine Beförderung.«

»Sie verlangen von mir, dass ich sie *benutze*. Das ist der wahre Grund für meinen Einsatz in Moskau, stimmt's?« Das vermutete er schon lange, aber er wollte es von Corky selbst hören.

»Ich würde das anders ausdrücken. Ich möchte, dass Sie sie anwerben. Ich möchte, dass Sie Rudolf von Schüssler benutzen. Sie sollen ihn als Kanal benutzen, durch den Informationen zum Oberkommando der Wehrmacht gelangen. Strategische und taktische Informationen – Nachrichtenmaterial, das die Entscheidungen der Deutschen beeinflussen wird.«

»Jesus, Corky, Sie verlangen, dass ich Lana in eine unglaublich riskante Lage bringe. Verdammt noch mal, sie ist eine Ballerina, eine Tänzerin! Sie ist keine ausgebildete Agentin. Sie ist keine Spionin – sie ist Künstlerin!«

»Sie ist auch Schauspielerin, Stephen. Einige meiner besten Agenten waren beim Theater.«

»Und was passiert mit ihr, wenn sie einen Fehler macht und geschnappt wird?«

»Stephen«, sagte Corcoran geduldig, »muss ich Sie daran erinnern, in welcher Lage sie sich schon befindet? Mit Ausländern zu tun zu haben, ist heutzutage für jeden Sowjetbürger riskant. Aber sie ist nicht irgendeine gewöhnliche Russin. Sie ist eine berühmte Tänzerin, deren Vater ein prominenter General ist, und sie schläft mit einem deutschen Diplomaten. Vergessen Sie den Hitler-Stalin-Pakt ... Die sowjetischen Geheimdienste überwachen sie bestimmt sehr intensiv.«

Metcalfe dachte an Lanas Aufpasser Kundrow. *Intensiver, als du ahnst,* dachte er. Aber von Schüssler hatte sich nicht aus Spionagegründen an Lana herangemacht, davon war er überzeugt. Falls sein Interesse für sie irgendwie mit der Position ihres Vaters zusammenhing, hatte Lana selbst nach Monaten noch nichts davon gemerkt. Nein, die Motive des Deutschen waren rein sexueller Natur. Lana war eine strahlend schöne Frau, was Grund genug gewesen wäre, sich für sie zu interessieren. Außerdem war sie als Primaballerina eine Trophäe, die man herumzeigen konnte. Nullen mit Minderwertigkeitskomplexen wie von Schüssler umgaben sich gern mit schönen Frauen, weil sie hofften, etwas von ihrem Glanz werde auch auf sie fallen. Nachdem er Lana mit dem Hinweis auf die Existenz eines geheimen Dossiers, dessen Weitergabe Michail Baranows sofortige Hinrichtung zur Folge haben konnte, erpresst hatte, war er nie auf ihren Vater zu sprechen gekommen.

»Und was ist mit dem Vater?«, fasste Metcalfe nach. »Ihn würde ich in Gefahr bringen.«

»Ihr Vater hat – wie soll ich das taktvoll ausdrücken? – keine allzu lange Lebenserwartung mehr. Es ist nur eine Frage der Zeit, bis er wie die meisten seiner Kameraden an der Spitze der Roten Armee verhaftet wird.«

»Bisher hat er überlebt.«

»Sein Name steht auf einer Liste. Das wissen wir zufällig. Der NKWD nennt sie *kniga smerty* – Buch des Todes. Die Verhaftungen gehen systematisch weiter. Baranow ist in ein paar Wochen dran. Sobald er verhaftet ist, kann Lana nicht mehr als nützlicher Kanal für Desinformation dienen, daher drängt die Zeit. Jedenfalls dürfte feststehen, dass der NKWD sich schon jetzt fragt, ob sie vielleicht ein Sicherheitsrisiko ist, stimmt's? Sie sitzt längst aus eigener Schuld in der Klemme.«

»Aber nicht freiwillig«, widersprach Metcalfe, während er sich Schweißperlen von der Stirn tupfte. »Sie hatte keine andere Wahl.«

»Bitte! Und lassen Sie sich daran erinnern, dass wir miterleben, wie die Nazis allmählich ganz Europa verschlingen. Oder vielmehr nicht allmählich, sondern in riesigen Portionen. Die gottverdammte Blitzkriegsmaschinerie der Deutschen erkämpft einen Sieg nach dem anderen. Die Freiheit der Welt war noch nie so gefährdet wie heute. Frankreich liegt am Boden; Hitler hat auf dem europäischen Kontinent keine Feinde mehr; England kann nicht mehr lange durchhalten. Wenn wir die Chance haben, den deutschen Siegeslauf aufzuhalten, ist es unsere gottverdammte *Pflicht,* das zu tun. *Dazu* sind Sie dort. Nichts ist gegenwärtig wichtiger. Und ich glaube, dass uns eine Chance, wirkungsvoll einzugreifen, in den Schoß gefallen ist. Es wäre Wahnsinn, sie nicht zu ergreifen. Oder noch schlimmer: verbrecherische Nachlässigkeit.« Corky machte eine Pause; Metcalfe schwieg. »Sind Sie noch da, Stephen?«

»Und was wären das für Dokumente, die Lana in Ihrem Auftrag an von Schüssler weitergeben soll?«

»Diese Dokumente entwerfen fürs OKW, das Oberkommando der Wehrmacht, für Hitler und sein Oberkommando ein bestimmtes Bild.«

»Welche Art Bild?«

»Manche Künstler malen mit Öl, andere mit Aquarellfarben. Wir verwenden dafür Zahlen. Fein säuberlich angeordnete Zahlenreihen. Aufstellungen von Truppenstärken, genaue Zahlen, Ausrüstung, Divisionen, Ist-Stärken, die Positionen von Waffen- und Nachschublagern. Eine Ansammlung von Daten, die für die Planer im Oberkommando der Wehrmacht und anschließend für Hitler selbst ein täuschend realistisches Bild von der Roten Armee entwerfen werden.«

»Welche *Art* Bild?«, drängte Metcalfe.

»Das Bild eines Bären, Stephen. Aber eines Kuschelbären. Eines Bärenjungen, dem man die Krallen entfernt hat.«

»Und Lana soll von Schüssler gefälschte Unterlagen zuspielen, die ›beweisen‹, wie schwach die Sowjetunion militärisch ist.«

»Sie sind erstklassig gefälscht, das kann ich Ihnen versichern. Stalin persönlich würde sie nicht als gefälscht erkennen.«

»Das bezweifle ich nicht.«

Mein Gott, dachte Metcalfe bewundernd. Das war brillant und diabolisch – eben typisch Corky. »Hält Hitler einen Überfall auf die Sowjetunion für ein Kinderspiel, befiehlt er ihn sofort«, sagte Metcalfe. »Er tritt einfach die Tür ein und versucht, das Haus zu besetzen.«

»Ach, wirklich?«, fragte Corcoran. Seine Stimme troff von Sarkasmus, der trotz der schlechten Tonqualität dieser Verbindung unüberhörbar war.

»Jesus, Corky, Sie versuchen Hitler zu einem Überfall auf die Sowjetunion zu provozieren!«

Wieder eine lange Pause. Das gelegentliche Knacken, Pfeifen und Piepsen ging weiter und erinnerte an Störgeräusche aus einem schlecht eingestellten Radio. »Stephen, ich habe den Peloponnesischen Krieg erwähnt, erinnern Sie sich?«

»Klar erinnere ich mich«, knurrte Metcalfe. »Athen hat damals nur überlebt, weil seine Feinde sich gegenseitig bekriegt haben.«

»Athen hat Zwietracht zwischen ihnen *gesät*. Es hat sie gegeneinander aufgehetzt. *Das* ist der springende Punkt.«

»Aber Sie werden nie erfahren, ob dieses Material wirklich Hitler vorgelegt werden wird, nicht wahr? Stellen Sie sich vor, wie viele Stationen es durchlaufen müsste, wie viele Möglichkeiten skeptische deutsche Bürokraten hätten, es nicht weiterzuleiten.«

»Gewiss, Stephen, aber wenn wir nur Dinge mit Erfolgsgarantie anpacken würden, täten wir letzten Endes gar nichts, stimmt's?«

»Zugegeben.«

»Eines wissen wir: Hitler verbringt jeden Tag acht Stunden damit, Meldungen, Berichte und Denkschriften zu lesen. Vor allem geheimdienstliche Erkenntnisse interessieren ihn brennend. Die wichtigen Entscheidungen trifft er allein – auf Grundlage der ihm vorliegenden Informationen. Und das einzige Material, das er wirklich ernst nimmt, stammt von der Abwehr. Von seinen bewährten Spionen. Rudolf von Schüssler ist zwar kein Spion, aber er hat ausgezeichnete Verbindungen. Er hat Freunde in höchsten Kreisen.«

Metcalfe wusste kaum mehr, wo ihm der Kopf stand. Sein Taschentuch war jetzt klatschnass. Er suchte ein weiteres, hatte aber keines. »Gut, ich tu's – aber unter einer Bedingung.«

»Wie bitte?«, fragte Corky ungläubig.

»Für den Fall, dass Lana etwas zustößt – dass sie Grund zu der Annahme hat, man sei ihr auf der Spur, ihre Verhaftung stehe unmittelbar bevor –, müssen Sie mir garantieren, sie aus Moskau rauszuschmuggeln.« Jetzt wischte er sich den Schweiß mit seinen Handflächen aus den Augen. Hier drinnen war es so verdammt heiß, dass er nicht wusste, wie lange er noch durchhalten würde.

»Stephen, Sie wissen genau, dass wir uns nicht auf solche Dinge einlassen.«

»Ich weiß genau, dass wir das *tun*. Wir haben's in Frankreich gemacht, wir haben's in Deutschland gemacht.«

»Außergewöhnliche Fälle ...«

»Dies ist ein außergewöhnlicher Fall, Corky. Ohne diese Garantie werde ich Lana auf keinen Fall in diese Sache verwickeln.«

»Wir tun natürlich unser Bestes, um die Risiken für sie zu minimieren, Stephen, aber ...«

»Nur unter dieser Voraussetzung«, unterbrach Metcalfe ihn energisch. »Nicht verhandelbar. Sie können machen, was Sie wollen.«

*

Amos Hilliard saß im Zimmer direkt gegenüber an einem Fernschreiber, um auf eingehende Meldungen sofort reagieren zu können. Der schwarze Kanal war erst vor kurzem eingerichtet worden und wie alle technischen Neuigkeiten noch nicht völlig zuverlässig. Er bestand aus einer komplexen, ziemlich schwerfälligen Aneinanderreihung internationaler Verbindungen, wobei jedes Glied dieser Kette durch die Wechselfälle des Krieges gefährdet war. Es gab einfach zu viele Dinge, die schief gehen konnten. Die besten Indikatoren für die Übertragungsqualität waren die in eine Konsole vor Hilliard eingebauten Feldstärke-Anzeigen. Beide Nadeln, die das Eingangs- und Ausgangssignal anzeigten, blieben stabil, bewegten sich kaum. Wäre eine von ihnen plötzlich in Nullstellung zurückgegangen, hätte Hilliard sofort versuchen müssen, die Verbindung erneut aufzubauen.

Metcalfe brauchte länger, als Hilliard erwartet hatte. Anscheinend hatte er mit Corcoran ein komplexes und delikates Thema zu besprechen.

Wozu der junge Mann in Moskau war, konnte Hilliard nur vermuten. Fragen durfte er ihn nicht – das verhinderten Corkys Geheimhaltungsvorschriften –, aber er machte sich natürlich seine Gedanken. Er hatte schon viel von dem jungen Metcalfe, der als Playboy nicht ganz ernsthaft genug wirkte, um einer von Corkys Jungs zu sein, und seiner Ballerina aus dem Bolschoi gehört. Und er hatte gesehen, wie die beiden während der Party in der Botschaftsdatscha verschwunden waren. Man brauchte kein Genie zu sein, um zu erraten, dass die beiden etwas miteinander hatten. Dazu kamen die vielen Fragen über Rudolf von Schüssler. Metcalfe versuchte offenbar, den Deutschen einzuschätzen. Vielleicht benützte er die junge Frau, um an den Nazi heranzukommen. Vielleicht hatte Corky deshalb einen so unreifen jungen Mann geschickt. Vielleicht war Metcalfes Einsatzerfahrung weniger wichtig als seine Erfahrung im Schlafzimmer.

Hilliard sah wieder auf die Anzeigen und fuhr zusammen. Beide Nadeln waren abrupt zurückgegangen. Die Feldstärke war aus irgendeinem Grund schlagartig abgefallen. Er sprang von der Konsole auf und lief in den Flur hinaus, auf dem seine Schritte über den Terrazzoboden hallten. Ein Blick durch das kleine Bullauge ins Verlies zeigte ihm, dass Metcalfe, der in Schweiß gebadet war, unbeirrt weiterschwatzte. Da er weiterredete, konnte die Verbindung nicht tatsächlich unterbrochen sein.

Was konnte also den plötzlichen Abfall der Feldstärke bewirkt haben?

Plötzlich lief Hilliard ein kalter Schauder über den Rücken. Doch nicht etwa ...?

Er hämmerte mit der Faust ans Bullauge, bis Metcalfe sich verwundert umsah. Hilliard machte ihm wild Zeichen, er solle sofort auflegen, und fuhr sich dazu mit dem Zeigefinger pantomimisch quer über die Kehle. Metcalfe sagte noch ein paar Worte und legte dann rasch den Hörer auf.

Als Hilliard endlich die drei Schlösser aufgesperrt hatte, stand Metcalfe schweißüberströmt vor ihm. »Was zum Teufel ...?«, stieß er hervor.

»Eine Sicherheitslücke!«, sagte Hilliard atemlos. »In den letzten zwanzig bis dreißig Sekunden ... Wie heikel war Ihr Gespräch? Es könnte belauscht, abgehört worden sein.«

»*Abgehört?* Nein, die heiklen Themen hatten wir schon besprochen; wir haben nur noch das Gespräch zu Ende gebracht. Aber wie ist das möglich – *belauscht*?«

Hilliard sparte sich die Antwort. Er warf sich herum und rannte den Flur entlang, dass seine Schritte laut auf dem Terrazzoboden hallten. Er wusste, dass der einzige andere offene Knotenpunkt der Schaltraum in der Nähe des Eingangs war, wo die Fernschreib- und Fernsprechkabel hereinkamen: ein verwundbarer Punkt, der noch immer nicht richtig gesichert war.

Ungefähr auf halber Strecke sah er, wie die Tür des Schaltraums aufflog. Eine dunkle Gestalt tauchte auf und verschwand sofort durch die Stahltür am Ende des Korridors. Hilliard erkannte den Mann als einen Legationsrat der Botschaft, an dessen Loyalität er schon lange zweifelte. Jetzt waren alle Zweifel beseitigt. *Der Mann hatte gelauscht.*

In wessen Auftrag?

Der Diplomat erreichte die Tür des Schaltraums und riss sie auf. Auf dem Fußboden zwischen den Verteilerkästen lag ein Kopfhörer, den der Flüchtende zurückgelassen hatte. Eine Bestätigung, die Hilliard eigentlich nicht brauchte.

Auch Metcalfe stand jetzt an der Tür des Schaltraums. Er sah den Kopfhörer ebenfalls; er wusste, was geschehen war.

»Das war's«, sagte Hilliard. »Die Verbindung ist zu riskant.«

»So viel zur Sicherheit des viel gerühmten schwarzen Kanals.«

»Die Sicherungsmaßnahmen des schwarzen Kanals sollen ihn gegen Mithörer von außen schützen. Gegen die Sowjets. Nicht gegen interne Lauscher.«

»Wer war das?«

»Ein Legationsrat der Botschaft. Eigentlich ein Mann in untergeordneter Stellung, der …«

»Auf wessen *Anweisung*?«

»Das weiß ich nicht. Und ich bezweifle, dass es mir gelingen wird, das in nächster Zeit herauszubekommen. Ich weiß nur eines, Metcalfe: Hier mischen jede Menge Spieler mit. Und wo's viele Spieler gibt, wird jemand reingelegt. Wenn Sie nächstes Mal den schwarzen Kanal benützen, können Sie ebenso gut über Radio Moskau senden. Tun Sie sich – und mir – einen Gefallen. Verlassen Sie die Botschaft durch den rückwärtigen Lieferanteneingang. Und kommen Sie nicht wieder, Metcalfe. Bitte. Kommen Sie niemals wieder.«

*

Der Geiger saß auf einer Parkbank gegenüber der amerikanischen Botschaft. Das Hauptthema von Schuberts Quartett »Der Tod und das Mädchen« ging ihm angenehm durch den Kopf. Er liebte es, wie die zornigen, turbulenten Triolen der Einleitung in beruhigende, samtschwarze Kadenzen in d-Moll übergingen, wie die Tonart von Dur nach Moll wechselte, wobei die scheinbar süße Melodie den ominösen Unterton beibehielt. Während er beobachtete, wie Menschen das Gebäude durch den Haupteingang betraten oder verließen, bemühte er sich – natürlich erfolglos –, die Moskauer Gerüche, die einem den Magen umdrehen konnten, auszublenden. Er kannte sie inzwischen nur allzu gut: den ranzigen Schweißgeruch der Männer, in den sich oft Fuselgestank mischte, die ungewaschenen Frauen, den nach Zwiebeln stinkenden Atem, den billigen Tabak, den allgegenwärtigen Kohlgeruch. Bis vor kurzem hatte er geglaubt, nichts könne schlimmer sein als die Franzosen, aber er hatte sich getäuscht – die Russen waren viel schlimmer. Diese Gerüche bildeten inzwischen den Hintergrund, vor dem er jeden Engländer oder Amerikaner sofort erkennen konnte.

Müller, Kleists Führungsoffizier beim Sicherheitsdienst, hatte triftige Gründe für die Annahme, Daniel Eigen, ein Angehöriger des in Paris operierenden Spionagerings, sei in Moskau eingetroffen. Und Reinhard Heydrich selbst hatte den Verdacht, dieser Eigen sei in eine wichtige Intrige verwickelt, deretwegen ermittelt werden müsse. Den Kerl liquidieren konnte jeder, aber nur wenige SD-Agenten besaßen die Fähigkeit, Ermittlungen zu führen *und* blitzschnell zu töten, wenn es die Umstände erforderten.

Die französischen Grenzen waren selbst unter deutscher Kontrolle durchlässig. Menschen konnten das Land auf allen möglichen Wegen verlassen und taten es auch. In Paris lebten zahlreiche Engländer und Amerikaner, von denen viele nicht registriert waren, sodass sich praktisch nicht feststellen ließ, wer von ihnen in den letzten Tagen aus der Stadt verschwunden war. In Moskau waren die Verhältnisse viel übersichtlicher. Natürlich konnte ein Ausländer auch hier mit einem gefälschten Pass einreisen, aber in Russland, wo die Kontrollen schärfer waren, war das weit schwieriger. Und die Anzahl der pro Tag einreisenden Ausländer war extrem gering. Wenn er im Lauf des Tages die Fremdenliste erhielt, würde sie bestimmt nicht lang sein. Auch das war ein Vorteil: Eine kurze Liste von Verdächtigen ließ sich rasch abarbeiten.

Vor der britischen Botschaft hatte Kleist einen weiteren SD-Agenten postiert. Zu zweit hatten sie gute Chancen, die Zielperson zu identifizieren. Immerhin war die Wahrscheinlichkeit hoch, dass er die Botschaft seines Landes aufsuchen würde; das taten sie alle.

Ein Mann in einem beigen Trenchcoat trat aus dem Gebäude. War er die Zielperson?

Kleist stand auf, überquerte die Avenue und hatte den Mann bald eingeholt. »Entschuldigung«, sagte er mit freundlicher Miene. »Wir kennen uns, nicht wahr?«

Aber noch bevor der andere den Mund öffnete, wusste der Geiger, dass dies nicht die Zielperson war. Kleist nahm den typischen Geruch von Tierfetten wahr, der seiner Kleidung anhaftete: Schwein und Gans, beides mit Paprika überlagert. Der Mann war Ungar, was auch sein Akzent bewies.

»Nein, ich glaube nicht«, antwortete der Mann. »Tut mir Leid.«

»Entschuldigung«, sagte der Geiger. »Ich habe Sie mit jemandem verwechselt.«

Kapitel Zwanzig

Die rundliche, schäbig gekleidete Frau saß mit dem tief ins Gesicht gezogenen Kopftuch einer *babuschka* in dem Park am Swerdlow-Platz auf einer Bank. Metcalfe erkannte sie nicht auf den ersten Blick, so gut hatte Lana sich getarnt. Das Kostüm stammte vermutlich aus dem Fundus des Bolschoitheaters und war an den richtigen Stellen gepolstert, um ihre schlanke Gestalt in eine typisch übergewichtige russische Bauersfrau mittleren Alters zu verwandeln.

Erst nachdem er aus sicherer Entfernung festgestellt hatte, dass dort tatsächlich Lana saß, ging er an ihrer Bank vorbei. Lana schien ihn nicht zu erkennen, sie sah nicht einmal zu ihm auf.

Er war sich darüber im Klaren, dass er vermutlich überwacht wurde; obwohl er keinen Beschatter sah, musste er annehmen, dass der blonde NKWD-Agent mit den blassgrauen Augen sich irgendwo in der Nähe versteckt hielt und ihn beobachtete. Auch wenn er vielleicht nicht tatsächlich auf Schritt und Tritt überwacht wurde, würde er vorsichtshalber so tun müssen, als sei das der Fall.

Bei ihrer Begegnung im Stall hatte er Lana genaue Anweisungen für dieses Rendezvous gegeben. Wenn sie sich in Zukunft trafen, hatte er ihr erklärt, würden sie sich an die Regeln für konspirative Treffs halten müssen – er hatte den russischen Ausdruck »*po vsem pravilam iskusstva*« benutzt, der wörtlich »die Regeln der Kunst« hieß.

Lana hatte ängstlich und erleichtert zugleich reagiert. Die Heimlichtuerei ängstigte sie, aber sie war Metcalfe auch für seine Gründlichkeit dankbar, die sie – und ihren Vater – schützen würde. Aber als Metcalfe ihr erklärt hatte, welche Methoden sie anwenden mussten, war ihr etwas anderes eingefallen, und sie hatte gefragt: »Wieso verstehst du so viel von solchen Dingen, Stephen? Woher kommt's, dass du diese Regeln der Kunst kennst? Ich dachte, du seist Geschäftsmann – aber welcher Geschäftsmann versteht sich aufs Handwerk eines *Spions*?«

Metcalfe hatte mit den Schultern gezuckt und mit hoffentlich überzeugend klingender Lässigkeit geantwortet: »Ich habe viele einschlägige Hollywoodfilme gesehen, *duschka*, das weißt du.«

Nachdem er jetzt etwa hundert Meter an ihrer Bank vorbei war, verlangsamte er seinen Schritt, als sei er sich nicht ganz darüber im Klaren, in welche Richtung er weitergehen sollte. An dieser Stelle wurde er von Lana eingeholt. Sie hatte nicht nur ihr Aussehen, sondern auch ihren Gang verändert hatte: Sie ging rasch, aber leicht hinkend, als habe sie einen Gichtanfall oder ein Hüftleiden.

Als sie Metcalfe auf dem schmalen Fußweg überholte, flüsterte sie ihm rasch zu: »Die Wassilijewski-Gasse zweigt von der Puschkinstraße ab.« Dann hastete sie weiter. Er sah sich unsicher im Park um, als müsse er sich erneut orientieren; dann setzte er sich wieder in Bewegung und blieb ständig ungefähr fünfzig Meter hinter Lana. Er staunte darüber, wie sehr sie ihr Aussehen verändert hatte, wie gut sie den Gang einer grantigen älteren Frau imitierte. Sie verließ den Park, stürzte sich in den Verkehr und überquerte die Puschkinstraße mit der unwirschen Resolutheit einer älteren Bauersfrau.

Durch dieses Verfahren »reinigten« sie sich, wie Corky und seine Ausbilder es genannt hätten, und stellten sicher, dass sie nicht beschattet wurden. Metcalfe beobachtete, wie sie in die winzige Wassilijewski-Gasse abbog, und folgte ihr. Lana näherte sich der Holztür eines Wohnhauses, neben der eine Reihe von Klingelknöpfen mit handgeschriebenen Namen in kleinen Messingrahmen in die Hauswand eingelassen war. Das Gebäude war alt und ziemlich baufällig; drinnen gab es keinen Eingangsbereich, sondern nur einen beengten Vorraum, aus dem eine Holztreppe nach oben führte. Im Treppenhaus roch es nach Kohlsuppe und *machorka*. Er folgte ihr auf der mit einem abgetretenen Läufer belegten knarrenden Treppe in den zweiten Stock hinauf zu einer Wohnungstür.

Metcalfe betrat eine dunkle, enge, muffig riechende Wohnung und schloss die Tür hinter sich. Lana fiel ihm sofort um den Hals. Ihre ausgepolsterte Gestalt fühlte sich unter seinen Händen fremdartig und unbekannt an, aber ihre Züge waren so atemberaubend schön wie immer, ihre Lippen warm und einladend, sodass er augenblicklich erregt war.

Sie löste sich aus seiner Umarmung, trat einen kleinen Schritt zurück. »Hier müssten wir sicher sein, Liebster.«

»Wer wohnt hier?«

»Eine Tänzerin. Eine *ehemalige* Tänzerin, müsste ich sagen. Sie hat die Avancen unseres Choreografen zurückgewiesen, deshalb arbeitet sie jetzt als Putzfrau bei TASS, wo auch ihre Mutter arbeitet. Mascha kann von Glück sagen, dass sie überhaupt Arbeit hat.«

»Ihre Mutter und sie arbeiten jetzt beide?«

Lana nickte. »Ich habe ihr erzählt, dass ich … jemanden kennen gelernt habe. Sie weiß, dass ich mich für diesen

Gefallen revanchieren würde, wenn sie jemals einen Ort bräuchte, an dem sie ungestört sein wollte, ein …«

»Ein Liebesnest sagt man, glaube ich.«

»Ja, Stiwa«, neckte sie ihn. »*Du* weißt natürlich, wie man so was nennt.«

Er lächelte unbehaglich. »Bist du jemals mit Schüssler hier gewesen?«

»Oh nein, natürlich nicht! Er würde niemals eine so einfache Wohnung betreten! Er nimmt mich in sein Moskauer Apartment mit – und nur dorthin.«

»Er wohnt auch noch woanders?«

»Auf dem Land hat er eine Luxusdatscha, die der Staat irgendeinem reichen Kaufmann weggenommen hat. Die Deutschen genießen heutzutage eine Vorzugsbehandlung. Stalin will Hitler anscheinend unbedingt beweisen, wie sehr ihm an guten Beziehungen gelegen ist.«

»Bist du jemals dort gewesen? In von Schüsslers Landhaus, meine ich.«

»Stiwa, das habe ich dir doch schon gesagt – er bedeutet mir *nichts*! Ich *verabscheue* ihn!«

»Ich frage nicht aus Eifersucht, Lana. Ich muss wissen, wo ihr euch trefft.«

Sie kniff die Augenlider zusammen. »Weshalb musst du das wissen?«

»Um planen zu können. Das erkläre ich dir später.«

»Er nimmt mich immer nur in seine Moskauer Wohnung mit. In der Datscha in Kunzewo war ich noch nie.«

»Warum nicht?«

»Es ist ein großes, luxuriöses Landhaus mit Personal, die Leute kennen seine Frau. Er zieht es vor, diskret zu sein.« Sie fügte angewidert hinzu: »Er ist verheiratet, weißt du. Zu Hause in Berlin hat er Frau und Kinder. Ich muss anscheinend versteckt bleiben wie ein peinliches Geheimnis. Dort verbringt er die Wochenenden damit, seine Memoiren zu schreiben – als ob er etwas zu sagen hätte, als ob er mehr als ein Kakerlak wäre! Aber wieso interessiert dich das alles, Stiwa? Genug von diesem Mistkerl! Ich bin heute Abend mit ihm verabredet und möchte nicht an ihn denken, bevor ich es muss.«

»Weil ich eine Idee habe, Lana. Eine Möglichkeit, dir zu helfen.« Metcalfe ekelte sich vor sich selbst, als er sich diese Worte laut sagen hörte. Er belog sie, er benützte sie. *Manipulierte* sie, genauer gesagt. Aber er konnte diese Farce kaum ertragen. »Fragt er manchmal nach deinem Vater?«

»So gut wie nie. Gerade oft genug, um mich daran zu erinnern, dass er über Vater Bescheid weiß. Dass er uns in der Hand hat. Als ob er mich daran erinnern müsste! Glaubt er denn, ich könnte das vergessen? Glaubt er, das wäre mir nicht in jeder Sekunde bewusst, die ich in seiner Gegenwart verbringe?« Sie spuckte die Worte fast aus: »Glaubt er etwa, dass ich das vergesse, weil ich seinen Reizen erlegen bin?«

»Es würde ihm also nicht seltsam vorkommen, wenn du beiläufig erwähnst, dass dein Vater vor kurzem im Kommissariat einen neuen, wichtigen Posten bekommen hat – einen Posten mit Zugang zu wichtigen Planungsunterlagen der Roten Armee?«

»Um Himmels willen! Wieso sollte ich das behaupten?«

»Um ihn auf eine Idee zu bringen.«

»Ah, natürlich«, stimmte Lana unüberhörbar sarkastisch zu. »Damit er mich nötigt, Vaters Dokumente zu stehlen, was?«

»Genau.«

»Und dann … und dann übergebe ich ihm diese Staatsgeheimnisse – ist das deine Idee, Stiwa?«

»Richtig. Dokumente über streng geheime Details der sowjetischen Militärplanung.«

Sie nahm Metcalfes Kopf zwischen die Hände, als sei er ein dummer kleiner Junge, und lachte dabei. »Eine *brillante* Idee, mein Stiwa. Und danach stelle ich mich mit einem Megafon auf den Roten Platz und erzähle ganz Moskau, was ich von Stalin halte? Hast du Lust? Treten wir gemeinsam auf?«

Metcalfe sprach weiter, ohne sich von ihrem Sarkasmus beirren zu lassen. »Die Dokumente sind natürlich gefälscht.«

»Oh, und woher *bekomme* ich diese gefälschten Dokumente?«

»Von mir. Ich stelle sie dir zur Verfügung.«

Lana trat noch einen halben Schritt zurück, starrte ihn forschend an. »Und dann bringt er sich in Misskredit«, sagte sie langsam, nicht mehr sarkastisch, »weil er die Dokumente nach Berlin weiterleitet.«

»Richtig, irgendwann gerät er in Misskredit«, bestätigte Metcalfe.

»Und dann wird er nach Berlin zurückgerufen, und ich bin ihn endlich los!«

»Irgendwann. Aber zuvor benützt du ihn dazu, dein Vaterland zu retten.«

»Russland *retten*? Wie soll das gehen?«

Metcalfe war sich bewusst, dass er ein gefährliches, unehrliches Spiel mit ihr spielte, er verabscheute sich dafür, aber ihm blieb keine Wahl. Indem er ihr nur teilweise erzählte, was er von ihr erwartete, führte er Lana in die Irre und nützte ihren Hass auf die Nazis und ihre Liebe zu Russland, ihren Hass auf Rudolf von Schüssler und ihre Liebe zu Stephen Metcalfe aus.

»Du weißt, dass es kein Abkommen, kein von Hitler unterschriebenes Stück Papier gibt, das Hitler daran hindern kann, genau das zu tun, was er zur Durchsetzung seiner Eroberungspolitik für richtig hält. Er ist entschlossen, die Weltherrschaft zu erringen – das hat er von Anfang an immer wieder betont. Das steht in *Mein Kampf;* das geht aus vielen Reden und sonstigen Äußerungen hervor. Er macht kein Geheimnis daraus. Er ist entschlossen, jeden Staat anzugreifen – zuerst anzugreifen –, der Deutschland bedroht. Das gilt auch für die Sowjetunion.«

»Red keinen Unsinn! Stalin würde Hitler-Deutschland niemals bedrohen!«

»Du hast bestimmt Recht. Aber es gibt nur eine Möglichkeit, dafür zu sorgen, dass auch Hitler das glaubt: Man muss ihm plausibles Material liefern, das ihn davon überzeugt. Nichts anderes könnte ihn beeinflussen. Verstehst du? Du würdest von Schüssler als Boten benützen, um Hitler Dokumente zuzuspielen, die ihm die Gewissheit geben, dass die Sowjetunion keine Gefahr für ihn oder Deutschland darstellt. Fühlt Hitler sich nicht bedroht, ist die Gefahr geringer, dass er aggressiv handelt.«

»Stiwa, ich habe mich schon immer gefragt, wie viel von allem, was du mir erzählst, wahr ist. Du behauptest, Geschäftsmann zu sein, du sprichst so gut Russisch, du sagst, deine Mutter sei Russin …«

»Und das ist sie auch. So viel ist wahr. Und ich bin ein Geschäftsmann – im weitesten Sinn. Na ja, meine *Familie* besitzt ein weit verzweigtes Unternehmen. In ihrem Auftrag bin ich zum ersten Mal nach Moskau gekommen.«

»Aber nicht dieses Mal.«

»Nein, nicht ausschließlich. Ich bin auch hier, um Freunden zu helfen.«

»Freunden im Geheimdienst?«

»Irgendwas in dieser Art.«

»Dann stimmt's also, was in der *Prawda* über euch Ausländer steht. Ihr seid alle Spione!«

»Nein, das ist Propaganda. Die meisten sind keine.« Er zögerte. »Ich bin kein Spion, Lana.«

»Dann tust du's also aus Liebe?«

War das wieder sarkastisch gemeint? Er starrte Lana prüfend an. »Aus Liebe zu Russland«, sagte er. »Und aus Liebe zu dir.«

»Du hast Mütterchen Russland in den Adern«, sagte sie, »genau wie ich. Du liebst es wie ich.«

»In gewisser Beziehung, ja. Nicht die Sowjetunion. Aber Russland, das russische Volk, seine Sprache, seine Kultur, seine Kunst. Und natürlich dich.«

»Ich glaube, du hast viele Liebschaften«, sagte sie.

Zog für einen Augenblick Verständnis über ihr Gesicht? Im Halbdunkel ließ sich das unmöglich bestimmt sagen.

»Ja«, antwortete er und zog sie an sich. Er war von Leidenschaft und Schuldgefühlen aufgewühlt. »Viele Liebschaften. Und nur eine Liebe.« Das kam der Wahrheit so nahe, wie er sie ihr gegenüber auszudrücken wagte.

*

Sie ruhten auf dem schmalen Bett in dieser finsteren Wohnung einer Fremden. Lanas Arm lag über seiner Brust, ihre Körper waren verschwitzt und klebrig, ihre Atmung wurde allmählich langsamer. Sie hatte ihr Gesicht im Kopfkissen vergraben; Metcalfe starrte die Risse in der Zimmerdecke an. Der Liebesakt hatte ihm ein Gefühl körperlicher, aber nicht emotionaler Befreiung gegeben. Er war weiter nervös, vielleicht sogar noch mehr. Schuldgefühle bedrückten sein Herz und bewirkten, dass er ein flaues Gefühl im Magen und Sodbrennen hatte. Lana hatte ihn wie immer mit geschlossenen Augen und zurückgeworfenem Kopf leidenschaftlich geliebt. Metcalfe fragte sich, ob sie dabei wenigstens für einige Minuten die schrecklichen Ängste, die ihr Leben prägten, hatte vergessen können. Er wollte nichts tun oder sagen, was die heitere Ruhe, die sie jetzt vielleicht genoss, hätte stören können. Schlimm genug, dass er sie auf einem anderen Gebiet bewusst irreführte.

Nach einigen Minuten wandte sie ihm ihr Gesicht zu. Metcalfe sah, dass ihre Nervosität sich offensichtlich nicht gelegt hatte.

»Verstehst du, was dieser … Aufpasser, wie ich ihn nenne, für mich bedeutet?«

»Du meinst den Offizier, der in der Datscha war? Der dir überallhin folgt?«

Sie nickte.

»Ich hatte den Eindruck, du kämst ganz gut mit ihm aus. Oder täusche ich mich?«

»Diesen *Eindruck* kann man haben, ja. Aber in Wirklichkeit habe ich schreckliche Angst vor ihm und dem, was er mir antun kann. Ist dir klar, was er tun kann, was *sie* tun können? Wenn sie glauben, dass ich mich mit einem Agenten des amerikanischen Geheimdiensts treffe?«

»Natürlich«, sagte Metcalfe und berührte Lanas gerötetes Gesicht, ihre seidige Haut mit den Fingerspitzen.

»Glaubst du? Moskau hat sich seit unserer ersten Begegnung sehr verändert. Du kannst dir nicht vorstellen, welche Säuberungen wir in den letzten Jahren durchgemacht haben. Das waren Albträume, die niemand glauben würde! Niemand, der nicht als Russe hier gelebt hat – und selbst *wir* haben sie kaum glauben können.«

»Und sie sind noch nicht vorüber, stimmt's?«

»Das weiß niemand. Der Terror ist seit zwei Jahren etwas abgeklungen, aber niemand weiß, ob wir schon aufatmen dürfen. Die Ungewissheit war das Schlimmste. Nicht zu wissen, ob ein Klopfen an der Tür bedeutete, dass der NKWD kam, um einen abzuholen. Nicht zu wissen, ob einen eine schreckliche Nachricht erwartete, wenn das Telefon klingelte. Menschen verschwanden einfach spurlos, und ihre Angehörigen waren zu ängstlich, um auch nur Nachforschungen anzustellen. Wurde jemand abgeholt, ins Lager geschickt oder hingerichtet ... dann wurden seine Angehörigen *gemieden*. Man hatte Angst, als litten die Familien der Opfer unter einer ansteckenden Krankheit, die man sich von ihnen holen könnte! Eine Verhaftung in der Familie war wie Typhus, wie Lepra – man musste sich von solchen Leuten fern halten!

Und zudem wurden wir ständig vor Ausländern gewarnt, weil angeblich alle Kapitalisten Spione waren. Ich habe dir von einer Tänzerin aus meinem Freundeskreis erzählt, die sich mit einem Ausländer angefreundet hatte. Weißt du, was diese schöne und begabte junge Frau jetzt tut? Sie vegetiert in einem Lager bei Tomsk dahin und muss jeden Tag mit einer Brechstange die an der Latrine festgefrorenen Exkremente ihrer Mithäftlinge losschlagen.«

»Unschuld garantiert keinen Freispruch.«

»Weißt du, was sie sagen, die Verantwortlichen, wenn man jemanden dazu bringen kann, mit einem zu reden? Sie sagen, dass es natürlich unschuldige Opfer gibt, aber was macht das schon? Wo gehobelt wird, da fallen Späne.«

Metcalfe schloss die Augen und schlang einen Arm um sie.

»Einer unserer Nachbarn – ein Mann mit einer schwangeren Frau – wurde verhaftet; kein Mensch weiß, warum. Er wurde ins Butryrki-Gefängnis gebracht, wo man ihm Verbrechen gegen den Staat vorwarf und verlangte, er solle ein falsches Geständnis unterschreiben. Aber er hat sich geweigert. Er hat seine Unschuld beteuert. Also wurde seine Frau, seine schwangere Frau, in den Vernehmungsraum gebracht. Zwei Männer hielten ihn fest, während zwei andere sie zu Boden warfen und auf sie einschlugen und sie traten, und sie kreischte und kreischte, und er brüllte, sie sollten aufhören, aber das haben sie nicht getan.« Lana schluckte. Tränen liefen ihr übers Gesicht, tropften aufs Kopfkissen. »Und dann kam ihr Kind auf die Welt, gleich dort auf dem Fußboden. Leblos. Eine Totgeburt.«

»Jesus, Lana«, murmelte Metcalfe. »Bitte.«

»Also, mein Stiwa, falls du dich fragst, weshalb ich mich verändert habe, weshalb ich traurig bin, musst du das wissen. Während du die Welt bereist und dich mit Frauen amüsiert hast, war dies die Welt, in der ich gelebt habe. Deshalb muss ich so vorsichtig sein.«

»Ich kümmere mich um dich«, sagte Metcalfe. »Ich helfe dir.« Und sich selbst fragte er: *Wie kannst du ihr das nur antun?*

Kapitel Einundzwanzig

»Ah, mein Engel«, gurrte Rudolf von Schüssler, »du hörst mir wohl nicht richtig zu.«

Wie es seine Gewohnheit war, schwatzte er wieder mal endlos über die kleinen Irritationen im Büro: die Kollegen, die seine brillanten Ideen nicht zu würdigen wussten; die Sekretärin, die gewohnheitsmäßig zu spät zum Dienst kam und dafür die Metro verantwortlich machte, obwohl sie nur zwei Straßen von der Botschaft entfernt wohnte. Das alles ergab eine sterbenslangweilige Litanei von Beschwerden, die alle ein gemeinsames Thema hatten: Keiner dieser Kleingeister wusste von Schüsslers Größe zu würdigen. Dabei gab er niemals irgendwelche Geheimnisse preis. Er war entweder gerissener, als Lana ihm zutraute, oder dachte wirklich an nichts, was nicht mit der eigenen Größe zusammenhing.

»Ich bin wohl ein wenig abgelenkt«, gab Lana zu. Die beiden lagen auf von Schüsslers gewaltigem Himmelbett, das er aus Berlin hatte kommen lassen. Von Schüssler schlürfte Cognac und knabberte Marzipan, während er schwatzte. Er trug einen seidenen Schlafrock und hatte (wie leider schon mehrmals zu sehen gewesen war) nichts darunter an. Sein Körpergeruch – der Deutsche achtete nicht sehr auf persönliche Hygiene – war abstoßend. Ihre Magennerven schienen sich wie immer in von Schüsslers Nähe zu verkrampfen, aber heute war es besonders schlimm. Lana fürchtete den Augenblick, in dem er aus dem Hausmantel schlüpfte, was er vermutlich bald tun würde, und der Geschlechtsakt begann. Wirklich ein »Akt« wie im Theater, überlegte sie sich. Aber weil sie heute Abend einen Auftrag auszuführen hatte, war ihre Beklemmung stärker als gewöhnlich.

»Sicher gehst du in Gedanken deine Choreografie durch«, sagte von Schüssler, indem er ihr den Kopf wie einem Hund tätschelte. »Aber du musst deine Arbeit am Arbeitsplatz lassen, Püppchen. Unser Bett ist ein heiliger Ort. Wir dürfen ihn nicht durch Alltagssorgen entweihen.«

Lana hätte ihn am liebsten gefragt, warum er sich nicht selbst an diese Regel halte, aber sie beherrschte sich. »Es geht um meinen Vater«, sagte sie. »Ich mache mir solche Sorgen um ihn.«

»Schatzi«, erwiderte von Schüssler zärtlich. »Bitte, mein Engel. Kein Wort des Dossiers gelangt jemals zur Kenntnis der hiesigen Behörden! Habe ich dir das nicht geschworen?«

Sie schüttelte den Kopf. »Darum geht es nicht. Ich mache mir Sorgen wegen der neuen Aufgabe, die er bekommen hat.«

»Ah«, sagte Rudolf von Schüssler und ließ sich, nicht länger interessiert, in den Kissenberg zurücksinken. »Na dann.« Er schien darauf zu warten, dass Lana das Thema wechselte, damit er weiter über die Krämerseelen in der Botschaft lamentieren oder – noch schlimmer – den Gürtel seines Schlafrocks lösen konnte.

»Man hat ihn auf eine neue Position versetzt«, erzählte sie unbeirrbar weiter. »Vater hat jetzt eine weit wichtigere Stellung im Volkskommissariat für Verteidigung.«

Von Schüssler nahm einen weiteren kleinen Schluck Cognac und griff nach dem nächsten Stück Marzipan. »Möchtest du auch ein Marzipan, meine Liebe?«

Lana schüttelte den Kopf. »Vater ist jetzt für die Kontrolle aller Ausgaben der Roten Armee zuständig. Er muss die Verwendung aller Haushaltsmittel innerhalb des Kommissariats prüfen, was bedeutet, dass er sämtliche Standorte, sämtliche Rüstungsausgaben, einfach *alles* kontrollieren muss!«

Von Schüssler ließ lediglich ein gelangweiltes Grunzen hören.

»Das ist eine unmöglich zu bewältigende Aufgabe! Im Prinzip muss er die gesamte Strategie der Roten Armee durcharbeiten!«

Endlich schien in von Schüsslers wässrigen blauen Augen ein Funken Interesse aufzuglimmen. Und war da nicht auch ein Anflug von schweineartiger Gier? »Tatsächlich? Das ist eine ziemlich wichtige Stellung, nicht wahr? Über diese Beförderung ist er bestimmt sehr glücklich.«

Lana seufzte abgrundtief. »All diese Unterlagen, die er mit nach Hause bringt, all diese Papiere, die er bis spät in die Nacht hinein lesen muss! Die endlosen Zahlenkolonnen – wie viele Panzer und Flugzeuge, wie viele Schiffe, wie viele Geschütze, wie viele Männer ... Mein armer Vater, er arbeitet sich noch zu Tode!«

»Hast du diese Papiere etwa gesehen!«

»*Gesehen*? Sie liegen überall in der Wohnung herum – ich stolpere über sie! Mein lieber Vater ist ein Soldat, kein Buchhalter; warum haben sie diese Aufgabe ausgerechnet ihm übertragen?«

»Und hast du auch schon solche Dokumente gelesen?« Rudolf von Schüssler bemühte sich, nonchalant zu wirken, aber das gelang ihm nicht sonderlich gut. »Verstehst du … äh …, was sie enthalten, meine ich.«

»Rudi, die Zahlen sind so winzig, dass *mir* die Augen davon wehtun! Mein armer Vater – er muss seine Lesebrille aufsetzen, aber trotzdem hat er von diesem Zeug ständig *Kopfschmerzen.*«

»So viel Papier, das überall herumliegt«, meinte Schüssler nachdenklich. »Er weiß wahrscheinlich gar nicht mehr, wo alles liegt, stimmt's? Ist dein Vater ein ordentlicher Mann?«

»Ordentlich? Vater?« Sie lachte. »Als Truppenkommandeur war er vorbildlich ordentlich. Aber wenn's um Papierkram geht, ist er ein Chaot! Er beschwert sich andauernd darüber, dass er diese oder jene Unterlagen nicht mehr findet, ob ich sie gesehen habe, ob ich weiß, wohin er sie gelegt hat …«

»Er würde es also nicht merken, wenn Papiere vorübergehend nicht da wären.« Lana konnte fast sehen, wie die Räder im Kopf des Deutschen sich langsam drehten. »Sehr interessant, mein Engel. *Sehr* interessant.« Die Idee – sie war *seine* Idee geworden, was entscheidend war – hatte endlich im unfruchtbaren Boden von Rudolf von Schüsslers Verstand Wurzeln geschlagen. Einige Sekunden später schien sein Entschluss festzustehen. Er würde sie jetzt nicht bedrängen, sondern abwarten, bis sie sich geliebt hatten. Er rechnete sich zweifellos aus, wenn er sie geliebt habe, werde sie ihm gewogener sein – und dann würde er seinen kühnen Vorschlag machen. Er griff nach einem Ende des seidenen Gürtels, dessen Knoten wie eine Geschenkschleife auf seinem Wanst saß. Lanas Magennerven verkrampften sich, als der Stoff auseinander fiel und die dunkle Höhlung seines Schritts sehen ließ, in der sein winziges Glied irgendwo im Schamhaargewirr versteckt war.

Von Schüssler legte seine fette Hand auf ihren Kopf, als wolle er ihn erneut tätscheln, aber diesmal drückte er ihn mit sanftem Nachdruck in die gewünschte Richtung. »Mein schöner Roter Mohn«, sagte er dabei. »Mein Engel.«

Lana tat einige Sekunden lang so, als verstehe sie nicht, was er wollte, und fügte sich dann ins Unvermeidliche. Sie musste immer daran denken, dass sie jetzt einen Auftrag hatte, der größer war als sie selbst – einen Auftrag, der wie alle wichtigen Aufträge von Zeit zu Zeit unangenehme Verrichtungen erforderte. Sie senkte den Kopf über von Schüsslers Unterleib und rang sich dabei ein Lächeln ab, aus dem Vorfreude und Entzücken sprachen: ein Lächeln, das ihren unbeschreiblichen Abscheu hoffentlich verbergen würde.

*

Der Geiger betrat das deutsche Konsulat in der Leontjewskigasse 10 und nannte seinen Namen. Die Empfangsdame, eine wasserstoffblonde Mittvierzigerin mit dunklen Haarwurzeln, lächelte ihn affektiert an, während er, im Besucherbereich sitzend, auf den Militärattaché wartete. Sie schien ihn attraktiv zu finden; sie schien auch sich selbst für attraktiv zu halten, was vor zwei Jahrzehnten der Fall gewesen sein mochte. Kleist erwiderte ihr Lächeln.

Generalleutnant Ernst Köstring, der Militärattaché der deutschen Botschaft in Moskau, war der Mann, dem zumindest auf dem Papier alle deutschen Spionageaktivitäten in der Sowjetunion unterstanden. Trotzdem war er nicht sein eigener Herr, denn er hatte im Amt Ausland/Abwehr, dem militärischen Nachrichtendienst, noch mehrere Fachvorgesetzte bis hinauf zu Abwehrchef Admiral Wilhelm Franz Canaris.

Aber den Militärattaché als Chef eines Spionagerings zu bezeichnen, war nach Ansicht des Geigers ein Witz. Da Köstring in Moskau geboren und aufgewachsen war, galt er als Russlandfachmann und sprach auch fließend Russisch. Aber ihm fehlte es an Courage. Seine Meldungen waren für ihre Gehaltlosigkeit berüchtigt. Er klagte seit Jahren darüber, aus den Russen sei nichts herauszubekommen und sie ließen ihn nie ohne NKWD-Eskorte durchs Land reisen. Seine Berichte enthielten keine brauchbaren Informationen über die Rote Armee, keine Erkenntnisse, die man nicht aus Zeitungen oder bei der Militärparade zum 1. Mai auf dem Roten Platz hätte gewinnen können. Jedenfalls war die Abwehr für ihre Ressentiments gegen den Sicherheitsdienst bekannt, weil dieser wirklich Geheimdienstarbeit machte. Die Abwehr fühlte sich vom SD bedroht und erkannte, dass sie Hitlers Erwartungen nicht erfüllte.

Köstring wusste jedoch, wie die Welt funktionierte. Er wusste, dass der Geiger mit ausdrücklicher Billigung von SS-Gruppenführer Heydrich nach Moskau gekommen war; er wusste auch, dass Heydrich ein Mann war, dessen Feindschaft er sich lieber nicht zuziehen wollte. Reinhard Heydrich war hochintelligent und skrupellos. Hitler hatte ihn einmal als den »Mann mit dem eisernen Herzen« bezeichnet, was aus dem Mund des Führers natürlich das höchste Lob war.

Der SD war eine konkurrierende Organisation, aber Köstring wusste, dass er kooperieren musste, wenn er keine Scherereien wollte. Dass der Geiger einen Termin bei dem Militärattaché verlangt hatte, war der höchste Trumpf in Köstrings Karten. Kleist hatte darauf bestanden, die angeforderten Informationen zu erhalten. Der kleine Bürokrat, an den er ursprünglich verwiesen worden war, konnte sich zum Teufel scheren. Kleist hatte keine Zeit für diese feige, Ausflüchte machende, furzende Null.

Der Militärattaché empfing Kleist nicht besonders herzlich. Köstring war ein schlanker, distinguiert aussehender Offizier Anfang sechzig. Ein viel beschäftigter Mann, der keine Zeit mit langen Vorreden verlor.

»Als mir gemeldet wurde, dass Sie in Moskau sind, war ich nicht gerade begeistert«, begann Köstring. »Wie Sie wissen, hat der Führer uns – der Abwehr – seit August letzten Jahres alle gegen Russland gerichteten Aktivitäten verboten.«

»Die sind nicht Zweck meines Besuchs«, knurrte Kleist, dem nicht gefiel, wie dieses Gespräch begonnen hatte.

»Admiral Canaris hat strikte Weisung gegeben, die Russen auf keinen Fall zu provozieren. Der Admiral entspricht damit einem Wunsch des Führers, an den auch ich mich zu halten habe. Hierzulande operieren keine deutschen Spione. So einfach ist das.«

Jetzt begriff Kleist, weshalb der Leisetreter von einem Bürokraten, mit dem er zuvor gesprochen hatte, so ängstlich gewesen war. Heimlich Aufklärung zu betreiben, verstieß gegen die offizielle Politik der Botschaft. Diese Feiglinge!

»Unwissenheit mag gefährlich für die Welt sein, wie Goethe gesagt hat«, bemerkte Kleist. »Aber es gibt doch bestimmt Möglichkeiten, ein Verbot dieser Art zu umgehen. Vor allem für einen Mann Ihres Formats.«

»Ganz im Gegenteil: Ich halte mich strikt an meine Befehle. Andererseits weiß ich, dass Sie Ihren Auftrag direkt von der ›Ziege‹ bekommen haben.« Köstring gestattete sich den Anflug eines Lächelns. »Ziege« war ein herabsetzender Spitzname für Heydrich, eine Anspielung auf die hohe, meckernde Stimme des Spionagechefs. Er trug diesen Spitznamen seit seiner Kadettenzeit, hatte ihn nie ablegen können und wurde noch heute wütend, wenn er ihn hörte.

Kleist lächelte nicht mit. Er ließ durch seinen Blick erkennen, dass er nicht belustigt war.

Der Militärattaché merkte, dass ihm ein Fauxpas unterlaufen war. Heydrich würde von dieser spöttischen Bemerkung erfahren. Köstring beeilte sich, den Schaden wieder gutzumachen. »Autorisiert wäre Ihr Auftrag nur, wenn er von Himmler persönlich käme.«

Der Geiger nickte.

»Mein Chef und Ihrer sind gute Freunde, wissen Sie. Canaris und Heydrich sind Nachbarn; sie spielen zusammen Krocket. Heydrich hat Canaris' Tochter sogar Geigenunterricht gegeben. Wie ich höre, musizieren sie miteinander.« Kleists Schweigen machte ihn nervös, deshalb fügte Köstring hinzu: »Ihr SD-Leute scheint alle Musiker zu sein.«

»Amateure«, sagte der Geiger. »Und nur wenige von uns. Bitte die Liste.«

Köstring zog eine Schreibtischschublade auf, nahm ein Blatt Papier heraus und gab es Kleist. Die rund zwanzig Namen umfassende Liste war mit der Hand in der eigenartigen lateinischen Schrift eines Menschen geschrieben, der sonst nur Kyrillisch schreibt. Kleist überflog die Namen: mehrere Funktionäre der Kommunistischen Partei der Vereinigten Staaten, ein paar linkslastige Künstler, darunter eine schwarze Sängerin und der Direktor eines kleinen Theaters. Einige Mitglieder der englischen Fabian Society, einige wenige Geschäftsleute. Neben den Namen standen Ankunfts- und Abreisedatum, Reisepassnummer, Name und Adresse des jeweiligen Hotels. Alle diese Leute konnten Agenten sein, die unter falschem Namen hier in Moskau waren – oder sie konnten alle legale Aufgaben haben. Egal: Er würde die Hotels abklappern und feststellen, was sich in Erfahrung bringen ließ. Diese Liste war immerhin ein guter Anfang.

Kleist stand auf. »Danke für Ihre Unterstützung«, sagte er schlicht.

»Noch etwas«, fügte der Militärattaché mit erhobenem Zeigefinger hinzu. »Eine Regel, an die wir uns strikt halten. Wir bringen keine Russen um.«

Das Lächeln des Geigers war schmallippig, sein Blick kalt. »Ich habe nicht die Absicht, irgendwelche Russen umzubringen«, sagte er.

*

Ein Angestellter am Empfang rief Metcalfe an, als er die Hotelhalle betrat: »Sir? Mr Metcalfe? Entschuldigung, hier liegt eine dringende Nachricht für Sie.«

Metcalfe nahm das zusammengefaltete Stück Papier aus der Hand des jungen Mannes entgegen. *Von Roger?*, fragte er sich. *Von Hilliard?* Aber eine dringende Nachricht hätte bestimmt keiner der beiden einem Hotelangestellten anvertraut.

Nein, das Blatt stammte nicht von dem am Empfang aufliegenden Block für Telefonnotizen, sondern war ein schwerer Bogen Büttenpapier. Oben war *Volkskommissariat für Außenhandel der UdSSR* aufgedruckt. Die Nachricht bestand aus einigen mit der Maschine geschriebenen Zeilen:

Werter Mr Metcalfe!
Sie werden hiermit gebeten, sich zu einer dringenden Besprechung mit Kommissar Litwikow umgehend im Volkskommissariat für Außenhandel einzufinden. Ihr Fahrer hat entsprechende Anweisung.

Unterschrieben war die Nachricht von Litwikows Büroleiter in schwungvollen Schnörkeln mit einem Füller. Litwikow, der Volkskommissar für Außenhandel, war Metcalfes hiesiger Verhandlungspartner, auf dessen Einladung er in Moskau war.

Metcalfe sah auf seine Uhr. Es war schon spät, lange nach Dienstschluss, obwohl er wusste, dass sowjetische Funktionäre oft seltsame Bürozeiten einhielten. Irgendwas war im Busch, etwas Wichtiges. Jedenfalls konnte er sich dieser Aufforderung nicht entziehen.

Litwikows Fahrer wartete in der Hotelhalle. Metcalfe ging zu ihm hinüber. »Serjoscha«, sagte er. »Bringen wir's hinter uns.«

*

Litwikows Schreibtisch stand voller Telefone in verschiedenen Farben. In der sowjetischen Bürokratie galt die Regel, dass man umso wichtiger war, je mehr Telefone man auf dem Schreibtisch hatte. Metcalfe fragte sich, ob eines dieser Telefone eine Direktverbindung zum Generalsekretär persönlich herstellte, ob Litwikow so viel Macht besaß. An der Wand hinter dem Volkskommissar hingen zwei große Porträts von Lenin und Stalin.

Der Kommissar, ein Mann mit buschigen Augenbrauen, stand hinter seinem Schreibtisch auf, als Metcalfe in sein Büro geführt wurde. Litwikow war ein großer, gebeugt gehender Mann mit rabenschwarzem Haar und ungesund blassem Teint. Im vergangenen Jahrzehnt hatte Metcalfe verfolgt, wie Litwikow in seiner Behörde aufgestiegen war und sich dabei von einem servil überschwänglichen in einen gequälten, sorgenvollen Mann verwandelt hatte. Aber diesmal ließ Litwikow etwas anderes erkennen: Zorn, Empörung, mit Angst vermengten Gladiatorenmut, den Metcalfe Besorgnis erregend fand.

Litwikow führte den Besucher zu seinem langen Konferenztisch hinüber, auf dessen grüner Filzbespannung eine Batterie von Mineralwasserflaschen stand, die der Kommissar nie anzubieten schien. Er nahm so am Kopfende des Tischs Platz, dass sein Büroleiter links und Metcalfe rechts von ihm saßen.

»Wir haben ein Problem, Mr Metcalfe.« Litwikow sprach Englisch mit Oxfordakzent.

»Die Kupfermine«, sagte Metcalfe sofort. »Da bin ich völlig Ihrer Meinung. Mein Bruder und ich haben lange darüber diskutiert und sind …«

»Nein, Mr Metcalfe. Es geht nicht um die Kupfermine, sondern um etwas viel Ernsteres. Mir liegen Berichte vor, dass Sie sich unberechenbar verhalten.«

Metcalfes Puls beschleunigte sich. Er nickte. »Alexander Dmitrowitsch«, sagte er jovial, »wenn Ihre Geheimpolizisten sich *so* für mein Liebesleben interessieren, frage ich mich, ob sie vielleicht unterbeschäftigt sind.«

»*Nein,* Sir.« Er deutete auf einen Stapel gelber Blätter auf dem rechts neben ihm stehenden Tisch. Das oberste Blatt trug den roten Stempel GEHEIM. Das mussten Überwachungsberichte sein. »Diese Berichte legen andere Schlussfolgerungen nahe, Mr Metcalfe. Schlussfolgerungen, die ernste Fragen zu den wahren Gründen für Ihren Moskauaufenthalt aufwerfen. Wir beobachten Sie äußerst scharf.«

»Das sieht man. Aber Ihr NKWD verschwendet kostbare Ressourcen. Ein unschuldiger Mann hat nichts zu verbergen.«

»Trotzdem benehmen Sie sich, als hätten Sie viel zu verheimlichen.«

»Es gibt einen Unterschied, Alexander Dmitrowitsch, zwischen Verheimlichung und Diskretion.«

»Diskretion?«, wiederholte der Kommissar mit hochgezogenen Augenbrauen, unter denen sein müder Blick voller Angst war.

Metcalfe zeigte auf den Stapel Überwachungsberichte. »Ich gehe jede Wette ein, dass diese in mühsamer Arbeit erstellten Berichte nur das Porträt eines Mannes ergeben, den man als Playboy bezeichnen könnte. Als Frauenheld. Als Schürzenjäger. Ich weiß, in welchem Ruf ich stehe, Sir. Er verfolgt mich überallhin; ich muss überall gegen ihn ankämpfen.«

Davon wollte der Russe jedoch nichts wissen. »Dies hat nichts mit … mit dem zu tun, was man wohl Ihre Herumbumserei nennen könnte, Mr Metcalfe. Glauben Sie mir …«

»Nennen Sie's, wie Sie wollen, aber wenn eine Russin in Moskau sich mit einem Ausländer einlässt, der wie ich aus einem kapitalistischen Land kommt, liegt das gesamte Risiko bei ihr. Das wissen Sie, und ich weiß es auch. Ich rede nie über amouröse Abenteuer, Sir, und tue alles, um den Ruf der jeweiligen Frau zu schützen. Aber hierzulande riskiert jede Frau, die sich mit mir einlässt, weit mehr als nur einen schlechten Ruf. Erscheinen dem NKWD die Vorsichtsmaßnahmen, die ich ergreife, also verdächtig, kümmert mich das nicht. Ich bin sogar stolz auf sie. Sollen sie mir doch überallhin nachschleichen!« Er erinnerte sich an etwas, das Lanas Aufpasser Kundrow gesagt hatte. »Wie ich höre, gibt's im Sowjetparadies keine Geheimnisse.«

»Arbeiten Sie mit den Deutschen zusammen?«, fragte Litwikow plötzlich.

Das war es also! Kundrow hatte beobachtet, wie er in der Datscha mit Rudolf von Schüssler gesprochen hatte.

»Sie vielleicht?«, schoss Metcalfe zurück.

Litwikows blasses Gesicht lief rot an. Er starrte auf die Tischplatte, spielte mit seinem alten Federhalter und tauchte ihn ins Tintenfass, jedoch ohne etwas zu schreiben. »Ist *das* Ihre Sorge?«, fragte er schließlich. »Dass wir in Zukunft bevorzugt mit den Deutschen Handel treiben werden?«

»Weshalb fragen Sie mich das? Sie haben mir doch versichert, dass Sie alles sehen und alles wissen.«

Der Kommissar schwieg erneut einige Sekunden lang. Dann nickte er seinem Büroleiter zu. *»Iswinitje!«*, blaffte er, womit der andere entlassen war.

Nachdem der Mann hinausgegangen war, ergriff Litwikow erneut das Wort. »Was ich Ihnen jetzt erzähle,

Metcalfe, würde ausreichen, um mich verhaften, vielleicht sogar hinrichten zu lassen. Ich übergebe Ihnen diese Waffe in der Hoffnung, dass Sie sie nicht gegen mich richten werden. Aber ich möchte, dass Sie meine Situation … unsere Situation verstehen. Und sobald Sie das tun, sind Sie vielleicht eher zur Kooperation geneigt. Ihrem Bruder vertraue ich seit vielen Jahren; Sie kenne ich weniger gut, aber ich kann nur hoffen, dass Sie ebenso vertrauenswürdig sind – und so diskret, wie Sie zu sein behaupten. Denn hier steht nicht nur unser Außenhandel, sondern das Leben meiner Familie auf dem Spiel. Ich bin Familienvater, Mr Metcalfe. Mit Frau, Sohn und Tochter. Sie verstehen, was ich damit sagen will?«

Metcalfe nickte. »Ich gebe Ihnen mein Wort.«

Litwikow tauchte seinen Federhalter erneut ins Tintenfass und begann jetzt, auf dem vor ihm liegenden Notizblock herumzukritzeln. »Wie Sie wissen, hat meine Regierung letztes Jahr im August, vor etwas über einem Jahr, einen Nichtangriffspakt mit Deutschland geschlossen. Noch am Tag vor seiner Unterzeichnung hat die *Prawda* einen nazikritischen Artikel über die Behandlung von Polen in Deutschland gebracht. Stalin und alle unsere Führer hatten jahrelang gegen Hitler und die Nazis polemisiert. Unsere Zeitungen waren voller Berichte über die schrecklichen Nazis. Aber seit jenem 23. August 1939 hat das alles schlagartig aufgehört! Keine Artikel gegen die Nazis mehr. Keine Tiraden gegen die Nazis mehr. Eine vollständige Kehrtwendung. Das Wort ›Nazismus‹ ist aus unserer Presse verschwunden. *Prawda* und *Iswestija* zitieren jetzt wohlwollend aus Hitlers Reden! Sie zitieren aus dem *Völkischen Beobachter*.« Litwikows Gekritzel war zu waagrechten Hin-und-her-Strichen geworden, die jetzt zu einem Tintenklecks zusammenflossen. »Glauben Sie, dass das für uns, für das russische Volk einfach ist? Glauben Sie, dass wir auf Befehl vergessen können, was wir über die Gräueltaten der Nazis gehört und gelesen haben?«

Und was ist mit Stalins Gräueltaten?, dachte Metcalfe, ohne diesen Gedanken auszusprechen. *Mit den bei seinen Säuberungen deportierten und gefolterten und ermordeten Millionen?*

»Natürlich nicht«, sagte er. »Aber das ist eine Frage des Überlebens, stimmt's?«

»Sucht ein Kaninchen *Schutz* bei einer Anakonda?«

»Und die Sowjetunion wäre das Kaninchen?«

»Verstehen Sie mich nicht falsch, Mr Metcalfe. Werden wir angegriffen, kämpfen wir bis zum Tode – und das ist dann nicht nur *unser* Tod. Greift man uns an, werden wir mit bisher nie gesehener Verbissenheit kämpfen. Aber wir haben kein Interesse daran, in andere Länder einzufallen.«

»Erzahlen Sie das den Polen«, sagte Metcalfe. »Sie sind am Tag nach der Vertragsunterzeichnung mit Deutschland in Polen einmarschiert, stimmt's? Erzählen Sie das den Finnen.«

»Wir hatten keine andere Wahl!«, widersprach der Russe aufgebracht. »Das waren reine Defensivmaßnahmen.«

»Ah, ich *verstehe*«, sagte Metcalfe, der mit seinem Argument gepunktet hatte.

»Mein Land hat keine Freunde, Mr Metcalfe. Das müssen Sie begreifen. Wir sind isoliert. Der Vertrag mit Deutschland war kaum unterzeichnet, als wir zu hören bekamen, England fühle sich verraten! England behauptete, es habe uns ›umworben‹, um uns als Verbündete gegen Hitler-Deutschland zu gewinnen. Aber wie hat es uns denn ›umworben‹? England und Frankreich haben eine zweitklassige Delegation – einen pensionierten britischen Admiral und einen senilen französischen General – per Schiff nach Leningrad entsandt. Sie haben zwei Wochen gebraucht, um hierher zu kommen. Nicht die Außenminister, sondern zwei pensionierte alte Soldaten. Für ganz Russland war das ein Schlag ins Gesicht. Das war kein ernsthafter Versuch, ein Bündnis zu schmieden.

Winston Churchill hasst die Sowjetregierung – und macht keinen Hehl daraus. Und wen hat er als seinen Botschafter nach Moskau, dem nach Washington zweitwichtigsten Auslandsposten, entsandt? Sir Stafford Cripps, einen radikalen Hinterbänkler, einen Sozialisten, der in britischen Regierungskreisen keinerlei Ansehen genießt. Was sollten wir daraus schließen? Nein, Mr Metcalfe, die Signale aus England waren klar. Dort gab es kein echtes Interesse an einem Bündnis mit Russland.«

Litwikows wütende Kritzelei hatte das oberste Blatt zerfetzt. Er ließ den Federhalter fallen.

»Ja«, sagte Metcalfe verständnisvoll. »Der Kreml hatte wirklich keine andere Wahl. Aber diese Vereinbarung mit Hitler – wollen Sie behaupten, sie sei keine Partnerschaft von Dauer? Ein Händedruck, nicht mehr, um den gefährlichen Nachbarn zu beschwichtigen?«

Litwikow zuckte mit den Schultern. »Ich gehöre dem Politbüro an, aber das bedeutet nicht, dass ich an den Entscheidungsprozessen auf höchster Ebene beteiligt bin.«

»Sie wissen es also nicht.«

»Die Fragen, die Sie stellen, sind keine Fragen, die man von einem Playboy-Geschäftsmann erwarten würde.«

»Es liegt in meinem Interesse als Geschäftsmann, sehr gut über Politik informiert zu sein. Vor allem heutzutage.«

»Ich will Ihnen etwas erzählen, woraus Sie Ihre eigenen Schlüsse ziehen können. Letzten Monat haben die Deutschen unauffällig Teile Rumäniens Ungarn zugeschlagen. Wir haben erst davon erfahren, als es schon passiert war.«

»Streit zwischen Hitler und Stalin?«

»Es gibt keinen Streit«, widersprach der Russe hastig. »Wir pfeifen im Walde, Mr Metcalfe. Wer weiß, was das bedeutet? Ich weiß nur, dass Stalin erwartet, dass seine Vereinbarung mit Hitler lange Bestand haben wird.«

»Erwartet ... oder hofft?«

Litwikow lächelte erstmals. Es war das wissende Lächeln eines Zynikers, der alles erlebt hat. »Mein Englisch ist manchmal nicht präzise genug. Vielleicht ist *hofft* das Wort, das ich eigentlich benützen wollte.«

»Ich weiß Ihren Freimut zu schätzen. Auf meine Diskretion können Sie sich verlassen.« Indem Litwikow offen über den Kreml sprach, ihn sogar vorsichtig kritisierte, brachte er sich selbst in Gefahr.

Litwikows Lächeln verschwand. »Dann möchte ich das schon Gesagte ergänzen. Sie können es als freundliche Warnung auffassen.«

»Liegt die Betonung auf ›freundlich‹ oder auf ›Warnung‹?«

»Das müssen Sie selbst entscheiden. Einige meiner Kollegen verdächtigen die Firma Metcalfe Industries seit langem, mehr als nur ein Konzern zu sein. Nach ihrer Überzeugung ist es nicht nur ein kapitalistisches Kombinat, das schon deshalb wachsam beobachtet werden muss, sondern weit mehr. Eine Tarnorganisation zur

Wahrung ausländischer Interessen.« Der Blick des Kommissars war durchdringend scharf.

»Ich nehme an, dass Sie's besser wissen«, sagte Metcalfe, ohne diesem forschenden Blick auszuweichen.

»Ich weiß, dass Sie und Ihre Familie gute Verbindungen zu Washington und führenden Kapitalistenkreisen haben. Darüber hinaus weiß ich sehr wenig. Sie sollten wissen, dass ich Ihren älteren Bruder bereits gewarnt habe, dass eine Rückführung Ihrer hiesigen Vermögenswerte vorgenommen wird, falls sich das als nötig erweisen sollte.«

»Rückführung?« Metcalfe wusste genau, was der Kommissar meinte, aber die Drohung sollte deutlich ausgesprochen werden, damit er gegen sie protestieren konnte.

»Beschlagnahme und Verstaatlichung aller Metcalfe-Betriebe, wie Sie sehr wohl wissen.«

Metcalfe blinzelte, ließ aber sonst keine Reaktion erkennen.

»Für Sie ist das vielleicht keine große Affäre, aber ich versichere Ihnen, dass Ihr Bruder von dieser Aussicht wenig begeistert war, als ich vor ein paar Stunden mit ihm telefoniert habe.« Litwikow machte eine Pause. »Kennen Sie einen gewissen James Mellors?«

»Nein. Sollte ich ihn kennen?«

»Was ist mit Harold Delaware? Oder Milton Eisenberg?«

»Tut mir Leid.«

»Mir auch, Mr Metcalfe. Diese drei Männer waren amerikanische Staatsbürger. Und alle drei wurden von sowjetischen Gerichten als Spione zum Tode verurteilt und hingerichtet. Sie wurden nicht laufen gelassen oder in ihre Heimat abgeschoben. Und glauben Sie, Ihre Regierung hätte ihretwegen Stunk gemacht? Keineswegs. Wichtigere Interessen hatten Vorrang. Fragen internationaler Beziehungen. Die amerikanische Regierung wusste, dass diese Männer schuldig waren. Sie wusste, dass wir das mit schriftlichen Geständnissen hätten beweisen können. Niemand in Ihrem Außenministerium wollte, dass diese Geständnisse an die Öffentlichkeit kamen, deshalb wurde nicht interveniert.

Diese Lektion hat Genosse Stalin gelernt. Es gibt keine Extraterritorialität mehr. Genosse Stalin hat gelernt, dass man nur tollwütige Hunde anlockt, wenn man den Vereinigten Staaten hilfsbereit die Hand hinstreckt. Darum gibt's keine ausgestreckte Hand mehr. Diese Hand ist nun zur Faust geworden.« Litwikow ballte die Rechte zur Faust. »Fünf Finger werden zu einer Faust kollektiviert. Lenin hat uns gelehrt, dass das Kollektiv das Verschwinden des Einzelnen bedeutet.«

»Ja«, sagte Metcalfe und bemühte sich, sein jagendes Herz unter Kontrolle zu bekommen. »Und Stalin hat das Verschwinden sehr *vieler* Einzelpersonen beaufsichtigt.«

Litwikow stand zornbebend auf. »An Ihrer Stelle«, sagte er, »würde ich mich in Acht nehmen. Sie könnten sonst bald zu diesen Personen gehören.«

*

Der Geiger saß in dem kleinen Park gegenüber dem Metropol und beobachtete den Hoteleingang durch ein schweres Zeissglas 8×60. Aus der kurzen, wenig ergiebigen Befragung des Personals am Empfang wusste er, wann jeweils Schichtwechsel war. Jetzt hatte er sich vergewissert, dass die Angestellten, mit denen er gesprochen hatte, das Hotel verlassen hatten und durch andere ersetzt worden waren, die sein Gesicht nicht kannten.

Er verbarg das Prismenglas unter seinem Mantel, dann überquerte er die Straße und betrat das Hotel. Diesmal blieb er nicht am Empfang stehen, sondern ging sofort zur Haupttreppe mit dem roten Läufer. Sein Ziel war klar: Er war nur ein weiterer Ausländer, der ins Restaurant wollte. Niemand hielt ihn an, weder am Eingang noch in der Hotelhalle; er war eindeutig ein Ausländer und schien zum Abendessen zu kommen. Schließlich saßen im Hotelrestaurant vor allem ausländische Gäste.

Kleist betrat den großen Speisesaal mit seiner grandiosen Jugendstildekoration mit Blattgold und Säulen, einer farbigen Glasdecke und einem leise plätschernden Marmorbrunnen. Er sah sich um, als suche er einen Freund, mit dem er zum Essen verabredet war, nickte dem Maître d'Hôtel nur lächelnd zu und ignorierte ihn, bis der Russe sich entfernte. Dann schien er aufzugeben, weil er den Freund nirgends sah, und ging direkt zur Treppe. Vier Hotelgäste standen auf der Liste, die der Militärattaché ihm gegeben hatte. Kleist war jetzt auf keinen Angestellten am Empfang mehr angewiesen. Er hatte die Zimmernummern.

Kapitel Zweiundzwanzig

Das Restaurant Aragwi lag in der Gorkistraße gegenüber dem Telegrafenamt. Es gehörte zu den sehr wenigen guten Restaurants in Moskau, und Metcalfe und Roger »Scoop« Martin brauchten dringend eine vernünftige Mahlzeit. Sie hatten vereinbart, sich um 19 Uhr vor dem Restaurant zu treffen.

Für Metcalfes Entschluss, heute im Aragwi zu essen, gab es noch einen weiteren, viel wichtigeren Grund. Pünktlich um 20 Uhr wollte Amos Hilliard sich dort auf der Herrentoilette mit ihm treffen. Die Botschaft, hatte Hilliard entschieden, war jetzt *off limits*. Außerdem besaß das Aragwi bestimmte Eigenschaften, die es für einen Geheimtreff geeignet machten: Das beliebte Restaurant war ständig überfüllt, und unter den Gästen waren immer viele Ausländer. Nach Hilliards Beschreibung hatte es mehrere Eingänge, sodass der Diplomat es ungesehen würde betreten können. Außerdem kannte Hilliard den Geschäftsführer. »Ich weiß gar nicht mehr, wie viel Geld ich dort ausgegeben habe – und nicht nur für Essen. Ich habe jede Menge Schmiergeld gezahlt. Nur so kann man sich in Moskau brauchbaren Service sichern.«

Roger hatte jedoch Verspätung. Im Allgemeinen war er die Pünktlichkeit in Person, aber er hatte Schwierigkeiten mit den hiesigen Verkehrsmitteln und den vielen Dingen, die er erledigen musste. Moskau sei viel schlimmer als sogar das besetzte Frankreich, hatte er geklagt. Dort beherrschte er wenigstens die Landessprache.

Deshalb machte Metcalfe sich keine Sorgen, als Scoop auch nach einer Viertelstunde noch nicht aufgetaucht war. Unterdessen wurde die Schlange der vor dem Restaurant anstehenden Gäste immer länger. Metcalfe wartete im Freien, um etwaige Beschatter erkennen zu können, hatte aber bisher noch keinen entdeckt.

Noch länger zu warten, hatte keinen Zweck, entschied Metcalfe. Er musste unbedingt rechtzeitig zu seinem Treff mit Hilliard im Restaurant sein; wenn Roger kam, würde er sich denken können, dass Metcalfe bereits im Restaurant war. Er ging an den in langer Schlange wartenden Russen vorbei, die ihn der Kleidung nach als Ausländer einschätzten, dem das Recht zugebilligt wurde, gleich nach vorn an die Spitze der Warteschlange zu gehen. Ein Mann steckte den Kopf ins Freie und winkte Metcalfe herein, ohne ihn auch nur nach seinem Namen zu fragen. Um eingelassen zu werden, brauchte er nicht einmal seinen amerikanischen Pass vorzuzeigen; es genügte, dass er dem Oberkellner, einem merkwürdig aussehenden langhaarigen Mann, der zu einem mit Goldlitze besetzten Gehrock spitze Schuhe trug, einen Zwanzigdollarschein in die Hand drückte. Vervollständigt wurde die Aufmachung des Langmähnigen durch einen altmodischen Kneifer, dessen schwarzes Satinband um seinen Hals lag.

Der Oberkellner geleitete ihn an einen Zweiertisch auf einer kleinen Empore über dem Hauptrestaurant. Unten spielte eine Kapelle georgische Liebeslieder. Als Vorspeise gab es ofenwarmes Bauernbrot, gute Butter und grauen Kaviar. Metcalfe aß heißhungrig und trank dazu mehrere Gläser des stark kohlensäurehaltigen und nach

Schwefel schmeckenden georgischen Mineralwassers Borschomi. Als der merkwürdige Oberkellner zum dritten Mal vorbeikam, um seine Bestellung aufzunehmen – diesem Amerikaner gegenüber, der wahrscheinlich ein großzügiges Trinkgeld in Dollars, nicht in wertlosen Rubeln geben würde, war er besonders aufmerksam –, beschloss Metcalfe, schon mal für Roger mitzubestellen. Sein Freund war offenbar durch etwas Wichtiges aufgehalten worden. Kam Scoop dann in seiner unnachahmlichen Art hereingeschlendert, um von irgendeinem Erfolg zu berichten, den er erzielt hatte, würde wenigstens sein Essen auf dem Tisch stehen. Metcalfe bestellte mehr, als sie beide hätten essen können: *saziwi* und Schaschlik und Beefsteak und Fasan.

Die Kapelle begann das georgische Lied »Suliko« zu spielen, an das Metcalfe sich von seinem letzten Moskauaufenthalt erinnerte. Er assoziierte es mit Lana, wie er überhaupt vieles in Moskau mit ihr verband. Sein Kopf war voller Erinnerungen an sie, voller Gedanken über sie; das ließ sich nicht ändern. Und er konnte nicht an sie denken, ohne bedrückende, quälende Schuldgefühle zu empfinden. Er hatte sie gewissenlos manipuliert, damit sie das tat, was er von ihr wollte. Corky hatte einen atemberaubend kühnen Plan entworfen, der eine Zwischenträgerin erforderte, die nur Lana sein konnte. Gelang dieses Vorhaben, würde es den Gang des Krieges verändern. Und noch mehr: Es würde die Geschichte verändern. Was bedeutete das Schicksal eines Einzelnen schon im Vergleich zum Schicksal der Welt? Aber so konnte Metcalfe die Sache nicht sehen; diese Denkweise führte in die Tyrannei. Das glaubten auch Hitler und Stalin: Das Schicksal der Massen war wichtiger als die Rechte des Einzelnen.

Und Metcalfe liebte Lana. Das war die nackte Wahrheit. Er liebte diese Frau, litt unter ihrer Notlage, er bedauerte die schlechten Karten, die sie vom Schicksal erhalten hatte. Er wollte sich am liebsten einreden, wenn Corkys Plan gelinge, seien auch sie und ihr Vater frei. Aber er wusste, dass die Risiken gewaltig waren. Alles Mögliche konnte schief gehen. Sie konnte geschnappt werden und würde dann bestimmt hingerichtet werden – eine Möglichkeit, die zu schrecklich war, als dass er darüber nachdenken wollte.

Ein nochmaliger Blick auf seine Armbanduhr zeigte ihm zu seiner Überraschung, dass es schon 19.58 Uhr war. Er stand von seinem Tisch auf und machte sich auf den Weg zur Herrentoilette.

Amos Hilliard war bereits dort, als Metcalfe hereinkam. Er wusch sich an einem Waschbecken die Hände.

Bevor Metcalfe etwas sagen konnte, legte Hilliard einen Zeigefinger an die Lippen und deutete auf eine geschlossene WC-Kabine. Metcalfe sah hin und erkannte unter der Tür ein Paar russische Schuhe, über denen eine russische Hose wie eine Ziehharmonika zusammengefallen war. Im ersten Augenblick wusste er nicht recht, was er tun sollte; keiner der beiden Männer war auf diese Möglichkeit vorbereitet. Er trat an eines der Urinale und erleichterte sich. Hilliard wusch sich weiter die Hände und behielt die geschlossene WC-Kabine im Spiegel im Auge.

Metcalfe betätigte die Wasserspülung. Der Russe blieb jedoch weiter in der Kabine. War das nur ein Zufall? Metcalfe neigte zu dieser Ansicht. Er trat ans Waschbecken neben Hilliard, der sich weiter die Hände einseifte, suchte den Blick des Diplomaten im Wandspiegel und zog fragend die Augenbrauen hoch.

Hilliard zuckte mit den Schultern. Sie wuschen sich wortlos die Hände. Metcalfes Herz begann zu jagen. Wurden Hilliard und er in diesem Augenblick verhaftet, war ihre Lage sehr gefährlich.

Er wusste, dass Hilliard den ersten Satz gefälschter Unterlagen bei sich hatte, den Corkys Spezialisten hergestellt und als Kuriersendung per Flugzeug nach Moskau geschickt hatten. Würde dieses Material bei einem von ihnen entdeckt, würden sie beide in Straflagern verschwinden, wahrscheinlich sogar an die Wand gestellt werden. Kein Wunder, dass Hilliard heute mürrisch und sorgenvoll wirkte. Er kannte die Risiken.

Schließlich rauschte die WC-Spülung, dann kam ein Russe aus der Kabine. Er sah Hilliard und Metcalfe an den beiden Waschbecken stehen, warf ihnen einen finsteren Blick zu und verließ die Toilette. Hilliard hastete mit tropfnassen Händen zur Toilettentür und lehnte sich mit dem Rücken dagegen.

Ebenso schnell zog er ein zugeklebtes Päckchen aus der Innentasche seines Jacketts und übergab es Metcalfe.

»Das ist nur die erste Lieferung«, flüsterte Hilliard dabei. »Weitere folgen.«

»Danke«, sagte Metcalfe.

»Ich bin so erzogen, dass ich normalerweise ›War mir ein Vergnügen‹, ›Nichts zu danken‹ oder ›Gern geschehen‹ antworten müsste, aber das wäre alles gelogen«, sagte Hilliard. »Ich bin nur auf Corkys Befehl hier – das wissen Sie. Hätte jemand anders versucht, mir diesen Auftrag zu erteilen, hätte ich ihn zum Teufel geschickt. Ich weiß nicht, was das für Dokumente sind – sie sind zusätzlich versiegelt –, aber ich weiß, dass ich froh sein werde, wenn Sie Moskau endlich wieder verlassen haben.«

»Nicht mehr als ich.«

»Also gut, passen Sie auf, bevor ein besoffener Russe die Tür mit Gewalt aufzubrechen versucht. Dies ist unser letzter persönlicher Treff. In Zukunft benützen wir tote Briefkästen.«

»Gut.« Das war ohnehin sicherer, überlegte Metcalfe sich.

»Corky sagt, dass Sie ein großartiges Gedächtnis haben. Benützen Sie's also. Schreiben Sie sich ja nichts auf, verstanden?«

»Ich höre.«

Furcht und Ressentiments schienen Hilliard verändert zu haben. Äußerlich war er derselbe weichliche, glatzköpfige, bebrillte kleine Mann wie zuvor. Aber im Inneren des freimütigen, liebenswürdigen Mannes aus dem Mittleren Westen musste sich etwas verhärtet haben. Er war sichtbar zornig und verängstigt, und allein diese Veränderung genügte, um Metcalfe noch mehr Angst einzujagen.

»An der Ecke Puschkinstraße und Projesd Chudoschestwennowo Teatro liegen zwei Geschäfte dicht nebeneinander, okay? Das eine ist Laden Nummer neunzehn, über dessen Eingang *mjaso* – Fleisch – steht.«

»Danke«, sagte Metcalfe unüberhörbar sarkastisch. Hilliard wusste schließlich, dass er Russisch sprach.

»Der andere heißt *schenskaja obuw.*« Frauenschuhe. Diese Worte übersetzte Hilliard nicht; Metcalfe nickte.

»Der unbewachte Eingang des Gebäudes zwischen diesen beiden Geschäften steht Tag und Nacht offen. Gleich rechts hinter der Haustür sehen Sie einen mit einer Metallhalterung an der Wand angebrachten Heizkörper. Dahinter befindet sich ein wenige Zentimeter breiter

Zwischenraum. Die nächsten Dokumente stecken hinter diesem Heizkörper.«

»Keine gute Idee«, widersprach Metcalfe. »Wird er mal zu heiß, könnten die Papiere unleserlich werden.«

Hilliard machte ein finsteres Gesicht. »Wir sind hier in Moskau, verdammt noch mal. Zwei Drittel aller Heizkörper funktionieren hier nicht, und dieser gehört dazu. Dafür garantiere ich. Und weil wir hier in Moskau sind, wird er auch in den kommenden fünf Jahren nicht repariert.«

Metcalfe nickte. »Signal?«

»Wenn ich im Dienst bin, was nicht immer der Fall sein wird, rufen Sie mich an, um zu melden, dass Sie Ihren Pass verloren haben. Ich erkläre Ihnen daraufhin, dass Sie die falsche Dienststelle erwischt haben. Ist im toten Briefkasten etwas hinterlegt, fordere ich Sie auf, noch mal anzurufen und die Konsularabteilung zu verlangen. Ist er jedoch leer, lege ich an dieser Stelle einfach auf.«

»Und wenn Sie nicht im Dienst sind?«

»Die Signalstation für solche Fälle ist ein Münztelefon im Haus Kosizki Pereulok Nummer zwei, Korpus acht, Eingang sieben. Dieses Gebäude liegt zwischen Gorkistraße und Puschkinstraße. Verstanden?«

Metcalfe nickte nochmals. »Kosizki-Gasse zwei, Korpus acht, Eingang sieben. Ganz in der Nähe des großen Lebensmittelgeschäfts Jelisejewski Gastronom.«

»Ich werde Sie dem Baedeker-Verlag empfehlen, wenn sie anfangen, Moskau zu bearbeiten«, sagte Hilliard ätzend. »Der Eingang sieben liegt zwischen der Poliklinik Nummer achtzehn und einem Laden mit der Bezeichnung *owoschifrukty*.« Er sparte sich die Übersetzung des russischen Ausdrucks für Obst und Gemüse. »Übrigens ist dieses Gebäude vier Straßenblocks von dem toten Briefkasten entfernt. Im Foyer sehen Sie links ein auf einer Furnierplatte an die Wand montiertes Münztelefon. Es trägt die Nummer 746, aber es gibt dort nur diesen Apparat. In der rechten unteren Ecke der Platte, wo das Furnier abgeplatzt ist, befinden sich viele Kritzeleien von Telefonierenden, sodass Ihre und meine Markierungen nicht weiter auffallen werden. Habe ich etwas im toten Briefkasten hinterlegt, signalisiere ich das durch einen Kreis mit rotem Farbstift. Mit *rotem* Stift, kapiert?«

»Verstanden.«

»Sobald Sie die Sendung abgeholt haben, ziehen Sie eine senkrechte Linie durch den Kreis. Ist das klar?«

»Glasklar. Dieses Telefon ist ebenfalls Tag und Nacht zugänglich?«

»Richtig.«

»Haben Sie auch falsche TBK-Signale vorgesehen?« Metcalfe sprach von absichtlich gefälschten Signalen für tote Briefkästen, die etwaige Überwacher irreführen sollten.

»Das ist meine Sache.«

»Operative Sicherheit ist auch *meine* Sache.«

Hilliard starrte ihn aufgebracht an.

»Irgendein Notsignal?«

Hilliard funkelte ihn weiter an.

»Ein Warnsignal dafür, dass ich mich fern halten soll, dass die Kanäle überwacht werden, dass Sie abgefangen worden sind?«

»Wenn ich abgefangen worden bin, finden Sie kein Abholzeichen. So einfach ist das. Sie hören dann nie wieder von mir. Auch Corky und keiner meiner Freunde in Iowa oder Washington nicht, weil ich in Sibirien im Steinbruch schufte und für ewig verschollen bleibe. Oder durch Genickschuss erledigt worden bin. Ist das klar? Tun Sie uns also beiden einen Gefallen. Achten Sie darauf, ob Sie beschattet werden. Lassen Sie sich nicht enttarnen.«

Der kleine Mann machte wortlos kehrt, öffnete die Toilettentür und verschwand.

*

Als Metcalfe an seinen Tisch zurückkam, war sein Essen – *ihr Essen* – serviert worden. Nur Roger war noch immer nicht aufgekreuzt. Auf dem Tisch standen Schüsseln und Teller mit Lammschaschlik und *tschaschuschuli* aus Rindfleisch, *chinkali* genannten Fleischklößchen und dem Eintopf *tchachochbili* aus Fasanenfleisch. Dazu eine Flasche des kräftigen strohfarbenen Weißweins Zinandali aus Georgien und mehrere Flaschen des Mineralwassers Borschomi. Aber Metcalfe hatte plötzlich keinen Hunger mehr. Er schob einige Geldscheine unter den Rand seines Tellers und verließ das Restaurant, von dem Oberkellner gefolgt, der besorgt fragte, ob etwas nicht in Ordnung gewesen sei. Metcalfe drückte ihm noch einen Zwanziger in die Hand und sagte entschuldigend: »Ich habe wohl zu viel Brot gegessen.«

Auf dem Rückweg vom Aragwi zum Metropol wurde er natürlich beschattet. Er erkannte die Überwacher nicht wieder; die Schicht hatte gewechselt, und der Blonde mit den blassgrauen Augen war nicht dabei. Oder er tauchte zumindest nicht auf, denn er konnte Metcalfe auch aus einiger Entfernung unentdeckt beobachten. Die Dokumente steckten in ihrer Zellophanhülle in der Innentasche seines Jacketts. Er fürchtete, sie könnten ihm ein Loch in die Brust brennen, und dachte möglichst nicht daran, was passieren würde, wenn er angehalten und durchsucht würde. Gefälschte sowjetische Militärunterlagen … Die ließen sich unmöglich wegerklären.

Am Hotelempfang wurde er nicht aufgehalten. Also hatte Roger dort keine Nachricht für ihn hinterlassen. Metcalfe machte sich unwillkürlich Sorgen – am wenigsten jedoch um Roger. Der war ein Profi; er würde sich selbst zu helfen wissen. Für seine Abwesenheit musste es irgendeinen Grund geben. Lana war jedoch kein Profi; ihr konnte alles Mögliche zustoßen.

Die *deschurnaja* auf seiner Etage, eine Hexe, die er noch nicht gesehen hatte, begrüßte ihn mit der üblichen schlechten Laune. Und sie weigerte sich, ihm seinen Zimmerschlüssel zu geben.

»Den haben Sie schon abgeholt«, sagte sie vorwurfsvoll.

»Nein«, antwortete Metcalfe. »Das muss ein Irrtum sein.« Aber vielleicht hatte Roger sich aus irgendeinem Grund den Schlüssel geben lassen: um etwas in seinem Zimmer zu hinterlassen, eine Nachricht oder …

Ein Funkgerät! Er hatte den ganzen Tag damit verbracht, die Einzelteile zu beschaffen, und wie Metcalfe Scoop kannte, hatte er bereits eines zusammengebaut und wartete jetzt in seinem Zimmer, um ihn damit zu überraschen. Ein Funkgerät durfte er natürlich nicht unbeaufsichtigt in einem Hotelzimmer stehen lassen.

Aber die Zimmertür war abgesperrt, und sein wiederholtes Anklopfen blieb ohne Echo. Auch aus Rogers Zimmer meldete sich niemand. Metcalfe kehrte zum Schreibtisch der *deschurnaja* zurück. »Mein Zimmer ist abgesperrt«, sagte er streng. Nur so konnte man mit den sauertöpfischen Kontrolleurinnen zurechtkommen: indem man die Herrischen anherrschte. »Ich brauche den Schlüssel, und wenn Sie ihn einem Unbefugten gegeben haben, sorge ich dafür, dass Sie rausfliegen.« Er wies seinen Reisepass vor. »Haben Sie meinen Zimmerschlüssel jemand anders gegeben?«

Die *deschurnaja* war im ersten Augenblick sprachlos. Sie war eine Frau, die nach dem äußerst wichtigen sowjetischen Prinzip *porjadok* – Ordnung – lebte. Es gab eine Methode, etwas richtig zu tun, und sie hatte dagegen verstoßen, indem sie einen Zimmerschlüssel dem falschen Gast gegeben hatte. Sie hielt Metcalfe mit finsterer Miene den Zweitschlüssel zu seiner Tür hin. »Aber bringen Sie ihn wieder zurück!«, rief sie ihm noch nach.

Natürlich konnten alle möglichen Leute sich den Zimmerschüssel geholt haben: NKWD-Agenten, obwohl sie vermutlich Zugang zu Generalschlüsseln hatten, oder sogar jemand von der amerikanischen Botschaft. Erst als er zum zweiten Mal seine Zimmertür erreichte, erinnerte er sich an Ted Bishops Worte.

Ein Kraut-Gentleman … Er hat gesagt, ein alter Freund habe ihn gebeten, jemanden aufzusuchen. Hat gesagt, er könne sich nicht an den genauen Namen erinnern. Einfach jemand, der vor kurzem aus Paris angekommen ist … Irgendwas an seiner Story hat leicht faul gerochen.

Ein Kraut-Gentleman. Ein Nazi. *Dem Typ nach vom SD – vom Sicherheitsdienst, der SS-Geheimpolizei.*

Jemand, der vor kurzem aus Paris angekommen ist, um hier jemanden aufzusuchen.

Die Zerstörung der »Höhle«, ihrer geheimen Pariser Funkzentrale, war nur der Anfang gewesen. Corkys

Netzwerk wurde aufgerollt. Irgendwie hatten sie seine nach Moskau führende Spur aufgenommen.

Was seinen Freunden von der Pariser Station zugestoßen war, konnte ihm leicht ebenfalls passieren.

Jemand lauerte ihm in seinem Zimmer auf. Davon war Metcalfe jetzt überzeugt.

Er wartete darauf, Corkys Netzwerk endgültig aufrollen zu können. Er wartete auf ihn, um ihn zu ermorden.

Dies war eine *Falle,* erkannte Metcalfe, in die er jedoch nicht gehen würde. Er hatte keine Waffe; folglich durfte er das Zimmer nicht betreten. Es gab einen anderen Weg in die Hotelhalle hinunter, auf dem er nicht an der mürrischen *deschurnaja* vorbeigehen und zeitraubende Erklärungen abgeben musste. Er rannte die Personaltreppe hinunter, nahm dabei je zwei Stufen auf einmal. Dann durchquerte er mit irritierter Miene die Hotelhalle und baute sich am Empfang auf.

»Dieser verdammte *Schlüssel*!«, rief er aus, indem er ihn hochhielt. »Er passt nicht ins Schloss!«

»Wissen Sie bestimmt, dass Sie den richtigen Schlüssel haben, Sir?«, fragte der Angestellte an der Rezeption. Er ließ ihn sich geben, begutachtete ihn. Die Zimmernummer war deutlich lesbar auf dem Schlüsselanhänger eingeprägt. Ein Irrtum war ausgeschlossen.

»Man dreht ihn nach links, Sir. Entgegen dem Uhrzeigersinn.«

»*Das* weiß ich. Aber es funktioniert nicht. Schicken Sie bitte jemanden mit hinauf, der die Tür aufkriegt? Ich hab's eilig.«

Als der Angestellte auf eine Klingel schlug, tauchte aus dem Gepäckraum hinter dem Empfang ein Page auf.

Nach knapper Einweisung in rasend schnellem Russisch trat der Page – noch ein Teenager – auf Metcalfe zu, verbeugte sich schüchtern und griff nach dem Zimmerschlüssel. Metcalfe folgte ihm zum Aufzug. Im dritten Stock stiegen sie aus, gingen an der *deschurnaja* vorbei, die Metcalfe anfunkelte, ohne etwas zu sagen, und folgten dem Korridor zu seinem Zimmer.

»Ist das Ihre Tür, Sir?«, fragte der Junge.

»Versuchen Sie's mit dem Schloss. Ich habe keinen Erfolg gehabt.« Während Metcalfe sprach, blieb er hinter dem Pagen. Falls der unbekannte Deutsche im Zimmer auf der Lauer lag, würde er nicht schießen – wenn er Metcalfe überhaupt mit einer Schusswaffe erledigen wollte –, sobald er die Stimme des Jungen hörte. Lauerte dort drinnen wirklich ein Killer, würde er sich nicht von humanitären Überlegungen in Bezug auf ein unschuldiges Opfer, sondern allein von praktischen Erwägungen leiten lassen. Einem professionellen Killer war unnötiges Blutvergießen ein Gräuel, weil es unweigerlich mehr Probleme schuf, als es löste. Der junge Page sollte Metcalfe als Schild dienen.

Als der Page den Schlüssel im Schloss herumdrehte, zog Metcalfe sich noch weiter zurück, bis jemand, der vielleicht im Zimmer war, ihn nicht mehr sehen und folglich auch nicht treffen konnte. Er spannte die Muskeln an und hielt sich zur Flucht bereit, sobald die Schießerei begann.

Aber der Junge hatte die Tür mühelos aufgesperrt. Er sah verwirrt zu Metcalfe hinüber und stieß die schwere Tür auf. Metcalfe fühlte seinen Puls schneller werden.

»Alles in Ordnung, Sir?«, fragte der Page. Er zögerte an der offenen Tür, warf einen Blick ins Zimmer und sah dann wieder zu Metcalfe hinüber. Trotz der offiziellen Politik, die Trinkgelder als kapitalistische Unsitte ablehnte, erwartete er offenbar eines.

»Vielen Dank«, sagte Metcalfe. »Ich weiß nicht, warum ich nicht aufsperren konnte.« Er zog einen Fünfdollarschein heraus, trat von hinten an den Jungen heran und schlug ihm jovial mit einer Hand auf die Schulter, während er hinter dem Pagen stehend ins Zimmer blickte.

Es war leer. Hier war niemand.

Das Bad.

Die Badezimmertür war angelehnt. Metcalfe hatte sie offen gelassen, aber jetzt war sie fast geschlossen.

Das brauchte natürlich nichts zu bedeuten, weil das Zimmer in seiner Abwesenheit geputzt worden war, wobei das Zimmermädchen bestimmt auch im Bad gewischt hatte.

»Hören Sie«, sagte Metcalfe, »würden Sie mir helfen, etwas Schweres zu heben, wenn Sie schon mal hier sind? Ich habe schreckliche Rückenschmerzen.«

Der Page zuckte mit den Schultern: *Klar, warum nicht?*

»Mein verdammter Koffer steht im Bad, und wenn Sie ihn mir eben rausholen, habe ich noch so einen Schein für Sie.« Er drückte dem Pagen den Fünfer in die Hand. Für den Jungen war das ein unerhörtes Trinkgeld, und die Verlockung, noch einmal fünf Dollar zu bekommen, war unwiderstehlich. Der Page durchquerte das Zimmer in Richtung Bad. Metcalfe folgte ihm mit einigem Abstand und blieb auch diesmal aus der Schusslinie.

Der Junge stieß die Tür auf, sah ins Bad und sagte: »Sir? Ich sehe keinen Koffer …«

»Tatsächlich? Dann muss das Zimmermädchen ihn weggestellt haben. Tut mir Leid.«

Aber der Junge stand mit erschrocken aufgerissenen Augen wie gelähmt da. Dann machte er einen Schritt ins Bad und begann zu schreien: *»Boshe moi! Boshe moi!«*

Metcalfe war mit zwei, drei raschen Schritten bei ihm und sah nun, was der Page anstarrte, während seine Schreie stetig lauter wurden.

Der über den Wannenrand hängende Kopf mit aus den Höhlen quellenden Augen und heraushängender Zunge war so purpurrot und angeschwollen, dass Metcalfe es fast nicht wiedererkannte.

Ein lautes Stöhnen entrang sich ihm, als er an die Wanne trat, Roger Martins Gesicht berührte und die feuchte Kälte spürte, die ihm bewies, das Roger unzweifelhaft tot war – und das seit mehreren Stunden. Das gezackte Band, das Rogers Kehle fast durchschnitt, war ihm entsetzlich vertraut.

Diese Würgemale hatte Metcalfe erst vor wenigen Tagen in Paris gesehen.

Kapitel Dreiundzwanzig

Der Page verließ mit ruckelnden, unsicheren Bewegungen rückwärts gehend das Bad. Unterdessen hatte er zu schreien aufgehört, aber auf seinem Gesicht stand weiterhin nackte Angst.

Metcalfe nahm ihn jedoch kaum wahr. Er stand selbst unter tiefem Schock. »Mein Gott«, flüsterte er. Was er vor sich sah, war ein Schreckensbild, eine Groteske, ein unerträglicher Anblick.

Paris hatte sich wiederholt.

Sie hatten Scoop ermordet.

Ihm blieb jetzt keine Wahl mehr; was er tun musste, stand außer Frage. Er musste verschwinden, bevor der Junge Hilfe holte, bevor die sowjetischen Behörden – sprich der NKWD – die Ermittlungen übernahmen, bevor sie ihn verhafteten und verhörten. Selbst in seinem betäubten und aufgewühlten Zustand waren ihm die Konsequenzen klar. Die gefälschten Dokumente würden gefunden werden – in seinem Besitz oder in einem überhastet gewählten Versteck –, und die Ermittler würden sich mit keiner Erklärung, die er vorbringen konnte, zufrieden geben.

Und es gab auch keine Erklärung, die *ihn* zufrieden stellen konnte.

Erklärungen und der Versuch, dieses Grauen zu *verstehen*, würden warten müssen. Er warf rasch einige Kleidungsstücke in den billigen Pappkoffer, den er am Vortag gekauft hatte. Dann machte er kehrt und hastete aus dem Zimmer.

*

Ohne Funkgerät konnte er Corcoran nicht erreichen, zumindest nicht schnell. Sogar der berühmte schwarze Kanal war nicht sicher. Auch eine durch Kurier überbrachte Nachricht war vermutlich nicht sicher. Metcalfe konnte Corky nur dadurch erreichen, dass er Amos Hilliard bat, ihm ein möglichst sicher verschlüsseltes Telegramm zu schicken. Das würde Hilliard tun – jedoch nur widerstrebend.

Jedenfalls *musste* er Corky erreichen. Der Einbruch in ihr Netzwerk hatte jetzt sogar Moskau erreicht, was auf eine beunruhigend große Sicherheitslücke schließen ließ.

Dann kam ihm ein Verdacht. Anfangs bemühte er sich, ihn als Hirngespinst eines überreizten Verstandes abzutun, der durch die Ermordung eines guten, alten Freundes derangiert war. Aber er fühlte ihn tief im Bauch und konnte ihn nicht leichthin abtun.

Amos Hilliard?

War es denkbar, dass Corkys Mann in Moskau ein Verräter war? Metcalfe musste plötzlich wieder an Hilliards eigene Worte denken: *Niemand ist vertrauenswürdig.*

War das ein versteckter Hinweis auf Amos Hilliard selbst? Wer außer ihm wusste schließlich noch, weshalb Metcalfe wirklich in Moskau war? War Hilliard ein Diener zweier Herren, wie er vielen seiner Kollegen in der Botschaft vorwarf, genügte eine kurze Nachricht, damit …

Aber dann schüttelte Metcalfe den Kopf und verwarf den Gedanken wieder. Diese Idee war lächerlich; er bildete sich ein, überall Falschheit zu sehen. Fing man an, so zu denken, war man bald in seiner Entschlussfähigkeit beeinträchtigt und förmlich gelähmt.

Trotzdem ließ sich die grausige Realität nicht leugnen: Er hatte Roger »Scoop« Martin veranlasst, ihn nach Moskau zu fliegen, und dadurch war sein alter Freund umgekommen. Das war fast so, als wenn er ihn selbst ermordet hätte. Die Tatsache, dass Roger in Metcalfes Hotelzimmer ermordet worden war, ließ darauf schließen, dass eigentlich Metcalfe die Zielperson gewesen war. *Er* hatte ermordet werden sollen. Sie hatten sich seine Zimmernummer besorgt und angenommen, der dort angetroffene Mann sei Metcalfe. Weshalb Roger dort gewesen war, war ein weiteres Rätsel. Hatte er ein neues Funkgerät zusammengebaut und Metcalfe damit überraschen oder es in seinem Zimmer verstecken wollen ... Aber wo war es dann?

Wenn Corkys Netzwerk enttarnt war und nun Agent für Agent unschädlich gemacht wurde – erst in Paris, jetzt in Moskau –, dann war nicht nur Metcalfe in Gefahr.

Dann war auch Lana gefährdet.

Je öfter Metcalfe sich mit Lana traf, desto sicherer wurde sie zu einer Zielperson. Und sobald er ihr die gefälschten Dokumente übergab, die er jetzt bei sich trug, wurde sie in übertragenem Sinn ebenfalls ein Mitglied von Corkys Netzwerk, auch wenn sie davon nichts ahnte. Jetzt war sie ebenso ein potenzielles Opfer wie Roger oder die Männer der Pariser Station.

Dass ich sie ausnütze, ist schlimm genug, dachte er. *Aber sie auf diese Weise gefährden? Das ist nichts, dem sie zugestimmt hat. Ich habe mich für diese Arbeit, deren Risiken ich kannte, freiwillig gemeldet. Lana hat nichts dergleichen getan.*

Trotzdem war in gewisser Beziehung keine Umkehr mehr möglich. Lana hatte bereits die Grundlagen für das mit Rudolf von Schüsslers Hilfe durchzuführende Täuschungsmanöver geschaffen.

Er würde sie schützen müssen, er durfte nicht mehr mit ihr gesehen werden. Seine Moskauer Begegnungen mit ihr ließen sich bisher alle als Affäre eines reichen Playboys erklären, der nicht von seiner ehemaligen Geliebten lassen wollte. Und sie hatten außergewöhnliche Vorsichtsmaßnahmen getroffen, um ihr Rendezvous in der Wohnung von Lanas Freundin geheim zu halten. Diese Maßnahmen mussten beibehalten, sogar noch verstärkt werden.

Jetzt kam es jedoch darauf an, mit allen verfügbaren Mitteln dafür zu sorgen, dass er nicht beschattet wurde. Metcalfe hatte das Metropol durch den Personaleingang verlassen, den er bisher nie benützt hatte. So hatte er die Drohnen, die in der Hotelhalle auf ihn wartenden einfachen NKWD-Leute, vermeiden können. Aber es gab natürlich noch andere wie den blonden NKWD-Agenten, der überall aufzutauchen pflegte. Also würde Metcalfe zusätzliche Maßnahmen treffen. Diesmal würde ihm niemand folgen.

Dafür würde er sorgen.

*

Die gepflasterte Weite des Roten Platzes wurde nach Osten hin von einem riesigen, reich geschmückten Gebäude mit einer mehrere hundert Meter langen Marmor- und Granitfassade begrenzt. Dies war das *Gosudarstwenny Universalny Magasin:* das staatliche Kaufhaus GUM, das größte Warenhaus Moskaus. In seinem Inneren gab es eine dreigeschossige Arkade, die an einen um die Jahrhundertwende gebauten Londoner oder Pariser Bahnhof erinnerte; dort wimmelte es von Kauflustigen, die in den Hunderten von Abteilungen herumstöberten. In krassem Gegensatz zu der prunkvollen Architektur war das Warenangebot in den Regalen jedoch dürftig.

In Kombination mit unzähligen Nischen und Winkeln, Treppen und Passagen bot das geschäftige Treiben Metcalfe ideale Voraussetzungen, um etwaige Beschatter abzuhängen. Mit seinem Pappkoffer in der Hand machte er in verschiedenen Abteilungen Halt und begutachtete die Schallplatten, die Parfüms, den scheußlichen Modeschmuck, die Bauernschals. Die Menge umschloss ihn, verschluckte ihn, machte die Aufgabe eines Beschatters nahezu unmöglich. Dass ein amerikanischer Geschäftsmann das berühmteste Kaufhaus Moskaus besuchte, war jedenfalls weder verdächtig noch außergewöhnlich, und sein schmaler Koffer konnte recht gut Geschäftsunterlagen enthalten. Er folgte der Menge über eine Eisentreppe in den ersten Stock hinauf und konnte von der Empore aus rasch das Erdgeschoss überblicken. Dort unten war niemand, der wie ein typischer NKWD-Agent aussah.

Metcalfe sah eine Eckabteilung, die zwei Zugänge hatte, betrat sie und begutachtete scheinbar sehr interessiert die ausgestellten Holzspielsachen und kunstvoll bemalten, ineinander gesteckten *Matrjoschka*-Puppen. Er nahm eine der Puppen in die Hand, zog die obere Hälfte ab und sah nun die darin steckende Puppe. Insgesamt waren in der äußeren Hülle sechs immer kleinere Puppen versteckt. Dies war ein schönes Beispiel für russische Volkskunst, das Lana vielleicht gefallen würde. Außerdem war es eine gute Idee, das wusste er, etwas zu kaufen, um einen

Vorwand für sein Hiersein zu haben. Während er in einer Schlange wartete, um seinen Einkauf zu bezahlen, und dann nochmals anstand, um ihn in Empfang zu nehmen – die sowjetische Bürokratie hatte selbst die Moskauer Geschäfte erobert! –, sah er sich unauffällig um. Er kannte hier niemanden und konnte auch kein sichtbares Überwachungssystem erkennen.

Nachdem er die Puppe in Empfang genommen hatte, verließ er die Abteilung auf der anderen Seite und machte dann abrupt kehrt, als habe er etwas Interessantes gesehen. Er bahnte sich mit den Ellbogen einen Weg durch die Menge und stieg eine weitere Eisentreppe hinauf. Auf der dritten Ebene herrschte weniger Gedränge. Metcalfe ging rasch etwa dreißig Meter weiter und benützte dann die nächste Treppe zur zweiten Etage. Dort betrat er die Herrentoilette, in der mehrere Männer – zwei davon offensichtlich betrunken – an der Rinne standen. Er betrat eine WC-Kabine, verriegelte die Tür hinter sich und zog rasch die russischen Kleidungsstücke an, die Corky ihm hatte besorgen lassen. Das Futter der wattierten Jacke war aufgeschlitzt, aber das war von außen nicht zu sehen. Schuhe, Hose, Hemd und Jacke waren nicht nur in Russland hergestellt, sondern auch ziemlich abgetragen. So wirkten sie völlig authentisch.

Den Geräuschen nach waren die beiden Betrunkenen gegangen; andere Männer waren hereingekommen. Das war gut. Metcalfe setzte eine hellbraune Perücke auf, die eng am Kopf anlag, und betupfte dann Kinn, Oberlippe und Augenbrauen mit Gummiarabikum; als der Klebstoff leicht angetrocknet war, setzte er den zottigen Spitzbart an. Das wäre vor dem Spiegel über einem Waschbecken leichter gewesen als auf einer Klobrille sitzend, aber wenigstens hatte er daran gedacht, einen kleinen Rasierspiegel einzupacken, um kontrollieren zu können, ob alles richtig saß. Als Nächstes kamen dichte, ungepflegt wirkende Augenbrauen an die Reihe. Unter den Augen verrieb Metcalfe etwas dunkles Make-up, das die Falten leicht betonte und ihn dramatisch altern ließ. So sah er wie ein 40-jähriger Raucher und Gewohnheitstrinker aus, wie ein Bauer, der das harte Leben der russischen Bauern gelebt hatte.

Metcalfe betrachtete sich nochmals und war beeindruckt, wie anders er jetzt aussah. Aber er wollte nichts riskieren; er konnte noch mehr tun, und das tat er auch. Er schob Wattetampons seitlich unter die Oberlippe und staunte darüber, wie sie sein Gesicht sofort veränderten. Der abschließende Touch waren vom OSS eigens für ihn hergestellte Metallkegel mit winzigen Luftlöchern, die er sich in die Nase steckte. Sie fühlten sich anfangs kalt und unbehaglich an, veränderten aber die Form seiner Nase, machten sie flacher, mehr wie die eines typisch russischen Bauern.

Beim letzten Blick in den Spiegel erkannte er sich selbst fast nicht wieder. Er sah durch einen Türspalt und stellte fest, dass niemand mehr da war, der ihn beim Eintreten gesehen hatte. Nachdem er seine amerikanische Kleidung rasch in den Koffer gepackt hatte, kam er aus der WC-Kabine, trat ans Waschbecken und stellte den Koffer neben sich auf die Fliesen. Er wusch sich gründlich die Hände und verließ dann die Toilette, wobei er seinen Koffer unter dem Waschbecken zurückließ. Später würde irgendein russischer Glückspilz ihn entdecken, sich dafür entscheiden, den Koffer zu stehlen, und von der Qualität der Kleidungsstücke, die er enthielt, angenehm überrascht sein. Metcalfe bummelte scheinbar verdrießlich durch die Arkade im ersten Stock weiter. Er hatte seine Gangart verändert, ging jetzt leicht hinkend, als habe er ein verkürztes Bein. Als er wieder im Parterre ankam, wusste er bestimmt, dass er nicht beschattet wurde. Er war eine Null, ein Russe mittleren Alters, der wie Abertausende von anderen Moskauern aussah. Niemand würde ihn eines zweiten Blickes würdigen.

*

Rudolf von Schüssler ärgerte sich über diese Belästigung.

Der steife, verkniffen wirkende Hauptsturmführer vom Sicherheitsdienst saß in seinem Büro und stellte ihm viele lästige Fragen über irgendwelche Englisch sprechenden Leute, die von Schüssler in den letzten Tagen in Moskau begegnet sein könnten. Er hatte zu viel zu tun, um sich seine Zeit von einem Schnüffler stehlen zu lassen, aber der Botschafter hatte ihn gebeten, sich diese Zeit zu nehmen, und er tat ihm diesen Gefallen natürlich gern. Von Schüssler war klug genug, um Graf von der Schulenburg nicht gegen sich aufzubringen.

»Möglicherweise«, sagte der SD-Mann, »ist einer dieser Moskaubesucher ein gefährlicher Spion.«

Diese Idee erschien von Schüssler lächerlich, aber er spielte trotzdem mit. »Hier in Moskau gibt's jede Menge Amerikaner und Briten«, sagte er von oben herab. »Viel zu viele, wenn Sie mich fragen. Erst neulich Abend habe ich mit einem besonders affektierten Dummkopf, einem eitlen Dandy, gesprochen und mir überlegt, was er wohl ...«

»Sein Name?«, unterbrach der SD-Mann ihn unhöflich. Sein kalter grauer Blick schien von Schüssler durchbohren zu wollen.

Der Diplomat kniff die Augen zusammen, dann schüttelte er langsam den Kopf. »Der fällt mir gerade nicht ein. Aber wenn *er* ein gefährlicher Spion ist, fresse ich einen Besen!«

Sein Besucher grinste boshaft. »Und wenn er sich als unser Mann entpuppt, kann's passieren, dass ich Sie einen Besen fressen lasse.«

Wie vulgär!, dachte von Schüssler. *Wie unverschämt!* Er fand den Kerl ganz und gar widerlich, nicht einmal seiner Verachtung wert. Trotzdem hatte er etwas an sich, das Schüssler aus irgendeinem Grund kalte Schauder über den Rücken jagte. Das war kein vertrautes Gefühl, aber andererseits auch kein ganz unbekanntes. Von Schüssler versuchte sich zu erinnern, wann er etwas Ähnliches empfunden hatte, und erinnerte sich daran, wie er als Junge durch die Nebengebäude des Landsitzes der Familie gestromert war. Ja, das war's: Der Schuppen lag im Halbdunkel, war voller Schatten, und er griff nach einem aufgerollten Seil, als er plötzlich, von einer Urangst gepackt, erstarrte. Und erst Sekunden später erkannte, was er im Dunkeln beinahe angefasst hatte: eine Schlange. Eine fette, zusammengerollte Schlange.

Das war's, woran ihn dieser Kerl vom Sicherheitsdienst erinnerte.

An eine giftige Kreuzotter.

*

Metcalfe erreichte die Wohnung von Lanas Freundin eine halbe Stunde zu früh, und Lana kam zwanzig Minuten zu spät, aber diese Zeit war nicht vergeudet. Während er wartete, schlitzte er die Zellophanhülle um die Dokumente mit dem Taschenmesser auf, zog die Schriftstücke vorsichtig heraus und begutachtete sie. Sie waren untadelig. Das raue, nicht ganz weiße Papier war bestimmt nirgends im Westen hergestellt. Die Dokumente waren mit der Maschine geschrieben – zweifellos mit einer russischen Schreibmaschine, vermutlich mit dem im Volkskommissariat für Verteidigung benutzten Modell. Sie trugen verschiedene Kommissariatsstempel, die durch jahrelangen Gebrauch überzeugend abgenützt waren, und die Stempelfarbe war das charakteristische Violett, das sowjetische Dienststellen benützten. Die Daten der Eingangsstempel auf den Schriftstücken begannen vor einigen Wochen und reichten bis zum heutigen Tag.

Einige Dokumente trugen sogar die Unterschrift des Volkskommissars für Verteidigung. Viele waren mit STRENG GEHEIM gestempelt. Metcalfe hatte keinen Zweifel daran, dass die Schriftstücke der schärfsten kriminaltechnischen Untersuchung in Berlin standhalten würden. Er bezweifelte auch nicht, dass sie genauestens untersucht werden würden.

Dann wurde Metcalfe klar, dass Lana ermordet werden würde, falls die Dokumente als Fälschungen erkannt wurden. Und zwar nicht vom NKWD, sondern von den Nazis.

Also hing von der Qualität der Fälschungen nicht nur der Erfolg von Corkys kühnem Plan ab.

Auch Lanas Leben hing davon ab.

Das Deckblatt des Stapels war unbeschriftet – damit nicht jeder, der damit umging, den brisanten Inhalt erraten konnte, vermutete Metcalfe. Als er die Schriftstücke überflog, beeindruckte ihn, wie plausibel sie erschienen, wie detailliert … und wie außerordentlich irreführend. Corky hatte ihn vor mehreren Wochen eingehend über die sowjetischen Streitkräfte informiert, obwohl Metcalfe damals nicht gewusst hatte, wozu diese Einweisung gut sein sollte.

»Russland ist ein Moloch«, hatte Corky behauptet. »Aber das verstehen die Deutschen nicht.«

»Ach, kommen Sie«, hatte Metcalfe gesagt. »Natürlich wissen die Deutschen das – weshalb hätte Hitler sich sonst mit Stalin verbünden sollen? Der Führer respektiert nur Stärke. Mit einem Schwächling schließt er keinen Nichtangriffspakt.«

Corky hatte gelächelt. »Ganz recht. Aber was die Deutschen *glauben,* dürfen Sie nicht mit dem verwechseln, was sie *wissen.*«

Als Metcalfe jetzt die Dokumente überflog, begriff er die Illusion, die Corky, der große Illusionist, damit erzeugte. Es war, als betrachte man das Gemälde *Ein Sonntagnachmittag auf der Île de la Grande Jatte* des Pointillisten Georges Seurat: Stand man zu dicht davor, sah man nur die winzigen, präzisen Pinseltupfer. Man musste ein paar Schritte zurücktreten, um die gesamte komplexe Szene zu erfassen.

Wer diese Dokumente aufmerksam las, würde rasch erkennen, wie schwach die Rote Armee war. Das Gesamtbild war überzeugend, weil die Details stimmig waren. Es gab Soll- und Ist-Aufstellungen, Schriftverkehr zwischen dem Volkskommissar für Verteidigung, Marschall S. K. Timoschenko, und Generalstabschef K. A. Meretskow, Memoranden von Stabsoffizieren, alle mit Bestandslisten, Anforderungen – ein Wust von Papier, der das Bild eines Kolosses auf tönernen Füßen zeichnete. Diesen Fälschungen nach verfügte die Rote Armee nur über zwanzig Kavalleriedivisionen und zweiundzwanzig mechanisierte

Brigaden – weit weniger, als die Deutschen glaubten. Die berühmte zweite strategische Welle der Sowjets – vor allem die 16. und 19. Armee und ihre mechanisierten Korps – befand sich in katastrophalem Zustand; ihr fehlten moderne schwere und mittelschwere Panzer. Die Flugzeuge der sowjetischen Luftwaffe waren veraltet. Die Knappheit an Waffen und Ausrüstung war katastrophal; das Material der Roten Armee war längst nicht mehr auf dem neuesten Stand. Der Mangel an Ersatzteilen war erschreckend: Gepanzerte und mechanisierte Brigaden erhielten durchschnittlich nur fünfzehn Prozent der angeforderten Mengen. Es gab kein einheitliches militärisches Fernmeldesystem; in einem Krieg würde die Rote Armee auf Nachrichtenmittel aus dem 19. Jahrhundert wie Kuriere und Telegramme zurückgreifen müssen. Alles in allem dokumentierten diese Schriftstücke alarmierende Defizite, die um jeden Preis geheim gehalten werden mussten.

Nur stimmte das nicht.

Metcalfe wusste genug, um zu erkennen, dass das in diesem Material heraufbeschworene plausible Bild auf keiner realen Grundlage beruhte. Die Rote Armee machte gegenwärtig Umwälzungen durch, das wusste er, aber sie war weit stärker, weit moderner – weit *schlagkräftiger* –, als sie hier dargestellt wurde.

»Schwäche provoziert«, pflegte Corky zu sagen. Auf dem Birkenholztisch vor Metcalfe lag ein absolut überzeugendes pointillistisches Gemälde eines schwachen Staats. Hitlers Generale würden darin eine Möglichkeit, eine einmalige Chance sehen, die ergriffen werden musste. Sie würden dafür plädieren, Russland zu überfallen; für Hitler-Deutschland gab es dazu keine Alternative.

Eine brillante Täuschung.

Als Metcalfe die Dokumente vorsichtig zusammenschob, fiel ihm wieder das leere Deckblatt auf. Eigenartig: dies war kein gewöhnliches Blatt Schreibmaschinenpapier, sondern ein cremeweißer Bogen eines in England hergestellten hadernhaltigen Schreibpapiers, wie Corcoran es bevorzugte. Er hielt es ans Licht. Der Bogen trug das Wasserzeichen der Londoner Firma Smythson of Bond Street, bei der Corky sein Schreibpapier kaufte. Und er roch sehr schwach nach Chemikalien und Pfefferminzbonbons. Pep-O-Mint Life Savers. Corky hatte dieses Blatt länger in der Hand gehabt als die anderen.

Der Geruch nach Chemikalien deutete auf etwas völlig anderes hin. Metcalfe holte eine kleine Phiole aus der Tasche – einen der Gegenstände, die er im Einsatz immer bei sich trug. Das Etikett mit der Aufschrift »Potassium Ferricyanide« hatte er selbstverständlich abgelöst. In der Küche fand er eine flache Porzellanschale, kippte einen kleinen Teil der Chemikalie hinein und löste sie in einem Achtelliter Wasser auf. Dann legte er das unbeschriebene Blatt Papier in die Lösung. Binnen Sekunden wurde eine krakelige indigoblaue Schrift sichtbar: Corkys unverkennbare Handschrift.

Metcalfe breitete das nasse Blatt Papier auf dem Küchentisch aus und begann zu lesen.

S.,
weshalb verkehren Spiegel rechts und links, aber nicht oben und unten? Was passiert, wenn eine unwiderstehliche Kraft auf ein unbewegliches Objekt trifft? Aber solche Fragen sind Kinderkram, mein Junge, und nun wird es Zeit, die kindischen Sachen aus der Hand zu legen. Rascher, als Sie sich vorstellen können, werden die Fra-

gen schwieriger, die Antworten noch schwieriger werden. Die Erhaltung der Zivilisation kann eine schrecklich unzivilisierte Angelegenheit sein. Andererseits muss irgendjemand die dunklen Künste praktizieren, damit unsere rosenwangigen Landsleute weiter das Licht genießen können. So war's schon immer. Denken Sie daran: Rom ist nicht an einem Tag erbaut worden. Es ist nachts erbaut worden ...
Anbei die erste Lieferung Material für das Unternehmen WOLFSFALLE.
Denken Sie daran, dass die Wahrheit ein zerbrochener Spiegel ist. Schneiden Sie sich nicht an den Scherben.
A.

Metcalfe verstand sofort, was damit gemeint war. Er kannte sich mit Corkys Rätselfragen aus. *Wieso vertauscht ein Spiegel rechts und links, aber nicht oben und unten?* Aber das tat er nicht wirklich, hatte Corky ihm erklärt: Er gab nur wieder, was sich vor ihm befand. Die Verwirrung entstand durch den Betrachter.

Was passiert, wenn eine unwiderstehliche Kraft auf ein unbewegliches Objekt trifft? Die unwiderstehliche Kraft, das wusste Metcalfe, war die Kriegsmaschinerie der Nazis. Das unbewegliche Objekt war der russische Bär. Was würde passieren, wenn die beiden aufeinander trafen?

Sie würden einander vernichten.

Und dann der Ausdruck, den Corky benützt hatte: »Unternehmen WOLFSFALLE.«

Wolfsfalle.

Metcalfe erkannte sofort den Symbolgehalt des Decknamens, den Corky gewählt hatte. *Wolf* bezeichnete Adolf Hitler.

In den ersten Jahren seiner Politikerlaufbahn hatte Hitler oft den Decknamen »Wolf« benützt. Er war sein Pseudonym, sein Kampfname – vermutlich weil der germanische Name Adolf »edler Wolf« und somit »edler Held« bedeutete. Im Jahr 1924 nahm er sich wenige Tage nach seiner Entlassung aus der Festungshaft, zu der er wegen seines Putschversuchs verurteilt worden war, als »Herr Wolf« ein Zimmer in der Pension Moritz am bayerischen Obersalzberg.

Wolf war auch der Kosename, den Eva Braun, Hitlers mutmaßliche Geliebte, ihm gegeben hatte. Sein Stellvertreter Rudolf Heß hatte sogar seinem Sohn zu Hitlers Ehren den Namen Wolf gegeben. Und erst im vergangenen Juni hatte Hitler sein Hauptquartier in das idyllische belgische Dorf Brûly-de-Pesche verlegt, dem er prompt den Namen »Wolfsschlucht« gab. Dies war der Befehlsstand, von dem aus der Führer den Sieg über Frankreich koordinierte. Dies war die Befehlszentrale, in der er vor Freude trampelte, als die Kapitulation Frankreichs gemeldet wurde. Nach neuesten Geheimdienstmeldungen hatte die staatliche Organisation Todt im ostpreußischen Rastenburg mit dem Bau der weitläufigen Bunkeranlage für ein neues Führerhauptquartier begonnen.

Hitler hatte ihm den Namen »Wolfsschanze« gegeben.

Die Bedeutung von »Wolfsfalle« lag somit auf der Hand.

*

Als Lana die Wohnung betrat und Metcalfe sah, stieß sie einen lauten Schrei aus. Als ihr klar wurde, wen sie vor sich hatte, lachte sie verlegen. »*Boshe moi!* Mein Gott, Stiwa, ich habe dich nicht erkannt! Warum bist du so verkleidet?« Dann fing sie sich und schüttelte den Kopf, bevor er antworten konnte. »Natürlich bist du unseretwegen vorsichtig. Das freut mich.«

Er umarmte sie, aber als sie sich küssten, durchlief ein Schauder ihren Körper. »Oh, dieser Bart … Mir kommt's vor, als würde ich von Rudolf geküsst, und das ist ein schreckliches Gefühl! Bitte, du musst diese Maskerade sofort abnehmen!«

Metcalfe lächelte nur. Obwohl er liebend gern alle Zeit, die Lana erübrigen konnte, mit ihr verbracht hätte, war er sich darüber im Klaren, dass er nicht lange würde bleiben können.

Je länger er hier verweilte, desto größer war die Gefahr, verhaftet zu werden. Er würde bald gehen müssen, und dann würde die Verkleidung sich als nützlich erweisen. Er schenkte Lana die *Matrjoschka*-Puppe, die er für sie gekauft hatte. Sie freute sich sichtlich darüber, aber ihre Miene verfinsterte sich rasch wieder.

»Ich habe Angst, Stiwa.«

Das sah er in ihrem Blick. »Wovor?«

»Vor dem, was wir tun.«

Er konnte die in ihm aufwallenden bitteren Schuldgefühle kaum verbergen, als er sagte: »Dann solltest du's nicht tun. Wenn es dich ängstigt, möchte ich nicht, dass du Rudolf von Schüssler diese Dokumente gibst.«

»Nein, du verstehst mich falsch. Du hast mich aufgefordert, tapfer zu sein. Etwas für meinen Vater *und* für Russland zu tun. Ebenso tapfer, wie mein Vater für Russland gekämpft hat. Du hast mir eine Chance gegeben, tapfer zu sein. Du hast meinem Leben einen höheren Zweck gegeben.«

»Wovor hast du dann Angst?«

»Ich darf mich nicht wieder in dich verlieben. Du hast mir das Geschenk deiner Liebe gemacht, mein Stiwa. Aber für uns gibt's keine Hoffnung. Keine gemeinsame Zukunft. Ähnlich wie in dem Ballett *Giselle*.«

»Wie das?«

»Nun, Giselle ist ein Bauernmädchen, das sich in einen verkleideten Edelmann verliebt, der sich als einfacher Mann ausgibt. Und als sie die Wahrheit erfährt, weiß sie, dass sie ihn niemals heiraten kann, und verliert deshalb den Verstand und stirbt.«

»Gebe ich mich als jemand anderes aus?«

»Sieh dich doch an!«

Metcalfe schmunzelte. *»Touché!* Aber *du* wirst nicht verrückt, stimmt's?«

»Nein«, sagte sie. »Das kann ich nicht. Ich muss für das Geschenk deiner Liebe leben.«

»Aber es ist kein Geschenk, Lana.«

Sie betrachtete geistesabwesend den kleinen Stapel Dokumente; doch Metcalfe sah ihr an, dass sie an etwas anderes dachte. »Ja, du hast Recht«, sagte sie schließlich. »Wir sind nicht Figuren aus *Giselle*. Wir sind Tristan und Isolde.«

»Die beiden legendären Liebenden.«

»Die beiden *unglücklichen* Liebenden, Stiwa. Vergiss das nicht. Sie können nur im Tod zusammenkommen.«

»Also gut. Du bist die schöne, leidenschaftliche Isolde, die Zauberin und Heilerin. Und ich bin Tristan, der Ritter, der sie liebt.«

Sie lächelte eigenartig. »Tristan arbeitet in Wirklichkeit für seinen Onkel, den König. Er verrät ihn, Stiwa. Er reist unter falschem Namen – unter dem Namen Tantris, ein Anagramm für Tristan –, aber Isolde liebt ihn trotzdem.«

»Aber *sie* verrät er nicht, stimmt's? Er liebt sie – und er tut nur seine Pflicht.«

»Ja. Liebe handelt immer von Verrat und Tod, nicht wahr?«

»Nur auf der Bühne. Nicht im richtigen Leben.«

Lana hatte feuchte Augen. »Der Liebestrank in *Tristan und Isolde* ist gefährlicher als jedes Gift, Stiwa.« Sie ergriff das Päckchen mit Dokumenten und hielt es hoch, als zeige sie es ihm. »Sagt an, mein Ritter: Seid Ihr Eurer Liebe treu … oder Eurem König?«

In seiner Verlegenheit wusste Metcalfe nicht, was er antworten sollte. Zuletzt sagte er impulsiv: »Ich liebe dich, das weißt du.«

Sie warf ihm einen kummervollen Blick zu. »Das macht mir am meisten Sorgen«, sagte sie.

Kapitel Vierundzwanzig

Der Laden war berstend voll und staubig, seine Vitrinen in wüstem Durcheinander mit Silber, Schmuck und Kristall voll gestopft. Auf Wandregalen standen dicht gedrängt altes Porzellan, Silberleuchter und Leninbüsten. Dies war aber weder ein Antiquitätengeschäft noch ein Pfandhaus, sondern ein Zwischending: ein *komissiony*, ein Gebrauchtwarenladen am Arbat, einer der ältesten Straßen Moskaus. Auf seinen schmalen Gängen drängten sich Kunden, die auf Schnäppchensuche waren oder Mamas kostbaren Silbersamowar verscherbeln wollten, um einen finanziellen Engpass zu überbrücken.

Im Stimmengewirr und dem lebhaften Treiben blieben zwei Männer unbemerkt, die nebeneinander stehend eine Ikone betrachteten. Der eine wirkte wie ein russischer Arbeiter Mitte dreißig; der andere war ein älterer Mann, der zu einem ausländischen Mantel eine russische Pelzmütze trug.

»Hätte Sie fast nicht erkannt«, sagte Hilliard flüsternd. »Also gut. Folgen Sie mir hinaus, ohne zu sprechen.«

Kurz nachdem der Diplomat den Laden verlassen hatte, folgte Metcalfe ihm auf die Straße. Als Hilliard auf dem Arbat in Richtung Smolensker Platz weiterging, schloss Metcalfe zu ihm auf.

»Was zum Teufel wollen Sie?«, fauchte Hilliard. »Falls es um die zweite Lieferung Dokumente geht, wissen Sie, dass ich dafür eigens einen toten Briefkasten eingerichtet habe, und außerdem kommt der Kurier erst gegen Abend an. Und ich dachte, ich hätte Ihnen auch klar gemacht, dass es keine persönlichen Treffs mehr geben kann!«

»Ein Freund von mir ist heute ermordet worden.«

Hilliard warf Metcalfe einen raschen Blick zu, dann sah er wieder weg. »Wo?«

»Im Metropol.«

»Im *Metropol?* Jesus. Wo, in seinem Zimmer?«

»In *meinem* Zimmer. Der Täter hatte es auf mich abgesehen.«

Hilliard atmete langsam und lange aus, und Metcalfe erzählte ihm von Roger – wer er gewesen war, seine Verbindung zu ihm, was er in Moskau gemacht hatte.

»Was brauchen Sie also?«, fragte Hilliard, dessen Stimme etwas milder klang.

»Zwei Dinge. Erstens muss ich sofort mit Corky Verbindung aufnehmen.«

»Sie haben selbst gesehen, dass der schwarze Kanal nicht sicher ist, Metcalfe ...«

»Ich weiß, dass Sie Möglichkeiten haben, Corky zu erreichen. Ob Sie dazu einen Hintereingang, Rauchsignale oder eine gottverdammte Flaschenpost benützen, ist mir egal. Aber Leute wie Sie haben immer eine Möglichkeit. Sie kennen die Vorschriften so gut wie ich – wird jemand aus Corkys Netzwerk Opfer eines Mordanschlags, will er schnellstmöglich davon erfahren.«

»Ich lasse Sie nicht wieder in der Botschaft unsere Nachrichtenkanäle benützen, Metcalfe.«

»Das ist mir scheißegal – Sie können das Telegramm an meiner Stelle schicken. Teilen Sie ihm mit, dass Scoop Martin genau wie die Männer der Pariser Station ermordet worden ist. Er wurde ebenfalls garrottiert. Und an Ihrer Stelle würde ich das Kabel sofort losschicken.«

»Wird gemacht.«

Dann fügte Metcalfe hinzu, weil er sich an seine Zweifel in Bezug auf Hilliard erinnerte: »Und ich möchte eine Bestätigung. Einen Beweis dafür, dass Corky meine Nachricht erhalten hat.«

»Wie?«

Metcalfe überlegte einen Augenblick. »Durch ein Wort. Das nächste Wort auf der Liste.« Wie mit allen übrigen Agenten im Einsatz hatte Corky mit Metcalfe eine Liste von Kennwörtern vereinbart, die nur sie kannten. Die von Corky aufgestellte Liste sollte willkürlich ausgewählte Begriffe enthalten, aber Metcalfe hatte seine Zweifel an ihrer Zufälligkeit. Corky war ein zu großer Rätselfreund, um die Gelegenheit zu verschlüsselten Mitteilungen ungenutzt verstreichen zu lassen.

»Wird gemacht«, sagte Hilliard. »Was brauchen Sie noch? Sie haben von zwei Dingen gesprochen.«

»Eine Pistole.«

*

Metcalfe rief aus einer Telefonzelle das Metropol an und gab vor, eine Nachricht für den Hotelgast Roger Martin hinterlassen zu wollen.

Die Reaktion würde aufschlussreich sein. Unterdessen war Rogers Leiche natürlich aufgefunden worden, und das gesamte Hotelpersonal würde davon wissen. Bestimmt war die Polizei verständigt worden; wahrscheinlich auch der NKWD. Aber die Reaktion des Angestellten am Empfang konnte nützliche Hinweise darauf liefern, wie alarmiert und misstrauisch die Behörden waren – ob er Anweisung hatte, speziell auf Metcalfe zu achten, ihn zu ködern und in eine *Falle* zu locken.

Die Stimme des Hotelangestellten versagte kurz, so stark war die nervliche Anspannung. Dann flüchtete er sich sofort in eisige Förmlichkeit: »Bedaure sehr, dieser Gast ist ... ist nicht mehr in unserem Haus. Weitere Auskünfte können nicht erteilt werden.«

»Ja, ich verstehe«, sagte Metcalfe. »Wissen Sie, wann er abgereist ist?«

»Keine Ahnung«, erwiderte der Angestellte. »Nicht die geringste. Ich kann Ihnen nicht weiterhelfen.« Und er legte auf.

Metcalfe starrte verdutzt die Rückwand der Telefonzelle an. Das war die angstvolle, unverfälschte Reaktion eines Hotelangestellten gewesen, der nicht wusste, wie er reagieren sollte. Sie verriet Metcalfe etwas: Dieser Mann hatte *keine* Instruktionen erhalten. Wäre ein Kordon errichtet und ihm eine Falle gestellt worden – oder hätte Metcalfe im Zusammenhang mit dem Mord an Roger nur vernommen werden sollen, hätte der junge Mann Befehl gehabt, anders zu reagieren. Er hätte den *Anrufer* ausgequetscht und versucht, möglichst viel aus ihm herauszubekommen.

Sehr verwirrend. Durchaus nicht das, was Metcalfe erwartet hatte.

Das Metropol stand am Teatralnaja-Platz in der Nähe des Bolschoitheaters, vor dem ein kleiner Park mit Bänken lag. Metcalfe musste das Hotel überwachen, aber dafür gab es nur wenige geeignete Beobachtungspunkte. Er ging durch den Park, der jedoch zu exponiert war. Hier konnte er nicht einfach sein Fernglas herausholen, um die Aktivitäten vor dem Metropol zu beobachten; hier gab es zu viele Passanten, die misstrauisch werden konnten, wenn sie einen Beobachter mit einem Fernglas sahen. Schließlich entschied er sich für die Säulenvorhalle des Bolschoitheaters. Um diese Tageszeit benützte noch niemand den Haupteingang, sodass er ungesehen im Schatten der Säulen stehen und das Metropol durchs Fernglas beobachten konnte.

Er hielt nach nichts Ausschau, das so auffällig wie ein Kordon von NKWD-Leuten ums Hotel gewesen wäre. Stattdessen hoffte er, irgendeine Störung des normalen Verkehrsablaufs erkennen zu können – die winzigen, leicht zu übersehenden Anzeichen dafür, dass irgendetwas nicht in Ordnung war. Die Anwesenheit von NKWD-Ermittlern oder gewöhnlichen Polizeibeamten im Hotel würde kaum merkliche kleine Wellen schlagen, als habe jemand einen Stein in einen stillen Teich geworfen. Unter Umständen konnte man das an den verstohlenen Blicken derer erkennen, die das Hotel verließen, oder an Passanten, die sich auffällig Zeit ließen, oder an Bewegungen, die zu beherrscht oder zu schnell waren.

Dort drüben war jedoch keines dieser Anzeichen zu erkennen. Alles wirkte völlig normal.

Eigenartig. Man hätte glauben können, dort sei überhaupt nichts passiert, und das beunruhigte ihn am meisten.

Metcalfe ging durch den Park zurück und erreichte auf Umwegen die Rückseite des Hotels, an der ähnlich wie beim Hotel Aurora ein Lieferanteneingang lag. Er zögerte kurz, dann betrat er das Metropol. Er kam an der Küche vorbei, deren zweiflüglige Schwingtür sich in ständiger Bewegung befand, weil Küchenbrigade und Servierpersonal schon bei den Vorbereitungen fürs Abendessen waren.

Nichts Ungewöhnliches, soweit er beurteilen konnte. Jedenfalls waren hier keine Wachen postiert.

Er ging zur Hintertreppe weiter, die ebenfalls unbewacht war, und stieg in den dritten Stock hinauf. Als er aus dem Treppenhaus trat, lag der Korridor dunkel und leer vor ihm. Metcalfe konnte die *deschurnaja,* die ihm den Rücken zukehrte, an ihrem Schreibtisch sitzen sehen.

Niemand kam oder ging. Nirgends schien ein Polizei- oder Kriminalbeamter stationiert zu sein.

Der Korridor war leer.

Das war verwirrend. Dass hier niemand postiert war, um ihn festzunehmen, falls er an den Tatort zurückkehrte, war eine Sache. Aber kein Mensch hier, kein Gewimmel von Polizeibeamten? Keinerlei Hinweis auf einen Tatort?

Metcalfe tastete in seiner Tasche nach dem klobigen Zimmerschlüssel. Als er sein Zimmer fluchtartig verlassen hatte, hatte er ihn unbeabsichtigt mitgenommen. Jetzt war er froh darüber; so brauchte er die alte Hexe nicht um seinen Zimmerschlüssel zu bitten und dabei zu riskieren, dass sie das Personal am Empfang alarmierte.

Aber vielleicht würde er gar keinen Schlüssel brauchen. Nicht, wenn die Tür nicht abgesperrt war, weil Polizei oder NKWD in seinem Zimmer auf ihn warteten.

Er bewegte sich lautlos weiter, schlich den Korridor entlang und bog nach rechts ab. Hier war er nur noch ungefähr zwanzig Meter von seinem Zimmer entfernt.

Die Zimmertür war geschlossen.

Das war wieder etwas, mit dem er nicht gerechnet hatte. Der Page hatte Rogers Leiche *gesehen;* in Russland, Amerika oder sonst wo wäre es normal gewesen, dass die Ermittlungsbehörden den Tatort des mutmaßlichen Verbrechens sicherten und dort ermittelten.

Er schlich zur Tür weiter, blieb dicht davor stehen und horchte.

Stille.

Niemand in seinem Zimmer; keine Stimmen, soweit er hören konnte.

Der nächste Schritt war natürlich riskant. Er steckte den Schlüssel ins Schloss, sperrte auf, öffnete lautlos die Tür und hielt sich bereit, die Flucht zu ergreifen, falls drinnen jemand wartete.

Das Zimmer war dunkel und leer. Hier war mit Sicherheit niemand.

Nach einem raschen Blick in die Runde hastete Metcalfe zu der offenen Badezimmertür, machte sich auf den albtraumhaften Anblick von Scoops Leiche gefasst.

Aber in der Wanne lag kein Toter.

Hier gab es nicht nur keine Leiche, sondern auch keinen Hinweis auf einen Mord. Das Bad war blitzsauber. Nicht das Geringste wies darauf hin, dass hier noch vor wenigen Stunden ein Ermordeter gelegen hatte.

Es war, als habe die Leiche nie hier gelegen.

Die Ermittler hatten sie wegschaffen, das Bad putzen und die Spuren am Tatort verwischen lassen – aber *weshalb?*

Was zum Teufel ging hier vor?

*

Aus einer anderen Telefonzelle, die einige Straßen vom Hotel Metropol entfernt stand, rief Metcalfe die Botschaft an und verlangte Hilliard.

Der Diplomat meldete sich mit rauer, fast barscher Stimme selbst am Telefon: »Hilliard.«

»Roberts«, sagte Metcalfe, denn diesen Namen hatten sie vereinbart. Dass die Telefone der Botschaft abgehört wurden, verstand sich von selbst.

Nun entstand eine Pause von zehn, fünfzehn Sekunden. Dann sagte Hilliard ein einziges Wort: *»Tain.«*

»Wie bitte?«, fragte Metcalfe.

»*Tain.* Nicht wie in Mark *Twain*, sondern *Tain.*«

Tain. Das war das nächste Wort auf der Liste, die Corcoran ihm mitgegeben hatte. Ein eigenartiges, selten gebrauchtes Wort für die metallische Beschichtung von Spiegelrückseiten; es kam vom französischen *tain* für »Stanniol«. Schon die Wortwahl war typisch für Corky, der Wörter und Ausdrücke liebte, die mit allen möglichen Nebenbedeutungen befrachtet waren. Die rückseitige Beschichtung eines Spiegels. Das erinnerte an eine alte Scherzfrage, die Corky so gern stellte: Wieso vertauscht ein Spiegel rechts und links, aber nicht oben und unten?

Und an etwas anderes: Die Wahrheit ist ein zerbrochener Spiegel. *Schneiden Sie sich nicht an den Scherben,* hatte er Metcalfe gewarnt.

Es war, als habe Corcoran ihn allein durch die Wahl seiner Kennwörter von Anfang an warnen wollen. Metcalfe hatte eine Welt betreten, die einem riesigen Spiegelkabinett glich, eine Welt voller Gefahren.

Aber Corky, selbst Corky, hatte keine Ahnung, wie gefährlich sie wirklich war.

*

Rudolf von Schüssler blätterte die Schriftstücke nochmals durch. Erstaunlich! Wirklich erstaunlich! Ein Erfolg seines vortrefflichen Intellekts … Es war unbescheiden, wenn er das selbst sagte, aber schon das Erkennen von Gelegenheiten macht den überlegenen Geist aus, das hatte der Führer selbst gesagt. Er hatte die Gelegenheit beim Schopf gepackt – dass sein geliebter Roter Mohn Zugang zu Schriftstücken aus der sowjetischen Führungsspitze hatte. Und die Tatsache, dass sie ihm die Dokumente übergeben hatte: ein Beweis für ihre Liebe zu ihm. Sie war in ihn verliebt, ihm restlos verfallen; trotz ihres durchtrainierten Tänzerinnenkörpers war sie ein zerbrechliches Wesen. Denn sie verkörperte in jeder Beziehung das ewig Weibliche: Das Geben lag ebenso in ihrer Natur wie das Nehmen beim Manne. Und jetzt würde Adolf Hitler bald nach dem Imperium greifen, das ihm nach dem Recht des Stärkeren zustand.

Das würde Rudolf von Schüsslers *Ruf* sichern. Nein, noch besser, es würde ihm *Anerkennung* einbringen. Er würde endlich anerkannt werden. Als das anerkannt, was er tatsächlich war. Er konnte bereits sehen, wie der Führer ihm das Deutsche Kreuz in Gold an seine Diplomatenuniform heftete. Was Ludwig von Schüssler durch Tatkraft und schieres Draufgängertum erreicht hatte, hatte sein Nachkomme sich durch List und Schlauheit gesichert – geistige Qualitäten, die scheinbar weicher, aber trotzdem nicht weniger imponierend waren.

Sein Herz jagte, als er auf dem Korridor zu Botschafter von der Schulenburgs Bürosuite lief. Während er einige seiner Kollegen mit einem knappen Nicken bedachte, blasiert wirkend an ihnen vorbeihastete und ihnen kaum den Kopf zuwandte, erinnerte er sich an verschiedene herablassende Bemerkungen, die er im Auswärtigen Amt lange vor seiner Versetzung nach Moskau gehört hatte. Diese Leute würden ihn bald mit anderen Augen sehen. Mit Informationen gewann man Kriege! So war's schon immer gewesen – man musste sich selbst und man musste den Feind kennen. Und je detaillierter Erkenntnisse waren, desto wertvoller waren sie. Von Schüsslers Blick überflog das oberste Blatt mit den sauber getippten Zahlenkolonnen. Jetzt würde das OKW keine Vermutungen mehr über das militärische Potenzial der Sowjetunion anstellen müssen. Jetzt würde es *wissen,* wie's damit aussah.

»Tut mir Leid, Graf von der Schulenburg ist beschäftigt«, sagte die Dicke, die als privater Zerberus des Botschafters fungierte. Werner war immer freundlich zu ihm, wenn auch in leicht gönnerhafter Art, aber manche seiner engsten Mitarbeiter wirkten manchmal fast brüsk, an der Grenze zur Unhöflichkeit, ohne jemals wirklich Anlass für eine Beschwerde zu geben. Man konnte sich nicht über einen Tonfall, ein kurzes Augenverdrehen, einen vage verächtlichen Gesichtsausdruck beschweren, ohne sich selbst lächerlich zu machen. Trotzdem registrierte von Schüssler solche Dinge. Ihm fiel überhaupt sehr viel auf. Und genau dieser Fähigkeit zu präziser Beobachtung und Schlussfolgerung verdankte er das hier – *dies hier!* –, die wichtigsten nachrichtendienstlichen Erkenntnisse, die das OKW bisher erhalten hatte.

»Ach, wirklich?«, fragte von Schüssler im fast schnurrenden Tonfall absoluter Zuversicht. »Beschäftigt!« So schilderte sie ihn immer. Das hatte nichts zu bedeuten. War er in einer Besprechung? Genehmigte er sich allein einen Schnaps? Welchen Zweck hatte es, ihn als »beschäftigt« zu beschreiben? Aus irgendeinem Grund fühlte sie sich berechtigt, von Schüssler fast grob abzufertigen. Nun, das würde sich bald ändern.

»Beschäftigt oder nicht, er wird mich sprechen wollen«, sagte von Schüssler. Er klopfte selbst an die Tür zum Arbeitszimmers des Botschafters, bevor er die polierte Messingklinke herabdrückte und eintrat. Das Arbeitszimmer war groß und prächtig, die Wände mit Holz getäfelt, der Boden mit feinsten Orientteppichen ausgelegt. Bald würde auch von Schüssler sein Büro ähnlich ausstatten können. Bisher wäre ihm das anmaßend erschienen. Aber nach dem heutigen Tag würde eine würdige Ausstattung nur angemessen wirken.

Graf von der Schulenburg saß über Akten gebeugt, die sich auf seinem Schreibtisch stapelten, hatte gerötete Augen und wirkte gelangweilt. An einer Schreibtischecke hatte er ein Glas Cognac stehen. Er sah mit zusammengekniffenen Augen in von Schüsslers Richtung. »Rudi«, fragte er hörbar irritiert, »was wollen *Sie* hier?«

»Ich habe etwas für Sie«, sagte von Schüssler. Sein Gesicht verzog sich zu einem Lächeln. »Etwas, das Sie interessieren wird. Sogar etwas, das den Führer selbst faszinieren wird.«

Teil Drei

MOSKAU, AUGUST 1991

Botschafter Stephen Metcalfe trat vor den Führer des Kommandotrupps der KGB-Gruppe Alpha, der ihre Limousine angehalten hatte. Die Straße war dunkel und menschenleer, und die zum Teil baufälligen Gebäude in diesem ältesten Teil der Stadt ragten bedrohlich über ihnen auf.

»Sind Sie der Verantwortliche?«, fragte er scharf.

Der Offizier antwortete auf Russisch, überschüttete ihn mit einem Schwall amtlicher Floskeln. Auch Metcalfe wechselte ins Russische. Selbst nach einem halben Jahrhundert hatte er Alfred Corcorans Regel Nummer eins nicht vergessen: *Tritt Ihnen eine Autorität gegenüber, müssen Sie immer behaupten, mit noch größerer Autorität zu sprechen.* »Was fällt Ihnen ein, verdammt noch mal?«, blaffte er. »Sie müssten unser Autokennzeichen, unsere Namen haben. Gottverdammt noch mal, der KGB-Vorsitzende Wladimir Kjutschkow persönlich hat uns um unseren Besuch gebeten! Alle Kontrollstellen müssten darüber informiert sein!«

Der grimmige Gesichtsausdruck des Offiziers schlug in sichtbare Verwirrung um. Das selbstbewusste Auftreten des Amerikaners und seine würdevolle Erscheinung schüchterten selbst diesen ausgebildeten Killer ein.

»Und warum zum Teufel ist die zugesagte Motorradeskorte nicht gekommen?«, fuhr Metcalfe fort.

»Von einer Motorradeskorte weiß ich nichts!«, knurrte der in die Defensive geratene Offizier.

Metcalfe wusste, dass die meisten Nachrichtenverbindungen wegen der Krise unterbrochen waren. Der KGB-Trupp würde keine Möglichkeit haben, bei Vorgesetzten nachzufragen. Und außerdem waren Metcalfes Behauptungen zu unverschämt, um *nicht* geglaubt zu werden.

Wenige Augenblicke später durften Metcalfe und sein russischer Freund wieder in ihre Limousine steigen, die dann durch die Straßensperre gelotst wurde.

»Sie haben den Dreh noch immer raus«, sagte der General anerkennend. »Dabei ist's über fünfzig Jahre her. Über ein halbes Jahrhundert.« Er streckte eine Hand aus und schlug leicht auf Metcalfes Jackett, unter dem sich die klobigen Umrisse einer Pistole abzeichneten. »Sind Sie für diese Sache bereit?«

»Das weiß ich nicht«, gab Metcalfe ehrlich zu.

»Denken Sie an die alte russische Maxime«, sagte der General mit einer Stimme, die wie altes Leder knarrte. »Das Schicksal stellt Forderungen an Fleisch und Blut. Und was fordert es am häufigsten? Fleisch und Blut.«

Kapitel Fünfundzwanzig

BERCHTESGADEN, NOVEMBER 1940

Der kleine, weißhaarige Mann stieg aus dem schwarzen Mercedes und winkte seinem Fahrer kurz zu. Er hatte klare blaue Augen, einen rosigen Teint und ein freundliches Lächeln; er trug eine blaue Marineuniform mit zweireihigem Jackett und goldbesetzter Mütze.

Dieser Mann war Admiral Wilhelm Canaris. Als Chef der militärischen Abwehr im OKW war er seit 1933 der Großmeister der deutschen Spionage. Er war auf den Berghof, Hitlers Refugium bei Berchtesgaden, gekommen, um dem Führer weltbewegende nachrichtendienstliche Erkenntnisse vorzulegen, die er vor kurzem erhalten hatte.

Canaris wurde ins Arbeitszimmer des Führers geleitet – in einen großen Raum mit Panoramafenstern, spärlich möbliert, obwohl die hier stehenden Möbel übergroß waren. Dazu gehörte ein Sideboard, das Hitlers Lieblingsschallplatten – vor allem Wagner – enthielt, wie Canaris wusste; außerdem gab es hier auch eine Bronzebüste Wagners. An einer Wand hing eine riesige, ziemlich hässliche Uhr, die von einem grimmigen Bronzeadler gekrönt wurde. Hinter zwei großen Gobelins verbargen sich ein Filmprojektor und an der Wand gegenüber eine Filmleinwand.

In den mit rotem Ziegenleder bezogenen Sesseln vor dem gewaltigen Natursteinkamin saßen vier Männer, darunter der Führer: zwei auf einer Seite, zwei auf der anderen. Sie waren offensichtlich in eine lebhafte, ziemlich intensive Diskussion verwickelt.

Einer der Männer war der Oberbefehlshaber des Heeres, Generalfeldmarschall Walter von Brauchitsch. Er hatte General Franz Halder, den Chef seines Generalstabs, mitgebracht. Canaris kannte beide als vernünftige Männer; beide waren keine Fanatiker. Sie standen in der deutschen Militärhierarchie nicht ganz oben, aber sie waren Männer, zu denen Hitler genug Vertrauen hatte, um mit ihnen einen seiner geheimsten Pläne zu besprechen – ein Vorhaben, gegen das viele seiner Generale waren und zu dem er seit über einem Jahr mal mehr, mal weniger tendierte: den Angriff auf Russland. Sie waren die ersten Männer, die Hitler unmittelbar nach der Kapitulation Frankreichs mit der Ausarbeitung vorläufiger Angriffspläne beauftragt hatte, und sie waren die Männer, auf deren Urteil der Führer vertraute.

Rechts neben Hitler saß ein Mann, der einen niedrigeren Dienstgrad, aber wahrscheinlich mehr Macht als die meisten Generale hatte: Oberst Rudolf Schmundt, Hitlers Wehrmachtsadjutant.

Die Männer nickten Canaris zu, als er auf dem langen und unbequem niedrigen Sofa Platz nahm, das die einzige freie Sitzgelegenheit war. Der Admiral verfolgte die Diskussion, die diese Bezeichnung tatsächlich verdient hatte. Mit Hitler selbst konnte man zwar nicht diskutieren, aber man konnte seinen Part übernehmen oder eine Diskussion vor Hitler veranstalten.

Schmundt, den Canaris für Hitlers Alter Ego hielt, sprach mit mühsam gebändigtem Zorn. »Churchill hat unsere Friedensfühler zurückgewiesen«, fauchte er, »und Stalin greift frech nach dem Balkan. Churchill setzt seine ganze Hoffnung offensichtlich auf den Kriegseintritt Amerikas und Russlands.«

»Richtig«, warf von Brauchitsch ein.

»Deshalb müssen wir die Sowjetunion niederwerfen«, fuhr Schmundt fort, »und so Englands Hoffnung vernichten, Russland könnte an seiner Seite in den Krieg eintreten. Und damit Deutschlands Herrschaft über Europa zementieren. Je früher wir Russland zerschmettern, desto besser.«

»Das ist doch wohl nicht Ihr Ernst!«, widersprach von Brauchitsch nachdrücklich. »Wann haben Sie zuletzt einen Blick in Ihre Geschichtsbücher geworfen? Sollen wir Napoleons Fehler wiederholen und den Krieg auf den verschneiten Steppen Russlands verlieren? Auch Napoleon hat es damals versäumt, die Britischen Inseln zu besetzen. Greifen wir Russland an, sind wir erledigt!«

»Haben Sie vergessen, dass wir das zaristische Russland im letzten Krieg besiegt haben?«, fragte Schmundt nicht weniger energisch.

Hitler, der fast unhörbar leise sprach, ergriff erstmals das Wort. Er hatte zugehört, überlegt. Die anderen beugten sich nach vorn, um besser zu hören, was er sagte. »Und dann haben wir Lenin in einem versiegelten Zug nach Russland befördert – wie einen Pestbazillus.«

Seine Zuhörer schmunzelten höflich. »Genau das war Lenin«, sagte Hitlers Adjutant. »Aber dieser Pest muss Einhalt geboten werden. Wir dürfen nicht zusehen, wie die Balkanhalbinsel bolschewisiert wird. Wir dürfen nicht zulassen, dass die Sowjets nach unseren rumänischen Ölfeldern greifen …«

»Was Sie vorschlagen, ist der reine Wahnsinn!«, unterbrach ihn von Brauchitsch. »Das würde einen Zweifrontenkrieg bedeuten, der unbedingt vermieden werden muss. Den will keiner von uns. Wir sollten England *isolieren*. Das erfordert *Kooperation* mit der Sowjetunion.«

»Das *wäre* ein Einfrontenkrieg! England ist nicht mehr gefährlich, sondern nur noch lästig«, sagte Schmundt. »England ist bereits geschlagen – wir müssen es nur noch dazu bringen, seine Niederlage einzugestehen. Ist Russland niedergeworfen, gibt England den Kampf auf – darauf können Sie sich verlassen!«

»Sie sagen ›Russland niederwerfen‹, als sei das ein Kinderspiel«, wandte Halder ein, »aber in Wirklichkeit ist die Rote Armee ein Koloss.«

»Dieser russische ›Koloss‹«, behauptete Schmundt verächtlich, »ist eine Schweinsblase – sticht man sie an, zerplatzt sie.«

»Russland anzugreifen, wäre blanker Wahnsinn«, sagte Halder. »Das wäre Selbstmord. Uns bleibt nichts anderes übrig, als den so genannten Grenz- und Freundschaftsvertrag einzuhalten.«

Canaris räusperte sich. »Darf ich ein paar einschlägige Informationen beisteuern?«

Als keiner widersprach, fuhr er fort: »Die Abwehr hat aus Moskau sehr wertvolles Material erhalten.« Aus seiner Aktentasche zog er mit dramatischem Schwung mehrere Schnellhefter voller Fotokopien maschinengeschriebener Dokumente mit jeweils beigefügten Übersetzungen ins Deutsche und verteilte sie. Er begann beim Führer.

Hitler setzte seine Lesebrille auf. Er und die Offiziere vertieften sich in die Schriftstücke.

Nach einigen Minuten sah der Führer auf. »Ist dieses Material echt?«, fragte er gespannt.

»Meine Sachverständigen bestätigen seine Echtheit aufgrund des Papiers, der Farbbänder, der Stempel, der Unterschriften und so weiter«, antwortete Canaris.

»Heiliger Strohsack!«, sagte Schmundt laut. »Die Rote Armee ist ein Kartenhaus!«

»Woher stammt dieses Zeug?«, erkundigte sich von Brauchitsch misstrauisch. »Von einem Ihrer Agenten in Moskau?«

Canaris schüttelte den Kopf. »In Moskau an Geheimdienstinformationen heranzukommen ist verteufelt schwierig. Ein Araber in wallendem Burnus könnte leichter ungesehen durch Berlin spazieren, als ein ausländischer Agent sich in Russland bewegen könnte. Nein, der Informant ist ein General in leitender Stellung im Moskauer Volkskommissariat für Verteidigung.«

»Ein Renegat?«, fragte Halder. »Ein Verräter?«

»Ganz im Gegenteil«, antwortete Canaris. »Ein loyaler General, der loyal bleibt. Wir haben eine Quelle, die ihm, sagen wir mal, nahe steht.«

»Diese Quelle ist zuverlässig?«

»Die Quelle gehört zur zuverlässigsten Sorte überhaupt«, beteuerte der Admiral. »Keine ausgebildete Agentin, sondern eine Zivilistin. Eine gewöhnliche Frau, die nichts von nachrichtendienstlicher Tätigkeit versteht.«

»Also eine Sekretärin«, warf Halder ein.

»Besser als das – sie ist die Tochter des Generals.«

Schmundt sah von den Schriftstücken auf. »Die bolschewistischen Streitkräfte sind nach den Säuberungen völlig marode«, sagte er. »Aber sie rüsten wieder auf – und das ziemlich schnell.«

»In spätestens zwei Jahren«, bestätigte Canaris, »sind sie wieder stark.«

»Wie bald können wir angreifen?«, fragte Hitler seinen Adjutanten.

Der Oberst gestattete sich ein siegesgewisses Lächeln. »Nach dem Winter. Im zeitigen Frühjahr. Spätestens im Juni sind wir so weit.«

Hitler stand auf, und die anderen beeilten sich, seinem Beispiel zu folgen. »Das Schicksal selbst gibt uns diese Chance«, verkündete er, »aber wir müssen rasch handeln. Ich habe diese herrliche Wehrmacht nicht geschaffen, um sie dann untätig versauern zu lassen. Dieser Krieg wird nicht von selbst enden. Ich erwarte, dass die Herren Oberbefehlshaber mir schnellstens erste Pläne für einen Blitzkrieg gegen die Sowjetunion vorlegen.«

Kapitel Sechsundzwanzig

MOSKAU, NOVEMBER 1940

Die Lage des toten Briefkastens beunruhigte Metcalfe. Er war zu exponiert, zu öffentlich sichtbar; seines Wissens gab es dort nur einen Zugang und vermutlich keinen Hinterausgang. Metcalfe hätte diesen Ort nicht gewählt, aber er hatte auf die Auswahl keinen Einfluss nehmen können; die Entscheidung lag bei Amos Hilliard, der den Ort festgelegt hatte.

Einen Vorteil hatte dieser tote Briefkasten jedoch: Er war leicht zu überwachen. Metcalfe konnte den Fußgängerverkehr beobachten, alle im Auge behalten, die in der Puschkinstraße das Geschäft für Damenschuhe, den Fleischerladen und das Gebäude dazwischen betraten oder verließen, und darauf achten, ob irgendjemand sich ungebührlich lange in der Nähe herumzutreiben schien. In einfacher russischer Kleidung, in seiner *tjelogrejka* und mit einem Rucksack voller Werkzeug, sah er ganz wie ein Arbeiter aus, den niemand eines zweiten Blickes würdigte.

Während er die Umgebung des toten Briefkastens lange Zeit genau beobachtete, gestattete er sich, zwischendurch an Lana zu denken. Bisher hatte alles planmäßig geklappt, und ihre anfängliche Angst schien sich gelegt zu haben. Sie hatte Rudolf von Schüssler den ersten Packen Dokumente übergeben und dabei behauptet, sie habe sie willkürlich im Arbeitszimmer ihres Vaters zusammengerafft. Sie sagten ihr nichts, hatte sie behauptet; sie bestünden nur aus Zahlen und seien unverständlich, schrecklich langweilig. Von Schüssler hatte sie jedoch keineswegs langweilig gefunden, hatte Lana berichtet. Er war hochgradig erregt gewesen – viel aufgeregter, als sie ihn je zuvor erlebt hatte.

Von Schüssler hatte ihr das Verfahren erklärt, denn schließlich glaubte er, *er* leite dieses Unternehmen. Er würde die Dokumente in die deutsche Botschaft mitnehmen, wo sie fotografiert werden sollten, und ihr die Originale dann sofort zurückgeben. Unter keinen Umständen dürfe ihr Vater irgendwelche Papiere vermissen, schärfte er Lana ein, deshalb müsse sie sich an strikte Vorgaben halten. Material sollte sie nur nachts entwenden, wenn ihr Vater schlief, und von Schüssler anrufen, wenn sie es hatte. Dann würde sie ihm die Dokumente in seiner Wohnung übergeben, und er würde sie sofort in die Botschaft bringen, um sie fotografieren zu lassen. Anschließend würde er ihr die Originale zurückgeben, damit Lana in die gemeinsame Wohnung zurückfahren und das Material zurücklegen konnte, bevor ihr Vater morgens aufwachte.

Natürlich gab es viele Faktoren, die diesen Ablauf stören konnten. So musste Swetlana an den meisten Abenden im Bolschoitheater auftreten und konnte daher keine Schriftstücke entwenden. Aber an ihren freien Abenden musste sie unbedingt in der gemeinsamen Wohnung bleiben, um zu sehen, ob ihr Vater neue Unterlagen mit nach Hause brachte.

Rudolf von Schüssler war auch bemüht, Lana zu versichern, sie tue damit ein gutes Werk. Lana hatte sich mit grimmigem Humor an seine Beteuerungen erinnert. »Je mehr unsere beiden Länder voneinander wissen«, hatte er gesagt, »desto länger wird dieser Frieden zwischen ihnen andauern. Du leistest etwas Wundervolles – nicht nur für mein Land, sondern auch für dein eigenes.«

Nachdem Metcalfe die Umgebung eine Stunde lang beobachtet und dabei über alles Mögliche nachgedacht hatte, war er überzeugt, dass der tote Briefkasten nicht überwacht wurde. Er ging rasch zu dem unbewachten Eingang des bescheidenen Wohngebäudes zwischen den beiden Geschäften. Der kleine Vorraum im Erdgeschoss war dunkel und leer; der grün lackierte Heizkörper hing genau wie von Hilliard beschrieben rechts an der Wand. Er griff dahinter – der Heizkörper war wie versprochen kalt –, ertastete etwas und zog es heraus: einen dicken grünen Umschlag, dessen Farbe eine perfekte Tarnung war.

Dies war die zweite Lieferung gefälschter Dokumente, die Corcorans Fachleute hergestellt und als Kuriergepäck nach Moskau hatten bringen lassen. Metcalfe stopfte den Umschlag unter seine wattierte *tjelogrejka* und verließ das Gebäude, so schnell er konnte, ohne Aufsehen zu erregen. Nur wenige Straßen weiter befand sich der Signalpunkt, an dem er mit einem Rotstiftstrich signalisieren würde, dass er den toten Briefkasten geleert hatte.

Aber als er das Haus verließ, wurde er aus dem Augenwinkel heraus auf eine jähe Bewegung auf der anderen Straßenseite aufmerksam. Metcalfe sah genauer hin und erkannte ein vertrautes Gesicht. Er schluckte trocken.

Dort drüben stand der blonde NKWD-Mann mit den blassgrauen Augen, der sich jetzt rasch in Bewegung setzte und mit großen Schritten auf ihn zukam, statt wie bisher diskreten Abstand zu halten. Als ob der Agent *wüsste,* dass Metcalfe gerade einen toten Briefkasten geleert hatte und belastendes Material am Körper trug!

Er durfte jetzt nicht geschnappt werden! Er durfte nicht verhaftet werden, nicht mit den Schriftstücken in der Tasche. Sie würden bewirken, dass er sofort eingesperrt und anschließend hingerichtet werden würde, die Russen würden sich die Mühe sparen, ihm den Prozess zu machen. Das Unternehmen würde enttarnt werden, und die anschließenden Ermittlungen würden zu Swetlana führen; letzten Endes würde auch sie hingerichtet werden.

Metcalfes Herz jagte, und er spürte, wie ihm der Schweiß ausbrach. Die Konsequenzen waren entsetzlich! Er warf sich nach links, rannte die Puschkinstraße entlang davon und sah in einer spiegelnden Schaufensterscheibe, dass der Blonde ihm weiter auf den Fersen war. Metcalfe machte abrupt Halt, änderte seine Richtung, schlug einen Haken nach links und hetzte im Zickzack über den Platz. Der Blonde folgte ihm, imitierte Metcalfes ruckartige Richtungsänderungen und achtete dabei so wenig auf andere Passanten wie der Mann, den er hartnäckig verfolgte.

Der NKWD-Mann hatte es auf ihn abgesehen! Hier ging es nicht mehr nur um Überwachung; der Blonde wollte Metcalfe diesmal offensichtlich verhaften.

Großer Gott, nein! Das musste er verhindern.

Metcalfe warf sich erneut herum, verschwand in einer engen Gasse zwischen zwei baufälligen alten Gebäuden und rannte mit voller Geschwindigkeit weiter.

Der Blonde ließ sich nicht täuschen: Er folgte Metcalfe in die Gasse, aber sein Tempo ließ seltsamerweise nach. War der NKWD-Mann schon müde? Wie konnte das sein? Als Metcalfe hastig einen Blick über die Schulter warf, sah er den Blonden mit grauen Zähnen breit grinsen. *Weshalb?*

Unmittelbar vor ihm knickte die Gasse rechts ab. Metcalfe steigerte sein Tempo, schlitterte geradezu um die Ecke … und sah dann, weshalb sein Verfolger gegrinst hatte.

Vor ihm lag eine Sackgasse.

Die abknickende Gasse führte nicht bis zur nächsten Querstraße weiter. Sie endete hier.

Metcalfe erstarrte, warf sich herum und sah den Blonden mit schussbereiter Pistole langsam auf sich zukommen.

»Stoj!«, rief der Mann, dessen tiefe Stimme von den Hauswänden widerhallte: Stopp!

»Hände hoch, bitte!« Der Blonde sprach jetzt Englisch.

Er war über dreißig Meter entfernt, zu weit weg, um treffsicher schießen zu können – und *würde* er überhaupt schießen? Das erschien Metcalfe wenig wahrscheinlich. Man verfolgte sein Opfer nicht so lange, um es dann zu erschießen. Der Blonde würde ihn ausfragen, nach allen Regeln der Kunst verhören wollen, dessen war Metcalfe sich sicher.

Metcalfe riss die Colt-Pistole heraus, die Hilliard ihm gegeben hatte, und zielte damit auf den NKWD-Mann, der aber nur grinste. »Keine gute Idee, Genosse Metcalfe. Weglaufen hat keinen Sinn.«

»Ach, wirklich nicht?«

»Dies ist nicht Ihre Stadt. Ich kenne die Moskauer Straßen viel besser als Sie. Man sollte immer wissen, was man nicht weiß.«

»Ich werd's mir merken.«

»Alles ist viel einfacher, wenn Sie kooperieren. Wir werden miteinander reden.«

»Weswegen wollen Sie mich verhaften?«, fragte Metcalfe. »Wegen des Verbrechens, in Moskau ein Ausländer zu sein?«

»Wir wissen viel mehr über Sie, als Sie denken«, antwortete der Mann.

Metcalfe sah sich verzweifelt nach dem abbröckelnden Ziegelmauerwerk der Gebäude um, die den Innenhof begrenzten, in dem die Sackgasse endete. Hier gab es keine Feuertreppe. An den kaum gegliederten Fassaden gab es auch keine Vorsprünge, keine Simse, an denen er sich wie in Paris hätte hochziehen können.

Trotzdem war es unvorstellbar, sich mit den gefälschten Dokumenten in der Tasche verhaften zu lassen.

Er würde sie irgendwo wegwerfen müssen, aber *wo?* Es gab *keinen* Ort, verdammt noch mal, von dem der Blonde sie sich nicht hätte holen können.

Sein Blick fiel auf das alte Kupferfallrohr, das von der Regenrinne eines Gebäudes herabführte. Es sah nicht sehr stabil aus, stellte aber die einzige Fluchtmöglichkeit dar.

»Also gut«, sagte Metcalfe, ohne seine Pistole sinken zu lassen. »Blieben Sie stehen, dann können wir vielleicht eine Vereinbarung treffen.«

Der Mann blieb stehen, hielt seine Pistole jedoch weiter mit ausgestreckten Armen und zwei Händen vor dem Körper. Er nickte.

Plötzlich drückte Metcalfe ab. Der Schuss ging dicht über die linke Schulter des Russen hinweg. Der Agent duckte sich und schoss instinktiv zurück, verfehlte Metcalfe aber um einige Meter. *Verfehlte ihn absichtlich.*

Metcalfe nützte die entstandene Verwirrung aus, rammte die Pistole in den Hosenbund, war mit einem Satz bei dem Fallrohr, packte es mit beiden Händen und begann rasch hinaufzuklettern. »Wenn Sie irgendwas über mich wüssten«, rief er dabei, »dann wüssten Sie, dass ich mich nicht fangen lasse!« Das Kupferrohr war tatsächlich so wackelig, dass mehrere Halterungen aus dem Mauerwerk rissen. Trotzdem blieb es an der Dachrinne festgelötet, und die meisten Halterungen erwiesen sich als stabil genug, um nicht auszureißen. Metcalfe stemmte sich mit den Füßen vom Mauerwerk ab und gelangte bis fast zur Dachtraufe des hohen, einstöckigen Gebäudes.

Links und rechts von ihm schlugen Geschosse ins Mauerwerk ein. Der NKWD-Mann gab Warnschüsse ab. »Sie entkommen mir nicht!«, rief der Russe. »Mit dem nächsten Schuss setze ich Sie außer Gefecht! Der *trifft Sie,* wenn Sie nicht umkehren und runterkommen!«

Als Metcalfe jedoch trotzdem weiterkletterte, trat eine Feuerpause ein; er hörte, wie der Russe ein leeres Magazin wegwarf, das metallen auf dem Pflaster schepperte, dann hörte er, wie die Pistole durchgeladen wurde. Metcalfe erreichte den Dachsims, der aber unter seinen Händen wie Mürbteig zerbröckelte. Er griff nach der Kupferdachrinne, die stabiler wirkte, zog sich daran hoch und benützte sie, um sich über die niedrige Brüstung aufs Flachdach des Gebäudes zu wälzen. In diesem Augenblick traf der nächste Schuss die Dachbrüstung dicht neben seinem Kopf. Der Russe schoss jetzt auf *ihn!* Dies waren keine Warnschüsse mehr.

Das Gebäude war sieben bis acht Meter tief, sein flaches Dach eine holperige Fläche aus dick geteerter Dachpappe, aus der scheinbar ohne System und Ordnung Schornsteine, Entlüftungsrohre und der Rand einer Dachluke ragten. Als Metcalfe auf die andere Seite hinüberrannte, rutschte er auf dem vereisten Dach aus, doch zum

Glück bewahrte ihn die niedrige Brüstung vor dem Absturz. Unten lag eine schmale Straße mit sich kreuzenden Straßenbahngleisen; eine Feuertreppe, die hier an der Außenwand hinunterführte, war ein erfreulicher Anblick. Hinter sich konnte er die verhallenden Schritte des NKWD-Agenten hören. Da der Russe offenbar wusste, welche Fluchtmöglichkeit sich Metcalfe hier bot, rannte er die Gasse entlang zurück, um auf der Puschkinstraße um das Gebäude zu laufen und auf diese Querstraße mit den Straßenbahngleisen zu gelangen. Aber weshalb war er allein? Diese Männer operierten stets in Gruppen, und eine Gruppe hätte jetzt den Ausschlag gegeben: Wären andere Männer an Ort und Stelle gewesen, dann hätten sie Metcalfe den Fluchtweg abschneiden können! Auch wenn er für diese Tatsache dankbar war, wunderte er sich doch darüber, dass speziell dieser NKWD-Mann, der seine Kollegen bei weitem übertraf, ein Einzelgänger sein sollte. Aber dann erkannte er, dass das nicht stimmte: Auch dieser NKWD-Agent operierte nicht allein; er war seinen Männern nur weit voraus. Andere würden bald nachkommen.

Metcalfe war mit einem Satz bei der rostigen Feuertreppe und bewältigte den Abstieg in kürzester Zeit, indem er sich an den Sprossen hinunterhangelte. Wenige Sekunden später war er auf der Straße und rannte die Straßenbahngleise entlang davon. Nach vierzig bis fünfzig Metern mündete diese schmale Straße auf eine breitere Avenue. Als er sich wild nach beiden Seiten umsah, weil er nicht wusste, in welche Richtung er flüchten sollte, konnte er bereits rennende Schritte hinter sich hören.

Schräg rechts vor ihm lag der Eingang zu einer Unterführung. Er rannte darauf zu. Dies war eine Fußgängerunterführung, wie sie in Moskau wegen des zunehmenden Autoverkehrs in letzter Zeit häufiger gebaut wurden. Er stürmte die Treppe hinunter, nahm dabei je zwei Stufen auf einmal und sah dann den Zugang zur Metro.

Metcalfe war noch nie mit der hiesigen Metro gefahren – auch sie hatte es bei seinem ersten Moskaubesuch noch nicht gegeben –, aber wenn sie der Pariser Metro auch nur halbwegs ähnlich war, bestand sie aus einem weit verzweigten Tunnelsystem, in dem er seinen Verfolger abhängen konnte. Das war riskant, aber jetzt war alles gefährlich, und kein Risiko war mit der Gefahr zu vergleichen, mit den gefälschten Dokumenten in der Tasche verhaftet zu werden. Während er durch die reich geschmückte Marmorhalle zu den Drehkreuzen rannte, sah er sich nach Abfallkörben um, in die er die gefälschten Schriftstücke werfen konnte, aber ausgerechnet hier waren keine zu sehen.

An einem Schalter in der Nähe der Drehkreuze wartete eine lange Menschenschlange; etwas kürzere Schlangen, die sich rascher bewegten, warteten vor den einzelnen Drehkreuzen. Kauften diese Leute Metallmarken als Fahrausweise? Er hatte keine Ahnung, ob man Marken oder Münzen brauchte, und keine Zeit, das herauszufinden. Ein Blick in die Runde zeigte ihm nur zwei Polizistinnen, sodass er glaubte, es riskieren zu können. Er rannte an einer der Schlangen vorbei und setzte mit einem Sprung übers Drehkreuz. Hinter sich hörte er Geschrei, dann einen schrillen Pfiff aus einer Trillerpfeife. Bestimmt war der NKWD-Mann dicht hinter ihm, aber Metcalfe hatte nicht die Zeit, sich davon zu überzeugen.

Er rannte an Marmorsäulen und Mosaikwänden, unter Kristallkronleuchtern weiter, deren Schönheit umwerfend wirkte, weil sie so unerwartet kam. Paläste des Volkes, hatte Stalin die Metro genannt, und Metcalfe sah, weshalb. Er erreichte einen Durchgang, aus dem Menschenmassen strömten, und befand sich dort an einer von unten heraufkommenden Rolltreppe. Er bahnte sich einen Weg durch die Menge, bewegte sich in Gegenrichtung, ignorierte die aufgebrachten Proteste und hastete die erstaunlich steile, schnell heraufkommende stählerne Rolltreppe hinunter. Sie stand voller Fahrgäste, die kaum ein Durchkommen zuließen, aber weil der NKWD-Agent ihm so dicht auf den Fersen war, konnte Metcalfe nicht aufgeben und wieder nach oben fahren. Also kämpfte er weiter gegen den Menschenstrom an und versuchte, die Rolltreppe entgegen der Fahrtrichtung hinunterzurennen. Aber er kam nur langsam, *allzu* langsam voran!

Laute Stimmen und das Schrillen von Trillerpfeifen bewiesen ihm, dass die Verfolger dicht hinter ihm waren. Nun waren es mehr als nur einer; der blonde NKWD-Agent hatte Verstärkung bekommen. In seinem verzweifelten Bemühen, trotz der Menschenmassen auf der Rolltreppe schneller voranzukommen, fiel Metcalfes Blick auf die gut einen halben Meter breiten Stahlabdeckungen auf beiden Seiten der Rolltreppe. Konnte er auf die Abdeckungen springen und hinunterlaufen? Sie wurde jedoch alle zwei Meter von reich geschmückten zylinderförmigen Leuchten unterbrochen, die diese Rolltreppe erhellten.

Metcalfe blieb keine andere Wahl. Er sprang auf die stählerne Abdeckung, prallte gegen die nächste Leuchte, und sie zersplitterte. Überall wurde gekreischt. Die Abdeckung fiel so steil ab, dass er keinen Halt fand. Er rutschte hinunter und zerschmetterte eine Lampe nach der anderen, bis er sich endlich an dem niedrigen Rolltreppengewölbe abstützen und seine Geschwindigkeit etwas abbremsen konnte, auch wenn er auf seinem Weg nach unten weitere Glaszylinder demolierte.

Endlich sprang er zu Boden und verfehlte nur knapp eine dort sitzende uniformierte Aufseherin – eine dürre Alte, die von ihrem Stuhl aufsprang und ihn ankreischte, er solle stehen bleiben. Aber Metcalfe rannte weiter, ohne sich um das Chaos zu kümmern, das hinter ihm ausgebrochen war.

Die U-Bahn, aus der die Menschenmassen gekommen waren, stand noch da. Aus den Deckenlautsprechern kam ein Warnsignal aus vier Tönen, das die bevorstehende Abfahrt ankündigte. Metcalfe stürmte darauf zu und sprang in den nächsten Wagen, als die Türen sich eben schlossen.

Er brach auf dem Boden zusammen, ohne auf die schockierten Blicke der Fahrgäste zu achten. Ein alter Mann, der mit einem Kind, vermutlich seinem Enkel, unterwegs war, wich vor Metcalfe zurück und legte die Arme schützend um den Kleinen.

Aber er hatte es geschafft! Der Zug fuhr schnell an. Metcalfe vermutete, der NKWD-Mann sei auf dem Bahnsteig zurückgeblieben. Trotzdem musste er annehmen, dass der NKWD auf solche Fälle vorbereitet war. Es musste Telefonverbindungen zwischen den Bahnhöfen geben; der NKWD-Agent, der sich als sehr einfallsreich erwiesen hatte, konnte telefonisch veranlassen, dass andere bereitstanden, wenn der Amerikaner auf dem nächsten Bahnhof ausstieg.

Als Metcalfe aufstand, sah er jedoch, dass es ihm keineswegs gelungen war, den Blonden abzuschütteln.

Er war da, im nächsten Wagen, und versuchte, die nur im Notfall zu öffnende Tür zwischen den beiden Waggons zu öffnen. *Jesus!* Als sei dieser verdammte Kerl an ihm festgekettet! Metcalfe sah, wie der Mann sich herumwarf, zum anderen Ende seines Wagens rannte und nach einer Amtsperson rief – vielleicht nach einem Schaffner oder einem Milizionär. War in diesem Wagen einer? Oder im nächsten?

Plötzlich wurde der Zug mit kreischenden Bremsen langsamer und hielt mitten im Tunnel. Die Wände auf beiden Seiten waren dunkel.

Irgendwie hatte der NKWD-Mann es geschafft, die U-Bahn zu stoppen, und Metcalfe saß nun in der Falle. Oder hatte er einfach die Notbremse gezogen?

Aber Metcalfe dachte nicht daran, sich kampflos zu ergeben. Er war mit einem Sprung an der Tür, schob seine Finger zwischen die Gummidichtungen und versuchte, die Türhälften zu öffnen. Aber sie ließen sich nicht bewegen. Der Öffnungsmechanismus der Tür war zwischen den Bahnhöfen blockiert; er konnte diese Sperre nicht überwinden, sosehr er sich auch anstrengte. Der kleine Junge, der ihn, auf den Knien seines Großvaters sitzend, anstarrte, begann zu weinen. Der Alte fing an, Metcalfe zu beschimpfen, und fuchtelte dabei wild mit den Händen.

Metcalfe versuchte es mit den Fenstern und hatte dort mehr Glück. Sie ließen sich öffnen; eines konnte er ganz hinunterschieben. Er stieg auf den Ledersitz und tastete ins Dunkel hinaus. Der Abstand zwischen Fenster und Tunnelwand betrug kaum einen Meter. Er packte zwei der von der Decke herabbaumelnden Halteschlaufen, zog sich daran hoch und schwang die Beine durchs offene

Fenster. Die Fallhöhe war jedoch größer als erwartet, und er landete schmerzhaft auf grobem Schotter.

Aber er war aus dem Zug. Und jetzt … was jetzt?

Das Geschrei hielt an, wurde noch lauter, als er sich die Tunnelwand entlang weiterschob. Der einzige Lichtschein kam von den Deckenleuchten der U-Bahn-Wagen, aber er genügte, um Metcalfe die gemauerten flachen Nischen zu zeigen, die in regelmäßigen Abständen in die Wand eingelassen waren. Vermutlich konnten U-Bahn-Arbeiter sich in ihnen vor vorbeifahrenden Zügen in Sicherheit bringen.

Metcalfe erinnerte sich an die Taschenlampe, die er in seinem Rucksack hatte, und zog sie heraus. Sowie er sie einschaltete, fiel ein Schuss. Als Metcalfe sich nach vorn ins Dunkel stürzte, ließen dicht über ihm mehrere Schüsse, deren Echo durch den Tunnel hallte, Stücke vom Mauerwerk absplittern. Er warf sich herum und sah den Blonden, dessen Tokarev aus dem Fenster schräg nach unten zielte, aus dem nächsten Wagen auf ihn schießen. Der NKWD-Mann wollte ihn offensichtlich nicht mehr verhaften, sondern abknallen. Er war entschlossen, den Amerikaner nicht lebend entkommen zu lassen.

Seitlich gab es keine Ausweichmöglichkeiten: Der Abstand zwischen dem stehenden Zug und dem Mauerwerk der Tunnelwand betrug kaum einen Meter. Metcalfe konnte sich nur auf dem Schotter klein machen. Aber die regelmäßige Schießerei ging weiter. Metcalfe zog seine Pistole aus dem Hosenbund, stützte die Rechte mit der linken Hand und begann zurückzuschießen. Es gelang ihm, zwei Schüsse abzugeben, aber der Blonde wich blitzschnell vom Fenster zurück.

Dann hörte er ein neues Geräusch: Die Elektromotoren heulten auf, als der U-Bahn-Zug anfuhr. Metcalfe sprang auf, um nicht unter die Räder zu geraten, und presste sich mit dem Rücken an die Tunnelwand. Er spürte den Luftzug des anfahrenden Zuges und zuckte zusammen, als der Stahl des schneller werdenden Wagens dicht an seinem Gesicht vorbeiglitt. Im Augenblick konnte er sich nicht bewegen. Mit dem Rücken an der Tunnelwand war er verwundbar, ein stationäres Ziel. Er hob die rechte Hand, die krampfhaft den Griff seiner Pistole umklammerte, und versuchte trotz des beengten Raums, auf die Fenster des vorbeirollenden Wagens zu zielen. Aber er brachte die Waffe nicht rechtzeitig hoch.

Metcalfe sah die blassgrauen Augen seines Verfolgers, sah die im flackernden Lichtschein der anfahrenden U-Bahn aus nächster Nähe aus dem Fenster auf sein Gesicht zielende Pistole. *Jetzt ist's aus,* sagte er sich in diesen Zehntelsekunden: *Ich kann mich nicht bewegen und nicht verteidigen.* Dann ging er abrupt in die Knie, rutschte mit den Schultern das Mauerwerk entlang und verhinderte so, dass er nach vorn gegen den anfahrenden Zug fiel. Das alles lief in Sekundenbruchteilen ab: Er sah den Blonden grinsen, ein Auge zukneifen, während er zielte, und dann abdrücken; er sah weiß-orangerotes Mündungsfeuer und spürte im selben Augenblick einen fast unerträglichen brennenden Schmerz, als das Geschoss seine linke Schulter streifte.

Sekunden später war alles vorüber. Der U-Bahn-Zug verschwand in dem Tunnel, und Metcalfe lag auf dem Gleis zusammengesackt. Er tastete nach der Wunde, spürte klebriges Blut unter seiner dick wattierten Jacke. Anscheinend hatte er nur einen Streifschuss abbekommen: Die Wunde war schmerzhaft und blutete stark, aber sie war nicht schwer. Wichtig war, dass er noch lebte. Er tastete nach den Dokumenten in der Innentasche seiner

Jacke; das steife Knistern der Zellophanhülle bewies ihm, dass sie noch in seiner Tasche steckten.

Metcalfe würde irgendwie entkommen müssen, aber wie? Die Entfernung zwischen Moskauer Metrobahnhöfen betrug bis zu zwei Kilometer; trotz seiner Schmerzen konnte er notfalls so weit durch den Tunnel marschieren, aber er wusste, dass das ein Fehler gewesen wäre. Sein Verfolger hatte gesehen, dass er ihn getroffen hatte, aber er würde ihn nicht ohne weiteres für tot halten. Das wäre eine sorglose Annahme gewesen, die nicht zu einem Agenten passte, der sich bisher als clever und gründlich erwiesen hatte. Eher würde der Mann am nächsten Bahnhof aussteigen, um dort auf Metcalfe zu warten – oder an der Spitze eines Suchtrupps durchs Tunnelsystem zurückkommen. Dazu musste der U-Bahn-Verkehr zeitweilig eingestellt werden, aber das konnte der NKWD selbstverständlich anordnen. Nein, für Metcalfe war es bestimmt gefährlich, zum letzten U-Bahnhof zurückzukehren oder zum nächsten weiterzugehen, von dem aus die Suche vermutlich beginnen würde.

Er saß in der Falle.

Trotzdem durfte er nicht einfach hier bleiben. Es musste einen Ausweg geben. Metcalfe ging auf dem schmalen Streifen neben dem Gleisbett weiter, horchte aufs ferne Rattern einer näher kommenden U-Bahn und leuchtete mit seiner Taschenlampe Wände und Decke des Tunnels ab, um vielleicht einen Entlüftungsschacht oder eine andere Fluchtmöglichkeit zu finden. Der U-Bahn-Tunnel machte eine Rechtskurve, nach der er sich verzweigte. Nein, das stimmte nicht ganz, wie Metcalfe sah, als er diese Stelle erreichte: Die Weiche an der Abzweigung war noch nicht betriebsbereit; das neue Gleis führte in einen

Tunnel, der sich noch im Bau befand. Seine erst teilweise vermauerten Wände bestanden überwiegend aus nackter Erde hinter einer Stahlverschalung.

Das war allerdings viel versprechend. Ein im Bau befindlicher Tunnel führte bestimmt zu einem Zugang für Arbeiter, vielleicht zu einem Schacht, durch den sie vor Ort gelangten. Als Metcalfe in den unfertigen Tunnel abbog, stieg ihm sofort fauliger Schwefelgestank in die Nase. Wahrscheinlich verlief irgendwo in der Nähe ein Abwasserkanal. An einer Stelle sah er mehrere leere Wodkaflaschen herumliegen. Sie konnten nicht von Arbeitern stammen, sondern waren eher ein Anzeichen dafür, dass in den Moskauer U-Bahn-Tunnels Obdachlose lebten, die hier zeitweilig Zuflucht fanden. Auch das schien darauf hinzudeuten, dass es hier tatsächlich einen weiteren Ausgang gab.

Metcalfe war seit ungefähr einer halben Stunde unterwegs, und sein Tempo wurde durch den pochenden Schmerz in der linken Schulter merklich gebremst. Der Blutverlust hatte ihn geschwächt. Er würde die Wunde behandeln lassen müssen – aber wo? Ein Moskauer Krankenhaus mit all den Fragen, die man ihm stellen, und all den Berichten, die das Personal schreiben würde, kam definitiv nicht in Frage. Roger war als Sanitäter ausgebildet … aber Roger, daran erinnerte Metcalfe sich kummervoll, war tot. Folglich blieb nur Lana übrig. Vielleicht konnte sie einen vertrauenswürdigen Arzt holen, wenn er ihr die Dokumente überbrachte.

Je weiter er dem Tunnel folgte, desto fertiger wirkte er. Er wurde offenbar von außen nach innen gebaut. Hier waren die Wände bereits vermauert und die Gleise gelegt. Die Abfolge der Arbeiten war verwirrend, aber das traf auf vieles zu, was unter der Sowjetbürokratie entstand.

Aber dann endete der Tunnel abrupt vor einem dem Profil angepassten Stahlschott, in das ein großes Tor mit Fußgängertür eingelassen war. Tor und Tür waren völlig glatt, wiesen weder Griff noch Klinke auf und hätten sich nur mit dem richtigen Schlüssel aufsperren lassen. Dies war offenbar eine Sicherheitsmaßnahme, die verhindern sollte, dass Unbefugte die Baustelle betraten. Metcalfe untersuchte das Stahlschott mehrere Minuten lang, aber die Sache war aussichtslos. Hier gab es kein Durchkommen.

Frustriert, erschöpft und mit heftig schmerzender Schulter kehrte er um und ging den Weg zurück, den er gekommen war. Jetzt saß er erst recht in der Falle, denn vor ihm lag nur noch der Haupttunnel, der in beiden Richtungen zu Bahnhöfen führte, auf denen NKWD-Leute warten würden, um ihn abzufangen. Wäre Metcalfe nicht verletzt gewesen, hätte er sich vielleicht irgendwo für Stunden oder sogar Tage verkriechen können. Aber er verlor weiter Blut und wusste recht gut, dass er die Kälte nicht mehr lange würde ertragen können.

Er brauchte einen Plan, verdammt noch mal, aber wie sollte der aussehen?

Metcalfe glaubte einen Augenblick lang, Stimmen zu hören, und blieb stehen, um zu horchen. Ja, das *waren* Stimmen. Woher kame sie?

Er war noch immer mehrere hundert Meter vom Haupttunnel entfernt. Bedeutete das, dass ein Suchtrupp hierher unterwegs war und ihm in dieser Sackgasse den Weg abschneiden wollte?

Aber nein! Die Stimmen kamen nicht von vorn; sie kamen irgendwo von *rechts*. Wie war das möglich? Rechts von sich hatte er nur Ziegelmauerwerk und ...

Und eine weitere Stahltür, die ihm erst jetzt auffiel: tatsächlich eine Art Einstiegsluke, die ins Mauerwerk eingelassen war. Der Lukendeckel war ihm im Vorbeigehen nicht aufgefallen, weil er sich dicht über dem Boden befand und ebenso rostbraun war wie das Klinkermauerwerk; außerdem war er teilweise durch Stahlträger verdeckt. Metcalfe blieb vor der Luke stehen, kniete nieder und legte sein Ohr an den Stahl.

Eindeutig Stimmen.

Aber keine Rufe, keine gebrüllten Befehle: nicht das Geschrei eines Suchtrupps. Stattdessen nur ruhiger Gesprächston. Was lag auf der anderen Seite dieser Luke? Vielleicht ein Ausweg, hoffte Metcalfe – jedenfalls die einzige Chance, seinen Verfolgern zu entgehen.

Die Luke war nicht gestrichen, das sah er jetzt, sondern mit einer dicken Rostschicht bedeckt. Der stählerne Deckel war mit einem Vorreiber geschlossen, der in einen langen Hebel auslief; er wirkte uralt, viel älter als das ihn umgebende Mauerwerk. Metcalfe drückte mit einiger Mühe den Hebel herunter und zog dann langsam den Lukendeckel auf. Beim ersten rostigen Quietschen hielt er erschrocken inne, machte dann aber weiter – noch etwas langsamer und diesmal lautlos –, bis er durch den entstandenen Spalt sehen konnte. Er spürte einen warmen Luftstrom im Gesicht.

Hier bot sich ihm ein erstaunlicher Anblick.

Der flackernde Schein eines Lagerfeuers zeigte Metcalfe einen riesigen, luxuriös ausgestatteten Saal, dessen Boden und Wände mit grünem Marmor verkleidet waren. Die Öffnung, durch die er spähte, befand sich ungefähr drei Meter über dem Marmorboden; von ihr führte eine Eisenleiter hinunter. Der Saal maß mindestens vierzig mal sechzig Meter und hatte eine als Tonnengewölbe ausgebildete Decke, die wenigstens zehn Meter hoch war. An der Rückwand befand sich ein Podium, hinter dem in einer Wandnische eine große Stalinbüste aus weißem Marmor stand. Mitten im Saal brannte ein kleines Feuer, um das drei verwahrlost aussehende, zerlumpte Männer hockten. Auf dem Fußboden in ihrer Nähe lagen mehrere Wolldecken ausgebreitet.

Waren das Stadtstreicher? Was machten sie hier? Und noch wichtiger: Was war dieser imposante unterirdische Saal?

Einer der Männer sah auf, zeigte auf Metcalfe und brüllte: »*Serjoscha!*«

Plötzlich bekam Metcalfe von hinten einen schweren Schlag in den Nacken. Er warf sich herum und sah den Angreifer – einen hageren, vollbärtigen Mann, der mit wildem Blick ein Brecheisen schwang. Aber Metcalfe war schneller: Er stürzte sich auf den Bärtigen, rammte ihn mit seinem ganzen Gewicht zu Boden, entwand ihm dabei das Brecheisen und schlug die Stirn des Angreifers auf die Steine. Der Mann stieß einen gellend lauten Schrei aus, der einem das Blut in den Adern gefrieren lassen konnte. Metcalfe rammte ihm ein Knie in den Unterleib, setzte das andere Knie auf seine Brust und drückte ihm so die Luft aus der Lunge.

»Wer bist du?«, fragte Metcalfe scharf. »Wie jemand vom NKWD siehst du jedenfalls nicht aus.«

Der Bärtige stöhnte. »NKWD? Ich bin kein gottverdammter Tschekist wie du! Oder bist du ein gottverdammter Polyp?«

Dann war zu hören, wie Schritte die Sprossen der Eisenleiter heraufpolterten. Metcalfe hob den Kopf und sah, wie einer der Vagabunden aus dem Saal mit einem uralten kleinen Revolver auf ihn zielte – mit einem französischen Galand aus dem vorigen Jahrhundert. »Runter von ihm, Tschekist, sonst schieße ich dir den Kopf weg!«, brüllte der Stadtstreicher.

Metcalfe zog seine Coltpistole und zielte nonchalant auf ihn, ohne den Bärtigen loszulassen. »Weg mit der alten Knarre«, sagte er dabei. »Wenn du schießt, explodiert sie, und das kostet dich ein Auge.«

Der auf der Leiter stehende Vagabund ließ seinen Revolver nicht sinken, aber die Hand mit der Waffe zitterte sichtbar. »Lass Serjoscha los!«, verlangte er.

»Ich lasse ihn los, du steckst dieses alberne Spielzeug weg, und wir reden vernünftig miteinander. Ihr müsst mir nämlich helfen. Ich bin kein Tschekist, sonst hätte ich eine Tokarew, keine amerikanische Coltpistole. Und du kannst das verdammte Blut an meiner Schulter sehen.«

Metcalfe sah, dass der Stadtstreicher in seiner Entschlossenheit wankend wurde, und fuhr fort: »Ich bin auf der *Flucht* vor den verdammten Milizionären, und ich glaube, dass hier noch Platz für einen weiteren Mann ist.«

»Aber wer bist du?«

Einige Minuten später saß Metcalfe mit den vier Russen am Feuer. Der Mann namens Serjoscha hatte eine hässliche Beule an der Stirn.

Metcalfe hatte seine wattierte Jacke ausgezogen und hielt einen schmutzigen Leinenstreifen von einem alten Bettlaken auf seine Schulterwunde gedrückt. Bekommen hatte er ihn von dem Mann mit dem uralten Revolver, der offenbar der Anführer dieser bunt zusammengewürfelten Gruppe war. Metcalfe hatte sich als Moskaubesucher aus der Ukraine ausgegeben und berichtete von einem missglückten Straßenraub und seiner anschließenden Flucht vor der Polizei, bei der er in die U-Bahn-Tunnels geraten war.

»Und ihr?«, fragte er. »Wie lange lebt ihr schon hier unten, Jungs? Und wo *sind* wir hier überhaupt?«

»In einem Luftschutzbunker«, antwortete der erste Mann, der sich als Arkadi vorgestellt hatte.

Metcalfe musterte ihn skeptisch. »Mit so viel Marmor?«

»Warum sollten die Bonzen leiden müssen?« Arkadi zündete sich eine Zigarette an. Er bot auch Metcalfe eine an, der dankend ablehnte. »Der Saal gehört zum Metrozwo-Komplex«, sagte er. »Mitsamt dem Spezialtunnel.«

»Du meinst den Spezialzug, der in Notfällen für die Parteiführung bereitsteht«, sagte Metcalfe nickend. Aus Gerüchten und vagen Geheimdienstmeldungen wusste er von einer geheimen U-Bahn, mit der die Kremlspitze in eine rund fünfzig Kilometer entfernte unterirdische Stadt gelangen konnte.

»In der klassenlosen Gesellschaft sind manche gleicher als die anderen.« Arkadi grinste sarkastisch.

»Gibt's hier unten mehr als einen Luftschutzraum?«

Arkadi und die anderen lachten. »Ein Wunder, dass all die neuen Hochhäuser nicht in der Erde versinken«, sagte ein graubärtiger Professorentyp, der einen langen schwarzen Mantel trug, »so viel wird hier unten gebuddelt. Tief unter der gewöhnlichen Metro, an einigen Stellen über hundert Meter tief, liegen zehn bis zwölf Bunkergeschosse. Ein riesiges System aus Bunkern und Tunnels für Stalin und seine Kumpane. Und alles von Sklaven erbaut!«

»Ich dachte, es sei ganz von Komsomol-Freiwilligen erbaut worden«, warf ein anderer trocken ein.

Erneutes Gelächter. »Die Komsomol-Freiwilligen waren bloß für die Pressefotografen da«, sagte der Professor. »Ausgeschachtet wurden die Tunnels von Zwangsarbeitern mit Schaufel und Pickel.«

»Ach komm, auch die Zaren haben seit Jahrhunderten unter der Stadt graben lassen«, sagte Arkadi. »Iwan der Schreckliche hat sich tief unter dem Kreml eine Folterkammer erbauen und dann die Bauarbeiter umbringen lassen, damit niemand ihre Existenz verraten konnte. Sein Großvater hat sogar seine unermesslich kostbare Bibliothek, seine Sammlung alter hebräischer und byzantinischer Schriftrollen, irgendwo hier unten in einer Art ägyptischem Sarkophag vergraben lassen, damit sie nicht gestohlen werden konnte. Sie ist nie wieder gefunden worden.«

»Die berühmte verschollene Bibliothek Iwans des Schrecklichen, so heißt sie«, ergänzte der Professor. »Weil Iwan IV. sie gefunden und seinerseits wieder vergraben hat. Und Stalin, unser eigener Iwan der Schreckliche … Nun ja, tief unter der Stadt soll es auf seinen Befehl angelegte Massengräber geben. Schließlich mussten die Millionen von Russen, die er hat hinrichten lassen, irgendwo begraben werden.«

»Stalin hat Luftschutzbunker bauen lassen«, sagte Metcalfe nachdenklich. »Wann hat er damit angefangen?«

»Im Jahr 1929«, antwortete Arkadi prompt. »Und er lässt weiter Bunker bauen.«

»Stalin rechnet damit, dass Moskau angegriffen wird.«

»Natürlich.«

»Aber sein Vertrag mit Nazi-Deutschland?«

»Stalin rechnet immer mit Krieg! Er rechnet stets damit, angegriffen zu werden. Er spricht von Einkreisung durch die Kapitalisten, von Feinden, die nichts lieber täten, als das bolschewistische Kleinkind in der Wiege zu ersticken.«

»Greifen die Deutschen also an …«

»Dann ist er vorbereitet«, sagte Arkadi. »Das ist geradezu typisch für Stalin. Er ist ständig kriegsbereit. Er traut keinem Verbündeten. Er traut nur sich selbst. Aber weshalb interessiert dich das alles? Was für eine Art Straßenräuber bist du, dass Kriege und Landesverteidigung dich so interessieren?«

Metcalfe wehrte seine Frage mit einer Gegenfrage ab. »Und wer seid ihr? Entschuldigt, wenn ich das sage, aber ihr seid eigentlich keine … Ihr sprecht viel zu gebildet, um …«

»Um Stadtstreicher zu sein? Penner?«, fragte Arkadi. »Aber wir *sind* Obdachlose. In dieser Gesellschaft gibt's für uns keine feste Arbeit, keine Wohnung. Wir sind alle Flüchtlinge.«

»Vor wem?«

»Vor dem NKWD. Wir vier – und es gibt bestimmt Dutzende von Flüchtlingen, die ebenfalls in Luftschutzräumen hausen – verbergen uns vor den Sicherheitsbehörden. Vor der Geheimpolizei.«

»Wie seid ihr ihnen entkommen?«

»Wir sind geflüchtet, bevor sie uns verhaften konnten. Wir waren in die Lubjanka vorgeladen oder sind gewarnt worden, dass der NKWD uns abholen würde.«

»Aus welchem Grund?«

»Aus welchem *Grund*?«, höhnte Serjoscha, der Mann mit der Beule an der Stirn. Er meldete sich erstmals zu

Wort, seit er Metcalfe überfallen hatte. »Sie sind jetzt dazu übergegangen, Leute willkürlich zu verhaften. Sie verhaften grundlos oder wenn auch nur der geringste Verdacht besteht. Du kommst aus der Ukraine, sagst du? Willst du etwa behaupten, dass es dort anders zugeht?«

»Nein, nein«, sagte Metcalfe hastig. »Bei uns ist's nicht besser. Aber ich brauche eure Hilfe. Ihr müsst mir helfen, hier rauszukommen, ohne geschnappt zu werden. Das muss möglich sein! Auch ich bin auf der Flucht vor dem NKWD.«

»Du bist ein politisch Verfolgter wie wir?«, fragte der Professor. »Ein Flüchtling?«

»In gewisser Beziehung«, antwortete Metcalfe vage. Dann machte er eine Pause und überlegte kurz. »Ja. Auch ich bin ein Flüchtling.«

Kapitel Siebenundzwanzig

Der betonierte Innenhof war klein und ebenso heruntergekommen wie das renovierungsbedürftige Gebäude, das ihn in einem schäbigen Viertel im Südwesten Moskaus umgab. Weggeworfene Zeitungen wirbelten bei jedem Windstoß über den Hof; überall lagen Abfallhaufen. Niemand säuberte diesen Hof; niemand beachtete ihn auch nur. Selbst das Wort *Hof* war viel zu großartig für diese betonierte kleine Fläche, deren Mittelpunkt ein gusseiserner Gullydeckel bezeichnete.

Niemand sah, wie der Gullydeckel sich leicht drehte, niemand sah, wie er hochgestemmt wurde, und niemand sah den einzelnen Mann, der auf einer von dem unten verlaufenden Abwasserkanal heraufführenden Leiter rasch aus dem Gully kletterte. Der Mann schob den Gullydeckel wieder zurecht und war keine Minute später verschwunden.

Niemand sah ihn aus dem Durchgang zum Hof kommen. Niemand sah ihn im Straßengewirr des schäbigen Arbeiterviertels verschwinden.

*

Ungefähr eineinhalb Stunden später fuhr ein mit Brennholz beladener alter Lastwagen auf einen weiteren Innenhof in einem weit besseren Viertel Moskaus. Der Wagen war ein klappriger alter GAS-42, der dichte Qualmwolken ausstieß. Der Motor tuckerte im Leerlauf weiter, während er an der Brennstoffrutsche hinter einem eleganten Wohngebäude in der Petrowkastraße hielt.

Der Lastwagenfahrer und sein Helfer stiegen aus dem Fahrerhaus und machten sich daran, ofenfertiges Brennholz auf die Rutsche zu werfen, über die es laut polternd in den großen Vorratsbehälter im Keller hinabrutschte. Diese Lieferung erfolgte außerplanmäßig, aber mitten in diesem ungewöhnlich kalten Winter würde niemand in Moskau sich über eine zusätzliche Brennholzlieferung wundern. Sobald eine ansehnliche Holzmenge abgeladen war, betrat der zweite Mann, der Beifahrer, den Keller durch den Lieferanteneingang und machte sich daran, das Holz sauber aufzustapeln. Als der Fahrer an den Eingang trat und sich gewichtig räusperte, drückte der Beifahrer ihm einen Packen Geldscheine in die Hand: weit mehr, als die Fuhre Brennholz kostete, und mehr als genug, um den Mann für seinen außerplanmäßigen Abstecher zu entlohnen.

Hätte jemand zugesehen – was jedoch niemand tat –, hätte er sich vielleicht darüber gewundert, dass der Fahrer wieder einstieg und mit dem Lastwagen davonfuhr, während sein Helfer weiter Brennholz aufstapelte.

Zwei Minuten später verließ Metcalfe den Keller und stieg mehrere Treppen bis zu der vertrauten mit Leder gepolsterten Tür hinauf, an der er klingelte. Sein Puls beschleunigte sich wie jedes Mal, wenn er vor Lanas Wohnungstür stand. Aber diesmal sprach daraus nicht Vorfreude, sondern Angst. Dank Serjoscha, den er in der U-Bahn niedergerungen hatte, und dessen Freund, dem Lastwagenfahrer, hatte er es bis hierher geschafft. Trotzdem blieb sein Besuch in dieser Wohnung riskant. Und er brach damit sein Lana gegebenes Versprechen, nie wieder herzukommen.

Er hörte schwere Schritte, und als die Wohnungstür aufging, war er nicht überrascht, das runzlige Gesicht der Haushälterin vor sich zu sehen.

»Da? Schto wy chatitje?« Ja? Sie wünschen?

»Lana, poschaluista. Ja … Stiwa.«

Die zusammengekniffenen Augen der alten *babuschka* schienen ihn zu erkennen, aber Vertraulichkeit war offenbar nicht ihre Sache. Sie schlug ihm die Tür vor der Nase zu und verschwand in den Tiefen der Wohnung.

Keine Minute später wurde die Tür wieder aufgerissen – diesmal von Lana. Aus ihren Augen blitzte eine Kombination von Wut und Angst und etwas Sanfterem. Zärtlichkeit? »Komm rein, komm rein!«, flüsterte sie.

Sobald die Wohnungstür sich hinter ihm geschlossen hatte, fuhr Lana ihn an: »*Warum,* Stiwa? Warum bist du hier? Du hast mir versprochen …«

»Ich bin angeschossen worden«, sagte er leise. Ihre Augen weiteten sich vor Entsetzen, während er ruhig weitersprach. »Die Wunde ist nicht schlimm, aber sie muss behandelt werden. Sie ist bereits infiziert, und die Infektion könnte schlimmer werden.«

Tatsächlich pochte die Schusswunde jetzt so heftig, dass seine Beweglichkeit eingeschränkt war. Einen Arzt hinzuzuziehen, war nicht nur ausgeschlossen, sondern wahrscheinlich auch überflüssig. Lana hatte einen Erste-Hilfe-Kasten, hatte sie gesagt; damit konnte sie ihn selbst verarzten. »Angeschossen? Stiwa, wie ist das passiert?«

»Das erzähle ich dir später. Kein Grund zur Sorge.«

Lana schüttelte ungläubig den Kopf. »Angeschossen!«, wiederholte sie. »Dann müssen wir uns beeilen, Liebster. Vater kommt spätestens in einer Dreiviertelstunde vom Dienst heim.« Sie erklärte ihrer Haushälterin, sie könne sich den Rest des Tages freinehmen. Dann führte sie Metcalfe durch einen behaglich eingerichteten Raum mit Bücherregalen an den Wänden und einem selten schönen antiken Teppich aus Turkmenistan auf dem Boden: eines der wenigen verbliebenen Familienerbstücke, wie Lana sagte.

»Komm mit in die Küche, dann versorge ich deine Wunde.« Die Küche war klein und roch nach Petroleum. Lana stellte einen Wasserkessel auf den Herd, und während sie darauf wartete, dass das Wasser kochte, half sie Metcalfe, die schmutzige *tjelogrejka* auszuziehen, und zog vorsichtig sein durchgeblutetes Hemd ab. Er zuckte dabei mehrmals zusammen. Lana schluckte leise. »Das sieht nicht gut aus«, sagte sie dabei. Sie goss starken schwarzen Tee auf, der in Gläsern serviert wurde; als Zuckerersatz gab es dazu einen Teller mit gummiartigen Süßigkeiten. »Hier, trink deinen Tee, während ich mein chirurgisches Besteck zusammensuche. Bist du hungrig, Liebster?«

»Ausgehungert.«

»Ich habe ein paar *piroschki* mit Fleischfüllung, etwas Kohlsuppe, etwas Stockfisch. Genügt dir das?«

»Klingt wunderbar.«

Metcalfe beobachtete, wie sie geschäftig umherlief, Kohlsuppe aus einem Topf auf dem Herd schöpfte und Lebensmittel aus Leinenbeuteln holte, die vor dem auf einen Lichtschacht hinausführenden Küchenfenster hingen. Dies war eine andere, ihm bisher unbekannte Seite

Lanas: ein häuslicher, geradezu mütterlicher Zug, der nicht recht zu der temperamentvollen Diva, der schönen Künstlerin und Tänzerin passen wollte. Dass diese grundlegend verschiedenen Charakterzüge in ein und derselben Person koexistieren konnten, kam ihm merkwürdig, aber zugleich wunderbar vor.

»Unsere Wohnung kommt dir sicher schrecklich klein vor«, meinte sie.

»Keineswegs. Ich finde sie sehr schön.«

»Du hast mir erzählt, wie du aufgewachsen bist. Von eurem Reichtum, den vielen Häusern, den Dienstboten. Im Vergleich dazu muss dir unsere Wohnung sehr beengt erscheinen.«

»Sie ist warm und gemütlich.«

»Wir können wirklich von Glück sagen, dass wir eine eigene Wohnung haben, weißt du. Dabei sind wir nur zu zweit, Vater und ich. Die Stadtverwaltung hätte uns in eine dieser grässlichen Wohngemeinschaften stecken können. Wir hatten Angst, dass das passieren würde, nachdem Mutter gestorben war. Aber wegen seiner militärischen Verdienste – weil Vater ein Held ist – genießen wir dieses Privileg. Wir haben einen Gasofen und einen Gasboiler im Bad – wir brauchen nicht wie die meisten unserer Freunde in öffentliche Bäder zu gehen.«

»Er ist ein Held der Sowjetunion, nicht wahr?«

»Sogar zweimal. Und er trägt den Siegesorden.«

»Er war einer eurer großen Generale.« Metcalfe kostete einen halben Löffel Suppe. Sie war heiß und köstlich.

»Ja. Nicht ganz so berühmt wie General Schukow oder sein alter Freund Tuchatschewski. Aber er hat unter Tuchatschewski gedient, er hat mitgeholfen, Koltschak Sibirien abzunehmen. Und auf der Krim war er im Jahr

1920 entscheidend an dem Sieg über General Denikin beteiligt.«

Metcalfe studierte ein in der Küche hängendes gerahmtes Foto von Lana und ihrem Vater und sprach nun fast gegen seinen Willen weiter. »Ich habe in Moskau alte Freunde, weißt du, die hohe Stellungen in verschiedenen Ministerien bekleiden und mir alles Mögliche erzählen. Und von ihnen höre ich, dass der NKWD ein so genanntes *kniga smerty* führt – ein Buch des Todes. Eine Liste von Personen, die hingerichtet werden sollen, wenn …«

»Und mein Vater steht darin«, unterbrach sie ihn.

»Lana, ich wusste nicht, ob ich dir das sagen, wie ich dir das beibringen …«

»Und du denkst wirklich, das weiß ich nicht?« Ihre Augen funkelten zornig. »Du denkst, dass ich das nicht *erwarte* – dass *er* das nicht erwartet? Alle Männer seines Dienstgrads, alle Generale, haben sich angewöhnt, auf das Klopfen an ihrer Tür zu warten. Wenn nicht heute, dann morgen. Wenn nicht morgen, dann nächste Woche oder nächsten Monat.«

»Aber von Schüsslers Erpressung …«

»Seine Zeit kommt, wann sie kommt. Es ist nicht meine Aufgabe, ihr Kommen zu beschleunigen. Aber Vater hat sich damit abgefunden, Stiwa. Er wartet aufs Klopfen an der Tür. Kommt es eines Tages, wird er sich sogar erleichtert fühlen, glaube ich. Wir verabschieden uns jeden Morgen, als sei es das letzte Mal.« Sie machte sich daran, die Wunde auszuwaschen, und betupfte sie dann mit Jod auf einem Wattebausch. »Also, ich glaube nicht, dass die Wunde genäht werden muss – zum Glück nicht, denn ich kann kaum meine Strümpfe stopfen! Ich würde deine

Haut nicht zunähen wollen, Liebster. Eigentlich eine Ironie der Geschichte, nicht wahr?«

»Wie das?«

»Oder vielleicht ist's nur passend. Ich muss unwillkürlich wieder an Tristan und Isolde denken. Erinnere dich daran, Liebster, dass es eine Wunde war, die Tristan in die Arme seiner Isolde getrieben hat. Sie musste ihn wieder gesund pflegen.«

Metcalfe biss die Zähne zusammen, als sie ihm jetzt einen Pflasterverband anlegte. »Sie war eine Heilerin mit Zauberkräften – genau wie du.« Er trank einen Schluck von dem starken Tee. »Leider hatte er jedoch eine tödliche Wunde erlitten, stimmt's?«

»Er wird zweimal verwundet, Stiwa. Zum ersten Mal im Zweikampf mit Isoldes Verlobten, den er tötet – aber diese Wunde will nicht heilen. Nur Isolde, die magische Heilerin, kann ihn retten, deshalb sucht er sie auf. Und als sie erkennt, dass Tristan ihren Verlobten ermordet hat, versucht sie, sich an ihm zu rächen – aber als ihre Blicke sich begegnen, fällt ihr das Schwert aus der Hand.«

»Wie im richtigen Leben, was?«, fragte Metcalfe sarkastisch. »Dann wird Tristan in einem weiteren Zweikampf erneut verwundet, aber diesmal kann Isolde ihn nicht retten, und sie sterben in ewiger Verzückung gemeinsam. In der Welt von Ballett und Oper gilt das vermutlich als Happyend.«

»Natürlich! Weil sie nicht wieder getrennt werden können, Dummerchen! Ihre Liebe ist jetzt unsterblich.«

»Wenn das als Happyend gilt, dann ist mir eine Tragödie lieber.« Er kostete die *Piroschki.* »Köstlich.«

»Danke. Tragödien erleben wir hier tagtäglich«, sagte Lana. »Tragödien gehören zum russischen Alltag.«

Metcalfe schüttelte den Kopf und lächelte. »Worauf willst du hinaus?«

Sie klimperte in gespielter Naivität absichtlich theatralisch mit den Wimpern. »Ich will auf *nichts* hinaus, Tristan ... Stephen, meine ich. Nur darauf, dass Tristans wahre Wunde tiefer ist, in seinem Inneren liegt – dass sie in seinem Bewusstsein seiner Blutschuld liegt. *Das* war seine Wunde, die nicht heilen wollte.«

»Jetzt weiß ich bestimmt, dass du mir etwas sagen willst«, stellte Metcalfe fest. Sein Tonfall war neckend, aber er spürte dabei einen Stich, der nichts mit der Schusswunde zu tun hatte.

»In Russland sind Schuld und Unschuld ebenso miteinander vermengt wie Treue und Verrat. Es gibt Schuldige und Menschen, die imstande sind, Schuld zu empfinden – und sie sind nicht miteinander identisch.«

Metcalfe, der Lana forschend betrachtete, musste schwer schlucken. Ihre Tiefen, das merkte er jetzt, begann er erst allmählich auszuloten.

Sie bedachte ihn mit einem schwachen, traurigen Lächeln. »Die menschliche Seele ist ein dunkler Wald, heißt es. Manche Wälder sind dunkler als andere.«

»Typisch russisch«, behauptete Metcalfe. »Tragisch bis ins Mark.«

»Und ihr Amerikaner tut nichts lieber, als euch selbst zu täuschen. Was ihr auch tut ... ihr glaubt immer, dass daraus etwas Gutes entstehen wird.«

»Während ihr tragisch veranlagten Russen glaubt, dass es nichts gibt, aus dem etwas Gutes entstehen kann.«

»Nein«, sagte sie streng. »Ich weiß nur, dass nichts jemals klappt wie geplant. *Nichts*.«

»Hoffentlich behältst du Unrecht.«

»Du hast weitere Dokumente für mich, stimmt's?«, fragte Lana, weil ihr das noch versiegelte Päckchen in der Innentasche seiner auf dem Küchentisch liegenden Jacke auffiel.

»Die letzte Lieferung«, sagte Metcalfe.

»Die letzte? Wird er sich nicht wundern, wenn der Strom plötzlich versiegt?«

»Schon möglich. Vielleicht solltest du ihm immer nur ein paar Schriftstücke geben.«

»Ja. Das wäre glaubwürdiger, denke ich. Aber was erzähle ich ihm, wenn keine mehr kommen?«

»Du spielst die Ratlose. Du behauptest, keine Ahnung zu haben, weshalb dein Vater keine Akten mehr mit nach Hause bringt – aber du kannst ihn natürlich nicht danach fragen. Du kannst nur vermuten, dass die Sicherheitsvorschriften so verschärft worden sind, dass er kein Geheimmaterial mehr mitnehmen darf.«

Sie nickte. »Dazu muss ich eine bessere Lügnerin werden, als ich bisher bin.«

»Das ist manchmal eine notwendige Fähigkeit. Schrecklich, aber wahr.«

»Wir Russen haben ein Sprichwort, das besagt: Wer zu lange gegen einen Drachen kämpft, wird selbst einer.«

»Und in Amerika heißt es: Die Wahrheit sagen kann jeder Trottel; man braucht Talent, um gut zu lügen.«

Sie verließ kopfschüttelnd die Küche. »Ich muss mich anziehen und ins Theater fahren.«

Metcalfe schlitzte die Zellophanhülle mit seinem Taschenmesser auf. Diesmal hatte Corky keinen Brief beigelegt. Während er die Dokumente rasch überflog, fragte er sich, ob Lana auch nur einen Blick auf die Schriftstücke warf, die sie weitergab. Jedenfalls war sie weit klüger und urteilsfähiger, als er bisher geahnt hatte.

Und wenn sie die Dokumente genau studierte? Was würde sie dann erkennen? Metcalfe hatte ihr versichert, all die Statistiken und geheimen Berichte seien Bestandteile eines Puzzles, das den Nazis beweisen werde, wie schwach – und deshalb *gefügig* – Russland sei. Sie würde in den Schriftstücken sehen, was sie darin sehen *sollte,* oder etwa nicht?

War sie womöglich politisch scharfsinnig genug, um zu erkennen, dass in Wirklichkeit eine ganz andere Botschaft übermittelt wurde: dass Russland wehrlos und deshalb ein lohnendes Ziel für einen deutschen Überfall war? Diese Möglichkeit machte ihm Sorgen.

Allerdings hatte Lana bisher nichts gesagt, was darauf schließen ließ, sie fühle sich getäuscht. Ein riskantes Spiel, das Corcoran ihn hier spielen ließ – auf mehrfacher Ebene riskant.

Als er den Packen Schriftstücke durchblätterte, fiel ihm ein Blatt auf, das mit einem scheinbar sinnlosen Gewirr aus Buchstaben- und Zahlengruppen bedeckt war. Ein verschlüsseltes Dokument, das erkannte er sofort. Metcalfe sah genauer hin, las die Kennung zu Beginn der Fünfergruppen und erkannte den Code.

Es handelte sich um den nach dem großen russischen Feldherrn aus dem 18. Jahrhundert benannten Militärcode *Suwarow.* Diesen Code hatten die Deutschen geknackt, das wusste Metcalfe. Im sowjetischen Konsulat in Petsamo hatten finnische Soldaten ein nur angesengtes Codebuch erbeutet und den Deutschen überlassen. Die Briten, die den deutschen Funkverkehr überwachten, hatten bestätigt, dass die Deutschen den Code tatsächlich geknackt hatten. Davon ahnten die sowjetischen Streitkräfte jedoch nichts.

Metcalfe verstand sofort, weshalb so viele der WOLFSFALLE-Dokumente mit dem Code *Suwarow* verschlüsselt waren. Das war ein Geniestreich von Corcoran.

Verschlüsselte Dokumente mussten den Deutschen automatisch faszinierender und irgendwie glaubwürdiger erscheinen, weil die Verschlüsselung ihre vorgetäuschte Wichtigkeit unterstrich.

Die meisten Schriftstücke konnte Metcalfe deshalb nicht lesen. Aber er überflog die in Klartext verfassten Dokumente und erkannte rasch, dass an dieser Lieferung etwas anders war. Das den Deutschen zuvor zugespielte Material hatte die Rote Armee als überraschend schwach dargestellt, auch wenn sie verzweifelt aufzurüsten versuchte.

Diese Lieferung »enthüllte« den *Grund* für die forcierte Aufrüstung der sowjetischen Streitkräfte. Hier wurden *Einzelheiten* der geplanten Wiederaufrüstung genannt, die insgesamt ein schockierendes Bild ergaben.

Zu den Dokumenten gehörten Bestellungen für Tausende von hochmodernen Panzern, weit schwerer und kampfstärker als alle Panzer der Deutschen – sogar schwerer als der deutsche Panzer IV. Bis zu hundert Stundenkilometer schnelle Panzer, die der Ausschreibung nach weniger im Gelände als auf den guten Straßen Deutschlands und Westeuropas operieren sollten. Bis Juni nächsten Jahres sollten insgesamt 25 000 dieser neuen Panzer an die Truppe ausgeliefert werden.

Weiterhin gab es Befehle – *gefälschte* Befehle, die Corkys Leute fabriziert hatten – für die Entwicklung hochmoderner Waffensysteme, zu denen auch Flugzeuge, Raketen und Bomben gehörten. Und Befehle für die Massenproduktion von Lastenseglern. Das waren keine Waffen, mit denen Russland sich gegen einen möglichen Angriff verteidigen konnte, sondern *Offensivwaffen*. Auch sie sollten bis Juni nächsten Jahres einsatzbereit sein. Dieser Termin wurde in allen Schriftstücken ausdrücklich hervorgehoben.

Und das war noch nicht alles. In dringenden, streng geheimen Memoranden zweier hoher Generale der Roten Armee, General A. M. Wassilewski und General Georgij Schukow, wurde ein Unternehmen *Grosa* – Donner – erwähnt. Das Unternehmen *Grosa*, las Metcalfe, war im September, also vor wenigen Monaten, unter strengster Geheimhaltung Stalin und weiteren Mitgliedern des Politbüros vorgestellt worden.

Aus Memorandum für Memorandum und Weisung für Weisung entstand vor Metcalfe das detaillierte Bild dieses fiktiven *Unternehmens Grosa* – genau wie es vor der deutschen Abwehr entstehen würde. Laut Plan sollte die Rote Armee bis zum Juli kommenden Jahres 24 000 neue Panzer an der sowjetischen Westgrenze stationieren.

An der Grenze zu Hitler-Deutschland.

In den nächsten Monaten sollten die sowjetischen Streitkräfte an der Westgrenze insgeheim massiv verstärkt werden. Andere Weisungen ordneten die Ausbildung von Luftlandetruppen an – fast eine *Million* Fallschirmjäger, die hinter den deutschen Linien abgesetzt werden konnten.

Das Unternehmen *Grosa* war kein Verteidigungsplan für den Fall eines deutschen Angriffs. Es war ein detaillierter Plan für eine Offensive gegen Hitler-Deutschland.

Und das Unternehmen *Grosa* setzte ein Datum für einen Präventivschlag gegen Deutschland fest: den Juli 1942.

Die Grundzüge des Unternehmens waren vor kaum einer Woche in einer Geheimrede Stalins vor der Führungsspitze der Roten Armee erläutert worden. Zu den Dokumenten dieser Lieferung gehörte der Text dieser Rede, den angeblich ausgesuchte Kommandeure erhalten hatten.

Zu den *gefälschten* Dokumenten, wie Metcalfe sich wieder ins Gedächtnis zurückrufen musste.

Zum Material der neuen Lieferung für die Operation WOLFSFALLE gehörte ein Exemplar dieser angeblichen Stalinrede, deren Tonfall so authentisch war, dass Metcalfe sich fragte, ob sie womöglich doch echt war.

Genossen!
Das Unternehmen Grosa *ist angelaufen; unser Kriegsplan steht. Innerhalb von achtzehn Monaten, im Sommer 1942, beginnt unser überfallartiger Schlag gegen die Faschisten. Aber* Grosa *ist nur unser Eröffnungszug, Genossen, im Kampf für den Sturz des Kapitalismus in Europa und den Sieg des Kommunismus unter Führung der Sowjetunion!*
Die herrschende Kapitalistenclique aller Staaten Europas ist wegen des gegeneinander geführten Krieges so geschwächt, dass sie den Siegeszug des Sozialismus in Europa und der Welt nicht wird aufhalten können. Es ist unsere Ehrenpflicht, Genossen, die Völker der Welt zu befreien!

Metcalfe las die angebliche Geheimrede mit einer Mischung aus Staunen und wachsender Empörung. Dies war der reinste Wahnsinn, aber zugleich war er brillant. Obwohl die fiktive Rede von Anfang bis Ende erfunden war, klang sie vollkommen glaubwürdig.

Und sie war ein weiterer Beweis dafür, falls einer nötig gewesen wäre, wie Corcoran es verstand, jedermann zu täuschen. Nicht nur Hitler, sondern auch Metcalfe. *Diese Dokumente werden ein Bild entwerfen*, hatte Corky gesagt.

Welche Art Bild?

Das Bild eines Bären. Aber eines Kuschelbären. Eines Bärenjungen, dem man die Krallen entfernt hat.

Corky hatte gelogen, was die Art dieser Schriftstücke betraf – genau wie er in Bezug auf den wahren Grund für Metcalfes Entsendung nach Moskau gelogen hatte. Der alte Spionagechef hatte ihn in dem Glauben gelassen, er solle prüfen, ob Rudolf von Schüssler als Agent zu gewinnen sei, während seine wahre Aufgabe darin bestand, Lana dafür zu gewinnen, die gefälschten Dokumente an von Schüssler weiterzugeben. Und dann hatte Corky ihn in Bezug auf die Aussage der WOLFSFALLE-Schriftstücke nochmals frech belogen. Sie zeigten keineswegs ein niedliches Bärenjunges ohne Krallen. Sie vermittelten das Bild einer mit Hochdruck aufrüstenden Militärmacht, die zu einem gewaltigen Schlag gegen Hitler-Deutschland ausholte.

Ein paar Dutzend perfekt gefälschter Dokumente, die von der Tochter eines Generals der Roten Armee an einen ehrgeizigen deutschen Diplomaten weitergegeben wurden. Mehr würde es nicht brauchen, um Hitler zu einem Überfall auf die Sowjetunion zu provozieren – zu einem Angriff, der nur mit einer Niederlage Hitler-Deutschlands enden konnte.

Aber was würde Lana tun, wenn sie die Schriftstücke las? Würde sie sich weigern, sie von Schüssler zu übergeben?

Nun, das war ein Risiko. Metcalfe hatte jetzt keine Wahl mehr. Corky hatte ihn manipuliert, damit er mitmachte, und er würde jetzt seinerseits Lana manipulieren müssen, damit sie mitmachte. Er konnte nur hoffen, dass sie keine Zeit hatte, die Dokumente zu lesen, oder sich nicht für sie interessierte.

Er hoffte, dass Lana sie einfach dem Deutschen übergeben würde.

»Stiwa!«, rief sie.

Lana trug einen schwarzen Gymnastikanzug und darüber ein durchgeknöpftes weißes Kleid; sie war frisch geschminkt und hatte Lippenstift aufgelegt. »Du siehst wundervoll aus«, sagte er.

»Und du bist albern«, wehrte sie ab und warf den Kopf zurück.

»Du siehst nicht nur wundervoll aus, du *bist* wundervoll. Du bist eine bemerkenswerte Frau.«

»Bitte«, wehrte sie ab. »So viel Lob habe ich nicht verdient.« Sie griff nach dem kleinen Stapel Dokumente.

»Nimm dich in Acht, wenn du sie anfasst«, sagte Metcalfe. »Fass sie möglichst wenig an.«

»Warum?«

Warum?, fragte er sich. *Weil du sie dir vielleicht nicht ansiehst, wenn du sie nicht anfasst. Und wenn du sie dir nicht ansiehst, merkst du vielleicht nicht, wie du belogen wirst. Nein, nicht »belogen wirst« – wie* ich *dich belüge. Wie ich dich manipuliere, dich betrüge.*

Aber er antwortete: »Die gerissenen Fälscher dieser Dokumente haben es anscheinend verstanden, sie auch mit Fingerabdrücken zu versehen. Mit den Fingerabdrücken hoher sowjetischer Militärs, damit die Schriftstücke bei näherer Untersuchung noch authentischer wirken.« Das war reine Erfindung, aber es klang gut. Seine Lügen klangen überzeugend, aber es schmerzte ihn, sie vorbringen zu müssen.

»Ah«, sagte sie. »Wirklich clever!«

»Lana, hör mir zu. Du warst sehr tapfer. Was du bisher getan hast ... ich weiß, wie schwierig das war. Aber alles hat seinen guten Grund. Von dem, was du tust, hängt ungeheuer viel ab. Aber vieles ist noch in der Schwebe.«

»Diese Schriftstücke sind so voller Zahlen und rätselhafter Ausdrücke, dass man sich gar nicht vorstellen kann, jemand würde sie lesen wollen.«

»Ja.«

»Und trotzdem enthält jedes gewaltige Kraft. Wie der Liebestrank, den Isoldes Magd bereitet, stimmt's?« Sie lachte über diesen Vergleich.

»Nicht genau«, sagte er unbehaglich.

»Diese Papiere sollen keine tiefe, dauerhafte Liebe zwischen unserem furchtlosen Führer und der Führungsspitze des Dritten Reichs hervorrufen, meinst du? Sie werden im Herzen von Ribbentrop und Heydrich, Himmler und Hitler keine unvergängliche Liebe zu Russland entzünden?«

Metcalfe musterte Lana forschend, dann schluckte er trocken. Ihr Wesen besaß Tiefen, das erkannte er jetzt, die er erst zu ergründen begonnen hatte. »Du hast behauptet, nichts von solchen Dingen zu verstehen. Aber du weißt anscheinend doch etwas mehr als ›nichts‹, *duschka.*«

»Danke, Liebster. Und du natürlich auch – wir wissen beide ein bisschen mehr als nichts. Aber war's nicht ein englischer Dichter, der vor ›ein wenig Gelehrsamkeit‹ gewarnt hat? Ich frage mich manchmal, ob ein bisschen mehr als nichts in Wirklichkeit gefährlicher als nichts ist.

Aber das muss ich natürlich, oder nicht? Da ich fast nichts weiß.« Ihr Lächeln war rätselhaft. »Komm, Liebster. Jetzt möchte ich dir etwas zeigen.«

»Das gefällt mir«, antwortete Metcalfe. Er folgte ihr ins Wohnzimmer und sah zu seiner Verblüffung in einer Ecke einen Weihnachtsbaum mit handgefertigtem Schmuck und Äpfeln stehen. »Ihr habt einen Weihnachtsbaum?«, fragte er überrascht. »Ist das in diesem atheistischen Land nicht verboten? Hat Stalin Weihnachten nicht abgeschafft?«

Lana zuckte lächelnd mit den Schultern. »Das ist kein Weihnachtsbaum, das ist eine *jolka.* Wir stecken oben einfach einen roten Stern auf, dann ist's kein Weihnachtsbaum mehr. Tannenbäume zu schmücken, ist ohnehin nur ein heidnischer Brauch, den die Christen übernommen haben. Bei uns gibt's auch keinen Weihnachtsmann, sondern wir haben *djed moros* – Väterchen Frost.«

»Und die hier?«, fragte er, indem er auf einen polierten Rosenholzkasten auf einem Sideboard zeigte. In dem mit grünem Samt ausgeschlagenen offenen Kasten lagen zwei Duellpistolen in formgetreuen Mulden. Ihre Griffschalen aus Walnussholz waren teils geriffelt, teils mit Blattwerkschnitzerei reich verziert; die achteckigen Stahlläufe waren brüniert und mit stilisierten Flammen geschmückt. »Die müssen hundert Jahre alt sein«, meinte er.

»Sogar älter. Sie sind der wertvollste Schatz meines Vaters – Duellpistolen, die Puschkin benützt haben soll.«

»Fantastisch.«

»Unsere Führer erzählen uns, dass sie den neuen Sowjetmenschen erschaffen, weißt du, dass wir alle neu, von der Geschichte unbefleckt, von schlimmen alten Traditionen und korrumpierender Abstammung befreit sind. Aber Familienwurzeln dieser Art existieren weiter. Sie geben uns weiterhin Halt. Kleine Dinge, die von Generation zu Generation weitergegeben werden. Sie vermitteln uns das Bewusstsein dafür, wer wir sind, diese Dinge … Wie heißt das Wort dafür gleich wieder? Es klingt so poetisch, finde ich.«

Metcalfe lachte. »Familienerbstück?«

»Ja, genau!«

»Falls das Wort poetisch klingt, hast *du* ihm diesen Klang beigelegt.«

»Familienerbstück«, wiederholte sie verträumt. Sie behandelte das Wort so vorsichtig, als sei es selbst ein wertvolles antikes Stück. »Mein Vater hat eine ganze Anzahl solcher Erbstücke – seine geheimen Schätze, auf die er sehr stolz ist. Kleine Schätze, die er nicht wegen ihres Werts sorgfältig bewahrt, sondern weil so viele seiner Vorfahren darauf geachtet haben, sie ihm zu hinterlassen. Wie diese Spieluhr von Palech.« Lana deutete auf einen schwarz lackierten Kasten, auf dem ein farbenprächtiger Feuervogel montiert war. »Oder diese Ikone aus dem fünfzehnten Jahrhundert, auf der die Verklärung Christi dargestellt ist.« Die nur etwa zwölf mal fünfzehn Zentimeter große Ikone zeigte Jesus in leuchtenden Gewändern, wie er sich in Gegenwart zweier Jünger in eine strahlende spirituelle Erscheinung verwandelte.

»Und eines Tages gehören alle diese Sachen dir.«

Lana wirkte nachdenklich. »Nichts Wertvolles gehört uns jemals. Es ist nur in unsere Obhut gegeben.«

»Aber ich sehe hier nichts, was dir gehört, Liebste. Du musst viele Geschenke von Verehrern bekommen. Wo bewahrst du die auf?«

»Dafür sind Großmütter da. Großmütter, die weit von hier entfernt wohnen. Großmütter, die in Jaschkino leben.«

»Wo liegt Jaschkino?«

»Jaschkino ist ein kleines Dorf im Kusnezer Becken. Viele Bahnstunden von Moskau entfernt. Die Leute dort bezeichnen sich als ›Provinzler durch und durch‹, und das ist prahlerisch, nicht entschuldigend gemeint.«

»Bei euch Russen ist der Unterschied manchmal schwer zu erkennen. Aber wenigstens hast du dort einen sicheren Platz für deine eigenen zukünftigen Erbstücke.«

»Du scheinst dir Aladins Schatzhöhle vorzustellen. Mein Schatz besteht vor allem aus einem Geschenk von einem ganz bestimmten Verehrer – dafür ist's allerdings ein wahrhaft unvergleichlicher Schatz.«

»Ah, schon wieder! Heraus mit der Sprache Lana: Ist das prahlerisch oder entschuldigend gemeint?«

»Spielt das eine Rolle?«

»Du fängst nur gerade an, mich ein bisschen eifersüchtig zu machen.«

»Dazu hast du keinen Grund. Das Geschenk deiner Liebe ist mir mehr wert als alles andere.« Sie zog ihn an sich. »Mein Stiwa, was du mir gegeben hat, seit wir uns kennen ... das bedeutet mir mehr, als du ahnen kannst. Mehr, als du jemals wissen wirst.«

»Lana, ich ...«

In diesem Augenblick klingelte das Telefon. Sie starrte es überrascht an und ließ es mehrmals klingeln, bevor sie widerstrebend nach dem Hörer griff.

»*Allo?* ... Ja, ich bin's, Lana ...« Ihr Gesicht wurde blass. Sie hörte zu, warf nur manchmal ein paar Silben ein. Dann bedankte sie sich für den Anruf und legte auf.

»Das war mein Freund Ilja, der Bühnenarbeiter«, erklärte sie Metcalfe. Sie wirkte beunruhigt, geradezu ängstlich. »Er hat in dem Code gesprochen, den wir uns für Telefongespräche zurechtgelegt haben. Ilja sagt, dass mein Aufpasser Kundrow heute im Bolschoi war und sich eingehend nach mir erkundigt hat. Und nach meinem Freund, dem Amerikaner.«

»Bitte weiter.«

»Aber er war nicht der Einzige. Außer ihm waren noch andere da. Männer vom NKWD. Sie fahnden alle nach dir. Sie bezeichnen dich als *Spion*.«

»Natürlich«, sagte Metcalfe nervös. »Alle Amerikaner sind Spione.«

»Nein, diesmal ist's anders. Die Leute haben Befehl, dich aufzuspüren – und wenn sie dich finden, sollen sie dich verhaften.«

»Drohungen«, versuchte Metcalfe abwehrend zu sagen. »Alles leere Drohungen.«

»Weshalb fahnden sie nach dir, Stiwa? Wissen sie von diesen ... von all diesen Dingen?« Lanas Handbewegung bezeichnete die Schriftstücke, die sie mitnehmen würde, um sie Rudolf von Schüssler zu übergeben, wenn er sie nach der Abendvorstellung abholte.

»Nein, davon wissen sie nichts.«

»Du würdest mich nicht belügen, Stiwa. Oder etwa doch?«

Metcalfe umarmte sie, weil er nicht weiterlügen konnte. »Ich muss jetzt gehen«, sagte er hastig. »Dein Vater kann jeden Augenblick heimkommen.«

Kapitel Achtundzwanzig

»Ted?«

»Ja?«

»Erkennen Sie meine Stimme?«

Am anderen Ende entstand eine lange Pause. »Ja, ich glaube schon. Verdammt noch mal, was geht hier vor, Mann?« Ted Bishops Stimme klang verändert – gedämpft, nervös. Die Stimme eines verängstigten Mannes. Metcalfe rief aus einer Telefonzelle an, die mehrere Straßen von der Wohnung von Lanas Vater in der Petrowkastraße entfernt war. Weil der englische Journalist vom Hotel Metropol aus arbeitete, war er meistens dort anzutreffen.

»Später«, sagte Metcalfe abrupt. »Ich brauche Ihre Hilfe.«

»Das kann ich mir denken. Hier wimmelt's von CVJM-Jungs.«

»Ich möchte, dass Sie mir ein paar Klamotten aus meinem Zimmer holen. Sie kommen dort rein, stimmt's? Sie kennen das Hotelpersonal seit Jahren; irgendjemand lässt Sie bestimmt rein.«

»Dass ich die Leute seit Jahren kenne, heißt nicht, dass sie mich mögen. Vertraulichkeit erzeugt Verachtung und so weiter. Aber ich sehe zu, was sich tun lässt.«

»Damit täten Sie mir einen großen Gefallen. Ich rufe Sie in ein paar Stunden noch mal an, um einen Treffpunkt zu vereinbaren.«

»Weil wir gerade beim Telefonieren sind ... irgendein Kerl versucht händeringend, Sie zu erreichen. Sogar ich bin im Speisesaal benachrichtigt worden – für den Fall, dass ich Sie sehe. Ein gewisser Mr Jenkins. Der Mann will Sie unbedingt sprechen.«

»Mr Jenkins ...« Das war Hilliard. »Verstanden«, antwortete Metcalfe. »Danke.«

»Nichts zu danken. Äh, hören Sie, tun Sie sich einen Gefallen und kommen Sie nicht mehr hierher. Sie verstehen, was ich meine?«

Metcalfe hängte den Hörer ein und rief dann sofort Hilliard in der amerikanischen Botschaft an. Er meldete sich als »Mr Roberts«, aber bevor er behaupten konnte, seinen Pass verloren zu haben, unterbrach der Diplomat ihn.

»Jesus, wo haben Sie *gesteckt,* verdammt noch mal?«, fragte Hilliard mit leiser, vor Angst und Zorn bebender Stimme. »Was zum *Teufel* haben Sie angestellt? Sie sind ›verbrannt‹, wissen Sie das?«

»Ja.«

»Die anderen haben's auf Ihren Skalp abgesehen. Sie müssen schleunigst aus Dodge City verschwinden, kapiert? Sie sitzen auf der Strafbank. Sie sind aus dem Spiel genommen.«

Metcalfe spürte, wie ihm ein kalter Schauder über den Rücken lief. Er musste sofort aus Moskau, aus der Sowjetunion verschwinden. Er war verbrannt; er sollte verhaftet oder auf der Stelle liquidiert werden. Corcoran hatte angeordnet, ihn sofort außer Landes zu bringen.

»Ich brauche Unterstützung.« Damit meinte er falsche Papiere, Visa, Flugtickets. Dinge, die nur Corky ihm besorgen konnte.

»Natürlich. Der liebe Gott hat vorgesorgt, aber er will, dass Sie schleunigst verschwinden. Am liebsten gestern. Kapiert?«

»Verstanden.« Unter anderen Umständen hätte die von Hilliard gewählte Bezeichnung für Corky ihn bestimmt amüsiert. Aber nicht heute.

»Was mich betrifft, stelle ich fest, dass ich Heißhunger auf *saziwi* habe. In ungefähr einer halben Stunde.« Hilliard legte auf.

Metcalfe stürzte aus der Telefonzelle.

*

Der Geiger beobachtete, wie der kleine Mann mit Brille und schütterem Haar die amerikanische Botschaft durch den Vorderausgang verließ. Der Mann war, das wusste er, ein kleiner Botschaftsangestellter, ein Dritter Sekretär. Und wie aus den Informationen hervorging, die Kleist erhalten hatte, war er außerdem ein Agent des amerikanischen Geheimdiensts.

Als er dem Amerikaner folgte, drehte der Wind sich, und er roch einen Hauch von Barbasol. Der andere war frisch rasiert und hatte eine amerikanische Rasierseife benützt.

Ja. Dieser Mann würde ihn zur Zielperson führen. Dessen war er sich sicher.

*

Amos Hilliard hatte den Eindruck, die Pistole unter seinem Jackett sei bleischwer. Er war es nicht gewöhnt, eine Waffe zu tragen, mochte ihr Gewicht nicht und verabscheute, was er damit tun sollte. Aber es musste nun einmal getan werden. Corky hatte darauf bestanden. Die verschlüsselt übermittelte Nachricht war mehr als eindeutig gewesen.

Metcalfe ist eine Gefahr für das Unternehmen, deshalb eine Gefahr fürs Schicksal der freien Welt. Er muss aus trauriger Notwendigkeit liquidiert werden.

Der junge Agent hatte befehlsgemäß seinen Auftrag ausgeführt. Aber er war enttarnt worden. In Moskau wimmelte es von gottverdammten NKWD- und GRU-Leuten, die kurz davor waren, den Kerl zu fassen. Sie würden ihn erwischen; das war nur noch eine Frage der Zeit. Corky konnte Metcalfe unmöglich rechtzeitig außer Landes schaffen lassen. Und sobald er geschnappt war, würden sie ihn verhören, wie es nur die Russen konnten, und Metcalfe würde auspacken; auch das stand absolut fest. Das gesamte Unternehmen würde verraten werden, und das durfte – und wollte – Corky nicht zulassen. Hier stand zu viel auf dem Spiel. Der Erfolg seines Unternehmens durfte nicht durch Rücksichtnahme auf ein einzelnes Menschenleben gefährdet werden.

In Augenblicken wie diesem fragte Hilliard sich immer wieder, ob er tatsächlich für seinen Job geeignet war. Solche Aufträge waren wirklich der schlimmste Teil seiner Arbeit. Er mochte Metcalfe irgendwie, aber das war nicht der Hauptgrund. Er wusste, dass Metcalfe einer der guten Kerle, vielleicht sogar ein Idealist war. Der junge Mann war kein Verräter. Aber Corky hatte unmissverständlich den Befehl erteilt, und Hilliard blieb keine andere Wahl. Er musste den Auftrag ausführen, ob er wollte oder nicht.

Metcalfe erreichte das Restaurant Aragwi sieben Minuten zu früh. Bei Hilliard, der bestimmt überpünktlich war, bedeutete »in ungefähr einer halben Stunde« genau dreißig Minuten. Die gewohnte Warteschlange vor dem Eingang hatte sich noch nicht gebildet, weil es zum Abendessen zu früh war; so war es für Metcalfe leichter, das Kommen und Gehen zu beobachten. Während er Haupt- und Nebeneingang des Restaurants von seinem Beobachtungspunkt auf den Stufen vor dem Telegrafenamt in der Gorkistraße im Auge behielt, fiel ihm ein, dass er Ted Bishop versprochen hatte, ihn wegen eines Treffpunkts anzurufen. Dieser Anruf würde warten müssen, bis er mit Hilliard gesprochen hatte. Die Schmerzen in seiner Schulter hatten ein wenig nachgelassen, aber er spürte weiter ein dumpfes Pochen und konnte den Arm kaum heben.

*

Um nicht gesehen zu werden, betrat Amos Hilliard das Aragwi durch den Hintereingang und folgte dem schwach beleuchteten Korridor zur Herrentoilette.

Er war überrascht und leicht entnervt, als er dort jemanden vorfand. Am Waschbecken stand ein Mann, der sich mit Wasser und Seife energisch die Hände wusch. Nun, das machte nichts. Hilliard würde warten. Sobald der Kerl gegangen war, würde er seine Pistole ziehen und den Schalldämpfer auf das Spezialgewinde an der Mündung schrauben. Dann würde er sich nochmals davon überzeugen, dass die Waffe durchgeladen und entsichert war.

Stephen Metcalfe würde erwarten, hier falsche Papiere und genaue Anweisungen dafür zu bekommen, wie er Russland heimlich verlassen sollte. Keinesfalls würde er damit rechnen, dass Hilliard eine Pistole mit Schalldämpfer ziehen und ihn mit zwei, drei Kopfschüssen erledigen würde.

Hilliard verabscheute diesen Auftrag, aber er hatte wirklich keine andere Wahl.

Er zögerte, sah zu dem Mann am Waschbecken hinüber, der sich bemerkenswert gründlich die Hände wusch und dabei weit mehr Schaum produzierte, als Hilliard mit dieser beschissenen Russenseife für möglich gehalten hätte.

Irgendetwas an dem Mann mit der ausdruckslosen Miene, den aristokratischen Zügen und den langen, zarten Fingern kam Hilliard quälend bekannt vor. Er überlegte, ob er dieses Gesicht schon einmal irgendwo gesehen hatte. Erst vor kurzem, dachte er; konnte das sein? Aber nein, er war nur ein bisschen nervös.

Dann sah der Mann am Waschbecken auf, ihre Blicke begegneten sich, und Amos Hilliard empfand jäh einen unerklärlichen Schauder.

*

Genau eine Minute vor der für ihren Treff vereinbarten Zeit überquerte Metcalfe die Gorkistraße und ging zum Lieferanteneingang des Restaurants weiter. Dieser Eingang war natürlich nicht abgesperrt, weil häufig Lebensmittel und Getränke angeliefert wurden; so konnte Metcalfe das Restaurant ungesehen betreten und zur Herrentoilette weitergehen, in der er sich vor wenigen Tagen mit Hilliard getroffen hatte.

In der Toilette schien niemand zu sein, und er zögerte einen Augenblick, weil er nicht wusste, ob er sich gegen die Tür lehnen sollte, wie Hilliard es getan hatte. Lieber nicht, sagte er sich dann; Hilliard musste irgendwo aufgehalten worden sein.

Er machte rasch einen Rundgang durch den Raum und kontrollierte die WC-Kabinen. In der letzten Kabine sah er Hilliard.

Genauer gesagt Hilliards Schuhe und Hose. Die Tweedhose und die festen braunen Halbschuhe des Diplomaten waren unverkennbar; sie gehörten ohne Zweifel Amos Hilliard und nicht einem Russen.

Seltsam, dachte er. Warum saß Hilliard auf dem Klo, statt wie letztes Mal am Waschbecken zu warten?

»Amos!«, rief er halblaut. Keine Antwort. »Amos«, wiederholte er besorgt.

Dann stieß er die Klotür auf, die sich langsam nach innen öffnete.

Heiliger *Jesus!* Der Anblick, der sich ihm bot, erschreckte ihn, lähmte ihn, ließ ihn mit weichen Knien zusammensacken. Nein, nicht schon *wieder!* Amos Hilliard, der aus Mund und Nase blutete, hockte mit in den Nacken gelegtem Kopf auf dem WC, sodass seine dunkel blutunterlaufenen Augen blicklos zur Decke hinaufstarrten. Sein Hals war unterhalb des Kehlkopfs fast durchtrennt. Das Würgemal, eine rasiermesserschmale Furche, trat scharlachrot hervor und ließ auf einen dünnen, hochfesten Draht als Waffe schließen. Der Diplomat war garrottiert worden wie Scoop Martin und die Männer der Pariser Station.

Nein! Hilliard musste *soeben,* erst vor wenigen Minuten ermordet worden sein – er konnte noch nicht lange hier gewartet haben. Fünf Minuten? Vielleicht sogar weniger?

Metcalfe berührte Hilliards dunkelrot angelaufenes Gesicht. Es hatte normale Körpertemperatur.

Der Mörder musste irgendwo in der Nähe sein.

Metcalfe war mit wenigen großen Schritten an der Toilettentür, aber dann zögerte er. Der Mörder konnte ihm draußen vor der Tür auflauern, wo das menschenleere Restaurant ihm reichlich Deckung bot; er konnte irgendwo im Schatten auf seine Chance warten, ihn zu überfallen.

Er riss die Tür auf, dass sie an die Wand knallte. Dabei blieb er seitlich an den Türrahmen gedrückt stehen und spähte nach draußen, um zu sehen, ob irgendwo eine Gestalt mit einer Garrotte in der Hand aus dem Schatten auftauchte. Nirgends eine Bewegung. Metcalfe war mit einem Satz auf dem Korridor, drehte sich einmal um die eigene Achse und blieb für den Notfall sprungbereit. Aber er sah niemanden. Trotzdem konnte der Mörder vor nicht mehr als zwei, drei Minuten verschwunden sein.

Metcalfe lief die nächste Treppe hinunter, wobei er immer zwei Stufen auf einmal nahm, und wäre fast mit einem Kellner zusammengeprallt, der mit einem Tablett die Treppe heraufkam. Er musterte den schmächtigen kleinen Mann in Kellnerkleidung, schätzte seine Körperkräfte ab und gelangte zu dem Schluss, er komme als Täter nicht infrage.

Ein kalter Luftzug zeigte ihm, dass die Tür des Nebeneingangs vor wenigen Sekunden geöffnet worden war. Jemand war soeben hereingekommen oder hinausgegangen, obwohl dies nicht der Weg war, auf dem Metcalfe das Restaurant betreten hatte. *Der Mörder.* Das war zumindest denkbar. Hatte er das Gebäude durch diese Tür verlassen?

Metcalfe zog die Stahltür vorsichtig einen Spalt weit auf und achtete darauf, kein Geräusch zu machen. Wenn der Mörder durch diese Tür verschwunden war und ganz normal weiterging, statt zu rennen – um auf der Straße keinen Verdacht zu erregen –, konnte er noch nicht weit sein. Er musste noch in Sichtweite sein. Falls auch nur die Spur einer Chance bestand, sich ein Überraschungsmoment zu sichern, wollte Metcalfe diese Chance nutzen. Er schlüpfte durch die schmale Öffnung, zog leise die Tür hinter sich zu und stellte erleichtert fest, dass er keinen Lärm gemacht hatte.

Er stand auf der Rückseite des Gebäudes. Große Blechtonnen quollen von übel riechenden Essensresten über. Er sah sich um, ohne jemanden zu sehen.

Wer auch immer Amos Hilliard ermordet hatte, er war spurlos verschwunden.

*

Metcalfe wusste, dass er sofort untertauchen musste, aber wohin sollte er sich wenden? Ins Metropol konnte er nicht zurück. Tatsache war, dass er als Agent »verbrannt« war. Er war dabei beobachtet worden, wie er einen toten Briefkasten geleert hatte; der NKWD wusste, dass er in geheimdienstliche Aktivitäten verwickelt war. Also musste er schleunigst aus Moskau verschwinden. Aber das war viel leichter gesagt als getan. Diesen totalitären Staat, in dem die Bürger bespitzelt und die Grenzen streng bewacht wurden, heimlich zu verlassen, war ebenso schwierig, wie es eine heimliche Einreise gewesen wäre. In seinem Zimmer im Metropol hatte er mehrere gefälschte Pässe und andere Ausweise zurückgelassen, aber die hatte der NKWD bestimmt längst beschlagnahmt.

Der weitaus klügste, zweckmäßigste Kurs war, Verbindung mit Corky aufzunehmen, damit er Metcalfe wie von Hilliard erwähnt außer Landes schaffen lassen konnte. Der Erfolg eines Unternehmens dieser Art setzte gute Koordination und viel Kuhhandel auf höchster Ebene voraus. Also genau die Dinge, auf die Corky, der auf geheimnisvolle Weise arbeitete, geradezu spezialisiert war. Außer in sehr dringenden Notfällen war nie nur ein Einzelner dafür zuständig, einen Agenten außer Landes zu schaffen.

Metcalfe wollte Lana mitnehmen. Wegen ihrer Verwicklung in Corkys Täuschungsmanöver war sie hier nicht mehr sicher. Er hatte sich vorgenommen, sie zu beschützen; jetzt würde er sie außer Landes bringen müssen.

Damit das Unternehmen anlaufen konnte, musste er Verbindung mit Corky aufnehmen, was im Augenblick vermutlich am besten über Ted Bishop möglich war. Metcalfe selbst hätte ein Auslandsgespräch nur vom Hotel Metropol aus führen können, und dorthin durfte er auf keinen Fall zurück. In Moskau konnte man nicht einfach von einer Telefonzelle aus mit dem Ausland telefonieren. Aber Amos Hilliard war tot, und Metcalfe hatte kein Funkgerät mehr.

Folglich blieb nur Ted Bishop übrig. Als Auslandskorrespondent führte er bestimmt häufig, vielleicht sogar täglich Auslandsgespräche von seinem Hotelzimmer oder vom Telegrafenamt aus. Also würde Bishop für ihn eine der Notrufnummern in London oder Washington anrufen müssen. Allein indem er einige scheinbar sinnlose Worte sagte, sobald am anderen Ende abgehoben wurde, würde er Corky alarmieren, ohne zu wissen, was er tat oder mit wem er sprach.

Und Bishop konnte ihm auch auf andere Weise helfen, falls er aus irgendeinem Grund nicht telefonieren konnte. Metcalfe erinnerte sich an die BBC-Sendungen, die er in Paris immer gehört hatte. Jeweils nach den Abendnachrichten wurden verschlüsselte Mitteilungen in Form persönlicher Grußbotschaften verlesen – Anweisungen für Agenten im Einsatz, deren wahre Bedeutung kein anderer Hörer erraten konnte. *Weshalb nicht Korrespondentenberichte auf ähnliche Weise nutzen?*, fragte Metcalfe sich. In Gedanken formulierte er schon einen harmlos klingenden Artikel, den Bishop an seine Zeitung *Manchester Guardian* schicken konnte. Beispielsweise die Besprechung eines Konzerts, vielleicht sogar eines Ballettabends. Aber bestimmte Schlüsselwörter, die in dem harmlos klingenden Bericht versteckt waren – von Corky formulierte verschlüsselte Kürzel, die den sowjetischen Zensoren nicht auffallen würden –, würden Corky gemeldet werden, ihn auf einen Notfall aufmerksam machen und bewirken, dass er entsprechende Maßnahmen ergriff. Aber dieses Verfahren würde langsamer funktionieren als ein Anruf bei der Londoner oder Washingtoner Notrufnummer, der deshalb vorzuziehen war.

Metcalfe durfte Ted Bishop natürlich nicht reinen Wein einschenken. Er durfte dem Journalisten nicht erzählen, wer er wirklich war und was er hier in Moskau tat. Er würde sich eine plausible Geschichte ausdenken müssen und beispielsweise behaupten, die sowjetischen Behörden wollten ihn als wohlhabenden Geschäftsmann im Zuge ihrer laufenden Kampagne verhaften, um alle ausländischen Kapitalisten als Spione zu diffamieren. Mehr brauchte Ted Bishop nicht zu erfahren. Mehr war angesichts der offenkundigen Abneigung des Engländers gegen das sowjetische System vermutlich auch nicht erforderlich.

Schließlich, so überlegte Metcalfe sich, hatte er auch einen Menschen belogen, der ihm weit wichtiger war, dem er weit mehr verpflichtet war ... nein, den er sehr *liebte.* Das Lügen fiel ihm allmählich beängstigend leicht.

Trotzdem stand hinter dem Namen des englischen Journalisten weiterhin ein Fragezeichen, weil nicht recht klar war, wo seine Loyalität begann und endete. Metcalfe würde vorläufig davon ausgehen müssen, dass er vertrauenswürdig war. Aber er würde im Umgang mit Bishop äußerst vorsichtig sein müssen.

Während vor dem Haupteingang des Restaurants Aragwi die Polizei vorfuhr, entfernte Metcalfe sich rasch, aber nicht verdächtig schnell von der Rückseite des Gebäudes. Eine Telefonzelle fand er einige Straßen weiter vor einer Krankenambulanz, der Moskauer Zentralklinik Nr. 22, die in einem ehemaligen Laden eingerichtet war. Die Klinik war unbeleuchtet, geschlossen; hier beobachtete ihn niemand. Er rief das Metropol an und verlangte Ted Bishop.

*

Das Gebäude Gorkistraße 7 war das riesige, imposante Telegrafenamt, das 1929 im sowjetischen Zuckerbäckerstil fertig gestellt worden war. Sein Inneres war ähnlich imposant: Es sollte die Solidität einer Zentralbank oder zumindest einer wichtigen staatlichen Einrichtung ausstrahlen, die das Amt natürlich auch war. Hier warteten Moskauer in langen Schlangen, um Telegramme an Freunde und Bekannte in abgelegenen Winkeln der Sowjetunion zu schicken, Briefmarken zu kaufen, Pakete aufzugeben oder in muffigen Kabinen Ferngespräche zu führen. Trotz der Säulen und Granitverkleidungen, der gewaltig hohen Decken und des riesigen Hammer-und-Sichel-Emblems der UdSSR an einer Wand herrschte hier die trübselige Atmosphäre aller sowjetischen Amtsgebäude. Metcalfe stand in einer schattigen Nische und wartete auf Ted Bishop.

Als er einen Mann mittleren Alters beobachtete, der in einer der Kabinen telefonierte, wurde ihm klar, wie scharf hier Telefongespräche überwacht wurden. Man musste Reisepass oder Kennkarte vorzeigen, einen Vordruck ausfüllen, das Gespräch im Voraus bezahlen und dann zweifellos damit rechnen, dass jemand mithörte. Metcalfe überlegte, ob er versuchen sollte, eine von Corkys Notfallnummern selbst anzurufen, kam aber gleich wieder davon ab. Mit seinen gefälschten russischen Papieren konnte er kein Auslandsgespräch anmelden; dafür hätte er seine wahre Identität preisgeben müssen, was jetzt viel zu gefährlich war, oder seinen auf den Namen Daniel Eigen ausgestellten Pass vorlegen müssen, was ebenso riskant gewesen wäre. Nein, Ted Bishop würde für ihn telefonieren müssen. Er konnte das tun, ohne allzu großes Aufsehen zu erregen.

Pünktlich zur vereinbarten Zeit stieß der rundliche Journalist eine der schweren Flügeltüren auf, kam mit Metcalfes Lederkoffer in der Hand herein und sah sich sorgenvoll um. Metcalfe blieb vorerst im Hintergrund und beobachtete ihn, um sich davon zu überzeugen, dass Bishop nicht beschattet wurde. Als Bishop in die Mitte der Rotunde trat und sich unterwegs mehrmals suchend umsah, blieb Metcalfe in der dunklen Nische und beobachtete den Haupteingang, um sicherzugehen, dass niemand im Kielwasser des Journalisten folgte. Niemand, der Bishop beschattete – oder mit ihm zusammenarbeitete.

Metcalfe ließ eine weitere Minute verstreichen. Bishop begann mit gereizter Miene auf und ab zu marschieren. Erst als der Journalist sich anscheinend abwenden und gehen wollte, trat Metcalfe langsam aus dem Schatten seiner Nische.

Aber Bishop, der ihn noch nicht gesehen hatte, schien jemandem ein Zeichen zu geben, indem er mit den Fingern der erhobenen Linken schnippte. Metcalfe erstarrte, blieb in der Nische, beobachtete weiter.

Ja, Bishop gab eindeutig Zeichen. Aber *wem?*

Und dann sah Metcalfe, wem dieses Signal galt.

Am Ende der langen Schalterhalle, die an eine Großbank erinnerte, öffnete sich eine Tür, und ein blonder Mann trat heraus.

Der Blonde mit den blassgrauen Augen. Sein NKWD-Verfolger ging zu Bishop und fing an, hastig auf ihn einzureden. Die beiden sprachen vermutlich Russisch miteinander.

Metcalfe erstarrte innerlich. *Großer Gott! Ted Bishop war ein Verräter.*

Die schreckliche Wahrheit brach über ihn herein: die unersättliche, joviale, journalistische Neugier, die bohrenden Fragen. Die sowjetfeindlichen Ausfälle, die dunklere Bindungen anzudeuten schienen. Die Trunkenheitsszene in seinem Hotelzimmer, als Bishop ins Bad gelaufen war, um sich zu übergeben. Das musste eine List gewesen sein, ein Vorwand, um Metcalfes Habseligkeiten, zu denen Agentenutensilien wie die Schlüsselunterlagen im hohlen Griff des Rasierpinsels und falsche Papiere in verschiedenen Ausfertigungen gehörten, durchsuchen zu können. Während Bishop so getan hatte, als übergebe er sich im Bad, musste er alles durchsucht und die Wahrheit über Metcalfe herausbekommen haben. Vielleicht hatte er einen Tipp vom NKWD bekommen, nachdem dieser Metcalfes Zimmer durchwühlt hatte. Vielleicht hatte er die begonnene Durchsuchung im Auftrag des NKWD fortgesetzt.

Alles war möglich. Der Journalist arbeitete seit Jahren in Moskau und wurde von den hiesigen Behörden geduldet. Abmachungen mussten getroffen, Kompromisse geschlossen worden sein. Oder noch Schlimmeres. Der NKWD warb gelegentlich Ausländer an; Ted Bishop war offenbar einer von ihnen.

Man sollte immer alle Fluchtwege kennen, hatte Corky gepredigt. Aber dafür hatte Metcalfe keine Zeit gehabt. Unter Zeitdruck hatte er die Sicherheitsmaßnahmen vernachlässigt, auf die er am dringendsten angewiesen war.

Metcalfe ging rasch den äußersten Rand des großen Foyers entlang und blieb im Halbdunkel, bis er den Ausgang erreicht hatte. Dort wartete er, bis ein Paar, das sich lautstark stritt, das Gebäude verließ, und schlüpfte dicht hinter den beiden auf die Straße hinaus.

Dann steigerte er sein Tempo, bis er die Gorkistraße entlangtrabte. Er musste Lana im Bolschoitheater erreichen und sie warnen.

Falls es nicht schon zu spät war.

Kapitel Neunundzwanzig

Die Fassade des Bolschoitheaters war dramatisch beleuchtet, aber vor dem Theater war alles ruhig, was Metcalfe verriet, dass die Abendvorstellung längst begonnen hatte. Er ging um das Gebäude herum, bis er den Bühneneingang fand. Die Tür war abgesperrt, aber er hämmerte mit der Faust dagegen, bis sie von einem großen, hageren, glatzköpfigen Wachmann mit goldgeränderter Brille geöffnet wurde. Auf dem Aufnäher auf der Brusttasche seines marineblauen Blazers stand STAATLICHES AKADEMISCHES BOLSCHOITHEATER – SICHERHEITSDIENST. Diese vier Wörter standen auch vorn auf seiner Schirmmütze.

Das anfängliche Misstrauen des Wachmanns legte sich, als er sah, wer vor dem Bühneneingang stand.

In einem weißen Arztmantel, mit einem Stethoskop um den Hals und einer schwarzen Arzttasche in der Hand, gab Metcalfe einen überzeugenden russischen Arzt ab. Vervollständigt wurde die Verkleidung durch seinen überheblichen, sogar gebieterischen Blick.

Es war ein Kinderspiel gewesen, in die ärmlich aussehende Klinik einzubrechen. Die Sicherheitsmaßnahmen der Krankenambulanz waren praktisch nicht existent; mit seinem Dietrich hatte er das einfache Türschloss sekundenschnell geöffnet. Drinnen hatte er rasch den Kleiderschrank gefunden und einen frisch gewaschenen weißen Arztmantel herausgenommen; aus einem weiteren Schrank stammten das Stethoskop und die schwarze Arzttasche. Das Ganze hatte keine fünf Minuten gedauert.

»Ja, Doktor?«

»Ich bin Dr. Tschawadse«, sagte Metcalfe, der sich ausrechnete, dass dieser georgische Name seinen leichten Akzent erklären würde. »Ich bin gerufen worden, um eine der heute auftretenden Tänzerinnen zu behandeln.«

Der Wachmann zögerte. »Welche?«

»Woher soll ich das wissen, verdammt noch mal? Sie tanzt bestimmt eine der Hauptrollen, sonst hätte man mich nicht von einer Abendeinladung weggeholt. Anscheinend liegt ein dringender Fall vor – eine schwere Zerrung. Lassen Sie mich jetzt bitte sofort zu den Garderoben bringen.«

Der Wachmann nickte und öffnete die Tür ganz. »Bitte treten Sie ein. Ich lasse Sie sofort hinbringen, Doktor.«

*

Ein junger, schmuddelig wirkender Bühnenarbeiter mit pubertärem Milchbart führte Metcalfe durch das Labyrinth aus schlecht beleuchteten Korridoren hinter der Bühne des Bolschoitheaters. »Wir steigen drei Ebenen rauf und gehen links von der Bühne weg«, flüsterte der junge Mann und hielt dann den Mund, weil die Vorstellung lief. Metcalfe hörte das Orchester Tschaikowsky spielen und erkannte ein Thema aus dem zweiten Akt von *Schwanensee.*

Im Vergleich zur Pracht der Zuschauerräume waren die Räume hinter der Bühne überraschend schmutzig. Sie kamen an übel riechenden Toiletten vorbei, gingen niedrige Korridore entlang, in denen Bodenbretter fehlten, und balancierten über rostige Stege. Hier und da standen kostümierte, stark geschminkte Tänzer und Tänzerinnen herum und rauchten. Hinter der Bühne hörte Metcalfe das sehnsüchtige Klagelied einer Oboe, dann fielen eine Harfe und mit anschwellendem Ton die Streicher ein, und er erkannte die wundervolle Melodie des Pas de deux des zweiten Akts. Ein geisterhaft wirkender blassblauer Lichtstrahl zerschnitt das Dunkel hinter der Bühne; Metcalfe blieb stehen und stellte fest, dass er die Bühne und einen Teil des Parterres sehen konnte.

»Augenblick«, sagte er und hielt den Bühnenarbeiter an der Schulter fest. Der junge Mann starrte ihn an, als wundere er sich darüber, dass der Arzt sich für die Vorstellung interessierte.

Das Bühnenbild verströmte leuchtenden Zauber: ein See im Mondschein, dahinter eine gemalte Waldkulisse, im Vordergrund ein paar einzelne Bäume – und in der Mitte Lana. Metcalfe beobachtete sie fasziniert.

Als Schwanenkönigin Odette trug Lana ein eng sitzendes, mit Federn und Tüll besetztes Tutu, das ihre schmale Taille betonte. Auf ihrem zu einem straffen Nackenknoten zusammengefassten Haar trug sie einen Federkopfschmuck. Sie wirkte zart und zerbrechlich, erstaunlich vogelähnlich. Während sie mit Prinz Siegfried tanzte, wurden sie von Schwanenjungfern umkreist, die nacheinander abtraten, bis Odette und Siegfried allein zurückblieben. Er hob sie elegant, setzte sie sanft ab, wobei seine Hände ihren Körper umschlossen; sie umarmte ihn, legte ihren Schwanenhals zärtlich an seinen. Metcalfe empfand lächerliche Eifersucht wie einen Stich ins Herz.

Dabei war dies nur ein Tanz, sonst nichts: Lanas Arbeit, ihr Job, bei dem der Prinz nur ein Arbeitskollege war.

»Also gut«, sagte Metcalfe. »Bringen Sie mich in die Garderobe. Dort kann ich bis zur Pause auf sie warten.«

»Sorry, aber eigentlich dürften Sie gar nicht hier sein«, sagte eine ruhige Stimme, die Englisch mit russischem Akzent sprach.

Metcalfe drehte sich perplex um – konnte das der schweigsame Bühnenarbeiter gewesen sein? – und sah dann, wer gesprochen hatte. Er erkannte das blonde Haar, die blassgrauen Augen.

Der NKWD-Mann! Er stand kaum zwei Meter von ihm entfernt und hatte seine Pistole auf ihn gerichtet.

»Ja, Sie sind der Spion«, fuhr der NKWD-Agent mit kaum hörbarer Stimme fort. Der junge Bühnenarbeiter beobachtete ihn sichtlich erschrocken. »In dieser Maskerade habe ich Sie im ersten Augenblick nicht erkannt. Nun, wenn Sie Miss Baranowa auf der Bühne sehen wollten, hätten Sie wie jedermann eine Eintrittskarte kaufen sollen. Unbefugte haben hinter der Bühne nichts zu suchen. Kommen Sie bitte mit.«

Metcalfe lächelte. »Eine Schusswaffe ist wertlos«, antwortete er, »außer Sie wollten sie wirklich gebrauchen. Und ich kann mir nicht vorstellen, dass Sie mitten in einem Pas de deux herumballern wollen. Das würde Miss Baranowas Konzentration stören und den Kunstgenuss des Publikums trüben, nicht wahr?«

Der Blonde nickte mit ausdrucksloser Miene. »Mir wär's lieber, wenn ich nicht schießen müsste, aber stünde ich vor der Wahl, Sie entkommen zu lassen oder die Vorstellung zu stören … Nun, da hätte ich eigentlich keine Wahl.«

»Eine Wahl hat man immer«, sagte Metcalfe und wich dabei langsam zurück. Er spürte das Gewicht der Pistole in der Innentasche seiner Jacke, aber es war nicht beruhigend, weil der Russe abdrücken würde, bevor er die Waffe ziehen konnte. Die ruhige Gelassenheit des NKWD-Manns sagte Metcalfe, dass der Russe nicht zögern würde, ihn zu erschießen.

»Lassen Sie Ihre Hände, wo ich sie sehen kann«, wies der Blonde ihn an.

Metcalfe sah nach links, begutachtete die Seile und Flaschenzüge, die er in Reichweite hatte. Hoch über ihnen hing ein unten mit Blei beschwerter zweiteiliger Samtvorhang, der von einem Seil gerafft und fixiert wurde. Metcalfe legte die Hände auf den Rücken und wich so zurück, als habe der NKWD-Agent ihn eingeschüchtert. »Nicht schießen!«, sagte er mit ängstlicher, leicht zitternder Stimme. »Sagen Sie mir einfach, was Sie wollen.«

Das *Seil!* Es war da; er konnte es ertasten! Hinter seinem Rücken, wo der Russe sie nicht sehen konnte, machten seine Finger sich daran, den Knoten zu lösen.

Der NKWD-Mann gestattete sich ein schwaches Lächeln, das eher wie ein höhnisches Grinsen aussah. »Mit Ihrem Theater können Sie mich nicht täuschen. Hier können Sie nicht wieder flüchten, hier gibt's keine Fluchtwege. Ich schlage vor, dass Sie unauffällig mitkommen.«

»Und was dann?«, fragte Metcalfe.

Endlich war der Knoten gelöst. Das Seil schnellte sofort nach oben, und der schwere Vorhang rauschte herab – genau auf den Blonden zu. Der Russe hörte das Rauschen, hob den Kopf und brachte sich mit einem Sprung in Sicherheit, bevor die mit Blei beschwerten Stoffmassen ihn trafen. Aber er war aus dem Gleichgewicht gebracht, hielt seine Pistole nicht mehr schussbereit, zielte damit nicht mehr auf Metcalfe. Der junge Bühnenarbeiter jaulte kurz auf und rannte davon.

Metcalfe flüchtete jedoch nicht, sondern stürzte sich auf den Blonden. Er prallte mit dem NKWD-Agenten zusammen, warf ihn zu Boden, hielt ihn unter sich fest und rammte ihm ein Knie in den Magen.

Aus dem Zuschauerraum kam plötzlich lautes Stimmengewirr. Das Orchester spielte nicht mehr; auf der Bühne und im Saal herrschte Chaos! Aber Metcalfe konnte nicht aufblicken, um festzustellen, was passiert war. Der Blonde setzte sich zur Wehr, drehte und wand seinen Körper und versuchte, Metcalfe mit starken Armen wegzustoßen, aber er war von dem Zusammenprall noch halb benommen. Plötzlich traf etwas Hartes Metcalfes Hinterkopf – so kräftig, dass er Blut schmeckte. Das war der Pistolengriff des NKWD-Mannes: Dem Russen war es gelungen, die rechte Hand zu befreien und mit der Waffe zuzuschlagen.

Metcalfe grunzte; dann rammte er dem NKWD-Agenten sein Knie noch kräftiger in den Magen und entwand ihm gleichzeitig die Waffe. Er holte aus und traf den Russen mit dem Pistolengriff so fest an der Schläfe, dass er zuerst fürchtete, er habe ihn erschlagen.

Der Körper des Blonden wurde schlaff, seine Arme sanken herab, und Metcalfe konnte das Weiße seiner Augen sehen. Er war bewusstlos – aber wie lange?

Jetzt erklangen die Schreie aus allen Richtungen. Männer kamen auf ihn zu, Bühnenarbeiter, die sich beeilten, den Eindringling zu fassen. Metcalfe sprang auf, sah sich umzingelt!

Er warf sich nach rechts herum, rannte zu einer Eisenleiter und stieg sie hastig hinauf. Sie führte zu einer aus

Metallrohren und Holzbohlen konstruierten Brücke direkt über der Bühne. Sobald Metcalfe die Brücke erreichte, zog er die Leiter hoch, damit niemand ihm folgen konnte. Als er über die Brücke lief, sah er zum ersten Mal, was geschehen war, als er das Seil gelöst hatte. Kein Wunder, dass die Musik verstummt war und im Zuschauerraum eine wüste Kakophonie herrschte. Metcalfe hatte einen schweren Samtvorhang vor der Bühne herabgehen lassen und die Vorstellung jäh unterbrochen. Das Publikum war begreiflicherweise verwirrt, und viele Leute drängten zu den Ausgängen, weil sie fürchteten, irgendwo im Theater sei ein Brand ausgebrochen.

Die Brücke führte zu einem weiteren Steg in luftiger Höhe. Metcalfe rannte den schmalen Metallsteg entlang, bis er eine Luke erreichte, die mit einer Holztür gesichert war. Die Schreie von unten wurden lauter, aufgeregter, während Bühnenarbeiter versuchten, den Eindringling im weißen Arztmantel zu fassen, der mitten in *Schwanensee* den Vorhang hatte fallen lassen. Metcalfe zog die schwere Tür auf. Dahinter lag ein Gang, in dem es stockfinster wurde, als die Tür wieder zufiel. Metcalfe tastete sich durch den niedrigen Laufgang weiter. Die Stimmen, die Schreie auf der Bühne unter ihm klangen jetzt gedämpft. Er stolperte weiter und streckte dabei die Hände aus, um vor unsichtbaren Hindernissen sicher zu sein.

Ein schmaler Lichtstreifen quer über dem Fußboden kündigte eine weitere Tür an; Metcalfe machte Halt, tastete nach dem Türrahmen und fand die Klinke dieser nächsten Tür. Als er sie herabdrückte und die Tür aufstieß, befand er sich auf einem schlecht beleuchteten Korridor, der ihm vage bekannt vorkam. Ja! Er war ihn entlanggegangen, als er Lana neulich in ihrer Garderobe aufgesucht hatte. Im nächsten Augenblick hatte er die Orientierung wiedergefunden, ging in entgegengesetzter Richtung weiter, bog um eine Ecke und befand sich auf dem langen Flur zwischen den Künstlergarderoben. Die dritte Tür, auf der BARANOWA, S. M. stand, war einen Spalt weit offen.

Metcalfe rannte darauf zu, hörte Stimmen aus der Garderobe. Sie war dort drinnen! Lana trug noch das schneeweiße Kostüm der Schwanenkönigin, hatte den Federkopfschmuck auf und sprach mit einem jungen Bühnenarbeiter mit rosigen Pausbacken.

»Das hat nichts zu bedeuten«, versicherte der junge Mann der Primaballerina. »Kein Grund zur Besorgnis – eine Panne in der Bühnentechnik, bestimmt nicht mehr.«

»So was Verrücktes!«, sagte Lana aufgeregt. »Das ist noch nie passiert! Wo ist der Direktor, der Inspizient? Jemand muss vor den Vorhang treten und die Leute beruhigen!«

Sie sah auf, holte erschrocken tief Luft. »Stiwa!«, rief sie aus. »Was tust du hier? Was ...?«

»Keine Zeit, Lana. Hör mir zu!« Sein fragender Blick galt dem Bühnenarbeiter.

»Keine Sorge, Stiwa. Dies ist mein Freund Ilja. Du erinnerst dich? Der mich angerufen hat, um mich zu warnen.«

»Nein, tut mir Leid, Lana. Wir müssen unter vier Augen miteinander reden.« Er deutete auf die Tür. Ilja nickte verlegen und ging hastig hinaus.

Lana warf sich in Metcalfes Arme und drückte ihn an sich. Sie war für die Bühne stark geschminkt, und ihre Augen waren dick schwarz umrandet, aber das tat ihrer Schönheit keinen Abbruch. »Was tust du hier? Wie kommst du zu diesen ... Ich sehe, dass du als Arzt verkleidet ins Theater gelangt bist, aber du hättest nicht herkommen dürfen! Stiwa, was ist passiert?«

»Lana, alles ist zu riskant geworden! Ich verlasse Russland, und ich möchte, dass du mitkommst.«

»*Was*? Wieso das!«

Metcalfe erzählte ihr rasch von Ted Bishop, von dem NKWD-Agenten, der ihn an dem toten Briefkasten beobachtet hatte. »Daraus sind Schlussfolgerungen gezogen worden. Sie wissen von mir; sie haben beobachtet, wie ich Dokumente abgeholt habe. Sie wissen von meinen Kontakten zu dir. Es liegt auf der Hand, eine Verbindung zwischen uns herzustellen, und das darf ich nicht zulassen. Das *will* ich nicht zulassen!«

»Stiwa!«, sagte Lana ernst. »Hier ist alles riskant, was immer ich tue. Aber ich tue es nicht, weil du mich dazu gezwungen hast, sondern weil ich glaube, damit bestimmt etwas Gutes zu bewirken – für mein Land ebenso wie für meinen Vater. Ich komme *nicht* mit, verstehst du? Und jetzt musst du schleunigst verschwinden!«

»Ich will aber nicht ohne dich gehen.«

Sie schüttelte ängstlich den Kopf. »Nein, Stiwa. Ich kann nicht aus Russland fort.«

»Aber hier bist du nicht *sicher*.«

»Ich lebe nicht hier, weil ich hier sicher bin. Russland ist meine Heimat. Ich gehöre hierher.«

»Lana ...«

»*Nein*, Stiwa!«

Es war zwecklos, mit ihr zu diskutieren; dabei konnte man nur in Zorn geraten. Metcalfe zog den weißen Mantel aus und stopfte ihn mit dem Stethoskop in die leere schwarze Arzttasche. »Wenn du nicht mitkommst, muss ich irgendwie unerkannt rauskommen, aber ich fürchte, dass zu viele Leute mein Gesicht gesehen haben. Sie werden alles durchsuchen. Sie können jede Minute hier aufkreuzen.«

»Warte«, sagte Lana. Sie öffnete die Tür, trat auf den Korridor hinaus. Metcalfe hörte sie ganz in der Nähe mit jemandem sprechen. Eine Minute später kam sie zurück. »Ilja wird dir helfen.«

»Du vertraust ihm?«

»Ich würde ihm mein Leben anvertrauen. Und deshalb auch deines. Er kennt alle Möglichkeiten, hier ungesehen rauszukommen, und fährt einen Requisitenwagen – also kann er dich aus Moskau rausbringen.«

»Aber wohin?«

»In einem der Außenbezirke steht ein Lagerhaus, in dem das Bolschoi größere Requisiten und Kulissen lagert, die gerade nicht gebraucht werden. Dort werden auch Bühnenbilder hergestellt. Ich kenne den Wachmann, du kannst ihn leicht – und mit wenig Geld – bestechen.«

Metcalfe nickte. »In diesem Lagerhaus gibt's ein Versteck für mich?«

»Mehr als nur eines. Zumindest für ein paar Tage.«

»So lange brauche ich nicht. Ich brauche nur einen sicheren Ort, von dem aus ich arbeiten und an dem ich mir die nächsten Schritte überlegen kann.«

Dann wurde an die Tür geklopft. Ilja kam herein und hielt Metcalfe eine Gesichtsmaske und ein schwarzes Gewand mit Kapuze hin. »Eines von Baron von Rothbarts Kostümen«, sagte er dabei. »Das Reservekostüm, das er nie trägt.«

Metcalfe war beeindruckt, als er das Kostüm entgegennahm. »Der böse Geist. Der Zauberer, der Odette als

Schwan gefangen hält. Gute Idee. Nur so kann ich hier mit einer Maske vor dem Gesicht herumlaufen.«

Ilja lächelte geschmeichelt. »Für Lanas Freund tue ich alles.« Er wandte sich an die Tänzerin. »Lana, dir soll ich von Grigorjew bestellen, dass er die Vorstellung unverzüglich fortsetzen will.«

»Stiwa«, sagte Lana. Sie zog ihn erneut an sich, schlang ihm die Arme um den Hals. »Ich brauche dir nicht zu sagen, dass ich lieber bei dir als unten auf der Bühne wäre.«

»Dort gehörst du hin«, stellte Metcalfe fest. »Auf die Bühne.«

»Sag das nicht!«

»Aber das stimmt«, sagte Metcalfe. »Das war nicht herabsetzend gemeint. Dort bist du einfach am lebendigsten.«

»Nein«, widersprach sie. »Am lebendigsten fühle ich mich, wenn ich mit dir zusammen bin. Aber auch dies ...« Ihre Handbewegung umfasste ihr Kostüm, dann die Garderobe, in der sie standen. »... auch das hier gehört zu mir. Wir sehen uns bald wieder, mein Stiwa. Ilja wird sich gut um dich kümmern.« Sie küsste ihn, dann hastete sie hinaus.

*

Auf dem Korridor zwischen den Garderoben wimmelte es jetzt von Tänzern und Tänzerinnen, die in ihren Kostümen zur Bühne eilten. Eine ältliche Inspizientin in einem hochgeschlossenen schwarzen Kleid klatschte laut in die Hände und forderte sie auf, sich zu beeilen. In diesem Chaos konnte Ilja sich mit Metcalfe, der die kunstvolle Gesichtsmaske und das schwarze Gewand trug, unbeachtet bewegen. Wer nicht sehr genau hinsah, musste Metcalfe für den Tänzer halten, der den Baron von Rothbart gab; die einzige Gefahr war, dass der echte Rothbart auftauchen würde, aber zum Glück tat er das nicht.

Dann sah Metcalfe inmitten der zur Bühne strömenden Tänzer und Tänzerinnen zwei Wachleute. Sie starrten in die Gesichter der Vorbeihastenden und stellten laute Fragen. Metcalfe, der auf Armeslänge an einem von ihnen vorbeikam, machte sich darauf gefasst, angehalten und befragt zu werden, aber man hätte glauben können, er sei unsichtbar. Die Wachleute beachteten ihn überhaupt nicht. Die Maske verbarg nicht nur sein Gesicht, sondern diente auch als Legitimation. Er eilte offensichtlich auf die Bühne, deshalb durfte er nicht angehalten werden.

Das Risiko, entdeckt zu werden, schien geringer zu sein, sobald sie auf einen wohl selten benutzten Korridor abbogen, der zu einer steilen Hintertreppe führte. Ilja machte eine knappe Handbewegung. Sie hasteten lautlos die schlecht beleuchtete Treppe hinunter.

Aber ein Stockwerk tiefer trat ein weiterer Wachmann ins Treppenhaus. Er hob eine Hand, um sie aufzuhalten.

Metcalfes Magennerven verkrampften sich.

»He, Wolodja!«, rief Ilja jovial aus. »Was zum Teufel ist hier los?«

Der Wachmann kannte Lanas Freund! »Wir suchen einen Kerl, der einen weißen Arztmantel trägt«, sagte der Uniformierte.

»Arzt? Hab keinen gesehen, tut mir Leid«, antwortete Ilja. »Aber wenn mein Freund hier nicht in dreißig Sekunden auf der Bühne ist, muss ich mir eine andere Arbeit suchen.« Er rannte weiter die Treppe hinunter, und Metcalfe blieb dicht hinter ihm.

»Augenblick!«, rief der Wachmann ihnen nach.

Ilja drehte sich um. Metcalfe erstarrte.

»Du hast versprochen, mir zwei Eintrittskarten für Samstagabend zu besorgen«, fuhr der Uniformierte fort. »Wo sind sie?«

»Lass mir noch ein bisschen Zeit«, wehrte Ilja ab. »Kommen Sie, Baron, wir müssen uns beeilen.« Er hastete, dicht gefolgt von Metcalfe, die Treppe hinunter.

Unten ging Ilja weiter durch ein Labyrinth aus Korridoren voraus, bis sie ein Stahltor erreichten. Dort fummelte er am Schloss der ins Tor eingesetzten Fußgängertür herum, bis sie sich endlich aufreißen ließ. »Eingang für Tiere«, erklärte er Metcalfe.

»Tiere?«

»Pferde, Bären, manchmal sogar Elefanten, wenn wir *Aida* aufführen. Die Viecher dürfen den Bühneneingang nicht benützen, das können Sie mir glauben. Schon deshalb nicht, weil sie alles voll scheißen.«

Metcalfe nahm die Maske ab. Sie hasteten durch einen langen, gemauerten Tunnel, in dem es stark nach Mist roch und dessen Betonboden mit Stroh bedeckt war. Er endete an einer überdachten Ladebucht, vor der mehrere Kastenwagen mit der Beschriftung STAATLICHES AKADEMISCHES BOLSCHOITHEATER standen. Ilja rannte zu einem großen Schiebetor, sperrte es auf und schob es dann beiseite. Draußen brauste der Großstadtverkehr vorbei. Der junge Mann kletterte ins Fahrerhaus eines Kastenwagens. Metcalfe lief zur Hecktür, riss sie auf und kletterte hinein. Der Laderaum stand voller riesiger bemalter Kulissensegmente, aber irgendwie gelang es

Metcalfe doch, sich hineinzuquetschen und die Tür zuzuknallen.

Der Anlasser wimmerte, dann sprang der Motor endlich an. Ilja ließ ihn mehrmals aufheulen, bevor er den ersten Gang einlegte und anfuhr.

Metcalfe sank auf den rostigen Stahlboden, der stark vibrierte, als das Fahrzeug beschleunigte. Der Gestank nach nur teilweise verbranntem Treibstoff war erstickend.

Er versuchte, es sich für die lange Fahrt in die Außenbezirke bequem zu machen. Obwohl es hier hinten stockfinster war, stand Lanas Bild strahlend, hell leuchtend vor seinem inneren Auge. Er dachte daran, wie sie seine Warnung abgetan, wie sie ihn zum Abschied geküsst hatte und hinausgelaufen war. An ihre Tapferkeit, ihre Unerschrockenheit. An ihre Leidenschaftlichkeit.

Und wie sie sein Angebot, sie außer Landes zu schaffen, zurückgewiesen hatte. Er war enttäuscht, zutiefst betrübt, aber andererseits konnte er sie auch verstehen. Sie konnte ihren Vater und ihr Heimatland nicht verlassen. Nicht einmal um ihres Stiwa willen. Ihre Heimatliebe war stärker; das war die traurige Wahrheit.

Plötzlich bremste das Fahrzeug, dann hielt es, und der Motor wurde abgestellt. Dabei waren sie vom Bolschoitheater aus noch keine fünf Minuten unterwegs. Was war passiert – war Ilja etwa von der Polizei angehalten worden? Der Motor war nicht abgestorben, er war abgestellt worden. An einer Verkehrsampel hätte Ilja ihn nie abgestellt. Metcalfe horchte auf irgendein Signal, vielleicht auf Stimmen. Aber draußen war nichts zu hören.

Metcalfe stand auf und kletterte hinter eine der großen Leinwände, um unsichtbar zu sein, falls der Kastenwagen durchsucht wurde. Er blieb zwischen zwei Kulissenteilen stehen und wartete.

Die Hecktür des Kastenwagens wurde aufgerissen und grelles gelbliches Licht überflutete sein Inneres. Metcalfe blieb bewegungslos stehen und hoffte, eine etwaige Durchsuchung des Fahrzeugs werde rasch und flüchtig vorgenommen werden. Jeder Kontrolleur würde Kulissen aus dem Bolschoi sehen, sich damit zufrieden geben und die Tür wieder zuknallen, damit sie weiterfahren konnten.

Warum?, fragte er sich. *Warum sind wir angehalten worden?*

»Er ist dort hinten!«, rief eine Stimme.

Das war Iljas Stimme; Metcalfe erkannte sie deutlich.

Dann waren weitere Stimmen zu hören, denen hohle Schritte folgten, als jemand auf den Blechboden des Kastenwagens kletterte. Metcalfe erstarrte. Er hörte wieder die Stimme, die er für Iljas hielt: »Glaubt mir, er ist dort drinnen.«

Aber das konnte nicht Ilja sein! Und falls er's doch war – mit wem sprach er?

Die bemalte Leinwand wurde weggerissen, sodass Metcalfe exponiert dastand. Zwei Männer hielten Taschenlampen auf ihn gerichtet. Zwei uniformierte Männer. In Bolschoi-Uniformen? Waren sie Wachleute?

Nein. Er erkannte die Uniformen, das Schlange-und-Dolch-Emblem auf den Schulterstücken. Aber er konnte sich keinen Reim darauf machen!

Die beiden Männer packten ihn, zerrten ihn aus dem Laderaum. Widerstand war zwecklos, das sah Metcalfe sofort: Das Fahrzeug war von Uniformierten umgeben. Ilja rauchte eine Zigarette und sprach mit einigen von ihnen, wobei seine ungezwungene Art erkennen ließ, dass diese Männer ihm nicht aufgelauert hatten. Er war nicht in eine Straßenkontrolle geraten. Dies waren Leute, die er kannte, oder zumindest Leute, in deren Gegenwart er sich wohl fühlte: Männer mit denen er *zusammenarbeitete.*

Das Fahrzeug stand auf einem Innenhof, den Metcalfe bisher nur von unscharfen Fotos kannte. Ein Ort, von dem er nie geglaubt hätte, dass er ihn einmal mit eigenen Augen sehen würde.

Handschellen schlossen sich klickend um seine Gelenke; er wurde, von Uniformierten umringt, weitergestoßen.

»Ilja!«, rief Metcalfe. »Klären Sie dieses Missverständnis auf!«

Aber Ilja kletterte bereits wieder ins Fahrerhaus seines Kastenwagens. Er warf seine Zigarette auf den betonierten Hof und winkte den Männern freundlich zu, bevor er den Motor anließ und davonfuhr.

Die Wachen schoben Metcalfe durch ein Torgewölbe, dessen gelbes Klinkermauerwerk ihm entsetzlich vertraut war.

Er war im NKWD-Hauptquartier.

In der Lubjanka.

Kapitel Dreißig

Von einem Albtraum zu sprechen, wäre nicht treffend gewesen: Albträume enthalten stets den winzigsten Kern der Erkenntnis, dass sie lediglich Träume sind, dass man aus ihnen erwachen kann und von allen Schrecken befreit sein wird. Metcalfe wusste, dass dies kein Albtraum war. Es war Wirklichkeit, seine Realität, und das Schlimmste daran war, dass es keinen Ausweg gab. Bei seiner Arbeit für Alfred Corcorans Organisation war er im letzten Jahr mehr als einmal in verdammt gefährliche Situationen geraten. Er war kurz davor gewesen, enttarnt zu werden, wäre mehrmals um ein Haar verhaftet worden. Er war angeschossen, beinahe erschossen worden. Und Freunde oder Menschen, die er sehr schätzte, waren ermordet worden.

Aber das alles verblasste jetzt zur Bedeutungslosigkeit.

Er befand sich in einer Zelle des berüchtigten Lubjanka-Gefängnisses; er war in einer anderen Welt, aus der keine Flucht möglich war, in der ihm seine Fertigkeiten, die ihm schon oft aus der Klemme geholfen hatten, nichts mehr nützen würden. Er hatte keine Ahnung, wie lange er schon in dieser Zelle war: Zehn Stunden? Zwanzig? Es gab keine Möglichkeit, die Zeit zu messen: keine auf- und untergehende Sonne, keinen geregelten Tagesablauf, keine Regelmäßigkeit von Vorgängen.

Metcalfe war in einer schmalen unterirdischen Einzelzelle untergebracht, die ungeheizt und eiskalt war. Er lag auf einem eisernen Feldbett, dessen kaum fünf Zentimeter dicke Matratze nach den unzähligen Gefangenen stank, die schon auf ihr gelegen hatten. Die kratzige graue Wolldecke war viel zu kurz; sie reichte nur aus, um ihn von den Füßen bis zur Taille zu bedecken, während der Oberkörper frei blieb.

Er war erschöpfter als je zuvor in seinem Leben, aber er konnte nicht schlafen: An der Decke seiner Zelle brannte eine gleißend helle Lampe, die niemals ausging, und durch die Schlitze in der Tür fiel grelles elektrisches Licht herein. Seine Wärter wollten nicht, dass er schlief; Erschöpfung – körperliche und geistige Übermüdung – war ihr Ziel. Ungefähr einmal pro Minute wurde der Metalldeckel vor dem Türspion weggeschoben, und ein Auge spähte prüfend in die Zelle. Zog Metcalfe sich die kurze Decke übers Gesicht, riss ein Wärter die Tür auf und blaffte ihn an, er dürfe sein Gesicht nicht verdecken. Und drehte er sich nach der Wand um, wurde er angebrüllt, er solle sein Gesicht der Tür zukehren.

In der Zelle war es so kalt, dass er seinen Atem sehen konnte und ständig vor Kälte zitterte. Er hatte sich ausziehen müssen; seine Kleidung war ihm weggenommen und mit Rasierklingen aufgeschlitzt worden; alle Metallknöpfe wurden abgeschnitten und der Gürtel aus der Hose gezogen.

Metcalfe hatte sich einer Leibesvisitation unterziehen müssen. Anschließend war er unter die Dusche geschickt worden, hatte aber kein Handtuch bekommen, mit dem er sich hätte abtrocknen können. Er hatte mühsam seine aufgeschlitzten Kleidungsstücke anziehen müssen und war dann über einen eiskalten Hof in einen anderen Gebäudeteil geführt worden, in dem er seine Fingerabdrücke abgeben musste und von vorn und im Profil fotografiert wurde.

Metcalfe wusste ziemlich viel über die Lubjanka, aber was er wusste, war lediglich das trockene, leidenschaftslose Zeug aus Einsatzbesprechungen, Geheimdienstmeldungen und gelegentlichen Flüsterkampagnen. Er wusste, dass das älteste Gebäude des Lubjanka-Komplexes vor der Revolution die Zentrale der Allrussischen Versicherungsgesellschaft gewesen war.

Und er wusste, dass die Tscheka, die erste Geheimpolizei der Sowjetmacht, das Gebäude für ihre Zwecke mit Dienstzimmern, Vernehmungsräumen und Haftzellen umgebaut hatte.

Er wusste, dass dies eine Todesfabrik war, dass wichtige Häftlinge im Keller des am strengsten bewachten Gebäudes Nr. 1 Dserschinski-Straße hingerichtet wurden. Sollte ein Häftling hingerichtet werden, wurde er in einen Kellerraum geführt, in dem eine Plane auf dem Fußboden ausgebreitet war, und gleich beim Hereinkommen oder etwas später wurde er, vor der Wand stehend, mit einem Genickschuss aus einer achtschüssigen Tokarev-Pistole liquidiert. Die Scharfrichter, überwiegend Analphabeten, wurden gut entlohnt, aber die blutige Arbeit forderte ihren Tribut: Trunksucht und Selbstmorde grassierten unter den Männern, die sie verrichteten.

Unmittelbar danach wurde die Leiche abtransportiert und in einem Massengrab verscharrt. Eine Putzfrau kam und wischte auf. Der von einem NKWD-Arzt ausgestellte Leichenschein war das letzte Stück Papier, das zur Akte des Hingerichteten kam. Außer bei prominenten Opfern wurde den Angehörigen stets mitgeteilt, der Hingerichtete sei zu zehn Jahren Haft ohne Korrespondenzrecht verurteilt worden, und das war dann jeweils die letzte Nachricht, die seine Familie erhielt.

Alles das wusste Metcalfe, aber was er *nicht* wusste, war weit mehr. War er von irgendjemandem verraten worden – oder hatte der NKWD einfach nur beschlossen, es sei Zeit, ihn aus dem Verkehr zu ziehen? Er war in der Nähe eines toten Briefkastens gesehen worden; sein Hotelzimmer war durchsucht worden; sein Funkgerät war gefunden worden. Es gab ein Dutzend Gründe, ihn zu verhaften.

Aber weshalb hatte ihn ausgerechnet Lanas Freund, ihr persönlicher Assistent Ilja – ein Mann, dem sie angeblich blindlings vertraute und der sie gewarnt hatte, dass NKWD-Agenten nach ihr fahndeten –, hierher gebracht?

Natürlich war es denkbar, dass Ilja wie so viele andere Sowjetbürger ein Spitzel, ein kleiner NKWD-Zuträger war. Die Geheimpolizei hatte viele Möglichkeiten, jemanden zur Zusammenarbeit zu bewegen: durch eine Drohung gegen Angehörige, die Aufdeckung einer kleinen Unehrlichkeit oder einfach das Angebot regelmäßiger kleiner Zahlungen. Viel war nicht erforderlich, um jemanden anzuwerben. Der NKWD hatte Metcalfe verdächtigt und gewusst, dass er Lana häufig besuchte – da lag es auf der Hand, ihren »Freund« Ilja anzuwerben oder zur Kooperation zu zwingen und Ilja anzuweisen, Metcalfe in die Lubjanka zu bringen.

Aber war es möglich … war es irgendwie denkbar, dass Lana ihn verraten hatte?

Sie würde alles tun, um ihren Vater zu beschützen. Falls sie unter Druck gesetzt worden war – unter großen, unerträglichen Druck –, war es da nicht denkbar, dass sie eingeknickt, dass sie zur Zusammenarbeit mit dem NKWD bereit gewesen war?

Und dann fragte er sich zu Recht: *Wieso ist es undenkbar, dass Lana dich verraten haben könnte …? Schließlich hast du selbst sie belogen und betrogen.*

Er wusste nicht, was er denken sollte. Er war so ausgepowert, dass er nicht mehr klar denken konnte.

Ein lautes metallisches Scheppern, dann wurde seine Zellentür aufgesperrt. Metcalfe setzte sich auf, machte sich aufs Unbekannte gefasst. Drei uniformierte Wärter, von denen zwei ihre Pistolen gezogen hatten, kamen herein. »Los, aufstehen!«, befahl der Anführer ihm.

Metcalfe stand auf, beobachtete die Uniformierten scharf. Sie waren nicht nur dreifach in der Überzahl, sondern selbst wenn es ihm gelungen wäre, einem von ihnen die Pistole zu entreißen, wenn er einen von ihnen mit Waffengewalt als Geisel hätte nehmen können, wäre er hier niemals lebend herausgekommen. Er würde sich gefügig zeigen müssen, bis sich eine bessere Gelegenheit bot.

»Wie spät ist es?«, fragte er.

»Hände auf den Rücken!«, brüllte der Anführer.

Er wurde durch einen düsteren Korridor zu einer Eisentür mit einem in der Mitte eingesetzten Gitter geführt, die sich als Tür zu einem primitiven kleinen Aufzug erwies. Metcalfe wurde mit dem Gesicht nach vorn gegen die Kabinenwand gestoßen. Die Tür fiel krachend ins Schloss, und der Aufzug rumpelte nach oben.

Dort öffnete die Tür sich zu einem Flur mit Parkettboden, auf dem ein langer Orientteppich als Läufer lag. Die Wände des Flurs waren zartgrün gestrichen. Das einzige Licht kam von den weißen Kugellampen an der Decke.

»Nur nach vorn sehen!«, befahl der Anführer. »Hände auf dem Rücken lassen. Nicht zur Seite schauen.«

Metcalfe wurde von den beiden bewaffneten Wärtern in die Mitte genommen, und der Anführer folgte ihnen. Aus dem Augenwinkel heraus sah er, dass sie an einer langen Reihe von Büros vorbeikamen, deren Türen teilweise offen standen. Er konnte erkennen, dass in den Büros Männer und Frauen arbeiteten. Ungefähr alle zwanzig Schritte stand ein uniformierter Wachposten.

Er hörte Metall auf Metall klappern und sah dann einen Wachposten mit einem Schlüssel auf sein Koppelschloss klopfen. Offenbar eine Art Signal.

Plötzlich wurde er zur Wand und in eine Nische von der Größe einer Telefonzelle gestoßen. Anscheinend kam ein wichtiger Mann vorbei – oder zumindest jemand, den er nicht sehen sollte.

Zuletzt blieben sie vor einer dunkel gebeizten Eichentür stehen. Der Anführer der Dreiergruppe klopfte an; einige Sekunden später wurde sie von einem kleinen, geisterhaft blassen Mann mit mausgrauem Haar geöffnet. Er war eine Art Sekretär, ein Assistent, dessen Büro das Vorzimmer des Chefbüros war. Auf seinem Schreibtisch standen eine Schreibmaschine und mehrere Telefone. Der Vorführbefehl wurde abgezeichnet, und der Anführer erhielt einen Durchschlag ausgehändigt. Metcalfe beobachtete alles schweigend und bemühte sich, keine Gefühlsregung, keine Besorgnis wegen des offenbar bevorstehenden Verhörs erkennen zu lassen. Der Sekretär klopfte an die innere Tür, dann zog er die eingebaute Schiebeklappe auf.

»Häftling null-acht«, meldete er.

»Vorführen«, sagte eine Stimme.

Der kleine Mann öffnete die Tür und trat zur Seite, während der Anführer Metcalfe über die Schwelle schob.

Die beiden anderen Uniformierten, die jetzt stramm Haltung angenommen hatten, blieben zurück.

Dies war das geräumige Dienstzimmer eines hohen NKWD-Offiziers. Der Parkettboden war mit einem großen Orientteppich bedeckt; die Möbelstücke waren dunkel und massiv. An einer Wand stand ein hoher Safe mit Zahlenschloss. Auf dem Diplomatenschreibtisch mit grünem Ledereinsatz türmten sich Aktenstapel zwischen einer Batterie von Telefonen. Hinter ihm stand ein schlanker, fast zart wirkender Mann mit hoher, gewölbter Stirn, beginnender Glatze und randloser Brille, deren runde Gläser seine Augen grotesk vergrößerten. Er trug eine frisch gebügelte graue Uniform. Ohne seinen Platz hinter dem Schreibtisch zu verlassen, streckte er eine feingliedrige Hand aus und machte eine knappe Bewegung. Der Wärter machte auf dem Absatz kehrt, marschierte ins Vorzimmer hinaus und ließ Metcalfe allein zurück.

Der Bebrillte beugte sich über den Schreibtisch und blätterte mehrere Minuten lang in seinen Akten, als sei Metcalfe gar nicht da. Er zog einen dicken Ordner heraus und sah dann zu Metcalfe hinüber, schwieg aber weiterhin.

Metcalfe erkannte diese alte Vernehmungstaktik: Schweigen konnte bewirken, dass wenig erfahrene Häftlinge sich unwohl zu fühlen begannen, dass ihre Besorgnis wuchs. Aber Metcalfe war nicht unerfahren. Er war entschlossen, so lange zu schweigen, wie sein Vernehmer sich zu sprechen weigerte.

Nach gut fünf Minuten lächelte der Bebrillte und sagte in perfektem Englisch mit britischem Akzent: »Möchten Sie lieber Englisch sprechen?« Dann wechselte er ins Russische über. »Oder Russisch? Meines Wissens beherrschen Sie unsere Sprache perfekt.«

Metcalfe zögerte. Englisch könnte ihm einen gewissen Vorteil verschaffen, dachte er. Möglicherweise beherrschte der NKWD-Mann doch nicht alle Nuancen, alle Feinheiten des Ausdrucks, die jemandem zur Verfügung standen, dessen Muttersprache Englisch war. »Die Sprache ist mir egal«, antwortete er auf Englisch. »Solange wir frei und offen sprechen können. Sind Sie dazu befugt, Genosse …? Ich habe Ihren Namen leider nicht verstanden.«

»Weil ich ihn bisher nicht gesagt habe. Sie können mich Rubaschow nennen. Und ›Mister‹, nicht ›Genosse‹ – wir sind schließlich keine Genossen, Mr Metcalfe. Nehmen Sie bitte Platz.«

Metcalfe setzte sich auf eines der beiden großen grünen Ledersofas vor Rubaschows Schreibtisch. Rubaschow blieb jedoch stehen. Hinter ihm hingen drei gerahmte Porträts von Lenin, Stalin und dem »Eisernen Felix« Dserschinski, dem berüchtigten Gründer der Tscheka. Die Porträts schienen Rubaschows Kopf zu flankieren, als sei er Bestandteil dieser Galerie.

»Möchten Sie ein Glas Tee, Mr Metcalfe?«

Metcalfe schüttelte den Kopf.

»Der Tee ist wirklich ausgezeichnet. Unser Vorsitzender lässt ihn aus Georgien kommen. Sie sollten ein Glas trinken, Mr Metcalfe. Sie brauchen eine Erfrischung.«

»Nein, danke.«

»Wie mir gemeldet wird, haben Sie das Essen, das man Ihnen gebracht hat, verweigert. Es tut mir Leid, das zu hören.«

»Oh, das sollte Essen sein?« Metcalfe erinnerte sich an den Blechteller mit wässriger Kuttelsuppe, den ein Wärter ihm mit einem harten Kanten Schwarzbrot hingestellt hatte. Wie lange war das schon her? Wie viel Zeit war vergangen, seit er in seine Einzelzelle gesteckt worden war?

»Na ja, wir sind nicht gerade ein Kurhotel am Schwarzen Meer, obwohl Ihre Aufenthaltsdauer unbegrenzt ist, hmmm?« Rubaschow kam hinter dem Schreibtisch hervor und baute sich mit verschränkten Armen vor Metcalfe auf. Seine schwarzen Reitstiefel waren auf Hochglanz poliert. »Also, Sie sind ein äußerst fähiger Agent. Es gibt nicht viele, die unsere Leute abhängen können, wie Sie's getan haben. Ich bin sehr beeindruckt.«

Natürlich erwartete der Vernehmer, dass er diesen Vorwurf sofort abstreiten würde. Aber Metcalfe sagte nichts.

»Ich hoffe, Sie verstehen die Lage, in der Sie sich befinden.«

»Durchaus.«

»Das höre ich gern.«

»Ich weiß, dass ich von Agenten der sowjetischen Geheimpolizei illegal entführt und inhaftiert worden bin. Ich weiß, dass der NKWD einen schweren Fehler gemacht hat, dessen Konsequenzen Sie sich noch gar nicht vorstellen können.«

Rubaschow schüttelte langsam, traurig den Kopf. »Nein, Mr Metcalfe. Hier liegt kein Fehler vor. Alle ›Konsequenzen‹, wie Sie's ausdrücken, sind sorgfältig bedacht worden. Wir sind ein tolerantes Land, aber wir tolerieren keine gegen uns gerichtete Spionage.«

»Ja«, sagte Metcalfe ruhig. »›Spionage‹ scheint der Vorwurf zu sein, den Sie immer dann erheben, wenn jemand zu dem Schluss gelangt, ein Besucher sei lästig, habe ich Recht? Nehmen wir mal an, jemandem im Volkskommissariat für Außenhandel gefielen die Bedingungen eines mit der Firma Metcalfe Industries abgeschlossenen Vertrags nicht …«

»*Nein*, Sir. Bitte vergeuden Sie meine Zeit nicht mit solchen Hirngespinsten.« Er zeigte mit einem Spinnenfinger auf die Aktenstapel auf seinem Schreibtisch. »Das alles sind Fälle, in denen ich die Ermittlungen führe. Wie Sie sehen, habe ich mehr Arbeit, als sich während normaler Bürostunden bewältigen lässt. Lassen Sie uns also gleich zur Sache kommen, Mr Metcalfe.« Er trat an den Schreibtisch, griff nach einem Blatt Papier und hielt es Metcalfe hin. Der Ermittler roch nach Pfeifentabak und saurem Schweiß. »Ihr Geständnis, Mr Metcalfe. Unterschreiben Sie's, dann sind wir ein großes Stück weiter.«

Metcalfe betrachtete das Blatt und sah, dass es leer war. Er sah fragend auf.

»Sie brauchen nur unten zu unterschreiben, Mr Metcalfe. Die Einzelheiten ergänzen wir später.«

Metcalfe lächelte. »Sie scheinen ein intelligenter Mann zu sein, Mr Rubaschow. Kein ungehobelter Kerl wie der Mann, der die törichte Entscheidung getroffen hat, einen prominenten amerikanischen Industriellen zu verhaften, dessen Familie Freunde im Weißen Haus hat. Kein Mann, der für einen diplomatischen Zwischenfall verantwortlich sein möchte, der außer Kontrolle zu geraten droht.«

»Ihre freundlichen Worte wärmen mir das Herz«, sagte der Ermittler, der, an seinen Schreibtisch gelehnt, vor ihm stand. »Aber Diplomatie geht mich nichts an. Sie fällt nicht in meine Zuständigkeit. Ich habe lediglich den Auftrag, Straftaten zu verfolgen, die Täter zu verurteilen und dafür zu sorgen, dass die Strafen vollstreckt werden. Wir wissen weit mehr über Sie, als Sie sich vorstellen können. Unsere Leute haben Ihre Aktivitäten beobachtet, seit Sie in Moskau eingetroffen sind.« Rubaschow hielt einen dicken Ordner hoch. »Viele, viele Details. Und das waren gewiss nicht die Aktivitäten eines Mannes, der nur geschäftlich hier ist.«

Metcalfe legte den Kopf schief, zog die Augenbrauen hoch. »Ich bin ein Mann, Mr Rubaschow. Ich bin nicht immun gegen den Charme Ihrer russischen Mädchen.«

»Wie ich schon gesagt habe, Mr Metcalfe, bitte vergeuden Sie nicht meine Zeit. Ich finde Ihr Kommen und Gehen in Moskau sehr interessant. Sie scheinen fast mühelos und ziemlich weit herumzukommen.«

»Ich kenne die Stadt gut.«

»Sie sind dabei beobachtet worden, dass Sie in der Puschkinstraße Dokumente abgeholt haben. Wollen Sie abstreiten, dort gewesen zu sein?«

»Dokumente abgeholt?«

»Wir haben Fotos, Mr Metcalfe.«

Fotos wovon?, fragte er sich. Von ihm, wie er das Päckchen hinter dem Heizkörper hervorholte? Von ihm, wie er das Päckchen einsteckte? Ohne zu wissen, wie viel sie gesehen hatten, wusste er nicht, wie viel er zugeben sollte.

»Diese Fotos würde ich gern mal sehen.«

»Das kann ich mir denken.«

»Ich gehe den ganzen Tag mit Schriftstücken um. Dieser Papierkram ist der Fluch meiner Existenz.«

»Ja, ich verstehe. Und ergreifen Sie üblicherweise die Flucht, wenn NKWD-Agenten Sie anhalten wollen?«

»Ich denke, dass *jeder* gut beraten ist, die Flucht zu ergreifen, wenn er den NKWD kommen sieht, oder nicht? Ist das nicht der Ruf, auf den Sie stolz sind – dass Sie selbst die Herzen der Unschuldigen mit Angst erfüllen?«

»Ja«, sagte der Russe mit leise glucksendem Lachen. »Aber die der Schuldigen noch mehr.« Sein schwaches Lächeln verschwand wieder. »Sie wissen bestimmt, dass man sich in Moskau strafbar macht, wenn man als Zivilist eine Waffe trägt.«

»Die Waffe trage ich zu meinem Schutz«, antwortete Metcalfe schulterzuckend. »Hier gibt's kriminelle Elemente, wie Sie sicher wissen. Und wir reichen ausländischen Geschäftsleute sind für sie eine leichte Beute.«

»Das ist durchaus keine Bagatelle, Mr Metcalfe. Allein wegen unbefugten Waffenbesitzes droht Ihnen eine langjährige Haftstrafe. Und glauben Sie mir, Sie werden sich in einem sowjetischen Gefängnis nicht sehr wohl fühlen.« Er machte kehrt und sah zu den Porträts von Lenin, Stalin und Dserschinski auf, als wolle er sich von ihnen inspirieren lassen. Ohne sich umzudrehen, fuhr er fort: »Mr Metcalfe, in dieser Organisation gibt es Leute – Männer, die hoch über mir stehen –, die Ihre Hinrichtung fordern. Wir haben Beweise, weit mehr Beweise, als Sie ahnen, für Ihre Spionagetätigkeit. Wir besitzen genügend Beweise, um Sie für den Rest Ihres Lebens in ein Straflager zu schicken.«

»Ich wusste gar nicht, dass ihr Beweise braucht, um jemanden ins Lager zu schicken.«

Rubaschows vergrößerte Augen starrten ihn an. »Haben Sie Angst vor dem Tod, Mr Metcalfe?«

»Ja«, erwiderte Metcalfe. »Aber würde ich in Moskau leben, hätte ich sie längst verloren. Wieso reden Sie eigentlich mit mir, wenn Sie wirklich genügend erfundene Beweise haben, um mich ins Lager zu schicken?«

»Weil ich Ihnen eine Chance geben möchte. Eine Gelegenheit, wie ich es ausdrücken möchte, einen Handel mit uns abzuschließen.«

»Einen Handel?«

»Ja, Mr Metcalfe. Liefern Sie mir die Informationen, die ich brauche – durch Bestätigung verschiedener Details in Bezug auf die Organisation, für die Sie arbeiten, Einzelheiten Ihres Auftrags, Namen und so weiter –, nun, dann könnten Sie sich bald an Bord des nächsten Schiffs nach Hause wiederfinden.«

»Ich wollte, ich könnte Ihnen helfen. Aber es gibt nichts zu erzählen. Bedaure.«

Rubaschow faltete die Hände. »Nein«, sagte er, »ich bedaure, dass Sie nicht reden wollen.« Er trat an den Schreibtisch und drückte auf einen Klingelknopf. »Danke, dass Sie sich die Zeit für dieses Gespräch genommen haben, Mr Metcalfe. Vielleicht sind Sie bei unserer nächsten Begegnung eher geneigt, offen zu sprechen.«

Die Tür hinter Metcalfe flog auf, und die drei Wärter kamen hereingestürmt, als hätten sie nur auf sein Klingelzeichen gewartet.

*

Er wurde sofort in einen anderen Teil des Gebäudes geführt, in dem der Korridor weiß und strahlend hell beleuchtet war. Einer der Wärter drückte auf einen Knopf neben der Tür zu einem Raum, den ein Schild als VERNEHMUNGSRAUM DREI auswies. Von innen öffnete ein bewaffneter NKWD-Mann die Tür, hinter der ein völlig weißer Raum lag: Boden, Wände, Decke, alles war glänzend weiß gekachelt. Metcalfe sah, dass fünf Wärter mit Gummiknüppeln in den Händen auf ihn warteten. Die Tür fiel scheppernd hinter ihm zu.

Er sagte nichts, denn er wusste, was kommen würde.

Die fünf Männer machten sich mit ihren Gummiknüppeln über Metcalfe her. Das fühlte sich an, als würden sein Magen, seine Nieren mit kräftigen Fußtritten traktiert – nur zehnmal schlimmer; er sah blitzende Sterne vor den Augen. Er setzte sich nur genug zur Wehr, um seine lebenswichtigen Organe vor den brutal kräftigen Schlägen zu schützen. Aber das gelang ihm nicht. Er brach zusammen, nahm seine Umgebung nur noch verschwommen wahr.

Die Schläger prügelten weiter auf ihn ein; zum Glück wurde er ohnmächtig, als der Schmerz unerträglich wurde.

Eimerweise kaltes Wasser holte ihn ins Bewusstsein und in seinen Zustand qualvoller, unbeschreiblicher Schmerzen zurück. Dann ging die Prügelei weiter. Er spuckte Blut auf die Fliesen. Blut sammelte sich in seinen Augenhöhlen und lief ihm übers Gesicht. Er nahm seine Umgebung nun nicht mehr verschwommen wahr, sondern sah sie eigenartig segmentiert, als sehe er einen ruckelnden Film, der auf einem defekten Projektor einzelne Zähne übersprang. Lichtblitze wechselten mit kastanienbraun eingefärbten Totalen ab.

Er fragte sich, ob er hier, in diesem glänzend weiß gekachelten Raum sterben würde, ob irgendein NKWD-Arzt seinen Tod beurkunden und seine Überführung in ein Massengrab veranlassen würde. Selbst in seinem Delirium – einer wilden, segmentierten Hysterie, die ihn die eigentlich unerträglichen Schmerzen ertragen ließ – dachte er an Lana. Er machte sich Sorgen um sie, fragte sich, ob sie in Sicherheit oder etwa ebenfalls zum Verhör geholt worden war. Ob sie in Sicherheit bleiben oder ob auch für sie bald der Tag kommen würde, an dem sie in einem weiß gekachelten Raum liegen und aus Platzwunden am Kopf, aus Mund, Nase und Augen bluten würde.

Und das gab den Ausschlag: die Vorstellung, Lana könnte erdulden müssen, was ihm hier zugefügt wurde. Das durfte er nicht zulassen. *Was immer in deiner Macht steht,* befahl er sich selbst, *du musst es tun, um sie zu beschützen, um ihr diesen Albtraum zu ersparen. Stirbst du hier, beschützt du sie nicht.*

Du musst leben. Du musst irgendwie überleben.

Du musst reden.

Er hob eine kraftlose Hand, einen gekrümmten Zeigefinger. »Wartet«, ächzte er. »Ich will …«

Auf ein Zeichen des Mannes, der hier wohl das Kommando hatte, machten die Schläger eine Pause. Sie beobachteten ihn erwartungsvoll.

»Bringt mich zu Rubaschow«, krächzte Metcalfe. »Ich will reden.«

*

Bevor sie ihn in Rubaschows Dienstzimmer zurückführten, gaben sie sich jedoch besondere Mühe, ihn zu säubern. Es ging wirklich nicht an, dass er den Orientteppich des Chefermittlers mit seinem Blut besudelte. Er wurde ausgezogen, unter eine Dusche gestoßen und bekam frisch gewaschene graue Häftlingskleidung. Er war kaum imstande, die Arme zu heben, so stark waren die stechenden Schmerzen in seiner Seite.

Rubaschow schien es jedoch nicht eilig zu haben, ihn zu sprechen. Metcalfe kannte natürlich auch diese Taktik. Er musste scheinbar endlos lange auf dem Flur vor dem Vorzimmer des Ermittlers stehen; er sehnte sich danach, sitzen zu dürfen; er musste sich dazu zwingen, stehen zu bleiben. Metcalfe wusste recht gut, dass die Prügel im Vernehmungsraum nur das Vorspiel zu weit schlimmeren

Methoden gewesen waren. Oft wurde der Häftling dazu gezwungen, tagelang an einer Wand zu stehen, ohne schlafen zu dürfen. Dann sehnte der Häftling bald den Tod herbei. Diesmal wurde er nur von zwei Wärtern begleitet: eine stillschweigende Anerkennung der Tatsache, dass er zu erschöpft, zu geschwächt war, um eine wirkliche Gefahr darzustellen.

Endlich wurde er vorgelassen. Der geisterhaft blasse Assistent, dessen Schicht vermutlich zu Ende war, war durch einen weiteren jungen Mann ersetzt, der noch verschlagener wirkte. Der Vorführbefehl wurde abgezeichnet, dann öffnete sich die innere Tür, und Metcalfe wurde hineingeführt.

*

Bei jedem Gespräch mit SS-Gruppenführer Reinhard Heydrich war der Geiger sich voll bewusst, was für ein außergewöhnliches Privileg es war, solch einen Mentor zu haben. Heydrich war nicht nur ein Geigenvirtuose, sondern auch ein brillanter Stratege. Dass er Kleist persönlich mit diesem Auftrag betraut hatte, zeugte von den Talenten des Killers. Deshalb wollte Kleist Heydrich auf keinen Fall enttäuschen. Sobald die abhörsichere Telefonverbindung stand und Heydrich sich gemeldet hatte, kam er sofort zur Sache.

»Ich habe bisher nicht feststellen können, was der Amerikaner hier treibt«, sagte er. Er berichtete rasch – weil Heydrich wenig Geduld für Nebensächlichkeiten aufbrachte –, wie der englische Komplize des Amerikaners selbst unter der Folter geschwiegen hatte, sodass er hatte liquidiert werden müssen. Er erzählte, wie der Diplomat Amos Hilliard, der ihn zu einem vereinbarten

Treff mit dem Amerikaner geführt hatte, ihn bedauerlicherweise erkannt hatte – vielleicht aus einem von Corcorans Fotoalben –, sodass er ebenfalls hatte liquidiert werden müssen. Wonach Kleist wegen der Leiche, die sich nicht rasch verstecken ließ, natürlich schleunigst hatte verschwinden müssen.

»Sie haben richtig gehandelt«, versicherte Heydrich ihm. »Der Diplomat hätte Sie enttarnt. Außerdem ist jeder Angehörige des amerikanischen Spionagerings, den Sie uns vom Hals schaffen können, ein Gewinn für Deutschland.«

Der Geiger lächelte, während er sich in der Nachrichtenzentrale der deutschen Botschaft umsah. »Damit erhebt sich die Frage, Herr Gruppenführer, ob es nicht Zeit wird, auch den Amerikaner zu beseitigen.« Kleist wagte nicht, auch nur anzudeuten, wie frustriert er war, weil ihm bisher verwehrt worden war, den Amerikaner zu erledigen.

»Ja«, antwortete Heydrich rasch. »Ich glaube, es wird tatsächlich Zeit, diesen Spionagering zu zerschlagen. Aber mir ist vorhin gemeldet worden, dass der Amerikaner zum Verhör in die Lubjanka gebracht worden ist. Dort dürfte er vermutlich sterben – vielleicht nimmt uns der Iwan die Arbeit ab.«

»Ein anderer Angler hat den Fisch am Haken«, sagte Kleist enttäuscht. »Und wenn der Iwan ihn leben lässt?«

»Dann sind Sie für ihn zuständig. Und Sie werden mich nicht enttäuschen, davon bin ich überzeugt.«

*

Diesmal saß Rubaschow so hinter dem riesigen Schreibtisch, dass sein Kopf hinter den Aktenstapeln kaum zu sehen war. Er schien etwas zu schreiben; nach einigen Minuten war er fertig, legte den Füller weg und sah auf.

»Sie möchten mir etwas erzählen, Mr Metcalfe?«

»Ja«, sagte Metcalfe.

»Gut. Ich wusste, dass Sie ein vernünftiger Mann sind.«

»Sie haben mich dazu gezwungen.«

Rubaschow starrte ihn an; seine vergrößerten Augen glotzten fischartig. »Wir betrachten das als Überredungskunst, und dies war tatsächlich nur eine der vielen Formen, die wir praktizieren.«

In seinem Mund hatte sich wieder Blut angesammelt; Metcalfe spuckte es auf den Orientteppich. Rubaschows Augen blitzten wütend.

»Schade. Sehen Sie, es wäre besser – weit, weit besser –, wenn Sie nicht hören würden, was ich Ihnen gleich erzählen werde.« *Tritt Ihnen eine Autorität entgegen, müssen Sie immer behaupten, mit noch größerer Autorität zu sprechen. Merken Sie sich das, selbst wenn Sie sonst nichts von mir annehmen.* Alfred Corcoran.

Rubaschow zog die Augenbrauen über seiner randlosen Brille hoch.

»Das bezweifle ich nicht im Geringsten, Mr Metcalfe«, sagte der Ermittler sanft. »Sie würden es natürlich vorziehen, mir nicht die Wahrheit zu sagen. Aber ich kann Ihnen versichern, dass Sie das Richtige tun. Das ist schwieriger, gewiss, aber Sie sind ein tapferer Mann.«

»Sie verstehen mich falsch, Rubaschow. Was ich Ihnen erzählen werde, ist etwas, das Sie lieber niemals gehört hätten. Für einen Geschäftsmann wie mich ist's nicht leicht, in der Sowjetunion zu operieren. Gefälligkeiten müssen erwiesen werden – *Anreize* auf höchster Ebene, sagen wir mal. Streng geheime *Vereinbarungen,* strikt gewahrte Diskretion.« Metcalfe hob mühsam die Hände, um mit nach oben gedrehten Handflächen die Großartigkeit des Raums anzudeuten. »In Ihrem schönen Büro ahnen Sie nichts von den Abläufen in der Führungsspitze – auf der Ebene des Politbüros –, was durchaus seine Richtigkeit hat. Für staatliche Angelegenheiten auf höchster Ebene sind immer Staatsmänner zuständig, Rubaschow. Aber auch Staatsmänner sind nur *Männer*. Sie sind Menschen, die Sehnsüchte haben. Menschen, die Wünsche und Bedürfnisse haben, die in diesem Arbeiterparadies stets geheim bleiben müssen. Wünsche und Bedürfnisse, die nur diskrete Personen mit guten Verbindungen erfüllen können. Und da beginnt das Tätigkeitsfeld von Metcalfe Industries.«

Rubaschow starrte ihn an, ohne zu blinzeln, ohne die geringste Reaktion erkennen zu lassen.

»Und es versteht sich natürlich von selbst, dass alle ... Vereinbarungen, die meine Firma im Auftrag von Mitgliedern des Politbüros trifft, streng geheim bleiben müssen. Deshalb werde ich Ihnen nicht von den westlichen Kücheneinrichtungen erzählen, mit denen wir heimlich zwei Häuser in Tiflis und Suchumi ausgestattet haben – Häuser, die der Mutter Ihres Chefs Lawrentij Pawlowitsch gehören.« Dass Metcalfe von Berija mit dem Vor- und Vatersnamen sprach, deutete Vertrautheit an. Nur wenige wussten, dass Berija seiner Mutter in Georgien zwei Häuser geschenkt und sie luxuriös eingerichtet hatte. Aber Rubaschow würde es wissen; daran zweifelte Metcalfe keine Sekunde.

Rubaschow schüttelte langsam den Kopf, aber seine Reaktion blieb vorerst rätselhaft. Metcalfe fuhr fort: »In Bezug auf sich selbst ist Ihr Lawrentij Pawlowitsch natürlich weit extravaganter. Sie werden von mir nie von dem prachtvollen kleinen Tintoretto aus dem sechzehnten Jahrhundert hören, der im Esszimmer seines Stadthauses in der Katschalowastraße hängt.« Nur sehr wenige Leute wussten, wo der NKWD-Vorsitzende Berija wohnte, aber Metcalfe, der eine ausführliche Einweisung erhalten hatte, konnte sich dieses Detail ins Gedächtnis zurückrufen.

»Irgendwie bezweifle ich, dass Sie jemals zum Abendessen bei Lawrentij Pawlowitsch eingeladen waren, aber selbst wenn Sie eingeladen gewesen wären, hätten Sie den Wert dieser kleinen Kostbarkeit bestimmt nicht erkannt. Der NKWD-Vorsitzende ist ein kultivierter Mann mit exquisitem Geschmack, während Sie nur ein *muschik* sind. Und Sie werden nie von mir erfahren, wie Lawrentij Pawlowitsch das Geld für dieses Gemälde aufgebracht hat, indem er Ikonen und russische Sakralgegenstände ins Ausland verkauft hat – auch eine von Metcalfe Industries absolut diskret abgewickelte Transaktion.«

Der Ermittler schüttelte nicht mehr den Kopf. Er war auffällig blass geworden. »Mr Metcalfe …«, begann er, aber Metcalfe schnitt ihm das Wort ab.

»Bitte fragen Sie Berija danach. Nehmen Sie gleich jetzt den Hörer ab, und rufen Sie ihn an. Fragen Sie ihn auch nach den Ikonen, die aus der Moskauer Erlöserkirche entwendet wurden. Bitte rufen Sie ihn an. *Fragen* Sie ihn.«

Metcalfe erwiderte Rubaschows Starren mit ausdrucksloser Miene. Rubaschow griff mit den Spinnenfingern seiner rechten Hand nach den Telefonen und nahm den Hörer eines weißen Apparats ab.

Metcalfe lehnte sich grinsend auf dem Sofa zurück. »Erzählen Sie mir etwas, Mr Rubaschow. Haben Sie die

Entscheidung getroffen, mich verhaften zu lassen? Oder haben Sie nur einen Befehl von oben ausgeführt?«

Rubaschow hielt den Hörer an sein Ohr. Ein schwaches nervöses Lächeln spielte um seine Lippen, aber er gab keine Antwort. Andererseits wählte er auch nicht.

»Mir ist jetzt klar, dass Sie entweder selbst gegen Berija arbeiten ... oder von seinen Feinden in dieser Organisation als Werkzeug benützt werden. Was sind Sie also – Verschwörer oder Handlanger?«

»Ich verbitte mir Ihre Frechheiten!«, explodierte Rubaschow, ohne den Hörer vom Ohr zu nehmen. Sein Zorn – hilfloser Zorn, wie Metcalfe fand – war ein gutes Zeichen.

Metcalfe sprach weiter, als habe der Ermittler nichts gesagt. »Ich kann mir natürlich denken, dass Sie sich einbilden, wenn Sie mich verschwinden ließen, seien alle Ihre Probleme ebenfalls beseitigt. Nun, da unterschätzen Sie mich. Die New Yorker Anwälte unserer Familie haben besonders schädliche Dokumente im Safe, um sie zu veröffentlichen, wenn ich mich zu einem bestimmten Zeitpunkt nicht wieder melde. Das gibt einen ungeheuren Skandal. Die Namen aus der Moskauer Führungsriege, mit denen Metcalfe Industries geheime Geschäftsverbindungen hatte – Männer, die noch höher stehen als Ihr Vorsitzender Berija –, nun, das sind Männer, an deren Verleumdung Sie gewiss nicht beteiligt sein möchten. Vor allem nicht jener Mann, den niemand verärgern möchte.«

Er drehte den Kopf zur Seite und starrte angelegentlich das gerahmte Stalinporträt an der Wand an. Rubaschow interessierte sich dafür, wohin Metcalfe blickte; dann huschte ein Ausdruck unverkennbaren Entsetzens über sein aschfahles Gesicht. Das war ein Ausdruck, den

Metcalfe nie auf dem Gesicht eines hohen NKWD-Offiziers zu sehen erwartet hätte.

»Damit würden Sie praktisch Ihr eigenes Todesurteil unterschreiben«, fuhr Metcalfe fort. Er zuckte mit den Schultern. »Was Sie tun oder lassen, kann mir allerdings völlig gleichgültig sein. Schließlich haben Sie mich zum Reden gezwungen, nicht wahr?«

Rubaschow drückte auf den Klingelknopf an seinem Schreibtisch, um die Wachen zu rufen.

BERLIN

Als Admiral Wilhelm Canaris seinen Vortrag beendet hatte, waren die Männer an dem langen Konferenztisch wie vom Donner gerührt. Sie hatten sich im Konferenzsaal der Neuen Reichskanzlei versammelt, die Albert Speer, der Lieblingsarchitekt des Führers, nach seinen Vorgaben erbaut hatte. Draußen wütete ein Schneesturm.

In einer Nische über ihnen stand eine Bismarckbüste aus Marmor. Keiner der Anwesenden, nicht einmal Hitler, wusste, dass dies eine Kopie des Originals war, das viele Jahre in der Alten Reichskanzlei gestanden hatte. Beim Transport in das neue Gebäude war das Original heruntergefallen und am Hals abgebrochen. Speer hatte dem Bildhauer heimlich den Auftrag erteilt, eine identische Kopie herzustellen, die dann in Tee getaucht wurde, um ihr Alterspatina zu verleihen. Der Architekt hatte diesen Unfall, bei dem die Büste zerstört worden war, für ein schlechtes Omen gehalten.

Die Männer am Konferenztisch vertraten die militärische Führungsspitze des Dritten Reichs. Sie waren zusammengekommen, um über die Vor- und Nachteile des erwogenen Angriffs auf die Sowjetunion zu diskutieren.

Ein Überfall auf Russland wurde noch von vielen abgelehnt. Männer wie General Friedrich von Paulus, Feldmarschall Wilhelm Keitel und General Alfred Jodl hatten warnend eingewandt, die Wehrmacht sei auf anderen Kriegsschauplätzen schon allzu stark beansprucht.

Die alten Argumente waren wieder einmal vorgebracht worden. Deutschland dürfe sich nicht in diesen Treibsand begeben. Stattdessen sollte es Russland neutralisieren, es im Zaum halten und dafür sorgen, dass es nicht gefährlich werden könne. Aber die Geheimdienstberichte aus Moskau bewirkten einen Stimmungsumschwung.

Die Atmosphäre im Konferenzsaal wirkte wie elektrisch aufgeladen.

Das Unternehmen *Grosa* hatte alles verändert. Stalin plante einen heimlichen Angriff. Sie mussten ihm zuvorkommen.

Der erste Einwand kam von SS-Gruppenführer Heydrich, dem Chef des Reichssicherheits-Hauptamts. »Wer garantiert uns, dass diese Informationen uns nicht vom Feind zugespielt worden sind, um uns zu täuschen?«, fragte er.

Admiral Canaris sah zu dem großen, unheimlich wirkenden Sicherheitschef mit der langen, schmalen Nase und dem Reptilienblick hinüber. Er kannte Heydrich gut. Sie waren Nachbarn, verkehrten gesellschaftlich miteinander. Heydrich, ein ausgezeichneter Geiger, machte im Hause Canaris oft Kammermusik mit Frau Canaris, die ebenfalls Geige spielte. Canaris wusste, dass der jüngere Mann ein barbarischer Fanatiker war, dem man nicht trauen durfte. Ein Einwand dieser Art war genau das, was von Heydrich zu erwarten war. Er wollte vor dem Führer demonstrieren, wie ausgezeichnet er sich auf das Spionagegeschäft verstand.

»Meine Leute haben die Schriftstücke genau geprüft, und ich stelle sie Ihrem Stab gern zur Verfügung«, antwortete Canaris gelassen. »Sie werden feststellen, dass sie echt sind.«

»Ich frage mich nur, weshalb der NKWD die undichte Stelle noch nicht entdeckt hat«, fasste Heydrich nach.

General von Paulus wandte ein: »Auch sonst gibt es keine Anzeichen dafür, dass Stalin einen Angriff auf uns plant. Wir können keine Mobilmachung, keine Truppenverlegungen feststellen. Weshalb sollten die Russen uns den Gefallen tun, im Osten anzugreifen?«

»Weil Stalin sich ganz Europa unterjochen will«, stellte Jodl fest. »Danach strebt er schon immer. Aber das werden wir verhindern. Dass wir einen Präventivschlag gegen Russland führen müssen, steht außer Frage. Mit achtzig bis hundert Divisionen können wir Russland in vier bis sechs Wochen niederwerfen.«

Kapitel Einunddreißig

Die Straßen waren dunkel, mit frisch gefallenem Schnee bedeckt, der nächtliche Verkehr schwach, alle Geräusche gedämpft. Eine Straßenuhr zeigte Metcalfe, dass es wenige Minuten vor Mitternacht war. Vor ihm lagen die Krymskaja-Uferstraße und dann die imposante Krymskij-Brücke, die erst vor zwei Jahren fertig gestellte längste Hängebrücke Europas, die den Fluss Moskwa überspannte.

Als Metcalfe sich ihr näherte, sah er in der Brückenmitte auf dem Gehsteig eine einzelne Gestalt stehen. Eine Frau im Wintermantel, zu dem sie ein Kopftuch trug. Das musste Lana sein, ganz ohne Zweifel. Sein Herzschlag wurde unwillkürlich schneller. Trotz der eisigen Nachtluft beschleunigte er sein Tempo, aber er konnte nicht rennen, noch nicht wieder; seine Beine, seine Rippen schmerzten bei jeder Bewegung. Die Nachwirkungen der in der Lubjanka erlittenen Misshandlungen begannen erst allmählich abzuklingen. Der Wind pfiff durch seine erbärmliche, zerschnittene Kleidung, die praktisch nur noch aus Lumpen bestand.

Chefermittler Rubaschow hatte seine sofortige Entlassung und die Vernichtung der über ihn angelegten Akte verfügt. Mit Ausnahme der Pistole hatte er sein gesamtes persönliches Eigentum zurückerhalten. Trotzdem fühlte Metcalfe sich nicht als Sieger; er empfand nur eine Leere, eine eher wachsende Gefühllosigkeit.

Die Moskwa war still und floß träge dahin; der Vollmond wurde auf ihrer Oberfläche in eine Million Scherben aufgesplittert. Mondschein glänzte auf den silberfarbenen Ketten und Stahlträgern der Brücke. Einzelne Autos oder Lastwagen, die sie überquerten, ließen sie kaum merklich erzittern.

Die Strecke bis zu Lana erschien ihm endlos lang; sie war so fern, und er konnte sich nur mühsam voranschleppen. Lana stand mit dem Rücken zu ihm, blickte übers Wasser und schien in Gedanken versunken zu sein. Vor knapp einer Stunde hatte er von einer Telefonzelle aus im Bolschoitheater angerufen. Als sie seine Stimme hörte, hatte sie erschrocken nach Luft geschnappt und dann ausgerufen: »Mein Liebster, mein Herz, wo bist du gewesen?« Knappe Worte wurden gewechselt, kryptische Ausdrücke verwendet, ein Rendezvous vereinbart, ohne einem etwaigen Lauscher Hinweise auf den genauen Treffpunkt zu geben.

Metcalfe schämte sich, dass er Lana in einer Anwandlung von Schwäche verdächtigt hatte, sie könnte etwas mit seiner Verhaftung zu tun gehabt haben. Das konnte einfach nicht sein. Hatte sie ihn verraten, wie konnte er dann an die unveränderlichen Naturgesetze glauben? Wie konnte er ans Gesetz der Schwerkraft, an die Existenz von Sonne und Mond glauben?

Sie drehte sich um, sah ihn mit schleppendem Schritt herankommen und rannte ihm entgegen. Als sie nahe genug heran war, um sein Gesicht sehen zu können, schrie sie auf und umarmte ihn dann ungestüm.

Er stöhnte. »He, Vorsicht, das tut weh.«

»Was haben sie dir angetan?« Sie lockerte ihre Umarmung, hielt seinen schmerzenden Körper zart umfasst. Sie küsste ihn, und er ruhte lange in ihren Armen; er roch ihr Parfüm, spürte die Wärme ihrer Lippen. Er fühlte sich eigenartig *sicher*, obwohl er recht gut wusste, dass es für seine Liebste und ihn in Moskau nirgendwo Sicherheit gab. »Dein Gesicht ...« Ein Schluchzen erschütterte ihren Körper. »Stiwa, sie haben dich misshandelt!«

»Sie nennen es ›überzeugen‹. Sie haben mir erklärt, die Lubjanka sei ein Kurhotel, und ich habe am eigenen Leib erfahren, dass sie Recht haben. Aber es hätte viel schlimmer kommen können. Und ich habe Glück gehabt – ich habe überlebt.«

»Du warst in der *Lubjanka!* Ich wusste nicht, wo du warst – ich habe Ilja gefragt; er hat mir erzählt, dass die Polizei ihn angehalten, den Wagen durchsucht, dich entdeckt und verhaftet hat. Er hat gesagt, er habe sie nicht daran hindern können, er sei völlig hilflos gewesen. Der arme Kerl hatte schreckliche Angst; er hat mir aufrichtig Leid getan. Freunde von mir waren bei der Polizei, haben Auskunft über deine Verhaftung gefordert. Aber die Polizei hat behauptet, nichts von dir zu wissen. Nach drei Tagen hat eine Freundin im Gefängnis Lefortowo nachgefragt, wo man angeblich ebenfalls nichts von dir wusste. Aber hierzulande lügen alle; ich wusste nicht, was passiert war, konnte nirgends eine Auskunft bekommen. Du warst fünf Tage lang verschwunden! Ich dachte, du seist nach Sibirien geschickt oder sogar hingerichtet worden!«

»Dein Freund Ilja ist ein *stukatsch*«, sagte Metcalfe. Ein Polizeispitzel.

Sie riss erschrocken die Augen auf und brachte lange kein Wort heraus. »Das habe ich nicht geahnt, sonst hätte ich ihn nie auch nur in deine Nähe gelassen, Stiwa, das musst du mir glauben!«

»Ich glaube dir.«

»So viele Ungereimtheiten, die mir im Lauf der Jahre aufgefallen sind, so viele seltsame kleine Details, die jetzt einen Sinn ergeben. Dinge, die ich ignoriert habe. Er verkauft manchmal Eintrittskarten auf der Straße, was natürlich illegal ist, aber er scheint sich dabei nie besonders vorzusehen. So viele kleine Dinge, die ich übersehen habe, obwohl sie mich hätten warnen sollen!«

»Das konntest du nicht ahnen. Wie lange arbeitet er schon für dich?«

»Wir kennen uns schon seit Jahren, aber mein Assistent ist er erst seit ein paar Monaten. Er war immer sehr freundlich zu mir. Vor vier oder fünf Monaten hat er angefangen, meine Nähe zu suchen, mir behilflich zu sein, mir Gefälligkeiten zu erweisen. Eines Tages hat er gesagt, er würde sich gern als mein persönlicher Assistent einteilen lassen, wenn mir das recht sei, und ich war natürlich …«

»War das vor oder nach Beginn deiner Liaison mit Rudolf von Schüssler?«

»Hmmm, ja, kurz danach, aber … Ja, natürlich, das war bestimmt kein Zufall. Der NKWD wollte mich eng überwachen und hat dazu Ilja auf mich angesetzt.«

»Von Schüssler ist ein deutscher Diplomat, eine wichtige potenzielle Geheimdienstquelle, und du bist eine berühmte Tänzerin. Aus der Sicht des NKWD waren die Risiken und das Potenzial zu groß, sie mussten jemanden auf dich ansetzen.«

»Aber Kundrow …«

»Er gehört zur GRU, dem militärischen Nachrichtendienst, einer konkurrierenden Organisation. Beide wollten eine eigene Quelle; beide arbeiten unterschiedlich, der NKWD allerdings verdeckter. Aber hör mir jetzt gut zu, Lana. Ich muss dich nochmals fragen; ich möchte, dass du ernsthaft darüber nachdenkst, denn mir ist klar, dass das eine schwierige Entscheidung ist. Ich möchte, dass du mit mir kommst.«

»Nein, Stiwa. Das kann ich nicht. Darüber haben wir schon gesprochen – du weißt, dass ich das nicht kann. Ich werde meinen Vater nicht verlassen, ich werde Russland nicht verlassen. Ich kann nicht! Das musst du verstehen!«

»Lana, hier bist du deines Lebens niemals sicher!«

»Dies ist meine Heimat, dieses schreckliche Land, das ich liebe.«

»Kommst du jetzt nicht mit, lassen sie dich niemals ausreisen.«

»Nein, Stiwa, das stimmt nicht. Schon in ein paar Tagen wird mein Ballettkorps zu einer Freundschaftstournee nach Berlin geschickt, wo wir vor der Elite Hitler-Deutschlands auftreten sollen. Solche Auslandsreisen werden wir immer machen dürfen.«

»Und du bleibst trotzdem eine Gefangene. Berlin ist ebenso ein Gefängnis wie Moskau, Lana.«

In diesem Moment war hinter ihm ein metallisches Klicken zu hören: das unverkennbare Geräusch, mit dem eine Pistole durchgeladen wurde.

Metcalfe fuhr herum. Selbst im Dunkeln waren ihm die blassgrauen Augen und das blonde Haar ebenso schrecklich vertraut wie der triumphierende Gesichtsausdruck des NKWD-Agenten, der ihn jetzt mit der Waffe bedrohte.

Der Blonde war lautlos herangekommen; seine Schritte waren durch die verkehrsbedingten Schwingungen der Brücke und das völlige Aufgehen der Liebenden ineinander für sie unhörbar geblieben.

Metcalfe griff instinktiv nach der eigenen Pistole. Aber dann fiel ihm ein, dass er keine mehr hatte. Sie war in der Lubjanka beschlagnahmt worden.

»Hände hoch«, sagte der NKWD-Mann. »Beide.«

Metcalfe lächelte nur. »Sie überschreiten Ihre Kompetenzen. Oder niemand hat sich die Mühe gemacht, Sie zu informieren. Vielleicht wär's eine gute Idee, Rücksprache mit Ihren Vorgesetzten zu nehmen, bevor Sie sich blamieren. Rubaschow könnte Ihnen beispielsweise ...«

»Maul halten!«, befahl der Geheimpolizist ihm grob. »Ihre Lügen über Berija haben vielleicht ausgereicht, um einen schwachen, feigen Karrieremacher wie Rubaschow einzuschüchtern, aber zum Glück unterstehe ich Berijas Dienststelle direkt. Und jetzt Hände hoch! *Sofort*!«

Die beiden gehorchten. »Sie wollen sich also tatsächlich blamieren«, sagte Metcalfe. »Sie lassen nicht locker, Sie haben diese Sache zu Ihrem persönlichen Anliegen gemacht und weigern sich, Ihren Irrtum einzugestehen. Sie scheinen zu vergessen, dass Sie nur ein gewöhnlicher Straßenagent sind. Sie wissen nichts von Dingen, die auf weit höherer Ebene passieren. Durch Ihren Starrsinn zerstören Sie nicht nur Ihre Karriere. Jetzt werfen Sie Ihr Leben weg, Mann!«

Der Russe tat so, als spucke er aus – eine feindselige und verächtliche Geste. »Sie lügen fantasievoll und unverschämt, aber ziemlich schluderig. Ich habe Ihr Funkgerät gefunden. Südwestlich von hier in der Nähe der Datscha der amerikanischen Botschaft im Wald vergraben.«

Aus Metcalfes Gesichtsausdruck sprach nur kühle, amüsierte Skepsis, aber innerlich schwindelte ihm. Rubaschow hatte das Funkgerät mit keiner Silbe erwähnt! Hätte er davon gewusst, hätte er's bestimmt erwähnt. Warum hatte er das nicht getan?

»Ja«, fuhr der Agent mit den blassgrauen Augen fort. »Ein kleines Detail, das ich in meinem Bericht für Rubaschow weggelassen habe. Eine Tatsache, die ich mir zur späteren Verwendung aufgehoben habe, weil ich diesem Schwein von einem Arschkriecher niemals getraut habe. Aber unsere Techniker haben das Funkgerät genau untersucht, und ich habe den Abschlussbericht gelesen. Vom englischen Geheimdienst für Agenten im Auslandseinsatz entwickelt. Kein Nachrichtenmittel, das ein harmloser Geschäftsmann brauchen könnte.« Er bewegte die Pistole etwas nach rechts, sodass sie auf Lanas Brust zielte. »Aber äußerst nützlich, wenn es um die Übermittlung militärischer Geheimnisse geht, die von der Tochter eines Generals der Roten Armee beschafft wurden.«

»Nein, das ist nicht wahr!«, schluchzte Lana. »Das ist gelogen! Ich bin keine Landesverräterin!«

»Auseinander mit euch! Diesmal verlasst ihr die Lubjanka beide nur in einer Kiste aus Fichtenholz«, sagte der NKWD-Mann.

»Nein, sie gehört mir«, widersprach eine andere Stimme. Metcalfe drehte sich um und sah den rothaarigen GRU-Offizier hinter ihnen herankommen.

»Kundrow!«, rief Lana. Sie schien tatsächlich erleichtert zu ein, ihren GRU-Aufpasser zu sehen. »Sie beobachten mich, Sie kennen mich … Dieses Ungeheuer überhäuft mich mit allen möglichen absurden Vorwürfen!«

»Ja«, erklärte Kundrow dem NKWD-Mann gelassen, »ich kenne diese Frau. Sie ist mir zugeteilt worden. Und Sie kennen die Vorschriften, Iwanow. Für diese Verhaftung ist die GRU zuständig, weil sie zuerst mit dem Fall befasst war.«

Der eisige Ausdruck auf dem grausamen Gesicht des NKWD-Manns, der jetzt wieder auf Metcalfe zielte, veränderte sich nicht im Geringsten. »Sie führen die Frau ab«, antwortete er, »und ich nehme den amerikanischen Spion mit.«

Auch Kundrow hatte seine Pistole gezogen und bedrohte damit Lana und Metcalfe. »Es ist gescheiter, wenn Sie beide sofort mitnehmen«, sagte er kalt. »Allerdings muss sichergestellt sein, dass die Rolle der GRU in Ihrem Bericht entsprechend erwähnt wird.«

»Einverstanden«, stimmte der NKWD-Mann Iwanow zu. »Wir teilen uns den Erfolg, die Verhaftung gemeinsam durchgeführt zu haben. Schließlich werden die Ressourcen beider Dienste nötig sein, um diese Verschwörung zu durchleuchten. Für den amerikanischen Spion ist in erster Linie der NKWD zuständig, aber die Weitergabe militärischer Informationen fällt in die Zuständigkeit der Nachrichtendienstlichen Hauptverwaltung.«

»Nicht so eilig«, widersprach Kundrow. »Dieser Amerikaner ist viel zu gerissen, ein viel zu cleverer Lügner. Für ihn ist der Rechtsweg zu schade.«

Iwanow musterte ihn prüfend, dann lächelte er verständnisvoll. »Genau, viel zu schade.«

»Wir haben Vorschriften für den Fall, dass ein Verhafteter zu flüchten versucht.«

»Nein!«, kreischte Lana, als ihr klar wurde, worauf Kundrow hinauswollte.

»Ja«, bestätigte der NKWD-Mann grinsend. »Der Amerikaner wollte sich wie in letzter Zeit so häufig wieder mal seiner Verhaftung entziehen.«

Auf Kundrows Gesicht stand ein entschlossener Ausdruck, als er den Hahn seiner Pistole spannte: der energische Blick eines Mannes, der tut, was getan werden muss. Der Stern auf dem Bakelitgriff glänzte im Mondschein. »Machen wir ein Ende mit diesem Schurken«, sagte er ruhig und drückte ab.

Lana schrie laut auf, als Metcalfe sich zur Seite warf, sie unter sich begrub und auf dem schneebedeckten Asphalt des Brückengehsteigs aus der Schusslinie des GRU-Offiziers brachte.

Kundrows Pistole bellte zweimal auf, aber beide Schüsse gingen daneben, *beide* Schüsse verfehlten sie! Metcalfe, der auf Lana lag und sie mit seinem Körper schützte, beobachtete verständnislos, wie der NKWD-Mann plötzlich gegen das Brückengeländer torkelte. Sein lebloser Körper kippte rückwärts darüber. Im nächsten Augenblick war zu hören, wie er ins Wasser klatschte. Kundrow hatte seinen Kameraden vom NKWD erschossen! Beide Schüsse hatten Iwanow in die Brust getroffen! Wie war das möglich?

Metcalfe starrte Kundrow an und begriff endlich, was der Gesichtsausdruck des GRU-Offiziers besagte: *Das war kein Versehen gewesen!* Kundrow hatte ihn nicht verfehlt. *Er hatte auf Iwanow gezielt!*

»Ich hatte keine andere Wahl«, sagte Kundrow, während er seine Pistole wieder in die Koppeltasche steckte. »Sein Bericht hätte Ihr Ende bedeutet, Swetlana Michailowna. Und das Ihres Vaters.«

Lanas Schreie waren zu leisem Schluchzen geworden, während auch sie ihren Aufpasser anstarrte. »Das *verstehe* ich nicht!«, sagte sie leise.

»Auch ein Mord kann ein Akt der Barmherzigkeit sein«, erwiderte er. »Gehen Sie jetzt! Sie müssen sofort verschwinden, Swetlana Michailowna, bevor andere kommen und die Situation noch mehr komplizieren. Schnell! Die Schüsse werden Leute anlocken. Gehen Sie nach Hause.« Aus der Stimme des GRU-Offiziers sprachen Zärtlichkeit und stählerne Entschlossenheit.

Metcalfe rappelte sich langsam auf und zog Lana mit sich hoch. »Aber Stiwa … mein Stiwa … Was haben Sie mit ihm vor?«

»Er muss Russland schnellstens verlassen«, sagte Kundrow. »Zu viele sind hinter ihm her, und für ihn gibt's kein Zurück mehr. Tun Sie jetzt, was ich Ihnen sage. Los, los, laufen Sie schon! Hier dürfen Sie nicht bleiben!«

Lana sah verwirrt zu Metcalfe hinüber.

»Ja«, bestätigte Metcalfe, »du musst gehen, *duschka*. Bitte.« Er umarmte Lana, drückte sie an sich und küsste sie. Dann schob er sie sanft von sich fort. »Wir sehen uns wieder. Nur nicht hier in Moskau. Lauf, Liebste. Lauf!«

*

Noch immer verwirrt saß Metcalfe auf dem Beifahrersitz des M-1, den der GRU-Offizier als Dienstwagen fuhr.

Mit seinem grausamen Mund und der Adlernase wirkte Kundrow wie die Arroganz in Person, als er die Limousine durch Moskau lenkte. Seine Stimme strafte sein Aussehen jedoch Lügen: Sie bewies, dass dieser Mann kultiviert und sogar feinfühlig war.

»Vielleicht hat niemand gesehen, wie der tote Iwanow in die Moskwa gefallen ist«, sagte er, »aber das bezweifle ich. Wir können nur hoffen, dass etwaige Augenzeugen nach echt sowjetischer Manier den Mund halten, um keine Scherereien zu bekommen. Angst vor Verhören, Angst vor unangenehmen Folgen – beides bringt die Leute meistens dazu, sich um ihren eigenen Kram zu kümmern. Meistens …«

»Weshalb?«, unterbrach Metcalfe ihn.

Kundrow wusste, was er meinte. »Weshalb ich getan habe, was ich getan habe? Vielleicht weil ich mir mehr aus *grashdanka* Baranowa mache, als ich sollte.«

»Sie hätten mit Iwanow einen Handel abschließen können, damit er sie laufen lässt.«

»Diese Leute lassen niemals locker. Deshalb nennen wir sie *schtschelktschiki* – Nussknacker. Haben sie einen erst mal zu fassen bekommen, können sie nur noch fester zubeißen.«

»Das ist bei euch nicht anders. Bei *Ihren* Leuten. Das ist keine ausreichende Erklärung.«

»Wie lautet das alte Sprichwort? ›Einem geschenkten Gaul schaut man nicht ins Maul.‹ Dies ist ein geschenkter Gaul.«

»Bei uns gibt's eine weitere Redensart, die wir von Vergil übernommen haben: ›Ich fürchte die Danaer, selbst wenn sie Geschenke bringen.‹«

»Aber Sie sind kein Trojaner, und ich bin kein Grieche. Sie halten mich für den Feind, nur weil ich bei der GRU arbeite.«

»Das ist die Realität.«

»Vielleicht die Realität, wie *Sie* sie sehen. Als in Moskau tätiger amerikanischer Agent sehen Sie die Dinge natürlich in dieser Schwarzweißmanier.«

»Nennen Sie mich meinetwegen, was Sie wollen. Sie wissen es besser.« Metcalfe sah, dass sie vor einem der Moskauer Bahnhöfe hielten.

»Ich weiß es besser, aber wir haben keine Zeit, darüber zu diskutieren. Glauben Sie denn, dass wir sowjetischen Geheimdienstler blind sind und nicht wahrnehmen, was um uns herum vorgeht? Dass wir weniger sehen als ihr Außenstehenden? Solche Arroganz belustigt mich, denn tatsächlich seid *ihr* die Blinden. Wir, die wir im finsteren Herzen des Systems arbeiten, kennen die Wahrheit besser als jeder andere. Wir sehen, wie alles funktioniert. Ich hege keine Illusionen, müssen Sie wissen. Ich weiß, dass ich nur ein Schräubchen der riesigen Guillotine bin. Meine Mutter hat oft eine alte russische Maxime zitiert: ›Das Schicksal stellt Forderungen an Fleisch und Blut. Und was fordert es am häufigsten? Fleisch und Blut.‹«

Kundrow stellte den Motor ab und wandte sich Metcalfe zu. Seine Augen leuchteten ebenso wild wie sein rotes Haar. »Ich fahre jetzt in meine Dienststelle zurück und schreibe einen Bericht, dass ich Sie auf der Flucht angeschossen und verletzt habe. Handelt es sich um Ausländer, gilt Mord als zulässiges letztes Mittel. Da ich Sie nicht tödlich getroffen habe, sind Sie irgendwo auf der Flucht. Ich kann die Vorlage meines Berichts noch ein paar Stunden hinauszögern, aber danach wird Ihr Name auf die Überwachungsliste der Grenztruppen gesetzt. Wollte ich mehr für Sie tun, würde ich mich selbst in Lebensgefahr bringen.«

»Sie haben schon sehr viel für mich getan«, stellte Metcalfe fest.

Kundrow sah auf seine Armbanduhr. »Sie lösen eine Fahrkarte nach Leningrad. Auf dem Bahnhof werden Sie von einem ganz gewöhnlich aussehenden Bauernpaar abgeholt, das Sie nur fragt, ob Sie Vetter Ruslan sind. Sie begrüßen die beiden, indem Sie ihnen durchaus förmlich die Hand schütteln, und gehen dann mit ihnen zu ihrem Lastwagen. Die beiden werden nicht mit Ihnen reden wollen, und Sie sollten ihre Zurückhaltung respektieren.«

»Wer sind sie?«

»Sie gehören dem Untergrund an. Gute Leute, die auf einer Kolchose arbeiten und ihre eigenen Gründe dafür haben, das zu tun, was sie tun.«

»Und was tun sie genau?«

»Sie fungieren von Zeit zu Zeit als Vermittler für eine Schmugglerorganisation, die aber nicht Ware, sondern menschliche Fracht ins Ausland schafft. Menschen, die rasch und sicher aus der Sowjetunion flüchten müssen. Die beiden bringen Sie in ein Dorf an der Grenze zu Finnland, wo andere alles Weitere übernehmen. Seien Sie sich bitte bewusst, dass diese Leute ihr Leben riskieren, um Ihres zu retten. Behandeln Sie sie freundlich, seien Sie diskret, und halten Sie sich an ihre Anweisungen. Machen Sie ihnen keine Schwierigkeiten.«

»Sie *kennen* diese Leute?«

»Ich weiß von ihnen. Ich bin vor langer Zeit auf sie gestoßen, habe von ihren Aktivitäten erfahren und hatte damals die Wahl. Ich konnte die Zahl der schon hingerichteten Millionen um einige weitere Leichen vergrößern ... oder über sie hinwegsehen, sie ignorieren und tapfere Leute weiterhin tapfere Dinge tun lassen.«

»Sie gegen das System kämpfen zu lassen, das Sie verteidigen«, stichelte Metcalfe.

»Ich verteidige das System nicht«, wehrte Kundrow schroff ab. »Die Sowjetunion hat heute sehr wenig Helden, und sie werden immer knapper. Wir brauchen mehr von ihnen, nicht weniger. Sie müssen sich jetzt beeilen, sonst verpassen Sie den Zug. Und dann kann Sie niemand mehr retten.«

Teil Vier

MOSKAU, AUGUST 1991

Botschafter Stephen Metcalfe fürchtete sich vor dieser Begegnung, er fürchtete sie mehr, als er sich sein Leben lang vor irgendeiner Begegnung gefürchtet hatte. Er tastete erneut nach der Pistole in der Innentasche seines Jacketts, spürte den kalten Stahl unter seinen Fingern. Dabei erinnerte er sich an die Worte seines alten russischen Freundes: *Niemand kommt auch nur in seine Nähe. Er wird besser geschützt als ich. Nur Sie können zu ihm vordringen.*

Mit dem alten Freund an seiner Seite und von uniformierten Wachen begleitet, ging Metcalfe den stillen, schwach beleuchteten Korridor entlang. Sie befanden sich im Kreml, dem sowjetischen Machtzentrum, das Metcalfe schon Dutzende von Malen besucht hatte. Aber innerhalb der von Wällen umgebenen Festung, die Kreml genannt wurde, gab es viele Gebäude, und in diesem speziellen Gebäude war Metcalfe noch nie gewesen. Dieses Gebäude, in dem das Präsidium des Obersten Sowjet untergebracht war, lag in der Nordostecke des Kremlkomplexes. In diesem Gebäude mit der neoklassizistischen Säulenfront war Lawrentij Berija, der Chef der sowjetischen Geheimpolizei, im Jahr 1953 verhaftet worden, als er nach Stalins Tod einen Staatsstreich versucht hatte.

Sehr passend, dachte Metcalfe grimmig. *Hier in diesem Gebäude lagen die Amtsräume des Mannes, den die meisten Moskauer Insider für den mächtigsten Mann der Sowjetunion hielten, sogar mächtiger als Generalsekretär Gorbatschow – oder vielmehr mächtiger, als Gorbatschow jemals gewesen war.*

Ein unauffälliger Mann von bescheidenem Auftreten namens Stepan Menilow. Ein Mann, den Metcalfe nie kennen gelernt, von dem er nur gehört hatte. Menilow war die graue Eminenz der heutigen Staatsführung: ein berufsmäßiger Apparatschik, der alle Hebel der Macht in seinen Händen hielt und von dessen Existenz die meisten Leute nichts ahnten. Er hielt diese Hebel jedoch nicht nur in den Händen; angeblich spielte er auf ihnen wie auf einer großen Kirchenorgel. Innerhalb seines Schattenreichs schwang er einen aus Einfluss bestehenden Stab und leitete das komplexe Zusammenspiel aller Instrumente des Orchesters mit der Gewandtheit eines Virtuosen. Er war der Dirigent. Der *dirischor*.

Menilow war Sekretär des Zentralkomitees der KPdSU und Stellvertretender Vorsitzender des Verteidigungsrats – eines Gremiums, dem KGB, Außenministerium, Verteidigungsministerium und Innenministerium unterstanden. Generalsekretär und Vorsitzender war Gorbatschow – aber er war gegenwärtig entmachtet und wurde in seiner Luxusvilla auf der Krim festgehalten.

Die Macht hielt jetzt Stepan Menilow in den Händen.

Metcalfes alter Freund hatte ihn über Stepan Menilow informiert. Er war 57 Jahre alt, ein Hardliner und Waffenexperte aus einem kleinen Dorf im Kusnezer Becken, in dem er erst bei seiner Großmutter, dann bei einem Onkel aufgewachsen war. Nach steiler Karriere in der sowjetischen Staatsindustrie war er im Zentralkomitee Sekretär für den militärisch-industriellen Komplex geworden und wegen seiner Verdienste für den Ausbau dieses Sektors zweimal mit dem Leninpreis ausgezeichnet worden.

Aber worauf Metcalfe nicht vorbereitet war, als die Tür von Menilows Arbeitszimmer sich öffnete und den Blick auf den Sekretär preisgab, war die Erscheinung dieses Mannes. Er war groß und sportlich schlank und sah sehr gut aus – ganz und gar nicht, wie man sich einen hinter den Kulissen agierenden Mann vorstellte. Er bewegte sich mit ungewöhnlicher Eleganz und Haltung, schüttelte Metcalfe kräftig die Hand und wies den General an, im Vorzimmer zu warten, weil er mit dem Amerikaner allein sprechen wolle.

Als Metcalfe vor dem riesigen, reich geschnitzten Mahagonischreibtisch des *dirischors* Platz nahm, war er ausnahmsweise um Worte verlegen. Vor ihm auf dem Schreibtisch lag unübersehbar der schwarze Aktenkoffer, der die Startcodes für die sowjetischen Atomwaffen enthielt.

»Sieh mal einer an«, sagte Stepan Menilow. »Der legendäre Stephen Metcalfe. Ein Abgesandter aus dem Weißen Haus, über jeden Zweifel erhaben, über dem Parteiengezänk stehend. Zweifellos der Überbringer einer Botschaft aus dem Oval Office. Einer Botschaft, die später notfalls geleugnet werden kann. Wirklich clever – und ein Beweis für eine Subtilität, die ich euch Amerikanern nicht zugetraut hätte.« Er breitete die Hände aus, während er sich in seinen hochlehnigen Bürosessel zurücklehnte. »Trotzdem werde ich mir anhören, was Sie zu sagen haben. Aber ich warne Sie schon jetzt: Mehr als zuhören werde ich nicht.«

»Mehr verlange ich auch nicht. Aber ich bin nicht im Auftrag des Weißen Hauses hier. Ich habe keinerlei offiziellen Auftrag. Ich will nur direkt – und streng vertraulich – mit dem Mann sprechen, der als Einziger die Macht besitzt, dem gegenwärtigen Wahnsinn ein Ende zu bereiten.«

»Wahnsinn?«, fragte Menilow knapp. »Was Sie heute in Moskau sehen, ist das *Ende* des bisherigen Wahnsinns. Eine Rückkehr zur Stabilität.«

»Ein Ende der Reformen, meinen Sie. Ein Ende der bemerkenswerten Reformen, die Gorbatschow eingeleitet hat.«

»Allzu viele Veränderungen sind gefährlich. Sie lösen nur Chaos aus.«

»Veränderungen können in der Tat gefährlich sein«, sagte Metcalfe. »Aber für Ihre große Nation wäre es noch weit gefährlicher, sich *nicht* zu verändern. Sie wollen niemals zur schlimmen alten Zeit der Diktatur zurückkehren. Ich habe die Stalinzeit miterlebt; ich habe den Terror miterlebt. Beides darf sich niemals wiederholen.«

»Botschafter Metcalfe, Sie sind in Ihrem Land ein großer Mann. Sie sind ein Löwe des amerikanischen Establishments – nur aus diesem Grund habe ich mich bereit erklärt, Sie zu einem Gespräch zu empfangen. Aber Sie dürfen sich nicht anmaßen, uns darüber zu belehren, wie wir unsere eigenen Angelegenheiten regeln sollen.«

»Das stimmt natürlich. Aber ich kann Ihnen sagen, welche Folgen dieser Staatsstreich, den Sie und andere durchführen, haben wird.«

Stepan Menilow zog die Augenbrauen mit der Metcalfe so vertrauten eigenartigen Mischung aus Trotz und Skepsis hoch. »Soll das eine Drohung sein, Mr Ambassador?«

»Durchaus nicht. Das ist eine Voraussage, eine Warnung. Wir sprechen von der Wiederaufnahme des Rüstungswettlaufs, der Ihr Land bereits ruiniert hat. Vom Tod von Hunderttausenden Ihrer Landsleute in Stellvertreterkriegen in aller Welt. Vielleicht sogar von einer nuklearen Katastrophe. Ich kann Ihnen garantieren, dass Washington nichts unversucht lassen wird, um Sie zu entmachten.«

»Ach, wirklich?«, sagte der Dirigent kalt.

»Ja, wirklich. Sie werden isoliert werden. Der Handel, auf den Sie angewiesen sind, wird abrupt zurückgehen. Die amerikanischen Getreidelieferungen werden eingestellt. Ihr Volk wird hungern, und die daraus entstehenden Unruhen werden Russland in ein unvorstellbares Chaos stürzen. Ich habe unmittelbar vor meiner Abreise mit dem nationalen Sicherheitsberater des Präsidenten gesprochen, und obwohl ich nicht in offiziellem Auftrag hier bin, kann ich Ihnen versichern, dass ich weiß, wovon ich in dieser Beziehung rede.«

Der *dirischor* beugte sich nach vorn und legte seine Hände auf die Schreibtischplatte. »Wenn Amerika glaubt, die vorübergehenden Wirren in der sowjetischen Führung ausnützen und uns drohen zu können, erliegt es einem gefährlichen Irrtum. Sobald Sie irgendwo auf der Welt gegen uns vorgehen, werden wir nicht zögern, mit allen Mitteln zurückzuschlagen – mit *allen* uns zur Verfügung stehenden Waffen.«

»Sie verstehen mich falsch«, unterbrach Metcalfe ihn.

»Nein, Sir, Sie verstehen *mich* falsch. Sie dürfen die Tumulte in Moskau nicht fälschlich als Schwäche interpretieren.« Er zeigte auf den Aktenkoffer mit den Atomwaffencodes. »Wir sind nicht schwach, und wir werden

vor nichts zurückschrecken, um unsere Interessen zu verteidigen.«

»Das bezweifle ich keineswegs, und wir sind nicht daran interessiert, Ihre Entschlossenheit auf die Probe zu stellen. Ich stelle nur fest, dass es noch nicht zu spät ist, vom Abgrund zurückzutreten – aber das können nur Sie. Ich schlage vor, dass Sie die übrigen Mitglieder des Notkomitees anrufen und ihnen erklären, dass Sie die Junta nicht länger unterstützen. Ohne Rückhalt bei Ihnen sind ihre Umsturzpläne zum Scheitern verurteilt.«

»Und was dann, Ambassador Metcalfe? Sollen wir uns wieder ins Chaos stürzen?«

»Eine Rückkehr zu früheren Zuständen kann es nicht geben. Dafür hat sich zu viel verändert. Aber Sie können entscheidend dazu beitragen, wirkliche, friedliche Veränderungen zu bewirken. Hören Sie mir doch zu, verdammt noch mal: Sie können nicht auf einem Thron aus Bajonetten sitzen.«

Aber der Dirigent lachte nur. »Sie behaupten, mein Land zu kennen. Aber Sie scheinen *nicht* zu wissen, dass es für Russland nichts Gefährlicheres gibt als Chaos. Unordnung ist die größte Gefahr für unser Wohlergehen.«

»Es wird gewaltigen Mut erfordern, sich von den Verschwörern loszusagen«, fuhr Metcalfe unbeirrt fort. »Aber wenn Sie das tun, können Sie auf unsere Unterstützung zählen. Sie werden beschützt – das verspreche ich Ihnen. Ich gebe Ihnen mein Wort.«

»Ihr Wort!«, sagte Menilow verächtlich. »Weshalb sollte ich Ihnen glauben? Wir bedeuten einander nichts – wir gleichen zwei U-Booten, die auf Tauchstation aneinander vorbeilaufen.«

»So mag es scheinen. Und trotzdem sind wir beide Männer, die dem bloßen Schein niemals trauen. Ich möchte Ihnen eine Geschichte erzählen.«

»Ich glaube, dass Sie seit Ihrem Kommen nichts anderes getan haben, als mir Geschichten zu erzählen. Und ich kenne sie alle, Mr Ambassador. Ich kenne sie alle.«

»Bei allem Respekt«, sagte Metcalfe, »diese hier kennen Sie nicht.«

Kapitel Zweiunddreißig

BERN, NOVEMBER 1940

Die Schweizer Hauptstadt, weit stiller und weniger kosmopolitisch als ihre bekannteren Schwestern Genf und Zürich, erhebt sich auf einem steil aufragenden felsigen Vorgebirge, einer von der Natur geschaffenen Festung, die auf drei Seiten von einem aus dem Fluss Aare gebildeten Wassergraben umgeben ist.

Die Berner Altstadt war ein Labyrinth aus Laubengängen und gepflasterten Gassen. Unweit des Casinoplatzes lag in der Altstadt die Herrengasse. Die Nummer 23 war das letzte Haus einer Reihe von Bürgerhäusern aus dem 14. Jahrhundert, deren rückwärtige Weingärten in steilen Terrassen zur Aare hinunter abfielen. Hoch über ihnen waren die Gipfel des Berner Oberlands zu sehen.

Hier hatte Alfred Corcoran sich niedergelassen. Dies war seine neue Operationsbasis, seit das von ihm geleitete amerikanische Spionagenetz neue Aktivitäten entwickelte.

Metcalfes Flucht über die sowjetisch-finnische Grenze war anstrengend und gefährlich gewesen. Wie Kundrow ihm versprochen hatte, war er auf dem Leningrader Bahnhof von einem ältlichen Paar abgeholt worden, das ihn auf einem Waldparkplatz außerhalb der Stadt abgesetzt hatte. Dort hatte zwanzig Minuten später ein Lastwagen gehalten, dessen Fahrer einen stolzen Betrag forderte, bevor er auch nur den Motor abstellte. Der Lastwagen hatte für

Helsinki bestimmte Heißwasserboiler geladen, denn der Handel ging trotz des Krieges weiter. Einer dieser Boiler war geschickt modifiziert worden: Er hatte oben und unten Luftlöcher und eine Schiebeklappe, durch die ebenfalls Luft hereinkam; sein Oberteil war mit einer Metallsäge abgetrennt worden. Das Ganze hatte Metcalfe viel zu sehr an einen Sarg erinnert. Trotzdem hatte er sein Schicksal diesem Unbekannten anvertraut, den er nie wieder sehen würde, und war in den Wasserbehälter gekrochen, der dann zugeschweißt wurde.

Die Zollkontrolle an der sowjetisch-finnischen Grenze war nur flüchtig. Kurze Zeit später hielt der Lastwagen wieder, und der Fahrer verlangte weitere hundert Rubel dafür, dass er Metcalfe aus seinem engen Gefängnis befreite – »für meine Mühe«, wie er erklärend hinzufügte.

Metcalfe zahlte.

Vom Flughafen Malmi in Helsinki gab es keine Direktflüge nach Bern, aber ein reicher Geschäftsmann mit guten Verbindungen, für den Geld keine Rolle spielte, konnte ein Flugzeug chartern, das ihn in die Schweiz brachte.

Corkys Anweisungen folgend, näherte er sich jetzt dem von Weinreben umrankten Hintereingang des alten Hauses in der Berner Altstadt. Auf diesem Weg, das sah er, konnten Besucher das Haus ungesehen betreten und verlassen.

Er klingelte, danach wartete er unruhig besorgt. Seit er Corky zuletzt in Paris gesehen hatte, waren nur wenige Wochen vergangen, die ihm jedoch wie Jahre vorkamen. Nach Moskau war er im Grunde genommen als Daniel Eigen gereist – in der Rolle, die seine wirkliche Identität geworden war: als leichtsinniger Playboy, in persönlichen Dingen rücksichtslos, inmitten aller Kriegsnot unbekümmert. Aber Daniel Eigen existierte nicht mehr. Und nicht nur, weil er enttarnt worden war. Die Ermordung eines guten Freundes, der Verrat an seiner Geliebten … Solche Dinge *mussten* einen Mann verändern.

Auch Metcalfes Einstellung gegenüber seinem alten Mentor hatte sich verändert. Er hatte seinen Auftrag ausgeführt, Lana für Corkys Zwecke eingespannt und sie bewusst irregeführt. Er hatte getan, was ihm befohlen worden war. Aber in Zukunft würde er Corcorans Befehle nicht mehr blindlings und ohne nachzudenken befolgen können.

Die Tür öffnete sich; eine Haushälterin ließ ihn ein. Sie war eine matronenhafte Frau, die ihr Haar zu einem straffen Nackenknoten zusammengefasst trug. Ihrem Aussehen nach eine Schweizerin. Sie fragte nach seinem Namen, nickte, als Metcalfe ihn nannte, und führte ihn dann in ein helles, geräumiges Wohnzimmer mit zwei großen offenen Kaminen. In einem brannte ein Feuer, an dem Corky in einem Ohrensessel saß. Er drehte sich um, als Metcalfe hereinkam.

Corcoran sah noch blasser, noch runzliger aus als vor wenigen Wochen. Hatten der Stress des Krieges, des Unternehmens WOLFSFALLE ihn so altern lassen? Die Belastungen durch den Verlust seiner Geheimagenten, seiner Kronjuwelen, wie er sie nannte? Die über seinen Gesundheitszustand kursierenden Gerüchte hatten vermutlich eine reale Grundlage: Corky sah krank aus; sein Aussehen hatte sich binnen weniger Wochen merklich verschlechtert.

»Stephen Abernathy Metcalfe«, verkündete Corky mit hoher, leicht zittriger, aber trotzdem fester Stimme. »Sie verblüffen mich immer wieder.« Über das Gesicht des Alten huschte ein schwaches Lächeln, als er jetzt aufstand. In dem Aschenbecher neben ihm brannte eine Zigarette, deren Rauch leicht gekräuselt senkrecht aufstieg.

»Soll ich das als Lob auffassen?«, fragte Metcalfe, indem er näher trat und ihm die Hand schüttelte. »Oder war das ein Tadel?« Der aus Corkys Tweedsakko aufsteigende Geruch nach Pep-O-Mint Life Savers war ebenso stark wie der Geruch von kaltem Zigarettenrauch.

Corky machte eine nachdenkliche Pause. »Beides, glaube ich. Ich war mir nicht sicher, ob Sie's schaffen würden, nach Bern zu kommen.«

»Es war nicht leicht, in Helsinki ein Flugzeug zu chartern, das muss ich zugeben.« Metcalfe ließ sich in den zweiten Ohrensessel am Kamin fallen.

»Oh, das war meine geringste Sorge. Ich rede von Moskau. Dort ist zu viel schief gegangen.« Corky hatte sich dem Kaminfeuer zugewandt und stocherte mit einem Schürhaken darin herum. Dieses Feuer hatte etwas Archaisches, etwas Elementares an sich, das beruhigend auf Metcalfe wirkte. Der alternde Spionagechef hielt viel von Theatralik, von geschickten Inszenierungen; Metcalfe zweifelte keinen Augenblick daran, dass Corky sich ganz bewusst für dieses Haus mit seinen offenen Kaminen, seiner fast sakralen mittelalterlichen Architektur, seiner behaglichen Einrichtung und seiner Lage in einer gepflasterten Altstadtgasse entschieden hatte, weil Besucher sich darin wohl fühlen und so eher geneigt sein würden, dem Beichtvater alle ihre Sünden zu offenbaren.

»Aber noch mehr hat genau so geklappt, wie Sie's geplant hatten«, sagte Metcalfe, der Zorn in sich aufsteigen fühlte. »Nur haben Sie sich nie die Mühe gemacht, mich in den Plan einzuweihen.«

»Stephen …«, begann Corcoran warnend.

»War's wirklich notwendig, mir Lügengeschichten zu erzählen, statt mir ehrlich zu sagen, wozu ich nach Moskau sollte? Und mussten Sie auch in Bezug auf die Schriftstücke lügen, die Lana an von Schüssler weitergeben sollte? Oder ist Lügen Ihnen bereits zur zweiten Natur geworden? Können Sie gar nicht mehr anders?«

»Ich weiß, dass es für Sie schwierig gewesen sein muss«, sagte Corcoran sehr leise und starrte weiter ins Feuer. »Was früher zwischen ihr und Ihnen gewesen ist … Es ist wieder aufgeflammt, stimmt's? Die Sache, die alles für Sie erschwert hat, war genau die Sache, die garantiert hat, dass sie tun würde, was Sie von ihr verlangt haben. Sie wollen wissen, weshalb ich Sie belogen habe? *Deshalb*, Stephen. Genau das war der Grund.«

»Ich verstehe nicht, was Sie meinen.«

Corcoran seufzte. »Hätten Sie gewusst, dass Sie Lana auf diese Weise ausnützen müssten, wäre es Ihnen nie gelungen, sie wieder für sich zu gewinnen. Nur Authentizität konnte die Flammen der Liebe entfachen. Ich habe Sie belogen, Stephen, damit Sie Lana nicht belügen mussten. Zumindest nicht von Anfang an.«

Metcalfe schwieg fast eine Minute lang, wie vor den Kopf geschlagen. Er wusste nicht, was er sagen sollte. Er musste seiner Wut, die ihn daran hinderte, klar zu denken, irgendwie Luft machen.

»Stephen, Sie wissen nicht die Hälfte von allem, was gegenwärtig passiert. Die Lage ist viel kritischer, als Sie ahnen.«

»Das kann ich kaum glauben, Corky. Ich war dort. Jesus, ich war in der gottverdammten *Lubjanka*!«

»Ich weiß.«

»Das *wissen* Sie? Wie zum Teufel …? Erzählen Sie mir bloß nicht, dass Sie eine Quelle beim *NKWD* haben!«

Corky hielt ihm einen Packen Papier hin. Metcalfe stellte fest, dass es sich um einen Abhörbericht handelte. Er überflog ihn zunehmend verwirrt. Das Dokument enthielt einen detaillierten Bericht über sein Verhör in der Lubjanka – bis hin zu wörtlich wiedergegebenen Passagen aus seinen Gesprächen mit dem NKWD-Ermittler.

»Was … Woher zum Teufel haben Sie das, Corky? Sie haben eine Quelle in der Lubjanka?«

»Schön wär's! Nein, leider haben wir unsere Informationen aus zweiter Hand.«

»Was meinen Sie mit ›aus zweiter Hand‹?«

»Das war scherzhaft gemeint. Seit einiger Zeit können wir Meldungen von Agenten der deutschen Abwehr mithören und entschlüsseln. Was Sie in der Hand halten, ist die Mitschrift einer dieser abgehörten Meldungen.«

»Das heißt also, dass die deutsche Abwehr einen Informanten in der Lubjanka hat?«

Corcoran nickte. »Offenbar einen sehr guten.«

»Jesus!« Metcalfe wandte sich ruckartig vom Feuer ab und starrte Corky an. »Heißt das, dass die Deutschen von unserer Verbindung zu Lana wissen?«

»Offenbar nicht. Sie wissen lediglich, dass Sie flüchtig mit ihr bekannt sind. Nicht von Ihrer professionellen Verbindung zu der jungen Frau. *Die* wäre ganz sicher erwähnt worden. An unserem Material für WOLFSFALLE sind schwer wiegende Zweifel geäußert worden, aber nicht aus diesem Grund.«

»Was meinen Sie mit ›schwer wiegende Zweifel‹?«

»Das Unternehmen steht auf Messers Schneide, Stephen.« Corky nahm einen langen Zug von seiner Zigarette und sah ins Feuer. »In der Frage, ob es klug wäre, Russland anzugreifen, sind Hitlers Generale heillos zerstritten. Es gibt welche, die das schon immer wollten, aber das ist eine fanatische Minderheit. Eine starke Fraktion hat sich von den WOLFSFALLE-Dokumenten überzeugen lassen. Sie plädiert für einen Angriff schon im Mai kommenden Jahres – bevor die Rote Armee einen Präventivschlag führen kann. Aber im Oberkommando der Wehrmacht gibt es auch Männer, die einen Überfall auf die Sowjetunion für eine Torheit, für blanken Wahnsinn halten. Das sind die vernünftigen Generale, die sich bemühen, Hitlers Größenwahn im Zaum zu halten. Sie erinnern die Befürworter eines Russlandfeldzugs immer wieder an Napoleons Niederlage vor Moskau im Jahr 1812.«

»Aber wie können sie Nichtstun rechtfertigen, wenn Stalin einen Präventivschlag plant, was unser Material doch zu beweisen scheint?«

»Sie rechtfertigen Untätigkeit, indem sie die Echtheit des Materials anzweifeln. Das ist eine ganz natürliche Reaktion.«

»Die Echtheit anzweifeln? Sind die Dokumente als Fälschungen erkannt worden?«

Corcoran schüttelte langsam den Kopf. »Dafür gibt es keinerlei Anzeichen. Die Dokumente sind wirklich erstklassige Fälschungen, muss ich sagen. Unseres Wissens hat im deutschen Oberkommando niemand Grund zu dem Verdacht, das Material sei von den Amerikanern gefälscht worden. Die Kritiker sagen jedoch, es könnte in Moskau – von den Russen selbst – gefälscht worden sein.«

»Aber das ist doch Unsinn! Zu welchem Zweck? Um zu erreichen, dass die Deutschen sie überfallen?«

»Sie dürfen nicht vergessen, dass es innerhalb der sowjetischen Führung Leute gibt, die Stalin so sehr hassen, dass sie eine deutsche Invasion herbeisehnen – sie sehen Hitler als ihren Erlöser. Diese Fraktion ist vor allem in der Roten Armee sehr stark.«

»Sie würden das eigene Land unterjochen lassen, um Stalin loszuwerden? Wahnsinn!«

»Der springende Punkt ist, Stephen, dass es gute Gründe gibt, die Echtheit der WOLFSFALLE-Dokumente anzuzweifeln. Vor allem, wenn man sie anzweifeln *will*, wenn man einen Überfall auf die Sowjetunion für den katastrophalen Fehler hält, der er tatsächlich wäre. Deshalb werden Fragen aufgeworfen. Das Argument der Kritiker lautet: Wenn der NKWD so gut ist, weshalb hat er diese Frau, diese Generalstochter, die Rudolf von Schüssler streng geheimes Material übergeben hat, dann nicht längst gefasst?«

»Aber solange die Dokumente für echt gehalten werden …«

»Es gibt weiterhin Zweifel«, unterbrach Corcoran ihn mit Stahl in der Stimme. »Und in Kombination mit vernünftigen, logistischen Argumenten gegen einen Überfall auf Russland beginnen diese Zweifel die Oberhand zu gewinnen. Die Zeit arbeitet gegen uns. Tun wir nicht noch mehr – etwas, das die Echtheit dieser Dokumente bestätigt –, ist das Unternehmen zum Scheitern verurteilt.«

»Aber was ist noch mehr *möglich*?«

»Die Quelle muss über allen Zweifel erhaben sein«, sagte Corky nach einer Pause.

»Die Quelle …? Die Quelle ist die Tochter eines Generals der Roten Armee – eines Generals, von dem die

Deutschen wissen, dass er zu den heimlichen Verschwörern gegen Stalin gehört!«

»Ein heimlicher Verschwörer gegen Stalin«, wiederholte Corky mit sarkastischem Unterton, »der nur zufällig nicht geschnappt und liquidiert worden ist?«

»Damit hat von Schüssler Lana in der Hand! Er besitzt Beweise dafür.«

»Die Welt der Spionage ist ein Labyrinth aus Spiegeln, mein Sohn. Merken Sie sich das jetzt, bevor's zu spät ist. Spiegel, die andere Spiegel reflektieren.«

»Was zum Teufel soll das wieder heißen?«

»Im April 1937 hat Joseph Stalin aus Prag ein Dossier mit Beweisen dafür erhalten, dass Generalstabschef Marschall Tuchatschewski und weitere sieben Generale gemeinsam mit dem deutschen Oberkommando einen Staatsstreich gegen das Sowjetregime geplant hatten.«

»Richtig. Das war die Grundlage für die Hochverratsprozesse und die anschließenden großen Säuberungen.«

»Ja. Fünfunddreißigtausend Offiziere wurden erschossen. Die gesamte Führung der Roten Armee – und das am Vorabend eines Krieges. Ein geradezu unglaublicher Glücksfall für die Deutschen, stimmt's?«

»Glücksfall ...?«

»Sie glauben doch hoffentlich nicht, Stephen, dass wir die Einzigen sind, die Dokumente fälschen können. Reinhard Heydrich, der Chef des SS-Sicherheitsdiensts, ist ein ernst zu nehmender Gegner. Ein wirklich brillanter Mann. Er wusste, wie paranoid Stalin ist, wie bereitwillig er glauben würde, dass seine eigenen Leute sich gegen ihn verschworen hätten.«

»Wollen Sie damit behaupten, die Beweise gegen Tuchatschewski seien *gefälscht* gewesen?«

»Im Auftrag Heydrichs haben Alfred Naujocks und Dr. Hermann Behrens, zwei seiner Stellvertreter, ein raffiniertes Täuschungsmanöver eingefädelt. Er hat seine SD-Spezialisten für Dokumente zweiunddreißig Schriftstücke fälschen lassen – Korrespondenz zwischen Tuchatschewski und weiteren sowjetischen Generalen mit dem Oberkommando der Wehrmacht. Angeblich mit der Bitte um Unterstützung bei einem Staatsstreich gegen Stalin.«

»Jesus!«, rief Metcalfe verblüfft aus. »Gefälscht?«

»Heydrich hat das Belastungsmaterial sehr geschickt platzieren lassen. Behrens hat die Dokumente nach Prag mitgenommen und dort an sowjetische Agenten verkauft – *verkauft*, wohlgemerkt, für mehrere Millionen Dollar.«

»Tuchatschewski ist bei Stalin angeschwärzt worden? Wollen Sie das behaupten?«

»Wie Saturn frisst die Revolution ihre eigenen Kinder. Ich will damit sagen, dass Heydrich die Wahrheit kennt, weil er sich die Lüge ausgedacht hat, die Stalin dazu gebracht hat, seine eigenen Streitkräfte zu enthaupten. Er weiß, dass Tuchatschewski nicht schuldig war – also weiß er auch, dass General Michail Baranow kein Verschwörer war.«

Also waren die angeblichen Beweise, mit denen von Schüssler Lana in der Hand hatte, gefälscht! Metcalfe konnte es kaum erwarten, ihr die Wahrheit mitzuteilen. Aber seine Hochstimmung verflog rasch, sobald ihm die Konsequenzen dieser Enthüllung klar wurden. »An der Glaubwürdigkeit von Lanas Vater bestehen also nach wie vor Zweifel«, sagte er.

»Alles bleibt zweifelhaft.« Corky zündete sich eine neue Zigarette an und stieß den Rauch durch die Nase aus. »Auch das Schicksal des Unternehmens WOLFSFALLE. Es sei denn, wir wären bereit, unsere eigene Agentin zu opfern. Dieses Opfer wird das Unternehmen retten – und zugleich die freie Welt, möchte ich behaupten.«

Metcalfe war blass geworden. »Ich verstehe nicht, was Sie meinen«, krächzte er.

»Oh, ich glaube, dass Sie das recht gut verstehen«, sagte Corky mit kaum verständlich leiser Stimme. Er stocherte weiter im Kaminfeuer herum, als wolle er vermeiden, Metcalfes Blick zu begegnen.

»Erklären Sie's mir«, verlangte Metcalfe wütend. »Ich bin begriffsstutzig.«

»Sie sind alles andere als begriffsstutzig, Stephen, aber Sie wollen anscheinend, dass ich die Worte ausspreche. Ist das nötig, dann bin ich bereit, es zu tun. Swetlana Baranowa muss vom NKWD geschnappt werden. Sie muss verhaftet werden. Nur dadurch sind die Deutschen davon zu überzeugen, dass die von ihr weitergegebenen Schriftstücke echt sind.«

Metcalfe war mit einem Satz auf den Beinen, baute sich vor Corcoran auf. Sein Zeigefinger bohrte sich fast ins Gesicht seines alten Mentors, während er knurrte: »Der Zweck heiligt jedes Mittel, was, Corky? Das wollten Sie doch sagen? Kommt ein Mensch Ihnen in die Quere, wird er irgendwie lästig, zögern Sie keine Sekunde lang, ihn den Wölfen zum Fraß vorzuwerfen? Selbst eine Frau, die sich so tapfer für uns eingesetzt hat, die unter Lebensgefahr ...«

»Ersparen Sie mir Ihre frömmelnde Scheinheiligkeit. Ich rede vom Überleben Europas, der Vereinigten Staaten – dem Fortbestand der Demokratie auf diesem Planeten. Ich brauche keine Vorträge über operative Ethik.« Corcorans Augen mit den schweren Lidern blieben ganz ruhig.

»*Operative Ethik?* Ist *das* Ihre Bezeichnung dafür?« Metcalfe wandte sich sprachlos und angewidert ab, ließ sich wieder in den Sessel fallen. Er starrte weiter ins Kaminfeuer. »Zuzulassen, dass sie verhaftet wird, wäre Wahnsinn!«

»Nun, wie Lord Lyttelton gesagt hat: ›Liebe kann hoffen, wo Vernunft verzweifeln würde‹, hmmm?« Der rötliche Feuerschein schien die Runzeln im Gesicht des Alten noch zu betonen.

»Was wissen *Sie* schon von Liebe?«

»Ich bin ein Spion, Stephen. Ich verstehe etwas von Verzweiflung.«

»Und von Vernunft?«

»Auch von Vernunft verstehe ich viel. Glauben Sie mir, ich weiß, dass diese Frau bedeutend und außergewöhnlich ist. Aber wissen Sie was? Der Weltfriede ... nun, auch *der* ist bedeutend und außergewöhnlich. Den Planeten davor retten, von der faschistischen Kriegsmaschinerie verschlungen zu werden? Eine große Aufgabe. Das Dritte Reich daran hindern, die Zivilisation zu zerstören? Ebenfalls höchst ehrenvoll.«

»Schluss jetzt«, sagte Metcalfe ausdruckslos.

»Sie haben mir die Worte aus dem Mund genommen.« Corcorans Blick war weiter ausdruckslos.

»Sie ändern sich niemals, stimmt's, Corky?«

Der Alte nickte leicht. »Ich spüre allerdings, dass Sie sich verändert haben.«

Metcalfe zuckte mit den Schultern. »Wirklich? Vielleicht hat die Welt sich verändert.«

»Stephen, Stephen. Wieso verstehen Sie noch immer nicht? Die Welt hat sich nicht verändert. Die Welt hat sich nicht im Geringsten verändert. Und sie wird sich auch nicht verändern – nicht, wenn wir sie nicht verändern.«

Metcalfe bedeckte sein Gesicht mit den Händen. Sein Verstand begann auf Hochtouren zu arbeiten. Es musste irgendeine Lösung geben. Im nächsten Augenblick sah er mit scheinbar resignierter Miene vom Feuer auf. »Was haben Sie vor?«, fragte er tonlos.

»Morgen Nachmittag trifft die führende Ballettgruppe des Bolschoitheaters als von Moskau entsandte Freundschaftsdelegation in Berlin ein. Sie wird dort in der Staatsoper auftreten. Für die kritiklosen Deutschen holen sie vermutlich ihre abgedroschene alte Inszenierung von *Schwanensee* aus der Mottenkiste.«

»Lana kommt nach Berlin.«

»Und ihr Naziliebhaber von Schüssler ebenfalls. Er macht bestimmt einen kleinen Heimaturlaub, besucht wieder mal das alte Herrenhaus. Ein geschickt platzierter Tipp beim NKWD müsste genügen. Der NKWD verhaftet sie, und die Deutschen sind Augenzeugen. Und danach ist die Welt wieder in Ordnung. Tut mir schrecklich Leid, Stephen.«

»Und sie erzählt dem NKWD die Wahrheit.«

»Tatsächlich?«, fragte Corky ohne großes Interesse. »Das spielt dann keine Rolle mehr. Sie kann protestieren, so lange sie will – sobald das Oberkommando der Wehrmacht erfährt, dass sie verhaftet worden ist, ist das Unternehmen WOLFSFALLE gerettet.«

»Sie wünschen sich wohl, die Sache wäre so einfach«, sagte Metcalfe mit sorgfältig beherrschter Stimme. »Nein, ich habe eine bessere Idee. Sie schicken mich nach Berlin, und ich ...«

»Sie reaktivieren die Marionette.«

»Irgendwas in dieser Art.«

Corcoran starrte Metcalfe sekundenlang prüfend an. »Sie wollen Abschied von ihr nehmen, stimmt's?«

»Gestatten Sie mir das«, drängte Metcalfe. »Und ich verspreche Ihnen, mein Bestes zu tun.«

Der Alte schüttelte langsam den Kopf. »Kommt gar nicht in Frage. Sie kehren nach Bar Harbor zurück, Stephen. Sie verbringen die Nachmittage damit, zu den Cranberry Islands hinauszusegeln – mit einem Tom Collins in einer Hand und einer hübschen Blondine, die kürzlich ihr Studium in Westover abgeschlossen hat, an ihrer Seite. Und sie werden diese Angelegenheit vergessen.«

»*Verdammt* noch mal, Corky ...«

»Seien Sie nicht kindisch. Sie haben sich bereits unsere ewige Dankbarkeit verdient.« Corcoran bedachte ihn mit einem flüchtigen, kalten Lächeln wie ein Zauberkünstler, der ein Ass aus einem präparierten Kartenspiel aufdeckt. »Wir wollen praktisch denken. Alle Rollen, die Sie spielen könnten, sind der Gegenseite bekannt. Ein nochmaliger Einsatz wäre ein Risiko, das ich nicht eingehen will.«

»Aber ich bin bereit, es einzugehen«, antwortete Metcalfe trotzig.

»Sie verstehen nicht, worum es hier geht. Das Risiko beträfe nicht nur Sie selbst. Wir alle – die Überlebenden aus dem Gesellschaftsregister – wären ebenso gefährdet wie das Unternehmen selbst.«

»Ich glaube, dass ich das allein entscheiden muss.«

»Stephen, bitte. Der Misserfolg geht auf meine Kappe. Ich habe Sie vieles gelehrt ...«

»Alles, was ich weiß. Ich wäre der Erste, der das eingestehen würde.«

»Aber etwas wirklich Wichtiges habe ich Ihnen beizubringen versäumt: Bescheidenheit. Ich dachte, das Leben würde Sie Bescheidenheit lehren, aber das war offenbar ein Irrtum. Nein, Stephen, Sie haben hier nichts zu entscheiden. Hier steht weit mehr auf dem Spiel, als Sie begreifen könnten. Sie haben ausgedient. Kehren Sie nach Hause zurück. Dort erwartet Sie ein großer Spielplatz. Lassen Sie die Schrecken hinter sich. Und überlassen Sie alles Weitere älteren, erfahreneren Leuten.«

Metcalfe schwieg lange nachdenklich. »Also gut«, sagte er dann. »Verfrachten Sie mich meinetwegen nach Hause. Aber ich will Ihnen erzählen, womit Sie in diesem Fall rechnen müssen. Ich weiß nicht, was Sie von Ihren Informanten hören, aber ich kenne die Frau, ich war in letzter Zeit viel mit ihr zusammen, und ich weiß, dass sie eine Schwäche für diesen von Schüssler hat.«

Corky war sichtlich betroffen. »Das haben Sie mir gegenüber niemals auch nur angedeutet!«

»Sie glauben vielleicht, das Herz einer Frau besser zu verstehen als ich. Ich weiß nur, was ich spüre. Ich glaube, dass ihr der Deutsche ein bisschen Leid tut – wenn sie nicht sogar mehr für ihn empfindet.«

»Was soll das genau heißen?«

»Das heißt, es besteht die Gefahr, dass Lana das Unternehmen scheitern lässt, indem sie von Schüssler einen Tipp gibt, dass er reingelegt worden ist. Mehr ist nicht nötig, um alle unsere Anstrengungen zunichte zu machen.«

»Das *darf* nicht passieren«, knurrte Corcoran.

»Genau. Und ich verspreche Ihnen, zu tun, was ich kann, damit alles im Gleis bleibt. Ich verstehe mich darauf, sie unter Kontrolle zu halten.« Er starrte den Alten mit wilder Entschlossenheit an. Corky musste unbedingt glauben, was er jetzt sagte. Davon hing alles ab.

Corcoran musterte ihn mit einem Röntgenblick; er schien zu versuchen, bis in Metcalfes Seele einzudringen.

Eine ganze Minute verstrich, bevor er sagte: »Chip Nolan wohnt hier im Hotel Bellevue Palace. Von ihm bekommen Sie alle Papiere, die Sie brauchen.«

*

Alfred Corcoran saß in seinem Sessel, starrte ins Kaminfeuer und rauchte. Er war überrascht und, ehrlich gesagt, ziemlich verärgert gewesen, als er feststellen musste, dass Stephen Metcalfe noch lebte. Amos Hilliard war selbst ermordet worden, bevor er das Sicherheitsrisiko namens Metcalfe hatte eliminieren können.

Corcoran war jedoch stolz darauf, ein vorbildlich pragmatisch denkender Mann zu sein. Er war schon immer der Überzeugung gewesen, erfolgreiche Unternehmen erforderten ständige Improvisation. So sei es. Metcalfes Einschätzung der russischen Ballerina war vermutlich zutreffend. Also sollte er nach Berlin fahren und dafür sorgen, dass das Unternehmen WOLFSFALLE im Gleis blieb. Vielleicht war es sogar gut, dass die Dinge sich so entwickelt hatten.

Seine Schweizer Haushälterin kam mit einem Silbertablett herein und schenkte ihm eine Tasse dampfenden Darjeelings ein.

»Danke, Frau Schibli«, sagte der Alte. In Bezug auf seinen Aufenthalt hier in Bern war er so vorsichtig, dass er

Chip Nolan sogar gebeten hatte, diese harmlose Hausfrau zu überprüfen. Man konnte nie zu vorsichtig sein.

Er griff nach dem Telefonhörer, wählte die Nummer des Hotels Bellevue Palace und ließ sich mit Chip Nolans Zimmer verbinden.

*

Das Bellevue Palace stand mit weiter, prachtvoller Aussicht hoch über der Aare in der Kochergasse. Nolans Suite war kaum weniger geräumig oder prächtig, was Metcalfe dem FBI-Agenten ohne Zögern mitteilte. »J. Edgar Hoover bewilligt euch Jungs anscheinend recht üppige Spesen«, neckte Metcalfe den kleinen, zerzausten Mann.

Chip, dessen haselnussbraune Augen sich zu trüben schienen, beobachtete ihn wachsam. »Mr Hoover weiß, wie wichtig es ist, unser weltweites Aufklärungsnetz auszubauen … James. So heißen Sie doch? James?«

Metcalfe war einen Augenblick lang verwirrt, aber dann fiel ihm ein, dass der FBI-Mann nicht völlig eingeweiht war, weil Corcorans strikt eingehaltene Segmentierung es erforderlich machte, dass er die wahre Identität von Corkys Agenten nicht erfahren durfte.

»Stimmt ungefähr«, sagte Metcalfe.

»Wie wär's mit einem Drink?«, fragte Nolan, indem er an den Barschrank trat. »Whiskey? Gin? Oder nach Ihrem Besuch bei Mütterchen Russland vielleicht lieber Wodka?«

Metcalfe missfiel das anzügliche Grinsen auf dem Gesicht des FBI-Agenten. »Danke, nichts für mich.«

Nolan mixte sich einen Scotch mit Eis. »Sie waren schon früher drüben, stimmt's?«

»In Russland, meinen Sie?« Metcalfe zuckte mit den Schultern. »Einige Male.«

»Stimmt; jetzt fällt's mir wieder ein. Sie sprechen Russisch, nicht wahr?«

»Ein bisschen.«

»Hat's Ihnen gefallen?«

»Was gefallen? Russland?«

»Das sozialistische Utopia. Was hat ein Russlandbesucher gleich wieder gesagt? ›Ich war in der Zukunft drüben, und sie funktioniert.‹«

»Wenn das die Zukunft ist«, sagte Metcalfe, »sitzen wir alle in der Scheiße.«

Nolan schmunzelte sichtlich erleichtert. »Das können Sie laut sagen! Aber wenn man Corky über die Russen reden hört, hat man fast den Verdacht, dass er sie zu milde beurteilt.«

»Nein, ich denke, das liegt nur daran, dass er die Nazis im Augenblick mehr fürchtet.«

»Klar, aber genau diese Angst hat viel zu viele patriotische Amerikaner in Rote verwandelt.«

»Wer Stalins Russland mit eigenen Augen gesehen hat – wer wirklich *gesehen* hat, was das System Menschen antut –, wird niemals Kommunist werden.«

»Bravo!«, sagte Nolan und hob sein Glas, um Metcalfe zuzutrinken. »Erzählen Sie das Ihren Freunden aus dem Gesellschaftsregister.«

»Zum Beispiel wem?«

»Corkys Jungs. Ich habe inzwischen einige von ihnen kennen gelernt, und sie kennen anscheinend nur ein einziges Thema: Hitler hier und Hitler dort, die Nazis, der Faschismus ... Man könnte glauben, sie hätten nie einen Gedanken darauf verschwendet, was passieren würde, wenn Onkel Joe seinen Willen bekäme. Ist der Kreml eines Tages obenauf, gibt's kein Gesellschaftsregister mehr, das können Sie mir glauben. Dann pflanzen diese Dandys Radieschen in Nowosibirsk.« Er stellte sein Glas ab. »Also gut, Sie müssen nach Berlin, wie ich gehört habe, aber in Ihrer alten Pariser Rolle sind Sie enttarnt, richtig?«

»Das nehme ich an. Ich will jedenfalls nichts riskieren.«

»Berlin, was? Da spielen Sie jetzt in der ersten Liga.«

»Wie kommen Sie darauf?«

»Wenn Sie meinen, der NKWD sei knallhart, dann sollten Sie mal die Gestapo erleben. Diese Jungs fackeln nicht lange.«

»Ich habe sie in Paris erlebt.«

»Paris war ein Kindergarten, James. Paris ist nichts. In Berlin gibt die Gestapo den Ton an. Glauben Sie mir, dort müssen Sie verdammt gut auf sich aufpassen. In Berlin können Sie nicht herumflanieren und mit Miezen ins Bett gehen.«

Metcalfe zuckte mit den Schultern. »Mein Auftrag ist eher unkompliziert.«

»Und der wäre?«

»Mein Auftrag?«

»Ich kann Ihnen nicht helfen, wenn ich keine Einzelheiten weiß.«

»Denken Sie an Corkys geheiligtes Prinzip.«

»Aufsplitterung kann tödlich sein, James. Sehen Sie sich an, wie viele von seinen Jungs allein im letzten Monat ins Gras gebissen haben. Alles nur, weil Corky darauf bestanden hat, dass sie isoliert, auf sich allein gestellt waren. Ich habe ständig in Berlin zu tun – ich kann Ihnen dort behilflich sein.«

Metcalfe schüttelte den Kopf. »Vielen Dank für Ihr Angebot, aber ich brauche nur falsche Papiere.«

»Wie Sie meinen.« Nolan sperrte eine Schreibtischschublade auf und nahm eine Ledermappe heraus. »Am besten versteckt man sich in aller Öffentlichkeit, sage ich immer. Okay, Sie sind also ein in Basel tätiger amerikanischer Bankier. William Quilligan.«

Er gab Metcalfe einen amerikanischen Reisepass mit Eselsohren.

Metcalfe schlug ihn auf und fand darin sein eigenes Foto und mehrere Seiten mit Ein- und Ausreisestempeln, die über Jahre hinweg zahlreiche Transatlantikreisen zwischen Amerika und der Schweiz dokumentierten. »Sie arbeiten bei der Bank für Internationalen Zahlungsausgleich, einer internationalen Einrichtung, die viele Geschäfte mit den Deutschen macht. Die Reichsbank ist der größte Kunde Ihres Instituts. Viele Transaktionen werden von euch Leuten sehr diskret für Deutschland abgewickelt – Goldverkäufe und ähnliche Dinge.«

»Sie behaupten also, dass die Bank für Hitler-Deutschland Geld wäscht.«

Der FBI-Mann musterte Metcalfe mit scharfem Blick. »Alle ihre Transaktionen sind legal und werden unter strikter Beachtung der Schweizer Neutralität durchgeführt. Schließlich hat der Bankpräsident in Harvard studiert – genau wie Sie.«

»Yale, um genau zu sein.«

»Yale, Harvard, wo auch immer. Jedenfalls reist der Mann ziemlich oft zu Besprechungen mit Reichsbankpräsident Walther Funk nach Berlin, aber diesmal ist er verhindert, deshalb fungieren Sie als besserer Botenjunge. Sie überbringen einige Dokumente zu Finanztransaktionen, die unterzeichnet und Ihnen zurückgegeben werden müssen.«

»Hauptsache, ich komme damit nach Berlin.«

»Klar. Nun, ich rate Ihnen dringend, dort zu tun, was Sie zu tun haben, und die Finger von den Ladys lassen. Sie sind nicht mehr in irgendeinem Errol-Flynn-Streifen.«

Eineinhalb Stunden später saß Metcalfe im Zug von Bern nach Basel, der ersten Etappe seiner Deutschlandreise.

Kapitel Dreiunddreißig

Die Berliner Straßen hallten vom Marschtritt uniformierter Kolonnen wider, deren Knobelbecher aufs Pflaster knallten. Überall waren auch SS-Führer in schwarzer Uniform, einzelne SA-Männer im Braunhemd und dazwischen Hitlerjungen in ihrer dunkelblauen Uniform mit Schnürstiefeln zu sehen. Von seinem letzten Besuch vor ungefähr einem Jahrzehnt hatte Metcalfe Berlin als Metropole voller Leben und Lachen in Erinnerung. Jetzt waren die Berliner schweigsam und ausdruckslos, in ihren Wintermänteln gut gekleidet, aber farblos. Auch die einst so hübschen Frauen, jetzt mit Baumwollstrümpfen und Schuhen mit niedrigen Absätzen, wirkten farblos, weil sie kein Make-up trugen, das bei den Nazis verpönt war.

Düsterkeit war der vorherrschende Eindruck. Das lag nicht nur an dem normalerweise trüben Berliner Novemberwetter oder den zu Winteranfang kürzer gewordenen Tagen. Nein, daran war die allgemein gedrückte Stimmung schuld, die von der seit Kriegsbeginn angeordneten Verdunklung noch verstärkt wurde. Er war mit zwei Stunden Verspätung auf einem verdunkelten Bahnhof angekommen und hatte sich von einem alten, klapprigen Taxi mit einem ebenso alten Fahrer zum Hotel Adlon am Pariser Platz bringen lassen. Die Straßenbeleuchtung war abgestellt, sodass die einzigen Lichtquellen die zu schmalen Schlitzen verdunkelten Verkehrsampeln an der Kreuzung Unter den Linden und Wilhelmstraße sowie gelegentlich aufblitzende Taschenlampen waren, die von Fußgängern nach unten gerichtet getragen und wie Glühwürmchen ein- und ausgeschaltet wurden. Das Innere der vorbeifahrenden Busse und Straßenbahnen war in fahles blaues Licht getaucht, in dem die Fahrgäste geisterhaft wirkten. Die wenigen Autos, die auf den Straßen unterwegs waren, hatten Tarnblenden vor ihren Scheinwerfern. Selbst der Eingang des Hotels Adlon, das sonst so elegant und einladend gestrahlt hatte, war durch dunkle Vorhänge abgeschottet, hinter denen sich die hell beleuchtete Hotelhalle verbarg.

In Berlin war seit der Machtübernahme der Nazis viel gebaut worden, aber die Neubauten bedeuteten kaum eine Verschönerung. Görings Reichsluftfahrtministerium in der Wilhelmstraße, Hitlers Neue Reichskanzlei ... Die Architektur der Nazis war sinister, monumental und einschüchternd. In vielen Stadtbezirken waren als Luftabwehrstellungen riesige Flaktürme aus Stahlbeton errichtet worden. Berlin war eine belagerte Stadt, die sich mit dem Rest der Welt im Krieg befand, und seine Einwohner schienen die Kriegsbegeisterung ihrer Führung nicht zu teilen.

Zu Metcalfes Überraschung händigte der Hotelangestellte am Empfang ihm einen Block Lebensmittelkarten aus, die ihn zum Bezug von soundso viel Gramm Butter, Brot oder Fleisch berechtigten. Der Angestellte erklärte ihm, ohne Marken bekomme man in Restaurants nicht zu essen, selbst wenn man von jemandem zum Mittag- oder Abendessen eingeladen sei. In ganz Berlin könne man nur mit Lebensmittelmarken essen.

Metcalfe wandte sich an den Chefportier, um eine Karte für die Sondervorstellung des Bolschoiballetts zu bekommen, das an diesem Abend in der Staatsoper, ebenfalls Unter den Linden, auftreten würde. Als er dann in seinem Zimmer auspackte, klingelte das Telefon. Der Anrufer war ein Beamter der Reichsbank, der sich, wie von Chip Nolan angekündigt, bei ihm meldete.

Sie trafen sich in der Hotelhalle. Der Deutsche, der sich als Ernst Gerlach vorstellte, war ein dicklicher Mann mittleren Alters mit gezupften Augenbrauen und beginnender Glatze. Er trug einen gut geschnittenen grauen Dreiteiler; an seinem Revers prangte ein rotgoldenes Parteiabzeichen mit dem Hakenkreuz. Obwohl er nur zur mittleren Führungsebene der Reichsbank gehörte, legte er eine gewisse Arroganz an den Tag, als betrachte er Metcalfe – Willam Quilligan – lediglich als einen Lakaien, den er in dienstlichem Auftrag zu empfangen und zu unterhalten habe.

»Kennen Sie Berlin schon, Mr Quilligan?«, fragte Gerlach, als sie in der Hotelbar in Klubsesseln saßen.

Metcalfe musste blitzschnell überlegen. »Nein, dies ist mein erster Besuch.«

»Nun, der Zeitpunkt dafür ist vielleicht nicht ideal gewählt. Wie Sie bestimmt schon gesehen haben, muss das deutsche Volk viele Entbehrungen auf sich nehmen. Aber dank des Feldherrengenies des Führers und mit Hilfe wichtiger finanzieller Einrichtungen wie Ihrer Bank werden wir letztlich siegen. Wie wär's mit einem Drink?«

»Danke, ich möchte nur einen Kaffee.«

»Den kann ich nicht empfehlen, Mr Quilligan. Heutzutage gibt's überall nur Ersatzkaffee. Die nationalsozialistische Kaffeebohne, wie sie genannt wird … nun, wissen Sie, in der Werbung heißt es, sie sei ›gesund, stärkend, aromatisch, geschmacklich nicht von echtem Kaffee zu unterscheiden!‹ Was die Werbung verschweigt, ist die Tatsache, dass kein Mensch dieses Spülwasser trinken kann. Wie wär's stattdessen mit einem guten deutschen Weinbrand?«

»Dann also Weinbrand.« Metcalfe legte einen großen versiegelten braunen Umschlag auf den Tisch zwischen ihnen und schob ihn zu dem Bankier hinüber. Er wollte das Geschäftliche so rasch wie möglich erledigen, damit er sich auf den Weg hinüber in die Staatsoper machen konnte. Es gab weit wichtigere Dinge zu tun, als sich das Geschwätz dieses korpulenten Nazis anzuhören. »Dieser Umschlag enthält die angekündigten Unterlagen«, sagte Metcalfe, »und alle nötigen Erläuterungen. Ich darf Sie bitten, sie unterzeichnen zu lassen und mir baldmöglichst zurückzugeben.«

Die Impertinenz des Amerikaners schien Gerlach leicht zu erstaunen. Geschäfte durften erst abgewickelt werden, wenn die gesellschaftlichen Formen gewahrt waren. Mit geschäftlichen Dingen sozusagen mit der Tür ins Haus zu fallen, war reichlich unhöflich. Aber der Deutsche erholte sich rasch. Er leitete geschickt zu weitschweifigen, leicht gönnerhaften Ausführungen über, in denen er über die Schwierigkeiten klagte, in Kriegszeiten Geschäfte zu machen. »Nur Ihre Bank und die Schweizer Nationalbank«, sagte er, »sind treue Freunde Deutschlands geblieben. Und ich versichere Ihnen, dass wir das nicht vergessen werden, wenn der Krieg gewonnen ist.«

Metcalfe wusste, wovon Gerlach in Wirklichkeit sprach: In jedem der überfallenen Länder – von Polen und der Tschechoslowakei bis zu Norwegen, Dänemark oder den Niederlanden – hatten die Nazis die Zentralbanken geplündert und die Goldreserven beschlagnahmt. Die einzigen ausländischen Banken, die mit den Plünderern zusammenarbeiteten, waren die Bank für Internationalen Zahlungsausgleich und die Schweizer Nationalbank. Daher hatten die Nazis in Bern und Basel Tausende von Tonnen gestohlenen Goldes gehortet. Die BIZ zahlte Deutschland sogar Dividenden auf das bei ihr deponierte Gold und verkaufte es zum Teil gegen harte Devisen, die mithalfen, die deutsche Kriegsmaschinerie in Gang zu halten. Die BIZ war für die Nazis umso wertvoller, weil diese in Basel arbeitende Einrichtung unantastbar war. In der Schweiz war ihr Raub sicher. Er konnte nicht beschlagnahmt werden.

Das war empörend, und Metcalfe hörte zunehmend wütend zu, wie der geschwätzige, überhebliche Bankier davon sprach, zukünftige Zinszahlungen müssten zu Konditionen vereinbart werden, die für die Reichsbank günstiger seien, Kreditbriefe, Depotquittungen und zweckgebundene Goldreserven sollten aus London nach Basel transferiert werden, und der Umfang von Transaktionen in Goldfranken sei noch erheblich steigerungsfähig. Aber Metcalfe spielte seine Rolle, hörte bescheiden zu, notierte sich die von Herrn Gerlach genannten Punkte und versprach, sie nach seiner Rückkehr in Basel vorzutragen.

»Machen Sie mir das Vergnügen, heute Abend mit mir zu essen«, schlug Gerlach vor. »Ich muss Sie allerdings warnen – heute ist Eintopftag. Das bedeutet leider, dass alle Restaurants, sogar das Horcher, das beste Feinschmeckerlokal Berlins, einen grässlichen Eintopf servieren. Aber wenn Sie bereit sind, diese kulinarische Kuriosität zu würdigen …«

»Klingt verlockend«, sagte Metcalfe, »aber ich habe leider schon etwas vor. Ich gehe ins Ballett.«

»Ah, zum Bolschoi. Ja, natürlich. Die Russen schicken ihre hübschen Mädchen, damit sie für uns tanzen, weil sie hoffen, uns auf ihre Seite ziehen zu können.« Er lächelte humorlos. »Sollen die Russen nur für uns tanzen. Ihre Zeit kommt noch. Nun gut, Sie sind also schon vergeben. Vielleicht habe ich ein andermal mehr Glück. Haben Sie morgen Mittag oder Abend Zeit, lade ich Sie zu Horcher oder ins Savarin ein, und wir können uns an Hummer und anderen nicht rationierten Delikatessen gütlich tun – wie wär's?«

»Wunderbar«, antwortete Metcalfe. »Ich kann's kaum erwarten.«

*

Knapp eine Stunde später, nachdem Metcalfe den widerlichen Nazibankier endlich losgeworden war, betrat er das Foyer der Deutschen Staatsoper. Dieses unter Friedrich dem Großen Mitte des 18. Jahrhunderts im klassizistischen Stil erbaute Haus, das an einen korinthischen Tempel erinnern sollte, gehörte zu den großartigsten Opernhäusern der Welt. Gemeinsam mit dem Pergamonmuseum, dem Alten Museum und der Staatsbibliothek bildete es eine Reihe von architektonischen Wunderwerken, die mit dem Brandenburger Tor endeten.

Die nach dem Brand von 1843 erneuerte Inneneinrichtung war prächtig, das glänzende Foyer hatte einen schwarzweißen Marmorboden. Das Publikum glänzte nicht weniger und unterschied sich auffällig von den Berlinern auf der Straße. Obwohl Abendkleidung in Kriegszeiten offiziell nicht gern gesehen wurde, war das Publikum an diesem Abend festlich gekleidet: die Herren in dunklem Anzug oder Uniform, die Damen – frisch frisiert, sorgfältig zurechtgemacht und mit glitzerndem Schmuck – in Abendkleidern. Metcalfe roch französische Parfüms wie Je reviens und L'air du temps. Alle französischen Artikel, die in Paris gegenwärtig Mangelware waren, gab es hier als Kriegsbeute in Hülle und Fülle.

Im Lauf des Abends würde Metcalfe sich irgendwie mit Lana in Verbindung setzen müssen. Er hatte keine Ahnung, wie die hiesigen Sicherheitsvorkehrungen aussahen, wie strikt das Bolschoiballett abgeschirmt werden würde. Irgendwie würde er mit ihr Kontakt aufnehmen müssen. Kundrow, ihr Aufpasser, würde bestimmt da sein; vielleicht war er am besten als Verbindungsmann geeignet. Vielleicht befand Kundrow sich im Publikum – das war sogar wahrscheinlich. Also würde Metcalfe das Publikum nach Kundrow absuchen müssen … außer der Russe kam ihm zuvor und fand *ihn*.

»Herr Quilligan!« Eine herrische Stimme, die Metcalfe sofort erkannte. Als er sich jetzt umdrehte und Ernst Gerlach, den Vertreter der Reichsbank, sah, wurde ihm schlagartig alles klar. Gerlach musste den Auftrag haben, »William Quilligan« zu überwachen. Die deutschen Nazis beobachteten ausländische Besucher ebenso misstrauisch wie die russischen Kommunisten. Nachdem »Quilligan« Gerlachs Einladung zum Abendessen abgelehnt hatte, hatte Gerlach beschlossen – oder den Befehl dazu erhalten –, ebenfalls in die Staatsoper zu gehen, um ihn weiter überwachen zu können. Wie in allen Polizeistaaten war diese Art der Überwachung wenig subtil, und Metcalfe hatte nicht die Absicht, dem Bankier die Arbeit zu erleichtern.

Gerlach war so dicht an ihn herangetreten, dass Metcalfe den Underberg roch, den der Mann wohl nach einem hastigen Imbiss gekippt hatte. »Das nenne ich eine Überraschung, Herr Gerlach! Sie haben gar nicht gesagt, dass auch Sie eine Karte fürs Ballett haben!«

Die anmaßende Art verblasste, als Gerlach sich bemühte, eine plausible Begründung zu erfinden. »Äh ... nun, das Vergnügen, das Bolschoiballett zu sehen, ist nur ein schwacher Trost, fürchte ich, für das weit größere Vergnügen, das Ihre Gesellschaft mir gemacht hätte«, sagte der Deutsche mit sichtlichem Unbehagen.

»Sehr freundlich von Ihnen, aber ich hatte trotzdem keine Ahnung, dass Sie ...«

»Daniel! Daniel Eigen!« Eine weibliche Stimme. Metcalfe fuhr innerlich zusammen. Daniel Eigen – sein Pariser Deckname! Oh Gott, angesichts der regen Fluktuation von Nazis zwischen Berlin und Paris war praktisch zu erwarten gewesen, dass jemand, der ihn als einen in Paris lebenden argentinischen Playboy kannte, hier aufkreuzen würde!

Metcalfe sah sich nicht um, obwohl die Stimme laut, überschwänglich, insistierend war. Und obwohl eindeutig er gemeint war.

»Wie der Führer sagt, muss selbst die genaueste Planung fortwährend den Tatsachen angepasst werden«, sagte Gerlach steif, indem er versuchte, seine Würde zurückzugewinnen.

Metcalfe musste jetzt möglichst schnell von dem Bankier weg. Die Frau, die ihn als Daniel Eigen kannte, kam rasch näher, sie bewegte sich erstaunlich flink durch die Menge, war keine zwei Meter mehr von ihm entfernt. Er konnte sie nicht länger ignorieren; sie *würde* sich nicht länger ignorieren lassen. Er sah sie am äußersten Rand seines Blickfelds auftauchen, erkannte sie natürlich sofort. Eine leicht verblühte Schönheit in einem Nerzjäckchen, die Schwester der Frau eines Parteibonzen. Auch ihren Namen wusste er: Eva Hauptmann. Eine Frau, mit der er sich angefreundet hatte, mit der er ins Bett gegangen war, als sie mit ihrer Schwester und ihrem wichtigen Schwager in Paris war. Dann war der Schwager nach Berlin zurückgerufen worden und hatte sein Gefolge, darunter auch Eva Hauptmann, wieder mitgenommen. Metcalfe hatte angenommen, er werde sie nie wiedersehen.

Oh Gott! Die stark parfümierte Blondine streckte eine mit Ringen geschmückte Hand aus und tippte ihm auf die Schulter. Nun konnte er sie nicht länger ignorieren. Er drehte sich um und starrte sie ausdruckslos an. Sie war mit einer Freundin zusammen, einer weiteren Deutschen, die für kurze Zeit ebenfalls in Paris gewesen war. Die Freundin lächelte schüchtern, aber ihre Augen glänzten begierig, und Metcalfe konnte nur annehmen, Eva Hauptmann habe ihrer Freundin aufgeregt flüsternd von dem argentinischen Geschäftsmann erzählt, mit dem sie in Paris befreundet gewesen war – und jetzt stand er plötzlich leibhaftig vor ihnen!

Metcalfe machte ein verständnisloses Gesicht, dann wandte er sich wieder Gerlach zu. »Freut mich, Sie wiedergesehen zu haben«, sagte er. »Jetzt wird's Zeit, dass wir unsere Plätze einnehmen, glaube ich.«

»Daniel Eigen!«, sagte die Frau in dem Nerzjäckchen vorwurfsvoll und vertrat ihm den Weg. »Was … was fällt dir ein? Untersteh dich!«

Gerlach starrte ihn verwirrt an, aber aus seiner Miene sprach auch eine gewisse Belustigung. »Die Dame spricht mit *Ihnen,* Herr … Quilligan.«

Er konnte diese Frau nicht länger ignorieren; sie war zu beharrlich, zu *hartnäckig.* Er betrachtete sie mit zusammengekniffenen Augen und phlegmatischer Miene. »Tut mir Leid, aber Sie verwechseln mich mit jemandem, fürchte ich.«

»Was?«, fragte die Blondine empört. »Ich *verwechsle* dich mit jemandem? ... Vielleicht mit einem Gentleman, meinst du das? *Niemand* behandelt Eva Hauptmann wie ein *Flittchen,* merk dir das, Daniel Eigen!«

»Madam«, sagte Metcalfe bestimmt, »Sie täuschen sich. Wir kennen uns nicht. Und jetzt entschuldigen Sie mich bitte.«

Er schüttelte den Kopf und verdrehte, an den Bankier gewandt, der ihn entgeistert anstarrte, die Augen. »Das muss an meinem Allerweltsgesicht liegen«, sagte Metcalfe. »Ich werde immer wieder mit anderen Leuten verwechselt. Und jetzt entschuldigen Sie mich bitte. Ich will noch mal auf die Toilette. Der erste Akt ist ziemlich lang.«

Metcalfe wandte sich ab und bahnte sich rasch einen Weg durch die Menge, als habe er es eilig, auf die Toilette zu kommen.

Hinter sich hörte er die empörte Frau rufen: »Und so was will ein *Gentleman* sein!«

Tatsächlich hatte er in der Nähe einen Ausgang zur Straße erspäht, den er benützen musste, um sofort von hier zu verschwinden. Gerlach hatte ihm seine Behauptungen nicht abgenommen ... und Eva Hauptmann erst recht nicht. Das Problem war natürlich Gerlach, der jetzt melden würde, William Quilligan sei offenbar nicht der, für den er sich ausgab. Eine einzige unglückliche Zufallsbegegnung hatte ausgereicht, um Metcalfe zu enttarnen.

Er musste schleunigst verschwinden. Später – vielleicht in der Pause – konnte er zurückkommen und versuchen, Kundrow zu finden. Jetzt stand er vor einem unbewachten Nebenausgang, dessen Tür sich vermutlich nur von innen öffnen ließ. Metcalfe stieß sie auf und trat mit einem Seufzer der Erleichterung in die kalte Nachtluft hinaus. Er hatte gerade noch mal Glück gehabt.

Das Geräusch hörte er in der Zehntelsekunde, bevor kalter, harter Stahl an seine linke Schläfe gedrückt wurde.

»Stoj!«

Russisch. *Stopp*. Er hörte, *spürte,* wie die Pistole mit einem Klicken entsichert wurde.

»Keine Bewegung«, fuhr der Russe fort. »Nur nach vorn, nicht zur Seite sehen, verstanden?«

»Verdammt, was soll dieser Überfall?«, fragte Metcalfe.

»Klappe halten, Metcalfe!«, fauchte der Russe. »Oder Eigen. Oder wie Sie sich sonst nennen, *Schpion*! Direkt vor Ihnen steht ein Auto am Randstein. Sie gehen jetzt langsam die Treppe hinunter zu diesem Wagen. Haben Sie verstanden?«

Metcalfe gab keine Antwort. Er starrte geradeaus. Der Russe kannte seinen Namen. Er war zweifellos ein NKWD-Agent.

»Sie sollen antworten«, knurrte der Russe. »Nicht nur mit dem Kopf nicken.«

»Ja, ich verstehe.«

»Gut. Sie bewegen sich langsam, verstanden? Meine Pistole bleibt an Ihrem Kopf. Der leiseste Druck genügt, und der Schuss fällt. Keine jähe Bewegung, sonst finden Sie Ihr Gehirn auf dem Gehsteig wieder. Kapiert?«

»Ja«, sagte Metcalfe. Adrenalin flutete durch seinen Körper, als er die schwarze Limousine anstarrte, die ungefähr acht Meter von ihm entfernt am Randstein parkte. Er versuchte, seine Möglichkeiten abzuschätzen, aber es schien keine Lösung, keinen Ausweg zu geben. Der Russe hatte keine leere Drohung ausgesprochen: Tatsächlich würde die kleinste Erschütterung seines Zeigefingers bewirken, dass sich ein Schuss löste.

»Hände vor den Körper! Vor den Bauch. Nun *falten* Sie die Hände! *Ausführung*!«

Metcalfe gehorchte wortlos. Er ging langsam die Stufen vor dem Nebenausgang der Staatsoper hinunter und sah dabei angestrengt geradeaus. Am Rand seines Gesichtsfelds nahm er wenig mehr als eine dunkle Gestalt wahr – und eine Hand, die einen Pistolengriff umklammerte.

Vielleicht konnte er beim Einsteigen versuchen, die Hand des Russen zu packen, ihm die Pistole zu entwinden. Oder vielleicht, wenn der Russe sich ans Steuer setzte, falls er nicht darauf bestand, dass Metcalfe fuhr, wobei sich andere Möglichkeiten ergeben konnten. Vielleicht. Er würde vorerst mitmachen und darauf hoffen müssen, dass sich später eine Gelegenheit zur Flucht – oder zu Verhandlungen über seine Freilassung – ergeben würde. Was wollten diese Leute überhaupt von ihm? Ihn befragen, ihn *verhören*?

Oder ihn entführen, ihn nach Moskau zurückbringen?

In die Lubjanka zurück, diesmal endgültig?

Er setzte weiter einen Fuß vor den anderen, spürte die Pistolenmündung schmerzhaft an seiner Schläfe. Er hörte die schlurfenden Schritte des Russen, als der NKWD-Agent mit ihm Schritt hielt.

Diesmal gab es keinen Ausweg.

Ein Scharren auf den Gehsteigplatten.

Ein fremder Schuh. Plötzlich ein anderes Geräusch: das Scheppern einer auf den Gehsteig fallenden Pistole. Die Waffe war nicht mehr an seine Schläfe gedrückt!

Metcalfe wagte es, den Kopf zur Seite zu drehen, und sah den Mann, der ihn überfallen hatte, zusammengesackt neben sich liegen; er sah den zurückgeworfenen Kopf und den Schaum vor dem Mund, hörte eigenartige Geräusche. Die Augen des Russen waren so verdreht, dass nur mehr das Weiße sichtbar war; er gab seltsam gurgelnde, erstickte Laute von sich, die er mit Schaum vor dem Mund herauswürgte.

Der Angreifer starb vor seinen Augen, aber weshalb?

Metcalfe warf sich herum, versuchte zu begreifen, wie das passiert war.

Der Mann, den er hinter sich stehen sah, erklärte alles.

Chip Nolan.

Der FBI-Agent stand mit einer Injektionsspritze in der rechten Hand da. Er hielt sie hoch, um Metcalfe die Nadel zu zeigen. »Ein hoch wirksames Betäubungsmittel«, erklärte er ihm. »Chloralhydrat. In den Nacken injiziert, wirkt es blitzartig – und absolut tödlich. Dieser Commie-Schweinehund wacht nicht mehr auf. Nie mehr.«

»Jesus!«, sagte Metcalfe aufatmend. »Gott sei Dank, dass Sie rechtzeitig da waren, aber ... was machen *Sie* in Berlin?«

Nolan lächelte schwach. »Jeder darf nur erfahren, was er wissen muss, haben Sie das vergessen? Habe ich Sie nicht aufgefordert, in Berlin vorsichtig zu sein?«

»Okay, Sie haben mich vor der Gestapo gewarnt. Vom NKWD haben Sie kein Wort gesagt.«

»Ich dachte nicht, dass ich Sie auch vor *diesen* Schweinehunden warnen müsste. Ich dachte, Sie hätten selbst erlebt, wozu sie imstande sind. Diese Scheißkerle! Macht so richtig Spaß, auf deutschem Boden russisches Blut zu vergießen.« Er versetzte dem toten NKWD-Agenten einen Tritt. Der Mann war tot, schlaff, sein Gesicht grau.

»Dafür bin ich Ihnen was schuldig, Mann«, sagte Metcalfe. »Ich wäre erledigt gewesen.«

Chip nickte bescheiden. »Passen Sie nächstes Mal besser auf sich auf, James«, sagte er und steckte die Spritze ein, als er davonschlenderte. Seine Stimme wurde vom Brummen und Rattern einer Militärkolonne, die in Richtung Brandenburger Tor vorbeirollte, fast übertönt.

Metcalfe war noch benommen, und ihm war vor Erleichterung fast schwindlig. Er sah sich kurz um, als müsse er sich erst wieder orientieren. Dann ließ er den Russen liegen und hastete zur Außenmauer des Opernhauses zurück, um möglichst viel Abstand zwischen ihn und sich zu bringen.

Auf der niedrigen Treppe stand eine Gestalt genau dort, wo der Russe sich angeschlichen und ihm die Pistole an die Schläfe gesetzt hatte. Metcalfe zog seine eigene Waffe.

Dann erkannte er den Mann. Dort stand Kundrow mit einem rätselhaften Lächeln auf dem Gesicht. Als Metcalfe herankam, fragte Kundrow: »Wer war das?«

»Der Kerl mit der Pistole? Ich dachte, das wüssten Sie – er ist ein Landsmann von Ihnen.«

»Nein, nicht der *stschelkuntschik*.«

»Er ist einer meiner Leute.«

»Er kommt mir bekannt vor. Irgendwo habe ich sein Gesicht schon mal gesehen. Vielleicht in einem unserer Fahndungsbücher. Nun, wäre er nicht dazwischengegangen, hätte ich innerhalb einer Woche den zweiten *stschelkuntschik* umlegen müssen. Nicht gut für meinen Ruf. Der NKWD verringert die Zahl seiner Mitarbeiter lieber selbst.«

»Er zieht es vor, Hinrichtungen selbst durchzuführen.«

»Genau. Sie sind hier, um Lana wiederzusehen. Sie können nicht von ihr lassen. Auch wenn Sie Lana damit gefährden.«

»Nein, das ist's nicht. Ich brauche Ihre Hilfe.«

Der Russe zündete sich eine Zigarette an – eine deutsche Juno, wie Metcalfe auffiel. »Sie hätten genug Vertrauen zu mir, um mich um Hilfe zu bitten?«, fragte Kundrow, indem er aus geweiteten Nasenlöchern zwei Rauchfahnen ausstieß.

»Sie haben mir das Leben gerettet. Und Lana auch.«

»*Grashdanka* Baranowa ist ein völlig anderer Fall.«

»Das ist mir klar. Ich frage mich, ob Sie wissen, dass Sie in Lana verliebt sind.«

»Sie kennen bestimmt das russische Sprichwort: ›Liebe ist blind. Man kann sich in einen Ziegenbock verlieben.‹«

»Lana ist kein Ziegenbock.« Der Russe versuchte Ausflüchte; aber das störte Metcalfe nicht weiter. Ehrlichkeit war nicht immer die beste Politik.

»Ganz sicher nicht. Sie ist eine bemerkenswerte Frau.«

»Ein Ausdruck, den ich mehr als einmal benützt habe, um sie zu beschreiben.«

»Ich bin ihr Aufpasser, Metcalfe. Nicht mehr. Ich kann's nicht ändern, wenn meine Nähe zu ihr meine Aufgabe schwieriger gemacht hat, aber ich mache mir keine Illusionen, was ihre Meinung von mir betrifft. Sie hat mich stets für ihren Gefängniswärter gehalten – vielleicht etwas kultivierter, etwas zivilisierter als der Durchschnitt, aber trotzdem ein Gefängniswärter.«

»Sie ist keine Frau, die man einsperren kann.«

»Oder besitzen kann«, ergänzte Kundrow. »Die Hilfe, um die Sie mich bitten wollen – sie muss *grashdanka* Baranowa zugute kommen.«

»Das tut sie.«

»Ich würde alles tun, was in meinen Kräften steht, um ihr zu helfen. Das wissen Sie, glaube ich.«

»Deshalb bin ich hier.«

Kundrow nickte, nahm einen weiteren Zug von seiner Zigarette. »Eine schlimme Angewohnheit, aber viel angenehmer, wenn man statt einer russischen Zigarette eine deutsche raucht. Sogar die Faschisten stellen bessere Zigaretten her als wir.«

»Für die Beurteilung eines Landes gibt's wichtigere Kriterien als seine Zigaretten.«

»Gewiss. Aber Deutschland und Russland haben heutzutage mehr Gemeinsamkeiten als Differenzen.«

Metcalfe zog die Augenbrauen hoch. »Mich wundert, dass Sie das sagen.«

»Das habe ich Ihnen doch schon in Moskau gesagt. Ich kenne das System von Grund auf. Ich kenne seine Nachteile weit besser, als selbst Sie jemals vermuten würden. Deshalb überrascht es mich nicht, dass Sie *grashdanka* Baranowa helfen wollen, aus Russland zu flüchten.«

Metcalfe war außerstande, seine Überraschung zu verbergen.

»Aber ich glaube nicht, dass sie das will«, fuhr Kundrow fort. »Es gibt zu viel, was sie an Russland fesselt. In gewisser Weise lässt diese Frau sich *doch* einsperren.«

»Sie hat darüber mit Ihnen gesprochen?«

»Niemals. Das war nicht nötig.«

»Sie verstehen sie.«

»Ich verstehe, dass sie hin und her gerissen ist.«

»Sie verstehen ihren Wunsch, aus der Sowjetunion zu fliehen?«

»Verstehen? Ich empfinde ihn selbst. Ich würde ihn sogar zur Bedingung machen.«

»Zur *Bedingung?* … Wofür?«

»Dass ich Ihnen helfe, dass ich Lana helfe. Das wäre mein Preis.«

»*Sie* wollen überlaufen? Habe ich das richtig verstanden?«

»Ich besitze Informationen, wertvolle Kenntnisse über GRU und NKWD, die der amerikanischen Regierung ungeheuer nützen könnten. Oder dem Dienst, für den Sie arbeiten. Ich kann Ihnen von großem Nutzen sein.«

Metcalfe war wie vor den Kopf geschlagen. Nichts an Kundrows Art wies darauf hin, dass dies nur ein Versuchsballon war, mit dem der Russe seine Reaktion testen wollte. Nein, Kundrow meinte es ernst. »Weshalb? Warum wollen Sie desertieren?«

»Fragen Sie das im Ernst?« Kundrow ließ seine Zigarettenkippe fallen, trat sie aus und zündete sich mit einem kleinen Messingfeuerzeug sofort eine neue Juno an. Seine Hand zitterte leicht; der Mann war nervös. »Sie, der mit eigenen Augen gesehen hat, was ein schrecklicher Tyrann aus einem der wundervollsten Länder der Welt gemacht hat, fragen mich, warum ich mein Land verlassen möchte. Sie, der den Terror, den Verfolgungswahn, die Verlogenheit, die Grausamkeit mit eigenen Augen gesehen hat? Erlauben Sie mir die Gegenfrage: Warum verstehen Sie nicht, dass ich aus diesem Gefängnis fliehen möchte?«

»Aber Sie sind einer der Gefängniswärter!«

»Auch Gefängniswärter sind manchmal nicht freiwillig auf ihrem Posten«, antwortete Kundrow leise, fast flüsternd. »Als ich Anfang zwanzig war, wurde mein Vater, der damals Oberstleutnant war, verhaftet. Er kam ins Gefängnis. Fragen Sie mich nicht, weshalb; Sie sollten wissen, dass es dafür oft keine handfesten Gründe gibt. Aber ich habe mich auf die Suche nach ihm gemacht. Ich habe bei sämtlichen Moskauer Dienststellen nachgefragt, bis ich in die GRU-Zentrale am Arbatplatz kam. Und dort bin ich selbst eingesperrt, misshandelt und gefoltert worden.« Er zeigte auf die neben seinem Mundwinkel verlaufende dünne weiße Narbe. Der zynische Gesichtsausdruck Kundrows, das erkannte Metcalfe jetzt, entstand in Wirklichkeit durch diese schmale Narbe, die seinen Mund entstellte. »Ich wurde schließlich unter der Bedingung entlassen, dass ich für die GRU arbeite.« Er nickte, als er Metcalfes ungläubige Miene sah. »Ja, nicht wenige von uns sind auf diese Weise ›angeworben‹ worden.«

»Und Ihr Vater?«

»Der ist im Gefängnis gestorben«, sagte Kundrow gleichmütig. »Angeblich an einem Herzschlag. Die Wahrheit habe ich nie erfahren.«

»Großer Gott«, flüsterte Metcalfe. Er hatte immer angenommen, die privilegierten Diener des Sowjetsystems blieben von seinen Grausamkeiten verschont. Aber darauf war offenbar kein Verlass.

»Ich brauche Ihnen keine Geschichten über das Schicksal von Freunden und Kollegen in der GRU zu erzählen. Ein neuer GRU-Chef wird ernannt; er bringt seine Lakaien mit und befördert seine eigenen Leute, die sofort mit einer Säuberung beginnen, sie beseitigen unverzüglich ihre Feinde. Und so entsteht ein endloser Zyklus aus willkürlichen Grausamkeiten. Sie kennen das alte gnostische Symbol des *ouroboros,* des Schlangen-Drachen, der seinen eigenen Schwanz verschlingt – der sich dadurch ernährt, dass er sich selbst verschlingt. Das ist ein Sinnbild für die Tyrannei des Staats. Die Revolution frisst ihre Kinder. Die russische Revolution hat Lenin hervorgebracht – ein Ungeheuer, das von der Welt für einen Erlöser gehalten wird, obwohl es das sowjetische Lagersystem geschaffen hat –, und sie hat das Monster Stalin ausgebrütet. Und Stalin wird seinerseits irgendein anderes Ungeheuer zeugen, und so geht der Zyklus bis in alle Ewigkeit weiter. Und die Maschinerie des Terrors, die Stalin zur Erhaltung seiner Macht einsetzt, verzehrt sich selbst; sie verschlingt des russische Volk, während immer neue Terrorzyklen ablaufen. Die Maschinerie nährt sich von den Menschen, die sie terrorisiert: Sie verschlingt die eigene Bevölkerung. Sie sagen, ich sei einer der Gefängniswärter. Ich sage Ihnen, wie ich schon in Moskau festgestellt habe, dass ich nur ein Schräubchen an der Guillotine bin.«

»Aber Sie haben mir zur Flucht verholfen. Sie kennen das Netzwerk von Untergrundkämpfern, die Flüchtlinge ins Ausland schmuggeln – Sie hätten jederzeit fliehen können!«

»Oh, glauben Sie das wirklich? Flüchtet ein gewöhnlicher Russe, zucken die Herrschenden nur mit den Schultern; er ist ihnen gleichgültig. Flüchtet dagegen einer der Gefängniswärter, lassen sie nichts unversucht, um ihn zur Strecke zu bringen. Spezielle NKWD-Trupps werden losgeschickt, um Geheimdienstler zu ermorden, die zu desertieren gewagt haben. Ohne Schutzpatron – ohne den Schutz einer westlichen Regierung – wäre ich binnen weniger Tage tot. Und wie ich schon gesagt habe, könnte ich den Leuten, für die Sie arbeiten, von großem Nutzen sein.«

Metcalfe schwieg nachdenklich. Dies war keine List; Kundrow meinte seinen Vorschlag ernst. Sein Hass auf Stalins Russland war echt; seine geplante Desertion war offenbar etwas, über das er seit Jahren lange und intensiv nachgedacht hatte. Trotzdem schüttelte Metcalfe jetzt den Kopf. »In Moskau können Sie Ihrem Volk mehr nützen.«

»Nur wenn ich überlebe«, erwiderte Kundrow spöttisch lächelnd. »Aber in meinem Fall ist's nur eine Frage der Zeit, bevor auch ich durch Genickschuss erledigt werde.«

»Sehen Sie sich nur an, wie lange Sie durchgehalten, wie Sie innerhalb des Systems Karriere gemacht haben.«

»Ich besitze die chamäleonhafte Fähigkeit, den Tyrannen, denen ich diene, als loyaler Untergebener zu erscheinen. Das ist ein Überlebensmechanismus.«

»Das ist eine Fähigkeit, die Ihnen noch sehr nützlich sein wird.«

»Das ist eine Fähigkeit, die seelenzerstörend wirkt, Metcalfe.«

»Vielleicht, wenn sie nur dem Überleben dient. Aber vielleicht auch nicht, wenn sie ein weiteres Ziel fördert.«

»Jetzt muss ich fragen, wie *Sie* das meinen.«

»Verstehen Sie das nicht? Was soll aus Russland werden, wenn jeder wie Sie das Land verlässt? Was soll aus der *Welt* werden? Nur Männer wie Sie können das System von innen heraus verändern und Stalins Russland daran hindern, die Erde zu vernichten!«

»Ich habe Ihnen gesagt, dass ich nur ein Schräubchen an der Guillotine bin.«

»Sie mögen heute noch unbedeutend sein, aber in fünf oder zehn Jahren können Sie zur sowjetischen Führungsschicht gehören. Sie können einer der Männer werden, die mithelfen, den künftigen Kurs Ihres Landes zu bestimmen.«

»Wenn ich am Leben bleibe. Wenn ich nicht vorher erschossen werde.«

»Keiner versteht sich besser darauf, in diesem System zu überleben, als Sie. Und nicht einmal Stalin herrscht ewig, auch wenn's manchmal so aussehen mag. Irgendwann stirbt auch er …«

»Und an seine Stelle tritt ein weiterer Stalin.«

»An seine Stelle tritt ein neuer Führer. Ob er ein weiterer Stalin oder ein Erneuerer sein wird – wer könnte das schon jetzt sagen? Vielleicht ist er ein Mann wie Sie. Vielleicht sogar Sie selbst! Damit will ich vor allem eines sagen, Kundrow: Desertieren Sie – gehen Sie nach Amerika, England oder in irgendein anderes Land, das nach diesem gottverdammten Krieg noch frei ist –, sind Sie nur einer von hunderttausend russischen Flüchtlingen. Bleiben Sie jedoch in Moskau, behalten Ihre Ansichten für sich und arbeiten daran, das System von innen heraus zu verändern, dann haben Sie eine Chance! Die Chance, etwas zu bewirken, das den Lauf der Geschichte verändern kann. Eine Chance, die Maschinerie des Terrors daran zu hindern, unseren Planeten zu zerstören. Die Welt braucht Männer wie Sie in Moskau – anständige Männer, ehrenhafte Männer, *vernünftige* Männer, verdammt noch mal! Wissen Sie noch, was Sie mir in Moskau erklärt haben? Sie haben gesagt, Helden seien knapp und Russland brauche nicht weniger, sondern mehr Helden.«

Kundrow hatte sich abgewandt und starrte die Außenmauer der Staatsoper an. Er verharrte so lange schweigend, dass Metcalfe schon nicht mehr mit einer Antwort rechnete, aber als der Russe sich endlich wieder umdrehte, hatte sein Gesichtsausdruck sich verändert. Der stolze, fast hochmütige Ausdruck war verschwunden; an seine Stelle waren eine unerwartete Verwundbarkeit, ein gehetzter Blick getreten. »Habe ich denn die Wahl?«, fragte er leise.

Metcalfe nickte. »Ich würde Ihnen Ihren Wunsch nicht abschlagen.«

»Das meine ich nicht. Ich glaube, dass mir in Wirklichkeit *keine* Wahl bleibt. Jetzt zu desertieren, wäre für mich ein törichter Traum.«

Metcalfe verstand, was Kundrow meinte. Er hatte die ganze Zeit aufmerksam zugehört; sein Entschluss stand fest.

»Sagen Sie mir, was ich für Lana Baranowa tun soll«, forderte der Russe.

Kapitel Vierunddreißig

Ernst Gerlach war ein loyaler, pflichtbewusster Mitarbeiter der Reichsbank, aber er misstraute den hackenknallenden Beamten von Sicherheitsdienst, Kripo und Gestapo, die sich einen Spaß daraus machten, Männer mit seiner sexuellen Orientierung zusammenzutreiben und in Konzentrationslager zu stecken. Diesem Schicksal war Gerlach bisher entgangen – vielleicht weil er ein wertvoller, möglicherweise sogar unersetzlicher Mitarbeiter war, weil er Gönner in hohen Positionen hatte oder nur durch einen glücklichen Zufall. Jedenfalls wollte er sein Glück nicht auf die Probe stellen. Er gab sich große Mühe, nicht die Aufmerksamkeit dieser uniformierten Schläger zu erwecken.

Trotzdem drohte jetzt Ärger, und wenn er nicht aufpasste, konnte die Sache auf ihn zurückschlagen. Diese Frau, offenbar eine angesehene Volksgenossin, auch wenn sie ein bisschen zu auffällig angezogen und zu stark geschminkt war, hatte Herrn Quilligan mit einem anderen Namen angesprochen. Sie hatte ihn Daniel Eigen genannt. Quilligan hatte geleugnet, so zu heißen; er hatte behauptet, die Dame müsse ihn mit jemandem verwechseln … und war dann eiligst verschwunden. Dieses Benehmen war verdächtig.

Gerlach wurde bewusst, dass er noch keine Gelegenheit gehabt hatte, die von Herrn Quilligan übergebenen Dokumente zu prüfen. Was war, wenn dies irgendein Bankenschwindel war? Oder – noch schlimmer – wenn dieser Amerikaner, der sich William Quilligan nannte, in Wirklichkeit ein amerikanischer Agent war, der an einem gegen die Reichsbank gerichteten Unternehmen beteiligt war? Die Engländer und Amerikaner versuchten ständig, deutsche Auslandsguthaben zu beschlagnahmen; was war, wenn »Quilligan« versuchte, an Unterschriften, Kontonummern und sonstige Informationen heranzukommen, mit denen sich Reichsbankkonten beschlagnahmen ließen?

Natürlich hatte auch an diesem Abend eine ganze Anzahl von Polizisten und Gestapoleuten in der Staatsoper Dienst, aber Gerlach hielt es für klüger, einen seiner Vorgesetzten in der Reichsbank anzurufen. In der Garderobe im Erdgeschoss fand er eine Telefonzelle. Im Dienst war um diese Zeit natürlich niemand mehr; er versuchte, seinen Abteilungsleiter zu Hause anzurufen, aber dort meldete sich niemand. Daraufhin rief er den Vorgesetzten seines Chefs an: Heinrich Klausener, der nur eine Stufe unterhalb der Mitglieder des Direktoriums stand und häufig mit der Bank für Internationalen Zahlungsausgleich zu tun hatte. Klausener, der offenbar Gäste hatte, reagierte höchst ungnädig auf diese Störung. »Ich kenne dort keinen Kerl namens Quilligan!«, brüllte er ins Telefon. »Wieso belästigen Sie mich mit dieser Sache, verdammt noch mal? Rufen Sie in Basel an; rufen Sie die Polizei an, Hosenscheißer!«

»Schweinehund«, murmelte Gerlach, nachdem Klausener grußlos aufgelegt hatte. Idiot! Wie sollte er in Basel anrufen, wenn dort niemand mehr im Dienst war? Außerdem war es heutzutage sehr schwierig, ein Auslandsgespräch anzumelden.

Endlich fasste er sich ein Herz und trat auf einen der SS-Führer in schwarzer Uniform zu, die im Foyer herumstanden. Seine Magennerven verkrampften sich, als er sich dem Offizier näherte, aber er rief sich in Erinnerung, dass er in seinem Dreiteiler mit Krawatte sehr würdevoll wirkte.

Der SS-Führer war von Kopf bis Fuß in Schwarz gekleidet: schwarzes Hemd, schwarze Uniformjacke mit schwarzen Knöpfen, schwarze Krawatte, schwarze Reithose und schwarze Reitstiefel. Unten am rechten Ärmel trug er eine silberne Raute mit den Buchstaben SD. Drei parallele Silberstreifen auf seinen Schulterstücken und seine Kragenspiegel wiesen ihn als SS-Sturmbannführer aus.

»Entschuldigen Sie, dass ich Sie störe, Herr Sturmbannführer, aber ich möchte Sie bitten, mir zu helfen.«

*

Eva Hauptmann merkte, dass ihre beste Freundin, Mitzi-Molli Krüger, sich reichlich überlegen aufführte. Die Loge der Hauptmanns, in der sie saßen, wirkte ohne ihre Ehemänner geradezu riesig. Vielleicht achtete sie deshalb mehr auf Mitzi-Molli, als sie's normalerweise getan hätte. Mitzi-Mollis überlegenes Gehabe ging ihr auf die Nerven, und das Schlimme daran war, dass Eva nichts dagegen machen konnte. Sie wusste genau, was Mitzi-Molli dachte – schließlich kannte sie Eva seit ihrer gemeinsamen Zeit in einem Schweizer Mädchenpensionat. Mitzi-Molli hatte Evas Demütigung sichtlich genossen. Da sie Eva ohnehin alles neidete – ihre Schönheit, ja sogar ihren Ehemann –, musste es für sie sehr befriedigend gewesen sein, ihre

Freundin in solche Verlegenheit gestürzt zu sehen. Das musste man sich vorstellen: Dieser Schuft hatte so getan, als kenne er sie nicht! Er konnte sie unmöglich vergessen haben: In Paris hatten sie eine kurze, aber leidenschaftliche Affäre miteinander gehabt, und Eva Hauptmann war eine ausgezeichnete Geliebte, die kein Mann jemals vergaß.

Nein, Daniel Eigen hatte sie natürlich nicht vergessen ... Warum hatte er dann so getan, als kenne er sie nicht?

Vielleicht war er mit einer anderen Frau hier – das wäre eine mögliche Erklärung gewesen –, aber sie hatte ihn nicht im Gespräch mit einer anderen gesehen. Er hatte mit irgendeiner langweilig aussehenden Tunte gesprochen, aber von einer Begleiterin war nichts zu sehen gewesen.

Eva überlegte, ob sie Mitzi-Molli von Daniel Eigens Ruf als Schürzenjäger erzählen sollte. Nach ihrer heißen Affäre sei Eigen dieses Wiedersehen sicher peinlich gewesen, würde sie Mitzi-Molli erklären; er liebte sie natürlich noch immer und war bestimmt mit einer anderen Frau hier. Deshalb hatte er sich so merkwürdig benommen!

Als sie sich gerade an Mitzi-Molli wenden und beiläufig, ganz beiläufig ein paar Worte über Daniel Eigen verlieren wollte, wurde die Tür ihrer Loge geöffnet. Die Frauen drehten sich um und sahen an der Tür einen SS-Offizier in schwarzer Uniform stehen.

Obwohl ihr Mann in der NS-Hierarchie eine gehobene Position bekleidete, waren SS-Leute ihr immer ein bisschen unheimlich. Sie waren arrogant, als sei die Macht ihnen zu Kopf gestiegen, und sie ließen es an Respekt fehlen. Sie kannte allzu viele Geschichten von Leuten aus guter Familie, von Stützen der Gesellschaft mit besten Beziehungen, die in die Gestapo-Zentrale in der Prinz-

Albrecht-Straße verschleppt worden waren und für immer spurlos verschwanden.

Der SS-Offizier wandte sich an sie, ohne sich auch nur vorzustellen. »Kommen Sie bitte mit«, forderte er sie auf.

»Wie bitte?«, fragte Eva in ihrem hochnäsigsten Tonfall.

»Wir müssen etwas aufklären.«

»Die Vorstellung fängt gleich an«, wehrte Eva ab. »Tut mir Leid, Ihr Anliegen muss bis später warten.«

»Es geht um eine sehr wichtige Angelegenheit«, sagte der SS-Offizier. »Sie haben im Foyer einen Mann begrüßt – einen Amerikaner.«

»Er ist kein Amerikaner, sondern Argentinier. Was ist mit ihm?«

*

Das Reichssicherheits-Hauptamt, von Rudolf Heß als »das Gehirn von Partei und Staat« bezeichnet, war in sieben Ämter untergliedert. Eines davon, das Amt VI – zuständig für Auslandsnachrichten und Spionageabwehr – war so groß, dass es eine eigene Zentrale hatte: ein modernes dreistöckiges Verwaltungsgebäude in der Berkaer Straße 32 an der Ecke zum Hohenzollerndamm.

Keine Stunde nachdem SS-Sturmbannführer Rudolf Dietrich ein dringendes Dienstgespräch aus einer speziellen SD-Telefonzelle, die Unter den Linden vor der Staatsoper stand, geführt hatte, klopfte ein SS-Offizier an die Bürotür des Chefs von Amt VI und betrat das Eckbüro. Beide Männer waren jeden Tag bis lange nach Dienstschluss im Büro, aber Oberführer Walter Rapp – mit zweiunddreißig Jahren der jüngste SD-Amtschef – schien sein Büro überhaupt nie zu verlassen. Rapp war stolz darauf, dass er sich selbst um kleinste Details kümmerte. Er las jeden Geheimdienstbericht, kontrollierte alle größeren Ausgaben und führte sogar selbst Agenten. Ihm wurde nachgesagt, er horche an allen Wänden.

Sein Untergebener, SS-Standartenführer Hermann Ehlers, sprach rasch, weil er wusste, dass sein Chef sich nicht gern stören ließ. Ehlers hatte höchstens zwei Minuten lang berichtet, als Rapp ihn unterbrach.

»Dieser Amerikaner ... was hat er in Moskau gemacht, wenn der SD Paris ihn enttarnt hat?«

»Ich habe selbst in der Kartei recherchiert, weiß aber nur bruchstückhaft über ihn Bescheid. Tatsache ist, dass er in Paris mehrere unserer Leute ermordet hat, nachdem sein *réseau* eliminiert worden war.«

»Sein richtiger Name?«

»Stephen Metcalfe. Er arbeitet für einen amerikanischen Spionagering, den ein gewisser Corcoran leitet.«

»Den Namen Corcoran kenne ich.« Rapp setzte sich auf, um noch konzentrierter zuzuhören. »Ich habe selbst Verbindungen zu Corcorans Ring. Was *wissen* Sie über seine Tätigkeit in Moskau?«

»Nur sehr wenig«, gab Ehlers zu. »Aber ich habe hier die Zusammenfassung des Berichts, den unser Agent in der Lubjanka erstattet hat. Der NKWD hat Metcalfe verhaftet und verhört.«

»Und?«

»Die Verhöre haben kein Ergebnis gebracht. Metcalfe ist entlassen worden.«

»Weshalb?«

»Ich kann nur zwischen den Zeilen lesen. Metcalfe scheint seinen Vernehmer manipuliert und ihm eingeredet zu haben, er arbeite für Berija.«

»Stimmt das? Hat er das getan?«

»Das war vermutlich ein Lügenmärchen, das er sich ausgedacht hat, aber Berija ist nicht selbst danach gefragt worden. Das würde niemand wagen. Der springende Punkt ist, dass Gruppenführer Heydrich an diesem Fall persönliches Interesse hat, sodass er mit höchster Priorität zu behandeln ist.«

»*Heydrich?* Woher wissen Sie das?«

»Der SD-Agent, der Metcalfe liquidieren sollte, ist ein Günstling Heydrichs, wie er ein Geiger – und dazu ein völlig skrupelloser Kerl ...«

»Das muss Kleist sein. Das kann nur Kleist sein. Und der Amerikaner lebt noch?«

»Auf Befehl Heydrichs sollte Metcalfe in Moskau beschattet und sein dortiger Auftrag geklärt werden. Aber jetzt will Heydrich natürlich, dass der Amerikaner beseitigt wird.«

Oberführer Rapp überlegte kurz. »Verständigen Sie Kleist. Wenn zutrifft, was man über ihn hört, dürfte er dankbar die Gelegenheit nutzen, seinen Auftrag auszuführen. Hat Metcalfe hier irgendwelche Kontakte, irgendwelche Bekannten?«

»Wir wissen von einem Bankier – von einer Tunte namens Ernst Gerlach.«

»Eine sexuelle Verbindung?«

»Nein. Gerlach ist der Mann, der Metcalfe als verdächtig gemeldet hat. Der Amerikaner ist heute Nachmittag als angeblicher Mitarbeiter der Bank für Internationalen Zahlungsausgleich in Basel angekommen. Er hat sich erst vor wenigen Stunden mit Gerlach getroffen.«

»In welchem Hotel wohnt er?«

»Im Adlon. Wir haben sein Zimmer bereits durchsuchen lassen. Mehrere unserer Leute sind im Adlon stationiert und warten dort auf seine Rückkehr.«

Rapp quittierte Ehlers' rasche Arbeit mit anerkennendem Nicken. »Er trifft noch mal mit Gerlach zusammen?«

»Vermutlich. Gerlach ist natürlich äußerst kooperativ.«

»Sonstige Kontakte?«

Ehlers zögerte. »Ich habe alles mehrfach überprüft«, sagte er mit kaum verhehltem Stolz, »und den Namen Metcalfe in einer weiteren Kartei entdeckt. Ein gewisser Rudolf von Schüssler, ein kleiner Attaché unserer Botschaft in Moskau, hat routinemäßig über einen Kontakt zu einem Ausländer berichtet. Er hat Metcalfe kennen gelernt und kurz mit ihm gesprochen. Von Schüssler ist in Moskau auch von Kleist befragt worden.«

»Wirklich? Ich kenne von Schüssler ... oder zumindest Schloss Sunderburg, den Stammsitz seiner Familie.«

»Dann ist er ein reicher Mann?«

»Stinkreich. Er ist in Moskau, sagen Sie?«

»Zufällig macht er gerade ein paar Tage Urlaub in Berlin.«

»Ein höchst merkwürdiger Zufall. Vielleicht steckt nichts dahinter, aber wir müssen dieser Spur trotzdem nachgehen. Ich möchte, dass Sie sofort Kleist benachrichtigen und ihn zum Schloss in Marsch setzen.«

»Jawohl, Herr Oberführer.«

»Wir müssen alle Möglichkeiten berücksichtigen. Was für Gruppenführer Heydrich höchste Priorität hat, das hat selbstverständlich auch für uns höchste Priorität. Der Amerikaner wird Berlin nicht mehr verlassen. So einfach ist das.«

Kapitel Fünfunddreißig

Schloss Sunderburg lag inmitten dichter, dunkler Kiefernwälder ungefähr dreißig Kilometer nordwestlich von Berlin. Mit seinen Zinnen und massiven Rundtürmen erhob es sich auf einem Hügel, der den Namen Burgberg nicht verdiente, und sah mit seinen steilen roten Dächern und uralten Wällen genau wie die Ritterburg aus dem 14. Jahrhundert aus, die es tatsächlich war. Damals waren die Schüsslers Reichsritter gewesen – und hatten so über dem gesamten niederen Adel gestanden –, aber Anfang des 19. Jahrhunderts war ein illustrer Vorfahr Rudolf von Schüsslers in den Grafenstand erhoben worden. Schloss Sunderburg befand sich seit Jahrhunderten im Familienbesitz, und obwohl es nie mehr belagert worden war, waren seine Befestigungsanlagen noch heute intakt.

Kundrow hatte Metcalfe erklärt, wie man zum Schloss der Familie von Schüssler kam. Während der Russe andere Vorbereitungen traf, kaufte Metcalfe einige Straßen von seinem Hotel entfernt einem niedergeschlagen aussehenden Deutschen sein Auto ab. Der Deutsche hatte eben seinen klapprigen Opel Olympia geparkt, als Metcalfe auf ihn zutrat und ihm in seinem besten Umgangsdeutsch tausend Reichsmark für den Wagen bot – weit mehr, als diese Klapperkiste wert war. Geld war heutzutage in Berlin knapp; sobald der Autobesitzer sich von seiner Überraschung über das großzügige Angebot erholt hatte, beeilte er sich, Metcalfe die Autoschlüssel auszuhändigen. Erst auf der Fahrt zu Schloss Sunderburg zeigte sich, weshalb der Deutsche sich so bereitwillig von dem Opel getrennt hatte. Das Auto war nicht nur untermotorisiert, sondern hatte auch ein defektes Getriebe; bei jeder kleinsten Steigung zitterte und ächzte es so sehr, dass Metcalfe schon fürchtete, er werde nicht die ganze Strecke schaffen.

Unterwegs gelang es ihm, ein Zeiss-Fernglas für Vogelbeobachtungen, graugrüne Lodenkleidung und feste Stiefel zu kaufen. Als er in der Nähe des Schlosses ankam und den Opel außer Sichtweite im Wald abstellte, war er als Vogelbeobachter getarnt. Die Tatsache, dass es früher Abend war, sprach jedoch gegen seine Tarnung als Naturfreund. Andererseits war diese Tarnung besser als gar keine, und wenn er sich nicht zu auffällig herumtrieb, würde er Zeit für eine kurze Erkundung haben. Im Idealfall würde es ihm gelingen, das Schloss ungesehen zu betreten und sich in aller Ruhe ein Versteck zu suchen, in dem er Lanas nächtliche Rückkehr abwarten konnte.

Bei einem Rundgang um Schloss Sunderburg musste er jedoch feststellen, dass es praktisch unmöglich war, dort hineinzugelangen. Die Burgmauern waren hoch und glatt, und innerhalb der Wälle liefen als Wachhunde abgerichtete Schäferhunde frei herum. Die Festungsmentalität war vermutlich eher eine Stilfrage als eine Notwendigkeit. Reiche Deutsche bevorzugten diesen Lebensstil: ein Statussymbol, das in Kriegszeiten praktischen Wert besaß. Als Metcalfe versuchte, an einer Stelle die Mauer zu erklettern, schlugen die Hunde an, die ihn offenbar gewittert hatten. Statt zu riskieren, das Personal zu alarmieren – Rudolf von Schüssler war noch in Berlin, aber im Schloss würde es Bedienstete geben –, sprang Metcalfe wieder zu Boden und kehrte rasch zu seinem Auto zurück. Aber er hatte genug gesehen, um zu wissen, dass ein Erklettern der Burgmauer nahezu ausgeschlossen war. Die Hauptzufahrt des Schlosses war durch ein hohes schmiedeeisernes Tor gesichert, hinter dem weitere Schäferhunde und noch mehr Dobermänner bedrohlich knurrten, als er in die Nähe kam. Nur bekannte Fahrzeuge würden dieses Tor passieren dürfen. An das Hauptgebäude schlossen sich die ehemaligen Stallungen an, vor denen eine atemberaubend elegante Daimler-Limousine stand. Sie gehörte offenbar dem Hausherrn. Während Metcalfe hinter einer gewaltigen Eiche versteckt den Schlosshof observierte, kam ein Mann in der Livree eines Chauffeurs aus dem Dienstboteneingang des Hauptgebäudes. Er blieb kurz stehen und schien die knurrenden Wachhunde zu beobachten.

Metcalfe wartete gespannt. Der Chauffeur musste von den Hunden alarmiert worden sein. Kam er heraus, um den Grund für ihre Unruhe zu suchen, würde Metcalfe möglichst ungesehen durch den Wald flüchten müssen. Aber er wartete ab, was der Chauffeur tun würde.

Der Mann zog eine kleine silberne Pfeife aus der Brusttasche seiner Livree. Ein kurzer Pfiff. Das Knurren der Wachhunde verstummte augenblicklich. Metcalfe atmete erleichtert auf. Der Chauffeur musste angenommen haben, irgendein Tier habe die Hunde aufgeregt.

*

Kurze Zeit später war Metcalfe auf der Rückfahrt nach Berlin, wo er zur Staatsoper Unter den Linden fuhr und hinter dem Gebäude parkte. Er brauchte nicht lange zu warten, bis von Schüsslers Daimler – cremeweiß mit schwarzen Kotflügeln, unverkennbar der senkrechte Kühlergrill, das Innere mit beigem Leder und Walnussholz luxuriös ausgestattet – am Bühneneingang vorfuhr. Nach einigen Minuten stieg der livrierte Chauffeur, den Metcalfe auf dem Schlosshof gesehen hatte, als er die Wachhunde mit einem Pfiff zum Schweigen gebracht hatte, aus der Limousine. Er zündete sich eine Zigarette an, blieb, an die Mauer neben dem Bühneneingang gelehnt, stehen, rauchte in aller Ruhe und wartete auf seinen Herrn und dessen Freundin.

Kundrow, der es sich zur Aufgabe machte, immer zu wissen, wo Lana sich gerade aufhielt, hatte Metcalfe erzählt, dass der Chauffeur Lanas und von Schüsslers Gepäck schon vorher ins Schloss gebracht hatte. Kundrow berichtete auch, von Schüssler stehe jetzt mit einem großen Strauß Mohnblumen im Arm auf dem Flur vor den Garderoben. Als Metcalfe das hörte, genierte er sich wegen seiner aufflammenden Eifersucht. Sie war natürlich unbegründet; Lana verabscheute diesen Mann. Aber trotzdem …

Er sah auf seine Uhr. Die Vorstellung musste seit kurzem beendet sein. Lana würde das Haus durch den Bühnenausgang verlassen – bestimmt mit Rudolf von Schüssler – und in den Daimler steigen. Für Metcalfe stand fest, dass er sie irgendwie auf sich aufmerksam machen, sich ihr zeigen musste, ohne dass auch von Schüssler ihn sah. Er musste ihr eine Mitteilung zustecken, irgendwie einen Treff mit ihr vereinbaren. Er hatte überlegt, ob er dem Chauffeur eine Mitteilung zur Weitergabe an Lana anvertrauen sollte – aber der Mann stand in von Schüsslers Diensten, war seinem Herrn vermutlich treu ergeben und hätte eine Mitteilung eher seinem Chef ausgehändigt. Nein, wenn er sichergehen wollte, dass seine Mitteilung Lana wirklich erreichte, würde er sie ihr selbst zustecken müssen, wenn sie die Staatsoper verließ.

Es sei denn ... vielleicht gab es noch andere Mittel. Ein Botenjunge konnte herbeigerannt kommen und ihr einen Blumenstrauß übergeben, in dem die Mitteilung versteckt war. Ja, das konnte funktionieren. Metcalfe sah sich um und stellte fest, dass der Chauffeur zum Bühneneingang unterwegs war. Weshalb? Um von Schüssler dort zu erwarten? Metcalfe hatte noch niemanden ins Freie kommen gesehen; hatte der Livrierte mehr gesehen als er? Dann sah er, wie der Chauffeur mit dem Wachmann am Bühneneingang sprach, und bekam einen Halbsatz mit: »... auf die Toilette.«

Metcalfe sah zu dem unbewachten Daimler hinüber und traf blitzschnell eine Entscheidung.

Die Idee mochte verrückt sein – aber wenn sie funktionierte, war damit das Problem eines Treffs mit Lana gelöst.

Er hastete zum Heck der Limousine, betätigte die Kofferraumentrieglung und hob den Deckel. Der geräumige Kofferraum war leer, mit Teppichware ausgelegt und makellos sauber. Er enthielt kein Gepäck, weil Lanas und von Schüsslers Gepäck bereits im Schloss war. Der einzige Gegenstand war eine zusammengelegte Wolldecke.

Metcalfe sah sich um; niemand in Sicht.

Wollte er diese Sache durchziehen, würde er rasch handeln müssen ... und *sofort!*

Er kletterte in den Kofferraum und zog den Deckel von innen zu. Das Schloss schnappte ein, und er blieb in völliger Dunkelheit zurück. Er streckte sich in der Kammer aus Stahl aus, ertastete die Wolldecke und zog sie über sich.

Wenn alles klappte – *wenn* der Kofferraum nicht geöffnet wurde, wofür es allerdings keinen Grund gab –, dann würden sie Schloss Sunderburg erreichen, wo von Schüssler, Lana und der Chauffeur aussteigen würden. Stand dann einige Minuten später fest, dass niemand mehr in der Nähe war, würde Metcalfe den Kofferraum von innen öffnen und hinausklettern. Das war ein kühnes, riskantes Unternehmen, aber eindeutig die beste Methode, zu Lana zu gelangen.

Wenn alles so klappte. *Wenn* der Kofferraum nicht geöffnet wurde.

Und wenn er doch geöffnet wurde? Metcalfe hatte eine Pistole, die Chip ihm mitgegeben hatte, und er würde notfalls von der Waffe Gebrauch machen.

Er tastete im stockfinsteren Inneren des Kofferraums umher, veränderte seine Haltung, bis er den Kofferraumdeckel erreichen konnte, und fühlte nach dem Hebel für die Kofferraumentrieglung.

Dort gab es nichts zu ertasten.

Unter seinen Fingern spürte er nur glatten, lackierten Stahl.

Hier drinnen gab es keine Kofferraumentrieglung! Panik durchflutete ihn. Wie zum Teufel sollte er hier jemals rauskommen? Er war hier *eingesperrt!*

Metcalfe konnte die Abgase des im Leerlauf arbeitenden Daimlermotors riechen, die anscheinend durch einen winzigen Spalt in den Kofferraum drangen. Von eingeatmeten Autoabgasen konnte man bewusstlos werden oder sogar sterben!

Seine Hände tasteten hektisch das Innere des Kofferraums ab, suchten verzweifelt einen Hebel, einen Knopf oder eine andere Vorrichtung, mit der sich der Kofferraumdeckel öffnen ließ. Aber so etwas gab es hier nicht – nur glatten Stahl.

Großer Gott!

Er war gefangen!

*

Der Geiger stellte seinen Dienstwagen an der runden Auffahrt ab, ging langsam zum Hauptgebäude und begutachtete die mittelalterliche Architektur mit stechendem Blick. Sie war eindrucksvoll, gewiss, aber er hatte schon prächtigere Burgen gesehen.

Die Nachricht, dass sein Gegenspieler in Berlin war – in Kleists Heimatstadt! –, war eine Einladung, eine Provokation gewesen, der er unmöglich widerstehen konnte. Der Geiger ließ nicht gern etwas unerledigt.

Als er klingelte, wurde die massive Eichentür von dem hageren, grauhaarigen Butler geöffnet.

»Herr Kleist? Darf ich bitten, einzutreten?« Der Butler, dem der Besuch des SD-Mannes telefonisch angekündigt worden war, empfing ihn streng förmlich wie einen Lieferanten oder Handwerker. Eine absichtliche Brüskierung, die Kleist jedoch ignorierte.

»Ist Herr von Schüssler zu Hause?«, fragte Kleist.

»Nein. Wie ich Ihrem Vorgesetzten erklärt habe …«

»Er ist nicht mein Vorgesetzter. Wann kommt Herr von Schüssler voraussichtlich zurück?«

»Ich erwarte Graf von Schüssler in frühestens zwei Stunden. Er ist in Berlin, in der Staatsoper.«

»Haben Sie heute Besuch gehabt?«

»Nein.«

»Sind von Schüsslers Frau und Kinder hier?«

»Nein«, antwortete der Butler missmutig. »Sie machen Ferien in den Bergen.«

Der Geiger machte eine Pause und nahm die feuchten Schimmelgerüche der alten Burg, den Moderduft alten Mauerwerks und den Fäulnisgeruch verwesender organischer Stoffe in sich auf. Überlagert wurden diese Grundgerüche von einer Mischung aus Möbelpolitur, Bohnerwachs und Silberpolitur, in die sich schwache Parfümspuren mischten. Die einzigen männlichen Gerüche stammten von dem Butler und einem Diener, der bei körperlicher Arbeit geschwitzt hatte. Die schwachen weiblichen Gerüche bewiesen, dass die Familienangehörigen tatsächlich nicht hier, sondern schon seit einigen Tagen nicht mehr im Haus waren.

Einige Minuten später kehrte Kleist entmutigt zu seinem Wagen zurück. Dies war eine Sackgasse. Vielleicht würde der Amerikaner versuchen, sich später oder erst morgen mit von Schüssler in Verbindung zu setzen. Theoretisch war das natürlich möglich.

Als er eben die Autotür öffnete, trug ein Windhauch Duftspuren heran, die seine Aufmerksamkeit erregten.

Sehr schwache Düfte.

Seine Nasenlöcher weiteten sich. Innerhalb der letzten Stunden war hier jemand gewesen. Jemand, der fabrikneue Lodenkleidung und Stiefel frisch aus dem Laden getragen hatte. Nicht allzu viele Berliner trugen heutzutage neue Sachen; man trug, was man eben hatte. Er drehte den Kopf zur Seite, um die nächsten herangetragenen Düfte besser aufnehmen zu können. Ein Mann, das war sicher. Und kein Deutscher: nicht dieser Bier-, Graupen-

und Kartoffelgeruch, den die meisten deutschen Männer heutzutage an sich hatten. Und er entdeckte schwachen Seifenduft – keine parfümierte Seife, eigentlich auch keine deodorierende Seife, aber irgendetwas Frisches, Ausländisches.

Ivory Soap. Ja, dessen war er sich sicher. Dort hatte ein Amerikaner gestanden. In fabrikneuer Lodenkleidung, mit ganz neuen Stiefeln an den Füßen. Der typische Geruch von Tiroler Loden. Von einem Amerikaner getragen.

Kleist schloss die Autotür wieder und ging zum Hauptgebäude zurück.

Der Butler war nicht erfreut, ihn wiederzusehen.

»Sie hatten keinen Besuch?«, fragte Kleist nachdrücklich.

»Das haben Sie mich bereits gefragt, und ich habe wahrheitsgemäß verneint.«

Kleist nickte. »Wie ich sehe, wird das Schloss von Hunden bewacht. Sind die heute irgendwann am frühen Abend unruhig gewesen?«

»Nein ... nun ja, so könnte man sagen, aber das heißt nicht unbedingt, dass ...«

»Sie haben Besuch gehabt. Jemand ist zumindest bis an die Mauer herangekommen. Erst vor kurzem. Und er wird wiederkommen.«

*

SS-Oberführer Walter Rapp, Amtschef VI im Reichssicherheits-Hauptamt, starrte Hermann Ehlers an.

»Kleist ist sich sicher, dass Metcalfe dort war?«, fragte er den jüngeren Mann.

»Das sagt er zumindest.«

»Hat die Dienerschaft das bestätigt?«

»Leider nicht.«

»Worauf basiert seine Behauptung dann?«

»Er will ›Spuren‹ wahrgenommen haben. Genauer drückt er sich nicht aus. Aber er ist sich seiner Sache angeblich absolut sicher.«

»›Spuren‹«, murmelte Rapp, während er nach dem Telefonhörer griff. »Nun, wenn's etwas gibt, woran es keinen Mangel gibt, dann sind das Gestapoleute«, sagte er. »Ich schicke sofort ein Kommando zum Schloss hinaus.«

*

Der Daimler fuhr an.

Zwei Minuten zuvor hatte Metcalfe in der Nähe Stimmen gehört und Lanas Stimme erkannt. Sein Herz hatte bei diesem Klang höher geschlagen; seine Panik, weil er im Kofferraum eingesperrt war, war sofort leicht abgeklungen.

Dann waren die Geräusche von Autotüren zu hören, die geöffnet und wieder geschlossen wurden. Metcalfe machte sich darauf gefasst, was als Nächstes drankommen konnte: der Kofferraum. Es war fast amüsant, darüber nachzudenken, was schlimmer war: hier drinnen für unbestimmte Zeit eingesperrt zu bleiben oder von dem Chauffeur entdeckt zu werden. Wurde der Kofferraum jetzt geöffnet, würde Metcalfe nichts anderes übrig bleiben, als sich auf den Chauffeur zu stürzen und ihn zu überwältigen. Aber das würde neue Komplikationen zur Folge haben.

Der Wagen beschleunigte mit volltönend brummendem Motor. Lana und von Schüssler saßen kaum einen

Meter von Metcalfe entfernt im Fond der Limousine. Sie sprachen miteinander, aber er hörte lediglich ein Murmeln. Er dachte darüber nach, was er Lana erzählen, was er von ihr *verlangen* wollte, und fragte sich, wie sie darauf reagieren würde. Sie war eine tapfere Frau und praktisch veranlagt, aber sie konnte unberechenbar sein. Was er ihr vorschlagen wollte, war ein Plan, der in seiner Kühnheit schon fast lächerlich wirkte.

Außerdem war er gefährlich.

Aber nur dadurch konnte er das Unternehmen WOLFSFALLE und zugleich Lana retten.

*

Der Motor des Daimlers brummte in einem niedrigeren Gang, und die Limousine schien bergauf zu fahren. Sie näherten sich dem Schloss; sie mussten das letzte steile Straßenstück unmittelbar vor dem Burgtor erreicht haben. Dann wurde der Wagen langsamer und hielt – vermutlich vor dem Tor, das erst geöffnet werden musste. Er hörte weitere Stimmen, laute Rufe ganz aus der Nähe. Am Tor hatten wohl mehrere Männer gewartet; Metcalfe fragte sich, was hier vorging. Nach kurzem Halt rollte der Daimler wieder an und fuhr langsam weiter. Jetzt hielt er wieder, und der Schlag wurde aufgerissen. Er hörte von Schüsslers unangenehm krächzendes Organ, dann Lanas melodische, sinnliche Stimme. Schritte knirschten über Kies davon, dann wurde die Tür wieder zugeknallt.

Der Motor lief jedoch weiter. Die Limousine fuhr nochmals an und rollte ein kurzes Stück weiter, bevor sie endgültig hielt. Diesmal wurde der Motor abgestellt. Stand der Wagen jetzt in einer Garage?

Metcalfe wartete schweigend, im absoluten Dunkel des Kofferraums. Er hörte ein halblautes tonloses Pfeifen, während eine Autotür nach der anderen geöffnet und wieder geschlossen wurde. Machte der Chauffeur das Wageninnere sauber? Einige Minuten später entfernten sich die Schritte des Chauffeurs auf dem Betonboden der Garage, dann klirrten die Autoschlüssel leise, als der Mann sie aufhängte. Danach war alles still.

Er wartete.

Fünf, zehn Minuten … Er konnte die Zeit nicht abschätzen. Er wollte sicher sein, dass der Chauffeur nicht mehr in der Nähe war, wenn er versuchte, aus dieser Klaustrophobie erzeugenden Stahlkammer zu entkommen.

Schließlich war genügend Zeit vergangen. Metcalfe tastete die gesamte Innenseite des Kofferraumdeckels nochmals geduldig ab, aber hier gab es wirklich keinen Knopf oder Hebel, mit dem er sich entriegeln ließ. In den Ecken verliefen alle möglichen Kabel und Bowdenzüge, aber auch sie führten offenbar zu keinem Entriegelungsmechanismus.

Das Panikgefühl, das ihm anfangs zugesetzt hatte, kehrte verstärkt zurück. Sein Herz hämmerte, als wollte es seinen Brustkorb sprengen, er war kurzatmig, und seine Kehle war ausgedörrt.

Es *musste* eine Möglichkeit geben, hier rauszukommen, verdammt noch mal!

Er dachte an Lana, die kaum einen Meter von ihm entfernt gesessen hatte – so nahe, dass er sie fast hätte berühren können. Und das brachte ihn auf eine Idee.

So nahe, dass ich sie fast hätte berühren können.

Metcalfe suchte weiter, bis er das kleine Fach mit Werkzeug für Pannen und Reifenwechsel wiederfand, und öffnete die Klappe. In dem Fach lagen Schraubenzieher, ein Luftdruckmesser, verschiedene Zangen und Schraubenschlüssel. Mit dem größten Schraubenzieher löste er die Auskleidung des Kofferraums und zog sie ab, bis fast die gesamte Rückwand nur noch aus blankem Metall bestand. Dort ertastete er wie erwartet mehrere Schrauben, mit denen eine abnehmbare Platte fixiert war; nachdem er sie gelöst hatte, konnte er diese Blechtafel unter sich schieben und hatte nun die Rückenlehne der Fondsitze vor sich. Indem er mit dem Schraubenzieher durch den Federrahmen stocherte, gelang es ihm, genügend Schrauben zu lösen, um die Rücksitzlehne nach vorn schieben zu können.

Nach zwanzig Minuten harter Arbeit befand Metcalfe sich auf dem Rücksitz des Daimlers und war endlich aus dem Kofferraum heraus.

Die Limousine stand nicht in einer geschlossenen Garage, sondern in einer Art Carport: einer rudimentär gemauerten Konstruktion, die vorn offen war und das Mondlicht hereinließ. Als er die hintere Tür öffnete und rasch ausstieg, flammte die Innenbeleuchtung auf, aber nur für ein bis zwei Sekunden, bevor sie wieder erlosch. War jemand in der Nähe, der das Licht gesehen haben konnte? Metcalfe erinnerte sich an die Stimmen, die den Chauffeur am Burgtor angerufen hatten. Durchs offene Ende des Carports konnte er in ungefähr hundert Metern Entfernung und ein Stück hügelabwärts das hohe Eisentor sehen. Unmittelbar davor erkannte er die fast statischen Silhouetten mehrerer Männer. Wachpersonal? Er hörte das Knirschen von Stiefeln im Kies, das nervöse Winseln von Hunden, die an ihren Leinen zerrten. Und das tiefe Knurren anderer Hunde – der Schäferhunde und

Dobermänner, die er zuvor innerhalb des Zauns umherstreifen gesehen hatte –, als wollten sie die Männer und ihre Hunde davor warnen, ihnen zu nahe zu kommen.

Ein Streichholz flammte auf, als einer der Wachleute sich eine Zigarette anzündete, und in dem kurzen Feuerschein sah Metcalfe, dass diese Männer kein gewöhnliches Wachpersonal waren.

Ihre Uniformen zeigten ihm sofort, dass sie Gestapoleute waren. Vor dem Burgtor patrouillierte ein von der Gestapo abgestelltes Kommando mit Hunden.

Weshalb?

Die Uniformierten waren vorher nicht da gewesen. Rudolf von Schüssler, ein kleiner Beamter im Auswärtigen Amt, hatte kein Anrecht auf Personenschutz, wie ihn Parteibonzen beanspruchen konnten. Warum waren diese Leute hier? Metcalfes Gehirn arbeitete auf Hochtouren. Genau wie Lana war von Schüssler erst vor kurzem in Berlin eingetroffen. Wusste der Sicherheitsdienst, dass auch Metcalfe hier war? Wusste der SD von seiner Verbindung zu Lana und vermutete, dass er herkommen könnte, um sie zu treffen?

Das war möglich – *alles* war möglich –, aber eher unwahrscheinlich. Die Gestapo war hier, um jemanden zu schnappen, der das Schloss betrat oder verließ. Welche der beiden Möglichkeiten traf zu?

Dann wurde ihm klar, dass die Hundeführer draußen, nicht auf dem Burggelände waren. Sie machten keine Anstalten, es abzusuchen; das bedeutete, dass sie auf jemanden warteten, der herkommen sollte.

Sie warten auf mich, sagte er sich. *Kann das sein?*

Er musste irgendwie ins Schloss gelangen, ohne von den Gestapoleuten gesehen zu werden. Das Hauptgebäude war ungefähr dreißig Meter entfernt, der Weg dorthin mehr oder weniger deckungslos. Hinter mehreren Fenstern im zweiten Stock brannte Licht. Aus einem dieser Zimmer drang ein rosa Lichtschein, der Metcalfe daran erinnerte, dass Lana manchmal einen roten Seidenschal über ihre Nachttischlampe legte.

Die Gestapoleute hielten Ausschau nach jemandem, der kommen sollte, nicht nach jemandem, der bereits auf dem Gelände war. Wenn er sich völlig lautlos durch die Nacht bewegte …

Aber was war mit den Hunden? Sie waren anscheinend alle am Burgtor versammelt, wo sie die Hunde der Gestapoleute anwinselten. Vielleicht waren sie nicht besonders gut ausgebildet; wahrscheinlicher war jedoch, dass sie nur darauf abgerichtet waren, das Schloss gegen von *außen* kommende Eindringlinge zu bewachen.

Metcalfe trat lautlos aus dem Carport. Als Erstes nutzte er die niedrige Buchsbaumhecke, von der die Zufahrt gesäumt war, um auf allen vieren über den Rasen zu kriechen. Als die Hecke aufhörte, schob er sich, auf dem Bauch liegend, weiter. So erreichte er nach kurzer Zeit das Hauptgebäude und huschte um die linke Ecke nach hinten, um einen Dienstboten- oder Lieferanteneingang zu suchen.

Er fand ihn mühelos: eine schmale Holztür, die zum Glück unversperrt war. Schloss Sunderburg war so gut bewacht, lag hinter Wällen und Toren so geschützt und wurde von frei laufenden Wachhunden so gesichert, dass es nicht nötig war, den Dienstboteneingang nachts abzusperren. Metcalfe zog die Tür langsam und vorsichtig auf, um ein Quietschen oder Knarren zu vermeiden.

Dass schwere Pfoten herantappten, nahm er erst wahr, als es schon zu spät war.

Plötzlich hörte er ein erschreckendes Knurren, tief und kehlig. Im nächsten Augenblick prallte der Körper eines Dobermanns mit seinem zusammen. Der Hund schlug die Zähne in den Ärmel seiner Lodenjacke und verbiss sich wild in das Gewebe, um an das Fleisch von Metcalfes Oberarm heranzukommen. Ein stechender Schmerz durchzuckte den gesamten Arm, als die spitzen Reißzähne sich in die Haut bohrten.

Metcalfe trat nach dem grimmigen Angreifer und verdrehte dabei seinen Körper, um den Biss der gewaltigen Kiefer zu lockern. Die massive Tür stand halb offen; er warf sich nach vorn über die Schwelle, knallte gleichzeitig die Tür zu und ließ sie wiederholt gegen den Körper des Angreifers krachen, bis der Hund endlich zornig blaffend von seinem Arm abließ.

Im nächsten Augenblick rannte Metcalfe, von einem Adrenalinstoß beflügelt, durch einen dunklen Flur. Unter einer Tür am Ende des Korridors entdeckte er einen Lichtstreifen. Metcalfe musste schleunigst von hier verschwinden, bevor jemand vom Hauspersonal, durch den Angriff des Dobermanns aufgeschreckt, auf den Flur trat. Auf beiden Seiten des Korridors sah er Türen, hatte jedoch keine Ahnung, wohin sie führten. Die erste Tür war abgesperrt, die zweite ebenfalls. Die dritte ließ sich öffnen. Hinter dieser Tür lag eine schmale Treppe. Metcalfe schloss sie hinter sich und tastete sich im trüben Schein einer Art Notbeleuchtung die Stufen hinunter.

Der schwache Lichtschein zeigte ihm, dass er von Hunderten von Weinflaschen umgeben war, die vor allem Rhein- und Moselweine enthielten. Er befand sich in Rudolf von Schüsslers Weinkeller. Er trat rückwärts in eine Nische und wartete.

Als in den folgenden Minuten niemand die Treppe herunterkam, konnte er annehmen, dass er vorerst in Sicherheit war. Ein Blick auf seine Uhr zeigte ihm, dass es zwanzig Minuten vor Mitternacht war. Er würde noch eine Stunde hier unten warten. Bis dahin würden Lana und von Schüssler vermutlich schlafen. Erst dann konnte auch das Personal zu Bett gehen. Es war zu riskant, durch ein unbekanntes Haus zu schleichen, in dem vielleicht noch Leute wach waren.

Aber die Zeit rannte. Wenn Kundrow es geschafft hatte, seinen Part zu erledigen, blieben ihnen nicht viel mehr als sechs Stunden.

Für alles, was noch getan werden musste, reichte die Zeit nicht aus.

Kapitel Sechsunddreißig

Eine Stunde später schlich Metcalfe lautlos durch den dunklen Korridor im zweiten Stock des Hauptgebäudes.

Die Anordnung der Räume war für mittelalterliche deutsche Burgen typisch, das erkannte Metcalfe rasch. Das Erdgeschoss mit Küche und Wirtschaftsräumen wurde vom Hauspersonal bewohnt; im ersten Stock lagen die Kapelle und ein großer Saal mit einem riesigen Refektoriumstisch; im zweiten Stock befanden sich die Wohnräume. Auf jeder Etage gab es jedoch mehrere durch Anbauten entstandene Flügel. Einer davon – mit Tigerfellen auf dem Boden und Jagdtrophäen an den Wänden – war offensichtlich für Rudolf von Schüssler eingerichtet worden. Metcalfe durchquerte den Raum lautlos und ging auf Zehenspitzen an der Tür vorbei, hinter der das Schlafzimmer liegen musste. Am Ende des Korridors lag das Arbeitszimmer des Hausherrn: Metcalfe warf einen flüchtigen Blick in einen Raum mit schweren Möbeln und wandhohen Bücherschränken.

Ein weiterer Gebäudeflügel war das Reich von Schüsslers Kindern. Wieder ein anderer, der offensichtlich weniger benützt wurde, enthielt die Gästezimmer.

Dort musste Lana sein.

Alles, was Metcalfe über Rudolf von Schüssler wusste oder an ihm beobachtet hatte, wies darauf hin, dass Lana und er hier auf dem Stammsitz der Familie mit seiner von ritterlichem Anstand kündenden Atmosphäre getrennt schlafen würden. Kein Zweifel, darauf hätte Lana bestanden.

Unter einer auf Hochglanz polierten Tür aus Kastanienholz war ein schmaler Lichtstreifen sichtbar. Der rötliche Schein verriet Metcalfe, dass dies Lanas Zimmer war. Sie war dort drinnen und hatte ihren roten Seidenschal über die Nachttischlampe gelegt. Vielleicht las sie noch.

Aber war sie wirklich allein?

Neben der Tür stand ein Servierwagen mit einem Tablett, auf dessen Leinendecke er eine zerknüllte Damastserviette, ein Kristallglas, einen silbernen Wasserkrug und ein leeres Champagnerglas sah. Von allem nur eines, das fiel ihm sofort auf.

Sie war hier, und sie war allein.

Er drückte die Messingklinke herab, öffnete langsam die Tür.

Dann hörte er ihre Stimme. »Rudi? Bist du's?«

Metcalfe gab keine Antwort, sondern trat ein und schloss die Tür hinter sich. Das luxuriös mit geschnitzten Paneelen getäfelte Zimmer hatte eine Kassettendecke und schwere, bestickte Samtportieren. Lana saß, von Kissen umgeben, mitten in einem riesigen Himmelbett und war so strahlend schön wie an dem Abend, an dem er sie zum ersten Mal auf der Bühne gesehen hatte. In ihrem Negligee aus rosa Seide, mit den rabenschwarzen Locken, die bis über ihren Schwanenhals herabfielen, sah sie atemberaubend aus. Ihr Gesicht leuchtete auf; sie stieß einen leisen Schrei aus, ließ ihr Buch fallen und breitete die Arme aus, als er mit zwei, drei raschen Schritten den Raum durchquerte.

»Stiwa, *salatoj«*, rief sie. »Ich dachte, ich würde dich nie wiedersehen!«

»So leicht wirst du mich nicht los«, antwortete Metcalfe, dann küsste er sie lange und leidenschaftlich.

Als sie sich aus seiner Umarmung löste, sah er, dass sie weinte. »Wie bist du hier reingekommen? Wie bist du nach Berlin gekommen?« Sie senkte ihre Stimme zu einem Flüstern. »Was *willst* du hier?«

»Ich habe gehört, dass du in Berlin auftrittst. Du weißt, dass ich keinen deiner Auftritte versäume, wenn ich gerade in der Stadt bin.«

»Nein«, sagte sie und schüttelte den Kopf, um ihm zu zeigen, dass ihr nicht nach Scherzen zumute war. »Es geht um die … die Dokumente. Die Sache ist ernst – das sehe ich in deinem Blick, Stiwa.« Ihre Stimme wurde drängend, ängstlich. »Was ist passiert? Gibt's ein *Problem*?«

Metcalfe konnte sie nicht länger belügen; er hatte ihr schon viel zu viele Lügen erzählt. *»Daj rutschenku«*, sagte er und nahm eine ihrer weichen, zart parfümierten Hände in seine. Er setzte sich neben sie aufs Bett und sprach halblaut weiter. »In Moskau bist du deines Lebens nicht mehr sicher. Ich möchte, dass du Russland verlässt.«

»Ich soll überlaufen.« Ihre vor Aufregung geweiteten Augen glänzten.

»Dies ist vermutlich deine letzte Chance. Unter Umständen lassen sie dich nie mehr ins Ausland.«

»Stiwa, *golubtschik,* wie ich darüber denke, habe ich dir schon erklärt: Russland ist meine *rodina,* meine Heimat. Es ist, was ich *bin*.«

»Es wird *immer* deine Heimat bleiben. Es wird *stets* ein Teil dessen sein, was du bist. *Lanuschka*, es wird immer ein Teil deiner selbst bleiben. Aber du wirst wenigstens leben, in Freiheit leben!«

»Ah, du hast gut von Freiheit reden ...«, begann sie verbittert.

Metcalfe unterbrach sie. »Nein, Lana, hör mir jetzt zu. Du weißt nicht, was Freiheit ist. Niemand, der hinter Gittern geboren und aufgewachsen ist, kann einen Begriff von Freiheit haben.«

»›Mauern bilden kein Gefängnis‹«, zitierte sie, »›noch Eisenstäbe einen Käfig ... Wenn ich nur Freiheit in der Liebe habe.‹«

»Aber du hast *keine* Freiheit in der Liebe, Lana. Nicht einmal die!«

»Mein Vater ...«

»Auch das ist eine Lüge, Lana.«

»Was soll das heißen?«

»Es hat keine Verschwörung gegeben. Das waren alles von den Nazis lancierte ›Beweise‹ mit dem Ziel, die Rote Armee zu enthaupten. Da die Deutschen wussten, wie paranoid Stalin in Bezug auf Verräter ist, haben sie einen Schriftwechsel gefälscht, um die russische Armeeführung als Verschwörer zu denunzieren.«

»Unmöglich!«

»Nichts ist unmöglich, Lana; nichts liegt außerhalb der Vorstellungskraft eines Wahnsinnigen. Dein Vater mag Stalin insgeheim verabscheuen, wie es jeder anständige Mensch tut, aber er war nie an einer Verschwörung gegen ihn beteiligt.«

»Das *weißt* du?«

»Das weiß ich.«

Sie lächelte traurig. »Es wäre schön, sich vorzustellen, dass ihm jetzt nichts mehr passieren kann.«

»So ist's leider nicht«, bestätigte Metcalfe. »Seine Uhr ist praktisch abgelaufen.«

»Erinnerst du dich an die Duellpistolen meines Vaters?«

»Die einst Puschkin gehört haben?«

»Ja. Nun, er hat mir einmal erzählt, als noch Duelle ausgetragen wurden, habe es vermutlich hunderttausend Besitzer von Duellpistolen gegeben. Aber wie viele Duelle sind in all diesen Jahren ausgetragen worden? Wahrscheinlich nicht mehr als tausend. Wer so eine Duellpistole besaß und sie sichtbar zur Schau stellte, hat er gesagt, wollte potenzielle Feinde davor warnen, ihn zu beleidigen, weil er bereit war, seine Ehre zu verteidigen.«

»Dein Vater ist zum Kampf bereit?«

»Er ist bereit, ja ... aber zum Sterben«, flüsterte sie.

Metcalfe nickte. »Mit Unschuld hat man sich im Paradies der Werktätigen noch nie verteidigen können«, sagte er grimmig. »Die Maschinerie des Terrors hetzt Unschuldige gegeneinander auf, nicht wahr? Sie hat in jedem Wohngebäude ihre Spitzel; keiner weiß, wer Zuträgerdienste leistet, wer ›Abweichler‹ meldet, deshalb traut man niemandem mehr – keinem Nachbarn, keinem Freund, nicht mal dem Geliebten.«

»Aber ich vertraue dir«, flüsterte sie. Tränen liefen ihr übers Gesicht.

Metcalfe wusste nicht, was er darauf antworten sollte. Er, der sie belogen, sie manipuliert hatte, hatte ihr Vertrauen nicht verdient, und der innere Zwiespalt peinigte ihn. Ihr *Vertrauen* stieß ihn jetzt ab, er empfand ihren Anstand als Demütigung. Auch in seinen Augen standen plötzlich Tränen: heiße, brennende Tränen der Frustration, der Angst, des Mitgefühls. »Auch mir solltest du nicht trauen«, sagte er mit geschlossenen Augen.

»Ist das die Überzeugung, zu der du gelangt bist? Hat deine Welt dich so verändert? Deine Welt der Freiheit – hat sie auch dich gelehrt, niemandem zu trauen? Was macht deine ›freie‹ Welt dann besser als mein Gefängnis mit den goldenen Gitterstäben?«

»Lana, *milaja*, hör mir zu. Hör mir sehr gut zu. Was ich dir jetzt erzählen werde … Ich möchte, dass du die Wahrheit weißt. Mir ist's egal, was du anschließend von mir denkst – nein, das stimmt nicht; mir ist *sehr* wichtig, was du von mir denkst! Aber du musst die Wahrheit erfahren, und wenn dann alles zu Ende ist, kann ich das eben nicht ändern. Wenn sie das Unternehmen zum Scheitern bringt, wenn sie bewirkt, dass du mich nie wiedersehen willst, muss ich auch das ertragen. Diese Lüge soll nicht länger auf meinem Gewissen lasten. Du hast Besseres, weit Besseres verdient.«

Lana sah ihn nicht mehr an. Sie blieb neben ihm auf dem Bett sitzen, schien jedoch in sich selbst zusammenzuschrumpfen. Er hielt weiter ihre Hand, die jetzt ein wenig kalt und feucht wirkte. Auch in seinem Inneren war irgendetwas zu Eis geworden, nur war dies nicht die Eiswüste eines Mannes, der alle falsche Rücksichtnahme über Bord geworfen hat; es war die von Eis starrende innere Tundra eines Mannes, der sich einsam und verlassen fühlt wie ein verirrtes Kind. »Ich will dir von dem Unternehmen erzählen, in das ich dich hineingelockt habe«, begann Metcalfe. *Wieso sage ich das?*, fragte er sich. *Warum tue ich das?* Er war lediglich mit der Absicht hergekommen, Lana zum Überlaufen zu bewegen, sie dazu zu bringen, an einem letzten atemberaubend kühnen Unternehmen teilzunehmen, das zugleich sie und das Unternehmen WOLFSFALLE retten sollte. Aber jetzt empfand er nur noch den Drang, dieser Frau, ohne die er nicht mehr leben wollte, die ganze Wahrheit zu bekennen. »Die Dokumente, die ich dir übergeben habe. Das Material, von dem ich behauptet habe, es werde Hitler und seine Generale von den friedlichen Absichten Russlands überzeugen ...«

»Ich weiß«, unterbrach Lana ihn. Sie hatte die Augen wieder geöffnet, aber sie starrte zu Boden. Sie wirkte zutiefst erschöpft. »Ich kenne die Wahrheit, *dorogoi* Stiwa. Ich weiß, was in diesen Papieren gestanden hat.«

»Du hast sie gelesen.«

»Natürlich habe ich sie gelesen. Du unterschätzt mich, *milenki*. Eine Sowjetunion, die keine Gefahr für Hitler darstellt, würde ihn geradezu einladen, Russland zu überfallen. Männer wie Hitler – und Stalin – verachten Schwäche. Sie empfinden sie nicht beruhigend, sondern provozierend. Wäre Hitler der Überzeugung, Russland sei schwach, würde er seine Armeen nach Moskau und Leningrad in Marsch setzen – er hätte unser Land längst besetzt. Nein, der einzige Grund, der Hitler bisher davon abgehalten hat, Russland den Krieg zu erklären, ist seine Angst, Russland könnte ein zu starker Gegner sein. Das weiß ich.«

Er fühlte sich wie vor den Kopf geschlagen. Er wollte ihr in die Augen sehen, aber Lana starrte weiter zu Boden, während sie fortfuhr: »Aber ihr Amerikaner wollt Hitler und Stalin gegeneinander aufhetzen. Das ist euer eigentliches Ziel. Eure Dokumente sollen Hitler beweisen, dass Stalin einen *Präventivkrieg* gegen Deutschland plant. Wenn Hitlers Generale dieses Material für echt halten, dann bleibt ihnen keine andere Wahl, als ihrerseits zuerst anzugreifen.«

Metcalfe wandte sich Lana zu, nahm ihr Gesicht in beide Hände. »Großer Gott«, flüsterte er. »Das hast du alles von Anfang an gewusst.«

»Und ich bin damit einverstanden, Stiwuschka. Ich halte diesen Plan für kühn und gefährlich, aber er ist auch brillant. Er ist unsere einzige Hoffnung. Greift Hitler uns an, weil er uns für schwach hält, gräbt er sich damit sein eigenes Grab. Ja, Stiwa, das habe ich von Anfang an gewusst.«

»Du bist eine schöne Frau, die schönste Frau, der ich jemals begegnet bin. Und du bist die bemerkenswerteste Frau, die ich kenne.«

»Dann erzähl mir etwas«, sagte sie ernst. »Und du musst mir die Wahrheit sagen: Glaubt der NKWD, dass ich sowjetische Militärgeheimnisse weitergebe? Bist du hergekommen, um mich deswegen zu warnen?«

»Nein, noch nicht. Aber es ist nur eine Frage der Zeit, wann der NKWD anfängt, dich zu verdächtigen. Die deutsche Abwehr – der militärische Abwehrdienst im Oberkommando der Wehrmacht – hat eine Quelle in der Lubjanka. Auf beiden Seiten gibt's undichte Stellen. Kein Geheimnis ist wirklich sicher.«

»Eine ›Quelle‹?«

»Einen Spion. Jemanden, der für sie arbeitet, den Deutschen Informationen liefert.«

»Spione unter Spionen!«

Metcalfe nickte. »Die Deutschen werden allmählich misstrauisch, weil sie so mühelos an dieses Material gelangt sind. Sie fragen sich, ob russische Stellen es ihnen absichtlich zugespielt haben könnten.«

»Und du glaubst, dass ihre ... ihre ›Quelle‹ in der Lubjanka Fragen nach meiner Rolle aufwerfen wird?«

»Das wäre denkbar. Sobald an einem Unternehmen mehr als zwei Personen beteiligt sind, gibt's undichte Stellen. Diese Gefahr besteht immer.«

»Aber das ist nicht deine Hauptsorge. Du fürchtest, euer Unternehmen könnte scheitern.«

»Du scheinst mich für völlig skrupellos zu halten.«

»Ich bin kein Kind mehr!«, fauchte sie und wandte sich ihm ruckartig zu. Ihre Augen glitzerten, ihr Gesichtsausdruck war leidenschaftlich erregt. »Ich dachte, das hättest du inzwischen erkannt. Wir wissen beide, was wichtig ist. Wir wissen beide, dass das Schicksal der freien Welt wichtiger ist als das Leben einer Ballerina.«

Ihre Worte erschreckten ihn. »Vielleicht will ich zu viel«, antwortete er sanft, »aber ich möchte dich beschützen und zugleich das Unternehmen retten.«

»Wie soll das gehen?«

»Mit Kundrows Hilfe.«

»*Kundrow*? Was hat er damit zu schaffen?«

»Wenn du einverstanden bist, Lana, dann zeigt Kundrow dich bei seinen Vorgesetzten an.«

»Mich *anzeigen*?«, fragte sie. »Das verstehe ich nicht.«

»Er meldet seinen Verdacht, dass du, die Tochter eines berühmten sowjetischen Generals, dem deutschen Diplomaten, der dein Geliebter ist, militärische Geheimnisse verraten hast. Das wird in Moskau wie ein Blitz einschlagen; die Schockwelle wird die höchsten Führungskreise erfassen. Die GRU wird den NKWD hinzuziehen, der sofort die nötigen Maßnahmen ergreifen wird.«

Sie nickte, während in ihrem Blick eine schreckliche Erkenntnis dämmerte. »Werde ich verhaftet, erfahren die

Deutschen durch ihren Spion in der Lubjanka davon. Dann werden Hitler und seine Generale glauben, dass sie echtes Material bekommen haben. Das wird sie von der Notwendigkeit eines Angriffs überzeugen.« Lana zuckte mit den Schultern; ihr Tonfall blieb locker, aber er konnte ihre Anspannung, ihre Angst nicht verbergen. »Die Hinrichtung einer unbedeutenden Ballerina lässt sich sicher verschmerzen, wenn sie den Untergang Hitlers herbeiführt.«

Metcalfe packte sie mit beiden Händen an den Schultern, brachte sein Gesicht dicht an ihres heran. »*Nein!* Ich würde dich nie opfern!«

»Ich würde mich selbst opfern«, wehrte Lana kühl ab.

»Hör mir jetzt zu! Du wirst *nicht* verhaftet! Du weißt, wie so etwas abläuft. Der NKWD kann dich nicht auf deutschem Boden verhaften. Also wird man versuchen, dich nach Hause zu locken. Es wird heißen, dort sei etwas passiert – vielleicht etwas mit deinem Vater. Man wird einen Vorwand, eine List gebrauchen. Man setzt dich in Berlin in den nächsten Zug, und sobald du in Moskau ankommst … *dann* wirst du verhaftet.«

»Ja, natürlich«, stimmte sie zu. »Genauso wird es ablaufen.«

»Aber du fährst nicht mit diesem Zug! Du flüchtest – man wird glauben, du hättest einen Tipp bekommen oder selbst gemerkt, welche Gefahr dir droht, und hättest deshalb die Flucht ergriffen. Du entscheidest dich gegen die Hinrichtung und fürs Weiterleben – eine völlig logische Wahl.«

»Und wie soll ich flüchten?«

»Du brauchst nur ein Wort zu sagen, Lana, dann rufe ich in der Schweiz an. Die britische Special Operations

Executive und die RAF betreiben gemeinsam eine Flotte von kleinen, leichten Eindeckern des Typs Lysander, mit denen sie Agenten an Fallschirmen über den deutsch besetzten Gebieten absetzen. Gelegentlich holen sie dort auch Leute ab.«

»Sie fliegen im deutschen Luftraum herum?«

»Sie kennen die Fähigkeiten und Dienstpläne der feindlichen Luftabwehr. Sie fliegen so tief und schnell, dass die deutsche Flak nicht rechtzeitig reagieren kann. Diese Maschinen haben schon Dutzende von Leuten rausgeholt. Aber die zeitliche Abstimmung ist ungeheuer schwierig. Jeder Flug erfordert ein Höchstmaß an Koordination. Sobald wir eine Maschine anfordern, müssen wir am vorgesehenen Landeplatz außerhalb von Berlin bereitstehen und die vereinbarten Signale geben. Kommen die Signale nicht genau zur vereinbarten Zeit, landet das Flugzeug gar nicht erst, sondern kehrt um und fliegt zum Tempsford Airfield in Bedfordshire zurück. Und damit ist das Fenster zugeschlagen.«

»Das Fenster?«

»Nachdem Kundrow seinen Bericht über dich nach Moskau übermittelt hat, haben wir nur eine einzige Chance, dieses Flugzeug zu erwischen. Verpassen wir es, wirst du vom NKWD geschnappt. Aber das lasse ich nicht zu.«

»Und Kundrow?«

»Darüber haben wir bereits gesprochen. Er ist schon dabei, seine Vorbereitungen zu treffen. Ich muss nur in Bern anrufen, und sobald ich weiß, dass die Lysander losgeschickt wird, übermittelt Kundrow seinen Bericht nach Moskau. Dann koordinieren die dortigen Behörden deine Verhaftung mit dem hiesigen NKWD-Residenten. Ist die Maschinerie einmal in Gang gesetzt, lässt sie sich nicht wieder anhalten. Dann gibt's kein Zurück mehr.«

»Du vertraust ihm?«

»Das hat er mich auch gefragt. Er hat dir und mir das Leben gerettet.« Metcalfe erinnerte sich an Kundrows Wunsch, Russland zu verlassen. »Ich habe zusätzliche Gründe, ihm zu vertrauen. Aber die Entscheidung liegt bei dir, Lana.«

»Ja.«

»Ich möchte, dass du sie dir gründlich überlegst. Dieser Plan klingt vielleicht schrecklich riskant, aber ich glaube, dass eine Rückkehr nach Moskau noch viel gefährlicher ist. Dort ist's bestimmt nur eine Frage der Zeit, bis du verhaftet wirst.«

»Ich habe Ja gesagt, Stiwa.«

»Du bist dir darüber im Klaren, dass trotzdem noch alles schief gehen kann?«

»Muss ich noch mal betonen, dass ich kein Kind mehr bin? Nichts im Leben ist garantiert. Nichts in *unserer* Welt ist sicher. Schon lange nicht mehr. Meinen Vater zu verlassen ... das wird schrecklich für mich, *milenki.* Aber ich habe vor dieser Reise von ihm Abschied genommen, wie ich es jeden Morgen tue. Deshalb sage ich mit Überzeugung Ja.«

Beide schwiegen mindestens eine Minute lang nachdenklich.

»Ich muss zwei Telefongespräche führen. Als Erstes muss ich Kundrow verständigen, der auf meinen Anruf wartet.« Metcalfe zog einen Zettel mit der hingekritzelten Nummer einer Telefonzelle in Berlin Mitte aus der Tasche. »Und dann muss ich mit Bern telefonieren. Von Schüssler ist Diplomat, was bedeutet, dass das Auswärtige

Amt ihm einen Anschluss für Auslandsgespräche zur Verfügung stellt, wie ihn nur wenige Deutsche besitzen.«

»In seinem Arbeitszimmer steht ein Telefon. Von diesem Apparat aus hat er kurz nach unserer Ankunft mit der deutschen Botschaft in Moskau telefoniert.«

Metcalfe sah auf seine Uhr, was er – wie ihm jetzt auffiel – in dieser Nacht immer häufiger tat.

»Also gut. Uns bleiben noch fünf Stunden, eher weniger. Wenn alles klappt wie geplant, setzt Kundrow sich über eure Botschaft mit Moskau in Verbindung, sobald ich ihn angerufen habe. Dann beginnt das Räderwerk zu rattern; dafür sorgt Kundrow. Es dauert bestimmt keine Stunde, bis dich jemand vom NKWD anruft – nur wird er vorgeben, jemand aus der Verwaltung des Bolschoitheaters zu sein, von dem du noch nie gehört hast. Er wird dir erzählen, dass dein Vater nach einem Schlaganfall im Krankenhaus liegt und du als seine nächste Angehörige dringend nach Moskau zurückkehren musst. Du wirst angewiesen werden, den Schnellzug Brüssel–Moskau zu nehmen, der in Brüssel abends um halb neun abfährt und morgens um sieben Uhr zwei einen kurzen Halt in Berlin einlegt.«

»Und dann?«

»Und dann holt Kundrow dich hier im Schloss ab und bringt dich zu dem Ort, von dem du abgeholt wirst. Der Landeplatz liegt auf einem Gelände, das jetzt der Verwirrung der Bomberpiloten dient. Die Attrappe einer Rüstungsfabrik auf dem Gelände still gelegter Filmstudios soll britische Bomber im Anflug auf Berlin täuschen. Dazu gehört auch eine freie Fläche, die für Landung und Start einer Lysander ausreicht. Diese unbewohnte Anlage dürfte der sicherste Ort in fünfzig Kilometer Umkreis um Berlin sein. Damit unser Plan funktionieren kann, darf das Flugzeug erst in den deutschen Luftraum einfliegen, nachdem der NKWD dich angerufen hat – aber lange bevor du in Berlin in den Zug einsteigen sollst. Später wird der gesamte Ablauf nachgeprüft werden. Alles muss plausibel erscheinen. Es muss aussehen, als seist du nach dem Anruf misstrauisch geworden und hättest mit deinem Führungsoffizier gesprochen …«

»Mit meinem ›Führungsoffizier‹?«

»Das ist ein Mann, der Agenten führt. Entschuldigung. Das sind Ausdrücke aus meiner Welt, nicht aus deiner.«

»Aber woher weißt du, dass du mit so kurzer Vorwarnzeit ein Flugzeug anfordern kannst?«

»Ein paar Leute, die ich kenne, besitzen ungeheuren Einfluss. Stellt sich heraus, dass heute Nacht keine Maschine mehr kommen kann, verschieben wir die Sache. Kundrow erstattet erst Meldung, wenn er sicher weiß, dass wir ein Flugzeug bekommen.«

Lana machte eine Pause und schien nachzudenken. »Und was ist, wenn das Flugzeug von den Deutschen abgeschossen wird? Während der NKWD bereits meine Rückführung und Verhaftung plant?«

»Daran mag ich lieber nicht denken, Lana«, sagte Metcalfe unbehaglich.

»Man muss immer aufs Schlimmste vorbereitet sein.«

»Manchmal bleibt einem nichts anderes übrig, als das Beste zu hoffen.«

»Das ist eine reichlich unbekümmerte Einstellung, wenn's um das Leben eines anderen geht. Oder vielleicht sogar das Schicksal der Welt.«

»Daran ist nichts unbekümmert. Ich bin Amerikaner – ich bin ein geborener Optimist.«

»Und ich als Russin bin notwendigerweise eine Pessimistin. Nur einer von uns beiden kann Recht haben.«

»Aber du wirst sehr bald Amerikanerin sein, Darling. Hör zu, die Zeit verfliegt, während wir hier sitzen und reden. Wir müssen handeln, schnell und entschlossen handeln. Wir müssen uns beeilen. Klappt alles wie geplant, sind wir morgen um diese Zeit längst an einem Ort, an dem wir endlich ausruhen können.«

Kapitel Siebenunddreißig

Metcalfe stand an derselben Tür, durch die er ins Hauptgebäude gekommen war, und hielt Ausschau nach den Wachhunden. Im Augenblick war keiner zu sehen; vermutlich waren sie auf ihre gewohnten Posten am Tor und entlang der Burgmauer zurückgekehrt. Auch die Gestapoleute, denen es nicht gelungen war, ihn abzufangen, waren fort, vielleicht waren sie anderswo eingesetzt worden. Ein kurzer Spurt brachte ihn zum Carport hinüber, wo er die Schlüssel des Daimlers an ihrem Haken entdeckte, ohne Licht machen zu müssen.

Der Motor sprang sofort an und lief leise. Metcalfe stieß rückwärts aus dem Carport und fuhr ohne Licht zu dem abgesperrten schmiedeeisernen Tor hinunter. Dort hielt er mit dem Daimler an. Aus der Nacht tauchten mehrere Schäferhunde und Dobermänner auf, deren Augen gelb zu leuchten schienen. Während sie so dastanden, knurrten einige von ihnen leise warnend. Sie schienen nicht recht zu wissen, was sie tun sollten, denn sie kannten die Limousine, wenn auch nicht den Fahrer. Aber sobald Metcalfe ausstieg, um das Tor aufzuschließen und zu öffnen – falls das überhaupt möglich war –, würden die Hunde ihn wittern, als Eindringling erkennen und anfallen. Verteidigte er sich dann mit der Pistole, würden die Schüsse das Hauspersonal, vielleicht sogar von Schüssler selbst wecken.

Die Hunde begannen das Auto zu umringen, winselten leise, knurrten. Sie schienen neugierig zu sein, konnten sich den fremden Fahrer in dem vertrauten Wagen nicht erklären. Insgesamt waren es jetzt fünf oder sechs Wachhunde, die sich vor ihm aufgebaut hatten und ihn alle mit grimmiger Intensität anstarrten.

Dies war ein Patt. Jeden Augenblick konnte einer der Hunde anschlagen; dann würden alle loskläffen und das Hauspersonal wecken. Um das Tor aufzusperren und zu öffnen, *musste* er aussteigen. Es schien keine Alternative zu geben, und die Uhr tickte weiter. Das Unternehmen lief; der Startschuss war gefallen und ließ sich nicht mehr rückgängig machen. Er durfte keine Sekunde verlieren!

Ein silbernes Blinken fiel ihm ins Auge.

In einem kleinen Fach im Armaturenbrett steckte eine dünne Metallröhre. Er griff danach … und hielt eine Pfeife in der Hand.

Eine silberne Hundepfeife.

Metcalfe erinnerte sich daran, wie der Chauffeur sie vor einigen Stunden benützt hatte, um die Hunde zu dirigieren. Er kurbelte das Fenster etwas herunter, nahm die Pfeife zwischen die Lippen und blies kräftig hinein. Der einzige Laut war das leise Rauschen der zusammengepresst austretenden Luft; der Pfeifton lag im Ultraschallbereich, sodass ihn nur Hunde hören konnten.

Das Knurren verstummte schlagartig. Die Hunde wichen gut zehn Meter von dem Daimler zurück und legten sich dort gehorsam auf den Boden.

Er öffnete vorsichtig die Fahrertür und behielt dabei die Pfeife für alle Fälle in einer Hand. Dann stieg er aus, ging ans Tor und stellte erleichtert fest, dass der große eiserne Schlüssel steckte. Das einfache Schloss wäre bestimmt leicht zu knacken gewesen, aber auf diese Weise hatte er fünf Minuten gewonnen.

Und er brauchte jede einzelne Minute.

*

Mit Hilfe der Straßenkarte »Berlin und Umgebung«, die er in dem Daimler gefunden hatte, fuhr Metcalfe zügig, aber vor allem in Ortschaften nie zu schnell, um nicht von der Polizei angehalten zu werden.

Unterwegs rief er sich wieder ins Gedächtnis zurück, was er mit Corcoran und Kundrow vereinbart hatte. Corky, der normalerweise durch nichts zu erschüttern war, war verblüfft gewesen, als Metcalfe ihn aus Berlin angerufen hatte. »Um Himmels willen, mein Junge, wo telefonieren Sie – im Arbeitszimmer des Führers?«, hatte er gefragt. Die Bitte um ein Flugzeug hatte er mit längerem Schweigen quittiert. Metcalfe war darauf gefasst gewesen, dass Corcoran alle möglichen Einwände gegen seinen Plan erheben würde, aber zu seiner Überraschung tat der Alte das nicht. Er beschwerte sich nicht einmal darüber, dass er mitten in der Nacht geweckt worden war. Er äußerte nur einen Einwand: »Das ist nicht so einfach, als riefe man ein Taxi, Stephen. Ich habe keine Ahnung, wie heute Nacht die Sichtverhältnisse, die Wetterbedingungen sind.« Der alte Spionagechef legte den Hörer neben das Telefon, und als er nach einigen Minuten zurückkam, sagte er: »Vom RAF-Jägerflugplatz Tangmere am Ärmelkanal startet sofort eine Lysander, die gegen fünf Uhr im Zielgebiet ist. Sie können sich nicht vorstellen, wie viele Gefälligkeiten ich einfordern musste, um das zu ermöglichen.« Corky nannte den von ihm festgelegten genauen Landeort und rasselte eine Reihe von Anweisungen herunter.

Sobald Metcalfe aufgelegt hatte, rief er Kundrow unter der Nummer an, die der Russe ihm aufgeschrieben hatte. Ihr Gespräch dauerte kaum eine Minute; beide Männer wussten, was zu tun war.

»Ich fahre jetzt in die Botschaft, um Moskau anzurufen«, sagte Kundrow. »Sobald ich Meldung erstattet habe, ist sie unwiderruflich. Dann gibt's kein Zurück mehr.«

Als Metcalfe sich jetzt dem Gelände näherte, von dem die Lysander sie abholen sollte, war er verblüfft. Corky hatte ihn auf diesen Anblick vorbereitet, aber trotzdem war die Realität umwerfend.

Vor ihm schien ein gewaltiger Gebäudekomplex zu liegen, der hufeisenförmig eine weite freie Fläche umschloss, die ein Flugplatz hätte sein können. In der Mitte stand ein hallenartiger Bau aus Stahlbeton mit Wellblechdach; auf beiden Seiten schlossen sich kleinere Ziegelbauten an. Aus ihren zahlreichen Schornsteinen quoll Rauch. Um die Gebäude herum standen Lastwagen, Abfallbehälter und Öltanks. Das Ganze imitierte wohl eine Industrieanlage, wahrscheinlich eine riesige Munitionsfabrik.

Tatsächlich war fast alles nur eine Kulisse. Das Gebäude in der Mitte war echt, aber die Anbauten auf beiden Seiten waren ebenso Attrappen wie die Schornsteine, Lastwagen und Öltanks.

Hier hatten sich früher Filmstudios befunden, deren weitläufiges Gelände die Nazis beschlagnahmt hatten, um dort eine Scheinanlage zu errichten. In den vergangenen Monaten hatten die Deutschen im ganzen Land viele Dutzend solcher Anlagen erbaut – allein fünfzehn in und um Berlin. Die Idee dazu stammte angeblich von den

Engländern, die während der Luftschlacht über England im vergangenen Sommer in abgelegenen Gebieten aus Sperrholz und Wellblech weit über fünfhundert Scheinanlagen – Städte, Flugplätze, Werften und Stützpunkte – errichtet hatten, um die deutsche Luftwaffe dazu zu verleiten, diese Scheinziele zu bombardieren. Ihr strategisches Täuschungsmanöver war höchst erfolgreich gewesen: Es hatte die Deutschen dazu gebracht, wertvolle Zeit und Material zu vergeuden, und so die Schäden und Verluste in echten Bevölkerungszentren verringert.

»Alle Kriegführung basiert auf Täuschung«, hatte der alte chinesische Taktiker Sun Tsu gelehrt, und die Deutschen hatten dieses Prinzip sehr ernst genommen. In Berlin war der Lietzensee im Dreieck zwischen Funkturm, Kaiserdamm und Kurfürstendamm ein guter Orientierungspunkt für Bomber, die Angriffe auf die Innenstadt flogen, deshalb täuschten die Deutschen das feindliche Radar, indem sie den See mit riesigen Flößen bedeckten, die aus der Luft wie Wohngebäude aussahen. Sie hatten Lichtmasten als Nadelbäume getarnt und die Charlottenburger Chaussee zwischen Tiergarten und Brandenburger Tor mit Tarnnetzen überspannt, in die grüne Stoffstreifen eingeflochten waren, damit sie wie ein Wald aussahen. In der Umgebung des S-Bahnhofs Ostkreuz wurden riesige Scheinbauten errichtet, die den alliierten Aufklärern suggerieren sollten, dort liege die Wilhelmstraße.

Aber keine Scheinanlage in ganz Deutschland war sorgfältiger ausgeführt als diese hier.

Die Brandenburg-Studios waren 1921 gegründet worden, als die deutsche Filmindustrie ihre Blütezeit erlebte und Hollywood wirkungsvoll Konkurrenz machte. Später legendäre Stars wie Marlene Dietrich und Pola

Negri, große Regisseure wie Fritz Lang und Ernst Lubitsch hatten dort gearbeitet. Nicht lange nach der Machtergreifung der Nazis, die sofort die Filmindustrie unter ihre Kontrolle brachten und die Beschäftigung von »Nichtariern« verboten, machten die Brandenburg-Studios Pleite. Später beschlagnahmten die Nazis das weitläufige Gelände, auf dem Historienfilme gedreht worden waren. Das gigantische Tonstudio, das sich in dem zentralen Stahlbetonbau befand, stand voller Kulissen und Requisiten, die sich im Lauf der Jahre angesammelt hatten. Dieses Studio war unangetastet geblieben; die Kulissen, vor denen so viele deutsche Filmklassiker gedreht worden waren, ruhten jetzt unter einer dicken Staubschicht.

Aber die Tarnfachleute der Luftwaffe hatten auf beiden Seiten des Tonstudios eine Reihe von Bauten aus Pappe mit aufgemalten Ziegeln errichtet und dadurch den gesamten Komplex in eine täuschend realistische Munitionsfabrik verwandelt. Selbst der aus den Schornsteinen aufsteigende künstliche Rauch, der feindliche Bomber anlocken sollte, wirkte überzeugend echt. Die optische Illusion war absolut perfekt.

Dieses Berlin unmittelbar westlich vorgelagerte Gebiet eignete sich gut zur Täuschung der britischen Bomber, denn in seiner Umgebung lagen zahlreiche kriegswichtige Großbetriebe. Das Kraftwerk West von Siemens stand ebenso in der Nähe wie die AEG-Fertigungsstätten, das Funkgerätewerk von Telefunken, die Panzerschmiede Alkett und die Maybach-Motorenwerke. Berlin war von Industrie umgeben, die fieberhaft Teile für die Kriegsmaschinerie der Nazis produzierte.

Wie alle deutschen Scheinstellungen war natürlich auch diese Scheinanlage verlassen. Das machte sie in Berlin und Umgebung zu einem der sichersten Orte, an dem Metcalfe, Lana und Kundrow sich treffen konnten. Noch wichtiger war jedoch die mehrere hundert mal hundert Meter große ebene Fläche vor dem ehemaligen Tonstudio. Auf der jetzt leicht verschneiten Wiese konnte die Lysander bequem landen und starten; das Kleinflugzeug brauchte zum Starten weniger als zweihundert Meter.

Der zu drei Vierteln volle Mond stand hell am Himmel, was günstig war; er würde den Landeplatz ausreichend beleuchten, glaubte Metcalfe. Die Luftbildaufklärung der RAF hatte bereits detaillierte Bilder von Berlin geliefert; tatsächlich kannte der britische Geheimdienst diese Scheinanlage sehr gut. Schließlich hatte die RAF seit August über vierzig Bombenangriffe gegen Berlin geflogen und verbesserte mit jedem Einsatz ihre Treffsicherheit.

Trotzdem mussten bestimmte Verfahren eingehalten werden, damit sichergestellt war, dass das Abholen problemlos klappte. Corky hatte Chip Nolan in Marsch gesetzt, damit er Metcalfe bei den Vorbereitungen am Boden half. Der FBI-Mann würde verschiedene Hilfsmittel mitbringen – darunter auch Taschenlampen, mit denen sie das verabredete Erkennungssignal in Form von Morsezeichen geben konnten. Sah der Lysander-Pilot unter sich keine Blinkzeichen, die ihm signalisierten, er könne unbesorgt landen, flog er einfach ohne Zwischenlandung nach England zurück.

Nolan würde auch Fackeln mitbringen, die vermutlich aus einem Geheimlager von Berliner Widerstandskämpfern stammten. Auf Corkys Anweisung sollte die Landerichtung mit drei auf dem Landegelände brennenden Fackeln in Form eines großen »L« gekennzeichnet werden. Der Pilot würde mit dem Eindecker bei der ersten

Fackel aufsetzen und nach ungefähr hundertfünfzig Metern zwischen den beiden anderen wenden. Dabei würde er den Motor laufen lassen, denn die Gefahr, dass er nach dem Abstellen nicht wieder ansprang, war allzu groß. Klappte alles wie geplant, würde das Flugzeug insgesamt nicht länger als drei Minuten am Boden sein.

Diese Annahme erschien Metcalfe jedoch immer unhaltbarer. Es gab einfach zu viel, was schief gehen konnte; die Zahl der menschlich bedingten Unsicherheitsfaktoren war viel zu hoch.

Das Gelände war von einem mittelhohen Maschendrahtzaun umgeben – nicht aus Sicherheitsgründen, sondern damit es aus der Luft echt wirkte. Metcalfe fuhr mit dem Daimler durch eines der offenen Tore und parkte auf der dafür vorgesehenen gewalzten Fläche hinter dem Tonstudio aus Stahlbeton.

Nach einem Blick in die Runde, wobei er keine ungebetenen Besucher entdeckte, stieg er aus und näherte sich dem Tonstudio, in dem er sich mit Chip treffen wollte. Dabei kam er an einer der Bauten mit aufgemalten Ziegeln vorbei. Noch aus zehn bis zwölf Metern Entfernung wirkten die gemalten Ziegel völlig echt. Auf die Sperrholzfassade gemalte Fensterreihen verstärkten die Illusion. Die Attrappen hatten Wände und Dächer, ausgeschnittene Türen und ein paar ausgeschnittene Fenster, was eine bemerkenswert realistische Wirkung ergab.

Metcalfe sah auf seine Armbanduhr. Chip musste inzwischen angekommen sein.

Er ging um das Tonstudio herum zum Haupteingang, vor dem sich das Rollfeld erstreckte. Eine Stimme, die er als Nolans erkannte, rief ihn aus dem Inneren des Gebäudes an.

Der FBI-Mann, der eine Holzkiste mitgebracht hatte, stand vor einer erstaunlich realistischen Nachbildung einer Berliner Straße mit einer langen Zeile Gründerzeitfassaden, einer gepflasterten Straße mit Straßenlaternen, einem Briefkasten und einem Straßencafé. Metcalfe erkannte sofort den Drehort eines Filmklassikers mit Marlene Dietrich.

»Hey, da sind Sie ja!«, rief Metcalfe ihm zu. »Und vorbildlich pünktlich. Ich bin froh, dass Sie hier sind. Diese Sache wird bestimmt nicht einfach.«

Er sah sich staunend im Inneren des Gebäudes um. Es war so groß wie ein Bahnhof einer europäischen Großstadt, aber auf beiden Seiten waren lange Gänge mit Kulissen voll gestellt, die teils zusammengelegt und aufgestapelt, teils an Ort und Stelle zurückgelassen worden waren, als seien die Dreharbeiten bei einem Dutzend Filme vorübergehend unterbrochen worden. Hier gab es eine verrückt expressionistische Häuserzeile mit bizarr verschobenen Giebeln und scheinbar willkürlich angeordneten Fenstern, vermutlich die Kulissen des Stummfilmklassikers *Das Kabinett des Dr. Caligari*. Dazu das Innere eines eleganten Apartments in Manhattan. Ein winziges Schweizer Chalet vor einer gemalten Alpenkulisse. Die Ladenfront einer Bäckerei mit Bergen von glänzend lackierten Pralinen in Schaufenstern, auf denen in goldener Frakturschrift KONDITOREI stand. Die Dächer von London in fast naturgetreuer Größe.

Chip lächelte bescheiden. »Nun, Sie wissen ja, wie's bei uns im Bureau heißt. ›Weder Schnee noch Regen noch Hitze noch die Dunkelheit der Nacht …‹ Nein, Augenblick – das ist die Post.« Er sah sich wachsam um, bevor er die Kiste abstellte.

»Ich bin jedenfalls froh, dass Sie hier sind.«

»Wirklich?« Nolan lächelte schwach. »Das Prinzip, dass jeder nur erfahren darf, was er wissen muss, ist natürlich heilig. Aber manchmal ist nichts gefährlicher, als seine Kollegen im Ungewissen zu lassen.«

Metcalfe zuckte mit den Schultern. »Schon möglich.«

»Wissen Sie, ich habe erst vor etwa einer Stunde durch meine Dienststelle von diesem Treff erfahren. Und noch wichtiger ist, dass die operative Sicherheit mir ernstlich Sorgen macht. Unsere Geheimhaltung wurde vermutlich auf hoher Ebene gebrochen.«

»Soll das heißen, dass Sie darauf erst jetzt gekommen sind? Nachdem Corky bereits ein halbes Dutzend ...« Metcalfe brachte den Satz nicht zu Ende. Der alte Spionagechef war immer auf Geheimhaltung versessen – innerhalb wie außerhalb des Gesellschaftsregisters. »Also, haben Sie mir irgendwas zu sagen? Dann möchte ich's jetzt erfahren.« Er sah auf die Uhr und versuchte sich vorzustellen, über welchem Gebiet die Lysander in diesem Augenblick sein mochte. Seine Nerven waren aufs Äußerste angespannt.

»Sie verstehen mich falsch. Ich denke, Sie haben *mir* etwas zu sagen.«

»Das kapiere ich nicht.«

»Ich glaube, dass wir gemeinsam vieles enträtseln können, wenn wir kombinieren, was wir wissen. Aber dazu müssen Sie Ihre Karten auf den Tisch legen. Fangen wir mit einer einfachen Frage an: Was tun Sie in Berlin?«

»Ich denke, das wissen Sie.« Seine Handbewegung umfasste ihre Umgebung. »Ich will jemanden außer Landes bringen.«

»Ja, aber *warum*?«

»Das ist kompliziert, und ich habe wirklich keine Zeit, jetzt alles zu erklären, okay? Sagen wir einfach, dass es um einen russischen Agenten geht.«

»Aha, einen russischen Agenten.« Nolan trat mit grimmig entschlossener Miene einen Schritt näher. »Und Sie führen diesen russischen Agenten?«

Metcalfe zuckte unbehaglich mit den Schultern. »In gewisser Weise.«

»Oder führen die Russen *Sie*?«

»Was zum Teufel soll das heißen?«

»Ich muss wissen, was Sie von ihnen erfahren haben, mein Freund.« Nolans Stimme klang unverändert ruhig.

»Das verstehe ich nicht.« Metcalfe gab sich keine Mühe, seine Verwirrung zu verstecken.

Der FBI-Mann beobachtete ihn ausdruckslos. Diesen Blick kannte Metcalfe. Dies war der Blick eines professionellen Vernehmers, der die Macht wachsamen Schweigens kannte. »Hören Sie, ich habe Sie mit Ihrem GRU-Freund gesehen«, sagte Nolan schließlich. »Kundrow, stimmt's? Hinter der Staatsoper? Glauben Sie, dass ich nicht weiß, dass Sie mit diesen Leuten zusammenarbeiten?«

»Ich arbeite mit ihnen zusammen, haben Sie gesagt? Mann, genau das Gegenteil ist wahr! Er arbeitet mit *uns* zusammen – er hilft *uns,* obwohl er sich damit selbst in Gefahr bringt!«

Nolan lachte kurz und verächtlich. »Sie kennen die Geschichte von dem Kerl, der auf einem verschneiten Berggipfel eine Klapperschlange findet. Die Schlange sagt: ›Ich erfriere hier, ich verhungere hier. Nimm mich mit ins Tal mit, dann verspreche ich, dir nie etwas zu tun. Ich bin nicht wie die anderen.‹ Der Kerl lässt sich darauf ein.

Sobald sie das Tal erreichen, beißt die Schlange den Kerl in den Hintern. ›Aber du hast doch versprochen …‹, ruft der Kerl. Sagt die Klapperschlange: ›Hey, du hast gewusst, wer ich bin, als du mich mitgenommen hast.‹«

»Oh, vielen Dank für den Tipp aus der Wildnis. Aber wenn wir die Fackeln nicht schnellstens in die richtigen Positionen bringen …«

Der FBI-Mann sprach weiter, ohne auf Metcalfes Protest einzugehen. »Damit will ich nur sagen, dass man nichts glauben darf, was einem jemand erzählt. Alles hat einen Zweck, und dieser Zweck ist immer Manipulation. Zwietracht zu säen. Menschen gegen ihre wahren Freunde aufzuhetzen.« Nolan machte eine Pause. »Was hat er Ihnen also über mich erzählt?«

»Was?« Metcalfes Verwirrung machte aufkommender Verärgerung Platz. Er sah nochmals auf seine Uhr. »Wir haben nicht über Sie gesprochen. Wozu denn auch?« Im nächsten Augenblick fiel ihm ein, dass Kundrow ihn tatsächlich nach Nolan gefragt hatte. *Irgendwo habe ich sein Gesicht schon mal gesehen. Vielleicht in einem unserer Fahndungsbücher*.

»Ganz recht«, sagte Nolan gleichmütig. »Hey, ich bin bloß jemand, der Briefe aufmacht und wieder versiegelt – ›wer suchet, der findet‹, hab ich Recht?«

»Wenn Sie glauben, dass *ich* die undichte Stelle bin … Das wäre *verrückt*, stimmt's?«

»Immer mit der Ruhe, mein Freund.« Nolan starrte Metcalfe weiter prüfend an, dann blinzelte er ihm plötzlich grinsend zu, als sei sein Misstrauen widerlegt. »Ich musste's nur genau wissen.«

»Also, helfen Sie mir jetzt oder nicht?«, fragte Metcalfe scharf.

»Andererseits besteht die Kunst der Spionage eigentlich darin, Leute dazu zu veranlassen, einem die Drecksarbeit abzunehmen, ohne dass sie's merken. Darin sind die Russen Meister. Ich will Ihnen etwas anvertrauen. In den letzten paar Wochen habe ich von einem Spionagering erfahren. Sehr gefährlich, höchst geheim. Er operiert in ganz Europa und sogar daheim in den USA und wird's bald geschafft haben, die Integrität der amerikanischen Außenpolitik zu zerstören. Ein Geschwader Stukas über Washington könnte nicht mehr Schaden anrichten.«

»*Jesus,* Chip, sind Sie sicher?«

»Todsicher, mein Freund. Aber wir haben Fortschritte bei seiner Bekämpfung gemacht. Wir rollen den Ring auf. Wir erledigen einen dieser Schweinehunde nach dem anderen. Sobald ich einen weiteren Namen erfahre, werden wir aktiv. Hier steht zu viel auf dem Spiel, als dass man diese Leute mit Samthandschuhen anfassen dürfte. Ich spreche von einem in Zellen unterteilten Netzwerk aus einflussreichen Amerikanern und Europäern, viele davon aus alten, angesehenen Familien, manche sogar zum inneren Zirkel der Macht gehörend. Eigentlich ein fantastischer Erfolg.«

»Aber wenn die Sowjets diesen Spionagering installiert haben …«

»Ich habe nicht gesagt, dass sie's getan haben. Das mussten sie gar nicht. Sie müssen an die berühmte Frage des Genossen Lenin denken: ›Wem nützt es?‹ Ist man der Nutznießer eines solchen Spionagerings, kann's einem gleichgültig sein, wer ihn führt.«

»Wie kommt's, dass Corky nie ein Wort davon erwähnt hat?«

»Weil er selbst dazugehört.« Nolan kniff ein Auge zusammen und trat einen Schritt näher an Metcalfe heran. »Und Sie gehören auch dazu.«

Metcalfe hörte das Blut in seinen Ohren rauschen. »Wissen Sie eigentlich, wie *verrückt* das klingt? Wir haben keine *Zeit* für Ihre paranoiden Fantasien. Und falls Ihnen der Sinn mal wieder nach haltlosen Anschuldigungen steht, sollten Sie einfach ...«

»Sie müssen wissen, dass ich auf die Verkehrsampeln achte. Ich weiß genau, was läuft. Glauben Sie mir, ich habe in mehr Dingen die Finger drin, als Sie sich vorstellen können. Der russische Geheimdienst knackt einen Code, von dem meine Freunde beim Sicherheitsdienst mir versichert haben, er sei nicht zu knacken, und plötzlich schickt die GRU einen Kerl nach Berlin, der mich anschwärzen soll. Und dann telefonieren Sie plötzlich mit Corky, der mir eine Märchengeschichte erzählt und mich dann auffordert, mich mit Fackeln und Taschenlampen in dieser brandenburgischen Fabrikattrappe einzufinden.« Er schüttelte langsam den Kopf und lächelte angewidert. »Sorry, darauf falle ich nicht herein. Ich denke nicht daran, Corky noch mehr von seinem Bockmist abzunehmen. Darüber müssen Sie sich im Klaren sein, *James* – oder sollte ich *Stephen* sagen?«

Metcalfe fühlte sich wie vor den Kopf geschlagen. Meine Freunde beim Sicherheitsdienst ... Plötzlich wurde ihm die Wahrheit klar, traf ihn mit erschreckender Wucht.

Nolan war der Verräter.

Er hatte von Anfang an alles verraten.

»Jesus!«, rief Metcalfe erschrocken. »Sie sind ... Sie sind der Kerl, der alle verraten hat!« Ihm schwindelte fast.

Die Colt Government Kaliber .45 war irgendwie in Nolans Hand aufgetaucht, ohne dass Metcalfe eine Bewegung gesehen hätte. Ihre Mündung zielte genau auf Metcalfes Stirn.

*

Das Telefon klingelte durchdringend schrill.

Lana Baranowa lag im Bett und hörte es klingeln, sie fürchtete sich beim Gedanken an diesen Anruf und spürte, wie das *Wissen* alles noch schlimmer machte.

Nach dem dritten Klingeln ging jemand ans Telefon – vermutlich einer der Diener – und danach herrschte Stille. Lana lag zitternd im Bett. Sie hatte bereits gepackt.

Eine Minute später wurde an ihre Tür geklopft.

»Herein!«

Die Tür ging langsam auf. Eckbert, einer von Rudis Dienern, stand ungekämmt und im Bademantel auf der Schwelle. Er verbeugte sich unbeholfen. »Entschuldigung, gnädiges Fräulein, wenn ich Sie störe, aber Sie werden am Telefon verlangt.«

*

»Die Männer der Station Paris ... Die Nazis hätten sie ohne Ihre Hilfe niemals aufspüren können ... Roger Martin ... Amos Hilliard ... Das waren *Sie!*« Metcalfe fühlte sein Herz jagen.

Chips frischer Teint glänzte schweißnass. Seine wässrigen grauen Augen wirkten leblos. »Sie trauen mir mehr zu, als ich tatsächlich kann, mein Freund. Ich liefere dem SD nur Hinweise, nenne ihm Namen und Orte, wenn ich wieder mal was erfahre. Er hat dann eigene Leute fürs … Großreinemachen.«

»Großreinemachen …«, wiederholte Metcalfe. Vor seinem inneren Auge erschien flüchtig ein grausiges Bild von Scoop Martin, mit einer Drahtschlinge erdrosselt. Von Amos Hilliard. Von Derek Compton-Jones und Johnny Betts in Paris … Jetzt durchflutete ihn Zorn. Er sah in die Mündung der auf ihn gerichteten Pistole. Sie glich einem starren schwarzen Auge, das nie blinzelte. Als er den Kopf hob, um Chip in die Augen zu sehen, glichen auch sie zwei schwarzen Löchern. »Weg mit der Waffe, Chip«, forderte er ihn auf.

»Patrioten müssen manchmal unerfreuliche Entscheidungen treffen!«, sagte Nolan. Die Waffe bewegte sich keinen Millimeter. »Die Welt ist kein idealer Ort. Man muss sich für eine Seite oder die andere entscheiden.«

»Sich entscheiden?«, explodierte Metcalfe. »Und Sie stehen auf … welcher Seite? Auf der Seite der *Faschisten*? Der *Nazis*? *Adolf Hitlers*?«

»Ich stehe auf der Seite des Realismus, mein Freund. Ich stehe auf der Seite eines stärkeren Amerika. Ich kämpfe gegen den schlaffen Sozialismus eines Wohlfahrtsstaats, in den Roosevelt und seine sowjetfreundlichen New-Deal-Prediger Amerika verwandeln wollen. Sehen Sie, Metcalfe, wenn Sie nicht so verblendet wären, könnten vielleicht auch Sie die brutale Wahrheit erkennen. In Washington stehen Tausende von Kommunisten auf den Gehaltslisten, und Roosevelt weiß das ganz genau. Und was sagt er dazu? Er sagt: ›Einige meiner besten Freunde sind Kommunisten.‹ Und wer ist sein engster Berater?«

»Harry Hopkins. Weg mit der Waffe, Chip.«

»Richtig. Harry Hopkins. Ein bekannter sowjetischer Propagandist. Er *wohnt* sogar im Weißen Haus. Die meisten Angehörigen von Roosevelts Brain Trust sind eingetragene Mitglieder der Kommunistischen Partei. Trojanische Pferde ihres ›Onkels Joe‹. ›Es lohnt sich, Onkel Joe zu kennen‹, sagen die Genossen. Was hat Roosevelt nach seinem Amtsantritt als Erstes getan? Er hat die Sowjetunion anerkannt – die Gangster legitimiert, die Russland unterjocht haben –, die Bolschies, die keinen Zweifel daran lassen, dass sie den Kommunismus in alle Welt exportieren wollen. Roosevelt und seine Kumpel, die alle Kommunistenfreunde sind, wollen die Welt dem sowjetischen Sklavenreich überlassen. Sie streben eine von Moskau gesteuerte Weltregierung an. Das verstehen Sie nicht, stimmt's, Metcalfe?«

»Ich verstehe recht gut, dass Sie ein gottverdammter *Faschist* sind«, sagte Metcalfe ruhig.

»Das ist nur ein Wort«, knurrte Chip. »Nationalsozialisten, Nazis, Faschisten – nennen Sie diese Leute, wie Sie wollen, mir ist's egal. Jedenfalls sollten Sie lieber dafür beten, dass diese Leute die Zukunft gestalten. Unabhängig davon, wie man persönlich zu Hitler steht, müsste man ein Vollidiot sein, um nicht zu erkennen, dass er ein am Boden liegendes Land, das von Juden und Kommunisten beherrscht wurde, wieder aufgerichtet und zu einem gottverdammten *Kraftwerk* gemacht hat – zur stärksten Macht Europas.«

»Zu einer Tyrannei, und das ist alles.«

»Irrtum, Kumpel. Eine ›Tyrannei‹ ist, was die slawischen Horden in Russland mit ihrem Völkermord an der weißen Rasse errichtet haben. Eines würde mich interessieren, Metcalfe: Haben Ihre reichen Eltern, die natürlich im Gesellschaftsregister stehen, Sie zum Roten erzogen, oder sind Sie erst in Yale zum Kommunismus konvertiert?«

Metcalfe rang sich ein Lächeln ab. »Sie halten mich also für einen Kommunisten?«

»Nein, Sie sind kein Kommunist, Metcalfe. Wissen Sie, was Sie sind? Sie gehören zu den Leuten, die Lenin einmal ›nützliche Idioten‹ genannt hat. Damit hat er all die hirnlosen Kommunistenfreunde und Speichellecker in den westlichen Demokratien gemeint, die stets bereit zu sein scheinen, die kommunistische Internationale zu verteidigen, so brutal sie auch sein mag. Gegenwärtig versucht ihr nützlichen Idioten mit vereinten Kräften, uns in einen Krieg gegen ein Land zu treiben, das keine Gefahr für uns darstellt. Damit Millionen von amerikanischen Jungs in Übersee sterben müssen, um Onkel Joe die Herrschaft über Europa zu sichern.«

»Dieses ›Land, das keine Gefahr für uns darstellt‹ – meinen Sie damit etwa Hitler-Deutschland? Das Dritte Reich? Dessen Panzer bereits Polen, Dänemark und Norwegen, Holland, Belgien und Frankreich überrollt haben?«

»Deutschland kämpft nur um Lebensraum. Ihnen ist vermutlich nicht aufgefallen, dass Ihr Onkel Joe sich links und rechts Ländereien einverleibt hat, während wir alle auf Hitler fixiert waren, stimmt's? Er ist bereits in Finnland und den baltischen Staaten eingefallen, hat sich große Teile von Polen und Rumänien gesichert … Und dabei hat der Krieg noch kaum richtig angefangen. Roosevelt und seine Bolschewistenfreunde sind unglücklich darüber, dass Hitler den Kommunismus in Deutschland besiegt hat. Hitler-Deutschland ist die einzige Macht, die den Bolschewismus eindämmen kann. Kein Wunder, dass Roosevelt uns in den Krieg treiben will. Dies ist ein titanischer globaler Konflikt, Kumpel, und Amerika wird dazu gedrängt, für die falsche Seite Partei zu ergreifen. Das Weiße Haus und die Diplomaten im Außenministerium prostituieren sich alle für Onkel Joe, und Roosevelt hat seinem Freund, diesem Arschloch Alfred Corcoran, den Auftrag erteilt, Agenten in alle Welt zu schicken, damit sie Hitler bekämpfen – den einzigen wahren Freund, den wir besitzen. Agenten wie Sie, Metcalfe, tun tatsächlich etwas. Sie sind im Einsatz, führen Operationen aus und sind dadurch wirklich gefährlich. Wird Männern wie Ihnen nicht das Handwerk gelegt, können Ihre Freunde in Moskau bald ihren Eroberungsfeldzug durch ganz Europa antreten.«

Metcalfe nickte nur. »Jetzt wird mir einiges klar. Deswegen haben Sie sich so angelegentlich nach Kundrow erkundigt. Sie wussten nicht, ob der sowjetische Geheimdienst Ihnen auf der Spur war. Sie hatten Angst, er könnte Sie enttarnt haben.«

Nolan zuckte mit den Schultern. »Es gab nur eine Möglichkeit, das zweifelsfrei festzustellen. Ich musste mich selbst mit Ihnen treffen und Ihnen in die Hündchenaugen sehen.«

»Was bedeutet, dass wir allein sein müssen«, fuhr Metcalfe fort, als denke er laut nach. »Sie würden sich niemals vor untergeordneten Chargen sehen lassen. Bestimmt nicht! Sie sind vermutlich der Topagent des Dritten Reichs in den amerikanischen Geheimdiensten. Das Risiko, enttarnt zu werden, wäre viel zu hoch.«

»Sie haben Recht, ich würde mich niemals sehen lassen. Nein, wenn ich jemanden zu meiner Unterstützung mitgebracht hätte, müsste er jemand sein, dem ich vollkommen vertrauen kann. Jemand, mit dem ich persönlich zusammenarbeite. Natürlich ist Diskretion ungeheuer wichtig. Aber Sie wissen, wie wir G-Men arbeiten. Wir sind überzeugte Anhänger des Kumpelsystems. Nicht wie Ihr aufgeblasener Corcoran mit seiner bescheuerten *Geheimhaltungsmasche*. Jesus, was für ein Schwindler dieser Kerl war! Ein gottverdammter Schwindler … und eine reale Gefahr.«

»War?«, fragte Metcalfe mit gepresster Stimme.

»Ah, die Vergangenheitsform. Richtig. Meine Freunde haben ihm vor ein paar Stunden einen Besuch abgestattet, schätze ich. Nun weilt er leider nicht mehr unter uns. Wie ich höre, hat der Alte sich in die Hose gemacht. Pech, dass auch seine Haushälterin dran glauben musste, aber Frau Schibli war einfach im Weg.«

»Sie verdammtes *Schwein*!«, brüllte Metcalfe.

Nolan nahm die linke Hand von seiner Pistole und machte fast unmerklich ein Zeichen.

Metcalfe hörte hinter sich eine Bewegung, die wie das Rascheln einer zustoßenden Schlange klang. Im nächsten Augenblick zog sich eine Schlinge um seinen Hals zu. *Er bekam keine Luft mehr!* Eine Art Draht schnürte ihm die Kehle zu.

»Danke, Herr Kleist«, sagte Nolan. Er machte erneut ein Zeichen. Diesmal lockerte die Schlinge sich plötzlich.

Metcalfe hustete krampfhaft. Der Schmerz, wo der Draht in seinen Hals eingeschnitten hatte, war intensiv wie ein Ring aus Feuer.

»Meine deutschen Freunde haben noch ein paar Fragen an Sie«, sagte Nolan. »Die haken wir am besten gleich jetzt ab. Also noch mal: Was tun Sie in Berlin?«

»Scheren Sie sich zum Teufel, Scheißkerl!« Metcalfe konnte nur noch krächzen; der Draht musste seinen Kehlkopf bereits gequetscht haben.

»Nach Ihnen, Freundchen«, sagte Nolan und blinzelte ihm erneut auf groteske Art zu. »Nach Ihnen. Hören Sie, Ihre ganze Schauspielerei können Sie sich sparen. Der trotzige Widerstand? Gebührend zur Kenntnis genommen. Aber Sie spielen für ein Publikum, das nicht da ist. Haben Sie jemals ein Kalb gesehen, das sich in einem Weidezaun verheddert hat und nun merkt, dass es langsam stranguliert wird? Wahrscheinlich nicht, denn Sie sind nicht auf einer Ranch aufgewachsen. Aber das ist ein schrecklicher Anblick. Das Ganze hat etwas Urtümliches an sich – als ob man langsam ertrinken müsste, wobei man in eine Panik gerät, die das Allerschlimmste ist. Ein grausiger Tod.«

Auf ein Zeichen Nolans hin zog die Schlinge um Metcalfes Hals sich etwas fester zu. Metcalfe spürte, dass er rot anlief, als steige ihm das Blut zu Kopf und könne nicht mehr abfließen. Er hatte das Gefühl, in seinem Schädel detonierten winzige Schmerzbomben.

Ich liefere dem SD nur Hinweise … Er hat dann eigene Leute fürs … Großreinemachen …

Der Kerl hinter ihm war der Meuchelmörder aus Paris, aus Moskau! Der Mann, der Roger Martin, Amos Hilliard und die Männer der Pariser Funkstation ermordet hatte …

Nolans Stimme schien aus weiter Ferne zu kommen, als der FBI-Mann unerschütterlich ruhig weitersprach. »Lassen Sie einfach alles los, Stephen«, sagte er fast zärtlich. »Alles, was Sie jemals getan oder nicht getan haben. Alle Frauen, die Sie jemals gevögelt haben, und alle, bei denen Sie kein Glück gehabt haben ... Sie müssen einfach alles loslassen.«

Ein weiteres Handzeichen. Die Drahtschlinge lockerte sich abrupt, und der Schmerz begann abzuklingen. »Begreifen Sie allmählich, wovon ich rede? Sie müssen verstehen, dass ich dies nur sehr ungern tue. Wirklich ungern. Aber wie ich bereits gesagt habe, muss man sich für eine Seite entscheiden, und Sie haben die falsche gewählt. Wollen Sie jetzt endlich auspacken? Nein?« Ein kummervoller Blick. »Herr Kleist, bitte weiter.«

»Warten Sie!«, stieß Metcalfe hervor.

»Tut mir Leid, Metcalfe. Dies alles macht mir gewiss keinen Spaß. Aber ich muss das Wohl des größeren Ganzen im Auge behalten.«

»Sie haben völlig Recht«, keuchte Metcalfe. »Ich *bin* ausgenützt worden. Ich *habe* als Werkzeug gedient.«

Der FBI-Mann starrte ihn misstrauisch an. »Sie entschuldigen hoffentlich, wenn ich diese Bekehrung auf dem Totenbett mit gewissen Vorbehalten aufnehme.«

»Tatsächlich liegt mir das schon seit längerer Zeit auf der Seele«, sagte Metcalfe. Jedes Wort war schmerzhaft, aber er zwang sich dazu, weiterzusprechen. »Ich glaube, man kann sich nicht endlos lange selbst belügen. Ich habe einfach nicht erkannt, welches Spiel Corky mit mir getrieben hat. Er hat mich nach Russland geschickt, wo ich versuchen sollte, bestimmte einflussreiche Funktionäre für einen Überfall auf Deutschland zu gewinnen. Aber das wussten Sie bereits, nicht wahr?«

Nolan musterte ihn prüfend, dann nickte er kaum merklich. »Bitte weiter.«

»Daran arbeite ich auch hier. Ich ... Jesus, Chip, was zum Teufel habe ich schon gewusst? Ich war nur ein junger Mann, der gerade sein Studium abgeschlossen und die kühnsten Träume hatte. Ich wollte die Welt retten – und dann hat dieser weise alte Mentor mich unter seine Fittiche genommen. Jesus! Ich bin wirklich *blind* gewesen!«

Jetzt schien der FBI-Mann zu zögern. Er ließ die Pistole zwar nicht sinken, aber Metcalfe sah, dass der Zeigefinger am Abzug nicht mehr Druckpunkt nahm. Der ausgeworfene Köder war unwiderstehlich; Chip konnte ihn auf keinen Fall ignorieren. »Erzählen Sie mir von dem Plan«, forderte er Metcalfe auf.

»Jesus, der ist brillant ausgedacht. Wirklich verblüffend«, sagte Metcalfe vertraulich. Er sah nach beiden Seiten, als wollte er sich vergewissern, dass sie nicht belauscht wurden. *Eine Aktion ist immer doppelt so schnell wie eine Reaktion,* dachte Metcalfe. *Eine plötzliche, unerwartete Bewegung. Das ist meine einzige Chance.* Aber wo stand der Attentäter hinter ihm? Die waagrecht um seinen Hals liegende Schlinge ließ vermuten, der Killer sei ungefähr so groß wie Metcalfe, und die Tatsache, dass er seinen Atem nicht spüren konnte, ließ auf einen Abstand von wenigstens einem halben Meter schließen. Aber seine Garrotte konnte er nur richtig handhaben, wenn der Abstand *höchstens* einen halben Meter betrug. Metcalfe fuhr fort: »Dieser Kundrow, mit dem ich mich gestern Abend getroffen habe? Sie wissen natürlich, dass er GRU-Offizier ist?«

Chip Nolan nickte.

Er zielt nicht mehr richtig, sagte Metcalfe sich. *Er hört mir gespannt zu; er achtet nur mehr darauf, was ich sage; er kann sich nicht gut auf zwei Dinge gleichzeitig konzentrieren.*

»Nun, jetzt kommt der clevere Teil.« Er beugte sich etwas nach vorn – die natürliche Bewegung eines Mannes, der jemandem ein Geheimnis anvertraut – und spürte sofort einen warnenden Ruck an der Schlinge um seinen Hals. Plötzlich schoss seine rechte Hand nach vorn, bekam die Pistole am Schlitten zu fassen und drückte sie blitzschnell nach oben. Im selben Augenblick rammte er den linken Ellbogen nach hinten, wo er den Solarplexus des Würgers vermutete. Plötzliches stoßartiges Ausatmen bewies ihm, dass dieser kräftige Ellbogenstoß sein Ziel getroffen hatte. Metcalfe drehte sich aus der Schusslinie, bevor er sich von der Seite auf Nolan stürzte. Aus dem Government löste sich ein ohrenbetäubend lauter Schuss, der durch das riesige Gebäude hallte, während die Kugel das Wellblechdach durchschlug, als Metcalfe sich mit seinem gesamten Gewicht gegen Chip warf und den FBI-Mann zu Fall brachte.

Keine zwei Meter von ihnen entfernt lag ein gut aussehender Mann mit feinen, aristokratischen Zügen auf dem Betonboden.

»Dreckskerl!«, brüllte Nolan, während die beiden Männer erbittert um die Waffe rangen. Metcalfe gelang es, ihm die Pistole zu entwinden, aber die Waffe flog in hohem Bogen davon und schepperte fünfzehn Meter entfernt auf den Betonboden. Chip drehte den Kopf zur Seite, um zu sehen, wohin die Waffe geflogen war, und Metcalfe rammte ihm in diesem Augenblick ein Knie in den Schritt. »Verdammter *Nazi*!«, rief Metcalfe und ließ einen weiteren Kniestoß folgen, um seinen Worten Nachdruck zu verleihen.

Nolan schrie vor Schmerzen auf und krümmte sich zusammen.

Metcalfe drehte sich nach dem zweiten Mann um, den Nolan »Herr Kleist« genannt hatte. Er war aufgesprungen und rannte jetzt wie ein Schakal auf die Pistole zu. Metcalfe musste ihm zuvorkommen. Er zog seine Pistole hinten aus dem Hosenbund, jagte hinter dem Killer her und hielt dabei Ausschau nach dem verräterischen Blinken von Metall. Wo war die Waffe? Sie war nirgends zu sehen. Und wo war der Deutsche? Beide schienen spurlos verschwunden zu sein.

Metcalfe sah sich um. Hier gab es zu viele Verstecke, zu viele schwere Maschinen, hinter denen ein bewaffneter Attentäter sich verbergen konnte. Auch die Pistole in seiner Hand verschaffte ihm keinen Vorteil.

Er musste hier raus. *Sofort.*

Metcalfe stürmte den nächsten Gang zwischen aufgebauten Kulissen entlang. Seine Beine stampften rhythmisch wie Kolben auf und ab, während er mindestens die halbe Länge eines Footballfelds zurücklegte, bevor er in einer weiteren Filmkulisse verschwand. Er brauchte einen Plan – er musste vom Gejagten zum Jäger werden.

Ein mögliches Scheitern würde unvorstellbare Folgen haben. Dieser Treffpunkt würde in einen Hinterhalt verwandelt werden, der nicht nur ihn, sondern auch Lana das Leben kosten würde.

Er sank schwer atmend neben einem Alpengipfel aus Papiermaché zu Boden. Die beiden hatten sich vermutlich getrennt, sodass jetzt jeder eine Hälfte des Gebäudes absuchte. Aber hatte einer von ihnen beobachtet, wohin er verschwunden war?

Ein leises Geräusch, das rasch lauter wurde, beantwortete seine Frage. Er hörte Schritte und erkannte sofort Chip Nolans schwerfälligen Gang.

Metcalfe musste von hier verschwinden. Im Halbdunkel erkannte er in ungefähr dreißig Metern Entfernung eine hölzerne Tür. Er hastete lautlos darauf zu und griff nach der Türklinke.

Die er sofort in der Hand hielt.

Die Tür war eine Attrappe! Sie bestand nur aus einer bemalten Spanplatte, auf die ein hoher und breiter Türrahmen und die Türpaneele aus dünnem Holz aufgeklebt waren.

Metcalfe drückte dagegen, aber die Platte war zu massiv und vermutlich rückseitig abgestützt.

Dann hörte er Nolans Schritte näher kommen und sah Chip – jetzt wieder mit der Pistole in der Hand – auf sich zurennen. Noch zwanzig Meter, fünfzehn Meter …

*

Metcalfe saß in der Falle.

Links von ihm stand ein großer Abfallbehälter aus Metall, der gut einen Meter hoch und fast zwei Meter lang war. Der Behälter war rostig und verbeult, aber sein doppeltes Blech würde als Deckung vor Pistolenkugeln ausreichen. Als Nolan zum Stehen kam und mit zwei Händen die Waffe hob, verschwand Metcalfe mit einem Satz hinter dem Behälter. Chip gab keinen Schuss ab, sondern wechselte vermutlich die Stellung, um zu versuchen, Metcalfe hinter dem Abfallbehälter zu treffen.

Metcalfe nutzte die kurze Pause, um seine Smith & Wesson durchzuladen und zu entsichern.

Plötzlich fielen rasch nacheinander mehrere Schüsse, und Metcalfe hatte das Gefühl, ihm sei ein glühender Speer in die rechte Schulter gerammt worden. Unmittelbar unter seinem Schlüsselbein steckte ein Geschoss. Er holte keuchend Luft; die Schmerzen waren entsetzlich. Wie hatte das passieren können? Während warmes Blut in seine Kleidung sickerte, erkannte er zu seinem Entsetzen, dass dies kein Behälter aus starkem Blech war. Seine Wände bestanden aus Musselin, der über einen Holzrahmen gespannt war! Das Geschoss hatte die beiden dünnen Gewebeschichten mühelos durchschlagen, bevor es in seinen Körper eingedrungen war.

Er wälzte sich auf dem Beton zur Seite, weil er hoffte, durch einen Positionswechsel wenigstens vor einem erneuten Treffer sicher zu sein. Zwei weitere Geschosse durchschlugen die Attrappe, ohne ihn jedoch zu treffen. Metcalfe richtete sich auf und rutschte kniend über den Boden, wobei das Requisit jetzt wenigstens als Sichtschutz gegenüber dem FBI-Mann diente.

Wieder eine Pause. Wechselte Chip erneut die Stellung, um näher heranzukommen? Warum schoss er nicht einfach? Er konnte nicht weiter als fünf bis zehn Meter entfernt sein.

Dann hörte Metcalfe etwas Metallisches auf den Betonboden klirren und erkannte das Geräusch einer ausgeworfenen Patrone. Chip musste nachladen! Metcalfe war mit einem Sprung auf den Beinen und spurtete den nächsten Gang hinunter, ohne einen Blick nach hinten zu riskieren. So war er binnen Sekunden zwölf bis fünfzehn Meter entfernt; er wusste, dass Nolans Pistole nur auf Entfernungen unter zehn Metern zielsicher schoss. Während er weiterrannte, begann er Haken zu schlagen, sodass er fast an einen Betrunkenen erinnerte, was jedoch nur logisch war: Er wusste, dass ein Ziel, das unberechenbare Richtungsänderungen vornahm, vor allem bei wachsender Entfernung sehr schwer zu treffen war. Als er sich jetzt kurz umsah, hatte Chip wieder seine Schussposition eingenommen und versuchte, den Bewegungen des Flüchtenden mit der Pistole zu folgen, um einen gezielten Schuss abgeben zu können.

Als Nolan erkannte, was Metcalfe tat, ließ er die Waffe sinken und nahm die Verfolgung auf. Metcalfe wurde zu spät auf ein drei Meter hohes Modell des von dem bayrischen König Ludwig II. erbauten berühmten Schlosses Neuschwanstein aufmerksam. Er war schon zu nahe daran; er konnte nicht mehr rechtzeitig genug bremsen, um einen Zusammenprall zu verhindern. Die Sperrholzkonstruktion erzitterte, Gipsbrocken fielen herab, und einer der Türme brach ganz weg. Dann kippte das Schloss mit einem lang gezogenen Knarren nach vorn und krachte vor dem heranstürmenden Chip auf den Boden.

Der Trümmerhaufen aus Gips und Sperrholz stoppte Chip, was für Metcalfe einen wertvollen Zeitgewinn von einigen Sekunden bedeutete. Er warf sich herum, zielte sorgfältig und gab einen einzelnen Schuss ab und hörte einen gutturalen Aufschrei. Er hatte Chip getroffen!

Er drückte erneut ab, aber diesmal fiel kein Schuss.

Das Magazin war leer.

Metcalfe griff in seine Tasche, um eine Hand voll Patronen herauszuholen, aber auch die Tasche war leer. Die Patronen mussten herausgefallen sein. *Er hatte keine Munition mehr!*

Nun blieb ihm nichts anderes übrig, als sein Heil in der Flucht zu suchen. Metcalfe sah sich nach einem Ausweg um und entdeckte im nächsten Gang eine Stahltür, die er für echt hielt, auch wenn das aus größerer Entfernung schwer zu beurteilen war.

Der Weg zum nächsten Gang war durch eine lange Reihe aufgestapelter Holzkisten versperrt. Dieses Hindernis war zu hoch, als dass Metcalfe es hätte überspringen können, aber direkt davor stand ein hölzerner Arbeitstisch, der niedrig genug war, um als Zwischenstufe zu dienen. Er sprang auf den Tisch ... der unter ihm zusammenbrach. Scheiße! Das Ding war ein Requisit aus Balsaholz: ein vermutlich von irgendeiner Slapstickkomödie übrig gebliebener Tisch, der bei der geringsten Belastung zusammenbrechen sollte.

Seine Knie knallten schmerzhaft auf den Betonboden. Jetzt durchzuckten Schmerzen seinen Körper von den Knien bis zum Schlüsselbein hinauf. Er atmete keuchend und hatte das Gefühl, nicht mehr genug Luft zu bekommen. Und er spürte, dass sein Hemd mit Blut getränkt war: Offenbar hatte er ziemlich viel Blut verloren.

Dann kam wieder Nolans Stimme. »Ich hab das Klicken gehört«, sagte Chip, der ebenfalls keuchend atmete. »Munition alle. Pech gehabt, Freundchen. Das darf einem nicht passieren. Wieder eine dieser Lektionen, die Sie ein bisschen zu spät lernen, was?«

Metcalfe gab keine Antwort.

»Heute sterben Sie, Metcalfe. Damit sollten Sie sich abfinden. Aber Sie müssen auch die positive Seite sehen. Das ist zugleich das Wertvollste, was Sie jemals tun werden. Ohne Sie ist die Erde garantiert viel sicherer.«

Als Metcalfe sich aufrappelte, fiel sein Blick in eine der fast brusthohen Holzkisten, deren Deckel fehlte.

Sie war voller Waffen.

In der Kiste lagen alte Maschinengewehre, manche noch mit wassergekühlten Läufen und hoffnungslos veraltet. Dazu Karabiner, Maschinengewehre MG-34, Maschinenpistolen MP-38, Pistolen und Stielhandgranaten. Alles Requisiten für die vielen in den Brandenburg-Studios gedrehten Kriegsfilme.

Metcalfe griff lautlos in die Waffenkiste und holte eine Walther P 38 heraus. Diese 9-mm-Pistole war natürlich nicht geladen – aber sie wirkte authentisch. Ein kurzer Blick nach links zeigte ihm Nolans strampelnde Beine. Der FBI-Mann versuchte verzweifelt, sich aus den Trümmern des Schlossmodells zu befreien. Metcalfe ließ die Walther in seine Tasche gleiten, dann spurtete er den Gang entlang weiter, bis er zur Nachbildung eines New Yorker Luxusapartments mit einem weißen Konzertflügel und einem großen Kronleuchter kam. Der Kronleuchter hing so tief, dass er ins Bild gekommen sein musste, aber er baumelte an einem gewöhnlichen Stück Seil, das an etwas befestigt war, das wie ein hoher stählerner Schiffsmast aussah, von dem eine Stütze schräg wegragte. Das Ganze schien ein zweckentfremdeter Mikrofongalgen zu sein. Metcalfe zog ziemlich mühsam den Sicherungsstift heraus und ließ den Mast dorthin stürzen, wo Chip sich gerade aufrappelte. Der Stahlmast verfehlte ihn knapp, bildete aber ein weiteres Hindernis, das er überwinden musste.

Als Metcalfe sich mit der linken Schulter gegen die Kisten stemmte, gaben einige von ihnen nach. Er schaffte es, sich hindurchzuschlängeln, dann hastete er den nächsten Gang hinunter auf die Stahltür zu.

Sie war *real*, stellte er erleichtert fest.

Er zog sie auf und sah, dass sie leider nicht ins Freie führte. Vor sich hatte er eine dunkle Treppe, die nach unten, vermutlich in einen Keller, und nach oben führte. Wohin jetzt? Nach oben? Aufs Dach?

Das Dach erschien ihm sicherer als ein Keller, in dem er in die Enge getrieben werden konnte. Er spurtete die Treppe hinauf und bemühte sich nach Kräften, die stetig zunehmenden Schmerzen in seiner Schulter und das schmerzhafte dumpfe Pochen hinter seinen Kniescheiben zu ignorieren. Wenig später erreichte er eine weitere Stahltür, riss sie auf und stellte fest, dass sie aufs Flachdach – teils Wellblech, teils Dachpappe mit Kiesschüttung – des hallenartigen Gebäudes hinausführte. Der Mond schien so hell, dass Metcalfe mühelos übers Dach laufen konnte. Aber als er sich dem Rand näherte, erkannte er, dass er sich hier in zwölf bis fünfzehn Metern Höhe befand: hoch genug, um sich bei einem Sprung vom Dach das Genick zu brechen oder zumindest schwer verletzt liegen zu bleiben. Eine der Gebäudeattrappen, aus deren vier Schornsteinen dichter Rauch quoll, war jedoch fast an die Halle angebaut; der Abstand zu ihr betrug keine zwei Meter. Mit Anlauf musste dieser Sprung zu schaffen sein. Auf Pariser Dächern hatte er schon größere Lücken übersprungen.

Polternde Schritte zeigten Metcalfe, dass Chip ihm auf der Treppe nach oben folgte. Einige Sekunden später kam Nolan aufs Dach hinausgestürmt.

»Na los, springen Sie doch, Arschloch!«, brüllte er. »Tot sind Sie so oder so. Wofür Sie sich entscheiden, ist mir scheißegal.« Er kam mit schussbereit gehaltener Waffe langsam über den Kies heran.

Metcalfe ging ein paar Schritte rückwärts, nahm Anlauf, sprang ins Leere und zog sofort die Beine an, um den erwarteten Aufprall abzufedern.

Dann schien auf einmal alles gleichzeitig zu passieren. Er flog durch die Luft und landete auf dem von

Grünspan verfärbten Kupferdach des Nebengebäudes, während Chip ihm nachbrüllte: »Stirb, Schweinehund!« Im selben Moment drückte Nolan ab; Metcalfe sah aus dem Augenwinkel heraus, wie ruhig und gelassen der FBI-Mann zielte, und wusste, dass die Kugel ihn treffen würde.

Aber noch während Chip ihm nachbrüllte, konnte Metcalfe spüren, wie seine Füße in das Kupferdach eindrangen, als sei es aus Marzipan. Während er in die Tiefe stürzte, ging die Kugel so dicht an ihm vorbei, dass er sich einbildete, den Luftzug zu spüren.

Nachdem er einen Zwischenboden durchbrochen hatte, schlug er im nächsten Augenblick auf etwas Hartem auf. War das der Boden des Gebäudes? Nein, es war der Erdboden: ein sandiges, frisch gepflügtes Feld. Metcalfe stöhnte laut und fragte sich, ob er sich ein Bein gebrochen hatte. Er bewegte sich, tastete seine Beine ab und stellte fest, dass er sich offenbar nichts gebrochen hatte. Er hatte Schmerzen – Jesus, noch *mehr* Schmerzen! –, aber seine Gliedmaßen waren heil.

Er hatte natürlich gewusst, dass das Gebäude kein richtiger Ziegelbau war, aber nicht geahnt, wie wenig stabil es in Wirklichkeit war. Das Dach musste aus einer Art Segeltuch bestehen, das wie ein Blechdach angemalt war; gemeinsam mit dem dünnen Zwischenboden hatte es seinen Sturz gerade so weit abgebremst, dass er zwar schmerzhaft aufgeschlagen war, aber keine Verletzungen erlitten hatte.

Jetzt sah Metcalfe sich verwundert um. Das »Gebäude« war nur ein großer Kasten aus Balken, Kanthölzern und einem Zwischenboden: ein Gerüst, dessen Segeltuchbespannung außen so bemalt war, dass es genau wie

Ziegelmauerwerk aussah. Als er das Gebäudeinnere absuchte, erschrak er, als er an einem der Fenster im Erdgeschoss mehrere Männer stehen sah. Dann wurde ihm klar, dass das Attrappen waren: Holzpuppen in Lebensgröße, die in Männerkleidung an einem der ausgeschnittenen Fenster standen, um Fabrikarbeiter zu simulieren. Auf der Grundfläche des Gebäudes verteilt standen vier rechteckige Metallkästen, von denen jeder durch ein kurzes Rohr mit einem Zweihundertliterfass verbunden war. Aus jedem dieser Geräte führte ein langer, dicker Schlauch zu einem der vier angeblichen Schornsteine hinauf.

Metcalfe wusste sofort, was er vor sich hatte. Dies waren die mechanischen Rauchgeneratoren, die den Rauch erzeugten, der aus den Schornsteinen quoll.

Auf dem Gefechtsfeld dienten sie dazu – meist auf Panzern montiert –, größere Gebiete durch künstlichen Nebel zu tarnen, um den Feind zu täuschen und Aufklärung und Überwachung zu erschweren. Die Engländer benützten eine primitive Version dieser Geräte, die sie »Rauchtöpfe« nannten, um das Werk von Vauxhall Motors in Luton vor tagsüber angreifenden deutschen Bombern zu schützen. Und die Deutschen setzten Tausende solcher raffinierten Rauchgeneratoren ein, um die von ihnen besetzten rumänischen Ölraffinerien in Ploiesti unsichtbar zu machen.

Die Maschinen arbeiteten mit Dieselöl, das aus den Zweihundertliterfässern zufloss. Hier bewirkten sie eine andere Art von Täuschung: Sie erzeugten die Illusion einer Tag und Nacht arbeitenden Fabrik.

Metcalfe hörte Schritte, Schritte von *zwei* Männern! Nolans deutscher Partner, der SD-Killer, hatte offenbar die Schüsse gehört und war schleunigst herübergekommen.

Ein Blick in die Runde zeigte Metcalfe, dass es hier nur einen Ausgang gab, den er jedoch nicht benützen konnte, weil die Verfolger bestimmt dort hereinkommen würden. Als er hinter einem Werkzeugschrank verschwand, der etwas Deckung bot, hallte Chips Stimme durchs Gebäude: »Sie sitzen in der Falle wie eine Ratte, Metcalfe! Hier kommen Sie nicht mehr raus. Weg mit der Waffe und Hände hoch, dann können wir miteinander reden!«

Vielleicht über meine Beerdigung, dachte Metcalfe. Einen der Rauchgeneratoren, der durch eine Leitung mit seinem Ölfass und durch einen Schlauch mit einem der Kamine verbunden war, konnte er von seinem Versteck aus erreichen.

Metcalfes Hand schoss nach vorn und riss den Schlauch ab, der den Rauch nach oben leitete. Sofort quollen dichte weiße Rauchschwaden aus dem Gerät und bildeten in Bodennähe eine weiße Wolke.

Aber Chip war bereits auf der anderen Seite des Werkzeugschranks angelangt. Metcalfe konnte ihn durch einen Spalt in der Schrankrückwand beobachten und sah, dass der FBI-Mann hinkte. Er war offensichtlich am linken Oberschenkel getroffen. Aber seine Konzentration hatte darunter nicht gelitten. Er sah von einer Seite zur anderen, während er überlegte, wohin er sich wenden sollte.

Metcalfe dachte nicht daran, ihm die Initiative zu überlassen.

Er zog die ungeladene Walther, sprang mit einem Satz hinter dem Schrank hervor und zielte mit der Waffe auf Nolans Gesicht. Chip fuhr zusammen und riss seine Pistole ebenfalls hoch.

Der künstliche Nebel, der das Gebäude zu füllen begann, reichte den Männern bereits bis zu den Knien.

»Ich hab Ihnen gesagt, Stephen, dass Sie heute sterben«, sagte Chip.

»Nach *Ihnen,* Arschloch«, antwortete Metcalfe. »Die Sache sieht nach einem Patt aus, finde ich.«

Nolans Blick blieb auf Metcalfe gerichtet, aber über sein Gesicht zog Unsicherheit wie ein Schatten. Die Pistole hatte gewirkt. Sie verfehlte auch ungeladen ihre Wirkung nicht.

Metcalfe sprach nonchalant weiter, als sei die Walther mit 9-mm-Patronen geladen. »Was wollen Sie jetzt machen, Chip? Wer von uns beiden bleibt Sieger?«

»Kommt darauf an, wer mehr Mumm hat«, knurrte Nolan. Er versuchte zu grinsen.

Am Rand seines Gesichtsfelds sah Metcalfe, dass der deutsche Killer von draußen ins Gebäude kam. »Oder wer weniger Angst vor dem Tod hat«, sagte er. »Ich bin nur ein kleiner Fisch, stimmt's? Einer der vielen Agenten, die täglich Kärrnerarbeit leisten. Während Sie ein wichtiges Zahnrad der Maschinerie sind. Einer der wertvollsten Agenten der Nazis. Würden Sie erschossen, wäre das ein großer Verlust für die faschistische Sache – habe ich Recht?«

*

Der Geiger bewegte sich lautlos durch den dichten weißen Nebel. Er konnte nichts mehr sehen. Noch schlimmer war, dass er nichts mehr riechen konnte. Der beißende Rauch verbrannte seine empfindlichen Nasenschleimhäute, stumpfte den Geruchssinn ab, der seine beste Waffe war.

Ohne ihn fühlte er sich verloren. Er empfand eine seltsame Desorientierung, die an Panik grenzte. So schlich er vorsichtig durch den Nebel, hatte beide Arme ausgestreckt und hielt die Geigensaite in der linken Hand.

Dann glaubte er, etwas zu hören.

Er stieß blitzschnell wie eine Klapperschlange zu. Seine Rechte ergriff das freie Ende der Saite, sodass eine Schlinge entstand, die er um den Hals des Opfers warf und ruckartig zuzog …

Und dann merkte er, dass er etwas Hartes, etwas aus Holz, zu erdrosseln versuchte.

Eine *Schaufensterpuppe*.

Er löste angewidert die Schlinge und tappte durch den Nebel weiter.

Ohne seinen Geruchssinn war er stark behindert, das wusste der Geiger. Aber selbst das würde ihn nicht davon abhalten, seinen Auftrag auszuführen.

*

Der künstliche Nebel reichte ihnen bereits bis zu den Schultern. Das war ein unheimliches Gefühl, als stünden sie in einer flachen Wolke, aus der nur ihre Köpfe ragten. Der Rauch, dichter und undurchsichtiger als jeder natürliche Nebel, ließ Metcalfes Augen brennen. Wo war der zweite Mann, den Nolan mit »Herr Kleist« angesprochen hatte? *Muss wachsam sein – darf ihn sich nicht anschleichen lassen, solange das Patt mit Chip andauert.*

»Tatsächlich habe ich nicht vor, hier zu sterben. Sie dagegen …« Chip zögerte, starrte die undeutlich sichtbare Pistole in Metcalfes Hand an. »Ich habe Ihnen keine Walther gegeben«, sagte er.

Metcalfe zuckte mit den Schultern. »Sie sind nicht mein einziger Waffenlieferant.«

»Eine deutsche Pistole, was?«

»Verrückt, nicht wahr?«, antwortete Metcalfe schlagfertig. »Die Krauts haben anscheinend nur deutsche Waffen. Ist das nicht komisch?«

»Das ist ein *antikes* Stück!«

»Man nimmt, was einem angeboten wird. Kriegsbedingte Entbehrungen und so weiter.«

»Aber ... Jesus, das ... dieses Ding ist ein gottverdammter Schwindel! Der verdammte Lauf ist blockiert!«

Metcalfe wartete Nolans Reaktion nicht ab. Er sprang den FBI-Mann an, rammte Chip mit seinem ganzen Gewicht und warf ihn rückwärts auf die weiche Erde, wo der ölige Nebel sie beide einhüllte. Seine Augen brannten, während er versuchte, Chip die Pistole zu entwinden.

Sein Körper wurde von Schmerzen gequält, die seine Kraft merklich verminderten. Aber Chip schien durch seinen Blutverlust ähnlich geschwächt zu sein. Trotzdem bäumte er sich jetzt unerwartet kräftig auf, schnaubte vor Wut und dachte nicht daran, seine Waffe loszulassen, selbst als Metcalfe sie langsam zurückdrückte, sodass sie mehr und mehr auf Nolan zielte.

»Hey, Yale-Boy ... jetzt geht's endlich um Totenschädel und gekreuzte Knochen!«, keuchte Chip verächtlich grinsend, während seine Rechte und der Arm vor Anstrengung zitterten, weil Metcalfe die Hand mit der Pistole so zurückdrückte, dass die Waffe auf Nolan selbst zielte. Das erinnerte an eine grimmige Variante spielerischen Armdrückens. »*Ihren* Schädel und Ihre Knochen.« Der Lauf der Government, den der FBI-Mann weiter umklammert hielt, zielte erst auf Metcalfe, dann wieder auf Chip, hin und her wie ein Kinderspielzeug. Mit jäh aufwallender wütender Kraft drückte Nolan die Waffe wieder in Metcalfes Richtung, während er zugleich den Zeigefinger krümmte. Seine Hand verkrampfte sich; die Pistole zitterte heftig. Chip hatte seine Kräfte jedoch überschätzt und konnte Metcalfes Gegendruck nicht widerstehen. Genau als der FBI-Mann abdrückte, gab sein Handgelenk nach und wurde im selben Augenblick so zurückgedrückt, dass die Mündung zwischen Chips Augen zielte, die sich vor Schrecken weiteten, als er erkannte, was passieren würde.

Der Schussknall war ohrenbetäubend laut, während Metcalfe entsetzt beobachtete, wie Nolans Schädeldach davonflog. Blut spritzte ihm ins Gesicht. Er klappte zusammen, sank restlos verausgabt neben Chip zu Boden. Beißender weißer Nebel umgab ihn; er war blind, durch starke Wundschmerzen behindert und rang keuchend nach Atem.

Er hörte einen scharrenden Laut.

Ein leises, gleitendes Geräusch wie von einer Schlange im Sand.

Irgendein leiser Instinkt veranlasste Metcalfe dazu, sich mit der Rechten seitlich an den Hals zu greifen. Er spürte, wie etwas seinen Hals, sein Handgelenk berührte – etwas, das sich kalt und metallisch anfühlte – und dann mit einem Ruck straff angezogen wurde, sodass sein Hals mit ungeheurer Kraft zugeschnürt wurde. Er wurde erdrosselt … und das mit zehnmal größerer Wildheit als zuvor! Metcalfe richtete sich schwankend auf, versuchte seinen Angreifer abzuschütteln und mobilisierte dabei ungeahnte Kraftreserven. Er wollte brüllen, brachte aber nicht mehr als ein Gurgeln heraus.

Mehrere Finger seiner rechten Hand waren unter dem Draht – oder was ihn sonst erdrosselte – so eingeschnürt, dass er die Rechte nicht benützen konnte. Er streckte die linke Hand aus, ballte sie zur Faust und schlug um sich, bis er seinen Angreifer traf.

Der SD hat dann eigene Leute fürs … Großreinemachen.

Dies war der Mann, der solche Aufträge ausführte.

Der Meuchelmörder vom Sicherheitsdienst war entschlossen, seinen Auftrag vollständig auszuführen. Der skrupellose Killer, der die Männer in Paris und Amos Hilliard und Metcalfes guten Freund Roger Martin erdrosselt hatte …

Und der jetzt Metcalfe erdrosseln wollte.

Vor seinem inneren Auge flitzten Bilder der Ermordeten vorbei, während der Draht sich in seinen Hals grub und nur durch seine Finger daran gehindert wurde, die Halsschlagader zu durchtrennen und tief ins weiche Fleisch einzuschneiden. Metcalfe war fast blind, seine brennenden Augen konnten den dichten Nebel nicht durchdringen, und er nahm alles um sich herum nur verschwommen wahr. Milchig weißer Rauch hüllte ihn ein; die Sichtweite betrug höchstens dreißig Zentimeter! Er bäumte sich auf, drehte sich abrupt zur Seite, trat nach dem Angreifer, schlug mit der zur Faust geballten Linken um sich und traf mehrmals den Körper des anderen. Diesmal stand der Würger jedoch so dicht hinter Metcalfe, dass die Faustschläge wirkungslos blieben. Der Draht zog sich immer fester um seinen Hals zusammen und schnitt die Blutzirkulation ab, bis Metcalfe sich schwindlig fühlte und in dem undurchdringlichen weißen Dunst winzige Lichtpunkte aufblitzen sah. *Er bekam keine Luft mehr!*

Nein, er *durfte* nicht aufgeben; er durfte auf keinen Fall zulassen, dass dieser Mann vom Sicherheitsdienst ihn liquidierte. Er musste an Lana denken – stets an Lana. Sie konnte jeden Augenblick mit einem von Kundrow gefahrenen Wagen eintreffen, und einige Minuten später würde ein englisches Flugzeug vom Typ Lysander hier landen, und Lana und er würden die Maschine besteigen, um nach England geflogen zu werden und von dort aus in seine amerikanische Heimat. So würden sie endgültig in Sicherheit gebracht werden. Lana wäre gerettet und frei, und alle Arbeit, die sie geleistet, alle Dokumente, die sie Rudolf von Schüssler übergeben hatte, würden legitimiert sein und von Hitlers höchsten Militärs für echt gehalten werden.

Dann wäre Lana in Sicherheit und die Kriegsmaschinerie der Nazis wäre in einen Konflikt verwickelt, in dem sie unmöglich siegen konnte, unweigerlich würde sie dann zerschlagen werden. Das musste geschehen; es *würde* geschehen! Alles hing davon ab, dass Lana hier rechtzeitig eintraf und mit ihm an Bord der Lysander ging, die sie heimlich in Sicherheit bringen würde. Das Schicksal zweier Menschen hing davon ab; das Schicksal von *Millionen* hing davon ab.

Er durfte jetzt nicht unterliegen!

Mit der freien Linken bekam Metcalfe hinter seinem Genick eine Hand des Würgers zu fassen: eine der beiden Hände, die eine um seinen Hals geworfene Drahtschlinge so unglaublich kraftvoll zusammenzogen. Während er wieder einen Buckel machte und seinen Körper verzweifelt drehte und wand, umschloss seine Hand zwei Finger des Angreifers, bog sie nach außen, um ihren eisernen Griff zu lockern. Metcalfe zerrte mit aller Kraft an ihnen. Trotzdem zog der Killer die Drahtschlinge jetzt noch enger um seinen Hals zu – viel enger, als Metcalfe, der kurz davor war, das Bewusstsein zu verlieren, je für möglich gehalten hätte. Seine von dem Draht tief eingeschnürte Rechte war bei diesem Kampf wertlos, aber zugleich auch Metcalfes Rettung, denn ohne die Finger hätte der Draht längst seinen Hals durchtrennt.

Metcalfes gesamter Körper zitterte, erschauderte vor Anstrengung. Trotzdem ließ er die Finger des Würgers nicht los, sondern bekam sie im Gegenteil erst richtig zu fassen und bog sie nach hinten, bis er ein Knacken spürte, das auch deutlich zu *hören* war. Er hatte dem SD-Mann zwei Finger gebrochen! Der Killer schrie vor Wut und Schmerz auf, und die Schlinge lockerte sich für einen Augenblick. Metcalfe holte keuchend tief Luft. Als er sich herumwarf, berührten seine Füße irgendetwas, einen harten Gegenstand, den er nicht sehen konnte, aber instinktiv als eines der Zweihundertliterfässer erkannte.

Ja! Das *Dieselöl*! Das *Öl … glitschiges* Öl!

Wenn es ihm gelang, das Fass umzuwerfen, seinen dickflüssigen, glitschigen Inhalt ausströmen zu lassen …

Er stieß beide Füße nach vorn, ließ die gebrochenen Finger des Würgers aus seiner freien Linken gleiten, warf sich nach vorn, noch während die Garrotte wieder fester zugezogen wurde … und rammte dann mit voller Wucht das Fass. Es kippte um, wobei das Zuleitungsrohr abriss, und der unter Überdruck stehende Inhalt schoss als Fontäne heraus.

Aber das war kein Dieselöl, sondern *Benzin*! Es war nicht glitschig; es würde *nicht* funktionieren.

Plötzlich wurde der Draht um seinen Hals schlaff.

Der Attentäter schrie auf, als ihm Benzin in die Augen spritzte und ihn vorübergehend blendete; der völlig durchnässte Deutsche machte einen großen Satz rückwärts, um aus dem Benzinstrahl herauszukommen. Metcalfe riss sich los, stolperte vorwärts und prallte gegen ein in dem milchig weißen Nebel nur schemenhaft erkennbares hartes Objekt. Das war einer der Rauchgeneratoren, dessen bläuliche Flamme noch von dem Restbenzin in der Zuleitung gespeist wurde. Metcalfe stieß das fahrbare Gerät auf den Deutschen zu. Es prallte mit ihm zusammen und fiel scheppernd vor seinen Füßen um.

Und dann war ein Lichtblitz zu sehen.

Ein orangeroter Lichtblitz, der sich eine Zehntelsekunde später in einen riesigen Feuerball verwandelte. Metcalfe hörte einen lauten Schrei wie von einem verletzten Tier und sah den Feuerball auf sich zurasen.

*

Der Schmerz war unbeschreiblich, außergewöhnlich, sogar exquisit. Der Geiger wusste, dass er bei lebendigem Leib verbrannte. Er kreischte mit jeder Faser seines Wesens, als könnten seine Schreie die Höllenqualen lindern, die in Wahrheit unerträglich waren.

Jedoch nicht so unerträglich wie das Bewusstsein, dass er seinen Auftrag nicht würde ausführen können – dass der Amerikaner mit dem Leben davonkommen würde.

Er schrie, bis seine Stimmbänder versagten, als die Flammen seinen Körper einhüllten. Ihm war bewusst, dass er sterben würde; er konnte das Feuer nicht ersticken, indem er sich über den Erdboden wälzte. Die Flammen waren zu gewaltig, zu verzehrend, und er konnte sich ohnehin längst nicht mehr bewegen.

Aber dann stellte er angenehm überrascht fest, dass sein Geruchssinn zurückgekehrt war. Ein typischer, überwältigend starker Geruch, den er sofort identifizierte, füllte seine Nase. Der Geiger erkannte den Geruch von verbrennendem Fleisch.

Seines eigenen verbrennenden Fleischs.

*

In der wabernden Lohe des Feuerballs sah Metcalfe die Gliedmaßen des Mannes zucken. Sein Kreischen war schrill, unheimlich hoch, ein grässliches Wehklagen, ein animalischer Laut. Einige Sekunden später hatte der Feuerball aufgehört, sich weiter auszubreiten; er röhrte brausend, griff mit Flammenfingern hoch in die Luft und erfasste die Holzkonstruktion der Scheinanlage, die sofort ebenfalls Feuer fing. Metcalfe warf sich herum und rannte wieder los, während hinter ihm das Gebäude in Flammen aufging.

Metcalfe rannte weiter, bis er dreißig Meter von dem Gebäude entfernt war, und sank dort zu Boden. Die gesamte Konstruktion aus Balken, Sperrholz und Segeltuch brannte jetzt lichterloh. Die Hitze des laut prasselnden Feuers war selbst noch in dreißig Metern Entfernung zu spüren.

Der Killer war tot.

Beide Killer waren tot. Aber wo war *Lana*? Wo war *Kundrow*? Er sah auf seine Uhr. Das Flugzeug sollte in wenigen Minuten landen, und er hatte noch nicht einmal die Fackeln aufgestellt. Sah der Pilot keine Fackeln, würde er annehmen, der Treff sei abgesagt, und gar nicht erst landen.

Als Metcalfe zu dem Landeplatz hastete, der jetzt von dem orangeroten Feuerschein der brennenden Scheinanlage erhellt wurde, hörte er ein Auto mit kreischenden Reifen bremsen. Er drehte sich um und sah Kundrow am Steuer einer schwarzen Limousine. Die Fahrertür wurde aufgestoßen, und Kundrow sprang aus dem Wagen.

»Boshe moj!«, rief der Russe aus. *»Poschar* – das Feuer!« Er kam herbeigerannt. »Sie ... Sie sind verletzt! Wie ist das passiert?«

»Wo ist sie?«, fragte Metcalfe nur.

Kundrow schüttelte mit grimmiger Miene den Kopf.

Metcalfe packte ihn an den Schultern. »Wo ist sie?«, wiederholte er. Kundrows Augen waren rot gerändert. »Sie sollten sie im Schloss abholen – was ist passiert? Was haben Sie mit ihr *gemacht?«*

Kundrow schüttelte nochmals den Kopf. »Sie war nicht da.«

»Was soll das heißen, sie war nicht da?«

»Von Schüssler war da. Sie war fort.«

»Fort? Was zum Teufel soll das heißen – *fort?* Der NKWD hat sie früher abgeholt, ist *das* passiert? Verdammter Kerl, ist sie *früher* abgeholt worden? Wie konnte das passieren?«

»Nein!«, sagte Kundrow schreiend laut. »Sie hat von Schüssler erzählt, ihr Vater sei plötzlich erkrankt, und sie müsse dringend nach Moskau zurück. Sie hat ihn gebeten, sie sofort zum Bahnhof bringen zu lassen.«

»Aber das war eine *List,* das hat sie gewusst!«

Kundrow schüttelte langsam den Kopf. Er sprach jetzt leise und monoton wie ein Hypnotisierter. »Von Schüssler war sehr besorgt um sie, aber sie hat darauf bestanden, sofort zum Bahnhof gebracht zu werden. Schließlich hat er seinem Chauffeur den Auftrag gegeben, sie zum Ostbahnhof zu fahren. Der Chauffeur hat festgestellt, dass der Daimler verschwunden war – ich sehe jetzt, wo er geblieben ist –, und sie mit einem anderen Wagen hingefahren.«

»Ist sie entführt worden?«

»Das bezweifle ich sehr. Sie ist offensichtlich freiwillig hingegangen.«

»Aber weshalb?«, rief Metcalfe aus. »Warum hat sie das *getan*?«

»Ich will Ihnen etwas erzählen. Ich habe ein Dossier mit mindestens zweitausend Seiten über diese Frau geschrieben. Ich habe sie länger und genauer beobachtet, als jemals irgendein Sowjetbürger überwacht worden ist. Ich bin ihr jahrelang auf Schritt und Tritt gefolgt. Aber trotzdem kann ich nicht behaupten, sie zu verstehen.«

Metcalfe sah zu dem mondhellen Nachthimmel auf. Das leise, hohe Surren, das er seit ungefähr einer Minute fast unbewusst wahrgenommen hatte, war zum typischen Kreissägengeräusch einer Lysander geworden. Jetzt erschien das Flugzeug dicht über dem Horizont.

»Die Fackeln!«, rief Metcalfe laut.

»Wozu?«, fragte Kundrow nur. »Was wollen Sie ohne sie?«

»Jesus!« Die beiden Männer standen wie erstarrt da und blickten zum Himmel auf, während die Lysander langsam eine Runde über dem Landeplatz flog. Im nächsten Augenblick war sie im Tiefflug verschwunden.

Metcalfe sah erneut auf seine Uhr. »In knapp einer Stunde hält der Schnellzug nach Moskau am Ostbahnhof. Wenn wir rasen wie verrückt, können wir's gerade noch schaffen.«

Sie erreichten das an eine gotische Kathedrale erinnernde Bahnhofsgebäude mit seiner unbeleuchteten schmutzig grauen Fassade, durch deren hohe Fenster nur ein schwacher gelblicher Lichtschimmer drang. Der Bahnhof war fast menschenleer; ihre Schritte hallten unter dem hohen Dach wider, als sie weiterrannten und nur kurz stehen blieben, um sich zu vergewissern, zu welchem Bahnsteig sie mussten.

Der Bahnsteig war verlassen. Der Schnellzug nach Moskau stand dort; in den abgedunkelten Abteilen waren schlafende Reisende zu sehen. Als die beiden den Bahnsteig hinunterrannten, kündigte eine weibliche Lautsprecherstimme die bevorstehende Abfahrt an.

In der Nähe des Bahnsteigendes stand eine kleine Gruppe von Männern in dunklen Anzügen und Wintermänteln: anscheinend die einzigen Reisenden, die in Berlin zustiegen. Metcalfe rannte schneller als jemals in seinem Leben, ignorierte seine Schmerzen und hatte nur Lanas Gesicht vor sich. Die Männer waren jedoch eingestiegen, als er ihren Waggon erreichte, und er konnte keine Frau zwischen ihnen erkennen. *Ist sie wirklich hier? Sitzt sie schon im Zug?*

Wo ist sie? Am liebsten hätte er laut ihren Namen gerufen, wie er's innerlich ständig tat. Sein Herz jagte; Panik durchflutete seinen Körper.

Wo ist sie?

Kundrow holte ihn, vor Anstrengung keuchend, ein. »Das waren Männer vom NKWD. Diese Typen kenne ich nur allzu gut. Sie muss schon im Zug sein. Die Kerle sind ihre Bewacher, die sie nach Moskau begleiten sollen.«

Metcalfe nickte wortlos. Er starrte durch die Fenster des Waggons, in den die Männer eingestiegen waren, ging langsam weiter und suchte ängstlich und verzweifelt jedes Abteil ab.

Lana!

Innerlich schrie er.

Dann rief er laut: »Lana! Lana!«

Die Druckluftbremsen lösten sich zischend, dann erwachte der Zug zum Leben und fuhr langsam an. Metcalfe rannte neben ihm her, starrte in jedes Abteilfenster und schrie ihren Namen. »Bitte, Lana! Oh Gott, wo bist du?«

Dann sah er sie.

Sie saß in einem Abteil erster Klasse und hatte links und rechts einen der dunkel gekleideten Männer neben sich. Jetzt sah sie auf; ihre Blicke begegneten sich.

»Lana!«, brüllte er. Seine Stimme hallte durchs Bahnhofsgebäude, kam als hohles Echo zurück.

Sie trug einen zu einem Turban gebundenen Schal und hatte als einziges Make-up etwas Lippenstift aufgelegt. Sie senkte den Kopf.

»Lana!«, schrie er nochmals.

Sie sah erneut auf, und als ihre Blicke sich wieder begegneten, erkannte Metcalfe in ihren schönen Augen etwas, das ihn bis ins Innerste erschütterte. Ihr durchdringender Blick besagte: *Ich weiß, was ich tue.*

Meine Entscheidung steht fest. Wage nicht, daran zu rütteln.

Dies ist mein *Leben,* besagte ihre Miene. *Ebenso wie dieser Tod. Daran kann mich niemand hindern.*

Metcalfe rief nochmals ihren Namen, diesmal jedoch fragend: »Lana?«

Er sah die Resignation und Entschlossenheit auf ihrem Gesicht. Lana schüttelte kaum merklich den Kopf, dann wandte sie sich ab.

»Nein!«, brüllte er in unsäglicher Agonie.

Jetzt starrte sie grimmig, eisern entschlossen geradeaus. Aus ihrem schönen Gesicht leuchteten Trotz und Entsetzen und seltsamerweise auch die tiefe Heiterkeit eines Menschen, der nach langem Ringen zu einem Entschluss gelangt ist.

Kapitel Achtunddreißig

MOSKAU, IN DER LUBJANKA

Der aschblonde, geisterhaft blasse kleine Mann machte kehrt und verließ den Hinrichtungsraum. Trotz aller Hinrichtungen, an denen er als Vertreter seines Vorgesetzten – Chefermittler Rubaschow – teilgenommen hatte, fand er sie noch immer entsetzlich. Tatsächlich erschien ihm alles, was der NKWD tat, so abstoßend, dass er es als ausgesprochen glücklichen Zufall empfand, vor ungefähr einem Jahr die Gelegenheit erhalten zu haben, heimlich für die Deutschen zu arbeiten. Er war bereit, *alles* zu tun, um mitzuhelfen, die sowjetische Terrormaschinerie zu vernichten. Über die Nazis wusste er wenig; ihn kümmerte nur, dass Hitler entschlossen war, den verhassten Sowjetstaat zu liquidieren. Konnte das Material, das er Berlin heimlich lieferte, den ersehnten Sturz Stalins beschleunigen, dann hielt er sich in der Tat für einen sehr glücklichen Mann.

Der farblose Assistent Rubaschows prägte sich den genauen Todeszeitpunkt nochmals ein. Die deutsche Abwehr würde sämtliche Einzelheiten wissen wollen. Sie würde auch Abschriften der Protokolle aller Vernehmungen der Beschuldigten verlangen. Sie war eine außergewöhnlich schöne Frau, eine der berühmtesten Ballerinen Russlands gewesen – und hatte trotzdem ebenfalls für Berlin gearbeitet! Anfangs hatte sie alles abgestritten, aber nach brutalsten Verhörmethoden hatte sie gestanden, dass sie ihrem Vater, einem General der Roten Armee, streng geheime Militärdokumente entwendet und ihrem Liebhaber, einem deutschen Diplomaten, übergeben hatte.

In den Augen des aschblonden kleinen Mannes war die Ballerina eine Heldin. Auch sie war eine Gegnerin des Kremls gewesen und hatte genau wie er für Berlin spioniert. Aber sie hatte stundenlangen unvorstellbaren Folterqualen widerstanden, bevor sie ein Geständnis abgelegt hatte. Er fragte sich, ob er die innere Stärke und den Mut besäße, die diese Frau bewiesen hatte, bevor sie schließlich doch zusammengebrochen war und alles gestanden hatte, wie es irgendwann alle unter der Folter taten.

Die auf dem Fußboden des Hinrichtungsraums ausgebreitete Plane war mit dem Blut der schönen Frau bespritzt: ein Bild, das sich ihm eingebrannt hatte, das ihm nicht mehr aus dem Kopf gehen würde. Bald würde der Leichnam abtransportiert werden; dann würde die Putzfrau kommen und sauber machen. Die Einzelheiten von Swetlana Baranowas Hinrichtung würden nirgends festgehalten werden, weil der NKWD wollte, dass ihr Tod anonym blieb.

Aber er würde dafür sorgen, dass diese tapfere Frau nicht vergebens gestorben war.

Wenn er heute Abend nach Hause kam und seinen Bericht für die deutsche Abwehr schrieb, würde er ganz genau berichten, was er über den heroischen Kampf dieser Frau gegen das Sowjetsystem und für die Nazis wusste.

Berlin musste die Wahrheit erfahren. Er war nicht nur dazu verpflichtet, genau Bericht zu erstatten, sondern hatte auch das Gefühl, dies sei das Wenigste, was er tun könne, um die tapfere Ballerina posthum zu ehren.

BERLIN

Admiral Canaris musste sich eingestehen, dass er genoss, was er gleich sagen würde. Er richtete seine Bemerkungen direkt an Reinhard Heydrich, der mehrfach erhebliche Zweifel an der Authentizität seiner Quelle in Moskau geäußert hatte.

»Unsere Informanten in der Lubjanka haben soeben bestätigt, was wir schon aus zweiter Hand erfahren hatten: Die Frau, die uns so viele wertvolle Dokumente über Stalins Unternehmen WOLFSFALLE beschafft hat, ist letzten Freitag hingerichtet worden.«

»Dann ist die Quelle also versiegt!«, rief Feldmarschall Wilhelm Keitel aus. »Das ist eine Katastrophe!«

Canaris beobachtete Heydrichs Schlangenaugen. Heydrich war absolut skrupellos, aber er war auch hochintelligent. Er wusste so gut wie Canaris, was das bedeutete; trotzdem äußerte er sich mit keinem Wort dazu. Seine Intrige mit dem Ziel, Canaris und mit ihm die Abwehr zu diskreditieren, war soeben gescheitert.

»Sehr bedauerlich«, sagte Canaris gelassen. »Eine höchst unglückliche Entwicklung. Es ist in der Tat tragisch, dass diese Frau ihr Leben für unsere Sache hingeben musste.« Er brauchte nicht zu erläutern, was allen Anwesenden ohnehin klar war: Die Tatsache, dass die Quelle hingerichtet worden war, bewies ihre Authentizität.

Nun entstand eine lange Pause, während Canaris' Feststellung wirkte. Dann stand Hitler auf.

»Meine Herren, eine junge Frau hat ihr Leben dafür hingegeben, dass wir die Wahrheit über Stalins Verrat erfahren. Wir können ihre Tapferkeit nicht besser ehren als durch entschlossenes Handeln. Unser Angriff gegen Russland, der hiermit den Decknamen ›Fall Barbarossa‹ erhält, muss sofort in die Wege geleitet werden. Und sobald das Unternehmen angelaufen ist, gibt es kein Zurück mehr. Oder ist jemand am Tisch anderer Meinung?«

Einige der Anwesenden schüttelten die Köpfe, aber niemand sprach.

»Glauben Sie mir, meine Herren«, fuhr der Führer fort, »wir brauchen nur die Tür einzutreten, dann kracht der ganze morsche Bau zusammen.«

»Hört, hört!«, sagte Keitel laut. Dieser Ruf wurde von mehreren anderen aufgenommen.

Hitler nickte zufrieden lächelnd. »Seien Sie versichert, meine Herren, der Russlandfeldzug wird ein Kinderspiel im Sandkasten.«

Kapitel Neununddreißig

JALTA, HALBINSEL KRIM, FEBRUAR 1945

Die Niederlage Hitler-Deutschlands war absehbar. Berlin hatte noch nicht offiziell kapituliert, aber jeder wusste, dass das nur noch eine Frage der Zeit war, vielleicht von ein bis zwei Monaten. Präsident Roosevelts Flugzeug war wenige Minuten nach zwölf Uhr auf einem Flugplatz auf der Krim gelandet. Zu den vielen Mitarbeitern an Bord der Maschine gehörte auch ein junger Mann namens Metcalfe, ein Assistent des US-Präsidenten.

Nach Alfred Corcorans Tod war sein inoffizieller Geheimdienst aufgelöst worden. Das war nur gut, denn sobald Metcalfe von Lara Baranowas Hinrichtung durch den NKWD erfahren hatte, war ihm klar gewesen, dass er nicht mehr Agent bleiben konnte. Ihm war bewusst, dass er einen wichtigen Erfolg erzielt hatte, aber der Preis dafür war zu hoch gewesen. Er hatte die einzige Frau, die er jemals geliebt hatte, in große Gefahr gebracht, und sie war in dieser Gefahr umgekommen.

Metcalfe war als depressiver, von Gewissensbissen gepeinigter Mann nach Washington zurückgekehrt. Ein paar Monate lang hatte er sich im Hotel Hay-Adams verkrochen, hatte viel getrunken, war nie ausgegangen und hatte mit niemandem gesprochen. Sein Leben war zu Ende.

Zuletzt hatten jedoch seine vielen Freunde interveniert und ihn ermahnt, er müsse sich einen Job suchen und wieder arbeiten. Das Familienunternehmen florierte auch ohne ihn, und sein Bruder Howard stellte unmissverständlich fest, er lege keinen Wert auf Stephens Mitarbeit. Metcalfe würde immer genug Geld haben, aber er brauchte ein Ziel, eine Aufgabe.

Eines Tages erhielt Metcalfe in seinem Hotelzimmer eine Nachricht von dem Mann, der das wichtigste Mitglied von Corkys Geheimbund gewesen war: Präsident Franklin Delano Roosevelt. FDR bat Metcalfe zu einem kurzen Gespräch ins Weiße Haus.

Am nächsten Tag hatte Roosevelt ihn als Juniorassistenten des Weißen Hauses angestellt, und Metcalfe hatte wieder eine Aufgabe.

Die Wagenkolonne des Präsidenten fuhr die hundertdreißig Kilometer vom Flugplatz Saki zum Liwadia-Palast – einer ehemaligen Sommerresidenz des Zaren – in den Bergen. Auf der gesamten fünfstündigen Fahrt war die Straße von Rotarmisten gesäumt, von denen jeder nach sowjetischer Art zackig salutierte, wenn die Kolonne vorbeifuhr.

Die Zerstörungen, die der Feind auf russischem Gebiet angerichtet hatte, die ausgebrannten Gebäude, die Verwüstungen, waren ein schrecklicher Anblick. Als die Wagenkolonne den Liwadia-Palast erreichte, wurde es bereits Abend. Die Deutschen hatten den Palast bis hin zu Wasserhähnen und Türklinken restlos ausgeplündert, aber die Russen hatten es geschafft, ihn so rechtzeitig zu renovieren, dass die Konferenz der ›Großen Drei‹ – Stalin, Churchill und Roosevelt – stattfinden konnte. Ihnen würde es hoffentlich gelingen, die meisten ihrer Meinungsunterschiede zu beseitigen und sich auf eine Nachkriegsordnung zu einigen.

Erst am dritten Abend fand Metcalfe Gelegenheit, allein einen Spaziergang im Schlosspark zu machen. Der bisherige Verlauf der Konferenz bedrückte ihn. Der Präsident war todkrank und hatte Mühe, sich auf die Verhandlungen zu konzentrieren. Seine öffentlichen Äußerungen waren planlos weitschweifig. Er hatte nicht mehr lange zu leben, was jedoch nur sehr wenige Leute wussten.

Auch Harry Hopkins, sein wichtigster Berater, war schwer krank. Roosevelt verfolgte in Jalta nur zwei Ziele: Er wollte Stalin zum Eintritt in den Krieg gegen Japan bewegen und eine internationale Organisation schaffen, der er den Namen Vereinte Nationen gegeben hatte. Diesen beiden Zielen ordnete der Präsident alles andere unter, was dazu führte, dass er Stalins Forderungen viel zu bereitwillig nachgab. Roosevelt zeigte Churchill die kalte Schulter und weigerte sich, auf die Argumente des englischen Politikers einzugehen. Der Präsident beharrte darauf, Stalin als »Onkel Joe« zu bezeichnen, was seine Naivität in Bezug auf Stalins wahre Bösartigkeit und Verschlagenheit bewies.

Auch Metcalfe versuchte, Einwände zu erheben, aber seine Stellung war allzu untergeordnet; er hatte hier eigentlich nur die Aufgabe, sich bei allen Plenarsitzungen Notizen zu machen. Niemand wollte auf ihn hören, sodass seine Frustration von Tag zu Tag wuchs.

Als Spion habe ich wenigstens etwas bewirkt, dachte er. *Hier bin ich bloß ein kleiner Schreiberling.*

Eine nur als Silhouette sichtbare Gestalt kam durch die Schatten auf ihn zugehinkt. Metcalfes alte Instinkte wurden wach: Er erstarrte und spürte dann, wie ein Adrenalinstoß seinen Körper durchflutete. Aber er entspannte sich, als er sah, dass dort ein Einbeiniger kam – oder vielmehr ein Mann mit einem Holzbein, der ihm nicht gefährlich werden konnte.

»Metcalfe!«, rief der Einbeinige aus, als er näher kam.

Metcalfe starrte überrascht das feuerrote Haar, den stolzen, fast arroganten Zug um die Lippen des Mannes an. »Leutnant *Kundrow*?«

»Jetzt *Oberst* Kundrow.«

»Großer Gott!« Metcalfe schüttelte Kundrow die Hand. »*Sie* sind auch hier? Was ist Ihnen zugestoßen?«

»Mir ist Stalingrad zugestoßen – die Schlacht um Stalingrad. Ich habe noch Glück gehabt und nur ein Bein verloren. Viele meiner Kameraden haben ihr Leben verloren. Aber wir haben gesiegt. Der Überfall auf Russland war Hitlers größter Fehler.«

»Der Grund, weshalb er den Krieg verloren hat«, bestätigte Metcalfe nickend.

»Sie haben Recht behalten.« Kundrow schien ihm kaum merklich zuzublinzeln.

»Tut mir Leid, aber ich weiß nicht, wovon Sie reden.«

»Natürlich nicht. Über diese Dinge darf man nicht sprechen. Die geheime Geschichte dieses Krieges darf niemals erzählt werden.«

Metcalfe ignorierte Kundrows Bemerkung. »Wie ich gehört habe, ist Rudolf von Schüssler nach der Schlacht um Stalingrad auf Befehl Hitlers wegen Landesverrats angeklagt und hingerichtet worden.«

»Pech für ihn.«

»Trotzdem ist mir die Tatsache, dass die Rote Armee so schlecht auf einen Krieg vorbereitet war, immer ein Rätsel geblieben. Stalin muss gewarnt worden sein, dass Hitler angreifen würde.«

Kundrows Gesichtsausdruck wurde ernst. »Viele haben versucht, Stalin zu warnen. Churchill hat ihn gewarnt. Selbst ich habe den Kreml mehrmals gewarnt – in Meldungen an Stalin persönlich, obwohl ich bezweifle, dass er sie jemals zu Gesicht bekommen hat. Trotzdem hat Stalin alle Warnungen in den Wind geschlagen, als hätte er nicht glauben können, dass Hitler ihn verraten würde.«

»Oder dass Hitler sich auf ein so wahnwitziges Abenteuer einlassen würde.«

»Den wahren Grund werden wir nie erfahren, aber diese Sturheit hat unendlich viele Opfer gefordert.« Er machte eine Pause. »Wie ich höre, arbeiten Sie jetzt im Weißen Haus.«

»Irgendwo muss man arbeiten.«

»Haben Sie das Ohr des Präsidenten?«

»Nur aus der Ferne. Ich bin ein junger Mann, und der Präsident hört nur auf seine erfahrensten Berater, was ganz in Ordnung ist.«

»Aber bedauerlich. Sie verstehen Russland besser als seine alten Männer.«

»Sie sind zu freundlich.«

»Ich habe Recht. Sie kennen Moskau aus Perspektiven, von denen kein anderer etwas ahnt.«

»Schon möglich. Ich weiß, dass ich die sowjetische Führung hasse, aber das russische Volk liebe.«

Kundrow gab keine Antwort, aber Metcalfe glaubte zu wissen, was der Russe dachte. Keiner der beiden würde Kundrows Versuch, in den Westen überzulaufen, jemals wieder erwähnen. Auch das war ein Geheimnis, das am besten für immer begraben blieb.

Metcalfe setzte ein Pokergesicht auf. »Ein seltsamer Zufall, dass wir heute Abend beide auf die Idee gekommen sind, einen Spaziergang im Park zu machen, nicht wahr?«

»Ihr Präsident stirbt«, sagte Kundrow. »Auch Hopkins ist todkrank. Vielleicht verschenken sie deshalb den Laden, wie ihr Amerikaner sagt.«

»Wie meinen Sie das?«, fragte Metcalfe besorgt.

»Ihr gebt Stalin alles, was er in Berlin haben will. Ihr überlasst ihm Polen. Als Folge eurer nachlässigen Verhandlungsführung hier in Jalta wird der Kreml ganz Osteuropa beherrschen, darauf können Sie Gift nehmen. Und euer Präsident hält nicht zu Churchill, was Churchill sehr verärgert. Das macht Stalin umso kühner.«

»Woher wissen Sie, was Churchill privat mit Roosevelt bespricht?«

»Wozu bin ich Ihrer Auffassung nach hier? Unsere Geheimdienstleute arbeiten die Nächte durch, um Roosevelts Privatgespräche zu transkribieren und ins Russische zu übersetzen, damit Stalin sie auf dem Frühstückstisch vorfindet.«

»Sie haben in der Präsidentensuite Wanzen versteckt?«

»So naiv sind Sie bestimmt nicht, Metcalfe. Sie wissen, wie wir arbeiten. Jedes Wort, das Ihr Präsident spricht, wird zu einer Horchstation ganz in der Nähe gesendet. Das weiß ich, weil ich diese Horchstation befehlige.«

Metcalfe lächelte. »Die Ironie des Schicksals liegt darin, dass ich trotz Ihres Eingeständnisses nichts dagegen tun kann. Selbst wenn ich Roosevelt warnen wollte, würde man mir nicht glauben.«

»Genau wie meine an Stalin gerichteten Warnungen unbeachtet geblieben sind. Wir sind beide nur kleine Rädchen in einer großen Maschinerie. Vielleicht gelangen wir später einmal in Positionen, in denen wir den Kurs unserer jeweiligen Regierungen beeinflussen können. Bis dahin müssen wir tun, was wir können. Und wir müssen dabei stets an das Gute denken, das wir schon getan haben.«

»Und an das Schlechte.«

Kundrow bedachte Metcalfe mit einem traurigen Lächeln, sagte jedoch nichts. Aus der Brusttasche seiner Uniformjacke zog er ein zusammengefaltetes Blatt grobes Papier. »Unmittelbar vor ihrer Hinrichtung durch den NKWD durfte *grashdanka* Baranowa noch einen Brief schreiben.« Er übergab ihn Metcalfe. Das Blatt war mit Lanas feiner Schrift bedeckt, aber die Tinte war an vielen Stellen ausgelaufen.

»Von ihren Tränen«, sagte Kundrow ruhig, als er Metcalfes fragend hochgezogene Augenbrauen sah.

Metcalfes Hände zitterten, und Tränen liefen ihm übers Gesicht, als er den Brief im blassen Mondschein las. Als er fertig war, hob er den Kopf. »Mein Gott«, flüsterte er. »Wie tapfer diese Frau war!«

»Sie hat gewusst, dass der Plan, den wir ausgeheckt hatten, nur eine halbe Sache war. Dass die Deutschen voraussichtlich nicht darauf hereinfallen würden. Sie war davon überzeugt, nur ihre Hinrichtung könne Hitlers Generalen beweisen, dass sie eine echte Spionin gewesen sei.«

»Sie hätte lügen können!«, rief Metcalfe aus. »Sie hätte mit mir nach Amerika fliehen können …« Er konnte nicht fortfahren. Er konnte die Worte nicht aussprechen.

Kundrow schüttelte den Kopf. »Sie wusste, dass ihre Heimat Russland war, und sie wollte dort begraben werden. Sie hat Sie sehr geliebt, aber sie wusste, dass sie Ihren Plan nur retten konnte, indem sie sich selbst opferte. Und das hat sie nicht nur für Russland und um der Freiheit willen, sondern auch für *Sie* getan.«

Metcalfe spürte, wie seine Knie weich wurden. Er fürchtete, er könnte zusammenklappen, so kraftlos war er plötzlich.

»Wir müssen in den Großen Ballsaal zurückgehen«, sagte Kundrow.

Als sie den Saal betraten, servierten Ober ihnen je ein Glas besten armenischen Cognacs. Gleich würde eine weitere endlose Runde von Trinksprüchen beginnen.

Kundrow hob sein Glas zu Metcalfes, trat einen halben Schritt näher, sagte leise: »Ihr Opfer war größer, als wir je erwartet hatten.«

Metcalfe nickte.

»Und ihr Geschenk an Sie – das Geschenk der Liebe – war größer, als Sie jemals begreifen werden.«

»Das stimmt nicht«, widersprach Metcalfe.

Aber Kundrow ließ sich nicht beirren. »Vielleicht werden Sie's eines Tages begreifen. Bis dahin wollen wir auf die außergewöhnlichste Frau trinken, der wir beide jemals begegnet sind.«

Metcalfe stieß mit ihm an. »Auf Lana«, sagte er dabei. Die beiden Männer schwiegen lange und nachdenklich, bevor sie einen Schluck tranken.

»Auf Lana, meine große, meine einzige Liebe«, sagte Metcalfe, diesmal zu sich selbst. »Auf Lana.«

MOSKAU, AUGUST 1991

Botschafter Stephen Metcalfe begann Stepan Menilow seine Geschichte zu erzählen: die Story von einem jungen amerikanischen Geschäftsmann, der sich vor einem halben Jahrhundert in eine schöne russische Ballerina verliebt hatte.

Menilow hörte anfangs mit verwirrter und irritierter Miene zu, die jedoch bald gespannter Aufmerksamkeit wich. Sein Blick ließ Metcalfe nicht mehr los.

Noch bevor Metcalfe fertig war, rief der »Dirigent« wütend aus: »Das ist doch ein Trick! Irgendeine Taktik, die Ihre Spezialisten für psychologische Kriegsführung ausgearbeitet haben! Aber damit kommen Sie bei mir nicht durch!«

Metcalfe zog mit zitternden Händen die Pistole aus der Innentasche seines Jacketts.

Menilow starrte sie wie vom Blitz getroffen an. *»Boshe moj«*, flüsterte er.

Metcalfe hatte jedes Mal einen traurigen Stich ins Herz gespürt, wenn er die reich verzierte Duellpistole betrachtete. Er würde niemals jenen Tag vor fünfzig Jahren vergessen, als er nach der Nachricht, Lana sei hingerichtet worden, im Washingtoner Hotel Hay-Adams auf dem Tiefpunkt seines betrunkenen Elends ein schweres Paket erhalten hatte, das ein Bote aus der sowjetischen Botschaft, bei der es als Kuriersendung aus Moskau eingegangen war, herübergebracht hatte. In der Kiste lag, sorgfältig in Holzwolle verpackt, eine Pistole mit reich geschnitzten Griffschalen aus Walnussholz und stilisierten Flammen auf dem Lauf. Er erkannte sie sofort als eine der beiden Duellpistolen, die Lana ihm gezeigt hatte. Sie hatten einst Puschkin und später ihrem Vater gehört, wie er sich erinnerte. Eine nicht unterschriebene Mitteilung – zweifellos von Kundrow – besagte, Lana habe ihm die Pistole in einem Brief, ihrem letzten Brief aus der Lubjanka, vermacht. Metcalfe war von dem kostbaren Geschenk gerührt, das zugleich signalisierte, dass ihr Vater tot war, und er fragte sich, warum sie ihm nur eine der beiden Pistolen vermacht hatte. Diese rätselhafte Entscheidung hatte ihn lange beschäftigt und stets zutiefst bekümmert.

»Nimm sie!«, forderte er sein Gegenüber auf.

Stattdessen zog Menilow eine Schreibtischschublade auf und nahm ebenfalls eine Duellpistole heraus, deren Griffschalen aus Walnussholz teils geriffelt, teils mit Blattwerkschnitzerei reich verziert waren, während der achteckige Stahllauf brüniert und mit stilisierten Flammen geschmückt war.

»Die fehlende Hälfte des Paars«, sagte der Russe.

»Deine Mutter hat mir erzählt, sie hätten einst Puschkin gehört«, sagte Metcalfe.

Menilows blasses Gesicht war leicht gerötet. Er sprach langsam und stockend. »Ich wusste nicht, wer du bist«, sagte er. »Mutter hat dich Stiwa genannt – nur Stiwa. Aber sie hat mir deinen Namen gegeben.« Er sprach wie in Trance. »Meine *babuschka* hat mir erzählt, Mutter sei nicht überrascht gewesen, als die Tschekisten kamen, um sie abzuholen. Sie sei heiteren Sinnes mitgegangen. Sie habe gesagt, sie wisse, dass ihr Stiwa sie liebe. Und sie werde stolz jedes Opfer bringen, das von ihr verlangt werde.«

»Du kannst damals höchstens sechs gewesen sein«, brachte Metcalfe endlich heraus. In Stalins Russland wäre ein russisches Kind, dessen Vater Amerikaner war, stets ein Mensch zweiter Klasse gewesen. Er wäre immer verdächtig gewesen. Lana musste gewusst haben, dass sie Stepan nur schützen konnte, indem sie Metcalfe nie von seinem Sohn erzählte.

»Ja. Ich habe natürlich nur sehr wenige Erinnerungen an sie. Aber es gab viele Fotos, und ihre Großmutter – die ich meine *babuschka* nannte – hat mir oft von ihr erzählt, um die Erinnerung an Mutter wach zu halten. Ich weiß, dass sie eine sehr tapfere Frau war.«

Metcalfe nickte. »Tapferer als alle, denen ich jemals begegnet bin. Und ich weiß, dass sie dir diese Tapferkeit vererbt hat. Die gemeinsame Geschichte unserer Nationen steckt voller Fehlentscheidungen, voller schrecklicher Irrtümer. Du hast Gelegenheit, die Dinge in Ordnung zu bringen, den richtigen Schritt zu tun, die richtigen Maßnahmen zu ergreifen. Und ich weiß, dass du es tun wirst.«

*

Die Limousine mit Botschafter Stephen Metcalfe fuhr auf dem Moskauer Flughafen Scheremetjewo vor einem abgelegenen Terminal vor. Dort warteten keine Fotografen, keine Fernsehkameras, keine Reporter. Das war ihm nur recht. Er war unauffällig nach Moskau gekommen, und er würde ebenso unauffällig wieder abreisen. Sollten andere Interviews geben und Anerkennung für ihre Verdienste verlangen.

Einer der weltbewegendsten Augenblicke des 20. Jahrhunderts – eines Jahrhunderts der weltbewegenden Momente – war vorüber. Der versuchte Staatsstreich war gescheitert; ohne die Unterstützung des »Dirigenten« konnten die Verschwörer nicht weitermachen. Die Standbilder alter Tyrannen wurden von ihren Sockeln gestürzt, auf den Straßen tanzten die Menschen.

Geschichte war gemacht worden, aber niemand brauchte zu wissen, wer sie gemacht hatte. Die Welt hatte nie erfahren, wie Metcalfe vor einem halben Jahrhundert den Gang der Geschichte beeinflusst hatte. Sie würde auch nie von der Rolle erfahren, die er diesmal gespielt hatte. Davon wussten nur sein Sohn, dem er nie zuvor begegnet war, und sein alter Freund, einst der rothaarige GRU-Leutnant namens Kundrow, der sich in einen weißhaarigen Drei-Sterne-General verwandelt hatte.

Der Marineinfanterist, den die US-Botschaft ihm als Fahrer zugeteilt hatte, war Metcalfe mit dem Gepäck behilflich. Der junge Mann mit dem Bürstenhaarschnitt himmelte ihn förmlich an und schien begeistert zu sein, einen so prominenten Mann kennen gelernt zu haben.

Metcalfe war durchaus freundlich, aber in Gedanken woanders.

Ein besonderes Geschenk, hatte Lana gesagt. *Das Geschenk deiner Liebe.*

Und zum ersten Mal in seinen acht Lebensjahrzehnten verstand Stephen Metcalfe, dass bestimmte Geschenke in der Tat unbezahlbar sind.